한국 현대문학사
1

한국 현대문학사

권영민

1

1896~1945

민음사

한국 현대문학의 전개 과정은 한 세기 정도에 불과한 짧은 기간이다. 한국문학은 19세기 중반 이후 전통 사회가 붕괴되고 근대사회가 확립되는 상황 속에서 새로운 변혁의 과정을 거친다. 그리고 개화계몽 시대에서 식민지 시대로 이어지는 정치 사회적 격변과 분단의 고통 속에서 문화적 자기 정체성의 가장 중요한 징표로 자리하게 된다. 한국 현대문학은 한국 사회의 발전 과정에서 형성된 공동체의 산물이기 때문에, 현대사라는 말이 지시하는 시대적 범주를 벗어날 수 없다. 이것은 한국 현대문학의 범위를 설정하기 위한 하나의 전제 조건이 된다. 그렇지만 한국의 현대문학은 문학이 기반하고 있는 역사적 조건으로서의 '현대'를 어떻게 규정하느냐에 따라 필연적으로 그 성격과 내용이 달라지게 된다.

이 책에서는 한국 현대문학의 역사적 전개 양상을 개화계몽 시대의 문학, 일본 식민지 시대의 문학, 민족 분단 시대의 문학이라는 세 개의 단계로 구분한다. 『한국 현대문학사 1』은 19세기 후반 개화계몽 시대의 문학부터 일본 식민지 시대의 문학까지, 『한국 현대문학사 2』는 1945년 광복 이후부터 2010년대까지의 문학을 대상으로 한다. 그리고 1945년 광복을 분기점으로 하여 그 이전을 일반적인 관례대로 '근대문학'이라고 지칭하기도 하고, 그 이후를 당대의 문학이라는 의미를 강조하여 '현대문학'이라고 지칭하기도 한다. 이러한 근대/현대의 시대 구분은 한국 근대문학의 기점 설정 문제와 함께 가장 고심했던 대목이다. 문학에 있어서 근대적/현대적 양식의 생성과 변화라는 개념을 어떻게 규정하느냐 하는 문제는 문학사의 기술 이전에 문학 연구의 본질과도 직결되기 때문이다.

이 책의 첫머리에서는 개화계몽 시대 국어국문운동을 민족어의 재발견이라는 문화사적 명제로 내세우고자 한다. 국어국문운동이라는 사회 문화적 실천운동을 기반으로 전통적인 한문학이 붕괴되고 문학 양식이 새롭게 분화되는 과정 자체가 바로 근대문학의 기점에 해당하기 때문이다. 그리고 한국 현대문학의 전개 양상을 개화계몽 시대, 일본 식민지 시대, 민족 분단 시대라는 시대적 순서 개념에 따라 각각 몇 개의 단위로 구분하여 기술한다. 문학의 역사적 전개 양상을 놓고 시간적 휴지부를 어떻게 찍느냐를 결정해야 한다는 것은 하나의 논리적 가설에 속한다. 문학사 연구에서 시대 구분은 문학 텍스트에 대한 심미적 해석과 역사적 이해가 동시에 필요하다. 이것은 문학 텍스트의 시대적 순서 개념과 그 문학적 본질 개념을 상대적으로 통합하는 일종의 역사적 인식 행위라고 할 수 있다.

한국문학은 문학사의 전체적인 체계 내에서 볼 때 고전문학에서 현대 문학으로 이어지는 연속성을 지니는 하나의 사회 문화적 실체로 존재한다. 물론 문학사의 전체성이라는 개념은 문학적 사실에 대한 기록을 통해 수립되는 것이 아니라 사실에 대한 해석을 통해 구축되는 논리의 문제라고 할 수 있다. 문학 텍스트는 문학사에서 일반화되고 범주화되는 것보다 더 많은 다양성으로 실제의 역사 속에 존재한다. 그리고 그것은 한 시대에서 다른 시대로 이어지면서 지속적으로 변화한다. 문학사 연구는 이러한 문학 텍스트의 다양성과 변화를 전체적으로 이해하기 위해 필요하다.

문학 연구는 문학의 본질과 그 가치의 미학적 특성에 관심을 두지만, 문학사 연구는 역사적 실체로서의 문학 텍스트의 존재 방식과 그 시대적 의미에 관심을 기울인다. 역사의 본질이 바로 변화를 의미하는 것처럼 문학사에서도 문학의 역사적 변화를 중시한다. 그러므로 문학사 연구는 특정 시대의 문학 텍스트의 존재 방식과 그 의미에 대해 질문하면서 그 의미가 어떻게 당대의 문학 속에 구현되는가를 논의하게 된다. 이러한 접근 방법을 통해 문학 텍스트의 시대적 문맥이 문학사 속에서 재창조되며, 그 문학적 가치와 역사성에 대한 인식을 바탕으로 과거의 경험과 현재의 미의식이 서로 통합하게 된다. 이러한 역사적 통합주의의 관점은 문학사 연구가 본질적으로 지니게 되는 방법론의 속성이라고 할 수 있다. 물론 여기에서 문학사 연구는 문학 텍스트가 구현하는 의미의 본질이 역사적 맥락을 언제나 초월할 수 있는 것임을 놓쳐서는 안 된다.

이 책은 지난 2002년 초판을 발간한 『한국 현대문학사 1, 2』의 개정판에 해당한다. 한국 현대문학의 전체적인 흐름을 기술하는 기본적인 관점은 유지하면서 그동안 한국 현대문학의 역사적 체계화를 위해 필자가 수행해 온 연구 작업을 새롭게 종합한 결과라고 할 수 있다. 특히『한국 현대문학사 2』의 경우는 2010년을 하한선으로 하여 그 서술 내용을 대폭 수정 보완하였다. 이 책을 낼 수 있도록 지원해 주신 민음사의 고 박맹호 회장님께 감사드린다. 본문의 교정과 색인 작업을 도와준 정영훈 교수와 서울대학교 현대문학교실 안서현, 서여진 강사에게도 고마움을 표한다.

2020년 2월
권영민

차례

서설: 한국 현대문학사의 논리와 형태

(1) 한국 현대문학의 성격

한국 현대문학은 한국 사회의 근대적 변혁 과정을 배경으로 하여 성립된 새로운 문학이다. 19세기 후반부터 한국 사회는 봉건적인 사회 체제의 모순을 극복하기 위해 각 방면에서 개혁운동이 활발하게 전개되었고, 침략적인 서구 제국의 위협에 대응하기 위한 자주독립운동이 지식층을 중심으로 점차 확대되었다. 정치적인 차원에서는 갑신정변(1884), 갑오개혁(1894) 등의 근대화 작업이 시도되었으며, 동학농민운동(1894)을 통해 민중 의식의 성장도 분명하게 드러나게 된다. 그리고 독립협회(1896)와 같은 사회단체가 결성되어 자주민권운동이 전개되기도 하였으며, 많은 지식인들에 의해 국권 회복을 위한 애국계몽운동이 추진되기도 하였다.

한국 현대문학은 이러한 사회 변화 속에서 국어국문운동을 사회 문화적 기반으로 새롭게 성립된다. 개화계몽운동의 일환으로 확산된 국어국문운동은 한문을 문화의 중심 영역에서 밀어내고 새로운 국문 글쓰기를 일반화시켰다. 과거제도의 폐지와 함께 한문 중심의 교육 방식도 새롭게 변화되었으며, 《독립신문》(1896)의 창간 이후 한문 대신에 국문을 통한 새로운 글쓰기 방법이 지식층을 중심으로 다양하게 실험된다. 국문 글쓰기와 글 읽기는 대중적인 언어 문자 활동에 근거하여 성립되었기 때문에 한문학의 경우와 같이 지배 계층의 이념을 대변하고 그 정서를 표현하는 독점적이면서 폐쇄적인 문화적 공간을 별도로 구성하지 않는다. 국문 글쓰기를 기반으로 하는 현대문학의 성립 과정을 보면 문학 양식의 존재 방식에 있어서도 매우 중요한 두 가지 변화가 드러나 있다. 하나는 전통문학의 구술적 성격을 탈피하고 기록문학으로 전환하는 과정이며, 다른 하나는 고정된 양식에서 벗어나 유기적, 개방적 양식으로 변화하는 과정이다. 문학에 있어서 구술적 요소의 극복은 국문 글쓰기의 확대와 함께 구비문학의 영역이 점차 좁혀진 것과 관련된다. 특히 창(唱)에 의존하여 전승된 시조라든지 단가 등이 개화계몽 시대 이후 음악으로서의 창과 분리되면서 새로운 변화를 겪게 되는 것도 이와 연관된다고 할 수 있다. 문학 양식의 개방성에 대한 지향은 한문학 양식이나 전통문학 양식에서 볼 수 있는 고정성이 붕괴되고 새로운 문학 양식이 그 형식과 정신의 자유로움을 추구하는 과정을 말하는 것이다. 이 같은 변화는 현대문학의 성립을 가능하게 한 일종의 문학사적 전환에 해당한다.

한국 현대문학은 봉건적 사회제도와 관습이 붕괴된 자리에 새롭게 등장하기 때문에, 전통문학 양식의 변화를 통해 새로운 시대정신을 형상화하고 한국인의 새로운 삶의 방식과 그 가치를 대변하게 된다. 현대문학은 외래적 영향으로 야기된 사회 문화적 변혁 과정 속에서 서양의 기독교 사상뿐 아니라 다양한 문예사조를 토착화하고 변용시키면서 한국적인 미의식을 확립하고 있다. 현대문학의 세계는 경험적인 일상의 현실이 중심이 된다. 전통문학의 경우에는 신화적 상상력에 의해 인간의 삶이 초현실적인 신성의 세계와 함께 표현된 경우가 많았지만 현대문학에서 볼 수 있는 세계는 인간이 살아가는 일상적이면서도 현실적인 실재(實在)의 공간뿐이다. 현대문학은 경험주의적 합리성에 근거하여 초월적 존재가 주재하던 신성의 세계로부터 벗어난다. 이러한 탈마법화 현상은 현대문학의 성립 자체가 개화계몽 시대 문명개화에 대한 새로운 각성과 인식에 근거하고 있음을 의미한다.

한국의 현대문학은 그 문학적 양식의 새로움으로 인하여 출발점에서부터 '신문학'이라고 지칭되었다. 신문학이라는 말은 그 지시 범위가 포괄적이고도 모호한 것이지만, 당시의 신문이나 잡지를 통해 이에 대한 관심의 방향을 어느 정도 이해할 수 있다. 조선 시대부터 오랫동안 읽혔던 소설들은 모두 구소설이라는 명칭으로 불리고, 개화계몽 시대에 새롭게 등장한 소설은 신소설이 된다. 신시라는 말도 마찬가지 의미로 일반화된 새로운 용어이다. 여기에서의 '신'과 '구'는 단순히 시대적인 차이만을 뜻하는 것이 아니다. 문학의 내용과 형식의 차이가 더욱 중요한 요건으로 문제시되고 있다. '신'이라는 상투어가 붙어 있는 문학 양식은 기존의 문학 양식과 구별되는 형식과 내용상의 새로움으로 인해 우선적으로 그 존재 의미를 인정받는다. 그리고 무엇보다도 그 내용에 반영된 새로운 시대상이 중요한 특징으로 인식되었음을 알 수 있다.

그런데 한국 현대문학에서 새로운 문학 양식의 등장은 외래 문학의 수용과 그 토착화의 과정으로만 설명할 수는 없는 일이다. 문학 양식 자체가 지니는 복합적인 문화적 속성을 생각할 경우, 한 시기에 특정한 문학 양식이 출현하고 소멸되는 것은 그렇게 단순화된 논리로 해명되지 않는다. 한국 현대문학을 외래적인 영향과 새로운 문학 양식의 등장을 중심으로 논할 경우, 전통문학과의 역사적 단절이라는 자기모순에 빠져들기 쉽다. 특히 한국 현대문학의 성립 자체를 서구 문학의 주변성에 한정하게 되는 논리적 모순을 극복하기 어렵게 된다. 현대문학을 한국 사회의 문화적 모더니티라는 하나의 커다란 범주 안에서 이해해야 한다는 것은 당연한 일이지만 전통문학의 근대적 변혁 과정 속에서 그 새로움의 의미를 정확하게 파악하는 일이 더 중요하다. 한국의 현대문학은 전통문학 양식의 변혁 과정과 서구적인 문학 형태의 수용 과정을 동시에 보여주고 있기 때문이다.

(2) 현대문학 혹은 국문 글쓰기의 재탄생

국어국문운동과 현대문학의 성립

한국 현대문학의 사회 문화적 성립 기반은 개화계몽 시대 국어국문운동이다. 한국인은 오랫동안 중국으로부터 전래된 한자를 중심으로 하는 이원화된 언어 문자 생활을 영위하여 왔다. 15세기 중반에 훈민정음을 창제하면서 구술 언어와 문자 언어가 국어와 국문이라는 단일한 언어 문자 체계로 일원화할 수 있는 가능성을 확보하게 되었다. 그러나 조선의 지배 계층은 국문을 외면하고 한문 중심으로 문자 생활을 지속하였다. 한국 사회가 19세기 중반에 이르러 새로운 변혁에 직면하게 되자, 일부 지식층들이 개화계몽운동을 전개하면서 한문을 버리고 국문을 사용해야 한다는 국어국문운동을 주도한다. 이 시기의 국어국문운동은 국문의 교육과 보급, 국문 신문과 도서의 출판, 국문에 대한 체계적 정리와 연구 등으로 확대됨으로써, 한국인들의 말과 글을 국문이라는 하나의 언어체로 통합시킬 수 있게 된다. 그러므로 국어국문운동은 한국 사회에서 새롭게 형성되기 시작한 현대적인 가치를 구현할 수 있는 가장 핵심적인 문화적 기반으로 자리 잡게 된 것이다.

　개화계몽 시대 국어국문운동은 갑오개혁 이후 과거제도가 폐지되고 정부의 공문서에 국문 글쓰기가 공식적으로 등장한 후 사회 각 방면으로 빠르게 확대되었다. 우선 새로운 교육제도가 시행되면서 신식 학교가 설립되자, 서양 문물과 지식을 전달하기 위한 교과용 도서의 국문 출판이 널리 이루어졌다. 그 결과로 국문 독자층이 확대되었고, 문자 생활에서 한문의 제약을 벗어나 국문 사용이 폭넓게 확대된 것이다. 특히 이 시기에 대중적 매체로 등장한 신문과 잡지들이 국문 확대의 사회적 기반으로 작용하였다. 1896년 창간한《독립신문》이 순국문으로 간행된 뒤에《대한황성신문(大韓皇城新聞)》(1898)이 국문으로 발간되다가 뒤에《황성신문(皇城新聞)》으로 제호를 바꾸면서 국한문으로 고정되었고,《제국신문(帝國新聞)》(1898)은 창간 당시부터 국문 신문으로 일관된 성격을 유지하였다. 종교 계통의 신문 가운데《그리스도신문》(1897)도 창간 당시부터 국문 전용의 신문으로 출발하였다.《대한매일신보(大韓每日申報)》(1904)는 창간 당시부터 국한문 신문이었으나, 1907년부터 국문판《대한매일신보》를 별도로 발간한 바 있다.《만세보(萬歲報)》(1906)는 한자에 국문으로 음을 병기한 특이한 국한문 표기 방식을 수용하였고,《대한민보(大韓民報)》(1909)의 경우에도 국한문을 채택하고 있다. 여러 사회단체들이 간행한《기호흥학회월보(畿湖興學會月報)》(1908),《대한자강회월보(大韓自强會月報)》(1906) 등과 같은 수많은 학회지와《소년(少年)》(1908)과 같은 잡지가 국문 또는 국한문으로 출간되었으며 상업적인 출판사들이 국문 서적 출판에 앞장섰다. 더구나 국어국문에 대한 연구와 정리 작업도 주시경을 비롯한 여러 학자들에 의해 이루어지기 시작했으며, 1907년에는 정부 내에 국문연구소를 설치하여 국어국문에 대한 정책을 세우고 종합적인 연구를 할 수 있도록 하였다.

개화계몽 시대의 국어국문운동은 한문의 지배로부터 모든 담론을 근본적으로 해방시킴으로써 문화적 민주주의를 지향함을 분명하게 제시하고 있다. 국문은 누구나 쉽게 배울 수 있으며, 국문을 통해 새로운 지식과 정보를 누구나 쉽게 접할 수 있게 된다. 이러한 국문의 대중적 실용성은 한문 중심의 지배층의 문자 생활이 보여 주었던 문화의 계급적 폐쇄성의 파괴를 겨냥한다. 한문 중심의 관리 등용 제도였던 과거제도가 폐지되고 신식 교육이 실시되자 한문은 오랜 역사 속에서 지켜 온 지배층의 문자로서의 지위를 잃고, 교육 문화적 기능과 정보 전달 기능도 현저하게 약화된다. 그 대신에 국문 교육이 제도화되고 국문의 활용이 사회적으로 확대되면서, 개화계몽 시대의 새로운 지식과 정보, 문화와 교양은 모두 국문을 통해 수용되고 재창조되어 계급적 차별 없이 대중적으로 확산된다. 한국의 민중들은 자신들을 억압했던 한문 중심의 낡은 사고와 가치를 모두 벗어 버리고 국문을 통해 새로운 서양의 문물과 제도와 가치를 받아들인다. 낡은 것들이 모두 무너지고 새로운 것들이 그 자리에 대신 들어서는 변혁의 과정을 겪으면서, 한국의 민중들은 한국 사회가 '낡은 조선'에서 벗어나 새롭게 변화할 수 있다는 신념을 키울 수 있게 된다. 그리고 그들의 삶을 새롭게 변화시키는 것이 권력이 아니라 지식이라는 새로운 힘임을 국문을 통해 인식하게 된다.

국어국문운동을 통해 사회적으로 확대된 국문 글쓰기와 그 언어체로서의 국문체는 현실 속에서 살아 있는 모든 사회적인 담론의 유형을 포괄하며, 일반 대중의 일상 언어의 모순적이면서도 다층적인 목소리를 하나의 표현 구조로 담론화한다. 국문체는 언어와 문자를 통한 사물 인식 방법을 통합시켜 줌으로써, 한문으로부터 국문으로의 변혁이라는 문화적 기호의 전환이 한 사회의 사상과 이념과 가치를 혁명적으로 전환시킬 수 있음을 보여 준다. 국문을 통해 삶의 세계에 존재하는 말의 다양성을 그대로 문자로 구현할 수 있게 되자, 국문체는 일상의 언어에 담겨 있는 사건, 의미, 이념, 감정 등을 구체적인 담론의 형태로 산출하면서 사물에 대한 사고와 인식의 체계를 전환시키게 된 것이다. 그 결과로 한국 사회는 개화계몽 시대의 국어국문운동을 통해 현대적 의미의 문화적 민주주의의 기반을 준비할 수 있게 된다. 국어국문운동이 개화계몽 시대 이후 한국 사회의 문화적 변혁의 현대성을 말해 주는 핵심적인 징표가 되는 까닭이 바로 여기에 있다.

국문 글쓰기로서의 현대문학

개화계몽 시대의 국어국문운동은 문자 생활에서 국문 사용을 보편화하고 국문체를 정착시키면서 국문을 통한 여러 가지 새로운 글쓰기 방식을 가능하게 한다. 당시 새로운 대중매체로 관심의 대상이 되었던 신문, 잡지 등을 보면, 국문을 이용한 여러 가지 새로운 글쓰기 방법이 등장하고 있다.《독립신문》의 경우 국문 글쓰기의 새로운 가능성을 보여 주는 다양한 기사와 논설을 수록하고 있으며, 독자 투고 형식으로 여러 가지 형태의 시가를 싣고 있다.《독립신문》이후 대중매체로 여론의 중심에 자리 잡게 된 민간 신문과 잡지는 새로운 지식과 교양, 흥미와 오락에 관련되는 많은 읽을거리를 기사로 싣고 있다. 대부분의 신문들은 '사조'란이나 '학예'란을 두어 한시, 시조, 가사, 창가 등을 싣고 있으며, '소설'란을 고정시켜 다양한 서사 양식을 제공하고 있다.

국문 글쓰기의 사회적 확대 과정에서 다양한 분화를 보인 것이 서사 양식이다. 서사 양식이 추구했던 독특한 표현 구조가 국문체를 통해 가능했기 때문이다. 국문체는 조선 시대부터 전통적으로 고전소설의 문체였기 때문에 어떤 규범적인 형식이나 추상적인 체계로 존재했던 것이 아니다. 그것은 현실 속에서 살아 있는 모든 사회적인 언술 유형을 포괄할 수 있는 서사 양식의 문체로 변화해 왔다. 국문체가 다양한 언어 형식의 내적 분화를 통해 서사의 새로운 질서를 구현하고 있는 현상은 국문 글쓰기를 통해 추구하고 있는 이념과 가치가 서사 양식의 이념과 직결되고 있음을 말해 준다. 실제로 개화계몽 시대의 신문이나 잡지에서 가장 많이 찾아볼 수 있는 것이 서사이다. 신문과 잡지의 사건 기사는 모두 짧막한 서사이며, 사건에 대한 해설 기사도 서사가 주축을 이룬다. 서사는 양식적인 면에서 이야기와 그 이야기를 해 주는 화자의 존재로서 그 기본 구조가 결정된다. 그리고 각각의 양식이 추구하는 가치에 따라 설명, 묘사 등의 일반적인 산문 형태에서부터 논설, 대화, 토론, 연설, 풍자 등의 다양한 기술 방법이 수용된다. 경험적 사실에 근거하고 있는 전기, 역사물 등과 허구적 사실에 근거하고 있는 신소설, 우화 등은 서사 양식 가운데 문학적 형상성을 추구하는 대표적인 형태로서 이 시기 대중 독자에게 널리 수용되고 있다.

개화계몽 시대의 국어국문운동은 국문 글쓰기에 의한 새로운 시 형식의 발견을 가능하게 하고 있다. 조선 시대에 널리 성행했던 시조나 가사 등의 전통시가는 음악과 결합되어 발전했지만 원래 국문 글쓰기의 소산이다. 그런데 시와 음악의 분리라는 근대적 변혁 과정을 거치면서 새로운 시적 형식을 추구하게 된다. 시와 음악의 분리는 전통시가가 그 형식적 균형을 외형적으로 규제해 온 음악적 틀을 벗어나게 되었음을 의미한다. 그러므로 국문 글쓰기를 기반으로 새로운 시 형식을 창조하는 일은 새로운 시적 인식과 함께 그 미적 가능성을 확립하는 것이라고 할 수 있다. 근대적인 시적 형식의 발견은 상당 기간 동안 과도기적 혼돈을 거치면서 이루어진다. 국문 글쓰기를 기반으로 시가 하나의 주제를 발견하고 그 주제에 적합한 새로운 시적 형식을 구축해 가는 과정은 매우 특이하다. 이것은 국문 글쓰기의 시적 재탄생이라고 할 수 있다. 발견으로서의 시적 형식이라는 관점은 언제나 하나의 새로운 가능성을 창조하는 과정이라는 점에서, 개인적 욕망과 그 정서의 충동을 함축한다. 그리고 이것은 개인의 창조적 재능과 시적 상상력의 문제로 귀착되는 것이다.

현대문학의 제도적 정착

한문에 근거한 전통적인 글쓰기에는 문학이라는 말 대신에 일반적인 글을 가리키는 문(文)이라는 말이 널리 쓰인다. 글쓰기 또는 글 읽기를 모두 포괄하는 이 '문'이라는 말은 넓은 의미로 교양과 지식을 뜻한다. 글을 읽고 쓴다는 것은 인간의 삶의 도리를 익히는 하나의 수양의 과정이다. 글은 인간의 감성이나 취향의 영역에 속하는 것이 아니라, 본질적인 가치의 영역에 속하는 '인간의 삶의 도리를 담는 그릇(載道之器)'에 해당한다. 그러므로 조선 시대의 지배 계층은 글이 인간의 삶의 도리를 배우는 것이라는 전통적인 효용론적 관점을 바탕으로 한문의 권위와 품격을 지키기 위해 노력했던 것이다.

그런데 개화계몽 시대부터 새로운 글쓰기로서의 '문학'이라는 개념이 정립된다. 국문을 기반으로 하여 개방적이며 대중적인 문자 생활이 가능해지자, 다양한 글쓰기 방식이 실험되는 가운데 서양의 '문학(literature)'이라는 개념도 이 시기에 정착된다. 이광수는 일찍이 "문학은 정적 분자(情的分子)를 포함한 문장"이라고 한정한 바 있다. 이것은 문학이라는 말이 전통적인 글 또는 '문'의 개념을 벗어나 새로운 정서적 영역의 글쓰기로 규정되고 있음을 말한다. 이광수가 전통적인 '문'의 개념과는 다른 '문학'의 가치를 강조하는 것은 일본에서 습득한 서구적 지식에 근거하는 것이지만, 이 같은 관점의 변화를 통해 가치와 윤리의 영역까지 포괄하고 있던 문의 개념이 정서와 취향의 영역에 자리하고 있는 새로운 문학 개념으로 전환되고 있음을 확인할 수 있다. 이것은 학식과 교양과 덕망을 뜻하던 전통적인 문의 개념 대신에 문학이 상상력과 창조력의 소산이라는 특별한 예술의 영역으로 구분되기 시작하였음을 의미하는 것이다. 이러한 인식의 변화는 심미적인 것이 새로운 인간적인 가치의 하나로 자리 잡기 시작하였음을 뜻한다고 할 수 있다.

현대문학의 성립 과정에서 등장한 신소설이나 신시와 같은 새로운 문학 양식은 전문적인 문인 계층에 의해 이루어진 창작의 산물이다. 이 시기부터 직업으로서의 문필업이 등장하게 된 것은 국문운동에 의한 독자 대중의 사회적 확대와 연관된다. 그리고 이 대중적 독자층을 상대로 하는 서적 출판과 판매라는 자본주의적 유통 구조가 제도적으로 자리 잡으면서 전문적인 문필업이 새롭게 정착되었다고 할 수 있다. 실제로 개화 계몽 시대에 등장한 신문사나 잡지사에는 신문과 잡지의 읽을거리를 만들어 내는 전문적인 글쓰기에 종사하는 기자가 생겼고 소설을 쓰는 전문 작가도 등장하였다. 이들이 쓰는 글은 조선 시대의 지식층이 인간의 도리를 익히고 덕망을 쌓기 위해 행하는 글쓰기와는 그 성격이 전혀 다르다. 그것은 하나의 문화적 생산에 해당한다. 특히 새롭게 등장한 대중적인 신문은 전문적인 문필업의 형성을 위한 사회적 기반을 제공하였으며, 상업 출판사가 설립되면서 전문적인 글쓰기에 종사하는 사람들과 여러 가지 방식으로 연관을 맺고 이들의 글쓰기 활동을 지원하였다. 신문사에서는 전문적인 문필가들을 기자로 채용하였으며, 출판사는 문필가와 대중 독자 사이를 연결하는 매개적인 역할을 담당하였다. 문필가들이 쓰는 글은 출판사에서 서적으로 발간되어 일반 독자들에게 읽을거리로 제공되었다. 이에 따라 일반 독자들은 마치 자기 취향과 욕구에 맞는 물건을 구입하고 소비하듯이 글을 대하며 책을 구입하게 되었으며, 출판사는 일정한 이익을 문필가에게 제공할 수 있게 된 것이다. 이 시기에 신문에 연재되고 뒤에 단행본으로 출판되었던 신소설은 바로 이러한 대중적 욕구를 고려한 근대적인 글쓰기의 최초 산물이라고 할 수 있다. 지적 산물에 해당하는 소설이 본격적으로 상품화되어 근대적인 상업적 유통 관계에 의해 독자 대중과 만나는 최초의 사례가 바로 신소설인 셈이다. 국문을 통한 개방적인 언어 문자 생활이 가능해지기 시작한 새로운 글쓰기의 시대, 바로 여기에서 현대문학은 한국 사회문화제도의 변화를 기반으로 한국인의 삶의 가치와 그 정신을 포괄하는 현대성을 드러낼 수 있게 되는 것이다.

(3) 현대문학과 문학사 연구

문학과 문학사

한국 현대문학은 한국 사회의 근대적 변혁 과정에서 형성된 공동체의 산물이다. 이러한 규범적 의미는 한국 현대문학의 범위를 설정하기 위한 하나의 전제 조건이 된다. 그렇지만 한국의 현대문학은 문학이 기반하는 역사적 조건으로서의 현대를 어떻게 규정하느냐에 따라 필연적으로 그 성격과 내용이 달라질 수밖에 없다.

한국 현대문학사는 문학의 역사이기 때문에 한국의 현대사(또는 근대사)라는 말이 지시하는 시대적 범주를 벗어날 수 없다. 한국 현대문학사의 대상과 범주는 문학의 보편성과 역사적 실재성에 근거한 논리적 체계로 이해되어야 한다. 이 경우 필연적으로 직면하게 되는 문제가 문학과 역사의 본질에 대한 인식의 문제이다. 그리고 역사에 있어서의 현대(근대)의 개념과 문학에 있어서의 현대적(근대적)인 것의 개념에 대한 규정 문제이다. 여기에서 주목되는 것이 한국 현대문학이 추구해 온 문학의 보편적 특성과 그 역사적 이해라고 할 수 있다.

일반적인 의미에서 역사는 과거 사실에 대한 기술로 그 본질이 규정된다. 역사는 그 대상이 과거에 있었던 일이라는 점에서 사실성 자체를 중시한다. 그리고 그 논의의 객관성을 강조한다. 역사에서 다루어지는 모든 사실은 원인과 결과를 중심으로 하는 일련의 전개 과정으로 설명된다. 그러므로 여기에는 진행과 발전이라는 의미가 내포된다. 이것은 역사의 전개라고 명명되기도 하고 역사적 진보라는 개념으로 규정되기도 한다. 그러나 역사상의 모든 사건들은 각각의 개별적인 속성이 강조되기보다는 그것들이 드러내는 공통적인 성격을 바탕으로 보편적인 가치 개념을 중시하게 된다. 시대적 성격이라든지 집단적 의미라든지 하는 것이 역사에서 중시되는 이유가 여기 있다고 할 것이다.

문학의 경우는 이와 다르다. 문학은 그것이 어느 시대에 등장한 것이든지 간에 그 시대적인 위상이나 역사적 조건만 강조되는 것은 아니다. 문학이란 인간의 사상이라는 합리적 논의의 영역뿐 아니라 인간의 정서라는 개인적 감정까지도 함께 다룬다. 언어를 통해 이루어지는 인간 표현의 모든 영역이 문학 속에 포함되기 때문이다. 문학적 사실로서 개개의 문학 텍스트는 어떤 원인과 결과를 통해 드러나는 일련의 사건으로 인식될 수 없다. 문학 텍스트는 언제나 그 존재 자체가 중시되며 당대의 현실 속에서 재인식되고 재평가된다. 그러므로 문학 텍스트는 특정 시대에 등장한 것이지만, 반드시 그 특정 문맥에 고정되는 것이 아니라 전체적인 사회 문화적 맥락을 통해 의미를 구체화시킨다.

문학 텍스트는 본질이 고정된 것이 아니며 역동적이다. 문학의 체계

역시 선험적인 것이 아닌 가능성의 구조라고 할 수 있다. 여기에서 주의해야 할 것은 모든 문학 텍스트들이 이미 주어진 것이 아니라 역사적 체계로서 새롭게 구성해야 할 대상이라는 점이다. 문학 텍스트는 완결된 형태로 고정된 위치에 자리하는 것처럼 보이지만, 언제나 열려 있는 역동적 실체로 존재한다. 그것은 분명 그때 거기에 있었던 것임에도 불구하고, 언제나 새로운 가능성으로 새 시대의 독자와 만난다. 문학 텍스트는 각 시대의 개별적인 작가 의식의 창조적 산물이다. 그렇지만 그 시대와 함께 사라지는 것이 아니라 언제나 당대의 문학 속에 함께 어울려 존재한다. 다시 말하면 과거의 것들과 현재의 것들이 함께 축적되어 있는 것이다. 문학 텍스트는 어떤 발전의 단계에 따라 연속적인 역사적 흐름을 보여 주지 않는다. 그러나 역사적 실체로서 문학 텍스트를 이해하기 위해서는 문학 텍스트로서의 본질적인 속성뿐 아니라 역사적으로 형성되고 부여되는 시대적 의미를 동시에 포괄해야 한다. 문학 텍스트의 의미와 가치는 그 사회 문화적 기반에 대한 이해를 통해서만 더욱 풍부하게 조직화될 수 있기 때문이다.

문학사는 개별적으로 존재하는 문학 텍스트를 역사적 실체로 취급하며, 그 존재 방식과 의미와 가치를 하나의 역사적 관점으로 설명하고자 한다. 문학사 연구에서 다루는 문학 텍스트는 과거 속으로 사라져 버린 역사의 자취가 아니다. 문학사는 이미 소멸된 역사의 흔적을 찾아 나서는 작업이 아니라, 시대의 흐름 속에서 존재를 실현하고 있는 실체로서의 문학 텍스트에 대한 역사적 해석을 목표로 한다. 그러므로 문학사는 과거의 문학 텍스트를 통해 새로운 시대의 의미를 능동적으로 발견하고 재구성하는 논리적 체계라고 할 수 있다. 문학사 연구가 문학에 대한 끊임없는 질문인 동시에 발견의 과정이라고 하는 논리적 근거가 여기에 있다.

현대문학사의 시대 구분

한국의 현대문학의 역사적 전개 양상은 시대적 순서 개념을 따른다면 개화계몽 시대 문학→일본 식민지 시대 문학→민족 분단 시대 문학이라는 세 단계로 구분된다. 개화계몽 시대 문학이 주체적인 근대 지향 의식의 문학적 형상화라는 점에서 문학사적 의미를 인정받을 수 있다면, 식민지 시대 문학은 식민지 현실의 인식과 극복 의지의 문학적 구현에 문학사적 의미가 부여될 것이다. 마찬가지로 분단 시대의 문학은 분단의 극복과 민족 전체의 삶에 대한 총체적인 인식을 문제 삼는 경우 더욱 의미 있는 문학적 현상으로 평가될 수 있을 것이다.

개화계몽 시대는 한국 현대문학이 성립된 시기이다. 19세기 후반부터 한국 사회는 봉건적인 사회체제의 모순 극복을 위한 개혁운동이 각 방면에서 활발하게 전개되었고, 침략적인 외세의 위협에 대응하기 위한 자주독립운동이 지식층을 중심으로 점차 확대되었다. 정치적인 차원에서는 갑오개혁으로 근대화 작업이 시도되었으며, 동학농민운동을 통해 민중 의식의 성장도 분명하게 드러난다. 그리고 독립협회와 같은 사회단체가 결성되어 민권운동이 전개되기도 하였으며, 국권 회복을 위한 애국계몽운동이 많은 지식인들에 의해 추진되기도 하였다. 한국 현대문학은 이러한 사회적 변동 속에서 새로운 국문 글쓰기를 통해 다양한 양식들을 정착시킨다. 고전문학은 문학의 향수 방식 자체가 바뀌면서 근대적 변혁 과정을 거친다. 문학의 가치와 이념과 정신이 모두 새롭게 전환되고 문학의 양식과 기법도 변화를 추구한다. 개화계몽 시대에 새롭게 등장한 신문과 잡지 등을 통해 문학의 대중적 기반이 확대되자, 새로운 문학 양식들이 시대의 요구에 부합되는 주제를 담고 국문문학의 형태로 등장한다. 신소설이 대중적인 문학 양식으로 자리 잡고, 새로운 자유시 형식이 실험되기 시작한다. 그리고 근대적인 연극 공연이 처음으로 무대에서 상연되기도 했다.

한국 현대문학은 그 형성 단계에서 일제의 강점으로 말미암은 결정적 한계에 부딪히게 된다. 1910년부터 1945년까지 지속된 일본의 식민지 통치는 한국 민족의 모든 권한과 소유를 박탈하는 것부터 시작하여 민족의 존재와 그 정신마저 말살시키려는 방향으로 전개된다. 그렇기 때문에 한국 사회에는 모방과 굴종, 창조와 저항이라는 양가적인 속성을 지닌 독특한 식민지 문화가 성립된다. 하지만 한국 현대문학은 식민지 현실 문제에 대한 비판적 인식을 바탕으로 다양한 문학 양식을 정착시키면서 민족적 주체의 확립에 힘을 기울인다. 한국 현대문학은 1919년 3·1운동을 거치면서 식민지 현실에 대한 비판적인 인식을 주축으로 그 시야를 확대한다. 이 시기에 한국 민중의 궁핍한 생활상을 총체적으로 형상화하고 그 모순을 비판하는 현실주의적 문학의 경향이 마르크스주의와 결합하면서 조직적인 계급문학운동으로 전개된다. 그리고 식민지 상황으로 왜곡된 한국 사회의 현대화 과정에서 드러나는 사회적 모순에 가장 치열하게 대응하는 탈식민주의적 담론을 문학을 통해 생산하게 된다. 1930년대 한국문학은 집단적 이념 추구의 경향이 사라지고, 개인적 정서에 기초한 문학의 다양한 경향이 뚜렷하게 드러난다. 이 새로운 문학에서는 그 주제 의식에서 일상성의 의미가 강조되고 있으며, 문학의 기법과 언어와 문체를 중시하고 있다. 시정신의 건강성을 강조하면서 인간의 원초적인 생명력을 관능적으로 표현하는 시적 경향이 확대되면서 삶의 허무를 극복하려는 의지의 표상들이 시 속에 많이 등장한다. 한국문학은 일본 식민지 시대를 거치면서 일본어라는 제국의 언어에 대응하는 민족어의 보루로서 문화적 자기 정체성을 지켜 나갈 수 있는 정신적 근거가 된다.

1945년 한국의 해방은 민족문학의 방향과 지표를 재정립하는 새로운 계기가 되었다. 식민지 시대의 모든 반민족적인 문화 잔재를 청산하고 새로운 민족국가의 수립과 함께 참다운 민족문학을 건설해야 한다는 것은 당연한 시대적 요청이었던 것이다. 그러나 한국 민족은 국토의 분단에 이어 1950년 한국전쟁의 비극을 체험하게 된다. 이 전쟁으로 인하여 한국 사회는 이념적 분열을 심각하게 드러낸 채 분단 논리에 빠져들게 되고, 민족 전체의 삶에 대한 총체적인 전망이 불가능한 상태가 된다. 1960년 4·19혁명은 민족 분단과 전쟁으로 인한 한국 민족의 피해 의식과 정신적 위축을 현실적으로 극복할 수 있는 계기가 된다. 한국 현대문학은 이 시기부터 새로운 감수성의 변화를 겪으면서 개인적인 삶과 사회 현실에 대한 관심을 폭넓게 제기한다. 특히 한국 사회가 1970년대 군부독재의 폭력적인 정치 상황 속에서 급격한 산업화 과정을 겪게 되자 문학은 이러한 시대적인 상황과 첨예하게 대립하면서 사회적 민주화를 지향하게 된다. 한국문학의 성격을 민족문학이라는 개념 속에서 새롭게 논의하는 가운데 민중문학론이 대두되어 군부독재에 저항하는 반체제 문화운동을 선도한다. 시의 경우 일상적 경험의 진실성을 중시하고, 소설은 분단의 현실과 상황 문제를 포괄하면서 창조적 확대를 가능케 하고 있다.

　　한국 사회는 1990년대에 이르러 정치 사회적 민주화를 완성하였으며 산업화의 과정에서 겪어야 했던 혼란을 수습하기 시작한다. 한국 사회의 민주화 과정에서 문학을 통해 추구했던 치열한 역사의식이나 비판 정신 대신에 문학 자체의 예술적 가치를 고양하려는 움직임이 뚜렷하게 나타난다. 오늘의 한국문학은 한국적 특수성의 울타리 안에서 벗어나 세계화의 변화를 포섭하고 인류적 보편성의 가치를 구현하는 것에 더 큰 관심을 기울이고 있다.

실천으로서의 문학사 연구

　문학사의 목표는 그 연구 대상이 되는 작품들에 대한 역사적 관련성과 역사적 위치를 규정하는 작업이다. 이 작업은 창작을 둘러싼 모든 사회 문화적 조건들을 검토하고 이를 양식의 변화 양상과 결합시켜야 한다. 문학사 연구는 한편으로는 역사적 사실로서의 문학작품의 실체에 대한 확인 작업을 필요로 하며 동시에 그것이 드러내는 양식적 특성에 대한 비평을 수행해야 한다.

　문학의 양식은 문학 연구의 기초 개념이면서 동시에 문학적 현상에 대한 역사적 기술의 핵심을 이룬다. 문학의 역사적 전개 과정을 이해하는 데 있어서 문학의 양식 개념이 없다면 우리는 한 시대의 문학을 서로 연결시켜 보편적 성격과 공통된 경향을 갖는 총체적인 문학사를 서술할 수가 없다. 문학사의 흐름 속에 등장하는 수많은 문학작품들이 어떤 경향을 드러내고 있는지를 확인하기 위해서는 먼저 문학의 양식 개념에 따른 분류와 정리 작업이 필요하다. 문학의 양식 개념은 구체적이며 개별적인 수많은 작품들을 하나의 관념 속으로 끌어들여 논의할 수 있는 유일한 논리적 실체이기 때문이다. 하지만 문학사 연구는 다양한 문학 양식을 사실적으로 나열하는 것이 아니라 그것을 역사적으로 통합하는 종합에 대한 감각이 필요하다. 결국 문학사 연구는 문학 양식에 대한 역사적 설명과 각각의 텍스트에 대한 문학적 해석을 수반해야 한다. 문학사 연구가는 문학 양식으로부터 추상할 수 있는 지배적 관심을 통해 각각의 텍스트가 지니는 역사적 존재 의미를 규정하게 되는 것이다.

　한국문학은 다른 민족의 문학과 구별될 수 있는 특정한 역사적 토대와 문화 기반 위에서 생성된 구체적 역사성을 가지고 있다. 문학사 연구는 바로 이러한 한국문학의 본질 해명에 필요한 논리적 근거의 확보를 위해 존재해야 하는 것이다. 문학사 연구의 방법은 한국문학의 현상을 논리적으로 설명하기 위한 원리로서 의미를 지니는 것이다. 그러나 문학 사적 체계의 논리적 완결성에 집착한 나머지 한국문학의 다양성을 단순 화시켜서는 안 된다. 문학사 연구를 통해 한국문학에서 잘 짜인 하나의 통일된 질서를 발견하고자 하는 것은 문학사 연구자의 욕망이다. 한국문 학을 역사적으로 연구한다는 것은 문학의 다양한 현상을 놓고 거기서 어 떤 질서를 발견하고자 하는 탐색의 과정이라고 할 수 있다.

그러므로 한국 현대문학사 연구는 문학의 역사적 연구라는 방법론적 차원에서 논의될 성질의 것만은 아니다. 문학사는 창조적인 예술로서의 문학을 학문이라는 논리적 범주 속에서 해석하고 평가하는 것을 목표로 한다. 물론 여기에서 해석과 평가라는 것 자체가 가지는 실천적 의미를 무시할 수는 없다. 문학사 연구는 독자적인 방법론에서 출발하는 것이 아니라, 역사상 등장한 모든 문학적 현상들을 대상으로 그 다양성의 의 미를 전체적으로 해석해 내려는 실천 작업인 것이다.

1장
한국 근대문학의 성립

1 국어국문운동과 근대문학의 등장

(1) 국어와 국문의 재발견

한국 근대문학[1]은 19세기 중반 이후 전통 사회가 붕괴되고 새롭게 근대적 사회로 변모되기 시작하는 상황 속에서 성립되고 있다. 이 시기의 사회 문화적 변화 가운데 가장 주목되는 것은 전통적인 한문 글쓰기가 주도권을 상실하고 국어와 국문이라는 단일한 언어 문자를 기반으로 하는 국문 글쓰기가 자리 잡게 되었다는 점이다. 동아시아의 한자 문화권에 속해 있던 한국에서는 전통적으로 한문 중심의 글쓰기가 지배층 문화의 주류를 이루어 왔다. 조선 시대에 시를 쓴다는 것은 한문으로 한시를 짓는다는 것을 뜻했다. 한국어로 창작한 전통적인 시조나 가사 등은 모두가 가창하기 위해 만들어진 노래로서 가요, 가사, 가곡 등의 명칭으로

---

1 여기에서 '근대문학'이라는 용어는 19세기 중반 이후부터 해방에 이르기까지의 문학을 지칭하는 개념으로 사용한다. 그러므로 '근대문학'은 '현대문학사'의 전반부에 해당한다고 할 수 있다. 이러한 구분은 근대/현대의 경계의 모호성을 극복할 수 있는 근본적인 방법은 아니지만 당분간은 이 구분법을 따르기로 한다.

불려 왔다. 시로서의 한시와 노래로서의 가곡이나 가사가 양립하여 발전해 온 것은 한국인들이 오랫동안 중국으로부터 전래된 한자를 중심으로 이원화된 언어 문자 생활을 영위해 온 데서 비롯된 일이다. 자신의 주장을 내세워 어떤 문제를 논하거나 사실을 설명하는 경우에도 한문으로 글을 쓸 수밖에 없었다. 15세기 중반 훈민정음의 창제와 함께 구술 언어와 문자 언어가 국어와 국문이라는 단일한 언어 문자 체계로 일원화할 수 있는 가능성을 확보하였지만, 조선 사회의 문화적 특수성으로 인하여 문자 생활의 이중성은 오히려 강화되었다.

조선 시대 이전부터 지배층의 이념과 사상을 대변해 온 것은 한문이다. 지배층의 전유물이었던 한문은 그들이 몸담았던 중화사상의 근거로서, 지배층이 필요로 하는 지식과 이념을 생산하고 그것을 대변해 왔다. 한문은 중화주의 이념의 언어적, 의미론적 중심이다. 한국인들이 고유의 언어를 사용하고 있었으면서도, 중국의 한문을 유일한 진리의 문자로 부각시켰던 것은 이 때문이다. 그러므로 훈민정음 창제와 함께 등장한 국문 글쓰기는 공식적인 사회 문화적 제도와 일정한 거리를 두고 있었던 것이 사실이다. 조선 시대 지배층은 국문 사용을 거부하고 국문의 지위를 언문이라는 이름으로 격하했다. 국문은 한문을 번역하는 수단으로 이용되거나 아녀자들의 의사 전달 수단으로 고정되었으며, 시조, 가사, 소설과 같은 문학 양식에서 '언문체'라는 고유의 문체로 남게 되었다. 조선 시대에 국문 글쓰기를 공식적으로 활용한 것은 경서의 언해 작업에서이다. 경서의 번역 문체로 널리 이용된 '언문체'는 인간의 삶의 규범과 이념의 제시를 목표로 하는 장중한 문체로 고정되어 있어서, 언어의 실제적인 가치를 규정해 주는 대화적 공간을 제대로 유지하지 못하고 있다. 아녀자들이 주고받는 편지 역시 '언문체'가 주종을 이루었지만 편지글이라는 격식을 지키기 위해 어조의 단일성을 유지하고 있으며, 시조나 가사의 경우는 가창되는 음악 형식에 따라 그 표현 구조가 고정된다. '언문체'를 폭넓게 구현했던 고전소설의 경우에도 어조의 단일성이 강하다. 고전소설은 서술자의 어조가 작가의 단일한 목소리로 고정되어 있기 때문에 일상어의 다양성을 제대로 반영하지 못하는 한계를 드러내고 있다.

그런데 19세기 중반에 이르러 개화계몽운동의 일환으로 국어국문운동[2]이 대중적으로 확산되기 시작한다. 국어국문운동은 국문이라는 하나의 언어체를 통해 언문일치의 이상을 실현한 문체변혁운동이다. 19세기 말부터 전개된 국어국문운동은 민족의 주체적 인식이 사회적으로 확대되는 과정에서 자연스럽게 촉발된 하나의 사회문화운동으로서, 문자 생활의 새로운 변혁을 통해 지식과 정보의 대중화를 가능하게 한다. 그리고 출판 인쇄물의 증가, 사회 활동과 교육의 확대 등을 통해 언어 문자의 사용에 대한 새로운 질서를 확립하게 된다. 국어국문운동은 개화계몽운동의 중심에 자리하면서 봉건적인 조선 사회의 낡은 제도와 관습과 가치의 붕괴를 촉진시키고 새로운 시대에 적응할 수 있는 모든 가치 개념을 국문 글쓰기를 통해 대중적으로 확산시킨다.

국어국문운동을 통해 가능해진 국어국문에 대한 독자적인 인식과 그 중요성에 대한 자각은 봉건적인 조선 사회의 붕괴와 함께 확대된다. 외세의 위협에 대응하기 위해 독립 의식을 강조하고 정치 사회적 변혁을 요구하는 동안, 민족의식과 문화의 바탕이 되는 언어 문자의 민족적 고유성이 강조된다. 언어와 문자의 고유성이란 민족 동일성과 정체성의 핵심 요건에 해당한다. 그리고 이것은 자주 독립의 당위성을 주장할 수 있는 근거가 되기도 한다. 그런데 여기에서 그동안 지배층만이 사용해 온

---

2 이기문, 『개화기의 국문 연구』(서울대 한국문화연구소, 1970) 참조.

한문이 주체로서의 민족의 글이 아니라, '타자로서의 중국'의 글이라는 사실이 문제가 된다. 한문의 사용은 언어 문자의 민족 동일성과 배치되는 것이기 때문이다. 이러한 인식에 근거하여 한문 배제의 논리가 자연스럽게 확대된다. 그리고 국문의 민족적 독자성을 통해 자기 정체성에 대한 인식을 분명하게 가지게 되면서 새로운 시대에 적응할 수 있는 가치 개념을 국문으로 내세울 수 있게 된 것이다.

국어국문운동은 누구나 새로운 지식과 정보를 국문으로 쉽게 접할 수 있다는 사실을 신문, 잡지와 같은 매체를 통해 실천적으로 보여 준다. 국문의 확대 보급은 지식과 정보, 문화와 교양을 계급적인 구분이 없이 대중적으로 확산시켰다. 이 과정에서 한문은 지배층의 문자로서의 절대적 지위를 잃게 되었으며, 교육 문화적 기능과 정보 전달 기능이 현저하게 약화된다. 그 반면에 민족의 독자적인 문자로서의 국문의 대중성과 실용적인 가치가 크게 주목되면서 국문 글쓰기를 통한 지식과 정보의 사회적 확대가 가능해진다. 국문은 누구나 쉽게 배우고 쓸 수 있기 때문에 서구의 새로운 문물과 지식과 가치가 모두 국문 글쓰기를 통해 수용되고 재창조할 수 있게 된다. 이 변혁의 과정 속에서 한국의 민중들은 국문을 통해 새로운 서구의 문물과 제도와 가치를 받아들이는 대신 그동안 자신들을 억압했던 낡은 것들을 한문과 함께 모두 버리게 된다. 그리고 민중을 자발적으로 움직이게 하는 것이 권력이 아니라 지식이라는 새로운 힘임을 알아차리게 된다. 그러므로 국문 글쓰기를 통한 새로운 문화와 교양의 대중적 확산은 한국 사회의 문화 민주주의적 기반을 형성하는 데에 크게 기여하게 된다. 국어국문운동과 국문 글쓰기의 확대가 개화계몽 시대 이후 이루어진 사회 문화적 변혁의 근대성[3]을 말해 주는 핵심적인 징

---

3 권영민, 「국어국문운동과 담론의 근대성」, 『서사 양식과 담론의 근대성』(서울대 출판부, 1999), 30쪽.

표가 되는 이유가 바로 여기에 있다.

한국인의 언어 문자 생활은 국어국문운동이 사회적으로 확대되자 크게 변화한다. 한문 대신에 국문을 통한 새로운 글쓰기 방법이 일반화되면서 한문이 문화의 중심 영역에서 밀려나고 새로운 국문 글쓰기의 양식들이 등장하게 된다. 여기에서 주목해야 할 것은 전통적인 문학 양식의 존재 방식에 있어서 매우 중요한 두 가지 변화가 나타나고 있다는 점이다. 하나는 구술문학의 설화성으로부터 기록문학의 문자성으로의 전환이며, 다른 하나는 양식의 고정성으로부터 개방성으로의 변화이다. 이두 가지의 변화는 근대문학의 형성을 가능하게 한 일종의 문학사적 전환에 해당한다고 할 수 있다. 문학에 있어서의 구술적 요소의 극복은 국문보급 이후 구비문학의 영역이 점차 좁아진 것과 관련된다. 특히 창(唱)에 의존하여 전승된 시조라든지 단가 등이 개화계몽 시대 이후 음악으로서의 창과 분리되면서 새로운 변화를 겪게 되는 것도 이와 연관된다고 할수 있다. 문학 양식의 개방성에 대한 지향은 한문학 양식이나 전통문학양식에서 볼 수 있는 고정성이 붕괴되고 새로운 문학 양식이 형식과 정신의 자유로움을 추구하는 과정을 말하는 것이다.

결국 국어국문운동을 통한 국문 글쓰기의 확대는 한문 중심의 폐쇄적문화 공간을 붕괴시키고, 그 공간으로부터 소외되었던 민중을 글쓰기와글 읽기의 영역으로 새롭게 끌어들인다. 글쓰기와 읽기의 주체가 다양한 사회 계층으로 확대되자 국문 글쓰기 방식도 점차 다양해지면서 글쓰기의 주제와 양식, 문체와 표현 방법 등도 새로운 규범을 확립할 수 있게된다. 특히 국문 글쓰기의 사회적 확대는 새로운 글쓰기로서의 문학이라는 제도가 성립될 수 있는 기반이 되고 있다. 개화계몽 시대 국어국문운동은 국문 글쓰기의 확대를 통해 새로운 근대문학의 등장을 가능하게 했던 것이다. 다시 말하자면 한국 근대문학의 성립은 국어국문운동을 기반으로 하는 새로운 국문 글쓰기의 탄생을 의미한다고 할 수 있다.

(2) 국어국문운동과 개화계몽운동

국어국문운동의 사회적 확산

국어국문운동은 1894년 갑오경장 이후 근대적인 교육제도가 확립되면서부터 그 사회적 실천 기반을 확립한다. 고종은 1895년 조선 왕조의 자주독립을 서고(誓告)하면서 '홍범(洪範) 14조'를 통해 근대 교육제도의 필요성을 강조하였으며, 교육을 전담하는 부서로서 학무아문(學務衙門)을 학부(學部)로 개편하고 교육제도를 새롭게 정비한다. 그리고 교육입국조서(敎育立國詔書, 1895)에서 새로운 교육의 구체적인 시행 방침을 규정하고 있다. 그 후 한성사범학교를 개교하여 체계적인 교사 양성이 가능하도록 조치하고, 소학교령(小學校令, 1895)에 의해 수업 연한을 6년으로 하는 관공립 소학교를 전국 각 지방에 설립하게 된다.

이같이 교육제도가 정비되면서 민간에 의한 교육운동이 활발하게 전개된다. 기독교 선교 활동을 기반으로 하여 설립된 배재학당(1885)이나 이화학당(1886)과 같은 학교들이 대중 교육에 앞장섰고, 1900년대에 접어들어서는 사립 중등교육기관으로 양정의숙(1905)에 이어 1906년에 휘문의숙, 명신여학교(숙명고등여학교), 진명여학교 등이 동시에 개교한다. 1905년 보성전문학교, 한성법학교 등의 고등교육기관도 설립된다. 이 새로운 교육 기관들은 대체로 국어, 국사, 수신 등을 중요 교과목으로 편성해 교육하면서, 서구의 새로운 문물과 제도, 근대적 이념과 가치를 수용하고자 하는 개화사상을 널리 강조하게 된다. 학부에서는 이들 학교 교육을 위해 국문 또는 국문과 한자를 혼용한 국한문을 활용하여 교과용 도서를 발간하고 보급하게 된다.

갑오경장 이후 개혁 방안에 따라 한문에 의존했던 관료 등용 제도인 과거제도를 폐지하자 한문 교육의 전통 자체도 크게 약화된다. 반면 국가에서 실시하는 보통 시험에 국문이 정식 과목으로 포함되어 국문의 중요성이 더욱 강조된다.[4] 의정부 학무아문에는 국문표기법의 규정과 국문교과서 편집을 담당하는 편집국을 신설한다.(1894. 7. 20) 국가 차원에서 개혁적인 어문 정책의 기초를 담당하기 위해서다. 그리고 모든 법률 칙령을 국문으로 기본을 삼고 한문으로 번역하거나 국한문을 혼용한다는 칙령을 공포(1894. 11. 21)함으로써, 국문 사용을 모든 공적인 언어 문자 생활에서 공식화하게 된다.

이처럼 국문 사용이 제도적으로 정착되면서 대중적인 독자층을 상대로 하는 국문 신문과 잡지의 간행이 이루어진다. 그리고 각급 학교의 교과용 도서 출판은 물론 대중적인 읽을거리로서 다양한 국문 서적 출판이 이루어지게 된다. 1896년 창간한《독립신문》이 순국문으로 간행되었고,《독립신문》의 발간 이후《대한황성신문》이 국문으로 발간되다가 뒤에《황성신문》으로 이름을 바꾸면서 국한문으로 편집하게 된다.《제국신문》(1898)은 창간 당시부터 국문 신문으로 일관된 성격을 유지하였고, 종교 계통의 신문 가운데《그리스도신문》도 창간 당시부터 국문 전용 신문으로 출발했다.《대한매일신보》는 창간 당시부터 국한문 신문이었으나, 1907년부터 국문판《대한매일신보》를 별도로 발간한 바 있다.《만세보》는 한자에 국문으로 음을 병기한 특이한 국한문 표기 방식을 수용하였고,《대한민보》(1909)의 경우에도 국한문을 채택하고 있다.

---

4 군국기무처, 「전고국조례(銓考局條例)」,(1894. 7. 12).

개화계몽 시대의 국어국문운동은 전문적인 연구자들의 여러 연구 작업을 통해 언어 문자의 규범과 그 이론적 기반을 확립하고 있다. 이 시기에 지석영의 「국문론(國文論)」(1896), 「신정국문(新訂國文)」(1905), 「언문(諺文)」(1909), 이봉운의 「국문정리(國文整理)」(1897), 유길준의 「대한문전(大韓文典)」(1908), 주시경의 「대한국어문법(大韓國語文法)」(1906), 「국어문전음학(國語文典音學)」(1908), 「국어문법(國語文法)」(1910), 「말의 소리」(1914) 등과 같은 본격적인 저술이 나오면서 국어국문 연구에 새로운 장을 열었다. 특히 1907년 학부 안에 국문연구소(國文硏究所)를 개설하여 국어국문에 대한 연구를 국가적인 사업으로 추진하면서 국문의 원리, 연혁, 사용법, 장래의 발전 등을 연구하게 된다. 이 연구 작업에는 윤치호, 이능화, 권보상, 이종일, 어윤적, 주시경 등이 가담하였다. 국문연구소는 1909년 「국문연구의정안(國文硏究議定案)」을 통해 국문의 문자 체계의 정리, 맞춤법의 규정, 용자법의 확정 등에 대한 여러 논의를 종합하면서, 국문 사용의 확대 과정에서 나타난 표기 체계의 혼란을 극복하기 위해 국문에 관한 새로운 여러 가지 규범을 제정하고자 노력하게 된다.

국어국문운동의 논리적 기반

국어국문운동에서 선구적 역할을 담당했던 인물은 주시경[5]이다. 주시경은 전통적인 한문의 운학(韻學)에서 벗어나 서구 언어학의 관점에서 근대적인 국어 연구의 이론적 기반을 이루었다. 그는 국어의 문법에 대

---

5 주시경(周時經, 1876~1914). 호는 한힌샘. 황해도 봉산 출생. 1894년 배재학당 입학. 1896년 《독립신문》 교정원으로 일하면서 조선문동식회(朝鮮文同式會)를 만들어 국문 표기법을 연구. 「대한국어문법」, 「국어문전음학」, 「국어문법」, 「말의 소리」 등을 저술하여 국어학 연구와 국어 문법의 기초를 확립함. 참고 문헌: 이기문, 「개화기의 국문 연구」(서울대 한국문화연구소, 1970); 김민수, 「주시경 연구」(탑출판사, 1986); 송철의, 「주시경의 언어 이론과 표기법」(서울대 출판문화원, 2010).

한 연구를 비롯하여 국문 사용에 관한 여러 가지 연구를 지속하면서, 특히 국문 전용 문제에 커다란 관심을 기울였다. 그의 국문 전용에 대한 주장은 한국 민족의 언어와 문자가 지니고 있는 독자성을 강조하려는 측면도 있지만, 무엇보다도 국문의 대중성과 실용성에 주목하여 문자 생활의 변혁을 추구한 것이라고 할 수 있다. 그의 국어국문에 대한 연구 활동과 사회적 실천 운동은 1896년 독립신문사 안에 설립된 '조선문동식회'에 가담하면서 시작되어 1907년 설립된 국문연구소에서의 연구를 통해 더욱 발전되었고, 여러 교육 기관을 통한 국어 강습 활동으로 확대되었다. 이 같은 그의 계몽 활동은 지식층들이 한문만을 고집하여 씀으로써 생겨난 이중적인 문자 생활의 폐단을 극복하고 국어와 국문을 사용하여 언어 문자 생활을 일치 통일시켜야 한다는 점에서, 뜻있는 사람들의 관심을 불러일으켰다.

(가)

社會는 여러 사람이 그 뜻을 서로 通ᄒ고 그 힘을 서로 聯ᄒ여 그 生活을 經營ᄒ고 保存ᄒ기에 서로 依賴ᄒ는 因緣의 한 團體라. 말과 글이 업스면 어찌 그 뜻을 서로 通ᄒ며 그 뜻을 서로 通ᄒ지 못ᄒ면 어찌 그 人民이 서로 聯ᄒ여 이런 社會가 成樣되리오. 이러므로 말과 글은 한 社會가 組織되는 根本이요, 經營의 意思를 發表ᄒ여 그 人民을 聯絡케 ᄒ고 動作케 ᄒ는 機關이라. 이 機關을 잘 修理ᄒ여 精錬ᄒ면 그 動作도 敏活케 홀 거시요, 修理치 아니ᄒ여 魯鈍ᄒ면 그 動作도 窒礙케 ᄒ리니 이런 機關을 다스리지 아니ᄒ고야 어찌 그 社會를 鼓振ᄒ여 發達케 ᄒ리오. 그뿐 아니라 그 機關은 漸漸 녹슬고 傷ᄒ여 畢竟은 쓸 수 업는 地境에 至ᄒ리니 그 社會가 어찌 혼자 될 수 잇스리오. 반드시 敗亡을 免치 못홀지라. 이런즉 人民을 가ᄅ쳐 그 社會를 保存ᄒ며 發達케 ᄒ고자 ᄒ는 이야 그 말과 글을 닥지 아니ᄒ고 엇지 되기를 바ᄅ

리오. 이러므로 옛날 羅馬가 强盛홀 쩌에 그 말과 글을 유로바와 아시아 西便과 아프리카 北便 여러 나라에 行ᄒ다가 마춤닌 隸屬ᄒ거나 倂呑ᄒ엿스며, 東亞에 支那가 그 글을 近方에 行ᄒ여 이내 附庸ᄒᄂ 弊가 만코 예로 지금ᄭ지 아시아든지 유로바에 그 祖先의 말과 글을 닥지 아니ᄒ고 他國의 말과 글이 들어옴을 받아 因ᄒ여 主權을 일코 그 奴隸가 되ᄂ 者ᄂ 이루 다 말할 수 업거니와 아메리카와 아프리카와 大洋洲 여러 區域에 각각 그 地方 말이 잇스되 말이 다 零星ᄒ고 혹은 글도 잇스나 글이 ᄯ한 疏陋ᄒ더니 現今에 天下가 서로 通ᄒ여 그 生活을 爲ᄒᄂ 競爭時代를 當ᄒ매 모두 그 疆土를 他人에게 見奪하고 人種도 거진 滅ᄒ지라.[6]

(나)

이 디구상 륙디가 텬연으로 구획되어 그 구역 안에 사ᄂ 흔 썰기 인종이 그 풍토의 품부흔 토음에 덕당흔 말을 지어 쓰고 또 그 말 음의 덕당흔 글을 지어 쓰ᄂ 것이니 이러므로 흔 나라에 특별흔 말과 글이 잇ᄂ 거슨 곳 그 나라가 이 세상에 텬연으로 흔 목 ᄌ쥬국 되ᄂ 표요 그 말과 그 글을 쓰ᄂ 인민은 곳 그 나라에 속ᄒ여 흔 단톄 되ᄂ 표라 그러므로 남의 나라흘 쎼앗고져 ᄒᄂ 쟈 그 말과 글을 업시ᄒ고 제 말과 제 글을 ᄀ르치려 ᄒ며 그 나라흘 직히고져 ᄒᄂ 쟈ᄂ 제 말과 제 글을 유지ᄒ여 발달코져 ᄒᄂ 거슨 고금 텬하 사긔에 만히 나타난 바라 그런즉 내 나라 글이 다른 나라만 못ᄒ다 홀지라도 글을 슝상ᄒ고 곳쳐 죠흔 글이 되게 홀 거시라 (중략) 전국 인민의 ᄉ샹을 돌니며 지식을 다 널펴주랴면 불가불 국문으로 각식 학문을 져술ᄒ며 번역ᄒ여 무론 남녀ᄒ고 다 쉽게 알도록 ᄀ르쳐 주어야 될지라 영미법덕 ᄀᄐ흔 나라들은 한문을 구경도 못ᄒ엿스되 져럿틋 부강홈을 보시오 우리 동 반

---

6 주시경, 「대한국어문법 발문」, 『국어학 자료 선집』 5권, 국어학회 편(일조각, 1993), 239~240쪽에서 재인용.

도 수천여 년 젼부터 기국호 이쳔만즁 사회에 날로 쎠로 통용호는 말을 입
으로만 서로 젼호던 것도 큰 흠졀이어늘 국문 난 후 긔빅년에 즈던 호 칙도
만들지 안코 한문만 슝샹호 것이 엇지 붓그럽지 아니호리오 지금 이후로 우
리 국어와 국문을 업수히 녁이지 말고 힘써 그 법과 리치를 궁구호며 즈뎐
과 문법과 독본들을 잘 만달어 더 죠코 더 편리호 말과 글이 되게 홀 쑨 아니
라 우리 왼 나라 사름이 다 국어와 국문을 우리나라 근본의 쥬쟝 글로 슝샹
호고 사랑호여 쓰기를 브라노라[7]

앞의 인용에서도 볼 수 있듯이 주시경은 각 민족의 언어라는 것이 지
역과 인종에 알맞게 천명에 따라 자연 발생적으로 형성되었다고 주장하
면서 국어가 지니고 있는 민족적 독립성과 특수성을 강조하였다. 그는
지역공동체, 혈연공동체, 언어공동체라는 세 가지 요소의 통합적인 요
건을 지니고 있는 것이 바로 민족임을 분명히 하였고, 민족의 독립과 발
전은 이들 세 가지 요건이 여타의 다른 민족과의 사이에 드러내는 차이
를 통해 더욱 확고해질 수 있다고 하였다. 그는 국가의 독립은 먼저 그 기
반이 되는 지역을 확보해야 하고, 국가의 주체로서 종족의 집단이 이루어
져야 하며, 그 특성을 구성하는 언어의 독자성을 인정받아야 한다고 하였
다. 이에 따라 주시경은 민족의 언어를 수립하는 일이야말로 국가의 독립
과 발전에 기초가 된다고 생각하였다. 그리고 국성을 장려하고 보존하기
위해 국어와 국문을 애중히 해야 하며 와전, 오용되고 있는 어문을 바로
잡는다면 그것이 바로 국가의 위세를 회복할 수 있는 길이라고 믿었다.
　주시경은 국어와 국문의 민족적 독자성과 고유성을 주장하면서 조선
시대 지배층의 전유물이었던 한문이 한국 민족의 언어와 어울리는 문자

7 주시경, 「국어와 국문의 필요」, 《서우》 2호(1907. 1).

가 아니라 중국인들이 쓰는 남의 것이라는 사실을 분명히 하였다. 그는 한문이 남의 글이기 때문에 국어와 어울리지 않으며, 배우기도 쓰기도 어렵다는 점을 지적하면서 한문을 익히기 위해 한국인들이 너무 많은 노력을 기울이고 있다는 사실을 문제점으로 지적하였다. 그리고 국문을 쉽게 배우고 사용함으로써 지식과 기술을 널리 보급할 수 있음을 강조하면서 국어와 국문을 통해 민족의 자존과 독립을 지킬 것을 주장하기도 하였다.

주시경의 노력이 한편으로는 국어국문의 학문적 연구로 심화되고 다른 한편으로 계몽운동으로서의 국어국문운동으로 확산되는 동안, 개화 계몽운동을 주도했던 박은식, 장지연, 신채호 등도 국어국문에 관심을 기울이면서 국문 사용의 타당성과 필연성을 강조한다. 이들은 한문을 통해 학문과 사회 경륜을 키워 왔으나 자기 학문의 근거를 부정하고 국문의 가치와 그 중요성을 역설하였다.

박은식은 「흥학설(興學說)」, 「학규신론(學規新論)」[8] 등에서 국가의 문명이 융성하고 백성이 학식을 지니려면 국문 전용 교육이 필요하다고 역설한다. 그는 국어국문운동에 적극 참여하면서 모든 한문 서적들에 대한 국문 번역의 필요성도 강조한다. 그리고 국민 교육을 위한 하나의 방편으로서 국문 교육을 제안한다. 새로운 지식을 일반 백성들에게 계도하기 위해서는 국문 교육이 그 전제가 되기 때문이다. 이러한 주장은 장지연의 「국문관계론(國文關係論)」[9]에서도 확인할 수 있다. 장지연은 언어 문자의 독립적 특질, 한문의 폐해, 국문 사용의 필요성 등을 논하면서, 문자는 각기 그 나라의 말과 소리에 따라 나온 것이며, 각국의 말과 글이 독특한 것은 그 습속의 차이에서 연유된 필연적인 현상이라고 주장한다.

---

8 박은식, 『박은식 전서(朴殷植全書) 중권(中卷)』(단국대 출판부, 1975) 참조.
9 장지연, 『위암문고(韋庵文稿)』(국사편찬위원회, 1971), 229쪽.

그는 모든 인간들의 언어가 서로 다르고 무궁하므로, 하나의 문자를 만들어 국가의 언어를 일치시켜 나아가게 되는 것은 필연적인 일이라고 설명한다. 그리고 한 나라의 글이라는 것은 그 나라의 독립을 완전히 할 수 있는 기반이 된다고 주장한다. 신채호의 경우에도 장지연과 마찬가지로 언어와 문자의 민족적 고유성을 강조하고 있다. 그는 국문으로 쓴 문학만이 참된 민족문학이 될 수 있다는 새로운 인식을 보여 준다. 그리고 국문의 소중함을 강조하면서 국문을 통한 민족문화의 형성을 중시한다. 그는 자국의 언어로 자국의 문자를 편성하고 그것으로 자국의 역사서와 지지(地誌)를 편찬하여 백성들이 받들어 읽고 전할 수 있게 해야만 고유한 민족의 정서를 보유, 지탱하고 애국심을 고양할 수 있을 것이라고 주장한다.[10]

이와 같은 개화계몽운동가들의 국문 전용론은 교육과 신지식의 보급이라는 실용적인 요구를 담고 있을 뿐만 아니라, 언어와 문자라는 것이 한 나라의 국민의 심성을 바로잡고 국가의 독립을 완전히 할 수 있다는 일종의 '언어 민족주의'[11] 관념을 바탕에 깔고 있다. 각 민족마다 다른 언어와 문자가 바로 그 민족의 특수성을 규정해 주는 요건이 된다는 생각은 언어와 민족의 일치를 강조하고 민족의 독자성을 내세우기 위해 필요한 것이다. 이들의 주장은 언어 문자의 민족적 특성에 대한 인식을 통해 위기에 처한 민족의 자주 독립에 대한 요건을 새롭게 각성시키고 있다는 점에서 그 의의를 평가할 수 있다. 장지연이 각 나라의 말이 그 나라의 인습과 풍속에 따라 서로 다르고 각 나라 안에서 하나의 문자로 언어를 통일시켜 나아간다고 말한 것이나, 주시경이 나라마다 독특한 언어와 문

---

10 신채호, 「국한문의 경중(輕重)」, 『신채호 전집 별집』(신채호전집간행위원회, 1972), 75쪽.
11 이 용어는 이병근, 「애국계몽 시대의 국어관」,《한국학보》 12집, 1978)에서 그대로 옮겨 온 것이다. 이 글에서는 '언어 민족주의 사상'이라는 용어도 사용하고 있다.

자를 갖고 그것을 유지, 발전시켜 나라를 지킨다고 한 것은 모두 언어 문자의 국가적, 민족적 특수성을 강조한 것이다. 이러한 견해는 언어 문자의 특수성에 대한 인식으로부터 민족국가의 전통성이나 고유성에 대한 관심으로 확대되고, 그것이 다시 민족국가의 독립성, 자주성에 대한 인식으로 발전하게 된다.

(3) 국문 글쓰기의 사회적 확대

《독립신문》의 국문 전용

개화계몽 시대의 국어국문운동이 당시 언어 문자 생활에서 국문 사용을 사회 문화적으로 확대시키는 데에 결정적으로 기여하게 된 것은 《독립신문》의 국문 창간(1896)이다. 《독립신문》의 국문 글쓰기는 누구나 쉽게 국문으로 신문을 읽을 수 있게 하면서 국문 해독층의 증가와 함께 국문 글쓰기를 기반으로 하는 다양한 양식과 담론의 분화 현상을 촉발하게 된다. 국문 글쓰기의 확대는 민중을 문자 생활의 지적 공간으로 끌어들임으로써 국문을 이용한 글쓰기 방식을 다양하게 발전시켰고, 글쓰기의 주제와 양식, 문체와 표현 방법 등도 새로운 실험과 변화를 통해 그 규범을 확립하게 된다. 《독립신문》은 국문 전용이라는 혁신적인 조치에 대해 논설을 통해 다음과 같이 설명하고 있다.

우리 신문이 한문은 아니 쓰고 다만 국문으로만 쓰는 거슨 샹하귀쳔이 다 보게 홈이라 쏘 국문을 이러케 귀졀을 쎄여쓴즉 아무라도 이 신문 보기가 쉽고 신문 속에 잇는 말을 자셰이 알어 보게 홈이라 각국에셔는 사름들이 남녀 무론ᄒ고 본국 국문을 몬저 빅화 능통ᄒ 후에야 외국글을 빅오ᄂ 법인ᄃ 죠션셔ᄂ 죠션 국문은 아니 빅오드릭도 한문만 공부ᄒᄂ 까닭에 국 문을 잘 아ᄂ 사름이 드믈미라 죠션 국문ᄒ고 한문ᄒ고 비교ᄒ여 보면 죠 션 국문이 한문보다 얼마나 나흔거시 무어신고ᄒ니 첫지ᄂ 빅호기가 쉬흔 이 됴흔 글이오 둘지ᄂ 이 글이 죠션 글이니 죠션 인민들이 알어셔 빅스을 한문 ᄃ신 국문으로 써야 상하귀쳔이 모도 보고 알어보기가 쉬흘터이라 한 문만 늘 써 버릇ᄒ고 국문은 폐흔 까닭에 국문만 쓴 글을 죠션 인민이 도로 혀 잘 알어보지 못ᄒ고 한문을 잘 알아보니 그게 어찌 한심치 아니ᄒ리요 ᄯ 국문을 알아보기가 우려운건 다름이 아니라 첫지ᄂ 말마ᄃ을 쩨이지 아 니ᄒ고 그져 줄줄 ᄂ려쓰는 까닭에 글ᄌ가 우희 부터ᄂ지 아ᄅ 부터ᄂ지 몰 나셔 몃번 일거본 후에야 글ᄌ가 어ᄃ 부터ᄂ지 비로소 알고 일그니 국문으 로 쓴 편지 한 쟝을 보자ᄒ면 한문으로 쓴 것보다 더듸보고 ᄯ 그나마 국문 을 자조 아니 쓰ᄂ고로 셔툴어셔 잘 못 봄이라 그런고로 정부에셔 ᄂ리는 명녕과 국가 문젹을 한문으로만 쓴즉 한문 못ᄒᄂ 인민은 나모 말만 듯고 무슴 명녕인 줄 알고 이편이 친이 그 글을 못 보니 그 사름은 무단이 병신이 됨이라 한문 못ᄒ다고 그 사름이 무식흔 사름이 아니라 국문만 잘ᄒ고 다른 물졍과 학문이 잇스면 그 사름은 한문만 ᄒ고 다른 물졍과 학문이 업논 사 름보다 유식ᄒ고 놉흔 사름이 되는 법이라 죠션 부인네도 국문을 잘ᄒ고 각 식 물졍과 학문을 빅화 소견이 놉고 힝실이 정직ᄒ면 무론 빈부귀쳔 간에 그 부인이 한문은 잘ᄒ고 다른 것 몰으는 귀죡 남ᄌ보다 놉흔 사름이 되는 법이라 우리 신문은 빈부귀쳔을 다름업시 이 신문을 보고 외국 물졍과 ᄂ지 사정을 알게 ᄒ랴ᄂ 쯧시니 남녀노소 샹하귀쳔이 간에 우리 신문을 ᄒ로걸 너 몃돌만 보면 새 지각과 새 학문이 싱길 걸 미리 아노라[12]

---

12 서재필, 「논셜」, 《독립신문》(1986. 4. 7).

앞의 논설을 보면《독립신문》이 국문 전용을 실천하게 된 이유를 크게 두 가지로 설명하고 있다. 하나는 누구나 쉽게 알 수 있는 국문을 통해 지식과 정보를 널리 공유한다는 점을 강조한 것이다. 이것은《독립신문》이 추구하고 있는 문화적 민주주의 의식의 출발점에 해당한다. 상하와 귀천을 가리지 않고 남녀노소가 누구나 국문으로 쓴 기사를 읽고 그 기사를 통해 새로운 지식과 학문을 알게 된다는 것은 조선 사회의 계급적 폐쇄성과 차별성을 파괴한다는 뜻이 포함된다. 국문이라는 것이 바로 이 같은 신문의 사회 문화적 역할의 기반이 되고 있는 셈이다. 또 하나의 이유는 조선의 글로서의 국문의 독자성과 고유성을 강조하고 중국의 한문과 구별한 점이다. 이것은 국문을 통한 민족적 자기 정체성에 대한 인식을 가능하게 함으로써 주체의 확립을 위한 다양한 계몽 담론을 구성하는 데 있어서 국문이 가지는 의미를 분명하게 밝힌 것으로 볼 수 있다.

《독립신문》의 국문 전용에서 주목되는 특징의 하나는 띄어쓰기를 처음으로 규범화하여 글쓰기에 실제로 적용하고 있는 점이다. 이 새로운 규칙은 국어의 언어적인 특성에 대한 이해에서 비롯된 것인데, 띄어쓰기를 통해 국문 글쓰기는 그 이전의 '언문체'와는 다른 새로운 담론 기능을 부여받고 있다. 어휘 형태소와 문법 형태소를 경계 지어 공백으로 표시하는 이 띄어쓰기 방법은 조선 시대의 '언문체'가 줄글로 이어져 있었던 것과는 전혀 다른 시각적 인식 효과를 거둔다. 조선 시대의 '언문체'는 산문 양식인 고전소설에서도 줄글로 이루어지고 있으며, 구술성에 의존하여 음절량의 규칙적 분절에 의한 율격 패턴을 유지하게 한다. 그러므로 구술의 시간성에 의존하고 청각적인 것에 호소하는 특성이 있다. 그러나《독립신문》의 국문 글쓰기는 띄어쓰기를 통해 시각적인 인식을 중시함으로써 글 읽기의 기능성을 한층 높이고 있다.

《독립신문》은 국문을 이용한 여러 가지 글쓰기 양식의 새로운 가능성을 실천적으로 보여 주고 있다.《독립신문》의 기사 내용은 대체로 제1면 논설, 제2면 관보·외국·통신·잡보, 제3면 잡보·선박 출발표·우체 시간 표·광고 등으로 구분되어 있고, 제4면은 'The Independent' 라는 표제 아래 영문 논설과 중요 기사로 채워져 있다. 창간호의 기사 가운데 일부를 인용하면 다음과 같다.

(가) 논셜

우리가 독닙신문을 오늘 처음으로 츌판ᄒᆞᄂᆞᆫ딕 조션 속에 잇ᄂᆞᆫ 닉외국 인민의게 우리 쥬의를 미리 말ᄉᆞᆷᄒᆞ여 아시게 ᄒᆞ노라 우리는 첫ᄌᆡ 편벽되지 아니ᄒᆞᆫ고로 무ᄉᆞᆷ 당에도 상관이 업고 샹하귀쳔을 달니딕졉 아니ᄒᆞ고 모도 죠션 사ᄅᆞᆷ으로만 알고 죠션만 위ᄒᆞ며 공평이 인민의게 말ᄒᆞᆯ터인딕 우리가 셔울 빅셩만 위ᄒᆞᆯ 게 아니라 죠션 젼국 인민을 위ᄒᆞ여 무ᄉᆞᆷ 일이든지 딕언ᄒᆞ여 주랴ᄒᆞᆷ 졍부에셔 ᄒᆞ시ᄂᆞᆫ 일을 빅셩의게 젼ᄒᆞᆯ 터이요 빅셩의 졍셰을 졍부에 젼ᄒᆞᆯ 터이니 만일 빅셩이 졍부 일을 자셰이 알고 졍부에셔 빅셩에 일을 자셰이 아시면 피ᄎᆞ에 유익ᄒᆞᆫ 일만히 잇슬 터이요 불평ᄒᆞᆫ ᄆᆞ음과 의심ᄒᆞᄂᆞᆫ 싱각이 업셔질 터이옴 우리가 이 신문 츌판ᄒᆞ기ᄂᆞᆫ 취리ᄒᆞ랴ᄂᆞᆫ 게 아닌고로 갑슬 헐허도록 ᄒᆞ엿고 모도 언문으로 쓰기ᄂᆞᆫ 남녀 샹하 귀쳔이 모도 보게 ᄒᆞᆷ이요 ᄯᅩ 귀졀을 ᄯᅦ여 쓰기ᄂᆞᆫ 알어 보기 쉽도록 ᄒᆞᆷ이라

우리ᄂᆞᆫ 바른 딕로만 신문을 ᄒᆞᆯ 터인고로 졍부 관원이라도 잘못ᄒᆞᄂᆞᆫ 이 잇스면 우리가 말ᄒᆞᆯ 터이요 탐관오리들을 알면 셰상에 그 사ᄅᆞᆷ의 ᄒᆡᆼ젹을 폐일 터이요 ᄉᆞᄉᆞ빅셩이라도 무법ᄒᆞᆫ 일ᄒᆞᄂᆞᆫ 사ᄅᆞᆷ은 우리가 차저 신문에 셜령 ᄒᆞᆯ 터이옴 우리ᄂᆞᆫ 죠션 대군쥬 폐하와 됴션 졍부와 죠션 인민을 위ᄒᆞᄂᆞᆫ 사ᄅᆞᆷ드린고로 편당 잇ᄂᆞᆫ 의논이든지 ᄒᆞᆫ쪽만 싱각코 ᄒᆞᄂᆞᆫ 말은 우리 신문상에 업실터이옴 ᄯᅩ ᄒᆞᆫ 쪽에 영문으로 긔록ᄒᆞ기ᄂᆞᆫ 외국 인민이 죠션 ᄉᆞ졍을 자셰이 몰온즉 혹 편벽된 말만 듯고 죠션을 잘못 싱각ᄒᆞᆯ까 보아 실샹 ᄉᆞ졍을 알

게 ᄒ고져ᄒ여 여운으로 죠곰 기록홈 그리ᄒᆫ즉 이 신문은 쪽 죠션만 위홈을
가히 알 터이요 이 신문을 인연ᄒ여 닉외 남녀 샹하 귀천이 모도 죠셔닐을
서로 알 터이옴 우리가 또 외국 사졍도 죠션 인민을 위ᄒ여 간간이 긔록홀
터이니 그걸 인연ᄒ여 외국은 가지 못ᄒᄃ릭도 죠션 인민이 외국 사졍도 알
터이옴 오날은 처음인고로 대강 우리 쥬의만 셰샤에 고ᄒ고 우리 신문을 보
면 죠션인민이 소견과 지혜가 진보홈을 밋노라 논셜 긋치기 전에 우리가 대
군쥬 폐하씌 송덕ᄒ고 만세을 부르ᄂ이다

(나) 외국 통신

아메리가 합즁국 남쪽에 잇ᄂᆫ 규바라 ᄒᄂᆫ 셤은 셔바나 속국인ᄃᆡ 거긔
빅셩들이 자쥬독닙 ᄒ랴고 니러나셔 셔바나 관병ᄒ고 싸홈 시작ᄒ지 발셔
일넘이 너머ᄂᆫᄃᆡ 합즁국 정부에셔 규바를 독닙국으로 ᄃᆡ졉ᄒ쥬 ᄒᄂᆫ 말이
만히 잇ᄂᆫᄃᆡ 근일에 합즁국 의회원에셔 규바 인병을 셔반아 역적으로 아니
ᄃᆡ졉ᄒ고 의병으로 알아쥬자ᄂᆫ 의논이 잇셔듬이 셔바나 신문지들이 합즁
국을 ᄃᆡ단이 험담ᄒ고 셔바나 인민이 미국 사름들을 ᄃᆡᄒᆞ야 실녜ᄒᄂᆫ지 만
이 잇ᄂᆫ고로 셔바나 정부에셔 별노이 조속ᄒ고 셔바나에 잇ᄂᆫ 미국 인민을
보호ᄒᆫ다더라

(다) 잡보

순검 일명이 술을 먹고 힝실이 맛당치 아니ᄒᆫ 고로 총슌 하나가 지내다
가 그걸 보고 슐취ᄒᆫ 순검을 ᄭᅮ지져든이 슌검이 총슌ᄃ려 불경ᄒᆫ 말을 ᄒᄂᆫ
고로 총슌이 소지ᄒ고 자퇴ᄒ랴 힛든이 경무쳥에셔 쇠을 밧지 아니ᄒ고 그
져다니라 힛스나 그 슐 취힛든 순검은 퇴거도 아니ᄒ고 쏘 그 슌검이 총슌
을 보고 비우슨 말을 ᄒᄂᆫ고로 총슌이 긔여히 사직ᄒ고 ᄌ퇴 ᄒᆫ다니 우리가
듯기에 매우 가엽더라

50

군슈와 슌검이 샹관의 실례 ㅎ여도 벌이 업고 샹관이 도로혀 벌을 닙을
디경이면 규칙은 무어셰 쓸는지 몰오겟더라 경무슈쟝 씌셔 필경 이일을 자
셰이 몰으기에 이일을 다시 사실ㅎ여 만일 슌검이 누구 유셰흐이을 밋고 총
슌의게 실례를 힛으면 그 슌검은 곳 틔거ㅎ고 총슌은 본직을 환급ㅎ기 ㅂ라
노라

《독립신문》의 기사는 국문 글쓰기의 새로운 양식을 다양하게 보여 주
고 있다. 신문 기사의 중심을 이루었던 「논설」은 오늘날의 사설이나 해
설 기사와 성격을 같이하는 논설 양식의 대표적인 형태이다.《독립신문》
에서 논설 양식이 정착된 것은 지식과 교양을 계몽하기 위한 실용적 글
쓰기에 국문 글쓰기가 새로이 적용되기 시작하였음을 말해 준다. 논설
은 어떤 문제에 대하여 명백하게 풀이해 줌으로써 구체적이고 상세한 내
용을 알아볼 수 있도록 하는 데 목적을 둔다. 그리고 어떤 근거를 내세워
신문사가 추구하는 이념에 동조하도록 독자들에게 요구하여 따르도록
한다. 이러한 논리적인 국문 글쓰기는 조선 시대 문헌에서는 찾아보기
어려운 것이다.

신문의 「외국 통신」이나 「잡보」에 소개되는 기사들은 넓은 의미의 서
사 영역에 속하며, 어떤 사실을 이야기하고 정확하게 전달하고자 하는
데 목적을 둔다. 「잡보」의 기사들은 어떤 사건의 진행 과정이나 변화를
시간의 추이에 따라 구체적으로 풀어 이야기하는 방법이다. 그러므로
'무엇이 일어나고 있는가?'라는 질문에 대한 대답의 형식이 되며, 하나
의 일관된 줄거리를 갖는 이야기 형태로 표현된다. 여기에서 의미 있는
내용을 정리하여 체계 있게 진술하기 위해서는 '행위', '시간', '의미'를
정확하게 구획할 수 있어야 한다. 신문의 기사는 어떤 각도에서 그 상황
을 부각시키고 진술하느냐에 따라 내용의 전달과 이해의 성패를 결정하

게 된다.

《독립신문》의 기사는 결국 논설과 서사라는 두 가지 양식을 정착시킴으로써 국문 글쓰기의 사회 문화적인 공식성을 가능하게 하고 있다.《독립신문》의 기사는 그 내용이 신문 지면에 오르는 순간에 시간적 동시성의 의미를 지닌다. 일반 독자들은 신문에 소개되는 군주의 근황이라든지 국가 행정의 변화라든지 지방에서 일어난 어떤 사건을 아무런 거리감 없이 동시에 접한다. 군왕의 이야기와 하찮은 지방 평민의 일을 동일한 지면 위에 펼쳐 보이는 국문 글쓰기의 위력을 통해 독자들은《독립신문》이 지향하는 평등의 의미가 무엇인가를 깨닫는다. 외국 통신을 통해 전해지는 다양한 해외 소식은 한국의 독자들에게 공간적인 거리와 간격을 좁혀 준다. 한국에서 일어나고 있는 여러 가지 사건들과 함께 외국에서 일어나고 있는 일들을 동시에 인식한다는 것은 지구상의 모든 인류가 함께 살아가고 있음을 깨닫는 것과 같다. 이러한 세계 인식은 국문 글쓰기를 통해 인간의 보편적 가치의 구현이 가능해지고 있음을 말해 주는 것이다.

《독립신문》은 국문 글쓰기를 통해 현실 속에서 살아 있는 사회적 담화의 유형을 기록할 수 있게 한다. 국문 글쓰기가 삶에 존재하는 말의 다양성을 그대로 문자로 구현하게 되자, 국문체는 일상의 언어에 담겨 있는 사건, 의미, 이념, 감정 등을 구체적인 담론의 형태로 산출할 수 있게 된 것이다.《독립신문》의 국문 글쓰기는 언어와 문자를 통한 사물에 대한 인식 방법의 통합을 가능하게 함으로써, 언어체의 변혁이라는 문화적 기호의 전환이 한 사회의 사상과 이념과 가치를 혁명적으로 전환시킬 수 있음을 보여 주고 있다.

국문과 한자의 혼용

개화계몽 시대의 국문 글쓰기는 실제의 언어 문자 생활 가운데서 일
상적인 말과 글을 완전히 일치시키는 이른바 언문일치의 이상에 접근하
고 있다. 하지만 국어 어휘의 절대다수를 차지하고 있는 한자어의 국문
표기에 적지 않은 저항이 야기된다. 국문 글쓰기에 대한 높아진 관심에
도 불구하고 개념어의 한자 혼용 문제가 자연스럽게 대두되고 있었던 것
이다.

국문 글쓰기에서 한자 혼용의 문제가 어떻게 변화되었는가를 가장 잘
보여 주고 있는 것은 관공서의 공문이다.[13] 이미 1894년 칙령에 의해 국
문을 본위로 하는 공문서의 기록 방법을 정했음에도 1900년대에 들어서
면서 이 같은 규범이 점차 흔들리기 시작하여 1908년에는 모든 정부 공
문서에 한자 혼용을 공식화[14]하기도 한다. 그리고 교과용 도서의 출판에
서도 국문과 한자의 혼용이 점차 일반화된다. 1908년 최남선이 간행한
잡지 《소년》이 상당 부분의 기사를 국문으로 표기했던 경우를 제외하고
는 이 당시의 여러 사회단체에서 발간한 대부분의 잡지가 한자 혼용을
채택하게 된다.

국문 글쓰기에서 한자 혼용 방식의 채택 과정은 복잡한 문화적 배경
을 지니고 있기 때문에, 표기 문제에 국한된 언어체의 선택만이 문제가
되는 것은 아니다. 한문의 쇠퇴와 국문 글쓰기의 발전, 그리고 국문 글쓰

---

13 송철의, 「한국 근대 초기의 어문운동과 어문정책」, 이병근 외, 『한국 근대 초기의 언어와 문학』(서울대 출
판부, 2005), 60~65쪽.

14 관보 3990호(1908. 2. 6)에 따르면 다음과 같은 새로운 내규가 시행되기 시작하였음을 확인할 수 있다.
이하 내용은 이기문, 앞의 책에서 재인용.
   1. 各 官廳의 公文書類ᄂᆞᆫ一切히 國漢文을 交用ᄒᆞ고 純國文이나 吏讀나 外國文字의 混用을 不得홈
   2. 外國 官廳으로 接受ᄒᆞᆫ 公文에 關ᄒᆞ야만 原本으로 正式 處辨을 經ᄒᆞ되 譯本을 添附ᄒᆞ야 存檔케홈

기에서 한자 혼용의 확대는 각각의 문자 표기 체계를 담당하고 있던 사회계층의 의식 변혁에 그대로 대응한다. 그렇기 때문에 그 자체가 곧 사회사상 체계의 변혁을 의미한다고 할 수 있다. 한문의 쇠퇴가 그것을 기반으로 했던 지배층의 몰락을 뜻한다면, 국문 글쓰기의 발전은 사회계층의 계급적 구분을 넘어서 민중의 성장을 말하는 것이다.

국문 글쓰기의 한자 혼용은 개화계몽운동을 주도했던 지식층의 사상적 절충을 보여 주는 것이라고 할 수 있다. 국문 글쓰기의 한자 혼용은 통사적으로는 국문의 규범과 어법을 따르면서도 관념적이고 추상적인 개념어와 고유명사 등을 한자로 표기한다는 문자 표기의 절충성에 그 본질적 특성이 있다. 이것은 문자로서의 한자가 지니고 있는 표의성과 국문의 감응력을 결합시킨 새로운 기능이 창출되고 있음을 의미한다. 당시 국문 글쓰기의 한자 혼용을 적극적으로 실천하는 데 크게 기여했던 유길준은 「서유견문(西遊見聞)」(1895)을 국문과 한자 혼용 방식으로 펴내면서 그 서문에서, 첫째 말뜻을 평순하게 하여 문자를 조금 아는 사람도 알기 쉽게 하며, 둘째 스스로 글을 쓰는 데 편리하며, 셋째 우리나라 칠서 언해의 방식을 따르고 있음을 밝혀 놓았다. 유길준의 지적대로 한자 혼용 방법은 이미 그것이 대상으로 삼고 있는 독자 계층을 '문자를 조금 아는 사람'으로 지정하고 있다는 점에서부터 수용 계층을 고려한 것임을 알 수 있다. 유길준이 한자 혼용의 규범을 경서의 언해 방식에서 차용하고 있다고 밝힌 것은 국문 글쓰기의 한자 혼용 방식이 가지는 본질적인 속성을 암시해 주는 중요한 지적이다. 그것은 한자 혼용의 글쓰기가 번역체로서의 속성을 지니고 있음을 말해 주는 것이기 때문이다.

국문 글쓰기의 한자 혼용은 새로운 지식과 사상을 매개하여 일상의 언어에 가깝게 지시, 전달할 수 있다는 점에 그 특성이 있다. 실제로 한자 혼용을 매개로 했던 개화계몽 시대의 새로운 사상과 지식 자체가 상당 부분 자생적인 것이 아니라 외래적인 것을 번역 또는 번안하는 수준이었다는 점은 부인할 수 없는 사실이다. 당시 국한 혼용체로 발간된 중요 교과용 도서와 신문 잡지들은 문명개화의 이상을 논하고 새로운 학문을 소개하는 것이 대부분이다. 그 원전 자체는 상당 부분 중국이나 일본에서 들어온 것들이다. 이 같은 외국 서적을 번역하기 위해 개념의 핵심을 이루는 말들은 원문의 한자를 살려 두고, 나머지를 국문으로 바꾸어 표기함으로써 자연스럽게 한자 혼용을 선택하게 된 것이다.

국문 글쓰기의 한자 혼용이 지니고 있는 기능의 절충성에 대해서는 개화계몽 시대의 지식인들 사이에 두 가지의 서로 다른 관점이 충돌하고 있었음을 확인할 수 있다. 전통적인 한학자로서 학문적인 면에서 보수적인 입장을 고수했던 황현(黃玹)은 국문 글쓰기의 한자 혼용을 놓고 "국문과 한문을 섞어 쓰는 방식이 일본 문법을 본뜬 것"이라고 비판[15]한다. 이것은 일본의 정치 문화적 영향력의 확대 과정 자체를 글쓰기의 방법 문제로까지 연결시켜 논박하는 경우에 해당한다. 한자 혼용의 절충적 기능성에 대한 관심보다 그것이 지니는 정치성에 대해 더욱 민감했던 보수주의자의 관점을 잘 보여 주는 대목이다. 국문 글쓰기의 한자 혼용이 과연 일본풍의 새로운 언어체인가에 대해서는 다소 논란의 여지가 있다. 이미 유길준의 경우에도 경서의 언해 방식을 따라 한자 혼용을 택하였다고 밝히고 있기 때문이다. 그러나 당시의 시대 상황으로서는 황현의 경우와 같은 정치적인 해석이 가능할 정도로 일본의 문화적 영향력이 증대하고 있었던 것이 사실이다.

이러한 일부의 비판적인 견해에도 불구하고 국문 글쓰기의 한자 혼용의 기능성 자체를 크게 강조하고 있는 견해들이 많이 있다. 그 대표적인

---

15 황현, 『매천야록(梅泉野錄)』(권 2, 1894(갑오년)). "是時京中官報及外道文移 皆眞諺相錯以綴字句 盖效日本文法也".

예를 이광수에게서 찾아볼 수 있다. 이광수는 국문만으로는 신지식의 수입에 저해가 되기 때문에, 고유명사나 한문에서 나온 명사, 형용사, 동사등 국문으로 쓰지 못하는 것은 한자로 쓰고 그 밖의 것은 국문으로 써야한다고 주장하고 있다.

今日의 我韓은 新知識을 輸入홈이 汲汲흔 찌라 이 찌에 解키 어렵게 純國文으로만 쓰고 보면 新知識의 輸入에 沮害가 되깃슴으로 此意見은 아직 잠가두엇다가 他日을 기다려 베풀기로흐고 지금 餘가 主張흐는 바 文體는 역시 國漢文併用이라 그러면 무어시 前과 다를 거시 잇깃느냐고 讀者諸氏는 疑問이 싱길지나 그는 그럿치 아니로다 우에도 죠곰 말흔 것과 갓히 今日에 通用흐는 文體는 名 비록 國漢文併用이나 其實은 純漢文에 國文으로 懸吐흔 것에 지느지 못흐는 거시라 今에 餘가 主張흐는 거슨 이것과는 名同實異흐니 무어시뇨 固有名詞나 漢文에서 온 名詞 形容詞 動詞 등 國文으로 쓰지 못흔 것만 아직 漢文으로 쓰고 그밧근 모다 國文으로 흐쟈홈이라 이거슨 實로 窮策이라고 홀 수 잇깃스나 그러나 엇지흐리오 경우가 이러흐고 또 事勢가 이러흐니 맛은 업스나 먹기는 먹어야 살지 아니흐깃는가

이럿케흐면 著者 讀者 兩便으로 利益이 잇스니 넓히 넑히움과 理解키 쉬운 것과 國文에 鍊熟흐야 國文을 愛尊흐게 흐는 것이 讀者의 便의 利益이오著作흐기 容易홈과 思想의 發表의 自由로움과 複雜흔 思想을 仔細히 發表홀 슈 잇슴이 著者便의 利益이며 쏘로혀 國文의 勢力이 오를지니 國家의 大幸일지라[16]

앞의 인용에서 국문만으로는 개화계몽 시대에 새로운 지식을 수입하

---

16 이광수, 「금일(今日) 아한(我韓) 용문(用文)에 대(對)흐야」, 《황성신문》(1910. 7. 27).

는 데 장애가 있다는 것은 이광수 자신도 한자의 표의성을 중시하고 있음을 말해 주는 대목이다. 그는 바로 이 같은 한자의 표의성을 이용하여 개념적인 단어를 한자로 쓰고 나머지는 국문으로 써야 한다고 주장한다. 이것이 바로 한자 혼용의 기능성을 강조하고 있는 점이다. 물론 이광수는 이러한 자신의 방안이 궁책이라고 분명히 밝히고 있으며, 순국문을 쓰는 것이 당연하지만 만년대계로 단행할 수밖에 없다고 지적하고 있다.

국문 글쓰기에서 한자 혼용은 한문을 버리고 국문 글쓰기를 수용하는 과정에서 등장한 하나의 과도기적인 글쓰기의 방법이다. 당시의 지식층에서도 한자 혼용 자체를 국문 글쓰기의 완전한 실현을 위한 중간 단계로 인식하고 있다. 국문 글쓰기의 한자 혼용을 흔히 국한문체라고 부르기도 하지만 이것은 추상적인 관념 체계와 새로운 사상과 지식을 수용하고 전달하기 위해 만들어진 정보적 기능적 문체라고 할 수 있다. 여기에서 다시 주목해야 할 것은 국문 글쓰기에서 한자 혼용의 공식적인 확대 과정을 통해 보여 주고 있는 새로운 담론 질서의 형성이다. 한자 혼용은 개화계몽 시대 지식층이 지니고 있던 지식과 교양과 사상을 대변하고, 외래적인 사상과 지식에 대한 번안과 전달의 기능성을 추구한다. 그러므로 국문 글쓰기에서 한자 혼용은 주로 개화계몽 담론을 표현하는 논설 양식의 문체로 널리 활용되면서 추상적인 관념의 체계로 고정된 표현 구조를 지탱한다.

　(가)

　　夫邦國之獨立은 惟在自强之如何耳라 我韓이 從前不講於自强之術ᄒ여 人民이 自錮於愚昧ᄒ고 國力이 自趣衰敗ᄒ여 遂至於今日之艱棘ᄒ여 竟被外人之保護ᄒ니 此皆不致意於自强之道故也라 尙此因循玩愒ᄒ여 不思奮勵自强之

術이면 終底於滅亡乃己니 奚但今日而止哉아[17]

(나)

近聞ᄒᆞᆫ즉 學部에서 國文硏究所를 設ᄒᆞ고 國文을 硏究ᄒᆞᆫ다 ᄒᆞ니 何等 特異 思想이 有ᄒᆞᆫ지는 知치 못ᄒᆞ거니와 我의 愚見으로는 其 淵源과 來歷을 究之己 甚ᄒᆞ는대 歲月만 虛費ᄒᆞ는 것이 必要치 아니ᄒᆞ니 但其 風俗에 言語와 時代에 語音을 入道에 博採ᄒᆞ여 純然ᄒᆞᆫ 京城 土語로 名詞와 形容詞 等類를 區別ᄒᆞ여 國語字典 一部를 編成ᄒᆞ여 全國 人民으로 ᄒᆞ여금 全一ᄒᆞᆫ 國文과 國語를 用케 ᄒᆞ되 其 文字의 高低와 淸濁은 前人의 講定한 者가 己有ᄒᆞ니 可히 取用ᄒᆞᆯ 것 이요 新히 怪癖ᄒᆞᆫ 說을 倂起ᄒᆞ여 人의 耳目만 眩亂케 홈이 不可ᄒᆞᆫ가 ᄒᆞ노라[18]

앞의 인용에서 볼 수 있는 바와 같이 (가)의 예문은 순한문에 국문으로 토를 달아 놓은 수준이며, 문장의 구조 자체가 한문의 통사 구조를 벗어나지 못한 상태이다. 이러한 표기 방식은 일상적인 언어의 실체와는 거리가 먼 한문 투를 벗어나지 못하고 있다. 그러므로 이 문장은 엄밀한 의미에서 국문 문장이라고 할 수 없다. 여기에서 국문으로 이루어진 토를 제외한다면, 전체 문장이 그대로 순한문으로 바뀐다. 국문 글쓰기에서 특정의 어휘를 한자로 적은 것이 아니라, 한문에 토를 달아 놓은 것에 불과하기 때문이다. 그러나 (나)의 경우는 이와 전혀 다르다. 국어의 통사 구조를 바탕으로 국문과 한자를 혼용하는 글쓰기 방식을 택하고 있다. 국문 문장의 일부 단어가 한자로 표기되고 있는 셈이다. 물론 이러한 한자 혼용 방식에는 여전히 한문 통사 구조와 그 특징을 드러내는 표현

---

17 장지연, 「대한자강회 취지문」, 《대한자강회월보》 1호(1906), 13쪽.
18 「국문에 관한 관견」, 《대한매일신보》(1908. 3. 1).

이 일부 남아 있다. 하지만 일상의 언어를 그대로 구현하고 있는 것이라고 볼 수 없음은 물론이다.

국문 글쓰기에서의 한자 혼용 방식은 새로운 지식과 정보를 전달하고 개화사상을 계몽하기 위한 논설 양식을 통해 널리 통용된다. 한문의 '논(論)' '설(說)' '책(策)'과 같은 양식이 국문 글쓰기의 논설 양식과 비슷한 것이지만, 조선 시대 지식층이 국문으로 이러한 양식의 글쓰기를 실천한 경우가 없다. 국문 논설 양식의 등장은 국문 글쓰기에서 가장 획기적인 변화라고 할 수 있다.

국문 글쓰기의 논설 양식은 정보의 정확한 이해와 전달, 의견이나 주장의 논리적인 진술, 독자에 대한 설득 등을 목적으로 한다. 이 경우 소통 구조의 맥락에서 본다면, 논설 양식은 화자가 어떤 메시지를 청자에게 전달하는 방식으로 구성된다. 말하자면 화자와 청자의 존재를 부각시킨다. 이러한 특징은 초기 국문 논설의 경우 두드러지게 드러나고 있는 특징이다.

(가)

一日의 計는 晨에 잇고 一年의 計는 元日에 잇고 一生의 計는 幼年에 잇나니 諸子의 一生에 對하야 只今갓히 重大한 時節은 업난것이오. 대뎌 粳團이나 水餠이나 松片이나 饅頭나 이것은 다 成形된 뒤에 일홈이로되 밀ㅅ가루나 쌀ㅅ가루에 물을 타서 뭉틴 반듁째에는 다갓흔 반듁이니 아무 分別도 업난 것이라, 그럼으로 諸子는 쩍반듁 갓하서 只今에 몽굴녀 맨드난대로 아모것이라도 될 수 잇슬쑨더러 쏘한 달못하면 쉬거나 뭉그러뎌서 아모것도 뒤디못하고 말ㅅ수도 잇난것이라 이 재 우리가 웃지 操心티 안사오릿가.

서울서 義州가 千里ㅅ길이니 義州 가난 行客이 三十里되난 新院에 가서 발ㅅ病이나서 듀댜안뎌도 안될것이오 一百六十里 되난 開城에 가서 다리가 디텨서도 안될것이오 五百 五十里 되난 平壤에 가서 다시 가디 못하게 되야도 안 될 것이외다. 그러나 義州 千里를 頹업시 가고 못가난 것은 獨立館 母岳峴부터 발서 탸리기에 잇난것이오 舊把撥 昌陵川부터 미리 딤댝할 것이라 그런즉 凡事가 다 이러하야 그 始初에 발서 結末이 보이난 것이니 썩닙을 달 거두어듄 나무가 畢竟 됴혼 열매를 맷나니 웃디하면 頹업시 鴨綠江邊에 牧馬가 長嘶하고 九連城裏에 市塵이 高起하난 樣을 보리오 하난 것은 只今 獨立館 압헤서 발감기하난 우리가 탸릴 것이라 只今에 失手하야 달못하얏다가 다른날 靑石關에 부룻튼 발을 싸고 洞仙嶺에 앏흔 다리를 쉬어서 徐徐히 統軍亭우헤 더녁바람을 쏘이랴한들 엇을 수 잇스리오. 썩닙 時節이 重大한듈알면 只今에 크게 決斷하야 크게 準備함이 잇디 아니하야선 아니될 것이오.[19]

(나)

대체 사람이란 것이 엇더한 것인가 여러분 혹 생각하야 보셧나요 넷날부터 사람은 萬物의 靈長이라하고 지금까지 아모도 疑心하지 아니함으로 特別히 사람의 特色을 硏究하야 보겟다하는 마음먹는 이가 科學者 窮理學者 밧게는 매오 드문가보오

쓰리텐國 詩人 폽이 '사람의 마지막 硏究는 사람이라'고 하얏소 참 名談이오 近世의 科學이란 것이 이 사람의 硏究를 매오 애써 硏究하얏스니 짜윈의 進化論이니 解剖學, 生理學, 心理學은 다 사람을 만저거리는 科學이오

그런대 그 科學이 硏究한 結果를 드르니 매우 편치 못한 생각이 날듯하오 웨그러냐하면 그 報告를 드르매 사람이 萬物의 靈長이라하는 생각이 매오 疑心스러워지오 암만하야도 우리네허고 下等動物허고 그리 다를 것이 업는

---

19 「少年 時言 — 여러분은 뜻을 엇더케 세우시려오」, 《소년》 1호, 5~6쪽.

것가트니 如前히 놉흔 체하고 지내지 못할 것 갓소 참말 엇더한 點에서 下等
動物허고 사람허고가 다른가 그것을 세어보면 매오 섭섭하오

민저 肉體上 으로 말하면 下等動物과 사람 사이에 아모 差等이 업다하겟
소. 毋論 버러지나 새들허고는 매오 다르지마는 원숭이패허고는 아주 갓소
아모리 생각하야도 이 點 으로 사람이 下等動物보담 낫다고 結論할 수가 업
소[20]

개화계몽 시대의 논설 양식은 앞의 예에서 볼 수 있듯이 화자가 청자
를 앞에 두고 하는 말투를 그대로 옮겨 놓은 것처럼 보인다. 화자와 청자
의 존재가 부각되고 있는 것이다. 이것은 화자의 견해나 감정을 직접적
으로 드러내어 주관적인 의지를 분명하게 표출할 수 있도록 한다. 그리
고 모든 사건, 내용, 상태, 행동 등을 시간적으로 현재화하는 동시에 화
자의 의지를 강하게 드러내 준다. 그 결과 독자 또는 청자의 정서적인 반
응과 행동을 쉽게 유발하게 되는 것이다.

국문 글쓰기의 한자 혼용 방식은 글쓰기의 주체가 되는 지식층의 선
택에 의한 것이다. 여기에서는 한자를 알지 못하는 독자층에 대한 배려
보다는 글쓰기의 주체가 되는 지식층의 편의가 우선시되고 있다. 개념의
명료성, 의미 전달의 신속성 등을 고려한 한자 혼용의 글쓰기는 설명이
나 논설의 기술 방법에 적응하는 문체로서 자연스럽게 정착된다. 그리고
개화계몽 담론의 다양한 분화에 따라 그 기능이 확대된다. 그러나 국문
글쓰기의 한자 혼용은 살아 있는 실체로서의 일상적 언어 현상을 제대로
반영하지 못한다. 그것이 지식층 위주의 글쓰기로서 한자를 읽지 못하는
일반 대중 독자와 거리를 두고 있기 때문이다. 한자 혼용을 요구하고 있

---

20 「사람의 定義」, 《청춘》 1호, 110~111쪽.

는 추상적인 언어 기반과 그것을 통해 드러내는 관념이 일상적인 언어 현실과 부딪치면서 노정하게 되는 간격은 개화계몽 시대의 사상 체계와 이념이 일상적인 현실과 거리를 두고 있음을 말해 주는 셈이다.

(4) 근대문학과 국문 글쓰기

국문체와 문학 양식

《독립신문》 이후 국어국문운동을 통해 사회적으로 확대된 국문 글쓰기는 일상적인 언어에 근거한 새로운 표기 체계라고 할 수 있다. 한국인들은 구체적인 삶 속에서 사회적인 관계와 이념과 가치를 국문 글쓰기를 통해 국문체로 표현하기 시작한다. 국문체는 말하는 것과 그것을 글로 쓰는 것이 그대로 일치되고 있음을 보여 주는 새로운 언어체로서, 일상의 언어를 포함하고 그것을 기술하며 또한 그것을 가장 극명하게 드러낼 수 있다. 다시 말해 국문체는 구체적인 삶과 현실의 언어적 표현에 해당한다. 사물을 일상의 언어로 명명하고 그것을 그대로 글로 적을 수 있다는 언문일치의 이상은 일상적인 언어에 기반을 두고 있는 국문체에 의해서만 실현될 수 있는 것이다.

개화계몽 시대 국문 글쓰기의 확대는 한문 중심의 문자 생활 공간으로부터 소외되었던 민중이 누리고 있던 전근대적인 설화적 공간을 변혁시키고 있다. 글쓰기와 글 읽기가 특정 집단의 전유물이었던 시대에 일반 서민층에서 이루어지는 모든 이야기는 입에서 입으로 전해지는 구술성을 지니고 있었던 것이 사실이다. 누군가가 이야기를 하고 누군가가 그 이야기를 듣고 누군가에게 다시 전하는 구술적 전통이 지속된 것이다. 그런데 개화계몽 시대 이후 국문 글쓰기가 확대되면서 글쓰기와 글 읽기가 점차 자유로워지자 이러한 구술성의 전통이 무너지기 시작한다. 조선 시대 대표적인 시가문학 형태인 시조와 가사는 대체로 가창을 위한 곡조가 붙어 있었던 것이 보통이다. 가곡이니 평시조니 사설시조니 하는 것이 모두 음악적인 곡조의 성격을 고려하여 붙인 명칭이라는 점은 이 들 양식이 그만큼 음악적 창곡의 성격이 강함을 말해 주는 것이다. 그러 나 개화계몽 시대의 시조는 창곡을 목적으로 하는 것이 아니다. 개화가 사도 노래를 위한 것이 아님은 물론이다. 이들은 비록 그 형식적인 전통 을 전대의 시가 양식을 통해 계승하고 있지만, 눈으로 보고 읽기 위한 시 의 형태로 새롭게 변화하고 있다. 창으로 불렸던 시조와 가사가 창곡을 벗어나면서 개화시조와 개화가사라는 새로운 '읽는 시'의 형태가 된다. 소설의 경우에도 비슷한 현상이 나타나고 있다. 조선 시대의 고전소설은 구송의 편의를 위해 문체에 운문적인 특성이 드러난다. 그러나 개화계몽 시대의 신소설에서부터 이 같은 운문적 속성이 약화되고 산문 문체를 실 현하게 된다. 이것은 신소설이 입을 통해 이야기로 전달되거나 구송되기 보다는 눈으로 읽히는 새로운 글쓰기의 산물임을 말해 준다.

　개화계몽 시대의 국문 글쓰기는 이 시기에 다양하게 분화된 서사 양 식을 통해 그 담론 공간을 크게 확대하고 있다. 개화계몽 시대의 신문이 나 잡지들이 제공하고 있는 다양한 기사들은 서사 양식의 범주에 속하 는 것들이 많다. 신문과 잡지의 사건 기사는 모두 짤막한 서사이며, 사건 에 대한 해설 기사도 서사가 주축을 이룬다. 심지어는 논설 기사도 서사 적 성격이 강하다. 어떤 경우는 운문으로 이루어진 가사 형식의 짤막한 글조차도 서사적 요소가 지배적인 것을 볼 수 있다. 소설이나 우화나 전 기도 모두 서사가 중심을 이루지만, 논설적 요소나 묘사적인 속성도 함 께 지니게 된다. 신소설은 문학적 형상을 추구하는 본격적인 서사 양식에 해당한다. 이처럼 국문 글쓰기를 통해 삶의 세계에 존재하는 말의 다양성을 그대로 문자로 구현할 수 있게 되자 국문체는 일상의 언어에 담겨 있는 사건, 의미, 이념, 감정 등을 구체적인 담론의 형태로 산출할 수 있게 된 것이다.

개화계몽 시대 국문체의 발전과 그 사회적 확대는 일상적 언어에 근거한 국문 사용을 보편화하여 언문일치를 실현할 수 있도록 함으로써, 사물에 대한 사고와 인식의 체계를 전환시키는 일종의 문체 혁명을 가능케 하고 있다. 일상의 언어가 하나의 구체적인 행위라면 그 행위를 문자화한 국문체는 새로운 담론의 생산이며 창조에 해당한다고 할 수 있다. 그러므로 국문체는 언어와 문자를 통해 개인의 사고와 감정을 표현하고 사물에 대한 인식 방법을 기술할 수 있는 새로운 표현 구조로 정착된 것이다.

근대적 개념으로서의 '문학'

전통적인 한문에는 글을 가리키는 '문(文)'이라는 말이 있다. 글쓰기 또는 글 읽기를 모두 포괄하는 이 '문'이라는 말은 넓은 뜻으로 교양과 지식을 의미한다. 글을 읽고 쓴다는 것은 인간의 삶의 도리를 익히는 하나의 수양의 과정이다. 그것은 인간의 감성이나 취향의 영역에 속하지 않는다. '글이란 인간의 삶의 도리를 담는 그릇(文載道之器)'으로서 본질적인 가치의 영역에 해당하는 것이다. 그러므로 조선 시대의 한학자들은 글이라는 것이 인간의 삶의 도리를 배우는 것이라는 전통적인 효용론적 관점을 바탕으로 한문학의 권위와 품격을 지키기 위해 노력하였다. 하지만 조선 사회에서 글을 읽고 쓴다는 것은 지배층만이 누릴 수 있는 특권이다. 글쓰기와 글 읽기가 정보의 소통보다는 사회 정치적 지배 이념과 직결되어 있는 이러한 제약은 전통 사회의 글쓰기와 글 읽기가 지니고 있는 사회 문화적 폐쇄성을 말해 준다. 조선 사회에서의 글쓰기와 글 읽기는 지배층에게만 적용되는 정치 문화적인 실천이었던 것이다. 그러나 개화계몽 시대 국어국문운동은 전통적인 한문 중심의 글쓰기 방식과 그 가치 체계를 붕괴시키고 국문 글쓰기를 확대하면서 언어 문자 생활의 변혁을 가능하게 한다.

그런데 국문을 기반으로 하여 새로운 문자 생활을 영위할 수 있는 문체 변혁이 가능해지자, 새로운 글쓰기로서 문학의 다양한 양식적 분화가 나타나기 시작한다. 국문체의 확대 과정에서 한문으로 이루어진 글쓰기가 점차 축소되고 국문 또는 국한문으로 이루어진 새로운 글쓰기 양식이 등장한 것이다. 이 과정에서 가장 특이하게 다양한 분화를 보인 것이 바로 문학 양식이다. 개화계몽 시대의 문학 양식은 새로이 등장한 전문적인 문필가들에 의해 신문이나 잡지 또는 서적을 통해 국문으로 발표되면서 폭넓은 독자층을 확보하고 있다. 이 시기의 글쓰기의 변화를 보다 면밀하게 검토해 보면, 글쓰기 주체의 계층적 분화에 따라 글에 대한 관념의 전환, 글쓰기의 방법과 문체의 변혁, 글의 양식 변화와 글의 대중적 확대 등이 동시에 이루어지고 있음을 확인할 수 있다.

개화계몽 시대 직업으로서의 문필업이 등장하게 된 것은 국문운동에 의해 독자 대중이 사회적으로 확대된 것과 연관되어 있다. 그리고 이들 대중적 독자층을 상대로 하는 서적 출판과 판매라는 자본주의적 유통 구조가 제도적으로 자리 잡으면서 전문적인 문필업이 새롭게 정착되었다고 할 수 있다. 실제로 개화계몽 시대에 등장한 신문사나 잡지사에는 신문 잡지의 읽을거리를 만들어 내는 전문적인 글쓰기에 종사하는 기자가 생겼고 소설을 쓰는 전문 작가도 등장한다. 이들이 쓰는 글은 조선 시대의 지식층이 인간의 도리를 익히고 덕망을 쌓기 위해 행하는 글쓰기와는 그 성격이 전혀 다르다. 그것은 보다 현실적인 목적에 따라 이루어지는 하나의 문화적 생산에 해당한다. 그러므로 이 시기의 글쓰기는 인간의 보편적인 지적, 도덕적 행위가 아니라 보다 전문적인 직업적 문필 활동으로 인식될 수 있는 것이다.

개화계몽 시대에 새롭게 등장한《독립신문》,《황성신문》,《제국신문》,《대한매일신보》,《만세보》,《경향신문》,《대한민보》등과 같은 대중적인 신문은 전문적인 문필업의 형성을 위한 사회적 기반을 제공하고 있다. 그리고 보성관(普成館), 회동서관(滙東書館), 광학서포(廣學書鋪), 동양서원(東洋書院), 박문서관(博文書館) 등의 전문 출판사는 전문적인 글쓰기에 종사하는 사람들과 여러 가지 방식으로 연관을 맺으면서 그들의 글쓰기 활동을 지원한다. 신문사들은 전문 문필가들을 기자로 채용하였으며, 출판사들은 전문 문필가와 대중 독자 사이를 연결하는 매개적인 역할을 담당하게 된다. 문필가들이 쓰는 글은 출판사에서 서적으로 발간되어 일반 독자들에게 읽을거리로 제공되고 있다. 이에 따라 일반 독자들은 마치 자기 취향과 욕구에 맞는 물건을 구입하고 그것을 소비하듯이 글을 대하며 책을 구입하게 되었으며, 출판사는 문필가에게 일정한 이익을 제공할 수 있게 된 것이다. 이 시기에 신문에 연재되고 뒤에 단행본으로 출판되었던 신소설은 바로 이 같은 대중적 욕구를 고려한 근대적인 글쓰기의 최초의 산물이라고 할 수 있다. 지적 산물에 해당하는 소설이 본격적으로 상품화되어 근대적인 상업적 유통 관계에 의해 독자 대중과 만나는 최초의 사례가 바로 신소설인 셈이다.

개화계몽 시대에 등장한 새로운 문인 계층 가운데에는 박은식, 이기, 장지연, 신채호, 유원표 등과 같이 주자학의 전통 속에서 경전 위주의 한학을 공부했던 사람들이 있다. 이들은 개항 이후 사회적 격변을 겪으면서 스스로 자신의 보수적인 학문의 세계를 비판하고 자주적인 개혁론자로서 사회 활동을 전개한 바 있다. 이들은 대개 외세의 침략에 직면한 절박한 현실적 위기에 대처하기 위해, 당시 사회의 모든 측면을 움직이게 할 수 있는 중요한 사상이면 무엇이든지 관심을 보였다. 그리고 신문이라는 새로운 매체를 이용한 새로운 방식의 글쓰기를 통해 자신들의 사회적 경륜을 펼쳐 나갈 수 있었다. 박은식은 국가의 융성이 궁극적으로 글과 학문의 성쇠와 깊은 관계가 있음을 밝혔으며, 시대에 알맞은 조치를 깊이 강구할 수 있는 실용적인 글의 가치를 찾기도 했다.[21] 그가 말하고 있는 글이란 신지식을 보급할 수 있는 실천적인 학문을 뜻하는 것이다. 장지연 역시 글의 중요성을 강조했지만, 글 자체에 대한 숭상이 지나치면 오히려 그 폐단으로 인하여 국가와 민족이 멸망할 수 있다고 경고하고 있다.[22] 장지연이 우려한 글의 폐단이란 글을 거짓으로 꾸미고 속임수를 씀으로써 사회의 기강을 어지럽게 만드는 것이다. 글이 실질적이고 계도적이며 강건해야만 그 가치를 제대로 발휘할 수 있고 백성들의 뜻도 바로 세울 수 있게 한다는 것이다.

이 같은 글에 대한 새로운 인식에서 주목되는 것은 넓은 의미의 실용적인 학문을 글 또는 문이라는 개념으로 규정하고 있다는 점이다. 이것은 사물의 실질을 밝히는 데 소홀했던 전통적인 한문의 약점을 지적한 것이다. 이들이 글을 논하는 자리에서 언제나 현실에 적극적으로 대처할 수 있는 실질적인 글을 중요시한 것은 새로운 시대정신을 폭넓게 수용하기 위한 방편이라고 할 수 있다. 이들은 대체로 민족적 상황에 대한 인식을 바탕으로 시대의 변화에 대응할 수 있는 새로운 의미의 글의 중요성

---

21 박은식, 「논국운관문학(論國運關文學)」, 『박은식 전서 중권』(단국대 동양학연구소, 1975), 341쪽.
記日 建國君民 敎學爲先 自古 國運之隆替關乎文學之盛衰 觀於近日東西各國 尤可大驗矣 …… 觀諸國 文學不興則如彼其衰頹也 文學大興則若是其驟强也.
22 장지연, 「문약지폐(文弱之弊)」, 『위암 문고』(국사편찬위원회, 1971), 351쪽.

을 강조하고 있는 점이 특징이다. 그것은 바로 이들이 개화, 진보하는 시세를 긍정적으로 파악하고 있음을 뜻하는 것이다. 이들은 전통적인 한문에서 탈피하여 국문으로 글을 쓰고 국한문으로 문장을 만들었으며, 민족문화의 정수라고 할 수 있는 국사, 국어, 국문의 연구에도 적극적인 관심을 기울였다. 민족의 언어와 문화, 지리와 역사에 대한 이들의 다양한 담론은 민족적 자기 정체성의 구현을 위한 여러 가지 새로운 글쓰기의 방법을 통해 폭넓게 확대되고 있다.

그런데 일제 강점기에 접어든 1910년을 전후하여 이인직, 안국선, 이해조, 최찬식, 김교제 등과 같은 전문적인 신소설 작가층이 형성되기도 하였다. 이들은 일본 유학을 경험했거나 새로 설립된 신식 학교에서 근대적인 교육을 받은 경우도 있다. 이들의 글쓰기는 합병 직전부터 시작되어 일제 강점기까지 국문체를 기반으로 활발하게 전개되는데, 주로 상업적인 민간 신문과 식민지 시대의 일본 총독부 기관지《매일신보》를 기반으로 삼고 있다. 이들은 작중인물과 사건의 실재성을 바탕으로 새로운 시대정신을 내용에 반영하고 있는 신소설의 창작을 주도하면서 대중화에 앞장을 섰다. 이들과 비슷한 시기에 함께 등장한 최남선, 이광수, 현상윤 등도 그 출신 성분이 비슷하다. 이광수나 현상윤의 경우는 신소설의 연장선상에서 소설 창작에 관심을 기울였고, 최남선은《소년》(1908),《청춘》(1914) 등의 잡지를 국문체 또는 국한문체로 발간하면서 새로운 여러 가지 글쓰기 형태를 시험했다. 이 새로운 계층의 문인들은 현실적 요구에 부응하는 실용적인 글만이 아니라 글의 정서적 기능과 허구적인 속성까지도 주목하는 직업적인 문필가로 등장하게 된 것이다. 실제로 이 시기에 이루어진 문학에 대한 단편적인 논의들을 보면 독자 대중들이 널리 읽을 수 있도록 국문소설을 써야 한다는 주장도 있고, 시의 경우에도 한시가 아니라 국문을 이용한 시의 개혁이 이루어져야 한다는 의견도 발표되고 있다. 이들은 국문으로 문학작품의 창작을 실천에 옮김으로써, 새로운 시대정신을 담는 근대적인 문학 양식의 형성을 가능하게 하고 있다. 자기 민족의 언어와 문자로 이루어진 문학만이 진정한 민족문학이라는 인식이 자리 잡기 시작한 것은 바로 이 같은 새로운 글쓰기 방식을 통해 이루어진 현상이다. 민족의 정서를 민족의 언어와 문자를 통해 주체적으로 표현하는 국문문학의 확립이 가능해진 것이다.

여기에서 한 가지 주목해야 하는 것은 전통적인 글의 개념이 새롭게 변화하는 가운데 서구적인 의미의 '문학'이라는 새로운 개념이 등장하였다는 사실이다. 이러한 변화는 학식과 교양과 덕망을 뜻하던 전통적인 문(文)의 개념 대신에 예술 창조로서의 재능이 강조되는 전문적인 글쓰기 영역으로서의 문학에 대한 인식이 자리 잡기 시작하였음을 말하는 것이다. 이광수는 자아에 대한 각성과 자기 발견을 내세우면서 문학의 독자적인 가치를 강조한 바 있다. 그는 자신이 쓰고 있는 '문학'이라는 용어를 서양의 '문학(literature)'이라는 개념과 일치시키고 있다.

文學이라는 거슨 무엇이며 또 如何흔 價値가 有흐뇨?

文學의 範圍는 甚히 널브며 또 其境界線도 甚히 朦朧흐야 도저히 一言으로 廢之흘 슈는 無흐나 大槪 情的 分子를 包含한 文章이라 흐면 大誤는 無흐리라 故로 古來로 幾多學者의 定義가 紛紛흐되 一定흔 者는 無흐고 詩歌 小說 等도 文學의 一部分이니 此等에는 特別히 文藝라는 名稱이 有흐니라.

元來 文學은 다못 情的 滿足 卽 遊戲로 싱겨나실디며 또 多年間 如此히 알아와시나 漸漸 此가 進步發展흠에 及흐야는 理性이 添加흐야 吾人의 思想과 理性을 支配흐는 主權者가 되며 人生問題 解決의 擔任者가 된지라.[23]

---

23 이광수가 문학이라는 말의 개념을 서양의 'literature'의 번역어로 규정한 것은 「문학의 가치」, 《대한흥학

이광수가 문학의 개념을 '정적 분자를 포함한 문장'이라고 한정한 것은 전통적인 글 또는 '문'의 개념을 정서 영역의 글쓰기로 국한하고 있음을 말한다. 이러한 이광수의 문학적 태도는 일본에서 습득한 서구적 지식에 의해 형성된 것이다. 그리고 이 같은 관점의 변화는 가치와 윤리의 영역까지 포괄하고 있던 문의 개념을 정서와 취향의 영역에 자리하고 있는 새로운 문학 개념으로 전환시켜 놓았음을 의미한다. 문(文)과 사(史)와 철(哲)의 개념을 포괄하고 있었던 전통적인 문의 개념이 새로운 담론의 분화 과정 속에서 독자적인 문학이라는 새로운 영역으로 분화되고 있는 것이다. 물론 이광수의 시대 이후에도 여전히 작가나 시인은 글을 읽고 쓰는 선비라는 뜻의 문사(文士)이기를 원한다. 이것은 전통적인 글쓰기의 공간에 포함되었던 가치와 윤리의 영역을 문학으로부터 분리시키는 경향에 대한 문인들의 일종의 정서적인 반응이었다고 할 수 있다.

한국 근대문학의 성립 과정에서 문학이라는 것이 개인의 예술적 창조력과 상상력의 소산으로 인식되는 과정을 정확하게 설명한다는 것은 매우 복잡한 일이다. 개화계몽 시대는 언어와 문자가 사회적인 지위나 학식과 덕망을 상징하는 것이 아니라, 누구에게나 새로운 지식과 정보를 전달하는 합리적이고도 공공적인 매체로 인식되기 시작한 시대이다. 이 시대에 새로이 성립된 직업으로서의 문필업은 돈을 받고 그 대가로 글을 쓰는 일이 가능해졌음을 말해 준다. 글쓰기가 상업적 목적으로 이루어지는 노동이라는 특수한 개념으로 범주화되고 있는 셈이다. 이 같은 변화를 보면 인간과 사회의 여러 관계가 인습에 따라 규정되는 것이 아니라, 정치적 경제적 문화적인 질서 내에서의 특수한 기능들로 규정될 수 있음을 확인할 수 있다. 이러한 변화 속에서 문학은 모든 인간에 대한 제약을

회보》 11호(1910. 3)에서 처음으로 나타난다.

벗어나는 충만하고도 해방감을 주는 상상력 혹은 창조성을 지향한다. 문학이 상상력과 창조력의 소산이라는 특수 영역으로 구분되기 시작하는 것이다. 이러한 인식의 변화는 심미적인 것이 하나의 새로운 인간적인 가치로 자리 잡기 시작하였음을 의미한다. 특히 한문 중심으로 이루어진 글쓰기와 글 읽기의 계급적 폐쇄성이 붕괴되었다는 것은 사회 문화적으로 엄청난 변화를 야기하게 된다. 일반 대중의 개방적인 언어 문자 생활이 가능해지기 시작한 국문 글쓰기의 시대, 바로 여기에서부터 근대적인 것들의 실질적인 출현이 이루어지고 있기 때문이다. 근대문학이라는 것은 바로 이 같은 사회 문화적 제도의 변화를 내포하는 다양한 글쓰기의 출현과 그 담론의 근대성으로부터 본질적인 가치를 발현하게 되는 것이다.

2 서사의 분화와 근대소설의 성립

(1) 서사의 분화와 확대

서사 양식과 소설

개화계몽 시대의 서사는 국문체를 기반으로 하여 그 양식이 다양하게 분화되었으며, 새롭게 등장한 신문과 잡지를 통해 대중적인 관심을 모으게 되었다. 당시 대중매체로 새롭게 등장한 신문과 잡지들은 독자 대중을 위해 흥미 있는 읽을거리를 고정적으로 소개했다. 각 매체마다 '사조'라든지 '학예'라고 하는 고정란을 두고 여기에 한시, 시조, 가사, 창가 등을 실었으며, '소설' 고정란을 별도로 만들어 흥미롭고 다양한 이야기를 연재하기도 했다. 특히 '소설'란의 경우는 독자 대중의 관심이 컸기 때문에 대부분의 신문들이 1면에 고정란을 두었다. 당시의 신문 편집자들은 소설이라는 명칭으로 소개하는 이야기의 장르적인 특성이나 규범을 별로 중시하지 않았으며, 전래의 야담이나 일화, 새로이 창작한 풍자나 우화, 전기와 신소설 등을 모두 소설이라는 이름으로 소개했다. 그들은 여러 가지 이야기의 형식과 방법을 활용하여 자신들이 주장하고자 하는 지식과 성륜을 표현하면서 독자들의 흥미와 관심을 불러일으키는 데 힘을 기울였다. 그 결과 개화계몽 시대에는 이전에는 경험할 수 없었던 다양한 서사의 분화 현상이 나타나게 된 것이다.

　개화계몽 시대의 신문 가운데 소설란을 가장 먼저 만들어 소설 작품을 연재한 것은 《한성신보(漢城新報)》이다. 이 신문은 일본의 정책을 널리 홍보하기 위해 일본 정부의 지원으로 1895년 일본인들이 서울에서 창간하였으며, 1896년부터 국문판을 발행하면서 국문소설을 연재했다. 「신진사문답기(申進士問答記)」, 「곽어사전(郭御使傳)」 등의 작품과 함께 「기문전(紀文傳)」, 「경국미담(經國美談)」 등의 일본 소설의 번역 작품도 함께 실려 있다. 1900년대에 들어서면서는 민간 신문인 《황성신문(皇城新聞)》, 《제국신문(帝國新聞)》, 《대한민일신보》, 《경향신문(京鄕新聞)》, 《만세보(萬歲報)》, 《대한민보(大韓民報)》 등이 모두 소설 연재를 시작하여 대중매체로서의 신문의 기능을 더욱 확대하게 된다. 당시 신문들은 대부분 문예물을 신문 기사의 가장 중요한 부분의 하나로 취급하였고, 어떤 신문사는 소설을 전담하는 소설 기자를 두기도 했다. 이들이 쓴 소설은 신문에 연재된 후 대부분 상업적인 출판사에서 단행본으로 간행되었다.

　개화계몽 시대 신문 연재의 방식으로 대중적인 읽을거리가 된 소설은 오늘날 우리가 사용하는 장르 명칭이라기보다는 더 큰 범주의 서사 양식 전반을 지칭하는 것으로 볼 수 있다. 이 시기의 소설이라는 용어는 관습적으로 붙여진 것들이 대부분인데, 조선 시대에 등장하여 오랫동안 읽힌 소설들은 모두 '구소설'이라고 하였고, 개화계몽 시대에 새롭게 등장한 소설은 '신소설'이라고 불렀다. 여기에서의 '신'과 '구'는 단순히 시대적인 차이만을 뜻하는 것이 아니다. 소설의 내용과 형식의 차이가 더욱 중요한 요건으로 문제시되고 있다. 신소설은 구소설과 구별되는 형식상의 새로움으로 인해 우선적으로 그 존재 의미를 인정받고 있다. 그리고 무엇보다도 내용에 반영된 새로운 시대상을 신소설의 중요한 요소로 인정한다. 실제로 개화계몽 시대의 소설은 사회 계몽의 수단으로서 그 존재 의미가 중시된다. 소설은 한 사회의 민심과 풍속을 보여 주는 지침이다. 그러므로 정치소설, 교훈소설, 계몽소설, 역사소설, 실업소설, 과학소설, 연극소설 등의 명칭이 사용되기도 한다. 초기에는 소설을 통해 민심을 계도하고 풍속을 개량해야 한다는 사회적 기능이 강조된다. 신소설이 대중적으로 확대되면서부터는 소설의 기능을 교훈적인 측면에만 한정하지 않고 유희적 측면을 동시에 포함시킴으로써, 소설을 읽는 재미를 강조하기도 한다. 소설이 지니고 있는 서사 담론의 속성을 정치적인 것과 유희적인 것으로 이해하려는 태도가 개화계몽 시대에 동시에 공존했다는 사실은 중요한 의미를 지니는 것이다.

개화계몽 시대에는 장르 개념에 대한 인식과는 별로 상관없이 소설이라는 말을 사용하고 있다. 이 시기의 소설이라는 말은 그 용어가 사용될 때마다 서로 다른 가치 개념이 수없이 붙어 있기 때문에, 이들 양식 사이의 여러 가지 특징과 차이의 본질을 분별해 내기가 쉽지 않다. 그러므로 개화계몽 시대의 소설은 다양한 서사 양식을 포괄하는 넓은 개념으로 이해하지 않으면 안 된다. 서사의 하부 개념으로서 장르 문제에 대한 규명 없이는 이 시기 서사문학의 분화 현상 자체에 대한 체계적인 해명이 불가능하다. 개화계몽 시대 서사 양식들의 장르적인 속성을 정확하게 이해하기 위해서는 당시에 소설이라고 지칭되었던 모든 서사 양식의 문학적 유사성과 차이점을 함께 논할 수 있는 어떤 틀을 만들어야 한다. 이것은 이미 문학적 전통으로 확립된 특정한 소설적 장르 간의 광범위한 관계를 밝혀낼 수 있는 역사적 관점과 어긋나지 않아야 한다.

서사의 분화 양상

개화계몽 시대에 소설이라는 명칭으로 포괄되었던 서사는 그 양식적 요건에 따라서 장편 서사와 단편 서사로 구분하여 볼 수 있다. 장편 서사와 단편 서사는 서사성의 기본이 되는 인물과 행위 구조로서의 이야기 형태의 구분에 따른 것이다. 인물과 행위의 구조를 바탕으로 이야기가 성립되는 장편 서사는 장대한 형식 속에 다채롭게 변화하는 세계를 그려낸다. 여기에서는 인물과 사건과 배경이 각각 상이한 방도로 서사적 세계 창조에 관여한다. 그러나 단편 서사는 인물의 요소나 행위의 구조가 약화되어 있고, 이야기의 서사성 자체보다는 주제성이 강조된다. 그러므로 인물의 성격, 사건의 전개, 배경의 전환 등은 단편 서사 양식에서는 크게 중시되지 않으며, 각각의 요소가 불분명하게 드러나 있다.

개화계몽 시대의 서사 양식에는 경험 서사와 허구 서사가 함께 공존한다. 신채호, 장지연과 같은 전통적인 지식인 작가들이 주목하였던 역사소설이나 전기 등은 경험 서사 또는 역사 서사이다. 이러한 서사 양식은 그 이야기의 내용이 모두 경험적 현실 세계에 근거하고 있으며, 인물과 사건과 배경의 실재성이 강조된다. 다른 하나는 이인직, 이해조와 같은 작가들이 주목하였던 이른바 신소설이다. 신소설은 작가의 허구적 상상력에 의하여 이야기가 구성되는 허구 서사이다. 모든 이야기는 현실 세계와 흡사하지만, 실제의 현실과는 거리를 두고 있는 허구적 공간 위에 인물과 사건을 배치한다. 여기에서는 허구성 자체가 서사적 원리가 된다.

경험 서사로서의 역사소설이나 전기는 모두 실재의 사실을 바탕으로 하고 있는 것들이다. 이러한 양식이 역사와 구별되는 것은 시간과 공간의 정확한 계산이나 사건의 인과적 해석에 집착하지 않고, 인간적이면서도 자연적인 인과율에 의해 이야기를 이끌어 가고 있다는 점이다. 이러한 역사소설이나 전기는 사실 자체에 대한 입증보다 그 속에 담긴 개인적 감성과 시대 환경의 의미를 중요시하며, 과거에 대한 이해보다는 현실에 대한 대타적 인식을 추구한다는 의미를 지니고 있다. 그러나 이러한 서사 양식이 사실의 기록에만 치중할 경우 쉽게 역사의 영역으로 돌아가게 되는 것이다. 허구적 서사로서의 신소설은 작가가 개인적으로 추구하는 가치를 중심으로 인물의 삶의 과정을 그려 간다. 여기에서는 심미적 충동이 중요시된다.

개화계몽 시대에는 서사의 구성 요소를 제대로 갖추지 못한 단편 서사라고 지칭할 수 있는 '짤막한 이야기'가 많이 있다. 이 시기에 많이 등장한 우화나 풍자가 대표적인 양식이며, 우스갯소리라고 할 수 있는 단편적인 소화(笑話), 수수께끼, 일화 등까지도 모두 포함된다. 단편 서사에서는 심미적인 충동보다는 현실 상황과 관련되는 지적 또는 윤리적 요구가 강하게 드러난다. 단편 서사 가운데 우화는 우화적인 성격과 우화적 상황에 의해 그 구조가 달라진다. 우화의 대표적인 형태는 동물을 주인공으로 등장시키는 이야기다. 꿈이라는 비현실적인 우화적 상황을 설정하여 이야기를 전개시키는 몽유록도 일종의 우화에 속한다. 우화는 인간의 행동 원리나 도덕적인 명제를 예시하는 짤막한 이야기로서, 교훈적인 성격과 비판적인 성격이 함께 나타난다. 우화와는 달리 풍자는 우화적 성격이나 우화적 상황이 나타나지 않는다. 이 시기의 풍자는 인간의 여러 가지 정신적 태도를 다룬다. 그러므로 관념적인 주제나 이론을 다루고 있으며, 어떤 주제에 대해 강하게 비판을 가하기도 한다. 여기에 등장하는 인물은 어떤 행동의 주체로서 이야기를 이끌어 가는 것이 아니라, 어떤 이념의 대변자일 뿐이므로 행동 대신에 말과 토론이 중심을 이루며, 일정한 이야기의 줄거리도 없다. 풍자는 이념과 공상과 도덕의 결합체이며, 가장 중요한 특징은 대화, 토론, 연설 등에 의해 그 내용이 기술된다는 점이다. 그러므로 풍자에서는 등장인물의 갈등이 성격과 행동을 통해 구체화되는 것이 아니라, 진술되는 주제와 가치와 관념의 대립에 의한 지적인 갈등이 흥미의 초점을 이룬다.

개화계몽 시대의 전기, 신소설, 우화, 풍자 등의 서사 양식 가운데 신소설이 가장 대중적이면서도 지속적인 것이었다고 할 수 있다. 신소설은 근대소설이 요구하는 사실성과 허구성의 전체적인 조화에 근접하면서 경험적 현실과 개인의 일상을 구현하고 있다. 그러므로 신소설은 한국 소설사에서 소설의 장르적 위상을 놓고 볼 때 근대소설의 성립을 의미하는 중요한 위치를 차지하고 있는 것이다. 이 시기에 관심의 대상이 되었던 영웅적인 전기나 현실 비판적인 풍자, 우화는 그 시대적 의미가 주목되고 있다. 그러나 이들 문학 양식이 지니는 문제와 별개로, 그 문학적 전통이 일제 강점기에 접어들면서 왜곡되거나 단절되고 있다. 일제의 강압적인 언론 통제와 출판물 검열로 인하여 이러한 글쓰기 양식이 그 존재 기반을 상실하게 된 것이다.

(2) 소설 개혁의 방향

계몽의 형식으로서의 소설

개화계몽 시대 지식인들이 지니고 있던 소설에 대한 새로운 관심은 당시 사회가 직면한 시대적 위기에 대응하려는 문화 방면의 실천 작업과 직결되고 있다. 이들은 조선 시대 사대부들이 소설에 대한 부정적인 태도를 극복하고, 소설이라는 양식의 사회적인 기능을 중시하고 있다. 이것은 이 시기에 형성되기 시작한 새로운 문학관의 한 측면을 보여 주는 것이라고 하겠다.

개화계몽 시대 서사 양식의 창작에 관심을 두었던 지식인들의 이념적 성향은 그들이 속해 있는 신문사의 성향과도 밀접하게 연관되어 있다. 《황성신문》,《대한매일신보》,《대한민보》와 같이 민족주의적인 이념을 강하게 드러내는 신문에서 다양한 서사 양식의 집필을 담당했던 박은식, 장지연, 신채호 등은 애국계몽운동가로서 널리 알려져 있는 인물이다. 이들은 주자학의 전통 속에서 경전 위주의 한학을 공부하였기 때문에 학문적 배경으로는 전통적인 지식인 계층에 속한다고 할 수 있다. 그러나 개항 이후 사회적 격변을 겪으면서 스스로 자신의 보수적인 학문의 세계를 비판하고, 자주적인 개혁론자로서의 사회 활동을 전개했다. 특히 외세의 침략에 직면한 절박한 현실적 위기에 대처하기 위해 정치, 경제, 사회, 문화 전반에 걸쳐 적극적인 실천운동으로서의 애국계몽운동을 주도하였다. 이들의 문필 활동은 바로 이러한 사회운동 속에서 이루어진 것이기 때문에, 그 시대적 의미가 더욱 중요시되고 있다.

개화계몽 시대 소설의 사회 계몽적 기능을 강조하면서 소설 개혁을 주장한 것은 신채호다. 영웅 전기를 많이 발표한 신채호는 적극적으로 소설의 사회적 기능을 강조하면서 소설에 대한 새로운 개혁의 방안을 제시하고 있다. 「근금(近今) 소설 저자(著者)의 주의」와 「소설가의 추세」 같은 논설은 신채호의 소설관을 엿볼 수 있는 글로서, 소설의 중요성을 깊이 인식하고 있었던 그의 태도가 잘 드러나 있다.

(가)

위미음탕(萎靡淫蕩)적 소설이 다(多)하면 기 국민도 차(此)의 감화를 수(受)할지며 협정강개(俠情慷慨)적 소설이 다할지면 기(其) 국민이 차의 감화를 수할지니, 사유(四儒)의 운(云)한바 소설은 국민의 나침반이라 함이 성연(誠然)하도다. 한국에 전래하는 소설이 태반 상원박토(桑園薄土)의 괴담과 숭불(崇佛) 걸복(乞福)의 괴화로다. 차역 인심 풍속을 패괴(敗壞)케 하는 일단이니 각종 신소설을 저출(著出)하여 일소함이 역(亦) 급급(汲汲)하다 운(云)할지로다. …… 근금 신소설이라 운하는 자 간출(刊出)이 희한(稀罕)할 뿐더러 우(又) 기 간출자(刊出者)를 관한 즉 지시(只是) 일시 모리적(牟利的)으로 초초(草草) 찬출(撰出)하여 구소설에 비함에 경시(更是) 백 보 오십 보의 간(間)이라 족히 신사상을 수입할 자가 무하니. 희(噫)라, 여(余)가 차(此)를 개(慨)하여 관견을 진(陳)하여 소설 저자에게 경(警)하노라.[24]

(나)

오호(嗚呼)라 소설은 국민의 나침반(羅針盤)이라 기(其) 설(說)이 이(俚)하고 그 필(筆)이 교(巧)하여 목불식정(目不識丁)의 노동자라도 소설을 능독(能讀)치 못할 자이 무(無)하며, 우(又) 기독(嗜讀)치 아니할 자이 무(無)하므로, 소설이 국민을 강(强)한 데로 도(導)하면 국민이 강하며 소설이 국민을 약(弱)한 데로 도(導)하면 국민이 약하며 정(正)한 데로 도하면 정하며 사(邪)한 데로 도하면 사하나니, 소설가가 된 자가 마땅히 자신(自愼)할 바어늘 근일 소설들은 회음(誨淫)을 주지(主旨)로 심으니 이 사회가 장차 어찌하리오.[25]

신채호는 소설을 '국민의 혼' 또는 '국민의 나침반'이라고 규정한다. 소설은 누구나 좋아하고, 누구나 읽기 쉽고, 누구나 이해할 수 있기 때문

---

24 「근금 소설 저자의 주의」, 《대한매일신보》(1908. 7. 8).
25 「소설가의 추세」, 《대한매일신보》(1909. 12. 2).

에 신분, 계층, 남녀노소를 불문하고 누구에게나 영향을 미쳐 인심을 전이시킬 수 있는 능력을 갖는다는 것이다. 그는 소설의 대중적 요건을 중시하고 있기 때문에 어떤 정치적 경륜이나 학식이나 종교보다도 직접적으로 자연스럽게 인간의 생활 감정에 접근할 수 있는 소설의 감화력을 대중 계몽의 수단으로 이용해야 한다고 주장하고 있다.

신채호는 소설의 개혁을 주장하면서 구소설과 신소설을 구분하고 있다. 그는 신소설과 구소설이 단순한 시대적 구분 개념이 아니라 그 내용과 주제에 있어서 새로운 시대정신의 지향과도 연관되는 것임을 분명히 하고 있다. 신채호는 모든 구소설을 혁파하고 신소설의 창작을 위해 지식인들이 소설에 관심을 가져야 한다고 주장하고 있다. 이 경우에 구소설은 단순히 낡은 것이거나 옛것이어서가 아니라 허탕무거하고 음예한 내용을 담은 것들이므로 거부된다. 이러한 구소설을 개혁하여 실제의 사실에 바탕을 두고 민중을 계도할 수 있는 신사상을 담은 신소설을 만들어야 한다는 것이 신채호의 주장의 핵심이다.

그런데 이러한 주장 속에는 소설 내용의 두 가지 측면에 대한 신채호의 관심이 잘 드러나 있다. 하나는 소재의 사실성이며 다른 하나는 내용의 윤리성이다. 소설의 사실성에 대한 인식은 묘사의 사실성(寫實性)이 아니라 성격과 행위의 실재성을 문제 삼고 있는 점이 특이하다. 신채호는 소설이 실제의 사적에서 그 내용을 구하여 백성에게 모범을 보일 수 있어야 한다는 생각을 갖고 있다. 그는 구국적인 역사 이야기나 영웅적인 인물의 생애를 그린 전기를 소설이라는 이름으로 소개했고, 그것을 통해 위기에 처한 민족의 현실적 상황에 대처할 수 있는 강력한 이념을 제시하고자 하였던 것이다.

신채호가 지니고 있던 소설 내용의 윤리성에 대한 관심은 소설의 대중성에 대한 새로운 인식으로부터 비롯된 것이다. 신채호는 소설이 일반

대중에게 널리 읽히고 있기 때문에, 그 자체를 배격할 것이 아니라 계몽적 수단으로 이용해야 한다는 점을 강조한다. 이러한 관점은 신채호만이 아니라 당시 지식인들의 대체적인 견해이다. 신채호가 내세운 것은 소설의 윤리성의 회복과 새로운 시대사상의 수용인데, 이러한 소설 개혁의 방향은 당대의 현실에 대응하기 위한 방법으로서 의미를 갖는다.

신채호의 주장 가운데 또 한 가지 주목할 만한 것은 새로운 소설을 국문으로 써야 한다는 조건을 내세운 점이다. 신채호는 국문소설은 사람들이 누구나 쉽게 읽을 수 있다는 편의성을 지니고 있으며, 그만큼 사회적 전파력과 기능성의 효용을 발휘할 수 있다는 점을 강조하였다. 그러나 이보다 더 중요한 것은 신채호가 일찍부터 국문으로 쓰인 문학만이 참된 민족문학이 될 수 있다는 인식을 지니고 있었다는 점이다. 신채호는 국문의 소중함을 강조하면서 '자국의 언어로 자국의 문자를 편성하고 자국의 문자로 자국의 역사 지지를 편찬하여 전국 인민이 봉독 전송하여야 그 고유한 국정을 보지하며 순미한 애국심을 고발'할 수 있을 것이라고 주장한 바 있다.

신채호가 생각하는 이상적인 소설의 형태는 새로운 사상을 담을 수 있는 지식과 경륜의 문학이다. 그는 작가가 국민을 계도하는 입장에서 보다 신중하게 소설의 창작에 임할 것을 요구하기도 하였고, 시대가 요구하는 이상적인 인간상을 보여 주면서 새 시대의 정신을 고취시켜 나갈 것을 강조하고 있다. 이러한 소설관은 박은식이 「서사건국지(瑞士建國誌)」(1907)의 서문에서 소설이 한 나라의 인심과 풍속, 정치와 사상 등에 밀접한 연관성을 지니는 것이므로, '민지의 계도'와 '국성의 배양'을 기할 수 있는 방법이 될 수 있음도 지적한 것과 마찬가지의 주장이다. 그리고 『경국미담』(현공렴 옮김, 1908)의 옮긴이 서문에서도 "여염에서 성람하는 소설이 부탄 허무하여 부녀와 목동의 담소하는 자료가 될 따름이요 지식과 경륜에는 일호유익이 없을뿐더러 원대한 식견의 방해가 불무인 고로 백수촌옹이 야인을 감심하고 헌헌장부가 우맹을 면치 못하니 어찌 개탄치 아니하리오."라고 말한 것과도 일맥상통하는 것이다.

오락의 형식으로서의 소설

개화계몽 시대의 직업적 문필가로서 주목되는 이인직, 안국선, 이해조, 최찬식, 김교제, 이상협 등은 전통적인 양반 가문에서 태어났다. 그러나 이들 중에는 소년기에 한학 수업에서 벗어나 일본 유학을 경험한 사람도 있고, 새로이 설립되기 시작한 근대적인 학교를 통해서 서구 문물을 적극적으로 수용한 사람도 있다. 이러한 근대적 지식인들의 문필 활동의 무대는 주로 대중적인 상업 신문으로서의 성격이 강한《제국신문》,《만세보》,《대한민보》 등이다. 이들은 고전소설의 서사문학 양식으로서의 한계를 극복한 새로운 '신소설'을 신문에 발표함으로써 대중적인 인기를 모았으며, 일제 강점기에 접어든 후 총독부의 기관지가 된《매일신보》에도 계속 소설을 연재한 바 있다. 1910년을 전후하여 신소설의 전성기를 누리게 된 이 계층의 문인들은 점차 정치적인 색채를 벗고 일상적인 소재를 바탕으로 한 통속적인 이야기로 신소설의 성격을 바꾸어 놓았다. 소설에 대한 대중적 관심이 높아지자 이들의 작품은 대개 신문에 발표된 후 단행본으로 출판되어 상품으로 널리 판매되었다. 이들의 글쓰기에서부터 직업적인 문필가의 면모가 어느 정도 드러나고 있다.

이해조는 신소설 작가 중 소설에 대한 자신의 개인적 확신을 가장 분명하게 제시한 사람이다. 그는 이인직의 뒤를 이어 최찬식, 김교제, 조중환 등과 함께 이른바 신소설의 전성기를 누린 작가로서, 신소설의 경향을 일상적인 소재를 바탕으로 한 통속적인 이야기로 바꾸어 놓았다. 소설에 대한 이해조의 관심은 그의 작품『자유종』(1910)을 통하여 그 일단이 드러나 있다. 이 작품은 여성 등장인물들 사이에 이루어지는 신학문과 여성 문제에 대한 정론적인 주장이 전체적인 내용을 이루고 있다. 그런데 소설 속, 신교육과 국문의 사용을 논하는 자리에서 구소설을 이렇게 비판하고 있다. "춘향전을 보면 정치를 알겠소? 말할진대 춘향전은 음탕 교과서요, 심청전은 처량 교과서요, 홍길동전은 허황 교과서라 할 것이니, 국민을 음탕 교과로 가르치면 어찌 풍속이 아름다우며, 처량 교과로 가르치면 어찌 장진지망이 있으며, 허황 교과로 가르치면 어찌 정대한 기상이 있으리까? 우리나라 난봉 남자와 음탕한 여자의 제반 악징이 다 이에서 나니 그 영향이 어떠하오?" 이러한 지적은 활자본으로 인쇄되어 다시 널리 읽히고 있던 구소설들이 새로운 시대의 요구에 부응할 만한 어떤 요소도 담지 못했음을 지적한 것이라고 하겠다.

이해조의 소설관은 그의 소설『화(花)의 혈(血)』(1912)의 서언과 후기, 그리고『탄금대』(1912)의 후기에 잘 표현되어 있다. 그는 이 글들에서 소설의 본질적인 속성을 허구성과 사실성으로 구분하여 인식하고 있으며, 소설의 흥미를 강조함으로써 개화계몽 시대 신채호와 같은 작가들이 내세웠던 효용론적 소설관에서 크게 벗어나고 있다.

(가)

무릇 소설은 제재가 여러 가지라 한 가지 전례를 들어 말할 수 없으니 혹 정치를 언론한 자도 있고 혹 정탐을 기록한 자도 있고 혹 사회를 비평한 자도 있고 혹 가정을 경계한 자도 있으며 기타 윤리 과학 교제 등 인성의 천사만사 중 관계 아니되는 자 없나니 상쾌하고 악착하고 슬프고 즐겁고 위태하고 우순 것이 모두 다 좋은 재료가 되어 기자의 붓끝을 따라 자미가 진진한 소설이 되나 …… 「花의 血」이라 하는 소설을 새로 저술할 새 허언낭설은 한 구절도 기록지 아니하고 정녕히 있는 일동일정은 일호차착 없이 편집하노니 기자의 재조가 민첩지 못함으로 문장의 광채는 황홀치 못할지언정 사실은 적확하여 눈으로 그 사람을 보고 귀로 그 사정을 듣는 듯하여 선악간 족히 밝은 거울이 될 만할까 하노라.

──「화의 혈」 서언

(나)

기자왈 소설이라 하는 것은 매양 빙공착영(憑空捉影)으로 인정에 맞도록 편집하여 풍속을 교정하고 사회를 경성하는 것이 제일 목전인 중 그와 방불한 사람과 사실이 있고 보면 애독하시는 열위 부인 신사의 진진한 자미가 일층 더 생길 것이오 그 사람이 회개하고 그 사실을 경계하는 좋은 영향도 없지 아니할지라. 고로 본 기자는 이 소설을 기록함에 스스로 그 자미와 그 영향이 있음을 바라고 또 바라노라.

──「화의 혈」 후기

(다)

기자 소설을 저술함에 이미 십여 재 광음이라 날로 붓을 들어 수천만언을 기록함이 실로 지리 신산함을 왕왕 견디기 어려운 때가 많으나 한갓 결심하기를 아모쪼록 힘과 정신을 일층 더하여 악한 자를 징계하고 착한 자를 찬양하여 혹 직설도 하며 혹 풍자도 하여 사람에 칠정에 각출될 만한 공전절후의 신소설을 저술코자 하나 매양 붓을 들고 종이에 임함에 생각이 삭막하고 문견이 고루하여 마음과 글이 같지 못하므로 애독 제씨의 진진한 취미를 돕지 못하였도다. …… 소설에 성질이 눈에 뵈이고 귀에 들리는 실척만더러 기록하면 취미도 없을 뿐 아니라 한 기사에 지나지 못할 터인즉 소설이라는 명칭할 것이 없고…….

──「탄금대」후기

앞의 인용에서 알 수 있듯이, 이해조의 견해에 따르면 소설은 인간의 생활 전반을 포함할 수 있다. 그러나 이러한 여러 소재 중에서 그가 내세우고 있는 것은 옛사람의 지나간 자취나 형질 없는 허무한 것이 아니라 현실에 있는 사람의 실제적인 모습이다. 그리고 그 하나하나의 사실을 눈으로 보고 귀로 듣는 듯이 그려 내야만 한다. 소설의 내용 중 허언과 낭설을 용납하지 않겠다는 그의 견해에는 두 가지의 뜻이 포함되어 있다. 하나는 사실적인 소재를 내세움으로써 독자들의 신기성에 대한 호기심을 자극할 수 있다는 점이며, 다른 하나는 소설 속의 이야기의 비현실적인 속성을 비판하기 위한 것이라 하겠다. 그러나 그는 소설이란 '빙공착영'으로 인정에 맞도록 편집하는 것임을 주장한다. 눈에 보이고 귀에 들리는 것만 기록한다면 그것은 소설이 아니다. 여기에서 바로 소설의 허구성에 대한 인식이 나타난다. 특히 소설 속에서 사건의 결말을 지루하게 기록하지 않고 독자들에게 상상의 여지를 남겨 주어야 한다는 그의 견해는 소설 구성의 원칙을 그 나름대로 정립해 나가고 있음을 보여 주는 근거가 된다.

이해조가 앞의 글에서 소설의 목적을 '영향'과 '재미'라는 두 가지 측면으로 구분해 놓은 것은 흥미로운 사실이다. 소설의 영향이란 풍속을 교정하고 사회를 경성하는 것이므로 소설이 갖는 사회적 효용성을 뜻하는 것이다. 그런데 소설의 기능에 대한 그의 견해는 자주독립과 문명개화라는 현실 문제에 깊은 관심을 보였던 신채호 등의 관점과는 상당한 차이를 보여 주고 있다. 일제의 침략과 함께 개화계몽운동이 실질적으로 퇴조하게 되자 애국심의 분발, 자주 독립에 대한 강한 의지가 점차 소극적인 계몽주의로 성격이 변질된 것이다. 이해조가 내세운 소설의 사회적 영향이라는 것이 고작해서 풍속의 교정과 사회에 대한 경성에 머무르게 된 점은 이러한 시대적 상황을 잘 말해 주는 셈이다.

이해조의 주장 가운데 특기할 만한 것은 소설의 '재미'라는 오락성을 지적한 점이다. 그는 대중성을 바탕으로 한 '재미'에 큰 관심을 기울임으로써, 소설의 독자들이 '재미'를 느낄 수 있도록 하기 위한 실감 있는 표현을 문제 삼기도 하였다. 소설의 오락성은 소설의 목적 자체는 아니지만, 각양각색의 독자들이 비슷하게 느낄 수 있는 재미의 요소를 담아야 한다는 것은 당연한 일이다.

신소설이라는 이름으로 불렸던 소설 양식은 이해조 이후 사회적 이념의 구현이라는 초기의 선도적 기능을 점차 잃게 되었다. 그리고 작자들의 새로운 창작 욕구가 뒷받침되지 못함으로써, 재미를 추구하는 독자들의 욕구대로 개인적 취향물로서의 통속적인 이야기책으로 변모되기에 이르렀다. 이해조와 같은 작가들이 보여 준 소설의 재미에 대한 관심은 이른바 신소설의 사회 계몽적 기능을 약화시킨 대신, 그 방향을 개인적인 취향 문제로 전환해 놓았다고 할 수 있다. 작가가 자신이 현실에 대한 인식을 바탕으로 독자를 이끌어 가는 입장을 버리고, 독자들의 흥미와 그들의 취미 기준에 맞는 작품을 쓰고자 노력했다는 것은 일제 강점기에 들어서면서 나타나기 시작한 신소설의 급격한 통속화 과정을 말해 주는 것이다.

(3) 영웅 전기와 민족의식

영웅 전기의 등상

개화계몽 시대에 소설이라는 이름으로 널리 소개된 영웅 전기는 번역 전기와 창작 전기로 크게 구분된다. 이 시기에 번역된 전기는 주로 서구 역사 속에서 볼 수 있는 나폴레옹, 비스마르크, 표트르 대제, 조지 워싱턴, 마치니 같은 영웅적 인물들을 주로 소개하고 있다. 이 인물들은 국가의 번영을 주도했거나 독립을 위해 크게 기여한 민족적 영웅들이다. 이들 전기 가운데에는 대개 일본과 중국에 널리 소개되었던 것을 바탕으로 이를 다시 번역 출판한 「이태리건국삼걸전(伊太利建國三傑傳)」, 「비사맥전(比斯麥傳)」, 「라란부인전(羅蘭夫人傳)」, 「화성돈전(華盛頓傳)」 등이 대표적인 작품들이다. 그리고 창작 전기로는 장지연의 「애국부인전(愛國婦人傳)」, 신채호의 「을지문덕(乙支文德)」, 「이순신전(李舜臣傳)」, 「동국거걸 최도통전(東國巨傑崔都統傳)」, 박은식의 「천개소문전(泉蓋蘇文傳)」 등을 들 수 있다.

개화계몽 시대의 영웅 전기는 일본적 식민주의 담론의 확대에 대응하면서 민족 공동체 의식의 구현, 외세에 대한 저항과 자주 독립을 강조하고 있는 경우가 많다. 영웅 전기는 역사적으로 실재했던 인물의 영웅적인 일생을 그려 내고 있다는 점에서 흔히 역사소설과 혼동되기도 하고 근대적인 역사소설의 선행 형태[26]로 인식되기도 한다. 그러나 전기는 하나의 독자적인 장르적 성격을 부여받은 것이므로 역사소설도 아니고 역

---

26 개화계몽 시대의 전기를 근대적인 역사소설의 출현을 가능케 한 역사소설의 선행 형태로 보는 견해는 이재선, 「한국현대소설사」(홍성사, 1979), 175쪽에 잘 나타나 있으며, 이 같은 견해를 보다 적극적으로 수용하여 전기의 특질을 논하고 있는 것으로는 강영주, 「근대 역사소설의 선행 형태」, 「한국 역사소설의 재인식」(창작과비평사, 1991)이 있다.

사소설의 형성 기반을 제공하는 것도 아니다. 전기 자체가 지니는 독자적인 서사 구성의 원리가 있고, 그 담론의 가치 지향성도 전기만이 지니는 특성에 의해 구성된다.

개화계몽 시대에 영웅 전기와 같은 서사 양식이 관심의 대상이 된 것은 침략적 외세에 대응하기 위한 계몽적인 의도와 연결되어 있다. 주체로서의 민족을 강조하고 그 자주적인 역량을 드러내기 위하여 국난을 극복했던 영웅적 인간상이 현실적으로 요청되었던 것이다. 이 시기의 영웅 전기가 대부분 을사조약의 체결과 일본 통감부의 설치로 인해 일본이라는 침략적 외세의 실체가 구체화되면서 많이 등장하였다는 점을 보면 이를 미루어 짐작할 수 있다. 그렇기 때문에 영웅 전기의 서사적 담론은 민족적 주체를 강조하는 저항적인 민족의식을 분명히 드러내고 있다.

영웅 전기는 당대의 시대적 조건 속에서 민족이 추구하는 이상적인 영웅적 인간상의 서사적 구현을 목표로 한다. 일반적으로 영웅 전기는 서사의 내용 자체가 역사적 실재성에 근거하고 있으며, 경험적 요소가 중심을 이루는 서사 양식이다. 이러한 성격은 역사소설에서도 나타난다. 전기는 역사적으로 존재했던 한 인물의 삶과 그 인간성의 탐구에 주력한다는 점이 특징이지만, 역사소설은 역사적으로 중요하면서도 현재적인 의미를 지니는 과거사를 충실하게 반영하여 현재의 의미를 올바르게 인식하도록 하는 데 목표를 둔다. 그러므로 역사소설에서는 역사적 진실성의 구현과 함께 과거와 현재를 통합적으로 이해할 수 있는 역사의식을 강조하는 데에 비해, 전기의 경우는 그 대상을 역사적으로 존재했던 특정 인물의 삶에 한정한다. 다시 말해 인물을 둘러싼 역사적 상황과 함께 그 속에서 이루어지는 인물의 삶 자체를 대상으로 한다고 할 수 있다. 그리고 인물의 삶에서도 실재성 자체에 대한 입증보다는 그 삶 속에 담긴 인간적 풍모의 구현을 중요시하기 때문에 역사적 경험으로서의 인물의 삶 자체에 대한 이해만이 아니라 그 경험을 통한 이상적 가치의 추구에 더 큰 관심을 부여한다. 그러므로 전기는 역사적 경험에 대한 해석과 이상적 가치의 추구 과정 자체가 역사소설과 확연히 구분되는 서사적 담론 공간을 형성하고 있는 것이다.

장지연과 「애국부인전」

장지연[27]은 개화계몽운동의 선구적인 역할을 담당했던 한말의 지식인이다. 전통 한학을 수학하면서 유교적 교양을 쌓았던 그는 시대적 변천에 직면하여 새로운 역사의식을 체득하게 되자 자기 학문과 사상을 새롭게 바꾸었다. 그리고 망국의 비운에 처하게 되자 구국이라는 실천적 과제를 놓고 앞장서서 사회계몽운동을 전개하였던 것이다. 전통적인 자기 학문을 개신하고 시대적 변혁에 능동적으로 대처하기 시작했던 장지연의 사상적인 변모는 그의 계몽적인 언론 활동에서 쉽게 확인해 볼 수 있다. 그는 주로 신문이라는 새로운 매체를 중심으로 다양한 글쓰기에 주력하였다.

장지연의 『애국부인전』은 신소설이라는 표제로 1907년 광학서포에서 순국문으로 간행되었다. 이 작품은 프랑스 백년전쟁 당시의 여성 영웅이었던 잔 다르크의 일생을 그린 것으로 그 내용이 모두 10회로 구분되어 있고, 작품의 말미에 잔 다르크의 생애에 대한 작가의 찬사를 덧붙

---

27 장지연(張志淵, 1864~1921). 호는 위암(韋庵), 숭양산인(崇陽山人). 경북 상주 출생. 1894년 진사(進士) 급제, 1897년 사례소(史禮所) 직원(直員). 1899년 《황성신문》 주필, 1900년 현채(玄采) 등과 함께 광문사 조직 고전 출판. 1905년 을사조약 체결 당시 《황성신문》에 「시일야방성대곡(昰日也放聲大哭)」이라는 논설을 발표. 1906년 대한자강회(大韓自强會)를 조직, 애국계몽운동 주도. 대표 저서 『대한강역고(大韓疆域考)』, 『조선유교연원(朝鮮儒敎淵源)』, 『일사유사(逸士遺事)』, 『애국부인전』. 참고 문헌: 권영민, 『한국 민족문학론 연구』(민음사, 1989); 천관우 외, 『위암 장지연의 사상과 활동』(민음사, 1993).

이고 있다. 이 작품의 회장체(回章體) 구성은 전통적인 서사 양식에서 흔히 볼 수 있는 방식이다. 그리고 이야기에서 주인공의 출생과 성장 과정을 서술하고 있는 것도 고전소설에서 볼 수 있는 특징이다. 게다가 고전소설에서 쓰이는 상투적인 표현들도 아주 많이 등장한다. 그러므로 이 작품은 특정한 외국 작품의 텍스트를 그대로 번역한 것이라기보다는 잔다르크의 생애를 서사적으로 재구성한 작품으로 볼 수 있다.

이 작품의 주인공 잔 다르크는 가난한 농가의 외동딸로 태어났지만, 영국의 침략으로 프랑스가 위기에 처하자 직접 전쟁터로 나간다. 당시 프랑스는 영국이 대부분의 영토를 점령하자, 왕이 남부 지방으로 피난한 상태였다. 잔 다르크는 용맹을 자랑하면서 영국군에 대항하여 침략을 저지하고, 이에 고무되어 모든 백성들이 함께 대항한다. 그러나 잔 다르크는 영국군과 내통한 프랑스 장수의 속임수에 걸려 포로가 되고 결국 화형에 처해진다. 물론 프랑스 국민은 잔 다르크의 애국심을 본받아 일심으로 영국에 대항하여 국가를 위기에서 구하게 된다.

이 작품에서 작가가 강조하고 있는 것은 침략적인 외세로서의 영국군과 위기에 몰려 있는 프랑스의 상황이다. 이 같은 역사적 상황은 통감부 설치 이후 일제에게 침략당할 위기에 처해 있던 당시 한국의 현실을 우의적으로 드러낸다. 또한 영국의 침략으로 위기에 몰렸던 프랑스를 구출하기 위해 몸을 바친 잔 다르크의 용맹과 애국 충정을 그대로 본받아 국가의 자주독립이 위협받고 있는 상황에 모두가 힘을 합쳐 대응해야 함을 역설하고 있는 것이다.

이 작품의 서사의 중심축은 물론 잔 다르크라는 주인공의 용맹과 그 애국적 행동이다. 이야기 속에서 잔 다르크는 평범한 농가 태생의 여성임이 여러 차례 강조된다. 이것은 잔 다르크를 일상적인 인간으로 만들어 내고자 하는 의도와 연관된다. 가난한 농가에서 태어나 양을 돌보는 평범한 처녀가 위기에 처한 국가를 구하기 위해 직접 전쟁에 나아가 적 군과 싸우게 된다는 사실은, 개화계몽 시대의 대부분의 전기가 비범한 영웅의 생애를 그려 내는 데 주력했던 점과는 대조를 보이고 있다. 물론 잔 다르크가 신으로부터 국가를 위해 헌신할 것을 계시받은 것처럼 그려 져 있기는 하지만 그녀는 국가의 위기를 보고 국민된 자의 의무로서 전 쟁에 나가 싸울 것을 결심한다. 이러한 잔 다르크의 태도는 한 국가의 국 민된 도리와 의무는 남녀가 동등하다는 의식에 바탕을 둔 것으로, 여성 의 사회적인 역할을 강조했던 개화계몽 담론의 일반적인 특성을 그대로 반영한 것이라고 할 수 있다.

그 동닉 사람들이 약안의 총민흠을 칭찬 안이홀 이 업서 특별히 일홈을 정덕이라 부르며 가르디 앗갑도다 정덕이 만약 남즈로 싱겻드면 반듯이 나 라를 위ᄒ여 큰 스업을 일울 것이어늘 불힝이 녀즈가 되엿다 ᄒ매 약안이 이럿틋이 칭찬흠을 듯고 마음에 불평이 역여 ᄒ는 말이 엇지 남즈만 나라를 위ᄒ여 스업ᄒ고 녀즈는 능히 나라를 위ᄒ여 스업ᄒ지 못홀가 하늘이 남녀 를 내시매 이목구비와 스지빅톄는 다 일반이니 남녀가 평등이여늘 엇지 이 ᄀ티 등분이 다를진디 녀즈는 무엇ᄒ려 내시리오 ᄒ니 이런 말로만 보아도 약안이 타일에 능히 법국을 회복ᄒ고 일홈이 천츄력스상에 혁々히 빗날 녀 장부가 안일손가[28]

앞의 인용에서 볼 수 있는 것처럼 잔 다르크는 나라를 위하는 일에는 남녀의 구별이 있을 수 없다는 인식을 분명하게 드러낸다. 이것은 잔 다 르크의 입을 통해 작가가 독자들에게 들려주고자 하는 메시지에 해당한

28 장지연, 『이국부인젼』(광학서포, 1907), 1~2쪽.

다. 이와 같은 메시지의 의미는 잔 다르크가 프랑스 청중을 향해 행하였던 연설에서도 그대로 드러나고 있다.

대뎌 나라의 흥망은 ᄉ셰의 셩패의 달리지 안코 다만 인민 긔운의 강약에 달렷ᄂᆞ니 청컨디 고금력ᄉ의 긔록ᄒᆞᆫ ᄉ적을 보시오 한번 멸망ᄒᆞᆫ 나라는 천빅년을 지내도록 그 빅셩이 능히 다시 회복ᄒᆞ고 셜치ᄒᆞᆫ 날이 잇ᄂᆞ잇가 이런 증거가 쇼연치안소 그런 고로 오날〃 우리들이 동심동력ᄒᆞ여 열심을 분발ᄒᆞ면 엇지 붓그럼을 씨슬 날이 업겟소 나라 위엄을 쓸치고 나라 원수를 갑는 것이 우리들의 열심에 달렷소 제군〃〃이여 임의 남의 알이에 굴복지 안이ᄒᆞᆯ ᄯᅳᆺ이 잇슬진디 반듯이 일을 ᄒᆞ여보아야 참 굴복지 안이ᄒᆞ는 것이 안이오 제군들은 싱각ᄒᆞ오 우리 나라가 이 디경되어 위틱홈이 죠셕에 잇스니 만약 아리안 셩을 한번 일ᄒᆞ면 우리 나라는 결단코 보젼치 못ᄒᆞᆯ지라 그 ᄯᅢ가 되면 제군의 부모 쳐ᄌᆞ가 반듯이 남의 릉욕을 당ᄒᆞᆯ것이요 제군의 지산 분묘가 반듯이 남에게 탈취ᄒᆞᆫ 바가 될 것이니 그 ᄯᅢ에 이르러서 남의계 우마와 노례가 안이 되고자 ᄒᆞ여도 ᄒᆞᆯ 수 업스리라 상담에 이르기를 눈업는 사람이 눈업는 말을 타고 밤즁에 기푼 못에 다닷는다 ᄒᆞ니 만일 ᄒᆞᆫ번 실죡ᄒᆞ면 목숨이 간 곳 업슬지라 정히 오날〃 우리를 위ᄒᆞ여 ᄒᆞ는 말 안인가 만약 급속히 일심으로 ᄌᆞ긔의 싱명을 노코 덕국과 항거치 안이ᄒᆞ면 이 수치를 어늬 ᄯᅢ에 씻으리가 어서 〃〃 쳔 사람이 일심ᄒᆞ고 만 사람이 동셩ᄒᆞ여 사람마다 죽을 ᄯᅳᆺ을 두어 가마를 ᄭᅵ치고 배를 잠가서 한번 분발ᄒᆞ면 영국이 비록 하늘ᄀᆞ든 용략이 잇드래도 우리 나라이 엇지 덕국에게 압복ᄒᆞᆯ 바가 되리오 제군〃〃이여 만약 살기를 탐ᄒᆞ고 죽기를 겁내여 나라 망ᄒᆞᆯ ᄯᅢ에 당도ᄒᆞ면 남의 학디 ᄌᆞ심ᄒᆞ여 살기에 괴로음이 돌로여 죽어 모르는 것만 못ᄒᆞᆯ지니 나는 본릭 궁항벽 촌에 일기 외롭고 잔약ᄒᆞᆫ 녀ᄌᆞ로서 지료와 학식도 업스나 다만 나라의 위틱홈을 통분히 역여 국민된 한 분ᄌᆞ의 의무를 다ᄒᆞ고자

흠이요 참아 우리 국민이 남의 우마와 노례됨을 볼 수 업서 이ᄀ티 군중에
몸을 던젓ᄂᆞ니 다힝이 라비로 장군의 은덕으로 나의 고심혈셩을 살피시고
날로 ᄒᆞ여곰 군ᄉᆞ의 참예케 ᄒᆞ시니 오날ᄉᆞ 제군으로 더불어 이 ᄶᅥ에서 서로
보매 나는 결단코 밍셰ᄒᆞ기를 몸으로 나라일에 죽어 우리 국민을 보젼코자
ᄒᆞ노니 제군ᄉᆞᄉᆞ이여 임의 ᄋᆡ국심이 잇슬진ᄃᆡ 과연 엇지ᄒᆞ면 조흘고 긔묘
ᄒᆞᆫ 방칙으로 가ᄅᆞ침을 바라고 바라노라[29]

　이 연설의 내용은 잔 다르크가 프랑스 국민을 향해 행한 연설이라기
보다는 오히려 작가 자신이 당대의 독자들에게 들려주고자 했던 내용을
잔 다르크의 입을 통해 대신 말하게 한 것으로 볼 수 있다. 이 연설 내용
의 핵심은 국가 존망의 위기를 맞은 현실 상황의 긴박성을 강조하고 애
국심을 일깨워 모든 국민이 일심으로 단합하여 위기를 극복하기 위해 노
력해야 한다는 것이다. 영국의 침략으로 국가가 멸망하고 모든 백성이
영국의 노예로 전락할 처지에 놓여 있다고 말하는 잔 다르크의 연설은
을사조약 이후 일제의 지배 아래 놓이게 된 한국의 현실적인 상황을 인
식시키고자 하는 작가의 경고에 해당한다. 그리고 국민의 일심 단합과
애국심을 강조하고 있는 것도 마찬가지의 의미를 지닌다. 이 작품은 잔
다르크의 생애를 그려 낸 것이지만, 결국 그 내용 속에서 외세 침략의 위
기를 맞는 한국민들에게 경각심을 던져 주면서 동시에 애국심을 고취하
기 위한 목적의식이 분명하게 드러난다. 작품의 말미에서도 "슬프다 우
리 나라도 약ᄋᆞᆫ ᄀᆞ튼 영웅호걸과 ᄋᆡ국충의의 녀ᄌᆞ가 혹 잇는가"라고 말한
것은 이 같은 작가의 의도를 암시한다고 할 수 있다.

29　위의 책, 24~26쪽.

신채호의 영웅 전기

신채호[30]는 역사 속에서 활동했던 영웅적인 인물들의 행적을 모범으로 하는 이야기에 관심을 두면서 중국의 량치차오(梁啓超)가 발표한 『이태리건국삼걸전』을 역술하였다. 『이태리건국삼걸전』은 이탈리아의 독립 과정에서 활동했던 마치니, 카보우르, 가리발디의 생애와 그들의 민족애, 민족정신을 예찬한 것이다. 이 작품에서 신채호는 이탈리아 건국 과정에서 활약한 세 사람을 애국적 영웅의 표본으로 내세우고 있으며, 당시 한국의 정세에 비추어 국가적 위기를 극복할 수 있는 애국적인 영웅의 출현을 기대하는 간절한 소망을 담고 있다. 그러나 이 책은 단순히 이탈리아의 영웅을 소개하기 위한 것이 아니라, 조선의 중흥을 위해 애국자와 영웅을 대망하고 있는 것임을 알 수 있다. 실제로 신채호는 역사 속에서 민족자존을 위해 싸운 세 사람의 애국적인 영웅을 찾아냈는데, 이들을 전기로 작품화한 것이 바로 「을지문덕」, 「수군제일위인 이순신전」, 「동국거걸 최도통전」이다.

신채호가 국가를 위기에서 구출할 수 있는 구국적 인간상을 제시하기 위해 을지문덕, 이순신, 최영과 같은 영웅적 인물의 전기를 직접 저술한 것은 내용의 실재성과 윤리성을 들어 새로운 소설 개혁의 방향을 주장했던 그의 견해와도 부합되는 것이라고 할 수 있다. 신채호는 소설이라

---

30 신채호(申采浩, 1880~1936). 호는 금협산인(錦頰山人), 무애생(無涯生), 단재(丹齋). 충북 청주 태생. 한학을 공부하다가 1905년 무렵부터 《황성신문》, 《대한매일신보》에 애국적인 논설을 발표. 1910년 일본 강점 후 중국으로 망명하여 1919년 상해 임시정부에서 활동. 1929년 일제에 피검되어 1936년 2월 21일 옥사. 대표적인 저술로는 『조선상고사(朝鮮上古史)』, 『조선사연구초(朝鮮史研究草)』 등이 있고, 「을지문덕」, 「수군제일위인 이순신」, 「최도통전」 등의 전기와 「꿈하늘」, 「용과 용의 대격전」 등 소설이 있다. 참고 문헌: 신용하, 『신채호의 사회사상 연구』(한길사, 1984); 최홍규, 『신채호의 민족주의사상』(단재신채호선생기념사업회, 1990); 김주현, 『신채호문학연구초』(소명출판, 2012).

는 것이 한 나라의 민심과 풍습을 보여 주는 중요한 사회적 역할을 담당한다는 점을 들어서 보다 계몽적이고 교훈적인 소설을 많이 저술해야 한다고 주장하였다. 그는 당시 국권의 회복을 위해서는 위인 열사들의 영웅적 행동이 무엇보다도 중요한 귀감이 될 수 있다는 신념을 지니고 있었으며, 영웅의 일대기를 소설로 만드는 것이야말로 민중을 교화하는 데 가장 적절한 방법이라고 믿었다. 그는 한말의 어지러운 국내외 조건 속에서 민족의 위기를 극복하기 위해서는 영웅이 출현해야 한다고 보았던 것이다.

그러나 신채호의 영웅 출현에 대한 기대는 이루어질 수가 없었다. 한 시대의 상황이나 사회적 기반을 영웅이 출현하여 근본적으로 변혁시킬 수 있다는 생각은 근대적인 변화의 물결을 타고 있는 조선의 현실에서 가능한 일이 아니었다. 한두 사람의 영웅보다는 오히려 모든 백성들의 국민적 역량을 성숙시키는 것이 더 중요한 일이었다. 그러므로 신채호는 민족의 과제를 영웅의 출현에 의해 해결할 수 있다는 생각에서 벗어나야만 했다. 그는 일제 강점기에 접어들면서부터는 역사 주체로서의 민족 전체에 대한 새로운 인식으로 그 자신의 관심의 방향을 조정하게 되었다.

신채호가 소설이라는 이름으로 발표한 영웅 전기 가운데 가장 널리 알려진 것이 「을지문덕」이다. 이 작품은 단행본으로 간행되었지만, 광무 신문지법과 출판법 이후 발매 금지 도서 목록에 올라 일제 강점기에는 금서가 되었다. 「을지문덕」은 한문 투의 국한문체로 고구려의 장군 을지문덕의 행적을 서술한 전기이다. 이 책의 서문에서 신채호는 "한 나라의 강토는 한 영웅이 몸을 바쳐 장엄케 한 것이며 한 나라의 민족은 한 영웅이 피를 흘려 지킨 것이다. 그 정신은 산같이 우뚝하고 그 은택은 바다처럼 광활하거늘 나라의 영웅을 그 백성들이 모른다고 하면 그 나라가 어찌 잘될 수 있겠는가?"라고 말하면서, 영웅의 진면목을 전하고 큰 공덕을 찬미하며, 영웅의 출현을 기도한다는 자신의 저술 동기를 적고 있다. 말하자면 이 책은 역사 속 영웅의 행적을 펼쳐 보고 새로운 민족적 영웅의 출현을 기대한다는 저술의 의도를 담고 있는 것이다.

「을지문덕」은 전체 내용이 서론, 본론, 결론의 세 부분으로 구분되어 있으며, 본론에 해당하는 내용은 모두 15장으로 구성되어 있다. 그러나 이러한 내용 구성을 보다 면밀하게 검토해 보면, 을지문덕 당대의 고구려가 처해 있던 국가적인 형세와 주변 상황을 설명한 부분, 을지문덕의 지략과 기개와 용맹과 충성심을 서술한 부분, 그리고 을지문덕의 위대한 인격과 그 공적을 찬양한 부분으로 나누어져 있다. 이 같은 서사의 구성은 전체적으로 일대기적인 흐름을 중시하면서도 각각의 에피소드들이 지니는 독자적인 의미 내용을 강조하고 있다는 점이 특징이다.

「을지문덕」에서 가장 중요시되고 있는 것은 중국의 침략에 굴하지 않고 만주의 넓은 땅을 차지하여 민족의 웅혼한 기백을 자랑한 그 기상이다. 바로 이 웅건한 기상을 다시 불러일으켜 시들어 가는 국가와 민족의 형세를 일으켜 세우고자 하는 것이 이 작품의 의도이다. 그러므로 이 작품에서는 을지문덕이라는 영웅적 주인공의 의연한 기백, 웅대한 지략, 뛰어난 외교력 등이 그의 무인(武人)으로서의 용맹함 이상으로 강조되고 있다. 그리고 민족의 영웅으로서의 을지문덕 같은 새로운 영웅이 20세기에 다시 나타나기를 기원하고 있는 것이다.

「수군제일위인 이순신전」이나 「동국거걸 최도통전」의 경우도 전체적인 이야기의 성격은 「을지문덕」과 흡사하다. 위기에 처한 국가와 민족을 구출하는 구국적인 영웅상을 그려 놓고 있기 때문이다. 「수군제일위인 이순신전」은 《대한매일신보》에 1908년 5월 2일부터 8월 18일까지 지속적으로 연재되었으며, 내용과 구성 면에서 완결된 형태를 보이고 있다.

특히 이 작품은 같은 신문의 국문판에 「슈군의 뎨일거룩한 인물 리슌신 젼」으로 제목이 바뀌어 1908년 6월 11일부터 1908년 10월 24일까지 순 국문으로 다시 연재되기도 하였다. 이 작품은 서두에서 한국 역사상 가장 빈번하게 영토를 침범해 온 외적으로 왜구(倭寇)를 손꼽으면서 이를 제대로 소탕하지 못한 채 휘둘렸던 조선 왕조의 실정으로 역사의 수치를 면하지 못하게 되었던 임진왜란을 지목하고 있다. 그런데 조선의 영웅 이순신이 왜군에 대항하여 뛰어난 지략과 용맹으로 나라를 위해 싸움으로써 조선을 다시 일으킬 동력이 되었음을 높이 평가하고 있다. 이순신이 민족의 영웅으로서 보여 준 가장 빛나는 덕목은 백성과 나라를 사랑하는 애국 충절이다. 그러나 이보다도 더 중요한 것은 그의 불굴의 의지와 지혜로움이다. 이 작품은 이순신이 왜적의 침략에 맞서 수군을 통솔하여 전쟁을 치르며 수많은 승리를 거두고 끝내 전장에서 비장한 죽음을 맞이하기까지 7년여 동안의 활약상을 가장 소상하게 기록하고 있으며, 이순신의 공로와 애국 충절에 대한 깊은 감회를 표시한다. 그리고 이순신을 영국의 넬슨 제독과 견주면서 열악한 환경에서 적과 싸워 승리했던 이순신이야말로 가장 뛰어난 바다의 장수임을 천명하고 있다. 국가의 위기를 맞아 제2의 이순신을 고대한다는 희망도 결말에 표현하고 있다. 이 작품에서도 이야기의 내용은 장별로 구분되어 있는데, 이야기의 서두와 결말은 각각 서론과 결론으로 표시하여 작가 자신이 이들 영웅적 인물에 대해 가지고 있는 숭배와 흠모의 뜻을 직접적으로 드러내고 있다.

신채호는 자신의 영웅 전기를 모두 소설이라고 지칭하였지만, 이것은 서사 양식 일반을 소설이라고 불렀던 당시의 통념을 그대로 따른 것이라고 할 수 있다. 영웅 전기는 개화계몽 시대에 대중적으로 확대되었지만, 이 시기에 새로이 등장한 것은 물론 아니다. 전기의 서사 구조는 전통적인 한문학의 한 장르인 전(傳)의 전통과 맥락을 같이하고 있으며, 전 양식의 서술적 확대라는 구조적 변형을 보여 주고 있다. 신채호의 학문적 기반 자체가 전통적인 한학을 위주로 한 것이고, 전통적 서사 양식으로서의 전이 한문학의 전형적인 양식의 하나임을 생각한다면, 신채호의 영웅 전기가 가지는 전통적인 기반을 충분히 짐작할 수 있는 것이다. 신채호의 영웅 전기가 전통적인 전의 양식을 따르고 있다는 것은 우선 그 구조적 특성을 통해 확인할 수 있다. 전통적으로 전은 이야기의 흐름이 도입, 전개, 종결이라는 내용상의 단계를 구분하고 있는 것이 보통이다. 「을지문덕」이나 「동국거걸 최도통전」 등도 모두 앞뒤에 서론과 결론을 붙이고 있으며, 그 대상 인물의 행동과 인품을 소개하는 전개 부분을 크게 확대하고 있다. 그리고 이들 전기의 창작 의도와 서술 태도에 있어서도 전의 경우와 그대로 일치하고 있다. 신채호의 전기는 역사상 인물의 생애를 중심으로 이루어지고 있다는 점에서 역사적 실재성의 의미가 강조되며, 그 인물의 생애를 통해 당대적 현실 문제에 우회적 접근을 시도한다는 점에서 이념적 지향성이 드러난다. 위기의 상황과 그 역사적 현실을 극복하는 영웅적 인간의 존재와 역할을 강조하면서 영웅적 인간의 모든 행동과 태도를 사회적 윤리적인 규범에 의해 설명하고 있기 때문이다. 그러므로 영웅적 인간상의 형상화에 있어서 구체성보다는 그 인물에 대한 신채호의 찬사가 더욱 강렬하게 느껴지는 것이다. 신채호는 영웅의 심사를 묘사하겠다고 서두를 꺼낸 경우도 있는데, 대체로 행위의 구체성보다는 그 행위를 통해 드러나는 영웅적 이상과 의지를 강조하였으며, 그 속에 자신의 이념을 투영시켜 놓고 있다. 신채호의 전기는 이러한 서술 방식의 특징으로 인하여, 전통적인 전에서 볼 수 있는 요약적인 진술보다 그 논의의 범위가 확대되고 있으며, 소설의 경우와는 달리 전체적인 이야기의 계기적인 연속성보다 논리적 일관성을 추구하고 있다. 전기의 내용을 이루고 있는 여러 가지 삽화들도 행위 구조의 긴밀한 연관성을 위해서라기보다는 영웅적 의지와 신념을 다양한 측면에서 확인할 수 있도록 나열하고 있는 것이다.

신채호의 영웅 전기는 그 문체에 있어서 설화적인 측면을 거세하고 논설적 측면을 확대시킨 점이 특징적이다. 개화계몽 시대에 논설적 산문 양식이 국한문체의 확대와 함께 가능했음을 생각한다면, 신채호의 전기들이 서사의 형식에 논설적 특성을 수용하고 있는 것은 당연한 현상이다. 국한문체는 한문이 지니는 표의성과 국문이 갖는 정서적 감응력의 결합으로 이루어졌으며 지식 전달의 정보성으로 인하여 논설 양식의 대표적인 문체가 되었던 것이다. 신채호의 전기의 문장을 보면, 고전소설의 문장에서 흔히 볼 수 있는 '~더라'체의 서술 종결법 대신에 '~노라', '~이라' 등의 서법상의 의도법을 표시하는 종결 방식을 다양하게 활용하고 있다. 이러한 서술 방식은 모든 행위와 사건을 현재화하면서 자신의 의도와 견해를 함께 결합시킬 수 있는 기능이 있기 때문에, 독자층을 이해시키고 설득하기 위해서는 이러한 서술 방식이 기능적으로 활용될 수 있었을 것으로 생각된다.

신채호의 영웅 전기는 결국 전통적인 전의 양식을 서사적으로 확대시키면서 그 담론 구조를 논설적으로 변형한 것이라고 할 수 있다. 이러한 변화는 전통적인 전의 서사적 확대 과정에서 매우 중요한 의미를 갖는다. 구소설을 개혁하고자 했던 신채호가 전통적인 서사 양식인 전의 형태를 논설적 성격을 강하게 드러내는 영웅 전기로 발전시켰다는 것은 전통문학 양식의 근대적 변용 과정을 보여 주는 하나의 중요한 사례임을 알아야 할 것이다. 하지만 신채호가 발표한 영웅 전기는 주인공의 업적과 인격을 강조함으로써 일상적인 개인의 삶을 통해 현실의 총체적 인식에 도달하고자 하는 소설의 근대적인 속성과 상당한 거리를 두고 있다는 점을 지적해야 할 것이다. 이들 전기보다 훨씬 뒤에 이루어진 신채호의

「꿈하늘」이 전통적인 몽유록 양식의 풍자적인 패러디라는 점도 비슷한 맥락에서 다시 한번 음미해 볼 필요가 있다.

영웅 전기의 담론적 특성

개화계몽 시대의 영웅 전기는 두 가지의 특징을 보여 준다. 하나는 국가와 민족의 존망의 위기를 이야기의 배경으로 드러내고 있다는 점이며, 다른 하나는 그 위기를 극복해 나아갈 수 있는 길을 제시하고 있는 영웅적인 인물이 민족의 내부에서 출현하여 민족적 역량을 모두 집결시킨다는 점이다. 이 같은 상황의 설정과 인물의 제시 방법은 이 시기의 전기 양식이 지니고 있는 서사적인 특성이지만, 과거의 역사 속에서 민족의 위기 극복의 능력을 제시한다는 점에서 외세의 침략이라는 당대적 위기 상황에 대한 우회적인 인식의 표현이라고 할 수 있다.

개화계몽 시대의 영웅 전기는 외세 침략에 대응하는 민족 내부의 역량의 제고를 목표로 한다는 점에서 민족 주체의 정립을 강조한 계몽 담론의 정치적인 속성을 지니고 있다. 영웅 전기에서 가장 강조하고 있는 것은 을사조약 이후 확대되었던 조선에 대한 일본의 보호라는 일본적 식민주의 담론을 거부하고 그 허구성을 공격하는 일이다. 일본을 타기해야 할 침략적인 외세로서 인식하고 주체로서의 민족의 역량을 강조하기 위해, 과거의 역사 속에서 민족이 주체적 역량을 발휘하여 역사적 위기를 타개하였던 사례를 찾아내고, 그것을 통해 민족 공동체에 대한 의식을 강조하게 되는 것이다. 구국적인 민족 영웅의 출현을 강조한 것도 현실의 위기를 극복할 수 있는 가능성이 외세 의존적인 보호를 통해서가 아니라 주체적인 민족의 내부 역량의 구현에 의해 찾아진다는 점을 주장하기 위한 것으로 볼 수 있다. 이 같은 논리는 당대의 현실에 팽배하여 있던 패배주의적인 현실 인식을 극복하고 나아가서는 식민주의 담론에 적극 대응하고 있다는 점에서 그 민족주의적 경향이 주목된다.

그런데 이 같은 개화계몽 시대의 영웅 전기는 그 민족주의적 성격으로 인해 탄압 대상이 된다. 일제 강점을 전후하여 이 같은 영웅 전기를 포함한 민족주의적 성향의 출판물의 발매와 반포를 금지하고 이미 출판된 것들도 압수[31]해 버렸기 때문이다. 이 같은 검열 제도는 일본에 대해 비판적인 서사 담론의 정치성을 원천적으로 봉쇄하는 것으로서 일제 강점기에 들어서면서부터 철저하게 시행되었던 것이다. 그러므로 한국문학에서 영웅 전기의 서사적 전통이 일제 강점기에는 더 이상 유지되지 못한다.

(4) 풍자와 우화 그리고 현실 비판

풍자와 우화

개화계몽 시대의 서사 가운데 당대 신문 잡지의 논설과 함께 계몽 의식과 사회 비판 의식을 강렬하게 표출하였던 것이 우화와 풍자이다. 우화와 풍자는 인물이라든지 서사 구조라든지 하는 어떤 요소에 의해서가 아니라 말하기 방식 자체를 통해 당대 사회의 지배 담론의 논리적 모순을 비판하고 이를 해체시키고자 한다. 그런데 이들 양식은 기존의 신소설 연구에서 독자적인 장르로서의 의미를 제대로 부여받지 못하였다. 우

---

31 1915년 조선총독부가 발표한 「교과용도서일람(敎科用圖書一覽)」을 보면 출판법 제12조 및 제16조에 의해 발매 반포 금지한 도서 목록을 제시하고 있다. 이 목록에 따르면, 출판물에 대한 발매 반포 금지 조치는 1910년 5월 5일부터 본격적으로 시행된 것으로 나타나 있다.

화와 풍자는 서사 구성의 핵심이 되는 인물의 설정이라든지 시간과 공간의 구성 등이 소설의 경우와는 달리 고정적이거나 규범적이다. 서사 구성 자체도 개방적인 것이 특징이다. 이 같은 특징으로 인하여 우화와 풍자는 그 장르적인 속성이나 서사 구조 자체가 신소설과는 서로 구별되고 있다.

개화계몽 시대의 우화는 사회 윤리적인 차원에서 문제가 되는 지적 도덕적 요구에 의해 당대의 시대정신을 강렬하게 대변하는 문학 양식으로 자리 잡고 있다. 우화는 당대의 현실에서 문제가 되고 있는 인간 행동의 규범이나 도덕적 명제를 중심으로 서사가 성립된다. 외세의 침략 위기에 대한 경각심을 심어 주거나, 부패한 관료들을 비판하고 타락한 현실을 경계하는 데 있어서 우화의 교훈적 기능이 중시되었다고 할 것이다. 우화의 주인공들은 모두 동물이다. 인간의 경지에 오르지 못한 동물은 미개성과 야만성의 표상으로 내세워진 것이다. 그러나 실상의 내용을 보면 동물들의 세계가 보여 주는 미개와 야만이 오히려 그보다 못한 인간의 모습을 풍자한다는 것을 알 수 있다. 특히 약육강식의 논리와 우승열패의 주장으로 제국주의적 식민지 지배를 합리화했던 식민주의의 논리가 이들 우화를 통해 여지없이 허구임을 드러내게 된다.

개화계몽 시대 서사 양식에서 우화와 비슷한 성격을 지니고 있는 것이 풍자이다. 풍자라는 말은 어떤 주제를 우스꽝스럽게 만들거나 거기에 대한 멸시, 분노, 냉소 등의 태도를 환기시킴으로써 그것을 격하시키는 하나의 문학적 기법을 의미하는 것으로 알려져 있다. 그러나 서사 양식의 하위 장르로서 풍자는 '풍자적'이라는 관형적인 의미나 '풍자하다'와 같은 서술적인 뜻을 넘어서는 하나의 문학 양식을 말한다. 개화계몽 시대의 풍자는 등장인물이 어떤 특정의 상황에 고정되어 있어서 행위의 구조를 따지기 어려우며 이야기의 줄거리도 단순하다. 풍자는 여러 인물들이 등장하여 자신의 입장을 주장하는 일련의 논쟁이 중심을 이루며, 그 논쟁 자체가 주제를 우스꽝스럽게 만들기도 한다. 풍자는 인간 자체보다는 인간의 여러 가지 정신적 태도를 다룬다. 그러므로 이것은 관념적인 주제나 이론을 다루고 있으며 어떤 주제에 대해 강하게 비판을 가하기도 한다. 여기에 등장하는 인물은 어떤 행동의 주체로서 이야기를 이끌어 가는 것이 아니라 어떤 이념의 대변자일 뿐이다. 그러므로 행동 대신에 말과 토론이 중심을 이룬다. 그러므로 풍자는 줄거리도 없는 이념과 공상과 도덕의 결합체가 된다.

그런데 개화계몽 시대의 우화와 풍자는 그 기법과 정신을 서로 공유함으로써 더욱 분명한 담론적인 속성을 가지게 된다. 풍자의 중요한 기술 방법인 대화, 토론, 연설 등이 우화와 결합되기도 하고, 우화의 빗대어 비판하기 방법이 풍자의 기술 방법 속에 숨겨지기도 한다. 그러므로 우화와 풍자는 주인공의 설정 방식에서 볼 수 있는 우의성과 각각의 주인공이 진술하는 주제와 가치와 관념의 대립에 의한 지적인 갈등과 그 해소 과정이 흥미의 초점을 이룬다. 특히 이 양식들은 당대 사회에서 지배 담론의 언어적 표상들을 비판하거나 논리의 허구성을 풍자하는 공격성을 드러내고 있다는 점이 주목된다. 이것은 영웅 전기에서 볼 수 있는 반식민주의적 속성과 동일한 맥락을 지니고 있는 것이다.

우화와 이상(理想)의 세계

개화계몽 시대의 우화는 대개 두 가지 형태로 구분할 수 있다. 하나는 우화적인 상황을 중시하는 경우이고, 다른 하나는 우화적 성격을 중시하는 경우이다. 우화적 상황을 중시하고 있는 작품들로는《대한매일신보》에 연재되었던 작자 미상의 「디구셩미래몽」(1909), 유원표의 「몽견제갈량(夢見諸葛亮)」(1908), 박은식의 「몽배금태조(夢拜金太祖)」(1911), 신채호의 「꿈하늘」(1910) 등이 있는데, 이 작품들은 꿈이라는 환상적인 틀을 활용하거나 현실과 대비되는 가상의 공간을 설정하고 있다. 꿈의 내용을 다루고 있는 서사 양식을 고전문학에서는 흔히 '몽유록(夢遊錄)'이라고 지칭한다. 이 작품들에서 우화적 공간으로서의 꿈이라는 환상의 세계는 현실의 공간을 비판하기 위해 설정한 가상의 현실이다. 그러므로 이러한 서사 양식에서 그려지는 행위는 역사적인 의미를 가지는 것이 아니다. 오히려 그러한 행위가 가상의 현실에서 펼쳐지는 상황의 의미만이 강조된다.

「몽견제갈량」은 '밀아자(蜜啞子) 소설'이라는 부제를 붙이고 있다. '밀아자'라는 말이 '꿀 먹은 벙어리'를 의미하는 것을 생각한다면, 그 제목에서부터 풍자성을 나타낸 것이다. 이 작품은 작중의 화자가 꿈속에 제갈량을 만나 당대의 현실 문제를 토론하는 내용으로 이루어져 있다. 상황의 설정 자체가 우화적이지만, 작중 화자와 제갈량이 당대의 현실 문제를 토론하는 내용을 중시할 경우, 오히려 풍자로서의 성격이 중시될 수 있다. 위기의 현실을 놓고 분분한 의견만 늘어놓으면서 실천적인 계획을 제대로 세우지 못하고 있는 권력층을 비판하고, 지식인들의 역할과 실질적인 학문의 필요성도 강조하고 있다. 특히 일본의 세력이 확대되는 것을 경계하면서 조선이 일본의 조선이 되어서는 안 된다는 점을 역설하고 있다. 역사적인 인물인 제갈량을 가상의 현실 속에 등장시켜 놓고 있는 이 작품은 현실 상황에 대한 비판과 함께 새로운 정치적 경륜을 내세우고 있기 때문에, 일제 강점기에 접어들면서 1910년에 발매와 반포가 금지되었다.

「디구셩미래몽」은 가상의 현실 속에서 당면한 국가의 위기를 벗어날 수 있는 방법을 추구하고 있는 작품이다. 이 작품에 등장하는 우세자(憂

世子)는 세상을 교화하고자 노력하는 인물이다. 그러나 아무도 그의 말을 제대로 받아들이지 않고 오히려 우세자를 조롱한다. 그는 세상에 품었던 뜻을 버리고 길을 떠난다. 그는 길에서 어떤 대사를 만난다. 그 대사는 염라부에서 나오는 길이다. 대사는 자기네 조국 인도가 작은 나라 영국에게 지배를 당하고 있는 것은 2억의 민족이 서로 단합하지 못하기 때문이라고 개탄한다. 그리고 대한도 이와 비슷한 상황이 되고 있다고 경고한다. 우세자는 이 말을 듣고 대한의 위기 상황을 개탄하면서 대사를 따라 옥경에 다다른다. 그곳은 하나의 이상향이다. 작중 화자는 바로 그러한 이상향이 지구상에서 실현되기를 꿈꾼다. 이 작품은 현실의 공간과 초현실의 가상 공간이 서로 연결되어 있다. 등장인물들도 이 두 개의 공간을 아무 제약 없이 넘나든다. 이 같은 서사의 구성은 경험적인 일상의 현실 공간을 주로 그려 내는 소설의 세계에서는 보기 어려운 점이다. 그러므로 이 작품에서는 실재성의 의미를 문제 삼을 수 없으며, 오히려 작품에서 다루고자 하는 주제의 이념적 가치를 논의할 필요가 있다. 이것은 이 작품이 지니고 있는 우화로서의 담론적 특성에서 비롯된 것이다. 우화에서는 인물의 실재성이나 그 행위의 구체성이 문제되지 않는다. 오히려 인물과 행위가 드러내는 주제와 이념이 담론의 핵심이다. 「디구셩 미래몽」에는 세 개의 공간이 배치되어 있다. 하나는 우세자가 근거하고 있는 대한의 현실이다. 또 하나의 공간은 망국민들이 들끓는 염라부이다. 그리고 이상향으로서의 옥경이 있다. 그런데 우세자가 살고 있는 대한의 현실은 대사가 다녀온 염라부의 현실과 다를 바가 없다. 망국의 징조가 사방에 나타나고 있기 때문이다. 외세의 침략에 대응하기 위한 민족의 대동 단합이라는 주제가 여기에서 제시된다. 그리고 옥경의 평화로움을 보여 주면서 새로운 미래의 세계를 가상으로 제시하고 있는 것이다.

「몽배금태조」는 한문으로 이루어진 이른바 몽유담의 전형에 해당한다. 이 작품에서 서사 공간은 물론 꿈속이다. 그러므로 서사의 화자가 실재로 존재하고 있는 현실과는 판이한 환몽의 세계가 중심을 이룬다. 몽유담의 도입 단계에 속하는 입몽의 과정은 이렇게 시작된다. 서사의 화자는 만주 벌판을 표랑하다가 만주 흥경 남쪽에 근거하여 새로운 삶을 개척한다. 그리고 지나간 조선의 역사와 지리를 생각하며, 쇠잔해진 국가와 민족의 장래를 걱정한다. 그러다가 장자의 나비가 되어 문득 백두산 천지에 올라 대금국(大金國) 태조왕이 세운 개천홍성제전(開天弘聖祭殿)이라는 전각에 이른다. 그리고 구름 속에 나타난 선관의 안내로 금태조를 알현하게 되어 조선의 역사와 현실을 중심으로 여러 가지 대화를 전개한다. 이 작품에서 서사의 담론적 특성을 가장 잘 보여 주는 것은 바로 화자와 금태조가 서로 주고받는 문답의 내용이다. 작품의 화자와 금태조가 나눈 대화는 주로 조선의 역사와 강토와 조선 민족의 강인한 민족성과 유구한 문화적 전통에 대한 것으로 이어진다. 금태조는 화자의 여러 가지 질문에 대해 소상하게 해답을 제시하고 있다. 조선의 유구한 역사와 넓은 강토와 빛나는 문화적 전통에 대한 모든 논의는 주로 민족의 자기 정체성의 구현을 위한 담론으로 구성되어 있다. 이것은 모두 금태조의 의견을 통해 제시되고 있지만, 실상은 작가 자신의 정론적인 견해임에 틀림없다. 이 작품의 후반부는 주로 일제의 식민지로 전락해 버린 조선의 현실 문제를 중심으로 이어진다. 금태조는 아무 실속이 없는 명분론에 사로잡혀 허식에만 치우쳤던 조선 시대 사대부들의 '문약(文弱)'의 폐해를 지적하면서 식민지 현실을 극복하기 위한 방안으로 강대한 조선 민족이 되는 길을 제시한다. 그것이 바로 실질적인 삶에 근거한 새로운 교육이다. 식민지 현실을 타개하기 위해 제시한 새로운 민족 교육은 주로 역사상 빛나는 민족의 영걸의 자취를 제대로 배우고 실천하는 길이다. 실제로 이 작품에서는 금태조가 세운 민족 교육을 위한 학교를 시찰하는 것으로 결말을 장식한다. 이 작품의 전체적인 성격을 계몽적 담론으로 규정할 수 있는 것은 바로 이 같은 결론에 의해서이다.

「꿈하늘」은 이야기의 주인공으로 '한놈'이라는 인물을 내세운다. 이 허구적인 인물이 벌이는 행위의 시간적 배경을 1907년경으로 설정한 것은 민족의 시대적 위기를 구체적으로 제시하기 위한 서사적 고안으로 보인다. 그러나 한놈이 보여 주는 행위의 공간은 가상적인 세계이다. 여기에서는 '님나라'라고 지칭되어 있는데, 역사의 시공을 넘나들 수 있는 천상의 세계로 설정되어 있다. 한놈은 이 천상의 세계에서 먼저 을지문덕을 만난다. 그리고 을지문덕이 천상계에서도 여전히 수양제와 격렬하게 투쟁하며 승리하는 모습을 보고 그로부터 민족 내부의 분열과 갈등을 극복해야만 외부의 적을 물리칠 수 있다는 귀중한 교훈을 얻는다. 한놈이 만난 또 하나의 인물은 왜장 풍신수길이다. 한놈은 보검을 얻어 풍신수길과 대결하지만, 풍신수길이 갑자기 미인으로 변모하자 이에 현혹되어 지옥으로 떨어진다. 그는 지옥에서 나라를 팔아먹은 자들이 당하는 고통을 경험하고 역사의 심판을 받는다. 그리고 강감찬을 만나고서야 그 지옥으로부터 벗어난다. 한놈이 다시 도달한 곳은 단군왕검이 있는 곳이다. 그곳에는 역사상 유명한 애국지사들이 모두 모여 있다. 여기에서 한놈은 외래 사상에 물들어 자기 주체성을 잃고 흐려진 하늘의 먼지를 실어 내는 일을 맡기도 한다.

「꿈하늘」은 서두 부분과 전체 6장으로 구성되어 있지만, 결말 부분이 제대로 남아 있지 않다. 그러나 이 작품은 우화적인 성격을 분명히 드러낸다. 역사에서 살아남는 자와 패망하는 자를 대비적으로 제시하고 있는 이 서사 담론에서 이야기의 중심에 자리 잡고 있는 것은 한놈이라는 인물이다. 이 인물은 서사 구조 내부에서 직접적으로 행동하는 행위자이면서 동시에 서술자가 되기도 한다. 역사의 승리와 패배를 스스로 보여 주는 이 같은 인물의 형상은 담론의 우의적 구성을 통해서만 구현이 가능하다. 이 작품에서 서사 담론의 정치성이 가장 분명하게 드러나고 있는 것은 역사의 승리를 위해 자기 내부의 결속이 중요하며, 올바른 주체를 확립해야 한다는 점을 강조하는 부분이다. 1907년이라는 구체적인 시대적 상황을 전제로 하여 구성된 담론의 정치성이 바로 이 같은 주제를 가능하게 하고 있다는 점에서 이 작품이 지니는 역사적 의미를 이해할 수 있다.

개화계몽 시대 우화의 또 다른 형식은 우화적 성격을 중시하는 경우이다. 이것은 인간보다 저급한 동물들을 내세워 인간 세상을 비판하거나 야유하는 이야기다. 안국선[32]의 「금수회의록(禽獸會議錄)」(1908), 김필수의 「경세종(警世鐘)」(1908), 그리고 《대한민보》에 연재되었던 「금수재판(禽獸裁判)」(흠흠자, 1910) 등이 모두 현실에 대한 비판과 새로운 이상의 제시를 위해 우화적 성격을 활용하고 있다. 시대상의 변화와 인간 세태의 변모를 보여 주는 동시에 현실적인 삶의 모순을 날카롭게 지적하고 있는 이 작품들은 모두 동물 우화의 성격이 강하다. 등장하는 동물들이 스스로 대변하고 있는 인간 유형처럼 말하고 행동한다. 그러나 이 우화들은 모두 동물들의 연설이 주된 내용을 이루고 있기 때문에 서사적인 요소가 약화되어 있으며, 동물들이 제시하는 견해 자체가 작품의 주제를 형성하고 있다. 이러한 서술상의 특징을 생각한다면, 이들 작품은 모두 풍자에 해당하기도 한다.

---

32 안국선(安國善, 1878~1926). 호는 천강(天江), 농구실주인(弄球室主人). 경기도 안성 출생. 1895년 관비 유학생으로 도쿄 전문 학교에서 정치학 수학. 귀국 후 독립협회 가담 1899년 독립협회 해산과 함께 체포되어 진도 유배. 1904년경 석방. 1907년부터 『외교통의』, 『정치원론』, 『연설법방』 등의 저서 발표. 1908년 「금수회의록(禽獸會議錄)」 발간 직후 탁지부 서기관 임용. 1911년부터 약 2년간 청도군수 재임. 1915년 소설집 『공진회』 발간. 소설가 안회남(安懷南)의 생부임. 참고 문헌: 전광용, 『신소설 연구』(새문사, 1986); 권영민, 『한국 민족문학론 연구』(민음사, 1988).

「금수회의록」은 꿈이라는 장치를 활용하여 우화적인 공간을 설정하고, 이 공간에 동물들을 주인공으로 등장시킴으로써 우화로서의 성격을 더욱 분명하게 드러내고 있다. 그리고 연설을 통한 현실 비판이라는 풍자적 요소도 함께 담고 있다. 이 작품에서 설정하고 있는 꿈이라는 가상 공간은 이미 고전소설의 세계에서도 흔하게 보였던 서사적인 고안이다. 이 같은 형식의 작품들은 현실의 문제를 꿈이라는 가상의 공간에 가탁하여 담론화한다는 점에서 우화로서의 성격을 유지하고 있는 것이다. 물론 「금수회의록」은 꿈이라는 우화적인 장치 이외에도 인간의 행태를 동물의 경우에 가탁한다는 우화의 본질적인 속성을 갖고 있다. 그러므로 이 작품은 우화로서의 양식적 독자성을 인정해야 한다.

「금수회의록」은 연설이라는 새로운 담론의 형식을 서사의 방법으로 채용하고 있다. 연설은 개화계몽 시대에 민중의 정치의식의 성장과 함께 새로이 등장한 일종의 새로운 사회적 제도이다. 독립협회나 만민공동회와 같은 사회단체의 계몽적인 정치 활동은 모두 연설이라는 새로운 제도를 통해 이루어진 것들이다. 연설은 개인적인 정치적 경륜을 논리적으로 공개적으로 피력하는 새로운 담론의 방법이다. 이 새로운 담론의 방법은 담론화 과정 자체가 합리성과 규범성을 바탕으로 하며 쟁론적인 성격도 강하게 드러낸다. 그러므로 연설을 통해 쟁점이 제기되고 어떤 결론에 도달하는 과정 자체가 중요하다. 「금수회의록」은 흔히 볼 수 있는 우화라는 서사 양식에 연설이라는 새로운 담론의 방법을 채용함으로써 계몽적 담론으로서의 정치성을 더욱 분명하게 드러낸다. 물론 계몽적인 정치 활동으로서의 연설 장면은 신소설의 경우에도 자주 등장하며, 신소설 이후에 등장한 이광수의 「무정」에서도 여러 장면을 찾아볼 수 있다. 그리고 그 내용도 신교육의 확대, 사회제도의 개선, 자주독립 등과 같이 비슷한 것들이다. 그러므로 이 같은 방법은 「금수회의록」의 경우도 마찬가지이지만, 개화계몽 시대의 계몽적인 정치 활동으로서의 연설이라는 새로운 담론의 형식을 서사 양식에서 패러디화한 것으로 볼 수 있다. 「금수회의록」은 1908년 2월 간행된 직후 재판을 발행할 정도로 대중적인 관심을 끌었지만, 1909년 5월에 발매와 반포가 금지되었고, 이미 발행된 책도 압수 처분을 받았다. 이것은 일제에 의해 정치적 계몽 활동이 금지되고 출판물에 대한 검열이 제도화된 것과 때를 같이한다.

「금수회의록」의 전체 내용은 '나'라는 1인칭 관찰자(인간)가 꿈속에서 인류를 논박하는 동물들의 연설회장에 들어가 보고 들은 내용을 기록한 것으로 되어 있다. 동물들이 연단에 나서서 행한 인간에 대한 비판과 공격은 모두 전형적인 연설의 절차를 거쳐서 이루어지고 있는데, 까마귀, 여우, 개구리, 벌, 게, 파리, 호랑이, 원앙새가 각각 반포지효(反哺之孝), 호가호위(狐假虎威), 정와어해(井蛙語海), 구밀복검(口蜜腹劍), 무장공자(無腸公子), 영영지극(營營之極), 가정맹어호(苛政猛於虎), 쌍거쌍래(雙去雙來)라는 주제의 연설을 통하여 인간을 공박하고 있다. 모든 연설은 각각의 동물들이 지니고 있는 습성을 통해 추상적인 내용을 직접적이고도 구체적으로 전달할 수 있도록 되어 있기 때문에, 작품 전체의 풍자적인 의식이 잘 드러나고 있다. 「금수회의록」에서 보여 주는 사회 비판 의식은 주로 기독교적인 인간관과 세계관에 바탕을 두고 있지만, 어떤 면에서는 전통적인 윤리관과도 상통하고 있다. 안국선은 봉건적인 조선 사회가 붕괴되기 시작하면서 인간의 윤리 도덕마저 무너져 버린 것을 개탄한 나머지 기독교적 인간관에 바탕을 두고 현실을 비판하고 있지만, 그 내용의 대부분은 전통적인 도덕관과 윤리 의식의 회복을 강조한 것들이다. 반포지효에서의 부모에 대한 효도, 무장공자에서의 지조와 절개, 영영지극에서의 형제 동포 간의 우애, 쌍거쌍래에서의 부부 화목 등은 모두 혁신적인 이념이라기보다는 과거에서부터 존속되어 왔던 전통적인 가치관이다. 안국선은 인간 생활의 도표로서 유용한 이러한 가치관을 다시 복구해야 한다고 주장하였던 것이다.

「금수재판」은 현실에 대한 비판 의식을 동물들을 통해 표현하고 있는 점, 작품 전체가 하나의 풍자를 이루고 있는 점 등에서 「금수회의록」과 흡사하다. 다만 「금수회의록」이 꿈속의 가상 현실로서 인간의 행태에 대한 동물들의 비판적인 연설을 그린 것이라면, 「금수재판」은 동물들의 세계에서 일어나는 여러 가지 악덕과 죄상을 서로 고발하고 재판하는 동물들의 이야기가 중심을 이룬다는 점이 다르다. 「금수재판」에서 설정하고 있는 가상적인 공간은 동물들이 차려 놓은 재판소이다. 여기에서 주목해야 할 것은 바로 재판이라는 제도와 형식이다. 재판이라는 근대적인 사회제도의 정착 과정은 사회적 정의와 도덕적 규범에 대한 합리적인 판단과 법과 질서에 대한 인식이 일반화되는 과정과 일치한다. 만일 사회적 정의나 도덕적 규범에 대한 합리적인 판단 기준이 없다면, 재판이라는 것은 아무런 의미를 가지지 못한다. 그러므로 「금수재판」에서 재판의 형식을 담론의 방법으로 채용하고 있다는 것은 개화계몽 시대에 사회적 정의와 도덕적 규범에 대해 이미 상당한 수준의 인식이 일반화되기 시작하였음을 말해 준다. 실제로 「금수재판」의 서두에서는 약육강식, 악덕과 무질서, 약탈 등 강자에 의해 자행되는 온갖 행태를 법과 질서로 바로잡는 재판소가 필요함을 말한다. 물론 동물 세계를 지배하고 있는 약육강식과 이기주의적인 행태를 서로 고발하고 그 잘잘못을 판단하는 것이지만, 그것이 바로 인간의 현실을 우의적으로 표현하고 있음을 쉽게 알 수 있다. 이 작품에서 가상적으로 설치한 재판소는 결국 모든 일의 옳고 그름을 분명하게 판별하고 약자를 도와야 한다는 계몽적 의도를 담고 있는데, 이 같은 의도는 바로 이 작품이 지니고 있는 계몽적 담론으로서의 정치성을 뜻하는 것이다.

「금수재판」에서 재판관은 기린, 앵무새는 변호사가 된다. 그리고 새와 짐승과 곤충들이 서로 등장하여 자신들의 처지를 말하고 잘잘못을 판별하여 줄 것을 요구한다. 동물들의 재판 과정에서 가장 큰 문제로 대두된 것은 약육강식의 행태와 타자에 대한 약탈과 침략이다. 예컨대 까치는 힘들여 지은 집을 비둘기가 제집처럼 차지해 버리는 것을 제소하고, 토끼는 사냥개들의 횡포를 고발한다. 백수의 왕이라는 호랑이는 여우의 간교함을 고발하고, 파리와 모기는 서로 상대방의 약점을 잡아내어 응징할 것을 요구하기도 한다. 이러한 동물들의 고발 내용은 당대의 사회 현실과 국가적인 위기를 경계하고 있는 것으로 볼 수 있다. 「금수재판」에서 주목해야 할 대목은 이 같은 제소와 고발에 대한 재판관의 판결이다. 재판관의 판결을 보면 동물 세계의 화목과 협동을 주장하면서 상호 신뢰의 중요성을 강조한다. 그리고 스스로 실력을 양성하고 단합하여 상대방의 약탈과 횡포를 방어해야 한다고 판결하고 있다. 이 같은 판결은 새로운 덕목과 가치를 제시함에도 실천의 구체성이 결여되어 있다. 하지만 식민주의 담론의 야만성에 대한 이성적 비판이면서 동시에 문화적 민족주의 의식을 반영하고 있다는 점에서 공동 사회의 구현을 지향하는 의미 있는 목소리로 자리하고 있다.

풍자와 현실 비판

개화계몽 시대의 풍자 양식은 행위와 성격, 사건과 배경에 의해 의미를 구성하는 일반적인 서사와는 구별된다. 풍자의 경우에도 인물이 등장하고 인물의 실재성을 부여하기 위해 시간과 공간을 제시한다. 그러나 이것은 모두 일종의 서사적 장치에 불과하다. 중요한 것은 담론을 구성하는 말 자체이다. 풍자는 등장인물이 어떤 주제에 대하여 토론하거나 묻고 대답하는 형식으로 되어 있다. 주제에 대한 문답이나 토론이 위주가 되기 때문에, 배경이나 상황의 설정은 모두 하나의 수사적인 장치에 지나지 않으며, 인물의 행동이나 사건이라는 것이 전혀 무의미하다. 풍자에서 대화와 토론의 주제는 식민지화 과정에서 비롯된 훼손된 삶의 가치 문제가 중심을 이룬다. 풍자는 말에 의해 이루어지기 때문에 말 자체의 논리성과 공격성이 중요하다. 개화계몽 시대의 풍자는 현실 속에 자리 잡고 있는 식민주의 담론 구조의 모순을 지적 비판하는 대목에서 그 정치성을 잘 보여 주고 있다.《대한매일신보》의「향객담화(鄕客談話)」(1905),「소경과 안즘방이 문답」(1905),「향로방문의생(鄕老訪問醫生)」(1905),「거부오해(車夫誤解)」(1906),「시사문답(時事問答)」(1906),《대한민보》의「절영신화(絶纓新話)」(1909) 등이 대표적인 작품들이다.

「향객담화」는 우시생이라는 인물이 길을 가다가 사람들의 일장 담화를 듣고 이를 옮겨 놓은 것이다. 그러므로 서술의 초점이 우시생에게 놓여 있는 것이 아니라 담화를 늘어놓는 사람들에게 있으며, 여러 사람들이 늘어놓는 대화의 내용이 서로 결합되면서 담론의 주제에 도달하고 있다. 이 같은 서사의 전개 방식은 대화 중심의 풍자가 지니는 일반적인 특징이다. 이 작품에서 사람들이 나누는 대화는 정부 대신들의 무능과 부정에 대한 비판이 중심을 이룬다. 그러나 일반 인민이 단결을 이루지 못함에 대해서도 함께 비판한다. 정부의 관리들이 사리사욕에만 혈안이 되어 있는 점, 부정한 방법으로 관직을 얻어 백성을 착취하고 있는 점, 정부를 조직하여 제대로 시정을 개선하지 못한 점, 국가의 비용으로 해외 시찰을 해도 문명국의 발전을 제대로 배우지 못하는 무능한 점 등이 모두 비판의 대상이다. 이 같은 비판 의식은 풍자 양식이 지니는 개화계몽 담론의 정치성을 잘 보여 준다. 이 작품에서 담론 구조의 서사적인 특징은 정부 관리들에 대한 익명의 대중들이 지니고 있는 비판적 여론의 형성 과정을 그대로 장면화하고 있는 점이다. 이것은 대부분의 개화계몽 담론이 논설이라는 기술 방식을 가장 널리 택하고 있는 점과 대조를 이룬다. 「향객담화」가 논설이라는 비문학적 담론의 기술 방식을 벗어나 풍자라는 서사 양식으로 자리 잡게 된 것은 바로 대화의 전개 과정을 그대로 장면화하는 기술 방식과 그 풍자성을 강조하고 있기 때문이다.

「소경과 안즘방이 문답」은 인물의 설정 자체에서부터 두 인물의 대화 내용에 이르기까지 이 시기의 풍자 양식의 전형을 이루고 있다. 이 작품의 등장인물은 복술을 하는 장님과 망건을 만드는 앉은뱅이다. 이들은 모두 새로운 사회 개혁의 물결 속에서 소외된 인물들이다. 장님은 미신 타파의 계몽으로 점을 치는 손님이 적어져 수입을 올리지 못하고 있으며, 망건 만드는 앉은뱅이는 단발령으로 남자들이 머리를 짧게 깎는 바람에 망건의 수요가 점차 줄어들어 제대로 돈을 벌지 못하는 형편이다. 이러한 특이한 인물과 상황의 설정은 이들을 소외시켜 버린 개화의 실상에 대해 두 인물이 주고받는 대화 내용에 의해 더욱 희화화되고 있다.

이 작품에서 두 인물이 주고받는 대화의 내용은 개화의 풍경에 대한 이들 나름의 인상이 중심을 이룬다. 이들이 첫 번째로 화제에 올린 개화의 풍경은 부패 관료의 매관매직과 악정이다. 개화가 되어 세상이 좋아졌다고 하지만, 관료들은 모두 부패의 사슬에 얽혀 있다. 정부의 대신이라는 자들이 돈으로 관직을 팔고, 돈으로 벼슬을 산 지방관들은 그 돈을 찾으려고 몇 배로 백성들을 수탈한다. 이 같은 부패의 사슬은 결국 정부 대신들의 부패에서 기인한 것이다. 정부 관료의 부패를 제대로 바로잡지 못하여 지방관들까지 모두가 백성을 수탈하는 악정을 되풀이한다는 것이 이들의 주장이다. 그리고 이들은 말로만 요란하게 떠들고 내실을 기하지 못하는 형식적인 개명 개화를 비판한다. 사회 전체의 발전을 위해 개화의 명분과 실제를 모두 살려야만 한다는 이들의 주장은 자못 비장하다. 이들은 자신들의 생업 자체가 개명의 방향과 전혀 다른 구시대적인 폐습임을 비판하면서 실제적인 개화를 주장하고 있는 것이다. 이 같은 두 가지의 문제는 결국 대내적인 면에서 진정한 개혁이 필요함을 역설하는 것임을 알 수 있다. 이들이 문제 삼는 또 하나의 개화의 풍경은 대외적인 면이다. 이들은 개화라는 것이 결국 국가와 민족을 외세의 횡포와 침략 위협으로 밀어 넣고 있음을 비판한다. 물론 그 근본적인 이유는 정부의 각부 대신들이 주체적인 역량이 없이 모두 일본에 의존하여 을사조약에 따라 조선의 외교권을 일본에게 양도하고 통감부를 설치하여 국가 경영의 자주권을 잃게 만든 데에 있다. 그러므로 이들은 이 같은 매국적인 관료들의 행태를 비판함은 물론이거니와 외세의 침략 위협에 대한 경계를 강하게 드러낸다. 진정한 자주독립을 위해서도 실질적인 개혁과 개화가 이루어져야 함을 강조하고 있는 것이다.

결국 이 작품은 두 인물이 주고받는 대화와 쟁론의 주제가 서사의 방향과 성격을 규정한다. 방향을 제대로 잡지 못한 채 잘못 전개되고 있는 개화의 풍경에 대한 이들의 비판은 앞을 내다보지 못하는 장님과 거동을 할 수 없는 앉은뱅이의 입을 통해 제기되고 있다는 점에서 오히려 역설적인 의미까지 드러내고 있다. 두 눈을 뜨고도 사태를 제대로 파악하지 못하는 무기력한 '눈 뜬 장님'과 '사지가 멀쩡한 불구자들'에게 이들의 대화는 가장 통렬한 비판이 되고 있기 때문이다. 이 작품은 두 인물의 대화와 토론에 의해 제기된 개화의 실상과 그 문제성들이 결국은 하나의 실제적인 해결 방안에까지 이르게 됨을 보여 준다는 점에서 개화계몽 담론의 특징을 담고 있다고 할 것이다.

「거부오해」의 경우도 골목 어귀에 모여 잠깐 일을 쉬고 있는 인력거꾼들의 대화 내용을 중심으로 하고 있다. 작품 내적인 상황과 인물의 설정 자체가 「소경과 안즘방이 문답」과 유사하다. 이 작품에서도 시간과 공간은 서사 구조에 형식적으로 덧붙여진 것에 불과하다. 시간과 공간의 변화에 의해 구체화되는 서사적 행위를 찾아볼 수 없기 때문이다. 말하자면, 길거리의 골목이라는 장소와 잠깐 쉬어 가는 한낮의 시간은 대화의 공간을 마련해 주기 위한 최소한의 서사적 고안에 불과하다. 그 대신에 인력거꾼들의 입장에서 현실의 변화를 비판적으로 논하는 대화가 담론 구성의 핵심이 된다. 그러므로 이 작품은 "보고 들은 말을 셔로 논란" 하는 것이 중심이 된다는 점에서, 행위를 중심으로 묘사하는 다른 서사 양식과는 구별되는 풍자의 양식에 해당한다. 다시 말하자면 「거부오해」 는 서사적 담론 자체가 새로이 등장한 용어의 의미를 왜곡시켜 오히려 왜곡된 현실 문제를 정면으로 논의하고 있다는 점이 풍자로서의 중요한 특징이 된다. 이 작품에서 강조하고 있는 것은 을사조약 이후 일본의 득세와 이를 추종하는 친일 관료들의 면모, 그리고 일본의 강요에 의해 새로 시행되는 여러 제도 등에 대한 사회 저변의 의식적인 대응이며, 야유를 덧붙인 비판이라고 할 수 있다.

인력거꾼 중의 한 사람이 첫 번째로 문제 삼은 시사적인 용어는 '정부 조직'이라는 말이다. "너가 인력거로 싱이허는 고로 남북촌 직상가도 만이 가셔 보고, 각쳐 연회의나 연설허는 곳에도 더러 가셔 들은즉, 정부 죠직 정부 죠-집 허니 정부의셔 죠-집은 허여 무엇에 쓰려는지 정부란 말은 각 되신네들 모혀 나라 일 의론허는 쳐소로 짐족허거니와, 그 죠-집은 무삼 죠-집인지 알 슈 업데."라고 하여 '조직'이라는 말을 '조집(짚)'으로 바꾸어 놓는다. 이 같은 의도적인 오해는 엄청난 의미의 교란을 야기한다. 여기서 정부 조직은 일본과의 보호조약을 체결한 직후에 만들어지는 친일 내각의 구성을 뜻하는 것인데, 이것을 보고 말 먹이에 쓰는 조짚을 구하는 것으로 바꾸어 놓은 것이다. 이 의미의 반란을 통해 새로 구성되는 내각은 일본 군사가 타고 다니는 말을 먹이는 조짚으로 가치가 전도된다. 그리고 또 조직이라는 말을 '짠다'는 뜻으로 풀이하여 "일진회 원이 각부 디신의 집으로 도라단이며 시직 상소를 흐녀라 시진을 말아라 흐며 공길이 막심흐게 들입더 쓴다더니, 그것시 정부를 쓴노라고 흐 는 일이로곤." 하며 다시 야유한다. 국가의 안녕을 도모하기 위해 알맞은 인재를 정부에 등용한 것이 아니라, 일진회와 같은 친일적인 사회단체의 협박으로 만들어진 정부임을 비판하고 있는 것이다.

둘째로 문제가 된 용어는 '시정(施政) 개선'이다. 통감부의 등장과 함께 이루어지는 새로운 사회제도를 놓고 "시정이라 하는 말은 종로 각전 시정이오, 긔션이라 흐는 말은 시정들이 전황흐야 각쳐로 긔산이를 미여 단닌다는 말이 안넌가." 하고 다시 의미를 왜곡시킨다. 1904년 한일 협약에 의해 이루어진 화폐 제도의 개선이라는 것이 결국은 경제를 더욱 어렵게 만들고 있다는 지적이 여기에서 등장한다. 기왕의 동전을 모두 폐지하고 일본식 신식 주화를 유통시킨 이 제도는 조선의 경제 체제에 대한 일본의 지배가 시작되었음을 의미하는 사건이다. 그리고 이로 인하여 조선의 토착 자본에 대한 일제의 착취가 합법화되고 있는 것이다. 인력거꾼은 시정이라는 말을 정부의 시책이라는 뜻이 아니라 종로의 장사꾼이라는 뜻으로 오해하고 개선이라는 말을 '개산이 매어 다닌다.'라고 의도적으로 왜곡함으로써, 새로운 경제 제도의 시행이 시정을 바르게 고친 것이 아니라 오히려 경제를 파탄에 몰아넣고 있음을 예리하게 지적하고 있다.

셋째로 인력거꾼이 문제 삼는 것은 보다 근본적이고도 직접적인 것으로서 통감부의 설치와 일본 통감의 부임이다. 여기에서 '통감'이라는 말을 왜곡시킴으로써 통감부 설치의 의미를 정면으로 비판하고 있다. "일본셔 통감이 건너온다 흐니, 아지 못게라. 정부 관리들이 글을 더 비오려 흠인가. 우리나라에도 통감이 업술 것시 아니여던, 흐필 일본셔 가져올 것 무어신가. 우리나라에 만일 통감이 업게드면 소략이라도 무방ᄒ고, 소학·딕학·밍자·즁용이 허다ᄒ데 그것져것 불계ᄒ고 일본 통감이 적당ᄒ단 말인가.” 하고 꼬집는 이 대목으로 보아 일제 통감부의 '통감(統監)'을 중국의 역사책인 '통감(通鑑)'으로 오해한다. 그리고 왜 조선 땅에 일본의 통감이 있어야 하는가를 통탄하고 있는 것이다. 말의 오해를 빙자하여 새로 만들어지는 통감부의 권위를 여지없이 전복시키는 이 같은 방법은 바로 식민주의 담론의 언어적 해체를 목표로 하는 것임을 물론이다.

이 같은 용어의 왜곡은 무식을 가장한 일종의 언어적인 유희이며, 정치적인 변화와 사회적인 전환에 대한 이유 있는 비판이라는 점에서 개화기 서사 담론의 중요한 특징이 되고 있다. 특히 이 작품의 결말 부분에는 “산첩첩 슈즁즁이라 산이 놉파 만장이니 그 산을 넘쩌 ᄒ면 ᄉ다리를 노을만 못ᄒ도다. 만일에 ᄉ다리도 놋치 안코 한 거름도 것지 안코 다만 산이 놉다 ᄌ탄ᄒ면 명일이 금일이오 명년이 금연이라. 하월 하일에 그 산을 넘어간다 긔필홀가. 산첩첩 슈즁즁이라 물이 깁퍼 천척이니, 그 물을 건너랴면 비를 쥰비홈만 못ᄒ도다. 만일에 비도 쥰비치 안코 ᄉ공도 부으지 안코 다만 물이 깁다 ᄌ탄ᄒ면 하월 ᄒ일에 그 물을 건너간다 질언홀가. 아마도 그 산 그 물을 넘고 건너ᄌ ᄒ면 ᄉ다리와 션척을 준비코져 미리미리 경영홈이 데일 상칙이라. 이도져도 아이하고 무정 세월 허송ᄒ면 그 산 그 물이 졀노졀노 평디되기 바랄손가.”라는 자탄가를 덧붙임으로써 자기 개혁과 준비의 필요성을 강조하는 계몽적인 의도를 드러내고 있다.

「절영신화」는 장에 가는 양반 샌님과 서울 가는 상놈 덤벙이가 서로 길에서 만나 나누는 대화가 서사의 중심을 이루고 있다. 장에 간다는 상황 자체는 대화의 상대가 되는 두 사람의 등장인물을 배치하기 위한 공간일 뿐이다. 그러므로 장에 가는 시간이나 장에 가는 행위 자체는 하나의 서사적 고안에 불과하다. 오히려 이 작품의 서사 구조는 대화를 통해 이루어지는 논의 전개 과정에 의해 지탱된다. 이 같은 특징은 바로 이 작품이 풍자의 양식에 속함을 말해 주는 근거가 된다. 이 작품에서 양반 샌님은 아이를 낳을 제수를 위하여 산미와 산곽을 흥정하러 장에 가는 길이다. 상놈은 재취 장가를 들러 서울 간다는 것이다. 이러한 상황 설정은 변화되고 있는 개화 조선의 사회적 풍속을 야유하는 의도가 역력하다. 양반은 상놈을 어찌하지 못하고 상놈은 양반을 어찌하지 못하지만, 둘 사이에는 반상 계급의 차이가 무너진 뒤에 드러나는 미묘한 대립 의식이 개재되어 있다. 그러나 이들은 그러한 자기 계급의 입장보다는 당대 사회의 현실을 비판하고 비리를 폭로하는 데 입을 맞춘다. 말하자면 이들은 대화와 쟁론의 대상과 주제를 일치시킴으로써 사회적으로 동일한 이념적 지위를 나누어 가지는 셈이다.

양반 샌님은 제수가 딸 낳기를 기다린다고 한다. 어여쁜 딸만 낳는다면, 그 딸을 대가집의 며느리로 들여보내 높은 벼슬을 얻어 보겠다는 야무진 계획을 하고 있다. 말하자면 조카딸 덕분에 한번 좋은 세상 만나 보겠다는 것이다. 상놈은 아직 장가도 가지 못한 형편이면서도, 빨리 장가들어 아들을 하나 낳아야 한다고 말한다. 그리고 그 아들을 벼슬이 높은 부자 양반댁에 양자로 넣어서 자신도 양반이 되고 팔자를 고치겠다는 것이다. 이 허무맹랑한 계획은 아무 근거가 없는 일은 아니다. 양반 대관집에 양자하여 팔자를 고친 사람, 딸 하나 잘 키워서 시집보내고 벼슬 얻어 잘사는 사람들의 이야기가 여러 가지 소문으로 당대 사람들의 입방아에 오르고 있었던 것이다. 이들의 대화는 신식 교육의 허실에 대한 비판으로 이어지고, 신식 화폐 주조를 사사로이 하여 돈을 모은 대관의 이야기며, 대궐에 드나드는 무당이 뒤를 이어 주어 그 연줄로 벼슬에 오른 사람들의 뒷이야기로 이어진다. 이러한 이야기는 조선 말기 궁중을 둘러싸고 나돌던 여러 가지 소문들과 함께, 인간 사회의 보편적인 윤리와 도덕과 규범이 무너지고 있는 당대 현실의 가치 혼란을 야유하고 있는 것이다.

이러한 단편 서사 양식으로서의 풍자가 그 내용이나 배경에서 보다 확장된 형태로서는 「병인간친회록(病人懇親會錄)」(쾌소생, 1910), 「자유종(自由鐘)」(이해조, 1910) 등이 있다. 이 작품들은 모두 서사적 공간을 토론의 장면 또는 연설의 장면으로 고정하고 있다. 이 고정된 공간에 여러 가지 유형의 인물이 등장한다. 그러나 이들 인물들이 어떤 행동을 통해 서로 연결되거나 그 행동이 이어져서 사건의 진전을 이루는 것은 아니다. 이 인물들의 가치는 각자의 개인적 성격에 의해 규정되는 것 아니라, 각자가 제기하고 논의할 문제의 관점과 가치에 의해 규정된다. 그러므로 이들 작품에서 모든 인물들이 제기하고 있는 의견과 주장이 어떤 쟁론의 과정을 거쳐 결론에 이르게 되는가가 서사의 전체적인 구조를 결정한다. 이것은 바로 이들 작품이 서사 양식으로서의 풍자에 속하는 것임을 말해 주는 특징이기도 하다.

「자유종」은 토론의 방법을 서사 담론의 기술 방식으로 활용하고 있는 풍자 양식이다. 이 작품에서는 생일잔치에 초대를 받아 모여든 여러 부인들이 밤늦도록 차례로 여성들의 권익과 교육, 국가의 자주독립과 사회 개혁 등 당면 문제에 대하여 방대한 내용의 지식들을 동원하여 설명하고 토론한다. 이들은 자신들의 지적인 태도를 최대한 강조하고, 그들이 각자 내세운 주장에 의해 각자의 경륜이 드러난다. 그러므로 이 작품은 서사적 요건으로서의 행위의 개념을 결여하고 있다. 등장인물이 제한된 공간 안에서 각기 제시된 주제에 따라 자신의 견해를 개진하고 토론을 벌이는 장면이 전체 내용을 차지하고 있으며, 바로 이 같은 대화의 장면화 과정에서 최소한의 서사적인 요건을 유지하고 있다. 그런데 이 같은 장면화 과정 자체는 개화계몽 시대의 여성의 활동이나 사회적 역할을 생각할 경우 그대로 하나의 훌륭한 풍자가 된다. 왜냐하면 이 작품에서 여성들이 나누고 있는 내화의 내용들은 당시 일반적으로 용인되던 '여성적인 것'의 범주에 드는 것이 결코 아니기 때문이다. 대개가 '남성적인 것'으로 인식하고 있는 정치적 담론을 대상으로 하고 있다.

이 작품에서 두드러지게 드러나는 토론의 주제는 여성과 신교육으로 집약되고 있다. 이것은 개화 조선의 사회적 변화에 적응하기 시작한 여성들의 입장을 보여 주는 작품이라는 점에서 그 사회사적인 의미가 주목되기도 한다. 새로운 교육의 중요성을 역설하기 위해, 국가 발전을 위한 근대적 학문의 필요성을 강조하고, 신학문 교육의 실천 과제로서 국어국문의 확대, 여성 교육의 실시, 교육제도의 개선, 자녀 교육의 방법 등을 논하고 있으며, 교육 기회의 균등화를 위해 봉건적인 사회제도인 서얼 문제와 반상 제도의 해체를 주장하고 있다. 이 같은 토론의 과정에서 토론의 주제 자체가 상당 부분 실천의 구체성을 획득하면서 더욱 확고하게 제시되고 있는 점이 다른 풍자 양식의 경우와 구별되는 특징이다. 예컨대 새로운 교육을 확대 실시하기 위해 반상의 차별과 지역의 차별을 없애고 모든 청년들에게 교육의 기회를 부여해야 한다고 주장한다든지, 여성 교육을 위해 잡지와 교과서를 만들어 1000만 여성에게 돌려야 한다고 주장하고 있다. 지식의 확대를 위해 한문을 폐지하고 국문을 정비하여 널리 교육시켜야 한다는 것도 모두 실천적 구체성을 지닌 주장이다.

이 작품의 결말은 등장인물들이 모두 자신들의 꿈을 실제의 꿈 이야기를 통해 진술하는 장면으로 이루어지고 있다. 그들은 대한제국의 자주독립과 문명개화와 안녕 평화를 꿈꾸었다고 말한다. 이것은 앞서 토론한 주제들이 갖는 실천적 구체성과는 상당한 거리를 가지는 그야말로 꿈이다. 그러나 이들 여성들이 가지는 이 꿈은 일체의 정치적 담론의 장에서 소외되어 있던 여성들의 입장에서 본다면 아주 소중한 의미를 지닌다. 여성들이 자신의 목소리로 여성의 교육을 이야기하고 국가의 자주독립을 꿈꾸는 것이 가능해졌다는 사실만으로도「자유종」이 지니는 풍자로서의 담론의 정치성을 중시해야 한다. 실제로「자유종」에서 제시되는 여성과 교육의 문제는 그것이 지니는 실천적 구체성으로 인하여 기존의 어떤 개화계몽 담론보다 정치성을 강하게 드러내며, 보다 진보적인 입장을 보여 준다. 특히 이 작품에서 장면화의 방법을 통해 제시되고 있는 토론의 과정은 개화계몽 시대 서사 양식으로서의 풍자의 기술 방법과 그 담론의 구조화 방법을 구체적으로 보여 주고 있다.

「병인간친회록」은 허구적인 서사 공간으로서의 연설회장을 설정하고 육체적인 불구라는 특수한 조건에 얽혀 있는 신체 장애인들을 연사로 등장시킨 특이한 풍자 양식이다. 이 작품의 등장인물들은 신체적 장애라는 제약 때문에 사회적으로 받는 차별과 천대와 불이익에 반발하면서 병인간친회라는 집단을 조직하고 그들의 단합된 의지와 결의를 보여 주고 있다. 그리고 자신들의 신체적인 장애를 인정하면서 현실 속에서의 인간의 도덕적 타락과 부정과 비리를 더 심각한 인간적 장애로 지적하고 있다. 이 작품은 사회적으로 가장 소외당하는 장애인들이 사회적 집단으로 세력화하고 자기 각성과 현실 인식의 새로운 방향을 제시하고 있다는 사실 자체로서도 풍자 양식이 드러내는 담론의 정치성이 강조된다. 특히 이 작품은 전체 내용이 연설 과정을 장면화함으로써 풍자의 서사적 요건을 유지할 수 있도록 고안하고 있다.

「병인간친회록」에서 회의장에 등장하여 연설을 벌이는 인물들은 절름발이, 애꾸눈이, 언청이, 곰배팔이, 앉은뱅이, 난쟁이, 귀머거리, 배불뚝이, 혹부리, 장님, 대머리, 무턱이, 육손이, 육발이, 곱사등이 등이다. 이 같은 인물의 설정과 이들의 연설 내용은 철저하게 풍자로 일관한다. 이들은 모두 육체적인 결함을 지닌 인물들이지만 육체적인 결함을 정신적으로 극복하고, 오히려 육체적인 정상인들이 벌이는 비리와 불의와 부정을 극렬하게 비판하고 있다. 말하자면 육체적 정상인들이 지니고 있는 정신적 불구에 대한 비판이 담론의 핵심이라고 할 것이다. 이 작품에서 붕괴의 위기에 처해 있는 국가와 사회는 모두 몸을 지탱하기 어려운 심각한 신체적 불구와 대비된다. 마찬가지로 당면 현실의 위기에 제대로 대응하지 못하는 관료층의 무능과 지식층의 몰주체적인 행태 역시 사물을 제대로 헤아려 볼 수 없고 민첩하게 몸을 움직여 위험에 대응하기 어려운 심각한 육체적 불구로 규정된다. 이 같은 비유와 일반화의 논리를 담론의 구조로 활용하고 있는 이 작품에서 강조되는 것은 불구와 장애를 극복하는 방법으로서의 교육의 중요성이다. 새로운 교육에 의해 지식을 습득하고 그것으로 힘을 얻어 장애를 극복하는 길이 바로 장애인들의 연설에서 공통적으로 강조되는 주제이다.

식민주의 담론의 비판과 전복

개화계몽 시대 우화와 풍자는 식민주의 담론을 형성하고 있는 권력의 주체에 대한 직접적인 비판을 드러내고 있다는 점에서 담론의 공격성이 중시된다. 우화와 풍자의 주인공은 정상적인 인간과는 거리가 있는 동물이거나 장애인들이다. 그리고 세상의 물정을 잘 모르는 무지한 하층민들이다. 그러나 이 같은 주인공들이 오히려 높은 권좌에 앉은 지배층의 무능과 무지와 부정과 비리를 공격한다. 이러한 공격은 조선의 야만성과 미개성을 놓고 그것을 차별화하여 보호라는 명분으로 지배권을 확보한 일본의 권력과 그를 추종하는 무리들을 동시에 공격하는 것이다. 그러므로 이들 주인공들이 보여 주는 언행은 정상의 인간들보다 오히려 지적,

도덕적인 우위를 점하고 있는 것으로 나타난다. 바로 여기에서 식민주의 담론이 표방하는 우승열패와 양육강식의 논리가 가지는 모순이 드러난다. 그리고 식민주의 담론의 주체를 동물보다 더욱 야만적이고 장애인보다 더욱 큰 정신적 장애를 지닌 대상으로 격하시키는 공격적인 담론의 속성이 드러나는 것이다.

개화계몽 시대의 우화와 풍자는 그 우회적인 말하기 방식을 통해 식민주의 담론을 구성하고 있는 언어 자체를 왜곡시키기도 한다. 이것은 식민주의 담론 자체를 야유하거나 거기에 담긴 지배 논리를 전복시키고자 하는 방법에 해당한다. 당시에 통감부의 설치라든지, 시정 개선이라든지 하는 것은 식민지 지배 논리의 제도적인 기반의 확보를 말해 주는 것인데, 이러한 지배 논리를 구성하는 주요 개념을 모두 왜곡시킴으로써 그 권위를 여지없이 추락시킨다. 그리고 이미 기정사실화된 을사조약이라든지 일본 통감부의 설치와 같은 사건들을 풍문처럼 흘려버리거나 애써 외면함으로써 그 존재 의미를 부정하기도 한다.

개화계몽 시대의 우화와 풍자는 민족의 공동체 의식이 구현될 수 있는 특이한 대화적 공간을 제시한다. 이 상상의 공간에서 모든 어려운 조건을 지닌 주인공들이 함께 모이며 함께 자신들의 의견을 자유롭게 이야기한다. 어떤 경우 이 공간은 천상의 세계가 되기도 하고 선경(仙境)의 모습이 되기도 한다. 어떤 경우에는 현실의 한 모퉁이로 나타난다. 그러나 어떤 경우에도 이 공간은 열려 있으며 자유롭다. 이 공간에서 주인공들은 역사적인 공동체로서의 민족의식을 고무시킬 수 있는 모든 인물들을 함께 만나기도 한다. 이 같은 기획은 훼손된 민족 공동체의 구현을 목표로 주체와 타자의 구획 논리를 분명히 한다는 점에서 식민주의 담론 공간을 극복하기 위한 것이라고 할 수 있다.

(5) 신소설의 대중적 확대

이인직과 신소설의 등장

개화계몽 시대의 문학 가운데 대중적 기반을 넓게 확대해 나간 것은 '신소설'이라고 지칭되는 서사 양식이다. 신소설의 등장은 한국문학사에서 근대소설의 새로운 성립 과정을 보여 주는 중요한 징표에 해당한다. 신소설처럼 경험적 현실의 일상 공간에서 이루어지는 모든 언술을 풍부하게 담론화하기 시작한 문학 양식은 그 이전에는 존재한 적이 없었다. 신소설이 서사 양식으로서 새롭게 추구하고 있는 경험적 현실과 개인적 일상의 사실주의적 구현은 신소설이 지니고 있는 근대소설로서의 가치라고 할 수 있다. 신소설이라는 명칭에서 드러나듯 '새로운 소설'로서의 의미도 바로 여기에서 찾아볼 수 있는 것이다.

개화계몽 시대 신소설의 성격을 이해하는 데 있어서 먼저 주목해야 할 작품으로 「일념홍(一捻紅)」[33]이라는 소설을 들 수 있다. 이 소설의 줄거리는 여주인공이 일본 공사의 도움으로 개인적인 불행을 벗어나 일본으로 건너가 신식 교육을 받으며 개화의 길을 가게 되는 과정이다. 소설의 전반부는 주인공의 신분의 전락 과정과 삶의 시련으로 점철되어 있다. 여주인공은 부모를 잃고 산사에서 성장하다가 교방에 기생으로 팔려 간다. 그녀는 기생의 신분이기 때문에 모든 공적인 관계로부터 사회적으로 단절되고 있으며, 스스로 자신의 사회적 신분적 지위를 고쳐 나가기가

---

33 일본인들이 발간한 《대한일보(大韓日報)》에 1906년 1월 23일부터 2월 18일까지 연재된 소설. 일학산인(一鶴散人)이 저자로 표시되어 있고 한문 투가 강한 국한 혼용의 회장체로 전체 내용이 16장으로 나뉘어 있다. 《대한일보》의 연재분 일부가 낙질되었으나, 필자가 미국 버클리 대학교 동양학 도서관의 '아사미 문고'에 보관된 필사본을 찾아 그 전체 내용을 「신소설 '일념홍'의 정체」, 《문학사상》(1997. 6)를 통해 소개한 바 있다.

힘들다. 그런데 여주인공 앞에 그녀를 이해하고 사랑하는 청년이 등장한다. 하지만 이들의 사랑을 방해하는 막강한 장애물이 가로놓여 있다. 여주인공의 미모를 탐하는 조선 대관이 여러 차례 그녀를 납치하고자 하였고, 여주인공을 사랑하던 청년은 대관의 횡포와 술책으로 국사범의 누명을 쓰고 경무청에 갇히게 되는 것이다.

이 작품에서는 바로 여기에서부터 시련의 극복 과정이 시작된다. 소설의 주인공은 고통과 시련이 최고조에 달하는 극한의 상황에서 구원자를 만난다. 고전소설에서도 주인공이 고난에 빠지면 구원자가 등장한다. 그 구원자는 대개 초인간적인 존재로서 신성의 세계와 인간의 세계를 매개하는 역할을 한다. 주인공은 구원자로부터 지혜를 얻고 도술을 배워 다시 자신이 이탈한 사회로 귀환한다. 전통적인 서사에서는 이러한 주인공의 이탈의 과정에서부터 귀환의 과정에 이르는 이른바 '영웅의 일생'이 핵심적인 서사 구조의 패턴으로 형상화되어 나타난다. 그런데 「일념홍」에서 고난에 처한 주인공을 돕는 구원자는 서울에 주재하고 있는 일본 공사로 설정되어 있다. 개화계몽 시대 조선 사회에 가장 강력한 세력으로 등장한 일본이 구원자가 되고 있는 것이다. 일본 공사는 악덕 조선 대관을 퇴치하고 여주인공을 구출한다. 그리고 여주인공은 자기 선택에 의해서가 아니라 일본인들의 도움으로 기생이라는 신분적인 제약을 벗어난다. 이 같은 여주인공의 신분적 상승 과정은 그녀가 개화주의자로 변모하는 과정 속에서 구체화되고 있다. 그녀는 일본 공사의 도움으로 유학길에 오르고, 일본에서 새로운 학문을 닦은 후 영국 유학을 거쳐 스스로 개화운동가로서의 면모를 내세울 수 있게 된다. 여주인공을 사랑했던 청년도 일본인의 도움으로 구출된다. 그리고 그는 일본에서 사관학교를 다닌 후 일본군 장교가 되어 러일전쟁에서 일본을 위해 전공을 세운다. 이렇게 새로운 삶의 길을 걷게 된 두 사람은 함께 귀국하여 개화운동에 앞장선다.

이 작품은 보조적인 인물로 등장하는 조선인 대관과 일본 공사의 대조적인 위상과 역할로 인하여 정치적 성향을 강하게 드러낸다. 이 작품에서 조선인 대관은 구시대적인 행동과 악덕으로 인해 사회 윤리적 비판의 대상이 된다. 그는 기생 신분의 일념홍을 자기 손안에 넣기 위해 권세를 이용하고 폭력을 쓰기도 한다. 그는 봉건시대의 낡은 사고방식을 그대로 지니고 있는 인물로서 악덕과 비행을 일삼고 무고하게 사람을 죽이기도 하며, 자신의 개인적인 욕망을 채우기 위해 권력을 이용한다는 점에서 춘향전의 변학도와 같은 탐관오리의 전형으로 그려지고 있다. 그리고 그는 고위 관직에 앉아 있으면서 국가의 기밀을 러시아 공관에 넘겨준 반국가적인 인물이 되기도 하고 일진회 회원을 살해한 살인 혐의를 받기도 한다. 이러한 내용을 정리해 본다면 조선 대관은 낡은 사고방식에서 벗어나지 못하고 있는 수구적(守舊的) 인간형에 속하며 러시아와 내통하면서 일본에 반대하는 입장이다. 그리고 바로 이 같은 이유 때문에 응징을 받게 되고 권좌에서 쫓겨나 몰락하는 부정적 인물로 그려져 있다. 이와 반대로 일본 공사는 조선 대관의 야욕으로 궁지에 몰린 여주인공을 구원하여 일본 유학을 가능하게 하고, 여주인공을 사랑하던 청년에게도 학업의 기회를 주어 일본 장교가 될 수 있도록 배려한다. 일본 공사는 시련의 주인공을 고통으로부터 벗어나게 하는 구원자의 역할을 수행하고 있으며, 여주인공이 새로운 학문을 닦고 그 학문에 기반하여 개화주의자로 변모할 수 있도록 도와주는 안내자의 역할을 하고 있는 셈이다. 결국 기생의 신분으로 시련을 겪고 있던 여주인공이 근대적인 교육을 받은 개화운동가로 변신할 수 있었던 것은 일본이라는 거대한 세력을 대표하는 일본 공사의 매개적 역할에 의해 이루어진 것이다. 일본 공사의 힘이 없었다면 여주인공은 운명적으로 시련의 삶을 계속하여 살아야 하며, 신분에서 비롯된 질곡을 벗어나지 못했을 것이다.

소설 「일념홍」의 서사 구조는 여주인공의 삶에 나타나는 시련과 그 극복의 과정이 주축을 이루고 있지만, 조선 대관과 일본 공사의 상반되는 역할을 대조적으로 강조함으로써 작품 발표 당시 조선 사회의 정치적 상황과 그 역학 관계를 암시하고 있다. 여기에서 주목되는 것이 조선의 보수적 집권층을 대변하고 있는 조선 대관에 대한 도덕적 단죄이다. 그리고 시련에 빠졌던 여주인공을 구원하고 동시에 문명개화의 세계로 안내한 일본 공사의 역할이 예사롭게 넘기기 어려운 특징들이다. 그 이유는 이 소설의 이야기 자체가 일본이 정치적으로 내세웠던 이른바 '조선 보호론'이라는 식민주의 담론의 서사적 구현에 해당하기 때문이다. 수구 세력에 대한 저항 비판과 함께 일본을 내세워 개화 의식을 부추기는 정치적 성격이 강하다는 점을 확인할 수 있는 것이다. 소설 「일념홍」이 지닌 이러한 서사적 성격은 이 작품의 뒤에 발표된 여러 신소설들에서 비슷한 양상으로 반복되어 나타난다. 안국선의 단편집 『공진회(共進會)』에 수록된 「기생」이라는 작품의 주인공 향운개의 이야기는 이 작품을 거의 그대로 옮겨 놓은 것과 같다. 특히 이 작품의 여주인공을 곤경에서 구출하는 구원자로 일본인을 등장시킨 점은 이인직의 「혈(血)의 누(淚)」를 비롯한 여러 신소설 작품에서도 확인되는 요소이다. 신소설의 이야기 속에서 일본 또는 일본인이 소설의 주인공을 낡은 세계로부터 벗어나도록 도와주는 구원자 또는 매개항으로 설정되기 시작한 것은 당대 현실에서 일본의 정치적인 위상과 그 세력의 확대 과정을 말해 주는 서사의 정치 지향성에 해당한다고 할 것이다.

신소설이 개화계몽 시대의 주도적인 서사 양식으로 자리 잡게 된 것은 이인직[34]의 문필 활동과 함께한다. 이인직은 신소설의 본격적인 등장

---

34 이인직(李人稙, 1862~1916). 호는 국초(菊初). 경기도 음죽(陰竹) 출생. 서얼 출신이지만 1900년 관비

을 의미하는 「혈의 누」(1906)를 발표하였으며, 뒤이어 연재한 「귀(鬼)의 성(聲)」을 통해 소재와 구성의 흥미를 더욱 잘 살림으로써 많은 독자를 확보했다. 그리고 1908년에는 「치악산(雉岳山)」 상편과 「은세계(銀世界)」 상권을 단행본으로 출간하여 신소설 작가로서의 지위를 분명히 하였다. 1912년 단편소설 「빈선랑(貧鮮郎)의 일미녀(日美女)」를 발표한 이인직은 1913년 「혈의 누」 하편에 해당하는 「모란봉(牧丹峰)」을 《매일신보》에 연재하였다.

「혈의 누」는 조선 말기 청일전쟁을 겪은 평양의 한 가족을 중심으로 하고 있다. 이 작품의 주인공 옥련은 전란 속에 부모와 헤어진 후 홀로 헤매다가 일본 군인의 도움으로 구출된다. 그리고 부모를 찾을 수 없게 되자 일본으로 보내진다. 옥련은 일본에서 행복하게 성장한다. 그녀가 일본에서 위기에 처했을 때 나타난 사람은 조선인 유학생 구완서다. 옥련은 다시 구완서를 따라 미국으로 건너가며, 미국에서 근대적인 문물을 익힌다. 이 소설의 이야기는 여주인공이 미국에서의 공부를 마치고 구완서와 약혼한 후 그 부모를 찾을 수 있게 된다는 것으로 끝난다. 여주인공과 가족 간의 이산과 상봉이라는 이야기의 짜임새를 놓고 본다면, 이 소설의 서사 구조는 전대의 고전소설에서도 흔히 볼 수 있었던 가족 이합 (家族離合)에 따른 고난과 행복의 유형 구조를 보여 준다. 그러나 이 소설에서 주목되는 것은 일본적 식민주의 담론의 소설화 과정이다. 이 소설

유학생으로 선발되어 일본 도쿄 정치 학교에서 정치학 수학. 1901년 도쿄 《미야코신문(都新聞)》 견습생으로 일본어 단편소설 「과부의 꿈」을 발표. 1903년 7월 귀국 직후 러일전쟁이 일어나자, 일본 육군성 한국어 통역관으로 종군. 일진회(一進會) 기관지 《국민신보》 창간을 주도하고 《만세보》의 주필이 되어 신소설 「혈의 누」, 「귀의 성」 연재. 1907년 이완용의 후원으로 《대한신문》 사장 취임. 신소설 「치악산」(1908) 과 「은세계」(1908) 등을 발표. 일제 강점 전후 선릉 참봉, 중추원 부찬의(副贊議)라는 관직에 오름. 1911년 경학원(經學院) 사성(司成). 참고 문헌: 전광용, 「신소설 연구」(새문사, 1986); 권영민, 「서사 양식과 담론의 근대성」(서울대 출판부, 1999); 최종순, 「이인직 소설 연구」(국학자료원, 2006); 다지리 히로유끼, 「이인직 연구」(국학자료원, 2006).

에서 청일전쟁의 장면을 이야기의 출발점으로 삼고 있다는 사실은 매우 중요하다. 이것은 이인직이 지닌 정치적 현실 감각을 말해 주는 대목이기 때문이다. 청일전쟁이라는 역사적 사건을 「혈의 누」라는 소설의 형식 속으로 어떻게 끌어들이고 있는가 하는 문제는 작가 이인직의 정치적 현실 감각이 허구적인 서사 양식을 통해 어떻게 담론화하는가를 말해 주는 요소에 해당한다. 청일전쟁은 조선에 대한 지배력을 쟁취하기 위한 청국과 일본의 전쟁이다. 이 전쟁의 승리자는 일본이며 패자는 청국이다. 일본은 이 전쟁의 승리로 새로운 강자로 등장하였으며, 청국으로부터 요동반도 (遼東半島)를 보상받고 조선에 대한 청국의 정치적 간섭을 배제하게 된다. 이인직이 강조하는 대목이 바로 이것이다. 그는 신소설 「혈의 누」에서 전란을 겪은 조선의 한 가족에게 새로운 삶의 가능성이 열리고 있음을 보여 준다. 여기에서 주목되는 것이 일본군의 역할이다. 일본군은 조선에 주둔해 있던 청나라의 군사들을 모두 물리치고 조선을 청국의 지배로부터 독립할 수 있도록 만든다. 그리고 전란 속에서 헤매며 제 갈 길을 찾지 못하는 조선인들에게 힘을 주고 새로운 길을 제시해 줄 수 있는 구원자와 안내자로 등장한다. 일본은 새로운 강자로서 조선에 군림하는 것이 아니라, 조선인들을 구원하고 보호하며 개화의 길로 안내하고 있는 것이다.

신소설 「혈의 누」에서 확인할 수 있는 이러한 서사 구조의 특성은 일본이 의도적으로 유포하고자 했던 '조선 보호론'의 논리에 대한 승인에 다름 아니다. 그리고 이러한 논리의 승인이야말로 당대의 친일 정객들 사이를 넘나들던 이인직에게는 현실적 선택으로서의 하나의 정치 감각이었다고 할 수 있을 것이다. 그러나 조선 보호론을 앞세워서 이야기로 만들어진 이 소설에서 여주인공에게 부여된 새로운 교육과 개화의 길이란 하나의 허상에 불과하다. 문명개화의 세계란 조선 사람은 누구도 체험해 보지 못한 미지의 세계이며, 현실로 도래하기를 소망하는 미래의 세계일뿐이다. 그렇기 때문에 「혈의 누」에서는 문명개화의 실상을 인물의 행위의 구체성을 통해 제대로 제시하지 못한다. 문명개화의 이상 세계를 향한 변화와 발전의 과정을 추구하고자 하는 의도를 보여 주고 있을 뿐이다. 신교육이라든지 자유연애라든지 여성의 사회 진출이라든지 하는 계몽적 담론들은 바로 이 과정을 서사화하기 위해 동원된 소설적 장치라고 할 수 있다.

신소설 「은세계」에서도 이 같은 현상은 비슷하게 나타난다. 「은세계」는 갑신정변을 전후한 시대부터 일본 통감부 설치 이후 일본의 강압에 의한 고종의 양위와 이를 정치적으로 무마하기 위해 만들어 낸 이른바 '시정 개선'이 실시되는 시기까지를 배경으로 하여 부패한 사회 현실에 대한 불만과 정치 제도의 개혁을 내세우고 있다. 이 소설의 전반부는 봉건적인 사회제도와 부패한 탐관오리의 학정을 고발하는 내용이 중심을 이룬다. 강릉 산골에 사는 최병도는 김옥균에게 감화되어 개화사상을 품고, 언젠가는 구국에 나설 뜻으로 부지런히 일하여 착실하게 재물을 모은다. 탐관오리인 강원 감사가 최병도의 재물을 빼앗기 위해 억지 죄를 씌운다. 최병도는 영문도 모르고 원주에 있는 감영으로 호송되어 갖은 악형을 당하다가 끝내 숨진다. 이에 충격을 받은 부인은 유복자 옥남을 낳은 뒤 정신이상이 되고, 최병도와 뜻을 함께하던 친구인 김정수가 그의 재산 관리와 함께 옥순, 옥남 남매를 맡아 기르게 된다. 소설의 후반부에서는 옥순, 옥남 남매가 성장하여 외국 유학에서 귀환하는 과정을 보여 준다. 남매와 함께 미국 유학을 떠난 김정수가 파산하고 죽어 버리자, 객지에서 고아가 된 옥순 남매는 자살을 기도하나 우연히 만난 미국인의 도움으로 학교도 졸업하고 귀국한다. 남매와 상봉한 어머니는 드디어 정신을 회복한다. 그러나 가족이 함께 불공을 드리러 갔다가 의병들에게 잡히자 옥남이 그들을 설유하는 데서 이야기는 끝난다. 미국 유학을 마친 두 남매는 조선에서 통감부 정치 이후 시정 개선이 이루어졌다는 말을 듣고 귀국하는 것으로 설정되어 있다. 이들 남매는 개화 조선의 새로운 이상을 꿈꾸지만 실천적인 의지나 행동은 거의 드러나지 않았다. 일본에 대응하여 일어난 의병운동을 놓고 개혁에 대한 부당한 반응이라고 비판하는 이들의 태도는 개화론자로서 지니고 있는 이념적 취약성을 그대로 노출시키고 있을 뿐이다. 이 작품에서 조선의 현실은 여전히 부정적으로 그려진다. 전반부에서는 부패한 관료들의 보수적 태도가 문제의 핵심이 되고 후반부에서는 일본 주도의 개혁에 반대하는 의병들의 무지가 문제가 된다. 그러나 이 같은 현실 인식은 몰주체적인 개화주의의 본질을 보여 주는 것이며, 바로 일본적 식민주의 담론의 사회적 확대를 의미하는 것이라고 할 수 있다.

「귀의 성」과 「치악산」은 모두 처첩 간의 갈등 또는 고부 갈등을 근간으로 하는 통속적인 가정소설의 부류에 속한다. 이 작품에서 작가는 몰락하는 지배 계층과 신분 상승을 노리는 상민들의 적나라한 모습들을 그리면서, 사건의 다채로운 변화와 전개 과정을 통해 이야기의 흥미를 더하고 있다. 「혈의 누」과 비교하여 볼 때 당대 현실과 사회에 대한 치열한 작가 의식을 찾아보기 힘들지만, 현실 세태와 인정 풍속의 변화 과정을 암시하고 있다. 사건 구성과 장면 묘사가 치밀해졌다는 것은 신소설의 기법적인 변화를 말해 주는 것이다.

이해조와 신소설의 대중적 확대

이해조[35]의 문필 활동은 그가 기자로 활동했던 《제국신문》를 통해 본

---

35 이해조(李海朝, 1869~1927): 호는 열재(悅齋), 이열재(怡悅齋), 동농(東濃). 필명은 선음자(善飮子), 하관생(遐觀生), 석춘자(惜春子), 신안생(神眼生), 해관자(解觀子), 우산거사(牛山居士). 경기도 포천 출생.

격화되고 있다. 이해조는 1907년 《제국신문》에 「고목화(枯木花)」와 「빈상설(鬢上雪)」을 연재한 후, 1909년 《제국신문》이 폐간될 때까지 「원앙도(鴛鴦圖)」(1908), 「구마검(驅魔劍)」(1909), 「홍도화(紅桃花)」(1909), 「만월대(滿月臺)」(1909), 「쌍옥적(雙玉笛)」(1909), 「모란병(牧丹屛)」 등을 잇달아 발표하면서 신소설 작가로서의 지위를 확고히 하였고, 일제 강점기에도 「화(花)의 혈(血)」(1911), 「소양정(昭陽亭)」(1912), 「탄금대(彈琴臺)」(1912), 「춘외춘(春外春)」(1912), 「구의산(九疑山)」 등의 작품을 통해 신소설의 대중적인 기반을 확대하는 데 기여했다. 이 같은 신소설들은 당시의 사회적 현실을 작품 세계 속에 절실한 삶의 문제로 부각시키지 못한 점이 지적되고 있지만, 과도기적인 시대 상황을 특이한 갈등의 양상으로 포착해 낸 소설적 형상화 방법이 특기할 만하다. 그가 신소설의 대중적 기반을 확립하는 데 크게 공헌했다는 평가를 받는 것은 이 때문이다. 그의 작품은 이 밖에도 「자유종(自由鐘)」(1910)과 같은 정론적인 성격의 풍자 양식도 있고, 판소리 「춘향가」, 「심청가」, 「흥부가」 등을 「옥중화(獄中花)」(1912), 「강상련(江上蓮)」(1912), 「연(燕)의 각(脚)」(1913)으로 개작한 것도 있으며, 「화성돈전(華盛頓傳)」(1908)과 같은 전기를 번역 소개한 것도 있다.

이해조의 신소설 가운데 주류를 이루고 있는 것은 대중적인 흥미를 위주로 하여 구성한 이른바 가정소설의 부류에 속하는 작품들이다. 「빈상설」을 비롯하여 「구의산」, 「춘외춘」 등이 이에 속한다. 「빈상설」은 개화의 물결에 밀려 몰락해 가는 북촌 대가집의 이야기를 근간으로 한다. 사

어릴 적부터 한학을 수학하여 19세에 초시 합격, 청성제일학교(靑城第一學校) 설립해 신학문 교육. 한문 소설 「잠상태(岑上苔)」(1906)를 발표한 후 「철세계」(1908), 「화성돈전」(1908) 등을 번역했고, 기호흥학회, 대한협회 등의 애국계몽단체에 가담하여 논설을 발표. 《제국신문》에 「고목화」, 「빈상설」을 비롯한 수많은 신소설을 발표하였고, 《매일신보》에도 많은 작품 발표. 참고 문헌: 최원식, 「한국 근대소설사론」(창작과비평사, 1986); 이용남, 「이해조와 그의 작품 세계」(동성사, 1986); 권영민, 「한국 민족문학론 연구」(민음사, 1988).

건의 핵심은 처첩 간의 갈등이지만, 선악과 신구의 갈등을 이야기의 흐름 속에 첨예하게 형상화하고 있다. 이야기의 구조는 정숙한 본부인과 무능한 남편, 그리고 간악한 첩의 관계를 그려 낸 전형적인 처첩 갈등의 삼각 구도이다. 남편의 총애와 재물을 탐하는 첩실의 음모와 권모술수가 이야기를 역동적으로 진행시키고 있다. 주인공 이씨 부인과 남편 서정길, 그리고 첩 평양집이 중심인물이라면, 그 주변의 사람들과 하인들이 선인과 악인으로 나뉘어 서로 다툰다. 「구의산」의 경우에는 후취로 들어온 계모가 전실 소생의 아들을 구박하고 결국 결혼하는 그 아들을 살해하려는 음모까지 벌인다. 혼인날 계모는 신부 집으로 몰래 하인을 보내 신랑이 된 의붓아들의 목을 잘라 오게 한다. 혼례를 치른 이튿날 신방에서 머리 없는 신랑의 시체가 발견되자 억울한 누명을 뒤집어쓴 신부가 남장을 하고 염탐을 하여 사실을 밝힌다. 결국 후실의 악덕과 부정은 징벌을 받는다. 그런데 이 소설은 흉행의 하수인으로 알았던 하인이 다른 남자의 시체를 대신 신방에 넣고, 주인댁 아들을 업고 달아나 일본 큐슈까지 가서 15년 동안이나 보호하면서 대학 공부까지 시켜 주는 등 충직한 의인이었음이 밝혀짐으로써 완전히 반전된다. 「춘외춘」에서는 전실 소생의 딸을 학대하는 계모가 등장한다. 여학교에 다니는 딸이 중병을 얻자 이 기회에 그녀를 제거하기 위해 엉뚱한 계교를 써서 색주가로 넘길 음모를 꾸민다. 그녀는 온갖 역경을 겪고 나서 일본인 교사의 도움으로 일본으로 건너가 위기를 벗어나고 새로운 삶을 맞는다.

이해조의 작가 의식이 사회적 계몽성과 정론성을 어느 정도 드러내고 있는 작품으로는 이미 앞 장에서 다룬 「자유종」이 있다. 그리고 「구마검」과 「홍도화」와 같은 작품에서 미신 타파라든지 과부 개가 문제와 같은 구시대적 인습에 대한 비판이 이루어지고 있으며, 「화의 혈」에서는 부패 관료를 공격하고 「모란병」에서는 인신매매의 악습을 고발하기도 한다. 「구마검」은 한국 사회에 만연해 있던 미신에 대한 비판을 직접적으로 그려 낸다. 그러나 이러한 주제 의식에도 불구하고 이를 소설적으로 형상화하는 과정 자체는 구성의 우연성을 완전히 벗어나지 못한다. 무당의 미혹에 빠져든 인물들의 파멸의 과정을 보여 주는 이 작품에서 작중인물들은 낡은 사고의 인물과 합리성에 근거한 새로운 인물로 나뉘기도 하고 이는 다시 윤리적인 선악의 대립 구도로 배치되기도 한다. 물론 재물을 탐하여 사람들을 현혹하는 무당과 그 무리들에 대한 응징이 근대적인 재판 형식으로 이루어지는 대목도 눈여겨볼 만하다. 이 작품은 당대의 풍속에 대한 세세한 재현을 바탕으로 긴박감과 흥미를 살려 내고 있는데, 미신 타파라는 주제 의식이 단순한 풍속 개량의 차원을 넘어서서 낡은 사회구조와 인습에 대한 비판까지 확대되고 있다. 「홍도화」의 경우는 과부의 개가를 주창하면서도 고부 갈등이라는 낡은 모티프를 활용한다. 부모의 강권으로 13세의 어린 나이에 어리고 약질인 신랑에게 시집을 가게 된 여주인공은 신랑이 얼마 안 있어 죽어 버리자 눈물과 한숨으로 나날을 보낸다. 그러다 우연히 신문에서 개가(改嫁)를 제창한 논설을 읽고 감명을 받고, 친가로 돌아와 청년과 재혼을 한다. 새로 맞은 남편은 여주인공이 여학교를 다닐 때 그 역시 학생으로 길에서 자주 만났고 말은 안 했지만 은근히 관심을 가졌던 사람이다. 그는 초혼이면서 과부를 아내로 맞아들일 정도로 개명한 사람이라 단란한 가정을 이룬다. 그러나 그 모친이 몽매하여 미신에 빠져 있는바, 이를 반대하는 새며느리와 갈등을 일으키다가 다시 시집에서 내쫓긴다. 여주인공은 친정에 돌아와 암담한 생활을 하다가 외숙의 도움으로 절망에서 헤어나 헤어졌던 남편을 다시 만나고 행복한 가정을 이룬다. 이 작품에서 고부 갈등은 단순한 가정 내의 문제가 아니라 신구의 가치관의 대립으로 나타난다.

「화의 혈」은 고전소설 「춘향전」을 패러디하여 당대의 현실 상황과 결합해 놓고 있으며, 복수담을 덧붙여 흥미를 높이고 있다. 전라남도 장성을 배경으로 한 이 소설은 최호방이 나이 마흔에 퇴기 춘홍을 작첩하여 선초, 모란 두 딸을 두게 되는 것으로 시작된다. 선초는 기안에 들었는데 재색이 뛰어나 그 이름이 널리 퍼진다. 이때 이시찰이 남행을 하면서 자기 지위를 악용하여 부정 축재를 일삼고 온갖 악행을 저지르다 장성읍에 이른다. 그는 선초의 미모를 탐하여 먼저 그녀의 부친인 최호방을 누명을 씌워 잡아 가둔다. 그리고 선초를 불러들여 그녀에게서 몸을 허락하겠다는 언질을 받고서야 최호방을 풀어 준다. 그러나 정작 선초는 이시찰에게 일시적 농락 끝에 배신당하자 비관한 나머지 자결해 버리고, 시찰은 공금을 횡령한 죄로 체포된다. 선초의 아우 모란이 언니의 원수를 갚으려고 다시 기생이 되어 서울로 올라와 기회를 엿보다가 감옥에서 풀려난 이시찰을 만나게 된다. 모란은 그의 정체를 폭로하고 권도에 다시 접근하려는 이시찰의 의기를 여지없이 꺾어 버리고 만다. 「모란병」은 구한말 정부 제도가 개혁되자 직책을 잃고 영락한 현고직(玄庫直)이 속임수에 걸려 외딸을 기생으로 팔아넘기게 되는 것으로부터 이야기가 시작된다. 제 몸이 기녀로 팔린 것을 알게 된 여주인공은 자살을 기도하나 뜻을 이루지 못하고 다시 색주가로 넘겨진다. 소설의 후반부는 이 여주인공이 나락의 길에서 벗어나는 과정으로 이어진다. 여주인공은 은인의 도움으로 학업의 길을 걷게 되고 결혼하여 미국 유학까지 하는 것으로 그려진다. 색주가 기생으로의 신분 전락에서 다시 미국 유학에 오르는 신여성으로의 변화 과정은 모두가 우연과 기복의 연속으로 이어진다. 그러나 주인공 자신의 곧은 심성으로 인하여 결국은 행복한 결말에 이른다.

이 같은 여러 작품에서 볼 수 있는 것처럼 이해조가 자주 활용하고 있는 소설적 모티프는 첩실 또는 계모의 악행과 음모에 의한 가정의 파탄이다. 첩실이 본처를 음해하고 계모가 본처 소생의 자녀를 학대하여 가정의 불행을 초래한다는 것은 낡은 소재이지만, 이 낡은 소재를 바탕으로 이해조는 새로운 흥미를 창조한다. 그것은 악덕과 음모가 얼마나 악랄한가를 과장해서 묘사하는 데서부터 시작하여 그 이야기의 흐름에 의외의 반전을 준비하는 구성 방식에서 비롯된다. 이해조의 소설에서는 개화계몽 시대의 시대적 상황과 결합되는 일본 유학이니 신교육이니 동학운동이니 사회 계몽과 같은 것이 모두 주변적인 소설적 장치로 활용되고 있을 뿐이다. 그러므로 이인직이 「혈의 누」와 같은 신소설에서 전면에 내세웠던 정치의식을 이해조의 작품에서는 만나기 어렵다.

물론 이해조의 소설은 사회적 풍속과 세태의 변화에 민감하게 반응하고 있다. 미신에 유혹되어 패가망신하는 이야기를 그린다거나 과부의 개가 문제에 대해 누구보다 진보적인 견해를 보여 주기도 한다. 그리고 인신매매의 반인륜적 행위에 대한 가차 없는 비판도 없는 것이 아니다. 이해조의 소설이 보여 주는 인심과 세태에 대한 관심은 대개가 선악의 윤리적 가치를 과장해서 강조한다는 점에서 소설의 구성 방식 자체가 멜로드라마적인 요소를 지닌다. 그의 소설에서 가장 두드러진 특징은 성격과 행위의 극단성이다. 이 행위의 극단적인 배치는 주로 원한과 복수로 이어지는 것이기 때문에 흥미 요소이면서 동시에 독자들의 심정적인 호응을 유도하기도 한다. 그러므로 이야기의 내용에서 선에 대한 악의 음해가 그악스럽게 전개된다 하더라도 선에 대한 최후의 보상이 강조된다. 이러한 이야기 구성에 개인 성격의 내면이라든지 인간관계의 사회적인 양상이라든지 하는 문제가 개입될 여지가 별로 없다.

이해조의 신소설 속에 등장하는 인물들의 삶의 과정은 대체로 낡은 관습에 의존하여 이루어지고 있다. 어떤 이야기에서 주인공이 일본이나 미국으로 건너가 새로운 학문을 배운다고 하더라도 그 신학문이라는 것의 실체도 없고, 그 구체적인 실천 과정도 나타나지 않는다. 다만 일종의 수사적 장치처럼 유학이라는 것을 행위의 구조 속에 끼워 넣고 있다. 여기에서 주인공의 삶에 나타나는 낡은 관습이라는 것은 주인공이 개별적인 주체로서 행동하기보다는 지나치게 수동적으로 그려지고 있음을 말하는 것이다. 물론 등장인물들은 숙명적인 삶을 살아가면서도 심성에 자리하고 있는 인간적인 순수와 자기희생의 자세를 끝까지 지킨다. 바로 이 점이 대중적인 정서에 호소하는 윤리적 가치로 부각되고 있다.

최찬식과 신소설의 통속화 과정

최찬식[36]의 경우는 일제 강점기에 접어든 1910년대에 신소설을 발표하기 시작하여 「추월색(秋月色)」(1912), 「해안(海岸)」(1914), 「금강문(金剛門)」, 「안(雁)의 성(聲)」, 「도화원(桃花園)」(1916), 「능라도(綾羅島)」(1918) 등을 발표한 바 있다. 이해조의 신소설이 통속적인 가정소설로 대중적인 기반을 확대하는 동안 최찬식의 경우도 청춘 남녀의 애정 갈등과 그와 관련되는 사회 윤리 문제를 다루면서 독자 대중의 흥미와 관심을 이끌게 된다. 그의 소설에 나타나는 신교육에 대한 관심이나 새로운 결혼관 등은 표면적으로는 전통적 윤리에 눌려 있던 인간의 개성을 옹호하는 근대지향성을 나타내는 것처럼 보이기도 하지만, 식민지 시대의 억압적인 통치 질서에 안주하면서 개인의 안위와 행복만을 추구하는 폐쇄적 욕망 구조를 그대로 반영하고 있다.

---

36 최찬식(崔瓚植, 1881~1951) 호는 해동초인(海東樵人), 동초(東樵). 경기도 광주 출생. 부친 최영년(崔永年)이 설립한 시흥학교에서 신학문 수업. 한성학교 졸업. 잡지 《신문계》, 《반도시론》 기자 역임. 신소설 「추월색」을 비롯해 「해안」, 「금강문」, 「안의 성」, 「도화원」, 「삼강문(三綱門)」(1918), 「능라도」 등 발표. 참고 문헌: 정숙희, 「최찬식 연구」(우리문학연구)(1978. 12); 류양선, 「최찬식 소설의 사회적 성격」, 『한국 현대 소설사 연구』(민음사, 1984); 전광용, 『신소설 연구』(새문사, 1986).

신소설 「추월색」은 최찬식의 대표작으로서 신소설 가운데 가장 널리 애독되었던 작품의 하나이다. 조선은 물론 일본, 중국, 영국 등의 광범위한 지역을 무대로 하여, 정치적으로 혼란했던 과도기적 시대 상황을 배경으로 청춘 남녀의 기구한 애정 갈등과 이합의 과정을 그려 낸다. 소설의 이야기는 조선인 여성으로서 도쿄에 유학을 온 여주인공이 우에노 공원에서 그녀를 짝사랑하던 남학생의 구애를 거절하다가 칼을 맞고 쓰러지는 극적인 장면으로부터 시작된다. 이 여자 유학생은 이시종의 외딸 정임이며, 김승지의 외아들 영창과 어릴 때부터 부모에 의해 정혼한 사이이다. 그런데 평안도 초산 군수로 부임한 김승지가 뜻밖에 민란을 겪으면서 그 일가가 모두 행방불명이 되자, 정임의 부모는 다른 혼처를 정해 정임을 결혼시키려 한다. 정임은 집을 도망쳐 나와 고생 끝에 일본으로 건너가 음악을 전공하여 우수한 성적으로 졸업하게 된다. 평소 정임을 짝사랑해 오던 강한영은 우에노 공원에서 정임에게 접근하여 애원도 하고 협박도 했으나 정임이 끝내 듣지 않자 정임을 칼로 찌르고 도주한다. 그런데 칼을 맞고 쓰러진 정임을 부축했던 남자가 엉뚱하게 범인으로 지목되어 체포된다. 그는 공교롭게도 영국에서 공부하고 일본에 왔던 영창이다. 모든 사실이 밝혀지자 영창은 곧 무죄로 석방되고 두 사람은 극적으로 재회하여 마침내 신식 결혼식을 올리고 만주로 신혼여행을 떠난다. 두 사람은 신혼여행 중 마적단에 체포되는 수난을 겪는데, 도리어 거기에서 영창의 부모를 만나 함께 귀국한다. 이 작품은 혼사 장애의 모티프를 확대 변형한 것으로서 여주인공이 온갖 장애를 극복하고 부모가 어릴 때 맺어 준 남주인공과 결혼하게 된다는 낡은 이야기의 패턴을 따르고 있다. 그러나 그 장애의 극복 과정이 여러 가지 사건과 우여곡절로 채워져 흥미를 더하고 있다. 어린 시절에 부모가 일방적으로 정해 준 결혼 상대자에게 자기 운명을 걸고 있는 여주인공의 태도는 오히려 구시대적인 윤리 의식을 대변하며 자기 운명에 안주하는 태도를 보여 준다는 점에서 작가 의식의 한계를 시사하고 있다.

「안의 성」의 경우에도 청춘 남녀의 애정 갈등을 주축으로 한다. 여주 인공 박정애는 부모를 잃고 오빠인 박춘식과 함께 가난 속에서도 서로 의지하며 살아간다. 생선 장사를 하는 오빠 덕택에 정애는 여학교를 다니게 된다. 정애는 법학교에 다니는 김상현과 서로 사귄다. 상현은 판서 집 가문의 자제이다. 상현의 모친은 이웃에 사는 정봉자를 며느리로 삼으려 하지만, 상현은 결국 정애와 결혼한다. 봉자는 질투를 느낀 나머지 상현의 누이동생과 짜고 정애에게 정부가 있는 듯이 중상모략하여, 마침내 정애를 시집에서 쫓겨나게 한다. 상현은 실의에 빠져 유럽으로 여행을 떠나고, 춘식은 누이동생의 행방을 찾아 헤맨다. 이야기의 결말은 귀국한 상현이 정애를 만나 재결합하고, 봉자도 잘못을 뉘우치고 새사람이 된다는 것으로 끝난다.

최찬식의 소설에서 서사 구조의 핵심에 해당하는 남녀 이합의 과정은 행복 — 고난 — 행복의 패턴으로 유형화되어 나타난다. 이 과정에서 신교육이 강조되고 주체 의식이 내세워지기도 한다. 그러나 이 같은 근대적인 진보적 의식이 삶의 현실에 밀착되어 실천적으로 구현되고 있는 것은 아니다. 그러므로 신교육이니 외국 유학이니 하는 것은 장식적인 요소로 내세워졌을 뿐이며, 오히려 흥미의 초점은 우연과 우연으로 이어지면서 위기를 모면하는 주인공의 행로와 이를 따르며 방해하는 악인의 소행이 서로 부딪는 갈등의 장면들에 있다. 최찬식이 신소설의 통속화 과정의 막바지에 들어서 있는 것처럼 보이는 것은 사건의 우여곡절을 강조하고 지나치게 우연성에 의존하는 소설 구성법만을 따르고 있기 때문이다. 게다가 개인의 삶의 기반이 되어야 할 사회에 대한 어떤 전망도 제시하지 못하고 오직 개인적 욕망의 구현에만 집착하고 있는 작가 의식에도 문제가 있다고 할 것이다.

이해조와 최찬식의 뒤를 이어 등장한 김교제, 이상협, 조중환 등은 주로 일본 총독부 기관지였던 《매일신보》를 중심으로 신소설을 발표했다. 이들은 대체로 남녀의 이합 과정을 그리거나 가족 내의 처첩 갈등 또는 고부 갈등과 같은 전통적인 소재들을 흥미 본위로 구성하는 이른바 가정소설적 성격에 관심을 기울인다. 그리고 그 문제의식을 사회적으로 확대하지 못한 채 가정이라는 테두리에 안주하여 가족 구성원들 사이의 갈등을 과장해서 묘사하는 데 치중하고 있다. 특히 일본의 대중적인 통속소설이었던 이른바 신파소설을 마구잡이로 받아들여 번안이라는 이름으로 대중적 취향에 맞춰 바꾸어 놓았던 점도 지적해야 할 점이다.

김교제(金敎濟)[37]는 「목단화(牧丹花)」(1911), 「치악산 하편」(1911), 「비행선(飛行船)」(1912), 「현미경(顯微鏡)」(1912), 「지장보살(地藏菩薩)」(1912), 「난봉기합(鸞鳳奇合)」(1913) 등을 발표했다. 대체로 흥미 위주의 오락성이 뚜렷한 작품이다. 「목단화」 같은 작품을 보면 개화파의 수구파의 갈등을 표면에 내세우고 있는 것처럼 구성했지만 결국은 선악의 대립으로 이야기를 이끌어 가는 전통적인 수법에 머물러 있다. 이 소설에서 주장하는 신학문과 신교육의 필요성이라든지 여권 신장에 대한 견해는 피상성과 관념성을 넘어서지 못하고 있으며, 오히려 고전소설에 등장하는 계모의 모해, 남녀 이합 등의 소재를 흥미 위주로 구성하여 통속적인 이야기로 만들고 있다. 이상협(李相協)[38]의 경우에도 「재봉춘(再逢春)」(1912), 「정부

---

37 김교제(金敎濟, 생몰 연대 미상). 호는 아속(啞俗). 1910년대 활동한 신소설 작가로서 전기적 사실은 알려진 바가 없다. 신소설 「목단화」, 「치악산 하편」, 「비행선」, 「현미경」, 「지장보살」, 「난봉기합」 등이 있다. 참고 문헌: 전광용, 「신소설 연구」(새문사, 1986).

38 이상협(李相協, 1893~1957). 호는 하몽(何夢). 서울 출생. 보성중학을 거쳐 한성법어학교(漢城法語學校) 수료. 1909년 일본 게이오 대학 수학(修學). 1912년 매일신보사 입사, 편집국장 역임. 이후 《동아일

원」(1914), 「눈물」(1917) 등의 신소설을 창작했는데, 「재봉춘」은 양반 출신 선각자와 백정의 딸 사이의 결합을 둘러싼 주변의 갈등을 통해 개화기의 사회상을 반영, 고발하고 있는 작품이다. 조중환(趙重桓)[39]은 「쌍옥루(雙玉淚)」, 「불여귀(不如歸)」, 「장한몽(長恨夢)」, 「단장록(斷腸錄)」 등과 같이 일본에서 신파극으로 유명했던 작품들을 소설로 번안하고 이들을 대부분 무대에 올려 많은 독자들을 확보했다. 그의 번안소설 「장한몽」은 일본의 작가 오자키 고요(尾崎紅葉)의 대중소설 「곤지키야샤(金色夜叉)」를 번안한 것으로 유명하다. 이 작품은 사랑의 패배, 이별의 슬픔, 삶의 허무 등을 신파 특유의 감상주의적 눈물을 통해 그려 내고 있는데, 식민지 초기의 암울함 속에서 정치적 무력감에 빠져 있던 대중들을 막연한 비애의 정조 속으로 이끌어 간 대표적인 통속물이다.

이처럼 1910년대의 신소설은 가족 윤리의 붕괴, 물질적 욕망의 확대 등과 같이 식민지 상황에서 새로이 이루어진 가치관의 혼란을 부분적으로 반영하고 있다. 이것은 전통적으로 한국인들이 추구하고자 했던 가치의 삶이 개인적 욕망에 의해 서서히 붕괴되고 있음을 말해 주는 증거이기도 하다. 이 같은 변화 가운데에서 신소설은 개화계몽 시대에 자주 등장시켰던 신구의 갈등이라든지, 주체와 타자의 구획 같은 담론 구조를 모두 장식적인 것으로 전락시키고 선악의 대립과 같은 심정주의적인 윤

보》 편집국장, 《조선일보》 편집고문 등을 지냄. 「정부원」, 「해왕성(海王星)」(1920) 등의 번안소설과 「재봉춘」, 「눈물」, 「무궁화」(1918) 등을 발표. 참고 문헌: 이봉채, 「이상협의 작품과 소설 의식」, 「신문학과 시대의식」(새문사, 1981).

39 조중환(趙重桓, 1863~1944). 필명은 조일재(趙一齋). 서울 출생. 1912년 윤백남(尹白南), 박상규(朴祥奎), 추정(秋汀), 이범구(李範龜), 김상순(金相淳) 등과 극단 문수성(文秀星) 창단. 일본 신파극 「불여귀」를 번역하여 원각사(圓覺社)에서 공연. 1912년 《매일신보》에 본격적인 희곡 작품인 「병자삼인(病者三人)」 발표. 일본 신파소설을 번안한 「쌍옥루」, 「불여귀」, 「장한몽」, 「단장록」 등을 발표. 참고 문헌: 권오만, 「'병자삼인'고」, 《국어교육》(17호, 1971); 권영민, 「일재 조중환의 번안소설들」, 「신문학과 시대의식」(새문사, 1981); 최원식, 「'장한몽'과 위안으로서의 문학」, 「민족문학의 논리」(창작과비평사, 1982); 유민영, 「한국현대희곡사」(홍성사, 1982); 서연호, 「한국 근대희곡사」(고려대 출판부, 1994).

리 의식에 집착하게 된다. 일제 강점기에 들어서면서부터 신소설이 다루고 있는 신교육이라든지 문명개화라는 문제가 얼마나 피상적인 것인가는 소설 속에 자주 등장하는 주인공의 해외 유학 모티프가 서사 구조 내에서 그 개연성을 잃어버린 장식적 수사에 그치고 있는 것만 보아도 충분히 알아차릴 수 있는 일이다.

신소설의 성과와 한계

개화계몽 시대 신소설의 등장은 국어국문운동에 의해 정착된 국문 글쓰기의 새로운 문학적 탄생을 의미한다. 신소설은 국문 글쓰기를 통해 일상의 언어를 서사 양식으로 표상할 수 있게 된다. 신소설의 서사 담론을 보면 시간을 범주화하고 모든 대상의 개별성을 규정하는 것이 바로 새로운 국문 글쓰기의 기능임을 알 수 있다. 신소설의 주인공은 일상어의 공간에서 말하고 생각하고 사물을 인식하게 되는데, 이 모든 것들이 곧바로 신소설에서 국문체로 표상된다. 이 과정에서 신소설의 주인공은 일상적 시간과 공간을 배경으로 하여 비로소 하나의 개인으로 자리 잡는 것이다. 개화계몽 시대의 신소설은 국문체를 서사적 문체로 정착시킨 대표적인 문학 양식이다. 신소설은 국문체를 통해 일상적인 언어에서 가능한 모든 언술들을 특징적인 담론의 형태로 구현함으로써 내적인 대화적 공간을 확대하고 있다. 이 같은 표현 구조를 통해 신소설은 언문일치의 이상에 접근한 산문 문체의 근대성을 상당 부분 실현하고 있는 것이다.

신소설의 국문체에서 주목되는 문체론적 징표는 '더라'체의 종결형과 함께 '~ㄴ다'체가 새롭게 등장한다는 점이다. 이 새로운 문장 유형은 특정 장면의 객관적인 제시에 주로 동원되고 있으며, 인물의 행동이나 배경의 변화가 주는 직접적인 인상을 묘사하는 데 쓰이고 있다. 다음의 예를 보자.

　치악산으로 병풍삼고 사는 사름들은 그 산밋헤 논을 푸을고 밧 이러려
오곡 심어 호구ㅎ고 그 산의 솔을 버여다가 집을 짓고 그 산에 고비 고사리
를 캐여다가 반찬ㅎ고 그산에셔 흘너 ㄴ려가는 물을 먹고 ㅅ는 터이라 썩
못버슨 우즁츙흔 산일찌라도 사름의 싱명이 그 산에 만히 달녓는듸 그 산밋
헤 졔일 크고 이름는 동늬는 단구역말이라.
　치악산 놉흔 곳에서 션을흔 가을 바람이 이러ㄴ더니 그 바람이 슬슬 도
라서 긔 짓고 다듬이 방망이 소릐나는 단구역말로 드러간다.
　달 밝고 이슬 차고 볏장이 우는 청냥흔 밤이라 소소한 바람이 홍참의 집
안 뒤겻 오동나무 가지를 흔드럿는듸 오동입에셔 두세 방울 찬 이슬이 쑥쑥
써러지며 오동 아릭 단장 우에셔 기와 흔 장이 철석 써러진다.

──이인직, 「치악산」, 1~2쪽

　앞의 예문에서 볼 수 있듯이 '～ㄴ다'체의 현재법 종결형 문장은 대상
에 대한 직접적인 묘사를 위해 쓰이고 있으며, 서사 공간 안에서 화자와
서술 대상 사이의 일정한 거리를 유지할 수 있게 한다. 이 서술적 거리로
인하여 묘사의 객관성이 보장되고 객관적인 실재성의 구현이 가능해진
다. 이러한 특징은 개화계몽 시대의 신소설이 고전소설에서와 같은 설화
성의 담론 구조를 벗어나고 있음을 말해 주는 것이다. '～ㄴ다'체 종결형
어미는 서사적인 공간을 감당하기 어려운 현재형이라는 시제의 불안정
을 드러내고 있지만, 이후 이광수와 김동인을 거치면서 '～았(었)다'라는
서사적 과거 시제의 종결법으로 고정되고 있다.
　신소설을 비롯한 개화계몽 시대의 서사 양식은 인물의 대화가 모두
직접 화법으로 처리되고 있다. 고전소설에서는 지문과 대사의 구분이 없

이 모든 대사가 지문에 섞여 간접적으로 제시되므로, 등장인물의 대화가 화자의 어조에 묻혀 버리고 만다. 그러므로 인물의 대화를 통해 성격을 형상화한다는 것이 거의 불가능하다. 그러나 신소설은 대사를 지문과 구분함으로써, 화자의 어조와는 달리 등장인물의 개성적인 목소리를 그대로 살려 내고 있다.

부인이 이 편지를 집어들고 섬쩍 놀나며 자셔히 보지도 안코 사랑에 잇는 리시종을 쳥흐야 그 편지를 쥬며 덜덜 써는 말로

(부인) 이거 변괴요구려 요런 방졍마진 년 보아

(리) 왜 그리야 이게 무엇이야 (⋯⋯) 응

흐고 그 편지를 밧아보는듸 부인의 마음에는 그 쌀이 죽어셔 나간 듯시 셔운셥셥흐야 비죽비죽 울며 목멘 소리로

(부인) 고년이 평일에 동경 유학을 원흐더니 아마 일본을 갓는 보 고년이 자식이 아니라 이물이야 고 어린 년 어듸가셔 고싱인들 오작 홀누구 고년이 요런 싱각을 둔 줄 알앗더면 아히년으로 늙어 죽더릭도 고만 두엇지 그러는 져러는 아모데를 가더릭도 죽지는 말랏스면

—최찬식, 「추월색」, 71~72쪽

앞의 예문에서 소설 속에 등장하는 부부의 대화를 보면, 각각의 처지와 성격이 어느 정도 짐작된다. 대화의 직접적인 묘사는 곧 일상의 언어가 서사 양식에 그대로 구현된다는 것을 의미하는데, 이 경우에는 대화의 주체가 분명하게 표시되기 때문에 서술자의 간섭이 완전 차단된다. 등장인물이 하는 말이 그대로 구현된다는 점에서 신소설의 대화는 경험적인 시간과 서사 내적인 시간을 자연스럽게 일치시킨 부분이다. 신소설의 대화에서 일상의 경험적 시간과 서사 내적인 시간이 그대로 일치하고

있다는 것은 신소설의 서사 담론이 실재성의 구현에 그만큼 진전되어 있음을 말해 주는 것이다.

개화계몽 시대의 서사 양식 가운데 신소설은 허구적 서사 양식을 대표한다. 그리고 이 시기의 신문에 연재되면서 대중적인 문학 양식으로 발전하고 있다. 신소설은 전대의 고전소설의 서사적인 전통을 계승하고 있다. 그러나 신소설은 고전소설과 서사 양식의 본질적인 특성을 공유하고 있으면서도 개인의 발견이라는 새로운 서사 양식의 주제를 통해 근대적 성격을 분명히 하고 있다. 신소설의 개인은 고전소설의 주인공들이 누리고 있던 초월적인 세계와 단절 속에서 존재 의미가 드러난다. 그들에게는 「흥부전」의 흥부가 횡재를 누렸던 비현실적 공간도 주어져 있지 않으며, 「구운몽」의 양소유가 지향했던 초월적인 신성의 세계도 주어져 있지 않다. 이들의 운명은 신에 의해서 계시되는 것이 아니라 자신들의 삶에 의해서 결정된다. 이들의 삶에는 선험적으로 주어진 생의 좌표가 없다. 그렇기 때문에 이 시기의 작가들은 고전소설에서처럼 소설의 주인공을 다시 신의 품으로 돌려보낼 수가 없다. 인간의 세계 속에서 자신의 운명을 스스로 살아야 한다. 이제 운명이라는 것이 비로소 인간의 몫이 된 것이다. 그렇지만 신소설의 주인공들은 사회적인 존재로서의 개인의 의미를 온전하게 구현하지는 못하고 있다. 개화계몽 시대 조선의 현실은 개인의 삶과 그 존재 의미가 사회적인 요건에 의해 규정되고, 그 사회적인 요건들이 다시 개인의 삶에 의해 새롭게 규정되는 사회는 아니다. 그러므로 신소설의 인물들은 기껏 가족 또는 가정이라는 사회적 제도의 울타리에 머물러 있다. 신소설의 가장 흔한 소재는 이 가족이라는 제도가 파괴되는 과정에서 드러나는 개인의 문제들이다. 조선 사회에서 가장 완고하게 가족을 지켜 준 도덕적 관념들이 무너지기 시작하면서 가족 구성원으로서의 개인의 위치는 불안정한 상태에 빠지게 된다. 신소설에서 개인의 운명은 이 불안정한 위치에서 새롭게 규정된다. 신소설의 작가들은 인물의 운명을 이념적인 속성에 의해 규정하는 경우도 있고, 개인의 욕망에 의해 규정하기도 한다.

　신소설에서 개인의 운명은 외부적으로 주어진 이념적 속성에 의해 담론화되기도 하고, 내면에서 비롯되는 개인적 욕망에 의해 담론화되기도 한다. 개인적 운명이 이념적 속성에 따라 담론화되는 경우, 그 서사 담론의 구조는 새것과 낡은 것의 갈등을 표상하는 신구의 대립을 핵심으로 하여 성립된다. 이러한 담론 구조는 이 시대에 등장한 모든 계몽 담론의 공통적인 기반이 되고 있다. 신소설의 주인공들은 낡은 것으로 표상된 제도로서의 가정을 벗어나면서 낡은 도덕적 전통과 사회적 규범의 속박으로부터 자유로워진다. 그리고 개화라는 이름으로 제시되는 새것을 찾아 새로운 가치 개념으로서의 문명개화의 길을 걸어가게 된다. 이 새로운 세계를 향한 길이 바로 신교육의 길이며 구체적으로는 일본 또는 미국으로의 해외 유학이다. 「혈의 누」와 같은 작품의 서사 구조에서 긴장을 수반하는 부분이 바로 이 낡은 것으로부터 새것으로의 전환 과정이며, 이 과정이 작품 내에서 가장 풍부하게 서사화되고 있다. 신소설의 서사 구조에서 개인적 욕망을 강조한 경우, 신구의 이념적 대립 구조는 약화되고, 오히려 고전소설에서 흔히 볼 수 있었던 선악의 대립 구조가 표면에 등장한다. 일제 강점기에 들어서면서 나타난 신소설의 통속화 현상은 바로 개인적 욕망을 중심으로 하는 서사 구조의 변화에 기인한 것이다. 이 같은 경향의 작품들은 대개 물질적인 것에 대한 인간의 욕구가 당대의 현실 속에서는 일반화된 세속적인 삶의 원리처럼 작용하고 있음을 과장되게 제시하고 있다.

　신소설의 양식이 「혈의 누」에서와 같은 신구 대립의 서사 구조의 긴장을 상실하기 시작한 것은 일제 강점기에 들어서면서부터이다. 개화계몽운동의 목표가 되었던 바람직한 근대적 사회의 성립이 불가능한 상태에 이르자, 일본을 매개로 하여 문명개화의 세계에 이르는 과정을 서사화하고자 하였던 신소설의 서사 담론 자체도 자기모순에 빠진 것이다. 문명개화의 매개항으로 설정하여 놓았던 일본이 오히려 모든 담론을 장악해 버린 식민지 조선의 지배자로 군림하게 되었기 때문이다. 그러므로 신소설은 이해조 이후 재미를 추구하는 독자들의 욕구대로 개인적인 취향물로서의 통속적인 이야기책으로 변모되었다. 신소설 작가들이 보여 준 대중적인 흥미성에의 집착은 신소설의 사회 계몽적 기능을 약화시킨 대신, 그 방향을 개인적인 취향 문제로 전환해 놓았다. 작가가 현실에 대한 인식을 바탕으로 독자를 이끌어 가는 입장을 버리고 그들의 취미 기준에 맞는 작품을 쓰고자 노력했다는 것은 신소설의 통속화 과정을 말해 주는 근거가 된다. 결국 신소설은 일제 강점기에 접어든 후에 문명개화에 대한 공허한 전망마저 상실하고 있다. 신소설의 작가들은 개인의 삶의 근거인 가족의 붕괴와 그 황폐화 현상을 흥미 본위로 그려 내는 데 주력하게 되었으며, 이러한 소재주의적인 관심과 통속성으로 인하여 신소설은 그 소설사적인 의미를 더 이상 지속할 수 없게 된 것이다.

3 전통시가의 근대적 변혁

(1) 시가문학의 형태적 변화

개화계몽 시대의 시문학은 전통적인 국문 시가 양식의 근대적 변혁 과정과 새로운 시 형식의 모색 과정을 통해 그 특성이 드러난다. 먼저 이 시기의 시가문학에서 한문학의 퇴조와 함께 한시의 전통이 쇠퇴하고 있는 점에 주목할 필요가 있다. 조선 시대의 시문학은 한시를 중심으로 이루어진 것이다. 시조나 가사와 같은 국문 시가문학은 시라는 문학적 글쓰기의 영역이라기보다는 창곡과 결부되어 가창되었던 노래로서의 성격이 더 강하다. 조선 시대의 지식층들은 시를 지을 때는 한시를 짓고 노래를 부르고자 할 때는 국문으로 시조를 지어 노래했던 것이다. 조선 말기의 이건창, 김택영, 황현, 강위 등과 같은 한학자들은 한시의 전통을 이어 가기 위해 노력하였고, 장지연과 같은 계몽운동가도 많은 한시를 남겼다. 그러나 국어국문운동을 통한 대중적인 국문 보급과 신교육을 통한 국문 교육이 확대되면서 한문의 사회 문화적 기능이 축소되고 한문으로 이루어지던 문필 활동도 위축되기에 이른다. 그 결과로 시문학의 중심적인 위치에 자리하던 한시의 영역이 축소되기 시작한 것이다. 그러므로 이 시대의 시문학은 새로이 국문을 기반으로 이루어진 시가 형태들을 중심으로 그 문학사적인 의미를 부여받게 된다.

개화계몽 시대 시문학에서 먼저 주목해야 할 것이 전통시가의 변혁 과정이다. 조선 시대의 시조는 창곡과 결부되어 대중적으로 확대된 것이며, 가사의 경우에도 부분적으로 가창되었던 양식이다. 그러나 개화 계몽 시대에 들어서면서는 시가문학의 향수 방식이 변화된다. 시가문학의 중요한 요소가 되었던 창곡이 문학의 영역과 분리되어 독자적인 예술의 한 영역인 음악으로 정착되기 시작한 것이다. 개화계몽 시대의 시가문학은 창가의 형식 가운데 일부 작품을 제외하고는 노래로 가창된 것이 아니다. 시와 음악이 분리되고 있기 때문에 가사의 형식이든 시조의 형식이든 개화계몽 시대의 시가 양식은 모두 글로 읽거나 읊조리는 방식으로 존재한다. 이 같은 변화는 설화성에 근거하여 이야기 형태로 발전한 고전소설이 이 시기에 이르러 그 설화성을 벗어나 근대적인 산문 문학의 형태로 자리 잡기 시작한 것과도 상통한다. 시와 음악의 분리는 전통적인 시가 문학의 형태적인 변혁을 가능하게 하는 가장 중요한 요인의 하나라고 할 수 있다. 노래로 불리는 전통시가는 창곡의 음악적인 구조와 형식이 시적 형식을 지배한다. 시조의 3장 분장 형식이라든지 가사의 율격적인 규칙은 음악적 형식에 의해 규정되었던 것이다. 그러나 창곡으로서의 음악적인 형식이 분리되면, 창곡이 요구했던 형태적 고정성을 탈피하게 된다. 이 같은 특징은 조선 시대의 사설시조가 창곡에서 요구하는 3장 형식을 고려하지 않을 경우 그 형식적인 개방성으로 인하여 자유시형에 근접하게 되는 것과 마찬가지라고 할 수 있다.

이 시기의 새로운 시 형태는 국문 글쓰기를 수용하면서 전통시가의 형식적인 고정성을 파괴하고 개방적인 형식을 추구하는 특징을 보여 준다. 이 같은 변화는 국문이 대중적으로 널리 보급되고 국문체가 일반화되면서 문자를 해독할 수 있는 계층이 확대된 것에서 비롯된다. 대부분의 시 작품들은 신문이나 잡지에 수록되어 독자 대중에 의해 읽힌다. 이같이 문체의 변혁과 인쇄 매체의 보급에 따라 글쓰기와 글 읽기 문화가 정착되기 시작하면서 새로운 시 형식의 모색도 이루어진 것이다. 그리고 여기에서 자연스럽게 형식의 개방성이 추구되는 것이다. 그리고 이러한 형식의 개방성은 개화계몽 시대의 다양한 이념과 사상을 포괄하기 위한 새로운 시적 형식의 추구 방법을 의미하는 것으로 이해할 수 있다.

그런데 개화계몽 시대 시가 문학의 변혁 과정은 이 시기에 몇몇 논자들에 의해 제기된 시가 개혁론[40]을 통해 그 방향을 확인할 수 있다. 《대한매일신보》에 발표된 「천희당시화(天喜堂詩話)」와 같은 글은 이 시기의 새로운 시가 개혁론의 성격과 방향을 이해할 수 있는 중요한 단서가 된다. 이 글은 전통적 한문 시화(詩話)의 변형이라고 할 수 있지만, 시의 본질과 그 기능, 시의 현황과 문제점, 시 개혁의 방향, 그리고 시인의 위치와 사명 등을 서술하고 있다.

詩란 者는 國民言語의 精華라. 故로 强武ᄒ 國民은 其詩로브터 强武ᄒ며, 文弱ᄒ 國民은 其詩브터 文弱ᄒᄂ니, 一國의 盛衰治亂은 大抵 其國詩에서 可驗ᄒ지요 又其國의 文弱을 回ᄒ야 强武에 入코자 ᄒ진딕 不可不 其文弱ᄒ 國詩브터 改良ᄒ지라. 余가 近世 我國에 流行ᄒᄂ 詩歌를 觀ᄒ건딕 太半 流靡淫蕩ᄒ야 風俗의 腐敗만 釀ᄒ지니, 世道에 關心ᄒᄂ 者가 汲汲히 其改良을 謀ᄒ이 …… 詩歌는 人의 感情을 陶融ᄒ으로 目的ᄒᄂ니 宜乎 國字를 多用ᄒ고 國語로 成句ᄒ야 婦

40 임형택, 「동국시계혁명과 그 역사적 의미」, 『한국문학사의 시각』(창작과비평사, 1984) 참조.

人幼兒도 一讀에 皆曉호도록 注意호여야 國民 知識普及에 效力이 乃有홀지어늘,
近日에 各學校用歌를 聞혼즉 漢字를 雜用홈이 太多호야 唱호는 學童이 其趣味를
不悟호며 聽호는 行人이 其語意를 不知호니 是가 何等 效益이 有호리오.[41]

　앞의 인용에서 우선적으로 주목되는 것은 시의 본질 개념이다. 시란
국민 언어의 정화로서 인간의 여러 가지 감정 상태를 결합해 놓은 글이
라고 규정하고 있다. 여기에서 말하는 국민 언어의 정화란 그 국민의 언
어로 만들어진 최고의 예술 형식을 뜻하는 것이다. 그러므로 이 글에서
는 한문으로 이루어진 한시를 배격하고 있으며 국문 시가의 중요성을 강
조하고 있다.

　「천희당시화」에서 주장하고 있는 시의 기능과 목적은 시의 도덕적 감
화력과 사회적 효용성으로 집약되고 있다. 이러한 관점은 조선 시대 이
전부터 한학자들이 중시해 온 시의 효용론적 가치를 그대로 이어 온 것
이다. 이 글에서는 특히 시의 정신과 국가의 흥망을 연결시켜 논함으로
써 당대적 현실의 위기를 정신적으로 극복해 나아가기 위한 웅건한 시
정신의 확립을 강조하고 있다. 나라의 기상이 시정신에 의해 좌우된다든
지, 강한 국민은 그 시정신의 강건함에서 비롯된다는 주장은 시적 감화
력을 높이 평가하고 있는 것이라고 할 수 있다.

　「천희당시화」에서 제시하는 시가의 개혁 방안은 다음과 같은 세 가지
로 집약된다. 첫째는 국문으로 시를 써야 한다는 주장이다. 이 주장은 이
미 앞에서 검토한 국어국문운동의 영향에서 비롯된 것으로 볼 수 있다.
국민 언어의 정화로서 시를 강조하는 것은 민족의 고유한 심성이 그 민
족의 언어와 문자에 의해 시로서 표현된다는 주장과 일치한다. 더구나

---

41 「천희당시화」, 《대한매일신보》(1909. 11. 11).

국시의 개념도 국어국문으로 쓴 시라고 그 표현 매체를 강조하고 있기 때문에 국어국문에 의한 새로운 시가 형태의 출현을 예상할 수 있는 것이다. 둘째는 시의 내용에 국민 사상을 진작시킬 수 있는 정신을 담아야 한다는 점이다. 이 주장은 시의 주제와 그 계몽적인 요건을 강조한 것이라고 할 수 있다. 시정신의 흥성과 쇠망에 따라 나라의 흥망이 좌우된다고 하는 견해에서도 확인할 수 있는 것처럼, 새로운 지식과 시대정신과 가치를 시를 통해 전달해야만 한다. 이러한 시의 공리주의적 기능에 대한 강조로 인해 이 시기의 시가는 개인적 서정보다는 집단적 이념을 지향하게 된다. 새로운 시의 세계에서는 강건한 국민적 기상을 내세우는 방향으로 그 주제 의식이 강조되고 있는 것이다. 셋째로 시의 새로운 형식을 발견해야 한다는 점이다. 국시 개량의 방법 중에서 형식적 구투를 탈피해야 한다는 주장은 새로운 시가 양식의 성립 가능성을 예견케 하는 중요한 요건이라고 할 수 있다.

이와 같은 세 가지 방향의 시가 개혁은 전통적인 국문 시가에 대한 새로운 개혁의 요구라고 할 수 있다. 특히 한시의 존재 가치를 부정하고 국시의 개념을 국어국문에 의해 이루어진 시 형태로 규정함으로써 국문 문학의 가치를 새롭게 인식하고 있는 점은 주목되는 특징이다. 이 같은 시가 개혁론의 구체적인 실천 과정은 일제 침략 직전의 신문과 잡지에 발표된 개화가사나 개화시조 등과 같은 개화시가들을 통해 확인할 수 있다. 개화시가는 일반 민중들의 생활 속에 깊이 뿌리내리고 있는 전통적인 시가 양식의 형태를 빌려 민족의 독립에 대한 열망과 현실 정치에 대한 비판적인 의식을 표현하고 있다. 이러한 시가 형태는 민중들에게 익숙한 율격을 활용하고 있기 때문에 그 주제 의식에 호소력을 부여할 수 있는 기능적 요건을 갖추고 있다. 특히 가사와 시조가 그 형식의 고정적인 틀에서 벗어나 새로운 변화를 보이고 있는 점을 주목해야 할 것이다.

바로 이러한 형태적 자유로움에 대한 모색이 자유시를 지향하는 작은 발
단이 되었기 때문이다.

(2) 가사의 분화와 확대

가사 양식의 변화

개화계몽 시대 시가문학의 경향을 보면 조선 시대 시가 양식의 주축
을 이루었던 가사가 그 주제 내용과 형식에 있어서 새로운 분화를 보이
는 점이 두드러진다. 이 시기에 가사 양식이 여전히 관심의 대상이 된
것은 가사가 지니고 있던 형식의 개방성에 기인한다. 조선 시대의 가사
는 3·4조 또는 4·4조의 단순한 반복적 율격에 의해 그 형태를 유지하며
내용에 따라 얼마든지 그 길이를 확대 또는 축소할 수 있다. 가사는 일정
한 음절수를 형식에 맞춰 반복시킴으로써 얻어지는 리듬의 효과를 중시
한다. 이러한 율문의 형태는 사물을 구체적으로 관찰하고 분석, 기술하
는 데에는 적절하지 않다. 율문은 논리를 세우거나 사실을 밝히기보다는
손쉽게 자기주장이나 감정을 효과적으로 토로할 수 있는 기능적 특성을
지니고 있다.

가사는 그 형식적 개방성 때문에 조선 시대 후기에 들어서면서 다양한
내용상의 분화를 보인 바 있다. 조선 초기의 가사는 대개 서정적인 노래
로 불린 것들이다. 그러나 조선 후기 가사는 서사적인 요건이 가미된다.
조선 후기에 많이 등장한 기행가사는 여행의 과정을 드러내는 서사적인
요소가 내용의 골격을 이룬다. 규방에 널리 전파된 내방가사는 서정적인
것을 바탕으로 감계와 교훈을 강조하면서 여성의 삶의 과정을 서사적으

로 전개하기도 한다. 개화계몽 시대에 들어와서도 가사는 주제와 내용이 다양하게 분화되었다. 개화계몽 시대의 가사는 내용상으로는 의병가사, 동학가사, 개화가사 등으로 구분된다. 이 같은 구분은 이 시기의 가사 양식의 향수층과 그 주제 의식을 감안한 것이다. 동학가사는 동학의 이념을 구현하고자 하는 종교적 성격이 강하며 주로 농민층의 동학교도들이 널리 암송했던 것이다. 의병가사는 의병 활동에 참여했던 보수적인 지식층의 소산이다. 개화가사는 진보적인 지식층에 의해 신문, 잡지에 발표됨으로써 가장 폭넓은 독자층을 가지고 있었던 가사 형식이다.

개화계몽 시대의 가사 형식은 전통적인 율격을 고수하면서도 주제와 내용의 효과적인 전개를 위해 하나의 작품을 몇 개의 단락으로 구획하는 분장 형태를 취하는 점이 특징이다. 그리고 분장된 각 장의 말미에 동일한 시구를 후렴 형태로 반복하여 형태적인 분장 의식을 분명히 드러내면서 주제를 강조하고 있다. 가사의 전통적인 4·4조의 율격은 일제 강점기에 접어든 후에 형태가 변형되어 새로운 7·5조 유형이 등장한다. 이 새로운 율격 형태의 가사를 흔히 창가라고 지칭한다. 창가는 가사의 율격적인 변형으로 이루어진 것이므로 본질적으로 가사 양식과 구별되는 새로운 시가 양식이라고 보기는 어렵다.

동학가사와 의병가사

개화계몽 시대의 가사 형식 가운데 종교적인 성격을 지닌 동학가사는 동학을 창시한 최제우가 득도했다고 주장하는 1860년에서 그가 사형당하기 전인 1863년 사이에 창작된 아홉 편의 가사를 일컫는다. 「용담가」, 「안심가」, 「교훈가」, 「도수가」, 「몽중노소문답가」, 「검결」, 「권학가」, 「흥비가」, 「도덕가」가 있다.

거록흔 내집부녀 　　　이글보고 안심하소
소위셔학 하는사롬 　　　암만봐도 명인업데
셔학이라 일홈하고 　　　내몸발천 하렷던가
초야에 뭇힌사롬 　　　　나도쏘흔 원이로다
하늘님게 밧은직요 　　　만병회츈 하지마는
이내몸 발천되면 　　　　하늘님이 주실는가
주시기만 줄죽시면 　　　편작이 다시와도
이내선약 당할쏘냐 　　　만셰명인 나뿐이다
가련하다 가련하다 　　　아국운수 가련하다
전셰임진 멧힐넌고 　　　이백ᄉ십 안일넌가
십이제국 괴질운수 　　　다시기벽 안일넌가
요슌셩셰 다시와셔 　　　국태민안 되지마는
긔험하다 긔험하다 　　　아국운수 긔험하다
기갓흔 왜적놈아 　　　　너의신명 도라보라
너의역시 하륙히셔 　　　무슨은덕 잇셔던가
전셰임진 그째라도 　　　오셩한음 업셔시면
옥ᄉ보젼 누가할소 　　　아국명인 다시업다
나도쏘흔 하늘님게 　　　옥ᄉ보젼 봉명힛네
무병지란 지난후에 　　　살아나는 인싱덜은
하늘님게 복록뎡히 　　　슈명을란 내게비네
내나라 무슨운수 　　　　그딕지 긔험홀소

　　　　　　　　　　　　　　　——「안심가」의 일절[42]

42　한국정신문화연구원 편, 『동학가사 1』(한국정신문화연구원, 1979), 13~14쪽.

동학가사는 순국문으로 창작되었으며 동학사상을 널리 전파하기 위한 종교적 목적을 지닌다. 대부분의 동학가사가 최제우의 득도 과정을 노래하거나 동학의 이념과 사상을 강조하는 내용이 중심을 이루고 있지만 점차 세력을 확대하고 있는 서양의 세력에 대한 비판과 함께 이 외세의 침략에 제대로 대응하지 못하면서 탐욕에만 관심을 보이는 무능력한 집권 세력을 비판하기도 한다. 그리고 이러한 비판과 함께 새로운 대안으로서의 동양의 정신과 인본주의와 평등사상을 내세운다. 이 같은 동학사상은 집권층에게는 하나의 내부적인 위협으로 인식되기에 이르며 최제우는 혹세무민(惑世誣民)이라는 죄명으로 처형되는 것이다.

동학가사의 형식적인 특성은 개방적인 율문 형식에 있다. 여기에서 율문이라는 형식은 그것이 지니는 구송적(口誦的) 기능성이 중시된다. 율문은 일정한 규칙적인 패턴으로 이루어지는 음보의 반복에 의해 특징적인 율격을 형성하게 되어 있다. 동학가사는 전통적인 가사의 형식과 마찬가지로 3·4조 또는 4·4조의 반복에 의한 4음보 형식을 유지한다. 이같은 율격적인 패턴은 반복성의 기능을 통해 구송 또는 암송을 매우 용이하게 할 수 있다. 그리고 동학가사는 형식의 제한이 없기 때문에 개방적으로 길이가 늘어날 수 있다. 이 개방성의 형식은 가사의 형식에 담는 내용의 개방성을 의미하기도 한다. 어떤 내용이든지 가사의 일정한 율격적인 패턴을 지키는 경우에는 표현이 가능해진다. 그러므로 동학가사가 동학사상의 심오한 깊이와 다양한 형태를 구현할 수 있었던 것으로 생각된다.

개화계몽 시대 가사 형식 가운데 의병 활동의 내역을 담고 있는 의병가사가 몇 편 전해지고 있다. 그 가운데에서도 의병장으로 활동했던 신태식의 「창의가(倡義歌)」는 국문 가사의 형식으로서 의병 활동의 내역을 소상하게 기록하고 있다.

불행할사 을사조약	오적의 농간이라
천지도 회맹하고	일월도 무강하다
국가가 요란한데	창생인들 편할소냐
수백년 양반종사	이씨은우 뉘아닌가
가슴의 끓는피는	개인개인 일반이라
죽자하니 어리석고	살자하니 생병이네
주소로 잠못이뤄	전전반측 누웠으니
시문에 개짖으며	헌화지성 요란하다
문을 열고 탐문하니	관동대진 경통이라
이천만 우리동포	아연이 있단말가
군율을 당치말고	하루바삐 출두하소

——신태식, 「창의가」 부분

　「창의가」는 조선 왕조의 위업을 기리고 주자학적인 전통과 질서를 고수하고자 한다는 점에서 위정척사 사상과 맥락을 같이한다. 그러나 「창의가」의 내용 속에는 당시 민중들이 지니고 있던 항일 사상과 구국 정신이 잘 드러나 있다. 국운의 쇠퇴와 외적의 침략을 내부적인 요인과 연결해 해석하고 있는 「창의가」의 내용을 보면, 온 백성의 고통스러운 현실까지 관심을 두고 있음을 보게 된다. 나라를 걱정하는 데에 모든 사람들이 마찬가지이므로, 국가의 위기를 놓고 아연해 있을 수 없다는 것이다. 이러한 분연한 의지의 표출로서 의병운동의 가능성이 입증되며, 민족적 역량의 결집도 가능해지는 셈이다. 의병운동은 을사조약을 전후하여 전국적인 규모로 전개되다가 일본의 무력 탄압으로 인하여 패배하고 말았지만, 의병가사는 민중의 구국 의지의 산물이라고 할 수 있다.

「창의가」와 같은 의병가사는 외견상 전통적인 가사의 형식을 그대로 이어받고 있다. 이것은 단순하고 반복적인 율격을 특징으로 하는 가사 형식의 개방적인 속성을 이어받은 것이라고 설명할 수 있다. 단순 구조의 3·4조 또는 4·4조 음보의 반복이 가장 기본적인 가락을 형성하고 있지만 구연과 암송을 위해서는 매우 기능적인 것이다. 그리고 그 길이를 제한하지 않고 얼마든지 확대할 수 있는 개방적인 형식이 활용된 것도 중요하다. 의병가사의 내용은 개인적인 정서를 바탕으로 하는 시가문학의 서정성과는 거리가 멀다. 의병가사는 의병 활동에 대한 개인적인 감회보다는 집단적 의지의 구현이 강조된다. 실제로 「창의가」의 내용은 일본이라는 침략적인 외세에 대한 적극적인 비판과 그 대결의 의지를 표현하는 것이다. 여기에서 민중의 단합된 힘과 강한 투쟁 의식을 강조할 필요가 생긴다. 그러므로 의병가사는 의병 투쟁의 치열한 현장을 묘사하기도 하고 투쟁에의 동참을 요구하기도 한다. 그리고 침략적인 외세로서 일본에 대한 비판만이 아니라 침략 세력에 동조하는 매국적인 집권 세력에 대한 단죄와 비판을 감행하고 있다. 의병가사는 조선 왕조의 권위의 회복이라든지 유교적인 가치의 회복 등을 요구하기도 한다는 점에서 어느 정도 보수적 성향을 지니고 있는 것으로 판단된다. 그러나 의병운동이 지니고 있는 구국 정신과 항일 투쟁의 의지를 규합하기 위해 계층을 초월한 동포의 단합을 요구하기도 한다. 이 같은 특징은 의병가사가 지니는 시대적인 성격이라고 할 수 있다.

개화가사

개화가사는 개화계몽 시대의 신문과 잡지에 발표된 수많은 가사 형식을 통칭하는 말이다. 가사의 형식을 통해 주로 개화계몽 의식을 주제로 노래하고 있다는 점에서 이 명칭을 사용한다. 개화가사는 《독립신문》에 게재된 다양한 내용의 애국가 또는 독립가의 등장에서부터 그 장르적인 특성을 인정받게 된다. 「대조선국 주쥬독립 익국ᄒᆞᄂᆞ 노ᄅᆡ」(리필균), 「동심가」(리중원), 「익국가」(리용우), 「익국가」(윤태성), 「주쥬독립가」(문경호), 「익국가」(길철영) 등을 비롯하여 27편의 많은 가사들이 발표된다. 이 작품들은 독자 투고의 형식을 갖춘 것이기 때문에 그 참여자들이 《독립신문》의 독자층에 국한된 것이지만, 가사 양식이 이 시기에 여전히 일반 대중에게 친숙한 양식이었음을 확인할 수 있는 자료가 된다.

(가)

대죠선국 건양원년	주쥬독닙 깃버ᄒᆞ세
텬디간에 사름되야	진츙보국 뎨일이니
님군ᄭᅴ 츙셩ᄒᆞ고	졍부를 보호ᄒᆞ세
인민들을 ᄉᆞ랑ᄒᆞ고	나라긔를 놉히달세
나라 도울 ᄉᆡᆼ각으로	시죵여일 동심ᄒᆞ세
부녀경ᄃᆡ ᄌᆞ식교육	ᄉᆞ람마다 홀거시라
집을각각 흥ᄒᆞ랴면	나라몬져 보젼ᄒᆞ세
우리나라 보젼ᄒᆞ기	자나ᄭᆡ나 ᄉᆡᆼ각ᄒᆞ세
나라위히 죽ᄂᆞᆫ죽엄	영광이제 원한업네
국태평 가안락은	ᄉᆞ롱공상 힘을 쓰세
우리나라 흥ᄒᆞ기를	비나이다 하ᄂᆞ님ᄭᅴ
문명기화 열닌셰샹	말과일과 ᄀᆞ게ᄒᆞ세
아모것도 몰은사름	감히 일언ᄒᆞ옵내다[43]

43 최돈성의 글, 《독립신문》(1896. 4. 11).

(나)

잠을씨세 잠을씨세	슈천년이 꿈속이라
만국이 회동ᄒ야	슈희가 일가로다
구구셰졀 다ᄇ리고	샹하동심 동덕ᄒ세
님의부강 불어ᄒ고	근본업시 회빈ᄒ랴
범을보고 개그리고	봉을보고 ᄃᆰ그린가
문명기화 ᄒ랴ᄒ면	시샹일이 뎨일이라
못셰고기 불어말고	그물믜ᄌ 잡아 보세
그믈밋기 어려우랴	동심결로 믜자보셰[44]

《독립신문》의 개화가사는 다양한 계층의 독자들이 투고 형식으로 보내온 것이지만 자주독립과 문명개화라는 당대의 정치 담론의 속성을 그대로 보여 준다. 앞의 인용에서도 '자주독립'이라든지 '문명개화'라는 말이 자주 등장하고 있다. 이것은 《독립신문》의 편집진이 지니고 있는 사회의식과도 어느 정도 맥락을 같이하는 것으로 볼 수 있다. 물론 이들 가사가 구현하고 있는 자주독립이나 문명개화라는 주제 의식이 어떤 실천적인 구체성을 드러내는 것은 아니다. 신문의 독자 대중들이 지니고 있는 새로운 이념과 시대 의식을 꾸밈없이 보여 주고 있을 뿐이다. 그러므로 대개의 가사들이 자주독립을 찬양하고 기원하며, 문명개화를 요구하며 국민의 각성을 촉구하고 있는 것이다. 개화가사에서 주장하는 자주독립은 새로운 국민 국가의 수립을 목표로 하고 있는 것은 아니다. 조선 시대에 오랫동안 종속 관계에 놓여 있던 중국과의 외교적인 관계를 청산하고자 했던 당시의 정치 사회적 변화를 대변하는 것이다. 당시 독립

---

44 리중원, 「동심가」, 《독립신문》(1896. 5. 26).

협회가 주도하여 독립문을 세우고 자주 독립의 의지를 널리 펼쳤던 것이 바로 이 같은 가사 내용과 일하는 일이다.

《독립신문》의 가사에서 강조하고 있는 또 다른 주제는 국민의 일심 단결과 협동이다. 이러한 주제는 외세의 침략 위협에 대응하여 민족의 주체적인 역량을 키워야 한다는 시대적 요구를 드러낸다. 지배층의 횡포에 의해 생겨난 계층적인 대립과 반목을 극복하고 민족 전체의 단합과 협력을 이루어야만 침략적인 외세를 막아 낼 수 있으며 국민의 단결에 의해서만이 국가의 부강을 이룰 수 있다는 것이다. 그리고 새로운 문물과 사상과 지식을 위한 교육의 필요성을 주장하는 가사도 많이 있다. 낡은 제도와 뒤떨어진 지식을 가지고서는 문명개화의 이상을 이룰 수가 없다. 서구의 새로운 문물과 과학적인 지식과 합리적인 사고방식을 익히는 것은 봉건적인 조선 사회의 습속에서 벗어날 수 있는 유일한 방법으로 내세워진다. 사회 문화적인 미개 상태에서 벗어나 문명개화를 이루기 위해서는 국민 모두의 각성이 필요하고 폭넓은 교육이 이루어져야 한다는 것이다. 개화계몽운동의 핵심적인 실천 과제가 신교육운동이 되었던 것은 이 같은 현실적 요구를 반영하는 것으로 볼 수 있다.

《독립신문》의 개화가사는 전통적인 가사에서 볼 수 있는 4·4조의 율문 형식을 따르고 있지만 부분적인 형태적 변화도 발견된다. 작품의 전체 내용을 몇 개의 연으로 구분하고 있다든지 각 연마다 말미에 동일한 구절을 반복하는 일종의 후렴구를 붙이고 있는 경우가 그것이다. 개화가사에서 장을 구분하거나 연을 나누는 것은 각각의 연마다 주제의 통일성을 확립하고 그 내용을 조직적으로 전개하기 위한 방법이라고 할 수 있다. 각 연마다 반복되는 후렴 구절은 주제 내용의 강조를 위한 수사적 장치에 해당한다. 음악적 창곡과 결합되어 가창될 경우에 반복의 효과를 거둘 수도 있지만, 이들 개화가사의 가창 여부를 확인할 수 없다.

《대한매일신보》는 잡보란에 율문 형식의 개화가사를 수록하고 있다. 이 신문에서는 1908년부터 1909년 사이에 '사회등(社會燈)'이라는 고정 난에 개화가사를 싣고 있기 때문에, 이를 '사회등 가사'라고 지칭하기도 한다.《독립신문》의 개화가사가 독자들의 투고 형식이었던 것과는 달리 《대한매일신보》의 개화가사는 신문사의 관계자들이 직접 기술한 것들 이다. 각각의 작품들에는 「일진회(一進會)야」, 「권고(勸告) 귀족(貴族)」, 「권 고(勸告) 현내각(現內閣)」, 「부세(浮世) 원한(怨恨)」, 「구악종자(九惡種子)」 등 과 같이 주제와 내용을 직접 드러내는 제목이 붙어 있다. 이 같은 개화가 사는 예술작품으로서의 결구보다는 사회 계몽과 여론 형성이라는 목적 이나 의도가 앞서 있기 때문에 예술적인 의장에는 그만큼 소홀한 것이 특징[45]이다.

　이 가사 작품들은 당대의 정치, 사회, 문화의 여러 방면에 걸친 시사적 인 사건들에 대한 논평을 율문의 형식을 이용하여 발표하고 있는 것이라 고 할 수 있다. 어떤 사건의 개요를 소개하는 서사적인 요소가 중심을 이 루는 것도 있고, 어떤 사건에 대한 비판적인 견해나 주장을 내세우는 것 도 있다. 어떤 일에 대한 주관적인 감회를 말하고 있는 경우도 찾아볼 수 있다. 대부분의 작품들이 을사조약 이후 일본의 통감부 정치가 실시되었 던 시기에 발표되었기 때문에 당시의 정치 사회 문제에 대한 비판이나 풍자를 위주로 하는 시사 단평적 성격을 지니고 있다.

　(一)

　草與木은 無靈이라　　自開自落 ᄒ거니와
　其他微物 禽獸들도　　喜怒性이 잇것마는

45　김용직, 「한국근대시사 상」(학연사, 1994), 59쪽.

惡社會의 저人物은　　興論善惡 不開ᄒ고
奴隷服役 甘求ᄒ니　　과도後身 너아니며
세윤團體 네안이야　　悔過自新 姑舍ᄒ고
愈久愈惡 可痛일세

(二)

總理大臣 李完用은　　晝事夜度 저心腸이
蠹國虐民 샌일너니　　拒絶賓客 무슨일고
椅子將倒 걱정인가　　山亭 夜月 花田間에
蝴蝶春夢 깁헛는가　　陶菴 先生 저靈魂이
冥冥中에 슯이운다　　不忠不孝 저人物을
어찌ᄒ면 좋탄말고

(三)

宮內大臣 閔丙奭은　　偏被國恩 ᄒ얏건만
期圖 報效 無心ᄒ고　　綿屛花燭 저翡翠는
倡夫손에 잠드럿네　　君의一身 精神업시
海圖惡風 불러가니　　老峰丹菴 淸德으로
後孫若此 意外로다　　無廉無恥 저人物을
어찌ᄒ면 좋탄말고

(四)

內部大臣 宋秉畯은　　너아모리 無識ᄒ들
韓國新民 分明ᄒ다　　莫重尊嚴 咫尺地에
酗酒拔劍 衝突ᄒ니　　王莽董卓 凶獰인들

네心腸에 더홀손가 　 무슴運動 쏘호려고
伊藤따라 日本갓노 　 目中無君 저人物을
어씨호면 좋탄말고

(五)

一進副長 洪肯燮은 　 初次宣言 發表時에
賣國奴隷 넉넉호딕 　 統監에게 보낸上書
再次宣言 分明호다 　 蕭蕭白髮 늙어가며
어씨그리 無恥혼가 　 너의아들 在鵬씨를
對面호기 愧赧호니 　 極妖極惡 저人物을
어씨호면 좋탄말고

(六)

一進總務 崔永年은 　 그抱負를 擧論컨데
有名才華 이아닌가 　 제물이나 잇섯으면
到處歡迎 홀터인데 　 別般勳榮 잇단말에
十分無疑 信聽호고 　 伊藤統監 願留次로
日本國을 간다호니 　 無知沒覺 저人物을
어씨호면 좋탄말고

(七)

豚犬不若 爾輩들아 　 晝夜 運動 호는것이
民國事에 用力홈은 　 一言半辭 못듯겟고
肥己之慾 아니며는 　 附外精神 쑨이로다
너의祖國 決敗호면 　 置身處가 어데메뇨

狡兎死에 走狗烹은　　너를 두고 일음이라
再三思量 홀지어다[46]

　《대한매일신보》의 개화가사는 자주독립의 기원이나 문명개화의 이상을 노래했던《독립신문》의 개화가사와는 달리, 구체적인 현실 정치와 사회 문제를 소재로 하는 다양한 내용을 담고 있다. 그러나 그 내용을 크게 두 가지로 범주화할 수 있다. 하나는 국권의 회복이라는 구국의 의지를 구현한 것이며, 다른 하나는 일본이라는 침략 세력과 이에 동조하는 친일적 지배층에 대한 비판과 풍자이다. 일본의 통감부 설치와 한국에 대한 보호 정치의 실시 과정은 한국인들에게는 주권의 상실을 의미한다. 그러므로 잃어버린 국권을 회복하기 위한 국민적인 단합이 요청되고 구체적인 국권회복운동이 민간 차원에서 널리 전개된다. 신교육운동, 국채보상운동, 의병운동 등이 전국적으로 추진되기 시작한 것이다.《대한매일신보》에서는 이 같은 국권회복운동을 촉구하기 위한 개화가사를 '사회등'난에 고정적으로 수록하게 되었다. 침략적인 일본에 항거하고 민족 내부의 친일 세력에 대한 비판과 풍자도 개화가사의 중요한 기능이다. 앞의 인용에서도 확인할 수 있는 것처럼, 개화가사에서는 친일파로 지목된 구체적인 개인을 직접 거명하면서 그들의 반역적인 행위를 규탄하는 비판적 치열성을 드러내고 있다. 예컨대 홍긍섭, 최영년과 같이 일진회에 가담했던 친일적인 인사들이나 이완용, 송병준 등과 같은 권력층의 친일 인사 등이 모두 개화가사에서의 비판의 대상이다.
　《대한매일신보》의 개화가사에서 볼 수 있는 또 다른 특징은 개화 개명이라는 이름을 내세우면서 새로운 가치와 규범을 제대로 세우지 못

---

46 「가이인호(可以人乎)」,《대한매일신보》(1909. 2. 18).

하고 있는 혼란한 현실 풍조를 비판하거나 풍자하는 것이 많다는 점이다. 이것은《독립신문》이 지니는 계몽적 성격을 반영하는 것으로, 모리배적인 상인, 몰주체적인 유학생, 부패한 관료, 일본에 빌붙는 기회주의자 등을 모두 비판 대상으로 삼고 있다. 이러한 개화가사의 내용은 새로운 시대에 적응할 수 있는 도덕적 가치와 윤리적 규범의 확립을 요구하는 것으로 해석된다.[47] 그리고 이 개화가사는 형태적인 면에서 보다 고정적인 특징을 드러낸다. 전통적인 가사의 4·4조 율격을 그대로 유지하고 있지만, 14구를 1연으로 하여 대개 10연의 길이로 고정되고 있다. 물론 작품 전체가 하나의 주제 내용으로 통일된 경우도 있지만, 각각의 연에서는 서로 관련되지만 그 대상을 달리하여 노래하는 것이 보통이다. 각 연의 말미에 후렴 형태의 반복구가 쓰인 경우가 많은데, 이것은 주제 내용 강조와 내용 전개상의 단락을 구획하는 일종의 수사적 장치로 볼 수 있다.

창가의 등장

개화가사의 형태 변화가 율격 변형으로 고정되어 나타나기 시작한 것은 1910년을 전후한 시기부터이다. 이 시기의 개화가사는 4·4조의 율격이 무너지고 새로운 율격적인 패턴이 나타나게 된다. 이 새로운 변형된 시가를 흔히 창가라고 부르기도 한다. 창가라는 명칭은 원래 서양식 악곡에 맞춰 가창되었던 노래를 지칭한다. 새로 설립된 기독교 계통의 학교에서 불린 찬송가와 함께 등장한 신식 노래가 창가이다. 그러므로 창가는 문학의 영역에서보다는 음악의 영역에서 서양 음악의 도입 과정을

---

47 조남현, 「개화가사와 창가의 문학사적 의미」, 정한모 외, 『한국 현대시사 연구』(일지사, 1983), 24쪽.

이해하는 데에 중요한 근거가 된다. 창가라는 명칭으로 일컬어지는 이 시기의 시가 형태는 음악으로 가창되었던 찬송가의 가사 또는 창가의 가사와는 구별된다. 최남선[48]의 「경부철도노래」, 「세계일주가」와 같은 창가는 음악으로서 가창되기보다는 문학적인 영역의 시가 형태로 더 널리 읽힌 것이다. 이 작품들은 개화가사와는 달리 그 율격적 패턴이 주로 3음보격의 4·3·5조 또는 7·5조로 나타난다. 그리고 그 형태적인 면에서 길이도 제한이 없이 개방적이다. 이 같은 창가의 등장은 최남선이 일본 유학 과정에서 받아들인 일본 창가의 영향과도 무관하지 않다. 물론 그 기본적인 형식을 놓고 볼 때 4·4조 2음보격의 가사를 율격적으로 변형시킨 것으로 보는 것이 타당하다. 그 이유는 이 시기의 시가들이 4·4조 2음보격의 전통적인 가사의 율격 체계로부터 벗어나기 시작하면서 다양한 율격의 실험과 형식의 파괴를 시도하고 있지만, 가사의 형식적 개방성과 그 분장(분련) 방식을 여전히 유지하고 있기 때문이다. 이러한 관점에서 본다면, 창가는 독자적인 시가 양식으로서의 장르적 성격을 인정하기 어렵다. 창가의 범주에 속하는 작품들은 최남선 개인의 창작에 속하는 것이 대부분이며, 시적 형태의 실험 과정에서 나온 다양한 변형에 속한다고 할 수 있다.

---

48 최남선(崔南善, 1890~1957). 호는 육당(六堂), 대몽최(大夢崔), 공육(公六), 일람각주인(一覽閣主人), 한샘. 서울 출생. 일본 와세다 대학교 고등사범부 지리역사과 수학. 1908년 귀국 후 신문관(新文館)을 세우고 종합 월간지 《소년》 창간. 1910년 광문회(光文會) 창립, 고문헌 보존과 재간행에 힘썼고, 1914년 종합 월간지 《청춘》 창간. 1919년 3·1운동 당시 독립선언서의 기초 책임자로 체포되어 복역. 1922년 잡지 《동명》 발간. 중요 저서로는 수필집 「심춘순례」(1926), 「백두산 근참기」(1927) 등과 창작시조집 「백팔번뇌」(1925)가 있으며, 수많은 역사 관계 저술이 있다. 참고 문헌: 정한모, 「최남선 작품집」(형설출판사, 1977); 김열규 편, 최남선과 이광수의 문학(새문사, 1986); 류시현, 「최남선 연구 ─ 제국의 근대와 식민지의 문화」(역사비평사, 2009); 육당연구학회, 「최남선 다시 읽기 ─ 최남선으로 바라본 근대 한국학의 탄생」(현실문화, 2009).

(가)

1

우렁탸게토하난, 긔뎍소리에
남대문을등디고, 써나나가서
쌜니부난바람의, 형세갓흐니
날개가딘새라도, 못싸르겟네

2

늘근이와덟은이, 셕겨안젓고
우리네와외국인, 갓티탓스나
내외틴소다갓티, 익히디닉니
됴고마한짠세상, 뎔노일웟네

—최남선, 「경부텰도노래」 부분[49]

(나)

漢陽아 잘잇거라 갓다오리라
압길이 질펀하다 水陸十萬里
四千年 녯도읍 平壤지나니
宏壯훌사 鴨綠江 큰쇠다리여

七百里 遼東벌을 바로쑬코서
다다르니 奉天은 녯날審陽城
東福陵 저솔밧에 잠긴연긔는

---

49 최남선, 『경부텰도노래』(신문관, 1908), 1쪽.

二百五十年동안 쑴자최로다

──최남선, 「세계일주가」 부분[50]

　최남선의 창가는 개화가사와는 달리 현실에 대한 강한 비판적인 태도나 민족과 국가의 독립에 대한 열망과 같은 정치적인 주장이 나타나지 않는다. 오히려 새로운 문명의 세계를 동경하며 새로운 문물과 지식을 계몽하는 데에 목표를 주고 있다. 개화가사의 현실지향적인 태도에 비한다면, 이것은 일종의 낭만적 이상주의적 태도에 속한다고 할 수도 있을 것이다.

　「경부철도노래」는 1908년에 발표된 것인데, 근대적인 문명의 도입을 상징하는 경부 철도의 개통을 축하하고자 하는 의도를 담고 있다. 이 작품은 경부 철도가 시작되는 남대문 역에서부터 종착역인 부산역에 이르기까지 철도로 이어지는 지역들을 차례로 열거하면서 그 주변의 풍물을 소개하는 내용이 중심을 이룬다. 국토에 대한 사랑과 인정, 풍속에 대한 이해를 강조하면서 철도를 통해 들어오는 새로운 문물에 대한 찬양을 담고 있다. 이 작품은 일본에서 메이지 연간에 나온 철도 창가의 내용 구성을 그대로 모방한 것으로 알려져 있지만, 조선 후기의 기행가사가 보여 주었던 서사적이면서도 경물(景物)적인 특성과도 이어진다고 할 수 있다.

　「경부철도노래」의 연장선상에서 논의할 수 있는 「세계일주가」는 세계 각국의 인문 지리에 대한 지식과 정보를 제공하고 있다는 점에서 보다 더 교훈적인 특징을 지닌다. 특히 이 작품에는 각 지역의 특징이나 풍물을 소개하는 자세한 주석을 덧붙였기 때문에 시적인 정서나 감흥과는 관계없이 새로운 세계에 대한 지적 흥미와 호기심을 자극하고 있다.

　개화가사는 창가가 등장하면서 보여 주고 있는 가사 형식의 일탈과

50　최남선, 「세계일주가(世界一週歌)」, 《청춘》(제1호, 1914. 10), 39쪽.

그 변화를 끝으로 율문의 기능성을 상실하고 시적 형태로서의 존재가 소멸된다. 이러한 변화 과정은 고정적인 율격의 파괴를 지향하고 있던 시정신의 방향이라든지 산문의 영역의 확대와도 연관된다. 개화가사가 담고 있던 다양한 소재 내용과 개방성은 산문의 특성과 다를 바 없는 것이다. 그러므로 가사 양식의 소멸은 근대적인 문학 양식의 등장과 산문의 확대 과정 속에서 쉽게 이해될 수 있다.

(3) 시조의 변화

개화시조의 등장

개화시조는 주로 신문과 잡지 등에 수록되었던 것들로서, 1908년 11월 27일부터 《대한매일신보》에 신설된 「사조」란을 통해 발표되었던 약 350여 편의 시조가 대표적이다. 이 밖에도 《국민신보》(1906), 《대한민보》(1909) 등에 약간의 시조가 발표되었고, 《대한유학생회보》(1907)와 《소년》(1908), 《청춘》(1914) 등의 잡지에도 여러 편의 시조가 실려 있다. 이 시조들은 대부분 작가가 정확하게 밝혀져 있지 않다. 대개 작품마다 제목이 붙어 있고 주로 단형시조의 형식을 취하고 있다. 작가의 표시가 되어 있는 경우에는 개세자(槪世子), 지아생(知我生), 선봉청년(先鋒靑年)과 같은 익명을 사용하고 있기 때문에 전문적인 시조 작가의 등장 여부를 고려할 아무런 근거가 없다. 신원을 밝히지 않은 독자층의 투고를 그대로 신문에 실은 것이거나, 그렇지 않은 경우에는 신문의 편집인들 중에서 고정적으로 사조난을 담당했을 것으로 추측된다.

시조가 개화기에 들어서면서 창곡과 분리되어 그 전통적인 존재 방식이었던 음악과의 공존 관계를 벗어나게 되었다는 것은 매우 중요한 변화임에 틀림없다. 물론 시조창 자체는 여전히 존속하고 있었지만, 개화기 시조는 지상에 발표되어 읽히면서 시로서의 새로운 출발을 기하게 되었던 것이다. 그러므로 개화기 시조의 등장은 시조라는 전통적인 문학 장르의 계승이라기보다는 오히려 시조라는 새로운 시의 장르를 재창조하게 된 것으로 생각할 수 있다.

(가)

東風에 붉은곶츤, 南風을슬허마라.

天地의循環理致, 明春이쏘 잇도다.

덧업시, 일흔國權도, 不遠間에.

—설월낭자(雪月娘子), 「불원복(不遠復)」[51]

(나)

쓸아레심은綠竹, 마듸마듸衝天勢라.

그듸를베지마라, 千萬歲를푸르르게.

自古로, 韓國의忠臣烈士큰일홈을, 이에싀여

—「녹죽가(綠竹歌)」[52]

(다)

늙거든病업거나, 病들거든늙지말거나.

늙거니 病들거니, 幷行ᄒ여 侵노ᄒ니.

---

51 《대한매일신보》(1909. 12. 7).

52 《대한매일신보》(1910. 1. 25).

슯흐다, 國家의 危急흔 일을 어이ᄒ리, 靑年들아.

— 죽송생(竹松生), 「노병(老病)」[53]

(라)

거울을듸히안져, 나의形容숣혀보니.

無心흔머리털은, 셔리빗츨씌엿지만.

心中의, 愛國熱血은, 붉고붉어.

— 강옹(强翁), 「대경(對鏡)」[54]

개화시조의 중요한 특징은 각각의 작품마다 제목을 붙였다는 점이다. 앞의 인용에서도 확인할 수 있는 것처럼, 작품의 주제 내용을 당시의 시대적 상황과 연관시켜 암시하는 제목이 많다. 원래 시조에 제목이 붙는 경우는 조선 시대의 시조에서는 별로 흔하지 않았던 일이다. 조선 시대의 가집을 보면 시조는 대부분 곡조의 명칭에 따라 분류되어 있다. 개화시조에서 제목을 붙여 놓은 것은, 작품이 지니고 있는 주제와 내용에 대한 작가의 의식을 강조하기 위한 것이라고 할 수 있다. 시조를 통해 말하고자 하는 내용에 대한 관심의 크기가 각 시조의 제목을 중심으로 나타나 있기 때문이다. 작가가 표현하고자 하는 내용의 중요성이 그 제목을 통해 크게 부각되고 있는 것으로 보아, 이들 시조가 가창을 염두에 두고 창작된 것이 아니라 활자화되면서 눈으로 읽어야 하는 문학으로서의 입장을 취하고 있다는 사실을 쉽게 이해할 수 있다. 가창을 목표로 하였을 경우 당연히 그 곡조의 구분 문제가 중요시될 수 있었을 것인데, 개화시

---

53 《대한매일신보》(1910. 2. 6).
54 《대한매일신보》(1910. 5. 14).

조에서는 그러한 요소를 찾아보기 어렵다.

개화시조는 시조 자체가 지니고 있는 전아한 서정적 기품보다는 주체적인 민족의식에 근거하여 현실 상황을 철저히 인식 비판하고자 하는 행동적 의지를 담고 있다. 이러한 주제 의식의 변화는 개화시조가 국시개량론에서 제기되었던 웅건한 시의 면모를 보여 주고 있음을 말해 주는 단적인 예가 된다. 그러나 개화시조는 조선 시대 시조의 우의적 변형 또는 패러디화의 단계에 머물러 있기 때문에, 그 장르적 존재 의미가 지속될 수는 없었던 것이다.

시조의 연작 실험

개화계몽 시대의 시조가 새로운 시적 형식의 변화를 구체적으로 드러내기 시작한 것은 최남선의 창작 실험과 밀접한 관계가 있다. 최남선은 전통적인 시조가 지켜 온 3장 분장의 형태적인 정형성을 지키면서 평시조라는 단형시조의 특성보다는 연작 형태인 연시조를 널리 창작하고 있다. 이것은 단형시조가 추구해 온 시적 주제의 압축과 긴장보다는 시적 의미의 확대에 더 큰 관심을 두고 있음을 말하는 것이다. 그리고 이러한 연작시조가 반복적인 시적 율격의 실현에도 형태적으로 더욱 용이했던 것을 알 수 있다.

연작시조는 단형의 평시조를 중첩시켜 시적 의미를 확대시켜 놓는 특징을 지닌다. 이것은 시조의 단형적 형태가 지니는 한계를 극복하고자 하는 시도와 상통한다. 이미 연시조의 형태는 조선 시대 이퇴계의 「도산십이곡(陶山十二曲)」이나 윤선도의 「오우가(五友歌)」와 같은 작품을 통해 그 시적 가능성을 입증받았던 형식이다. 최남선이 개화계몽 시대에 새로운 시작의 실험을 행하면서 연시조에 관심을 가지게 된 것은 시적 형식에 대한 배려보다는 그 형식에 담아내고자 하는 내용의 풍부성을 감당할 수 있는 시적 형식의 추구에 더 큰 관심이 있었던 때문으로 이해된다.

섯다달이섯다 눈다쌔든 달이제섯다
그리말도 만흐더니 三五夜되니 얼는섯다
이後일랑 헛苦待말고 날쏩기만

銀河水가 瀑布되면 水力電氣 닐흐키고
太陽熱이 힘이되면 發動機라도 돌리련만
지금에 둘다못하니 그쌔더듸여

피엿슬째 조흔줄알면 져갈째에 설어마라
炎天雪地 다奮鬪하면 明年이째 또피리라
필째가 뒤에잇거니 무슨걱정

님아너도 情이잇스면 내情狀도 짐작하라
枯槁憔悴 이모양이 뉘緣故를 네알거든
쏨에나 나여긔왓소 한마듸만

分數도 나몰으니 力量이라 안다하랴
말쏭구리 팔쏩내도 째면될줄 알쏀이라
두어라 나의믿음은 할째될째

                        ──최남선, 「째의 불으지짐」[55]

55 《소년》(1910. 8), 41쪽.

앞의 작품에는 「째의 불으지짐」이라는 제목이 붙어 있고, '국풍'이라는 명칭이 표시되어 있다. 최남선이 시조의 명칭을 국풍이라고 명명한 것은 주로 잡지《소년》과《청춘》에서의 일이다. 이 명칭은 물론 시조가 한국 고유의 노래라는 의미를 나타낸다. 최남선이 시조의 시적 성격을 그가 실험했던 다른 새로운 시 형식과 구분하여 인식하고 있음을 말해 주는 요소가 된다.

개화시조의 연작성은 현대 시조의 형식적인 특성으로 자리 잡은 가장 중요한 형태적인 요소이다. 이것은 시조의 형식적인 확대를 의미하는 것으로서 시조가 담아야 하는 시적 의미 내용이 그만큼 다양하고 포괄적인 것이 되었음을 말하는 것이다. 이러한 시조의 형태적 개방성은 단형 시조로서의 평시조가 지니고 있는 형태적인 고정성과 제약성을 벗어나기 위한 것이라고 할 수 있다. 실제로 시조가 그 창곡과 분리되어 시적 형태로 고정되는 근대적 변혁 과정에서 연작에 의한 형태적인 개방성의 추구가 가장 커다란 내적 변화임을 알 수 있다.

그러나 이 같은 개화시조의 연작 실험은 시조의 형식에서 느낄 수 있는 전아한 기품과 그 특유의 균제미를 오히려 이완시킬 우려도 없지 않다. 앞의 예에서 볼 수 있듯이 이 작품은 그 형식적인 확대를 전체적으로 균형 잡아 주며 시적 긴장을 이끌어 갈 수 있는 시적 긴장과 그 형태적인 요건이 결여되어 있다. 오직 각각의 단형시조에 담긴 시적 의미의 지속과 결합만이 전체 작품의 연작성을 지탱하게 하는 요소로 작용하고 있을 뿐이다. 그러므로 이 같은 연작성의 실험이 시적 율격의 반복성과 그 효과를 개화가사나 창가와 마찬가지로 구현하기 위한 고안임을 알 수 있다.

(4) 신시의 형식적 모색

새로운 시 형태의 등장

개화가사와 개화시조가 전통적인 시가 양식의 근대적인 변화 과정을 보여 주고 있는 것과는 달리 1910년을 전후한 시기부터 새로운 시 형태를 모색하기 위한 여러 가지 시도가 나타나고 있다. 이 과정에서 우선 주목되는 것은 개화가사나 개화시조의 형태에서 볼 수 있는 고정적인 형식이 파괴되고 있는 점이다. 가사의 경우 분장의 방식이 일반화되고, 개화시조는 연작의 형식을 통해 오히려 그 완결된 형식을 개방적으로 확대한다. 그리고 4·4조의 규칙적인 율격에 변화가 나타나면서 4·3·5조 또는 7·4조의 새로운 3음보격의 율격이 나타난다. 이 같은 작은 변화가 시적 형식을 유기적인 형태로 이끌어 간 것이 바로 새로운 시 형태로서의 신시 또는 신체시라고 할 수 있다.

최남선의 개인적인 실험에 의해 시도된 새로운 시 형식으로서의 신시는 형태적인 면에서 개화가사의 형식적 개방성과 개화시조의 형식적 완결성을 결합한 새로운 절충적인 형태에 해당한다. 신시에서는 가사 형식의 개방성과는 달리 시적 형식의 완결성이 시도되고 있기 때문이다. 실제로 신시라는 이름으로 발표된 작품들은 어떤 일관된 고정적인 형식을 지니고 있는 것이 아니라 각 작품마다 개별적으로 완결성을 지닌 유기적인 시 형식을 확립하고 있다. 이 같은 신시의 형태적 모색이 결국 자유시형을 지향하는 것임을 여기에서 확인할 수 있다. 그리고 이 새로운 시 형식의 모색 과정을 근대시 성립의 첫 단계로 규정하는 이유가 여기에 있다. 그러나 당시의 새로운 시 형식이 신체시라는 하나의 장르를 형성한다는 것에 대해서는 이론이 없지 않다. 그 이유는 이 무렵에 등장한 신체시라는 명칭이 특정 문학 양식과 그 경향에 대한 의식적인 호칭이 아니라 일반적인 개념의 새로운 형식의 시라는 의미를 지니고 있을 뿐만 아니라, 한두 사람에 의해 실험적으로 그 새로운 시 형식이 시도되고 있었기 때문이다. 실제로 최남선에 의해 시도된 새로운 시 형식은 잡지 《소년》에서부터 《청춘》에 이르기까지 작품의 수도 몇 편에 불과하며, 실험적인 성격을 벗지 못하고 있다.[56]

개화계몽 시대의 시가 양식 가운데 장르적인 실체로서의 존재를 인정받을 수 있는 것은 개화가사와 개화시조뿐이다. 창가라는 것은 가사의 율격적인 변형에 불과하며, 신시 또는 신체시는 자유시를 지향하는 형식적인 실험의 소산이라고 할 수 있다. 그러므로 창가와 신체시는 일시적인 문단적 현상일 뿐 하나의 문학사적인 장르의 성립을 의미하는 것은 아니다. 하나의 문학 형태가 장르적인 위상을 부여받기 위해서는 다양한 경향의 작품과 함께 그 형태를 공유하는 창조적 주체가 폭넓게 존재해야 하며, 그 형태를 향유하는 사회적 기반이 형성되어야만 한다. 창가와 신체시는 이 모든 조건을 제대로 구비하지 못하고 있다.

최남선과 시적 형식의 실험

개화계몽 시대에 등장한 새로운 시 형식은 개화가사나 개화시조가 유지하고 있던 형식의 고정성을 벗어나는 데에서 출발한다. 이것은 규칙적인 율격과 고정적의 형태의 파괴 현상으로 그 특징이 집약된다. 율격의 규칙성과 형태적 고정성을 벗어나는 것은 시적 형식의 자유로움과 그 개방성을 지향하는 것으로 볼 수 있다. 최남선의 「해(海)에게서 소년(少年)

---

56 김영철, 「최남선과 신시의 성립」, 정한모 외, 『한국현대시사연구』(일지사, 1983), 41쪽.

에게」에서부터 「쏫두고」와 같은 작품을 보면 파격적인 율조와 산문화된 자유로운 형식이 두드러지게 나타난다. 그러나 최남선은 자신이 창안한 이 새로운 시 형식에 대해 확고한 장르 의식을 지니고 있었던 같지는 않다. 그는 이 새로운 시 형태를 신체시가나 신시라고 지칭하였는데, 이 명칭은 기존의 시가 형식과 다른 '새로운 형태의 시가'라는 일반적인 의미로 쓰이고 있을 뿐이다.

(가)

1

텨 ― ㄹ썩, 텨 ― ㄹ썩, 텩, 쏴 ― 아.

싸린다, 부슨다, 문허바린다,

泰山 갓흔 놉흔 뫼, 딥태 갓흔 바위ㅅ돌이나,

요것이 무어야, 요게 무어야,

나의 큰 힘, 아나냐, 모르나냐, 호통까디 하면서,

싸린다, 부슨다, 문허바린다,

텨 ― ㄹ썩, 텨 ― ㄹ썩, 텩, 튜르릉, 콱.

2

텨 ― ㄹ썩, 텨 ― ㄹ썩, 텩, 쏴 ― 아.

내게는, 아모것, 두려움 업서,

陸上에서, 아모런, 힘과 權을 부리던 者라도,

내 압혜 와서는 꼼쌱 못하고,

아모리 큰, 물건도 내게는 행세하디 못하네.

내게는 내게는 나의 압혜는.

텨 ― ㄹ썩, 텨 ― ㄹ썩, 텩, 튜르릉, 콱.

3

텨 — ㄹ썩, 텨 — ㄹ썩, 텩, 쏴 — 아.

나에게, 뎔하디, 아니한 者가,

只今까디, 업거던, 통긔하고 나서 보아라.

秦始皇, 나팔륜, 너의들이냐,

누구누구누구냐 너의 亦是 내게는 굽히도다,

나허구 겨르리 잇건 오나라.

텨 — ㄹ썩, 텨 — ㄹ썩, 텩, 튜르릉, 콱.

——「해에게서 소년에게」[57]

(나)

나는 꼿을 질겨 맛노라,

그러나 그의 아리싸운 태도를 보고 눈이 얼이며

그의 향긔로운 냄새를 맛고 코가 반하야

精神업시 그를 질겨 마짐아니라,

다만 칼날갓흔 북풍을 더운 긔운으로써

人情업난 殺氣를 깁흔 사랑으로써

代身하야 밧구어

뼈가 저린 어름밋헤

눌니고 피도어릴 눈구멍에 파무처잇던

億萬목숨을 건지고 집어내여 다시 살니난

봄바람을 表章함으로

나는 그를 질겨 맛노라.

57 《소년》(창간호, 1908. 11).

나는 꽃을 질겨 보노라,

그러나 그의 平和긔운 먹음은 웃난 얼골 흘니며

그의 富貴氣象 나다낸 盛한 모양 남하야

主着업시 그를 질겨 봄이 아니라,

다만 것 모양의 고은 것 매양 실상이적고

처음 서슬 壯한 것 대개 뒤꼿 업난 中

오즉혼자 特別히

若干榮華 苟安치도 아니코

許多魔障 격그면서도 굽히지 안코

億萬 목숨을 만들고 느려내여 길히 傳할 바

씨열매를 保育함으로

나는 그를 질겨 보노라.

—「꽃두고」[58]

앞의 인용에서 볼 수 있는 것처럼 「해에게서 소년에게」와 「꽃두고」는 가사라든지 시조와 같은 시가 형식에 볼 수 있는 어떤 형식적인 틀에 얽매어 있지 않다. 각각의 작품 내에서 일정한 행과 연의 구분을 시도하면서 그 자체가 지향하는 새로운 시 형식을 창조하고 있다. 「해에게서 소년에게」의 경우는 전체 작품이 4연으로 이루어져 있으며, 각 연이 7행으로 구성되는 형태적인 균형을 취하고 있다. 이 같은 연의 구분은 당시에 일반화되어 있던 가사의 분장 형태와 유사한 성격을 지니고 있지만, 고정된 율격의 규칙성을 벗어남으로써 시적 형식의 자유로움을 어느 정도 획득하고 있다. 「꽃두고」는 「해에게서 소년에게」의 경우보다 더욱 형태적

---

58 《소년》(1909. 5), 2~3쪽.

인 개방성을 보여 주고 있다. 시적 진술의 서두와 결말을 의도적으로 일치시킨 것을 제외한다면 이 작품은 자유시의 형태에 근접하고 있다. 이 같은 시적 형식의 새로운 실험은 한국문학사에서 시를 그 형식적 정형성으로부터 해방시키기 위한 시도라는 점에서 매우 소중한 의미를 지닌다.

최남선이 시도하고 있는 새로운 시 형식에서 또 한 가지 중요한 것은 시적 언어의 문제이다. 개화가사나 시조가 여전히 한문 투의 관념적인 한자어를 많이 동원하고 있는 것과는 달리 「해에게서 소년에게」와 같은 새로운 작품에는 일상어의 시적 활용이 눈에 띄게 드러나고 있다. 의성어와 의태어의 대담한 구사가 시적 대상에 대한 표현의 구체성을 살리고 있는가 하면, 구어체를 활용함으로써 경험적 구체성을 실감 나게 표출하고 있는 것도 특징적인 면이다. 이 같은 언어적인 변화는 국문체의 시적 가능성을 확인할 수 있는 근거가 되기도 한다.

그러나 이 같은 형식적인 실험의 가능성에도 불구하고, 이들 작품은 시적 대상의 인식과 그 형상화 방법에 있어서 서정성의 결여가 확연하게 드러나고 있다. 그것은 시적 대상을 시인의 주관적인 의지와 일치시키고자 하는 데에서 나타나는 부자연스러움과도 연관된다. 그리고 시적 표현에 있어서 정서적인 측면을 외면하고 이념적인 주제에 집착하고 있는 것은 이 시기의 시가들이 지니고 있던 공통적인 특징이라고 할 것이다. 말하자면 새로운 시적 형식의 실험을 시도하면서도 여전히 당대의 시대정신을 바탕으로 시를 통한 계몽 의식의 구현에 힘썼던 것이다.

결국 최남선이 실험하고 있는 새로운 형식의 작품들에서 공통적으로 지적되는 것은 시적 미학의 결여와 근대적인 자아의식의 결여이다. 시 이전의 모든 목적의식을 배제한 철저한 시정신과 시적 미의식의 창조를 생명으로 하지 않고서는 근대시로서 성립되기 어렵다. 개인적인 정감의 심미적 재구성이라는 근대시의 요건을 놓고 볼 때, 최남선의 작품들이 보여 주는 시정신의 결여[59]는 근대시의 성립 과정에서 드러나는 과도기적인 특징이라고 할 수 있다.

---

59 정한모, 『한국 현대시문학사』(일지사, 1974), 238쪽.

2장
식민지 상황과 문학의 근대적 인식

1 식민지 현실과 문학의 대응

(1) 일본의 식민지 문화 정책

한국 사회는 1910년 일본의 강점에 의한 식민지 지배가 시작되면서 그 이전에 추구해 왔던 개화계몽운동을 더 이상 지속할 수 없게 된다. 일본은 한국 민족의 모든 권한과 소유를 박탈하는 것부터 시작하여 민족의 존재와 그 정신마저 말살하는 방향으로 식민지 지배 정책을 확대, 강화한다. 일본은 한국을 식민지로 경영하면서 '대한제국'이라는 국호를 폐지하였으며, 한국에 대한 경제적 수탈 정책과 한국 민족에 대한 차별 정책을 강압적으로 시행하였다. 조선총독부의 설치와 함께 회사령(1910. 12)을 선포하여 기업 활동을 강제 지배하였고, 토지 임야에 대한 전국적인 조사 사업을 실시하여 한국인 소유의 토지와 임야를 수탈함으로써 한국인의 경제적인 지위를 박탈하였다. 이로 인해 한국 사회는 궁핍한 경제 조건 속에서 왜곡된 근대화의 과정을 거치게 된다. 일본은 식민지 한국에서의 교육의 제한, 언론에 대한 규제, 사상에 대한 통제 등을 강제적으로 시행하면서 한국 민족에 대한 차별화 정책을 조직적으로 확대하게 된다. 그리고 이러한 차별화 정책을 통해 한국 민족의 독자성을 부정하고 그 역사와 문화를 말살하고자 한다.

일본은 한국에 대한 식민지 경영의 기초를 확보하기 위해 한국인들을 철저하게 차별하는 교육 정책을 시행하였다. 우선 조선통감부를 통해 1906년 8월 보통학교령(普通學校令)을 발표하고 한국의 모든 교육제도에 대한 개혁에 착수하고 보통학교 교과과정에서의 일본어 교육을 국어라는 이름으로 의무화하고 있다. 이 같은 강제 조치는 한국에 대한 영구적인 식민지화를 목표로 했던 일본의 식민지 교육 정책이 시행되면서부터 더욱 그 성격이 강화된다. 일본이 합방 직후 발표한 조선교육령(1911. 8)은 교육칙어(敎育勅語)에 따라 한국인들을 충량한 일본 국민으로 만드는 데 그 목표를 두고 있다. 조선교육령은 한국인에 대한 교육을 보통교육, 실업교육, 전문교육으로 구분하여 한정한다. 여기에서의 보통교육이란 한국인들에게 식민지 백성으로서의 자질을 심어 주기 위해 일본어를 보급시키기 위한 것이다. 실업교육은 농업이나 상업, 공업 분야의 하급 직업교육을 위한 것이고, 전문교육이라는 것도 약간의 전문성을 두고 있는 지식과 기술을 습득시키기 위한 것에 불과하다. 한국인은 자율적으로 대학을 설립할 수 없게 만들었으며, 대학 교육과 같은 고등교육은 제한적으로만 허용한다. 그리고 조선총독부는 사립학교규칙(1911. 10)을 통해 사립학교의 설립 요건을 강화함으로써 사립학교의 설립 자체를 불가능하게 하고, 그 교육과정과 교과 내용에 대해서도 엄격하게 통제한다. 개화계몽 시대에 설립되었던 상당수의 사립학교들은 이 규칙에 따라 합방이전의 교과 내용을 모두 강제 폐기하였고, 학교 자체가 문을 닫는 곳도 속출하게 된다.

일본은 한국인들의 사회 문화 활동을 규제하기 위해 언론 출판에 대한 검열 정책도 강화한다. 이미 합방 직전에 일본은 신문지법(1907)이라고 불리기도 하는 언론 규제법을 만들고 출판법(1909)을 시행한 바 있다. 조선총독부가 설치되자, 개화계몽 시대 최대의 민간지였던 《대한매일신보》를 강제 인수하여 총독부 기관지 《매일신보》(1910. 8. 30)로 개제하여 발간하였고 여러 사회단체가 발간하던 기관지나 잡지는 모두 폐간했다. 총독부 설치를 전후하여 일본의 식민지 지배에 대해 비판적인 이념을 심어 줄 수 있는 내용을 담고 있거나 한국인의 민족의식을 자극할 수 있는 것은 모두 발매 반포 금지 도서로 지정 압수하게 된 것은 모두 이 같은 강제적 조치에 따른 것이다. 그리고 일본은 3·1운동 이후 한국 사회의 민족운동이 활발해지자, 이를 강압적으로 규제하기 위해 치안유지법(1925)을 발동하게 된다.

일본은 식민지 정책을 통해 국어와 국문에 대한 교육을 제한하였다. 일본어를 '국어'라는 과목으로 소학교에서부터 교육하는 대신에, 일본어 교육을 위한 방편으로 조선어라는 이름으로 한국어 교육을 제한적으로 허용한다. 1930년대 말에는 한국어와 한글 사용 자체를 강제로 금지하여 한국인이 독자적인 언어와 문자를 사용하는 것조차 허용하지 않게 된다. 이 같은 식민지 언어 정책은 일본의 식민지 정책 자체가 지향했던 한국에 대한 차별 정책이 한국 민족 자체에 대한 부정은 물론이며 민족의 역사와 문화를 말살하려는 것이었음을 말해 주는 것이다.

결국 한국 사회는 일본의 식민지 지배로 인하여 개화계몽 시대에 추구했던 문명개화의 이상을 실현하지 못한 채 핍박과 굴종의 시대에 접어들게 된다. 한국 사회의 근대화 과정 자체가 식민지 지배에 따라 왜곡되기 시작하였으며, 한국의 모든 산업이 식민지 지배에 종속된다. 특히 식민지 교육 정책에 의한 일본어 교육의 강화로 인하여 한국인의 언어와 생활 속에 깊숙이 일본어가 침투한다. 그 결과로 일제 강점기에 한국 사회에는 모방과 굴종, 창조와 저항이라는 양가적인 속성을 지니는 독특한 식민지 문화가 형성된다.

(2) 반식민운동과 민족의 자기 발견

한국 민족은 일본의 식민지 지배에 대항하여 국내외에서 여러 가지 방면의 저항운동을 전개했다. 일본에 대한 한국 민족의 저항 의식이 행동으로 집약되어 표출된 것은 1919년의 3·1운동이다. 3·1운동은 한국 민족이 전개했던 항일운동 가운데 가장 거족적인 것으로서 민족 전체의 성원에 의해 이루어진 민족의식의 적극적인 구현이라고 할 수 있다. 3·1운동은 자주독립의 쟁취라는 민족적 숙원을 이루는 데까지 진전되지는 못했지만, 침략 세력의 정체를 분명하게 인식할 수 있는 계기를 마련해 주었으며, 민족적 자기 인식을 확립할 수 있는 정신 기반을 제공하게 된다. 특히 3·1운동을 통해 식민지 상황 속에서 민족운동이 나아가야 할 방향을 새롭게 모색할 수 있게 한다. 그러므로 3·1운동 이후의 한국민족사회운동은 민족의 실력을 양성하고 역량을 발휘하여 민족의 독립을 쟁취하고자 하는 데에 목표를 두게 된다.

한국 사회는 3·1운동 이후 언론 활동을 통한 민족계몽운동을 활발하게 전개하고 있다. 민간 신문과 잡지의 간행이 허용되면서《조선일보》(1920. 3),《동아일보》(1920. 4) 등의 일간지가 한자를 혼용한 국문을 기반으로 창간되었으며,《개벽(開闢)》(1920)과 같은 대중적인 종합 잡지도 출간된다. 일본은 한국에 대한 식민지 지배에 들어가면서 모든 민간 언론을 강제로 폐간시킨 바 있다. 그렇기 때문에 무단 통치 시대에는 한국의 현실과 한국인들의 삶을 대변하여 줄 수 있는 아무런 수단도 없었다. 3·1운동 직후 일제 총독부가 민간 신문과 잡지의 간행을 허가하자, 새로이 등장한 이들 민간 언론이 중심이 되어 일본의 식민지 정책을 비판하고, 민족의식을 각성시키기 위한 각종의 계몽운동을 전개하기 시작한다. 이러한 계몽운동은 폭넓은 민족문화운동으로 확대되면서 한국 민족문화에 대한 새로운 인식을 가능케 한다.

이러한 언론의 계몽운동과 함께 민족교육운동도 활발하게 전개된다. 일본은 한국인의 교육을 제한하기 위해 사립학교의 설립을 억제하고 한국인의 교육의 기회를 박탈하였지만, 3·1운동 이후 민족운동가들은 교육의 중요성을 널리 대중에게 계몽하면서, 민립대학운동, 야학설립운동을 활발하게 전개하여 독자적인 교육운동을 실천하게 된다. 그 결과 전국적으로 각 지방의 청년 단체와 기독교회 등에 의해 야학이 설립되어 대중 교육을 확대할 수 있게 된다.

일본의 경제적 침략과 수탈에 대응하기 위한 민족의 경제자립운동도 이 시기에 활발하게 진행된다. 일본은 한국을 발판으로 대륙 진출을 꿈꾸고 있었기 때문에, 한국을 그들의 경제 시장으로 장악하고 한편으로는 농산물과 원료를 싼값으로 조달하며 다른 한편으로는 공업 생산품을 판매하여 한국 내의 경제권을 지배한다. 이 같은 상황에 대응하여 한국 민족의 경제적 실력을 배양하고 민족 자본을 보호하여 기업을 일으켜 경제적 자립을 도모해야 한다는 경제참여운동이 일어나게 된 것이다. 민족 산업을 보호하고 기업을 육성하며 물산을 애용하자는 물산장려운동이라든지, 민중을 계몽하고 협력을 도모하기 위한 조합운동이 전국적으로 일어나게 된다. 그리고 노동자 농민들이 일제의 자본 침략과 그 횡포에 대항하며 자신들의 생존권을 지켜 나가기 위해 임금 투쟁, 소작 쟁의 등의 투쟁 활동도 점차 치열하게 전개된다.

한국의 민족운동은 3·1운동 이후 사상운동, 노동운동, 청년운동, 여성운동, 형평운동 등으로 확대되면서 점차 그 사상적 계보와 이념적 성격도 다양하게 분화되고 있다. 특히 러시아혁명 이후 세계적인 사조로 유포되기 시작한 사회주의 사상이 국내에도 소개되면서 민족운동으로서의 반제·반식민운동의 사상적 성격이 점차 뚜렷하게 드러나게 된다. 이 새로운 사상은 분열과 통합을 거듭하였던 여러 사회운동 조직을 통해 점차 그 영향력을 확대하고 있다. 그리고 1925년 조선공산당의 출현을 보게 됨으로써, 사회주의 경향의 반식민운동이 정치적 조직으로 발전한다.

한국의 민족운동은 결국 한국 사회의 여러 방면에서 일본의 식민지 지배 정책에 대항하는 다양한 반식민주의 담론을 형성하게 된다. 일본의 식민지 정책이 한국 민족의 자기 전통과 그 존재에 대한 정당한 의식을 부정하는 방향으로 전개되었지만, 한국 민족은 민족적 자기 인식을 확립하고 민족자존의 의지를 세우고자 일본에 대항한다. 민족의 현실 문제에 대한 인식을 바탕으로 민족문화의 확립을 위해 노력하면서 일본의 식민지 지배 논리를 거부했던 것이다.

(3) 문학의 근대적 인식

한국문학은 개화계몽 시대 국어국문운동의 확대 과정 속에서 독자적인 언어 예술의 영역에서 근대적 변혁 과정을 거쳤고, 일본의 강압적인 식민지 지배 상황 속에서도 고유한 가치와 성격을 지켜 왔다. 새로운 문학 양식의 정착, 대중적인 독자층의 확대, 매체의 등장이 이루어졌기 때문이다. 그런데 여기에서 한 가지 주목해야 할 것은 일본의 식민지 지배로 인해 국어와 국문이 그 공식적인 기능을 상실하게 되었음에도 불구하고, 국문을 읽고 쓸 수 있는 독자층이 꾸준히 증가했다는 사실이다. 특히

3·1운동 직후 민간 신문과 다양한 대중 잡지의 간행이 가능해지면서 국어국문의 문화적 기능이 다시 살아나게 된다. 이 시기에 일본 유학을 거친 지식층들이 국문을 기반으로 하는 문필 활동을 시작하면서 세련된 국문체가 문학을 통해 정착하게 된다.

3·1운동 직후 국어국문에 대한 연구도 활발히 진행된다. 주시경의 문하에서 국어국문을 학습한 장지영, 권덕규, 이병기, 신명균, 김윤경 등은 조선어연구회(1921)를 조직하고 국어국문에 대한 보다 체계적인 연구를 시작한다. 조선어연구회는 1926년 훈민정음 반포 8회갑을 기념하여 '가갸날'을 제정한다. 그리고 《한글》(1927)이라는 잡지를 창간하여 국어국문에 대한 연구 성과를 축적하고, 국어사전의 편찬에도 뜻을 모으게 된다. 조선어연구회는 이후 그 명칭을 조선어학회로 개정(1931)하면서 더욱 강력하게 국어와 한글의 수호를 위한 여러 가지 사업을 추진하였는데, 「한글 맞춤법 통일안」(1933)의 완성과 국어의 표준어에 대한 사정 작업이 이에 해당한다. 이러한 연구 작업과 그 사회적 보급은 식민지 상황에서 이루어 낸 중요한 문화적 성과로 기록할 수 있다. 특히 국어국문이 일상생활만이 아니라 새로운 학문의 연구와 문화의 창조를 위한 기반으로서 당당하게 그 규범성을 갖추게 되었다는 사실을 높이 평가할 필요가 있다.

이 같은 국어국문의 사회적 확대 과정 속에서 국문문학으로서의 한국문학에 대한 새로운 인식이 자리 잡고 있다. 이광수 이후 '문학'이라는 용어가 일반화되면서 문학이 전통적인 문(文)의 개념에서 벗어나 예술의 영역으로 새롭게 자리 잡는다. 이 같은 관점의 변화는 일본을 통해 수입된 서구적인 문학관에 따른 것이지만, 문학의 예술적 독자성에 대한 인식이 확립되기 시작하였음을 뜻하는 것이라고 하겠다. 한국문학의 역사적 체계화에 앞장섰던 안확(安廓)은 문학을 "미감상(美感想)을 문자로 표현한 것"[1]이라고 규정함으로써 예술로서의 문학의 본질적 성격을 명확하게 제시하고 있다. 안확은 문학을 "오락의 재료이면서 동시에 인간의 사상을 활동시키며 이상을 진흥시키는 것"이라고 하였고, 시가, 소설, 서정문, 서사문 등은 순문학(純文學)으로, 서술문, 평론문 등은 잡문학(雜文學)으로 나누어 문학의 장르 영역을 구분한다. 그는 한국의 전통문학이 유교의 구습과 한문의 악폐로 말미암아 전혀 발전하지 못했음을 개탄하면서, 한문의 질곡에서 벗어나 민족의 감정과 사상을 올바로 표현할 수 있는 새로운 문학을 발전시켜야 한다고 주장한다. 그리고 민족의 경쟁이라는 것이 근본적으로는 민족성의 경쟁이라고 전제하면서 신문학의 건설은 동서 사상의 조화를 통해 한국 민족의 특질을 발휘할 수 있는 '조선문학(朝鮮文學)'의 확립을 뜻하는 것이라고 말하고 있다. 이광수의 경우에도 "조선인의 조선문(朝鮮文)으로 작(作)한 조선문학"[2]을 내세워 한국문학의 개념과 그 범주를 규정한다. 문학의 창조적 주체로서 한국 민족을 내세우고, 국어국문이라는 매체를 통해 성립된 문학이라는 언어 문자 중심의 범주를 설정한 것은 당시로서는 매우 독창적인 견해였다고 할 수 있다.

이 같은 문학에 대한 근대적 인식은 3·1운동을 전후하여 등장하기 시작한 신문, 잡지 등의 대중매체를 통해 구체적인 작품 활동으로 실천에 옮겨졌다. 3·1운동 직후에 창간된 《조선일보》, 《동아일보》는 학예면을 두어 문예 활동을 널리 소개하고 있다. 이들 신문은 문학과 독자를 연결하는 매개 역할을 담당하면서 폭넓은 작품 활동의 기반을 제공했다. 또한 대중적인 독자들을 위해 장편소설을 연재하고 신춘문예와 같은 신인 발굴 제도를 만들어서 해마다 새로운 문인들을 문단에 배출한다.

---

1 안확, 「조선의 문학」, 《학지광》(6호, 1915. 7).
2 이광수, 「문학이란 하(何)오」, 《매일신보》(1916. 11. 10~23).

최남선이 주재했던《소년》(1908),《청춘》(1914)은 종합적인 성격의 대중 잡지였지만, 새로운 글쓰기로서의 문학의 사회적 확대에 큰 영향을 미치고 있다. 특히《청춘》은 현상 모집 방법을 통해 소설을 공모하여 새로운 문필가를 발굴하고, 여러 가지 형태의 글쓰기에 적합한 국문체의 가능성을 실제 작품을 통해 보여 주고 있다. 일본 유학생 중심으로 엮어진《학지광(學之光)》(1914)은 종합적인 학술 잡지로서의 성격을 갖춤으로써, 이 시기의 새로운 학문 분야에 대한 관심과 그 이해의 정도를 확인할 수 있는 중요한 자료가 된다.《태서문예신보(泰西文藝新報)》(1918)는 문예를 중심으로 하는 주간 신문으로서 백대진, 김억, 황석우 등이 서구 문학의 여러 경향을 소개하고 작품을 번역, 수록하였다.

3·1운동 이후 일본에서 본격적으로 문학을 수학한 문인들이 새로운 문학 활동의 무대에 등장하고 있다. 순수문학 동인지《창조(創造)》(1919)는 일본 유학생이었던 김동인, 주요한, 전영택, 김환, 최승만 등이 동인으로 참가하여 동경에서 발간한다. 국내에서도 문학 동인지《폐허(廢墟)》(1920)가 창간된다. 이 동인지에는 김억, 황석우, 민태원, 남궁벽, 염상섭, 오상순과 함께 여성문학인으로 나혜석, 김일엽 등이 참여한다.《백조(白潮)》(1922)는 홍사용, 박종화, 현진건, 이상화, 나도향, 노자영, 박영희, 안석영 등이 동인으로 참가하고 있다. 그리고《장미촌(薔薇村)》(1921),《금성(金星)》(1923),《영대(靈臺)》(1924) 등과 같은 동인지가 지속적으로 발간된다. 이러한 문학 동인지들은 대개 단명하였지만, 문학 동인 활동은 일제 강점기에 가장 중요한 작품 활동 방식으로 자리 잡으면서 1930년대에도 크게 유행하게 된다. 문학 동인 활동은 비슷한 성향의 문학인들이 함께 모여 작품 활동을 전개할 수 있는 계기가 되었으며, 그 자체가 이른바 문단이라고 하는 문인 계층의 사회 문화적 활동 기반으로 확대되고 있다. 이 시기에 대중적인 종합 잡지로 등장한《개벽》은 현상 문예 제도를 도

입하여 신인을 발굴하였으며,《조선문단(朝鮮文壇)》(1924)과 같은 문학 종합지는 추천 제도를 통해 신인을 발굴하여 문학 활동 기반을 확대시키는 데에 크게 기여하고 있다.

이와 같은 사회 문화적 배경 속에서 근대적인 장편소설과 단편소설이 주도적인 문학 양식으로 등장하였으며, 소설이라는 양식을 통해 개인적 주체와 객관적인 현실을 전체적으로 인식하고자 하는 실천적인 노력도 지속되고 있다. 시에 있어서는 한국인의 정서와 호흡에 근거한 시적 리듬을 발견하였으며, 근대시 형태로서의 자유시를 한국적 토양에 정착시켜 놓았다. 그리고 외래문학의 한 형태로서 희곡을 한국어를 통해 한국 문학의 형태로 재창조하였고 그 무대 공연을 실연함으로써 새로운 예술 양식의 토착화를 가능하게 한다. 3·1운동을 전후하여 한국인들은 자기 각성에 근거하여 국어국문을 통한 문학적 실천을 확대하고, 일본의 식민지 상황에서도 민족의 정서와 생활상을 국어와 국문을 통해 예술적으로 형상화하는 창조적인 문학 활동을 지속할 수 있게 된다. 결국 한국문학은 일본을 통해 배운 서구적 문학 형식에 근거하여 국어국문을 기반으로 독자적인 문학 양식과 미적 가치를 창조할 수 있게 된 것이다.

2 소설과 식민지 현실의 발견

(1) 초기 근대소설의 전개 양상

한국의 근대소설은 초기 신소설의 단계를 거쳐 3·1운동을 전후한 시기부터 그 양식이 정착되고 있다. 이 시기부터 소설은 자아의 각성에서부터 식민지 상황에 놓인 현실 문제에 대한 인식으로 그 관심의 방향을 확대한다. 그리고 작가의 삶의 경험을 소설의 세계에서 서사적으로 형상화하여 나타내기 시작한다. 이 시기의 소설을 통해 제시하고 있는 현실의 문제는 식민지 상황 속의 경제적인 궁핍화 현상이 주축을 이루고 있는데, 사회 진출의 출구가 막혀 좌절하는 지식인의 모습이나 생존의 기본 요구조차 충족시키기 어려운 생활고에 허덕이는 노동자, 농민들의 모습이 자주 등장한다. 고통의 현실에 얽매여 삶의 가치를 상실하는 파멸의 인간상을 보여 주고 있는 것이다.

1919년 3·1운동 이후 근대소설이 보여 주는 양식 분화 과정에서 주목되는 현상은 단편소설의 양식이 새롭게 등장하여 널리 확산된 점이다. 이 시기에 근대적 서사 양식으로 자리 잡은 단편소설은 삶의 전체적인 양상을 그려 내는 장편소설과는 달리 인생의 단면에 대한 세부적인 묘사와 치밀한 구성을 그 기본적인 요건으로 삼고 있다. 그러므로 구성의 단일성과 인상의 통일성을 위한 기법의 세련을 요구하게 된다. 소설의 기법과 문체의 측면에서 볼 때 이 시기의 소설은 근대적인 산문체를 실현하고 있다. 특히 소설의 서술적 기법과 연관되는 서술 시점에 대한 인식과 그 확립은 서사 담론의 기법적인 측면에서 소설의 근대성을 확립하는 데 가장 중요한 요건이 되고 있다. 대상의 객관적 서술을 위주로 하는 3인칭 소설과 주체의 내면 분석이 가능하게 되는 1인칭 소설이 서술 방식상으로 이 시기부터 분화되기 시작한 점은 이러한 특성을 말해 주는 것이다.

이광수의 계몽 의식

근대소설의 초기 단계에서 이광수[3]의 문필 활동은 한국문학이 서구적 개념의 문학에 대한 새로운 인식에 도달하는 과정과 서로 연관되어 있으며, 일본의 식민지 지배 상황 속에서 다양한 방면에 걸쳐 전개되고 있다. 문학에 대한 그의 관심은 일본 유학을 통해 확대된 것이며, 그의

---

3 이광수(李光洙, 1892~1950?). 호는 고주(孤舟), 외배, 춘원(春園). 평북 정주 출생. 일본 동경 명치학원 중학부 졸업. 와세다 대학 재학 중 장편소설 「무정」(1917) 발표. 1919년 동경에서 2·8독립선언을 주도한 후 중국으로 망명. 1921년 귀국 후 「재생」(1925), 「마의태자」(1927), 「단종애사」(1928), 「흙」(1933), 「이차돈의 사」(1935), 「사랑」(1938), 「원효대사」(1942) 등을 발표. 1937년 수양동우회 사건으로 체포되어 투옥 생활. 1930년대 말부터 향산광랑(香山光郎, 가야마 미쓰로)으로 창씨개명 후 친일 문필 활동을 함. 1945년 광복 직후 반민특위에 의해 친일파로 지목 수감되기도 하였고, 1950년 한국전쟁 당시 납북 사망. 참고 문헌: 김동인, 「춘원 연구」, 《삼천리》(1934. 12~1935. 10); 김윤식, 『이광수와 그의 시대 1, 2, 3』(1986); 구인환, 『이광수 소설 연구』(삼영사, 1983); 이경훈, 『이광수의 친일 문학 연구』(태학사, 1998); 한승옥, 『이광수 장편소설 연구』(박문사, 2009); 김영민, 『이광수 문학의 재인식』(소명출판, 2009); 이재선, 『이광수 문학의 지적 편력: 문학론의 원천과 형성』(서강대 출판부, 2010).

문학 활동이 근대문학의 성립 과정에 주도적인 영향을 미치게 되었다는 점은 부인할 수 없는 일이다. 이광수는 자아에 대한 각성과 자기 발견을 내세우면서 문학의 독자적인 가치를 강조한 바 있다. 그는 문학이 개인적인 정서에 기초하여 성립되는 것임을 분명히 하였고, 문학을 구시대의 윤리적 속박과 모든 관념으로부터 해방시키고자 하였다. 그러므로 이러한 이광수의 태도는 문학의 근대적인 인식과 개인의 발견이라는 명제로 요약되고 있는 것이다. 그런데 이광수는 문학에서 개인적 정서의 문제를 중시하면서도, 그것이 근거하는 주체로서의 개인의 존재 문제와 그 개인이 근거하는 현실 사회를 제대로 인식하지 못하고 있다. 그의 문학적인 관심과 태도는 분명히 그가 서 있던 1910년대 한국의 현실에서 볼 때, 그 이전의 누구에게서도 찾아볼 수 없는 새로운 것임에 틀림이 없다. 하지만 이러한 관점과 태도 자체가 한국적인 문학 현실에 대한 자각과 비판에 의해 구체화된 것이라고 보기는 힘들다. 오히려 그것은 일본을 통해 얻어들은 서구문학에 대한 지식의 단편들을 모아 둔 것에 지나지 않기 때문이다.

3·1운동 직후 여러 방면에서 민족사회운동이 전개되기 시작하자, 문학의 경우에도 식민지 상황에 대응하기 위해 사회 현실에 대한 비판적인 관심을 적극적으로 드러내는 새로운 문학적 경향이 나타나게 되었다. 이광수는 새로운 문화운동의 선도자로서 문학가의 역할을 강조하고 있다. 그는 문예라는 것이 신문화 건설의 선구임을 전제하고, 새로운 사상과 새로운 이상을 선전할 수 있는 문예의 사회적 기능을 높이 평가하고 있는 것이다. 그는 문학의 독자적 가치를 강조했던 초기의 입장과 상당한 차이를 드러내면서 '생을 위한 예술'을 내세웠고, 신문화의 선구가 되는 문학은 마땅히 민족을 위한 문학이 되어야 한다고 하였다.

이광수는 문학과 예술의 발전을 통한 새로운 민족정신의 개발이 필요하다고 역설한다. 그는 민족의 현실이 정치적인 측면에서 투쟁과 살육 상태를 벗어나지 못하고 있으며, 경제적인 면에서 의식주의 기본 조건도 제대로 갖추지 못하고 있는 상태임을 전제하면서, 이러한 상태에 놓여 있는 민족을 구출하기 위해 '인생의 예술화', '인생의 도덕화'라는 두 가지 방법을 제시하고 있다. 그는 인생의 도덕화 또는 예술화의 방법을 '개인의 주관적 개조'라고 천명하면서, 그 방향을 도덕적 개조와 예술적 개조로 나누어 설명하고 있다. 그의 견해에 따르면 도덕적 개조는 개인이 지니고 있는 허위, 증오, 분노, 시기 등의 감정을 버리는 것을 말한다. 이 것은 도덕적 수양을 통해 개인의 열등 감정을 억제한다면 쉽게 이루어질 수 있다는 것이다. 그는 인간의 불행이 주관적인 심리의 평정을 잃은 상태라고 규정하면서 정치, 사회, 경제적인 측면의 변혁이 인생의 개조에는 별다른 의미를 지닐 수 없으며, 오직 도덕적 개조가 필요하다고 주장한다. 이광수가 생각하고 있는 예술적 개조는 자연과 인생에 대한 심미적 태도와 연관되는 것이다. 그는 자연과 인생 자체를 하나의 예술로 보고, 자기 자신도 예술의 감상자로 인식하는 태도가 필요하다고 하였다. 자연미에 대한 감각을 키우며 자기 수양을 거친다면, 어떤 직업도 예술로 인식할 수 있다는 것이 그의 주장이다. 그는 예술을 통해 생활의 활기를 불어넣어 정신생활을 부활시키는 길만이 민족을 행복의 생활로 이끄는 방법이라고 하였던 것이다.

이광수의 이러한 주장은 그 뒤에 한국인의 민족성 자체에 대한 개조를 요구[4]하는 것으로 구체화되어 나타나고 있다. 그는 한국 민족의 비극적인 현실과 식민지 상황이 모두 민족성의 쇠퇴에서 오는 것이라고 생각하였기 때문에, 민족성의 개조야말로 가장 시급한 과제라고 믿게 된다.

---

4 이광수, 「민족개조론」, 《개벽》 23호(1922. 5).

그는 한국인들의 민족성을 개인적인 심정적 기질과 혼동하여 그 역사성의 의미를 몰각하고 있으며, 민족성이라는 것이 개인의 도덕적 근본에 의해 좌우된다는 소박한 생각을 지니고 있는 것이다. 한국 민족이 지니고 있는 허위, 나태, 비겁, 이기심, 비사회성 등을 버려야 한다는 내용으로 요약되는 그의 민족 개조론은, 결국 인간의 예술적 도덕적 개조를 확대 부연한 것에 지나지 않는다. 그는 개인의 도덕적 수양에서부터 전 민족의 도덕적 개조를 가능하게 할 수 있는 비정치적 사회운동을 내세우면서 계몽운동가로서의 자기 변신을 꾀하고 있었던 것이다.

하지만 사회계몽가로서 이광수의 당대 현실에 대한 인식이 지극히 심정적이며 패배주의적이라는 점을 지적하지 않을 수 없다. 그는 한국 민족의 삶의 고통을 말하면서도 그것이 일본의 식민지 정책에 의한 자본주의적 착취로 인한 것임을 제대로 지적하지 못하고, 오히려 그 원인을 민족의 도덕적 심성의 타락에서 찾고 있다. 물론 그는 민족의 심성이 본래는 도덕적으로 선했다는 것을 증명하고자 했고, 그것을 회복해야 한다고 주장했다. 그러나 역사성을 무시한 채, 민족의식을 윤리적인 차원에서 논의하는 태도 자체가 그릇된 출발임을 인식하지 못했다. 그는 모든 사람이 자신의 생활과 직업을 예술로 생각해야만 한다는 '생활의 예술화'라는 막연한 주장만을 되풀이했다. 그가 민족의 역사적 모순을 해결할 만한 실천적인 지표를 제대로 제시하지 못하고 있다는 것은 그의 계몽론이 이상주의적인 개인적 환상에 지나지 않음을 말해 주는 것이라고 하겠다.

이광수의 이 같은 문학적 태도의 변모는 결과적으로 이중적인 자기모순을 드러내고 있다. 근대라는 개념을 전제하고 이광수를 생각할 경우, 그가 추구하고자 하는 한국 사회의 근대성은 실천적 기반을 제대로 확보하기 어려운 허상에 불과하다. 이러한 판단은 이광수 자신이 드러내고 있는 문학과 역사에 대한 근대적 인식의 불철저에서 비롯된 것이지만, 한국 사회 자체가 그 같은 문학론을 감당하기 힘든 근대성 미달의 수준에 놓여 있었다는 사실과도 연관되는 것이다. 그는 도래해야 할 새로운 시대로서의 근대를 긍정하고 있으며, 그것을 위해 계몽에 앞장서고 있다. 이러한 사실을 놓고 본다면, 이광수가 서 있던 자리는 여전히 혼란스러운 개화계몽 시대의 연장선상임을 알 수 있다.

소설 「무정」의 위치

이광수의 장편소설 「무정(無情)」(1917)은 한국문학사에서 매우 중요한 위치를 차지하고 있는 것으로 평가받고 있다. 이 소설은 식민지 시대에 접어들면서 신소설이 빠져들었던 통속화의 과정을 벗어나고 있으며, 신교육과 개인의 각성이라는 계몽 담론의 서사적 구현에 성공하고 있다. 「무정」이 그 이전 신소설의 한계를 어느 정도 극복하고 있는가 하는 문제는 이 작품의 문학사적인 가치를 규정하는 데 필수적인 요소이다.

소설 「무정」에 등장하는 주인공 이형식은 동경 유학을 하고 돌아와 경성학교에서 영어를 가르치는 지식인 청년이다. 그는 개화된 집안에서 신학문에 눈을 뜬 선형에게 영어 개인 교수를 하면서 그녀와의 결합을 희구하게 된다. 그런데 이 무렵에 이형식 앞에 박영채가 나타난다. 박영채는 소년 시절 형식에게 큰 도움을 준 은인 박진사의 딸이다. 형식은 어린 시절에 부모를 잃은 고아로서, 박영채의 아버지 박진사의 도움을 받아 그 집에서 기거했던 적이 있다. 박진사는 형식의 사람됨을 보고 성년이 되면 자기 딸 영채와 형식을 혼인시키겠다고 말하기도 한다. 그러나 박진사가 개화운동 관계로 체포되어 가세가 기울자, 형식은 그 집을 나와 영채와 헤어진다. 박 진사가 감옥에서 세상을 떠난 후, 기생으로 전락한 영채는 헤어진 형식을 다시 만나고자 사방을 수소문하게 된다. 그녀는 7년에 가까운 세월을 두고 그를 기다렸던 것이다. 이형식은 뜻밖에 나타난 영채로 인해 고심에 싸이게 된다. 새로운 시대적 분위기 속에서 살고 있는 신여성 선형에 대한 호감과 기구한 삶을 살고 있는 옛 여인 영채에 대한 연민의 정을 모두 버릴 수 없었던 것이다. 이 같은 갈등의 구조가 극복되는 것은 형식의 적극적인 의지나 판단에 의해서가 아니다. 형식이 아무런 결단을 내리지 못하고 있는 동안 영채는 기생이라는 신분에서 벗어나지 못한 채, 배 학감에게 정조를 유린당하고 스스로 목숨을 끊고자 한다. 그녀는 이형식에게 보내는 긴 유서를 남기고 서울을 떠나게 된다. 그러나 영채는 자살까지 이르지는 않는다. 평양으로 가는 기차 안에서 동경 유학생 병욱을 만나게 되었기 때문이다. 병욱은 영채에게 새로운 삶의 방향을 제시하며, 인간의 삶과 사랑의 참뜻을 심어 준다. 영채는 병욱의 말을 듣고 비로소 자신의 삶을 되돌아보며, 병욱의 권유를 받아들인다. 그녀는 자살을 포기하였을 뿐만 아니라 스스로 새로운 학문의 세계에서 자신의 길을 찾게 되는 것이다. 한편 이형식은 영채의 유서를 보고 평양에까지 영채를 찾아 나섰지만 그녀를 만나지 못하고 서울로 돌아온다. 그러고는 결국 선형과 약혼하고 미국 유학을 떠나게 된다. 이형식과 선형, 영채와 병욱 등이 모두 다시 한자리에서 만나게 된 것은 이 소설의 마지막 장면에서이다. 유학을 떠나는 이들이 모두 같은 기차를 타고 가다가 홍수를 만나자, 기차에서 내려 즉석에서 수재민 돕기 자선 음악회를 함께 열게 되는 장면이 그것이다. 이들은 이 자리에서 서로를 이해하고 새로운 삶의 가능성을 각각 확인할 수 있게 되는 것이다.

이와 같은 소설 「무정」의 줄거리에서 관심의 초점을 이루는 것은 개인적 운명의 양상이다. 그것은 이형식과 박영채로 대별되는 두 인물의 개인적인 삶을 통해 구체화되고 있다. 이형식의 경우, 그는 고아 신세나 마찬가지로 세상을 떠돌았지만 누구보다도 많은 행운을 누리며 살고 있다. 그가 스스로의 노력에 의해 자신에게 주어진 운명을 극복해 나가는 장면은 소설 속에 거의 나타나지 않는다. 오히려 그는 주변의 도움으로 용케도 자신에게 주어진 고통을 모면할 수 있었던 것이다. 어린 시절에는 박 진사의 도움으로 성장하였고 또 다른 은인의 도움으로 일본 유학을 마치고 경성학교의 교사가 될 수 있었으며, 김 장로의 호의로 그의 딸과 결혼하여 다시 미국 유학의 길에 오르게 되는 것이다. 고아 출신인 이형식이 경성학교 영어 교사로서의 신분적 상승을 누릴 수 있게 된 것은 개화라는 사회 변동의 배경을 떠나서는 이해하기 어렵다. 그가 봉건적인 구시대의 질서를 거부하고 새로운 가치로서의 문명개화와 신교육의 의미를 강조하는 교사의 신분으로 자리 잡고 있는 것도 바로 그 같은 사회 변동의 반영에 지나지 않는다. 그러나 이 작품에서 이형식의 신분 상승의 과정은 지극히 모호하게 처리되어 있다. 그의 출신 성분도 제대로 알 수 없고, 그의 존재의 기반이 될 수 있는 가족 관계도 모두 무시되어 있다. 게다가 그가 구시대의 질서를 거부하고 새로운 문명개화의 길을 선택하는 과정조차도 소설 속에 거의 그려져 있지 않다. 그러므로 이형식은 소설의 세계에서 제시되는 사회적인 배경과 동떨어진 개별적이고도 예외적인 인물로 취급되고 있는 셈이다. 그의 사고와 행동 자체가 전체적인 사회적 관계 속에서 이해되기 어려운 이유가 여기에 있다. 이 소설에서 이형식에게 주어진 단 하나의 갈등은 영채의 등장으로 인해 생겨난 일시적인 방황뿐이다. 그러나 그 고뇌와 갈등도 사실은 형식의 의지에 의해 해결되지 않고, 영채 스스로 이 갈등의 자리에서 물러남으로써 풀어지게 된다. 이렇게 본다면 이형식은 거의 의지가 없는 인물로 그려졌음을 알 수 있으며, 소설에서의 근대적인 인물로서의 성격화 수준 자체가 미달임을 쉽게 알 수 있다.

박영채의 경우는 이형식의 무의지적 성격과 대별된다. 그녀는 개화운동과 관련되어 감옥에 들어간 아버지와 오빠를 위해 스스로 몸을 팔아 기생이 되었고, 이형식을 다시 만나기 위해 자신의 순결을 지키며 오랜 기간을 기다리기도 한다. 그리고 이형식이 이미 다른 여성과 혼약의 단계에 이른 데다가 자신의 순결마저 잃게 되자 스스로 목숨을 끊으려고도 한다. 물론 소설의 결말 부분에서 그녀는 병욱의 충고를 받아, 새로운 교육의 필요성을 깨닫고 일본 유학을 결심한다. 이러한 박영채의 변모 과정은 전통적인 가족 구조의 붕괴와 개인의 몰락이라는 개화 공간의 사회적 변동과 맞물려 있다. 그리고 문명개화와 신교육의 가치가 모든 사회적인 요건 가운데 최선의 것으로 내세워짐으로써, 그러한 가치를 신봉하는 사람들에게 새로운 삶의 가능성을 부여하는 개화지상주의적인 요소까지 곁들여지고 있는 것이다. 박영채는 구시대의 질서가 붕괴되는 과정 속에서 운명적으로 희생을 감수해야 했고, 새로운 문명개화의 이념을 붙잡게 됨으로써 재생의 가능성을 얻게 되었다고 할 것이다. 그러나 박영채의 운명의 전환 역시 병욱이라는 인물의 매개적인 역할에 의해 이루어지고 있다는 점을 유의해야 한다. 그녀의 변모가 자기 각성에 의한 것이었다고 하더라도, 그녀는 그러한 각성된 자기 인식에 근거한 어떤 구체적인 행동도 보여 주지 못한다. 그녀가 택한 새로운 가치로서의 문명개화와 신교육은 가능성의 세계로만 제시되고 있는 것이며, 작가에 의해 소설의 이야기 속에서 적극적으로 긍정되고 있는 것이다.

일반적인 의미에서 근대소설은 개인의 운명을 드러냄에 있어서 개개의 인간의 삶을 통하여 사회의 본질적 특수성을 드러내게 된다. 다시 말하면, 근대소설은 사회에 대한 개인의 관계를 개인의 운명이라는 형식을 빌려서 보여 준다. 사회적 역사적 존재로서의 인간의 삶이 지니는 본질적인 의미를 실재성에 근거하여 제시해 준다는 것이다. 그러므로 사회의 근본적인 모순이 개인의 운명을 빌려서 구체적으로 체현되기도 하며, 개인의 삶의 모습이 사회적 현실 속에서 전체적으로 형상화되기도 한다. 그런데 이러한 근대소설로서 확립되기 위해서는 내재적인 요건이 갖춰져야만 한다. 경험적인 세계 속에서 개인의 삶의 양상을 전체적으로 포착해 내는 소설의 형식은, 자아에 대한 인식의 확대를 통해 개인의 삶을 이해하고 그 의미를 파악할 수 있는 단계에서 성립된다. 다시 말하면 개인의 행동과 그 행동을 둘러싸고 있는 사회적 조건이 서로 관련되어 있는 모습을 전체적으로 파악할 수 있을 때에, 진기한 이야깃거리로 내용을 꾸려 나갔던 서사문학의 양식이 그 설화적 속성을 벗어나 소설 형태의 성립을 보게 되는 것이다.

한국의 문학사에서 이광수의 시대는 무엇보다도 먼저 자아에 대한 각성과 새로운 발견이 요청된 시기이다. 그리고 민족적 자기 인식과 그 주체적 확립이 가능하지 않은 식민지 상태에 놓여 있었음에도 불구하고, 이 시기에 대부분의 작가들이 개인의 발견과 그 해방을 주장했다는 사실은 특기할 만한 일이다. 여기에는 자각과 각성에서 출발할 때에 민족 전체의 주체적인 자기 확립이 가능할 수 있을 것이라는 논리가 전제되어 있다. 그렇기 때문에 어떤 경우에는 유교적 관습과 전통 사회의 규범에서 개인의 자유와 권리를 되찾고 삶의 진정한 의미를 인식해야 한다는 주장이 나왔던 것이며, 숙명론적인 인생관에서 벗어나 자기 삶과 운명을 스스로 해결해 보려는 새로운 인생관을 가져야 한다는 주장도 나왔던 것이다. 이광수는 그의 소설 「무정」에서 자아의 각성으로서의 사랑에 대한 인식 문제를 중요시하고 있다. 그러면서도 그는 문학이 지니는 효용적 가치를 강조하여 스스로 문학의 계몽적 기능을 내세우기도 한다. 이러한 주장은 사회 현실에 근거하고 있는 자기 존재의 인식과 그 확대를 내세운 것으로서, 개인의 체험 세계를 중시하는 소설의 요건과 직결되는 것이라고 하겠다. 소설의 세계를 개인의 삶의 세계와 연관 지어 이해하려는 태도는 모두 소설이 그 예술적 독자성을 지닌 문학의 한 장르임을 인식하게 되었다는 사실을 뜻하는 것이다. 신소설의 시대에 널리 쓰였던 소설이라는 용어가 장르 개념의 한계를 벗어나 포괄적인 서사문학 양식 전반을 지시하고 있었던 점을 생각한다면, 이것은 소설에 대한 인식에 중대한 변화가 이루어지고 있음을 말해 주는 것이라고 하겠다. 소설을 독자적 문학의 한 장르로 인정한다는 것은 그것이 요구하는 원리와 규범을 모두 승인한다는 뜻이 되며, 소설에 대한 논의도 바로 그 독자적인 원리와 규범을 중심으로 전개시켜 나아갈 수 있음을 의미하는 것이다.

물론 이광수의 「무정」에서 그러한 근대소설로서의 요건이 완벽하게 확보되었다고 보기는 어려운 일이다. 이광수가 작가로서 문학을 통해 지향하고자 했던 '정의 만족'이 전통적인 규범과 속박으로부터의 개인의 해방이라는 테마로 발전했다 하더라도, 그것이 반성적인 자기 각성의 단계에 도달하지 못하였다는 것은 부인할 수 없는 사실이다. 그렇기 때문에 소설 「무정」은 개인을 사회적인 존재로 인식하는 데 여전히 한계를 드러내고 있다고 할 수 있는데, 그것은 이 소설에서 개별적 주체로서의 자아가 근거할 현실적 상황에 대한 객관적인 인식이 제대로 이루어지지 못하고 있는 점을 통해 확인 가능하다. 다만 이 소설의 이야기가 한여름 동안의 제한된 시간 속에 박영채의 시련의 삶의 과정을 모두 압축시켜 담아 놓음으로써 경험적 시간의 서사적 재구성에 있어서 소설 공간의 내적 확장을 가능하게 한 점은 하나의 성과라고 할 수 있다. 특히 소설의 결말에서 새로이 도래할 문명개화의 시대로서 근대화된 조선 사회를 적극적으로 긍정하고 있는 점은 개화 공간의 말미에 자리하고 있는 작가 이광수와 소설 「무정」의 위상을 새롭게 확인할 수 있는 요소라고 할 수 있는 것이다.

「개척자」 이후의 변모

이광수가 소설 「무정」의 대중적인 성공 이후에 처음으로 발표한 작품이 「개척자(開拓者)」(1918)이다. 이 작품은 한 가정의 구성원들을 중심으로 과학 입국이라는 계몽적인 요소와 애정 갈등이라는 통속적인 요소를 결합하여 이야기를 전개하고 있다. 이 같은 서로 다른 가치와 욕망이 소설적 긴장을 지속시키는 데에는 서로 다른 두 개의 이야기 축이 작용하고 있다.

그 이야기 속의 하나는 과학 입국의 꿈을 이루고자 집안도 돌보지 않고 실험에만 몰두하는 주인공 성재를 중심으로 하고 있다. 성재는 자신의 실험을 위해 모든 희생을 무릅쓴다. 그는 집안의 재산을 모두 탕진하였으며, 그로 인한 충격으로 부친이 사망하게 되었지만 자기 실험을 지속하고자 하는 집념을 보여 준다. 그는 자신의 실험을 후원해 줄 유력자를 찾다가 아내를 잃고 혼자 사는 부자를 만난다. 주인공은 부자의 환심을 사고 도움을 얻어 실험을 계속하기 위해 사랑하는 여동생에게 그와 결혼하도록 요구한다. 이 같은 이야기의 흐름을 놓고 본다면 성재라는 인물은 자신의 연구와 실험에 모든 것을 바치고자 한다. 이것은 일종의 집념에 해당하지만 과학 발전의 중요성을 강조하기 위한 계몽적인 요소 역시 포함한다.

이 작품에서 이야기의 방향을 결정하는 또 다른 축은 자신의 주관적 판단에 의해 한 남성을 사랑하면서도 오빠의 요구에 따라 강제적인 결혼을 택해야 하는 운명 앞에 서 있는 동생 성순을 중심으로 한다. 성순은 오빠의 과학 실험을 후원하고 오빠의 과학 입국의 의지를 전적으로 지지하는 입장이다. 그녀는 오빠가 가산을 탕진하였지만 그 실험이 꼭 성공할 것을 믿으며 오빠를 위해 무슨 일이든지 할 수 있다는 각오를 가지고 있다. 성순은 기혼인 미술 교사 민은식을 사랑한다. 오빠가 자신의 실험을 계속할 수 있도록 도와줄 재력가와 자신을 결혼시키고자 한다는 것을 알게 된 성순은 오빠의 권유를 따를 것인가 자신의 사랑을 지킬 것인가를 고심하다가 결국 스스로 목숨을 끊는다.

그러므로 「개척자」의 경우는 「무정」에 비해 이야기의 완결성이 떨어진다고 할 수밖에 없다. 성재를 중심으로 하는 의지의 축과 성순을 중심으로 하는 욕망의 축은 서로 양립하기 어려운 요소들이다. 과학이라는 계몽적인 요소나 이념적인 가치가 당위적으로 주장되고 있기는 하지만, 이것은 현실적인 요구의 절실함이 결여되어 있다. 자신의 과학 실험을 위해 여동생을 강제로 결혼시키려는 태도에서 오히려 과학자로서의 성재의 합리성을 의심하게 되며, 이에 대응하여 자살을 택하는 성순에게서도 주체의 결여를 문제 삼을 수 있다. 이 소설은 이야기를 이루는 성재와 성순의 관계가 더 높은 차원의 가치로 고양되고 있는 것이 아니라, 둘 사이에서 야기되는 모순이 그대로 이야기 구조와 그 실재성을 파탄으로 이끌어 가고 있다고 할 것이다.

이광수의 소설은 「개척자」 이후 애정 갈등을 중심으로 하는 사랑 이야기를 다양한 방식으로 풀어내고 있다. 이 같은 변화는 「무정」의 경우에 계몽성을 제외시킬 경우 고스란히 남는 통속적인 애정 갈등의 양상을 확대 재생산한 것이라고 할 수 있다. 이광수의 소설 「재생(再生)」(1925), 「유정(有情)」(1933), 「사랑」(1938) 등은 모두 애정 갈등의 삼각관계라는 도식을 여러 등장인물의 사회적 조건과 현실 상황에 맞춰 반복적으로 활용하고 있음을 쉽게 확인할 수 있다.

「재생」의 경우를 하나의 예로 살펴보자. 이 작품에서는 3·1운동 직후의 타락한 사회 현실의 한가운데에 여주인공 순영을 내세운다. 그녀는 여대생이라는 특별한 지위를 가진 신여성이다. 그녀 앞에 두 가지의 서로 다른 유혹이 가로놓이면서 이야기는 갈등으로 치닫는다. 하나는 함께 독립운동을 하다가 붙잡혀 투옥되었던 가난한 청년 봉구의 사랑이다. 다른 하나는 오빠의 소개로 알게 된 갑부 백윤희의 물질적인 유혹이다. 그녀는 이미 백윤희의 유혹에 끌려 함께 동래 온천에 가서 몸을 허락하였고, 여름방학 동안 원산 해수욕장에 따라가 함께 휴가를 즐기고 돌아오게 된다. 그런데 바로 그때 감옥에서 나온 봉구가 순영을 찾아온다. 순영은 백윤희와의 관계를 숨기고 봉구를 좇아 같이 석왕사로 여행을 떠나그곳에서 봉구와 사랑을 약속한다. 하지만 이 같은 사랑의 약속에도 불구하고 순영은 서울로 올라와 다시 백윤희를 만나고 결국 물질적인 유혹에 끌려 백윤희의 첩실이 되어 버린다. 순영의 배반에 굴욕을 느낀 봉구는 모든 것을 버리고 오직 돈을 모을 결심을 한다. 그는 미두상의 점원이되어 주인의 신임을 얻었고, 결국은 주인집의 외동딸과 결혼까지 하여그 재산을 모두 물려받는다. 그러나 그는 순영을 잊지 못하고 마음속으로 그녀를 그리워한다. 그런데 순영은 백윤희와의 비정상적인 생활에 염증을 느끼고 갈등을 겪다가 스스로 목숨을 끊어 버린다. 봉구는 순영의주검 앞에서 그녀를 용서하고 그 주검을 거두어 준다.

이 같은 「재생」의 이야기는 이미 조중환에 의해 번안되었던 일본 신파소설 「장한몽」(1916)의 서사 구조를 패러디하고 있으며, 당대 나도향의 장편소설 「환희」(1924)와도 흡사하다는 점에서 그 소설적 창의력을 의심할 만하다. 이것은 이광수의 「무정」에서 볼 수 있는 소설적 상상력이 그 이후에 도달하고 있는 어떤 한계를 말해 주는 것이기도 하다. 이광수는 「무정」에서 문명개화를 향한 신교육, 그리고 인간의 사랑의 성취라는 두 가지의 가치를 서사적 갈등 구조로 변환시켜 이야기의 긴장을 살려 냈음에도 불구하고 「재생」에 이르러 그것을 스스로 통속화시켜 버림으로써 더 이상의 의미를 지니기 어렵게 만들고 있다. 실제로 이 작품의 뒤로 이어지는 「사랑」이나 「유정」 같은 작품도 애정 갈등을 과장되게 서사화한 통속소설의 범주를 벗어나지 못하고 있다. 다만 소설 「흙」의 경우에는 허숭이라는 남성 주인공을 정점에 두고 농촌과 도시라는 두 공간을 배경으로 두 사람의 여성을 대비시켜 계몽적 의도를 강조하고 있을 뿐이다. 그러나 이 소설에서 두드러지게 드러나는 농촌계몽의 이념은 지식인의 입장에서 시혜자적인 관점으로 농촌의 현실을 그리고 있기 때문에 관념적이고 비현실적인 것으로 비판되기도 한다. 이후 이광수의 소설 작업은 「단종애사」, 「마의태자」, 「원효대사」 등과 같은 역사소설의 영역에서 성과를 드러내고 있다.

(2) 단편소설 양식의 정립

단편소설과 서사적 근대성

한국의 근대적 단편소설 양식은 3·1운동을 전후한 시기에 정착되어 대중적으로 확산된다. 한국의 전통문학에서도 한문으로 이루어진 열전(列傳)이나 일화(逸話) 등이 단형의 서사 양식에 해당하는데, 조선 후기 박지원의 한문소설 「양반전」, 「호질(虎叱)」 등은 단편소설로서의 성격이 강하다. 개화계몽 시대 이인직이 《만세보》에 처음 발표한 작품을 「소설단편(小說短篇)」이라고 명명하였고, 안국선이 펴낸 소설집 『공진회(共進會)』(1915)에서도 '단편소설'이라는 명칭을 쓴 적이 있다. 그리고 「무정」 발표 전후의 이광수의 초기 소설이 단편소설이었고 현상윤 등도 단편소설의 창작에 가담하였다. 하지만 단편소설의 양식은 김동인, 전영택, 염상섭, 나도향, 현진건의 문단 활동과 함께 대중적으로 확산되었다고 할 수 있다. 김동인의 「배따라기」, 「감자」, 염상섭의 「표본실의 청개구리」, 전영택의 「화수분」, 나도향의 「물레방아」, 「벙어리 삼룡」, 현진건의 「빈처(貧妻)」, 「운수 좋은 날」 등은 모두 이 시기의 근대적 단편소설 양식의 성과로 주목된다.

1920년대 초기 단편소설의 양식적 정착과 그 확산 과정은 근대적 소설 기법의 변화와 발전을 가져왔다. 첫째, 등장인물의 성격화 방법의 변화가 주목된다. 단편소설은 대개 단일한 작중인물을 중심으로 짤막하게 이야기가 전개된다. 모든 단편소설이 등장인물을 반드시 한 사람으로 고정하는 것은 아니지만, 이야기의 중심을 이루는 인물을 한두 사람으로 제한한다는 것은 단편소설의 일반적인 특징이다. 이야기 속의 인물을 한둘로 고정시켜 놓고 있기 때문에, 그만큼 그 인물에 이야기의 관심을 집중시킬 수 있다. 그리고 그 인물의 삶의 전체적인 과정을 서술하는 것이 아니라 삶의 특징적인 면을 통해 거기에 나타나 있는 성격을 특징적으로 제시할 수가 있게 된다. 둘째, 이야기의 서술 방식과 거기에 적합한 시점의 선택이 가능해졌다는 사실이다. 단편소설은 하나의 중요한 사건이 이야기의 골격을 이룬다. 하나의 사건이 하나의 상황 속에서 단일하게 제시되기 때문에 이야기의 구성이 단순하다. 단편소설에서 단순 구성이란 하나의 인물을 중심으로 이루어지는 하나의 사건을 다루기 때문에 생겨난 말이다. 단편소설은 인상의 단일성이 그 본질이라고 할 수 있다. 작품 속에 등장하는 인물도 단일하고, 그 인물을 둘러싸고 일어나는 사건도 하나로 집약되어 있으며, 이야기가 전개되는 상황 자체도 단일하기 때문에 전체적으로 시점의 고정을 통한 일관된 인상을 유지하게 된다. 초기 단편소설에서 1인칭 시점의 활용이 많은 것은 이와 관련된다고 할 수 있다.

김동인의 단편소설과 시점의 발견

김동인[5]은 1919년 동경 유학 시절 주요한, 전영택, 김환 등과 함께 문학 동인지《창조》를 출간하면서 본격적인 문학 활동을 시작하였다. 그는 동인지《창조》를 통해 문학의 예술적 독자성과 그 순수한 미적 가치에 대한 관심을 새롭게 제기한 바 있다. 김동인이《창조》의 창간호에 발표한 작품은 「약한 자의 슬픔」이라는 단편소설이다. 이 작품 이후 김동인은 「배따라기」(1921), 「감자」(1925), 「명문(明文)」, 「광염(狂炎) 소나타」(1929) 등의 단편소설을 발표하면서 작가로서의 위치를 확고하게 드러내었으며, 1930년대에는 단편소설 「붉은산」(1932), 「발가락이 닮았다」, 「광화사(狂畵師)」(1935) 등과 함께 「젊은 그들」(1931), 「운현궁(雲峴宮)의 봄」(1933), 「대수양(大首陽)」(1941) 등의 장편소설을 발표하였다. 그의 평론 「조선 근대소설고」(1929)와 「춘원 연구」(1935)는 한국 근대 비평의 확립 과정에서 본격적인 비평 작업의 성과로 주목되고 있다.

김동인은 문학과 예술이라는 것이 모두 인간의 위대한 창조적 정신에 의해 이루어지는 것이라고 말함으로써, 예술적 창조의 의미를 작가의 개인적 재능[6]과 결부시켜 논의하고 있다. 그는 예술이라는 것이 인생에 관

---

5 김동인(金東仁, 1900~1951). 호는 금동(琴童), 필명은 춘사(春士). 평남 평양 출생. 일본 메이지 학원(明治學院) 중학부와 가와바타 미술 학교(川端畵學校) 수학. 1919년 주요한(朱耀翰), 전영택(田榮澤), 최승만(崔承萬), 김환(金煥) 등과 문학 동인지《창조》발간. 1923년 잡지《영대》발간. 중요 작품으로 단편소설 「약한 자의 슬픔」(1919), 「마음이 옅은 자여」(1919), 「배따라기」(1921), 「감자」(1925), 「광염 소나타」(1930), 「광화사」(1930) 등과 장편소설 「젊은 그들」(1931), 「운현궁의 봄」(1933), 「왕부의 낙조」(1935), 「대수양」(1941) 등을 발표. 평론 「조선 근대소설고」, 「춘원 연구」를 발표. 참고 문헌: 윤홍로, 『한국 근대소설 연구』(일조각, 1980); 백철 편, 『김동인 연구』(새문사, 1982); 김춘미, 『김동인 연구』(고려대 민족문화연구소, 1985); 김윤식, 『김동인 연구』(민음사, 1987); 권영민 편, 『김동인 문학 연구』(조선일보사, 1988); 장백일, 『김동인 문학 연구』(인문당, 1989); 강인숙, 『자연주의 문학론 1, 2』(고려원, 1991); 강영주, 『한국 근대 역사소설의 재인식』(창작과비평사, 1991).

6 김동인, 「자기의 창조한 세계」,《창조》(7호, 1920. 7).

계되는 한에 있어서는 결국 자기 내면의 통절한 요구에 의해 이루어질 수밖에 없다고 강조한다. 그 이유는 예술을 통해 구현하고자 하는 진실이라는 것이 인간의 현실적인 삶에 긴밀하게 연결되어 있다 하더라도, 개인적인 욕구와 그 창조적 직관이 예술의 모든 선택의 원리로 작용하기 때문이다. 그의 견해에 따르면, 예술이란 참인생과는 달리 작가에 의해 창조된 인생이다. 작가는 자기가 창조한 세계로서의 예술을 완전히 지배해야 하며, 바로 여기에서 그 작가의 위대함이 결정된다. 이처럼 김동인이 제시하고 있는 예술의 개념은 그 자체로서 완전한 삶의 새로운 창조이다. 그리고 그것은 현실적 상황과 관계없이 독자적인 의미를 지닐 수 있기 때문에 그 자체로서 자족적일 수밖에 없는 것이다.

김동인의 이와 같은 태도는 소설 창작의 세계에서도 비슷한 방향으로 발전되고 있다. 그는 소설의 근본 과제를 참다운 인생의 창조라고 말한다. 그는 인생 문제의 핵심이 바로 인간 존재의 본질이라는 점을 확인하고 소설을 통해 그 자체로서 완결된 의미를 구현할 수 있는 인간의 삶을 창조해야 한다고 주장하고 있다. 작가 자신이 완전히 지배할 수 있고 자유자재로 인형을 놀리듯 조종할 수 있는 인생을 만들어 내는 것이 그의 소설의 목표이다. 실제로 그가 발표했던 단편소설을 보면, 상당수가 그 줄거리와 인물이 당대적 삶의 현실과는 다른 허구의 서사 공간 위에 그려지고 있다. 그는 순수한 예술적 가치만을 긍정하고 모든 여타의 가치관을 거부하면서, 소설의 세계 안에서 문학이 독자적으로 영위할 수 있는 공간을 발견한다. 그러나 이 공간은 삶의 현실적 기반을 넘어서는 작가에 의해 창조된 가공의 세계이다. 김동인이 소설 속에서 그려 내는 인생 문제라는 것도 역사적 현실이나 사회적 상황에 크게 좌우되지 않는 인간의 본질적인 면모에 해당한다. 그는 이 본질적인 인간의 모습을 통해 불변의 예술적 가치를 추구하고자 한다. 물론 여기에서 말하는 예술적 가치는 작품의 내적 구조의 완결성에 근거할 수밖에 없다. 김동인이 초기부터 삶의 단면과 그 완결된 의미 추구에 기능적인 단편소설의 양식에 집착했다는 것은 이러한 그의 관심과 연결되는 것이라고 할 수 있다.

김동인의 초기 소설 가운데 그의 소설적 관심과 기법적 특성을 잘 보여 주는 작품으로「배따라기」와「감자」를 들 수 있다. 이 두 작품은 인간의 삶의 한 단면을 통해 그 운명의 특징적인 양상을 대조적으로 표현한다. 그리고 단편소설의 양식을 통한 인물의 성격 창조라는 점에서 그 서술적 기법의 가능성을 제시하고 있다.

「배따라기」는 액자형 서술 구조를 취하고 있다. 이러한 서술 구조는 액자의 겉 이야기를 통해서 속 이야기의 완결성을 확보하고 그 개연성을 정당화한다는 형식상의 장점을 가지고 있다.「배따라기」의 이야기는 자기 열등감을 벗어나지 못한 주인공의 오해에서 빚어진 형제 간의 파멸의 과정을 그리고 있다. 온순하지만 우직하고 자기 열등의식에서 벗어나지 못하는 주인공과 붙임성 있으면서도 고운 그의 아내 그리고 착실하고 다정한 동생 사이의 관계가 파멸로 치닫게 된 것은 자기 열등감을 조절하지 못한 형의 성격 때문이다. 결국 이 작품은 인간의 운명이라는 것이 자기 내면적인 요건에 의해 규정된다는 것을 보여 준다. 이 작품의 액자 구조 내부에서 펼쳐지는 비극적인 운명은 액자의 외부에 존재하는 작중 화자 '나'의 현실 체험 속에 용해된 인생의 한 단면으로 제시된다. 그러므로「배따라기」는 한 인간의 삶의 비극을 말하고자 한 것이 아니라 비극적인 운명을 통해 인생의 문제를 다시금 생각하도록 유도하고 있다고 할 수 있다.

「감자」의 경우는 이와 다르다. 이 작품은 복녀라는 주인공이 가난한 환경 속에서 도덕적인 의지를 상실한 채 끝내 비극적인 파멸을 맞는 과정을 그리고 있다. 복녀의 극단적인 파멸, 곧 죽음에 이르는 과정에는 가난한 삶이라는 외부적인 사회적 요인이 자리하고 있다. 복녀는 규범적인 가정교육을 받아 윤리 관념이 철저했던 여인이다. 그녀는 가난 때문에 80원에 몸이 팔려 20년 연상의 남편과 결혼하게 되는데, 남편의 게으름 때문에 도시 변두리인 칠성문 밖 빈민굴 주민으로 전락하게 된다. 빈민굴에 떨어진 복녀는 자기 스스로 공사판에 나가 일하게 되고 급기야 감독에게 몸을 허락하면서 '일 안 하고 품삯 많이 받는 인부'가 되고 만다. 복녀는 왕 서방네 감자를 훔치다가 붙잡히자 자신의 몸을 허락하여 위기를 모면하고, 왕 서방과 지속적인 관계를 유지하면서 돈을 받아 낸다. 이러한 과정에서 주목해야 되는 것은 복녀의 발전적 성격과 그 운명적 의미이다. 그리고 가난이라는 외부적인 삶의 조건이 어떻게 한 인간을 타락시킬 수 있는지를 살펴보아야 한다. 이 작품에서는 「배따라기」와는 달리 일체의 주관적인 논평을 가미하지 않고 있다. 그리고 작품의 간결한 문체가 이러한 객관적 태도를 효과적으로 부각시키고 있다. 「배따라기」와 「감자」에서 볼 수 있는 이러한 대조적인 태도는 객관적 묘사와 주관적 서술 사이의 균형을 중시하게 되는 근대소설의 서술적 기법의 가능성을 말해 주는 것이라고 할 수 있다.

　김동인은 「배따라기」 이후 단편소설이라는 근대적인 소설 양식을 확립하는 데 주력하였다. 이인직에서부터 이광수에 이르기까지 한국 소설 문학의 전통은 장편소설 양식에 근거하고 있다. 이들의 작품은 모두 삶의 전체적인 양상과 인생의 의미를 역사적으로 폭넓게 추구하는 데 그 특징이 있다. 그러나 김동인은 인생의 한 단면을 제시함으로써 이야기의 극적인 완결성을 확보할 수 있는 단편소설에 관심을 가지게 된다. 「약한 자의 슬픔」, 「배따라기」, 「감자」 모두 인간의 운명적인 면모에 관심을 기울이고 있지만, 실제 이야기 속에서 그 운명적인 양상을 제시하기 위해 택하고 있는 것은 하나의 사건에 불과하다. 주인공이 처한 상황과 조건을 암시하는 하나의 사건을 바탕으로 이야기를 이끌어 가는 그의 소설은 「약한 자의 슬픔」에서처럼 강한 자에 의해 유린당한 약한 여주인공의 모습을 강조하기도 하고 「감자」의 경우처럼 생존을 위한 물질적 조건을 좇아 몸을 망치는 허망한 여주인공의 최후에 초점을 맞추기도 한다. 「배따라기」의 경우는 자기 열등의식의 노예가 되어 스스로 삶을 파탄으로 몰아간 운명적인 사내의 모습을 비춘다. 이런 이야기는 다채로운 사건의 전개 과정을 요구하는 장편의 경우와는 근본적으로 다르다. 이 같은 그의 소설적 관심은 「광염 소나타」, 「붉은 산」, 「광화사」 등에서도 지속적으로 나타난다. 「붉은 산」은 비도덕적이고 몰염치한 인물로 알려진 주인공의 마지막 모습에 담긴 숭고한 민족애에 초점을 두고 있다. 「광화사」의 주인공은 아름다움의 극치를 꿈꾸며 지극한 미인의 얼굴을 그리려 한다. 하지만 미의 극치는 현실에는 존재할 수 없다. 따라서 환상을 추구하는 주인공은 자신의 예술적 성취를 위해 광기에 가까운 행동도 서슴지 않는다. 절대적인 아름다움을 획득하지 못한 데서 생의 비극이 초래된다. 인간의 삶을 초월한 순수한 아름다움의 추구와 좌절, 이것은 소설의 주인공이 추구한 꿈이자 작가 김동인의 소설 미학이라고 할 수 있다.

김동인의 소설에서 발견하게 되는 또 하나의 중요한 특징은 다양한 서술적 시점을 작품에 활용함으로써 근대적 소설 기법의 확립을 기하고 있는 점이다. 김동인 자신은 '~았(었)다'라는 과거 종결형의 도입과 '그'라는 3인칭 대명사의 소설적 활용을 자신의 소설적 기법의 성과로 지목한 바 있다. 이러한 요소들은 모두 서사 양식으로서의 소설의 서술 방법과 그 미학적 가능성에 대한 인식을 말해 주는 시점의 도입과 관련되는 문제이다. 소설에서 시점은 누가 어떤 각도에서 이야기하는가를 결정하는 일이다. 소설에서 화자의 위상의 변화는 대상으로서의 세계와 분명한 구획을 짓고 거리를 두는 방식을 인식하게 되었음을 뜻한다. 이것은 개인이 스스로의 범주를 규정하고 주체로서의 위상을 세우면서 바깥 세계를 일정한 각도에서 바라볼 수 있는 전망을 갖게 되었음을 의미한다. 이 경우에 사물을 보는 각도와 거리가 인식되고 서술의 초점이 분명해지는 것이다. 모든 것이 무한하게 열려 있는 것이 아니라 자신의 관점에 따라 인식된다는 것은 매우 중요하다. 결국 서사에서 서술상의 초점이 명확해지고 거리가 생긴다는 것은 개별적인 인간이 주체로서의 자기 정체성을 확보하기 시작하였음을 뜻하는 것이다. 예컨대 한국의 고전소설에서는 서술상의 시점에 대한 인식이 뚜렷하게 드러나지 않고 있다. 절대적인 권위를 지닌 화자가 모든 것을 서술하기 때문에 서술의 거리도 유지되지 않는다. 서술적 간격과 초점이 명확하지 않기 때문에 서술의 주체와 대상 사이의 거리가 무너지고 서사적 긴장을 유지하기 어렵다. 이 같은 현상은 고전소설의 시대에 살았던 사람들이 사물에 대한 객관적이고도 합리적인 인식과 전망을 지니지 않았음을 말해 준다. 다시 말하면 합리적인 주체가 제대로 확립되지 못한 시대의 서사 양식에서 볼 수 있는 담론적 특징이라고 할 것이다. 이 같은 현상은 신소설에서부터 어느 정도 달라지고 있으나, 이광수의 소설 「무정」에까지도 그 흔적이 이어진다. 서사적 공간의 외부에 존재하는 화자가 서사 내적 공간을 완전히 장악하는 전지적인 태도를 보여 주고 있기 때문이다.

김동인은 「배따라기」를 위시하여 「붉은 산」, 「광화사」 등에서 서사 내적 화자를 설정하고, 「약한 자의 슬픔」, 「감자」 등에서는 서사 외적 화자를 내세우기도 한다. 소설에서 1인칭 화자가 일반화되기 시작한 것은 김동인이 시도했던 서사 내적 화자의 설정에서부터라고 할 수 있다. 특히 그는 서술적 주체와 대상의 거리를 엄격하게 유지하기 위해 소설의 문체에서 서사적 과거 시제를 정착시킨다. 소설 「무정」에서 확인할 수 있듯이 '～더라', '～ㄴ다'와 같은 종결어미가 혼용됨으로써 나타나는 시제의 불일치는 서술적인 거리가 여전히 불완전하게 유지되고 있음을 말해준다. 김동인은 소설의 지문에서 '~았(었)다'체의 과거 시제 종결어미를 활용하여 서술적 거리를 완벽하게 확보함으로써 대상에 대한 객관적인 묘사와 서술의 가능성을 문체를 통해 확인해 보여 주는 것이다. 결국 소설에서 서사적 과거 시제의 문체론적 확립이 김동인에 이르러서야 가능해졌음을 알 수 있다.

현진건과 소설적 기법의 추구

현진건[7]은 3·1운동 직후 「빈처(貧妻)」(1921), 「술 권하는 사회」(1921), 「타락자(墮落者)」(1922) 등을 통해 지식의 좌절과 경제적인 빈곤상을 보여 주면서 작가로서의 위상을 인정받았다. 그는 박종화, 나도향, 이상화, 박영희 등과 《백조》 동인에 가담하여 문단 활동의 영역을 넓혔고, 「운수좋은 날」(1924), 「불」(1925), 「B사감과 러브레터」(1925) 등을 통해 탁월한 소설적 기법을 보여 주기도 했다. 1930년대에는 물질적 욕망과 애정 갈등을 주축으로 하는 장편소설 「적도(赤道)」(1934)와 신라 시대 불국사 석탑에 얽힌 설화를 중심으로 하는 역사소설 「무영탑(無影塔)」(1939)을 내놓았다.

현진건은 김동인 이후 주도적인 양식으로 등장한 단편소설의 기법적인 완결을 추구하여 근대소설의 미학의 확립에 기여한 것으로 평가할 수 있다. 그는 초기 소설에서 '나'라는 1인칭 화자를 등장시켜 소설 속에서

---

7 현진건(玄鎭健, 1900~1943). 호는 빙허(憑虛). 경북 대구 출생. 일본 세이조 중학(成城中學) 졸업 후 중국 상하이의 호강 대학에서 수학. 1920년 단편 「희생화」 발표, 《백조》 동인에 가담. 단편 「빈처」, 「술 권하는 사회」, 「타락자」, 「할머니의 죽음」(1923), 「운수 좋은 날」, 「불」, 「B사감과 러브레터」, 「사립정신병원장」(1926), 「고향」과 장편소설 「적도」, 「무영탑」 등 발표. 참고 문헌: 신동욱 편, 「현진건의 소설과 그 시대인식」 (새문사, 1981); 현길언, 「현진건 연구 — 문학과 사랑과 이데올로기」(태학사, 2000).

성격의 초점과 서술의 초점을 일치시키면서 인물의 내면 분석의 가능성을 제시하였고, 1920년대 중반 이후 3인칭 시점의 서술 방법을 활용하여 작중인물의 삶을 좀 더 치열하게 묘사해 내고 있다. 그의 초기 단편소설 가운데 소설적 기법의 특성을 가장 잘 보여 주는 작품으로 「빈처」와 「운수 좋은 날」을 들 수 있다. 「빈처」는 주관적 내면성의 추구에 관심을 두고 있는 반면 「운수 좋은 날」은 객관적 외부 현실의 실재성에 더 큰 관심을 두고 있다. 또한 「빈처」가 일제 강점기 지식인의 고뇌를 보여 주고 있다면, 「운수 좋은 날」은 노동자의 고통을 그려 내고 있다고 할 것이다.

단편소설 「빈처」는 가난한 무명작가의 고민을 그린 것으로 자전적 성격이 강하다. 이 작품에서는 소설가인 '나'라는 인물이 빈궁 속에서 정신적인 가치를 추구하는 과정이 조그마한 현실적 욕망에 의해 어떻게 동요되는가를 섬세하게 그려 낸다. 주인공 '나'는 개인적 출세와 물질주의라고 하는 당대의 일반적 가치를 거부하였기 때문에 경제적 빈궁과 함께 정신적 고뇌를 겪고 있다. 이러한 주인공의 정신적 가치 지향은 또다른 지식인인 은행원 'T'의 물질 지향적 태도와 대비된다. 이 같은 대조적인 인물 설정은 가난하면서도 남편을 믿고 사랑하며 장래에 대한 기대 속에 살아가는 아내와, 부유하지만 늘 불만족스러우며 보람없는 삶을 살아가는 처형의 관계를 통해서도 그대로 재현된다. 이 소설은 생활에 아무 보탬이 되지 않는 책 읽기와 글쓰기에 매달려 나날을 보내는 주인공의 소시민적 고뇌를, 남편의 무능력을 탓하지 않고 그 성공만을 기다리는 아내의 기대와 연결시켜 놓음으로써 극적인 긴장을 유지한다. 특히 주인공과 아내의 심리적 변화가 객관적 현실에서 야기되는 에피소드에 정밀하게 대응함으로써 사실적인 효과를 더욱 고조시키고 있다.

「운수 좋은 날」은 소시민적 지식인의 내면 풍경을 그려 낸 「빈처」와는 달리 하층민의 곤궁한 생활 현장을 문제 삼고 있다. 이 작품에서부터 작가가 작품 서술에 3인칭 시점을 도입했다는 것은 객관적인 현실 문제에 대한 접근을 위해 기법적인 배려를 잊지 않고 있음을 뜻한다. 그리고 이 작품이 가난한 인력거꾼의 힘든 하루 생활을 배경으로 하고 있다는 것은 문학의 관심이 그만큼 민족의 고통스러운 현실에 밀착되어 있음을 말해 주는 것이다. 작품의 주인공인 가난한 인력거꾼 김 첨지는 날씨가 궂은 날인데도 불구하고 돈을 벌기 위해 인력거를 끌고 나간다. 그런데 뜻밖에도 운수가 좋아서 가는 곳마다 손님을 만나게 되어, 돈을 많이 벌수 있게 된다. 그러나 돈이 들어올수록 앓고 있는 아내가 일하러 나가지 말고 집에 있어 달라고 하던 말이 떠올라 마음이 불안해지기 시작한다. 아내가 죽었을지도 모른다는 막연한 불안감이 고조되는 것이다. 그가 일을 마치고 집에 돌아왔을 때 아내는 이미 세상을 떠난 후다. 소설의 이야기는 김 첨지의 운수 좋은 날은 바로 그의 아내가 굶주림 속에서 외롭게 죽어 간 날이라는 사실을 말해 주는 것으로 끝난다. 결국 이 소설은 가난한 인력거꾼 김 첨지가 모처럼 맞게 되는 행운이 그의 아내의 죽음이라는 불운으로 급전되는 과정이 핵심적인 내용을 이루고 있다. 이 작품의 이야기 속에서 그려지는 김 첨지의 거듭된 행운은 그가 집에 누워 있는 아내를 떠올리며 불안해하는 순간부터 불길한 예감에 휩싸이기 시작한다. 소설을 읽는 독자들도 그러한 상황 속의 행운이란 그 행운에 못지않은 불행을 수반할지도 모른다는 불안감을 가질 수밖에 없다. 인력거꾼 김 첨지가 뜻밖에도 재수가 좋아서 돈을 많이 벌게 되었다는 것, 그리고 그 돈으로 아내에게 설렁탕도 사다 줄 수 있게 되었다는 것은 이들 가족 전체에게 행운이 되어야 하는 것이 순리이다. 그러나 이 소설은 오히려 상황을 전도시켜 놓고 있다. 김 첨지에게는 돈이 생겼지만 그 돈을 쓸 곳이 없어져 버렸고, 그의 아내는 먹고 싶던 설렁탕을 죽어서야 받게 되는 것이다. 바로 여기에서 이 소설 구성의 반어적인 특성이 드러난다. 이 소설의 반어적 구성은 아내에 대한 김 첨지의 태도에서도 나타난다. 사흘 전부터 설렁탕을 사 달라는 아내에게 "이런 오라질 년! 조팝도 못 먹는 년이 설렁탕은 또 처먹고 지랄을 하게."라고 면박을 주던 것과는 달리, 돈이 생기자 김 첨지는 가장 먼저 앓는 아내를 떠올린다. 이러한 부분 등에서 보이는 김 첨지의 태도의 반어성은 사회적, 경제적 빈궁이 한 개인의 심리 표출에까지 깊은 영향을 미치고 있음을 보여 주고 있는 것이다.

소설 「운수 좋은 날」에서부터 변모되기 시작한 작가의 관심이 하층계급 여성의 비참한 삶에까지 확대된 예로 「불」을 들 수 있다. 이 작품은 봉건적 인습에서 빚어진 시집살이의 고통과 조혼 제도의 비극을 그리고 있는데, 특히 여주인공의 심리적 갈등을 치밀하게 묘사하고 있는 점이 돋보인다. 여주인공 순이는 열다섯 살에 불과하다. 민며느리로 팔려 온 그녀는 낮에는 시어머니의 학대와 노동을, 밤에는 나이 많은 남편에게 성적인 시달림을 받게 된다. 이러한 생활을 견디지 못한 그녀는 결국 집에 불을 지르고 만다. 그녀의 단순한 생각으로는 남편의 시달림으로부터 벗어나기 위해서는 원수의 방을 없애면 될 것으로 생각했던 것이다. 「불」에서 볼 수 있는 특징적인 면모는 이전의 소설에서 흔히 볼 수 있었던 소극적인 성격의 주인공들과는 달리 훨씬 적극적이고 능동적인 성격으로 주인공을 형상화하고 있다는 점이다. 순이는 불을 질러 억압의 생활로부터 벗어나려고 한다. 물론 그녀는 방화를 통해 왜곡된 자신의 삶으로부터 벗어나지는 못한다. 그녀를 비극적인 삶으로 이끌어 간 민며느리 풍습은 사회적 인습과 밀접하게 결합되어 있고 경제적 조건과도 불가분의 관계를 맺고 있기 때문이다.

현진건이 그의 단편소설에서 즐겨 다루는 소재는 궁핍한 생활상이다. 그는 식민지 시대 궁핍한 현실을 다양한 각도에서 분석한다. 「빈처」, 「술 권하는 사회」와 같은 작품에서는 사회적 진출이 좌절된 지식인을 내세워 물질적인 욕망과 정신적 가치의 문제를 대비시킨다. 이 같은 방법은 물론 현실에 대한 새로운 접근법은 아니다. 그러나 생활을 영위하기 어려운 빈곤을 체험하면서도 결과적으로는 정신적 가치를 우위에 놓을 수밖에 없는 현실의 피폐함을 역설적으로 제시하고 있는 것이 이 같은 작품의 특징이다. 「운수 좋은 날」과 같은 작품에서는 도시 하층민들이 겪는 궁핍한 생활상을 직접적으로 보여 주며 「불」, 「고향」(1926), 「정조(貞操)와 약가(藥價)」(1929)와 같은 작품에서는 농민들의 곤궁한 생활의 단면을 제시한다. 이 작품들에서는 도시나 농촌의 하층민들이 결코 그들이 겪고 있는 빈곤을 벗어날 수 없음을 보여 준다. 식민지 현실 속에서 하층민들의 경제적인 궁핍은 이미 일상화되고 있었던 것이다. 「불」의 경우는 경제적인 궁핍 때문에 민며느리로 팔려와 육체적으로 성적으로 학대에 내몰린 농촌 여성을 그리고 있으며, 「정조와 약가」에서는 소작을 부치던 농토를 빼앗긴 가난한 농부가 병을 얻어 앓아 눕자 그 아내가 남편의 약을 구하기 위해 의원에게 자기 몸을 바치는 이야기를 들려준다. 현진건의 소설 가운데 이 시기의 경제적 궁핍이 식민지 지배에서 비롯된 것임을 직접적으로 제시하고 있는 작품이 「고향」이다. 이 작품에는 일제가 토지 조사를 통해 농토를 몰수함으로써 고향을 떠나 유랑하게 된 사람들이 등장한다. 이들은 농토만 빼앗긴 것이 아니라 고향도 잃고 사랑마저 저버리게 된다. 그러므로 고향은 식민지 시대의 피폐한 삶을 그대로 말해 주는 불모의 땅이 되고 만다. 이처럼 현진건의 소설에는 그 양상은 다르지만 식민지 시대의 한국 사회가 처해 있던 경제적인 빈곤 상황을 펼쳐 놓고 있다. 물론 이들 작품에는 궁핍한 현실을 타개하기 위한 어떤 방법이 나타나 있지는 않지만, 작가의 관심 자체가 당대의 현실 문제에 예각적으로 대응하고 있음을 주목할 필요가 있다.

현진건의 작품들은 완결된 짜임새를 추구하는 소설적 기법이 주제의 형상화에 잘 부합된다. 소설의 기법이라는 것이 그 주제의 해석 방법과 직결된다는 사실을 현진건의 소설에서 분명하게 확인할 수 있다. 「빈처」라든지 「운수 좋은 날」과 같은 작품을 보면 서로 다른 상반된 상황이 극적으로 이어져 상황적 아이러니를 연출한다. 그리고 바로 그 같은 아이러니의 효과를 통해 소설적 주제를 부각시킨다. 인물 성격화의 방법에 있어서도 심리 묘사의 치밀성이 두드러지게 드러난다. 「B사감과 러브레터」와 「불」의 주인공은 인물의 성격 묘사에 있어 극적인 방법의 효과를 최대한 살리고 있다. 특히 내면 심리의 변화와 외부적인 행동 방식을 완벽하게 대조시켜 구현하고 있다든지, 서술적 거리를 적절하게 유지하면서 묘사의 객관성을 구현하고 있는 것은 소설적 기법의 성과라고 할 수 있다.

나도향, 물질적인 욕망과 인간적 본능

나도향[8]은 1920년 《백조》 동인으로 참여하면서 문필 활동을 시작하였다. 그가 《백조》 창간호에 발표한 「젊은이의 시절」(1922)은 예술이라는 환상에 들떠 있는 인물들을 미화하고 있으며 「별을 안거든 울지나 말걸」(1922)에서는 서간체 형식을 빌려 예술에 대한 열정을 표면에 드러내고 있다.

나도향의 첫 장편소설 「환희(幻戱)」(1923)는 물질적인 욕망과 애정의 문제에 얽혀 고뇌 속에서 파멸하는 한 여인의 삶을 그렸다. 이 작품의 여

---

8 나도향(羅稻香, 1902~1927). 본명은 경손(慶孫). 필명은 빈(彬). 서울 출생. 배재고보 졸업. 경성의전 중퇴. 1922년 《백조》 창간호에 「젊은이의 시절」, 제2호에 「별을 안거든 울지나 말걸」을 발표. 《동아일보》에 장편소설 「환희(幻戱)」 연재. 단편소설 「여이발사」, 「행랑자식」, 「전차 차장의 일기 몇 절」, 「물레방아」, 「뽕」, 「벙어리 삼룡」 등을 발표. 참고 문헌: 윤홍로, 『나도향』(건국대 출판부, 1997); 이재선, 『한국소설사』(민음사, 2000); 조남현, 『한국 현대소설사 1』(문학과지성사, 2013).

주인공은 가난한 동경 유학생과 사랑을 나누다가 돈 많은 사내와 결혼한다. 그러나 잘못된 결혼 생활에 점차 흥미를 잃고 병까지 얻게 되자 부여보 요양을 갔다가 백마강에 몸을 던져 자살한다. 여주인공이 물질적 욕망에 빠져들어 사랑을 버리는 이야기의 모티프는 이미 「장한몽」과 같은 일본 신파소설의 번안물을 통해 독자들에 익히 알려진 것이다. 그러나 작가는 애정 갈등의 문제 자체를 낭만적으로 형상화하려는 의욕을 보임으로써 이광수의 「무정」에서와 같은 계몽성을 어느 정도 벗어나고 있다.

나도향이 낭만적인 경향을 벗어나 농촌의 현실을 사실적으로 그려 낸 「벙어리 삼룡」(1925), 「물레방아」(1925), 「뽕」(1925) 등은 주제와 구성의 완결성이 돋보이는 작품들이다. 「벙어리 삼룡」은 하인이라는 신분적 차별과 벙어리라는 육체적 불구 때문에 자기 뜻을 제대로 표현하지 못하던 주인공이 죽음의 순간에 자신을 발견하게 되는 비극적인 내용을 다루고 있다. 이 작품의 주인공인 '삼룡'은 머슴으로 충직하게 일하면서 주인으로부터 신임을 얻는다. 주인집 아들이 보여 주는 온갖 행패도 모두 참고 견딘다. 그런데 주인집 아들이 장가를 든 후에 그 아내를 구박하자 삼룡은 새아씨의 처지를 안쓰럽게 여긴다. 이처럼 소설의 전반부에서 삼룡은 주인집에 철저하게 예속된 하인이며, 주인의 명령에 절대적으로 복종하는 인물로 그려진다. 그러나 소설의 후반부에서는 상황이 달라진다. 새아씨가 삼룡을 인간적으로 따뜻하게 대해 주자, 주인집 아들이 삼룡과 자기 아내의 관계를 의심하며 호되게 닦달한다. 그리고 삼룡을 두들겨 패고는 집에서 내쫓는다. 삼룡은 집에서 쫓겨나자 주인집에 불을 지르고 불 속에서 새아씨를 찾는다. 그러나 그는 불 속을 벗어나지 못하고 새아씨를 껴안은 채 지붕 위에서 타오르는 불길에 휩싸인다. 그는 이 순간 인간으로서의 자기를 회복하고 평소에는 느끼지 못했던 사랑의 성취감을 맛보는 것이다. 이 작품은 이야기의 극적인 결말을 통해 주제를 더욱 고양시키고 있다. 소설의 주인공 삼룡이 주인집에 불을 지른 행위는 주인에게 굴종적이었던 태도에서 벗어나 그에 저항하는 최후의 수단에 해당한다. 그러므로 불은 굴종으로부터의 저항과 구속으로부터의 해방을 상징한다. 그리고 이것은 뜨거운 사랑의 열정과 그 승화를 뜻하기도 한다. 삼룡은 불 속에서 죽음의 순간을 눈앞에 두고 비로소 노예적인 삶에서 벗어나 자신의 존재를 인식하고 자기 사랑을 확인하게 되는 것이다.

소설 「물레방아」에서도 결말의 처리 방식은 복수극으로 이루어진다. 소작농으로 살아가는 주인공 이방원은 아내가 지주의 유혹에 쉽게 빠져들어 자신에게 잔혹할 만큼 냉담하게 대하는 데 굴욕을 느낀다. 그는 아내의 부도덕한 행동과 지주의 횡포에 적극적인 대항을 꾀하다가 오히려 투옥된다. 감옥에서 풀려나온 그는 복수의 기회를 노리면서 아내에게 마지막으로 자기에게 돌아올 것을 애원한다. 그러나 아내가 이를 거절하자 그는 아내를 찌르고 자살한다. 이 소설은 지주와 소작인이라는 계급적인 대립과 갈등을 보여 주면서도 본능적인 육욕의 문제와 물질에 대한 탐욕이 빚어내는 인간성의 타락을 그려 내고 있다. 「물레방아」에서 제시하고 있는 현실적인 문제는 가난이다. 그러나 이러한 상황적 조건을 인간의 본능적인 욕망과 연결시켜 새로운 해석을 시도하고 있는 것이다. 특히 물레방아라는 것이 삶의 과정을 암시하면서 성적 본능을 상징하는 소설적 장치로 활용되고 있는 점도 주목된다.

소설 「뽕」에서도 경제적인 궁핍이 현실적인 삶의 가장 중요한 문제로 제기된다. 아편쟁이며 노름꾼인 김삼보는 집안은 돌보지 않고 떠돌아다니며 인생을 탕진한다. 그의 아내인 안협집은 남편의 무관심과 경제적 무능력 속에서 생애를 꾸려 나가기 위해 자신의 몸을 판다. 그녀는 자기네 누에에게 먹이려고 뽕을 훔치러 갔다가 뽕밭 주인에게 붙잡히자 자신의 몸을 허락하고 풀려난다. 그 후 그녀는 "돈만 있으면 서방도 있고 먹을 것 입을 것이 다 있지."라고 생각하게 된다. 이 같은 인간형은 이미 김동인의 「감자」에 등장하는 복녀를 통해 구체적으로 형상화된 적이 있다. 두 작품에는 비정상적인 부부 관계와 비윤리적인 매춘 행위가 유사한 패턴으로 등장할 뿐만 아니라, 자신들의 행위에 대해 전혀 아무런 내적 갈등을 겪지 않는 인물들을 내세우고 있는 점도 흡사하다. 이처럼 물질적 욕구와 육체적인 욕망에 의해 행동하는 인물들이 작품의 전편을 채우고 있는 것은 작가 나도향이 인간의 본성과 현실적인 삶의 조건을 동시에 문제 삼고 있음을 의미하는 것이라고 할 수 있다.

(3) 소설과 식민지 현실 비판

개성과 현실의 발견

1920년대 문학의 전개 과정에서 염상섭[9]은 개인의 발견과 현실 인식이라는 소설의 근대적인 특성을 분명하게 제시하고 있다. 그는 삶의 문제를 문학의 본질과 결합시킴으로써 문학에 대한 근대적 인식의 기반을 확대시켜 놓았다. 문학에 대한 염상섭의 관심은 3·1운동 직후부터 이루어진 그의 비평 활동과 소설 창작을 통해 구체적으로 드러나고 있는데,

---

9 염상섭(廉想涉, 1897~1963). 본명은 상섭(尙燮), 호는 횡보(橫步). 서울 출생. 중학 시절부터 일본으로 건너가 게이오 대학 문학부에서 수학. 1920년 2월 《동아일보》 창간 기자로 활동. 1920년 귀국 후 동인지 《폐허》를 창간. 1921년 「표본실의 청개구리」 발표. 이후 「암야」, 「제야」와 장편소설 「만세전」, 「삼대」, 「무화과」, 「모란꽃 필 때」, 「그 여자의 운명」 등을 발표. 1936년 만주로 건너가 《만선일보》의 주필 겸 편집국장 역임. 8·15 광복 직후 귀국하여 단편소설 「두 파산」, 「일대의 유업」, 장편소설 「취우」 등 발표. 참고 문헌: 김종균, 『염상섭 연구』(고려대 출판부, 1974); 김윤식, 『염상섭 연구』(서울대 출판부, 1986); 권영민 편, 『염상섭 문학 연구』(민음사, 1987); 김경수, 『염상섭 장편소설 연구』(일조각, 1999); 이보영, 『염상섭 문학론』(금문서적, 2003), 장두영, 『염상섭 소설의 내적 형식과 탈식민성』(태학사, 2013).

개성에 대한 자각에서부터 현실 생활의 인식 문제로 확대되었다. 그는 자아의 각성을 인간성의 해방으로 보고 그것을 근대적인 자기 발견 또는 개성의 발견이라고 말하고 있다. 그리고 예술이라는 것이 작가의 개성을 통하여 투시한 창조적인 직관의 세계라고 규정하였으며 예술에서의 개성의 표현, 개성의 약동에 미적 가치가 있음을 주장하였다.

> 藝術美는 作者의 個性, 다시 말하면 作者의 獨異的 生命을 通하야 透視한 創造的 直觀의 世界요, 그것을 投影한 것이 藝術的 表現이라 하겟다. 그러므로 個性의 表現, 個性의 躍動에 美的 價値가 잇다고 할 수 잇고, 同時에 藝術은 生命의 流露요 生命의 活躍이라고 할 수 잇는 것이다. …… 이와가티 藝術은 個性의 獨創에 生命이 잇는 것인 以上, 模造, 模寫에 藝術的 價値가 업슴은 名畵를 石版에 複寫한 것에 藝術的 生命이 업슴과 다를 것이 업는 것이다. 藝術은 模倣을 排斥하고 獨創을 要求하는지라, 거기에 何等의 範疇나 規約과 制約이 업는 것은 勿論이다. 生命의 向上 發展의 境地가 廣大無涯함과 가티 藝術의 世界도 無邊際요 藝術의 世界의 無邊, 無涯는 個性의 發展과 表現의 自由를 意味하는 것이다.[10]

앞의 인용에서 예술이 개성을 표현한 것이라고 하는 말은 작가가 지니고 있는 독특한 정신 내용 자체가 예술의 본질이 되는 것임을 의미한다. 그렇기 때문에 그만큼 특수하고 남다른 것이 중요시되며, 예술의 생명도 개성의 독창성에 있다고 강조되기도 한다. 물론 염상섭은 개성론에서 개성 표현의 문제만을 중시하고 있는 것은 아니다. 그는 개성의 문제를 개인적인 차원에만 국한시키지 않고 이것을 민족이라는 집단적 차원

---

10 염상섭, 「개성과 예술」, 《개벽》 22호(1922. 4), 8쪽.

의 문제로 확대시켜 가고 있다. 그는 민족적 개성이라는 것을 민족사의 흐름 속에서 민족의 역사적 배경을 이루는 기후나 풍토뿐 아니라 시대적 상황 등을 통해 형성된 민족의 고유한 정신이라고 규정한다. 그리고 바로 이러한 민족적 개성의 표현을 통해 민족 특유의 예술의 가치가 발현될 수 있다는 것이다. 이처럼 염상섭은 개성론의 출구를 민족 문제로 확대 해석함으로써 3·1운동 직후에 제기된 민족적 각성을 자연스럽게 문예의 영역으로 끌어들이고 있다.

염상섭은 개성의 표현으로서의 예술에 대한 인식에서 출발하여 생활 현실에 근거한 문학으로 관심을 구체화하였다. 그는 개성의 표현에 의해 이루어지는 문예라고 하더라도 현실 생활의 기반을 떠나서는 아무 의미도 지닐 수 없다고 말한다. 그의 견해에 따르면, 문예는 생활의 표백이요, 기록이요, 흔적이요, 주장이다. 그러므로 문예에서 생활을 제거할 경우 그 가치를 찾기 어렵다. 이러한 주장은 문예의 본질을 개성의 표현에서 찾았던 개성론의 관념적 한계를 극복하고 있을 뿐 아니라, 현실과 인간의 생활에 내재한 본질적 현상을 변증법적으로 파악하고 있다는 점에서도 중요한 의미를 갖고 있다. 생활에 대한 염상섭의 새로운 인식은 생활의 표현을 통해 삶의 전체적인 모습을 구현한다는 리얼리즘의 정신에 접근하고 있다는 점에서도 주목된다. 추상적인 관념을 배제하고 경험 세계로서의 현실과 그를 기반으로 하는 생활을 중시한다든지, 그 생활 속에서 시대정신이나 사회의식을 추출한다든지 하는 것은 모두 리얼리즘의 판단 근거가 될 수 있기 때문이다.

염상섭의 문학적 견해는 자아의 발견과 철저한 현실 인식이라는 포괄적인 비평적 관점에서 출발하여 개성론으로 발전하였다고 할 수 있다. 그는 문예의 본질로서의 개성에 착안함으로써 3·1운동 직후의 혼란 상황 속에서 문학에 대한 근대적 인식의 기반을 확립하였다. 염상섭은 개성에 대한 자신의 관심을 민족적 개성으로 확대시켰다. 그가 식민지 지배 상황 아래 놓여 있는 민족 현실에 대한 총체적 인식을 목표로 하였을 때, 바로 거기에서 문학의 근대적인 속성이 발현되고 있음을 알 수 있다. 그는 소설의 실천적 방법으로서 삶의 모든 문제의 핵심에 돌입할 수 있는 리얼리즘의 방법을 깊이 있게 인식함으로써 근대소설의 새로운 장을 연 것이다.

「만세전」과 식민지 현실 공간

염상섭의 초기 소설은 「표본실의 청개구리」(1921), 「암야(闇夜)」(1922), 「제야(除夜)」(1922) 등으로 이어지고 있다. 이 작품들은 모두 현실에 지쳐 있는 지식인 청년의 고뇌와 방황을 보여 준다. 「표본실의 청개구리」에서 주인공은 삶의 의미를 발견하지 못한 채 좌절과 갈등의 세월을 보내고 있다. 이러한 삶의 권태는 3·1운동 직후의 암울한 시대 상황과 연관된 것으로 보이며, 주인공의 여행길에서 만난 김창억의 광기와 결합된다. 교원이었던 김창억을 미치광이로 만든 것은 어떤 사건에 연루된 투옥 생활이다. 작품 속에서 이 사건의 내력은 밝혀지지 않지만 김창억이 정신적인 상처를 겪는 뒤 현실 세계와 융합되지 못하고 있는 점은 주인공의 처지와 흡사하다. 이 작품은 지식인의 권태와 광기의 의미를 추구하고 있지만, 서사적 구조 자체의 불균형과 서술의 구체성을 상실한 생경한 관념의 노출로 인하여 소설적 한계를 분명하게 드러내고 있다.

염상섭은 소설 「만세전(萬歲前)」에서 삶의 전체성에 대한 인식에 접근하고 있다. 「만세전」은 1922년 잡지 《신생활》에 「묘지(墓地)」라는 제목으로 연재되다가 일본 총독부의 검열에 걸려 여러 차례 삭제되었던 작품이다. 소설의 연재가 끝나기 전에 잡지가 폐간되자 다시 《시대일보》에 「만세전」이라는 제목으로 개작하여 발표하였고, 1924년 단행본으로 간행되었다. 이 작품은 3·1운동 직전의 참담한 현실을 구체적으로 형상화하고 있는데, 동경 유학생인 주인공(이인화, 작품 속의 '나')이 아내 위독이라는 전보를 받고 귀국했다가 다시 동경으로 돌아가는 과정을 근간으로 삼고 있다. 작품의 주인공은 경성에서 날아온 전보를 받고 학기말 시험을 도중에 그만둔 채 귀국한다. 삶의 현실에 대한 아무런 의식도 지니지 못한 채 도피적인 유학 생활을 하고 있던 그는 서울의 집에서 보내온 돈을 가지고 카페의 일본인 여급을 만나 목도리를 선물하고 짐을 챙겨 동경을 떠난다. 동경에서 하관(下關)까지 기차를 타고 하관에서 다시 배를 갈아타는 동안, 주인공은 한국인을 무섭게 취조하는 일본인 형사들의 눈초리를 두려워하게 된다. 그는 배 안에서 목욕탕으로 몸을 숨긴다. 그러나 목욕탕에서 일본인들이 둘러앉아 한국인에 대한 경멸적인 언동을 늘어놓는 것을 보게 되자, 전혀 의식하지 않았던 이상스러운 반항심과 적개심을 느낀다. 한국에서 노동자들을 모집하여 팔아넘기는 것이 돈벌이에 으뜸이라는 일본인들의 말을 듣는 순간, 주인공은 소설이니 시니 하고 흥청거렸던 자신의 생활이 잘못된 것임을 깨닫고 자기 자신에 대한 회의와 불안에 사로잡힌다. 부산에 도착했을 때, 주인공은 부산 거리에 일본인들의 모습이 많아진 점에 놀란다. 해를 거듭할수록 오만해지는 일본인과 점점 위축되어 가는 한국인의 모습을 비교하면서 주인공은 기차에 오른다. 김천에서 형님을 만나 여러 가지 이야기를 듣고, 아내의 병도 위험한 고비를 넘겼다는 사실을 알게 된다. 서울로 가는 야간열차에서 주인공 이인화는 여러 계층의 사람들을 통해 한국의 실정이 어둠에 싸여 있음을 알게 된다. 일인 헌병에게 연행되는 젊은 한국인 청년들의 모습과 가난에 찌든 사람들의 얼굴을 보면서, 주인공은 분노에 떨며 '모두가 무덤이다. 구더기가 끓는 공동묘지다.'라고 속으로 외쳐 댄다.

발자곡 한아 말 한마듸 덱걱소리도 업시 어러부튼 듯이 안젓는 乘客들은, 웅숭그릿드리고 드러오는, 나의 얼굴을 치어다보며 如前히옥으랏드리고안젓다. 結縛을지은계집은 쏘다시 나를 치어다보앗다. 겻헤안젓는巡査까지 불상히보이엇다. 木柵안으로드러오며 건너다보니까 車掌室속에섯든 두靑年과憲兵은 如前히 이약이를하고섯는것이 보인다. 나는 까닭업시 처량한생각이 가슴에복바처올으면서 몸이 한층더 부르를썰리엇다. 모든 記憶이 숨갓고 눈에씌이는것마다 가엽서이엇다. 눈물이 슴여나올것가타얏다. 나는, 昇降臺를 올러스며 속에서 憤怒가치미러올라와서이러케부르지젓다…….

"이것이 生活이라는것인가? 모다 되어젓버려라!"

車間으로 들어오며,

"무덤이다. 구덱이가 쓸는 무덤이다!"라고 나는 지긋지긋한듯이 입살을 악물어 보앗다.[11]

서울에 도착하여 가족들을 만나게 되지만, 아내는 결국 세상을 떠난다. 주인공은 장사를 지내는 동안 눈물 한 방울도 흘리지 않는다. 그는 머리를 어지럽히는 암울한 현실에서 빠져나와 도망치듯 다시 동경으로 떠나는 것이다.

소설 「만세전」의 줄거리를 보면 이야기가 동경이라는 외부 세계에서 경성이라는 현실의 내부 세계로 귀환하는 여로를 주축으로 하고 있다. 이 귀환의 과정 위에서 주인공의 의식이 지극히 개인적인 것에서 점차 사회적인 것으로 확대되고 있다. 주인공의 귀환 과정은 아내가 위독하다는 사사로운 일에서부터 시작된다. 동경에서 부산을 거쳐 경성으로 돌아

---

11 염상섭, 「만세전(萬歲前)」(고려공사, 1924), 145~146쪽.

오는 이 과정은 일본을 통해 새로운 문명이 밀려온 길이다. 이광수의 「무정」의 주인공들은 모두 이 길을 거쳐 유학에 오르고 새로운 문명개화를 내세우며 이 길을 오갔다. 그러나 「만세전」의 주인공은 전혀 다르다. 그는 일본인 헌병이나 순사의 눈을 피해 움츠리면서 경성으로 돌아온다. 그리고 문명의 길이라고 내세워졌던 이 길이 착취와 압제의 길이 되고 있다는 사실을 알게 된다. 그는 이 길의 어디에서도 문명개화의 꿈이 피어나지 않고 있음을 보게 된다. 오히려 모두가 삶의 고통을 등에 지고 고향을 떠나는 것을 보고, 죽음으로 가득 찬 무덤 속이라고 속으로 부르짖는다. 그는 결국 식민지 상황이 한국의 문명개화를 의미하는 것이 아니라 사회적 억압과 경제적인 착취로 이어지고 있음을 발견하게 되는 것이다. 실제로 그가 본 것은 일제의 억압 아래서 위축된 한국인의 모습과 경제적 착취로 인한 곤궁한 삶의 현장이다. 그는 식민지 지배 권력에 빌붙어 자신의 안위를 지키기에 급급한 자기 가족들의 모습에 회의를 느끼게 된다.

그런데 여기에서 주목되는 것은 동경에서 경성까지의 이동을 통해 드러나는 차별화된 두 개의 공간이다. 동경은 조선을 식민지화하고 있는 지배자의 공간이며 제국 일본이 자랑하는 내지(內地)의 수도이다. 여기에서 주인공은 식민지 지식인 청년으로서의 별다른 자각도 없이 일본인들의 틈에 끼어 일본인처럼 행세하면서 지내고 있다. 카페의 일본인 여급에 대한 관심과 무기력한 유학생 생활로 채워지고 있지만, 주인공은 거기에서 오히려 안락함을 느낀다. 그러나 동경을 벗어나면서 주인공은 식민지 피지배 민족의 공간인 조선으로 들어선다. 이 과정에서 반복해서 강조되는 것은 무덤 속과 같은 식민지 현실이다. 일본인들의 강압적인 지배와 끝없는 멸시로 차별받는 이 공간에서 가난한 민중들은 삶의 모든 희망을 잃고 이 땅을 떠난다. 그리고 자신의 안위와 목전의 이득을 챙기려는 기회주의자들만이 남아 일본 식민지 지배 권력에 빌붙어 주인 행세를 하고 있는 것이다. 이 소설에서 그려 내는 이 두 개의 공간 속에 동경의 일본인 여급과 병석에 누운 경성의 아내를 대비시키고 있는 것도 주의 깊게 살펴야 할 대목이다. 특히 일제 강점기 한국인의 삶에 가장 구체적으로 지배 세력에 속하는 일본인이 상대역으로 등장하고 있다는 점은 주목을 요한다.

소설 「만세전」의 결말에서 주인공은 '무덤' 같은 삶의 현실을 떨쳐 버리고 도망치듯 동경으로 떠나고 만다. 식민지 현실을 사실적으로 그려 내고 있는 이 작품의 결말 부분에서 주인공이 보여 준 이 같은 도피적 행위에 대해서는 여러 가지 평가가 가능하다. 하지만 이러한 주인공의 태도야말로 식민지 조선의 지식인 청년이 지니고 있던 식민지 지배 상황에 대한 양가적 태도를 잘 보여 주는 것이라 할 수 있다. 물론 이 대목을 놓고 작가가 지녔던 현실 인식의 한계를 지적할 수도 있지만, 이렇게 도피할 수밖에 없었던 암울한 현실로 인하여 3·1운동과 같은 민족저항운동이 일어나게 되었다는 점을 이 작품의 내면 구조에서 읽어 내는 일이 가능하다.

식민지 현실의 총체적인 인식

염상섭이 자신의 대표작으로 지목되는 장편소설 「삼대(三代)」에 이르는 과정을 보면 여러 단계의 소설적 모색이 전제되어 있다. 그의 첫 장편소설에 해당하는 「사랑과 죄」(1928)는 염상섭이 소설의 양식을 통해 다루고자 했던 사회적 현실과 인간의 삶의 다채로운 양상이 집약되고 있다. 이 소설은 이야기의 무대를 경성과 일본 동경, 그리고 중국의 봉천 등으로 확대하면서 식민지 조선인들의 삶을 공간적으로 확장하였고, 물질적 욕망으로 인하여 인간의 가치를 상실하고 타락해 가는 인간상을 비판적으로 형상화하고 있다. 특히 이 소설의 이야기에서부터 사회주의운동에 대한 작가의 관심이 이른바 동정자(씸파, symphathizer)적 관점에서 제기되고 있다는 점도 주목을 요한다. 이 소설에 뒤이어 발표한 장편소설 「이심(二心)」(1928)은 주인공의 삶과 죽음을 통해 사랑의 좌절과 육체적 타락, 그리고 처절한 죽음으로 이어지는 '여자의 일생'을 그려 낸다. 이 소설에서도 사회주의운동가를 등장시키고 있으며, 일본인 호텔 지배인과 여주인공의 관계를 경제적이며 육체적인 예속 관계로 설정함으로써 식민지 조선인의 삶에 깊숙이 간섭하기 시작하는 일본인의 모습을 형상화하기도 한다. 장편소설 「광분(狂奔)」(1930)의 경우에도 애욕의 갈등과 물질적 욕망을 뒤섞어 놓은 통속적 소재를 바탕으로 타락해 가는 인간의 추악한 모습을 멜로드라마적 구성 방식을 통해 그리고 있다.

장편소설 「삼대」는 1931년 《조선일보》에 연재하였는데, 조부에서 손자에 이르는 한 가족 삼대에 걸친 이야기를 토대로 한말에서부터 식민지 시대에 이르기까지의 한국의 사회상을 총체적으로 보여 주고 있다. 이 작품에서 관심의 대상이 되는 것은 조씨 집안 가족사의 변화이지만, 작가는 삼대에 걸친 세대의 변화를 통해 그들이 가지는 계층적인 유대를 중심으로 한국 사회의 전체적인 변화에도 주목하고 있다. 소설의 중심 축에 해당하는 조씨 일가에서 맨 앞자리에 서 있는 웃어른은 조부 조 의관이다. 그는 조선 시대의 주자학을 바탕으로 하는 명분론에 집착하고 있는 전통적인 봉건주의자이다. 개인의 입신양명과 가문의 영예를 최대의 가치로 내세우면서, 자신이 소유하고 있는 많은 재산을 이용하여 스스로 자신이 뜻한 바를 실행한다. 을사조약으로 조선의 형세가 어렵게 되자, 그는 돈 2만 냥을 내어 의관이라는 벼슬을 사고 돈으로 산 의관 벼슬을 명분으로 내세워 보잘것없던 자기 가문을 세우는 허세를 부린다.

그러고는 집안의 족보를 거짓으로 다시 꾸미고 보잘것없는 가계를 명문 거족의 후예로 가장한다. 이를 위해 상당한 재산을 쾌척하기도 하는 것이다. 조 의관이 조선의 붕괴나 일제의 침략과 같은 역사의 격변에 대해 별다른 의식을 가지지 못한 채, 자기 가문의 영예를 위장하는 것은 모두 인습적인 권위에 따라 자기 집안 안위를 지키고 자신의 재산을 보호하기 위한 일이다. 그가 힘써 행하고 있는 일이란 모두가 자기 가문을 위장하는 허세에 불과하기 때문이다.

조 의관의 의식구조 가운데 가장 문제가 되는 것은 폐쇄적인 문벌주의다. 그는 사회적 변혁기에 경제적인 부를 축적하고 그것을 온전하게 지켜 가는 일에만 온갖 노력을 기울일 뿐이다. 그는 자신의 영달과 가족의 안위를 지키기 위해 의관이라는 벼슬을 돈으로 사고, 그 벼슬에 맞게 신분을 위장하기 위해 족보를 허위로 장식한다. 그러면서 조상의 봉제사에 힘쓰고 가족을 챙기는 일에만 전념한다. 이 같은 조 의관의 형태는 철저한 개인주의 또는 족벌주의에 불과하기 때문에, 사회적 현실과의 관계 자체가 단절되어 있다. 조 의관에게는 민족이나 국가의 개념이 없으며, 자신과 가족과 문벌이 중요할 뿐이다. 이 같은 가족주의는 자기 가족 또는 가문만을 중심으로 모든 일을 처리하도록 만들고 있다는 점에서 폐쇄적이며 이기적이다. 실제로 조 의관은 국가 상실의 시기에 자기 안위만을 위해 오히려 벼슬을 사고, 자기 가문을 명문 거족으로 위장하는 허세를 부리고 있는 것이다.

조 의관의 아들인 조상훈은 그의 부친이 보여 주는 이 같은 사고방식을 완고하고도 낡은 구시대적인 것으로 치부하고 부친에게 맞선다. 그는 부친의 재산 덕분에 미국 유학을 거쳤고, 신교육을 받은 계몽주의자로서 일정한 사회적인 역할을 행하고자 하는 의욕도 지녔던 인물이다. 그러나 일제 식민지 지배가 시작되면서 사회 진출이 좌절되자, 기독교의 사회운동에 참여하게 된다. 그는 기독교의 교리에 따라 부친 조 의관의 봉제사며 족보 꾸미기 등에 모두 반대한다. 그는 자기네 재산을 사회에 환원하기 위해 교육 사업에 투자하고 독립운동가들도 후원해야 한다는 생각을 지니고 있다. 그는 어느 독립운동가가 운영하다가 재정난에 부딪쳐 폐교 위기에 몰린 학교에 부친 몰래 거금을 지원하기도 했고, 민족운동을 하다가 숨진 애국지사의 유가족들을 돌보기 위해 돈을 쓰고자 한다. 그러나 이 같은 조상훈의 생각은 부친 조 의관으로부터 가차 없이 비난받는다. 가족의 재산을 모두 관리하고 있는 조 의관은 아들의 이 같은 도덕관이나 종교적인 태도를 모두 예수교에 홀린 탓으로 돌린다. 그는 미국 유학까지 다녀온 조상훈이 조상에 대한 봉제사를 반대하는 것을 보고 '에미 애비를 모르는 패륜아'로 변했다고 단정해 버린다. 그리고 집안의 모든 일에서 그를 철저히 배제한다. 그리고 조상훈에게 아무런 경제적 지원도 해 주지 않는다.

조상훈은 부친으로부터 배척되면서 아무런 경제적 능력을 가지지 못하게 되자 의욕 상실자 또는 타락한 무능한 지식인으로 변한다. 그는 아들 조덕기의 동창인 홍경애를 유인하여 임신시키고 그녀를 저버리는 패륜적인 행동도 보여 준다. 본래 홍경애의 아버지는 독립운동가였는데, 조상훈은 그 가족을 돕고자 홍경애를 자신이 관여하는 학교에 취직시켰다가 결국은 그녀를 범하게 된 것이다. 홍경애는 조상훈의 딸을 낳지만, 조상훈이 이들 모녀를 전혀 돌보지 않아 홍경애가 여급이 되어 술집에 나가게 된다.

조상훈은 국가 상실의 시대에 사회에 나오게 된 새로운 계층에 속하는 인물이다. 그는 유학을 통해 개화의 명분과 의미를 충분히 인식하게 되었지만, 국가 상실로 인해 그 이상을 실천해 나갈 사회적 근거를 모두 잃어버린다. 그의 이상주의적 태도는 그 지향성 자체가 지니는 의미에도 불구하고 민족과 사회의 현실에 대한 철저한 인식이 결여됨으로써 실천적인 구체성을 지니지 못하는 공허한 구호에 그치고 있다. 특히 그는 부친이 만들어 놓은 재산을 기반으로 하여 자신의 입신과 출세를 꿈꾸었기 때문에 자기희생이나 철저한 자기 각성에 이르지 못하고 있다. 그러므로 그는 개인적인 욕망에서 벗어나지 못한 채, 기독교를 내세우면서도 자기 안일만을 추구하는 위선적인 인격 파탄자가 된 것이다.

이 작품에서 조상훈이 분명하게 거부하는 것은 부친 조 의관의 수구적인 전통 의식이지만, 그는 이에 대응할 새로운 가치관을 실천적으로 제시하는 데 실패하고 있다. 그 이유는 조상훈이 지닌 사회 현실에 대한 인식의 한계 때문이다. 그는 일종의 개량주의적인 민족 계몽을 통해 현실의 모순을 극복할 수 있을 것으로 생각하고 있다. 그러나 이 같은 반봉건적인 계몽 의식이 식민지 사회구조 내에서 일고 있던 반외세적인 의식과 조화되지 못하고 있다. 그는 부친 조 의관에 대응하여 봉건적인 의식을 타파하기 위해 힘썼으나, 오히려 이 같은 진보적인 자세가 불러일으키는 이율배반적인 가치 문제로 인하여 자신의 출신 기반이 되는 전통적인 가문으로부터도 철저히 배척당한다. 결국 그는 가족으로부터 소외되고, 자기 의지의 좌절까지 체험하게 되는 것이다.

조 의관과 조상훈 사이에 일어나는 부자 간의 대립과 갈등의 끝자리에 손자 조덕기가 위치하고 있다. 이야기 속에서는 일본 유학생의 신분으로 그려지는 조덕기는 할아버지인 조 의관으로부터 상당한 기대를 얻고 있다. 조덕기는 조부의 강권으로 학생 신분이지만 일찍 결혼했고, 전통적인 규범에도 익숙해져 있다. 그러나 그는 시대상의 변화에도 눈을 떠서 지식인 청년들이 벌이는 좌익운동에도 동정적인 입장을 고수한다. 조덕기는 조부에 대한 경외감과 부친에 대한 동정을 지니고 있으며, 자기 가문을 지키면서 명분 있는 사회 활동도 참여하고자 한다. 그러므로 조부 조 의관이 운명하는 자리에서 조덕기는 조부가 소중하게 간수했던, 집안의 경제권을 상징하는 열쇠 꾸러미를 물려받게 된다.

조덕기의 사회적인 위상은 그가 조부 조 의관의 전통적인 가치관과 허세에 전적으로 동의하지 않고, 부친인 조상훈의 현실과 괴리된 이상주의적인 태도에도 부정적이라는 점에서 쉽게 규정된다. 특히 조덕기는 부친 조상훈이 내세우는 기독교적 세계관의 이상주의에 대해 강하게 반발하고 있다. 그 이유는 물론 현실 문제에 대한 인식의 불철저성과 관련된다. 역사와 현실을 외면하는 기독교적 이상주의를 조덕기가 거부하는 것은 그에게 현실주의적 성향이 그만큼 강하게 작용하고 있음을 말하는 것이다. 조부 조 의관이 내세우는 전통적인 가치 가운데 현실적으로 그 의미가 살아 있는 것들을 긍정하고자 하는 조덕기의 태도는 중도적인 타협주의적 색채마저 드러내고 있다.

소설「삼대」는 조씨 일가의 3대에 걸친 세대 변화를 통해 가치관의 변화와 그 세대적 갈등을 예리하게 포착해 내고 있다. 경제적인 부의 축적을 통해서 조 의관은 자기 가문을 명문가로 위장하고, 자신은 의관이라는 직함을 돈으로 얻어 낸다. 그리고 위장된 가문의 영예를 지키고자 노력한다. 선조에 대한 숭배, 가산의 유지, 가계의 존속 등을 위해 그는 철저하게 가부장적 지위를 고수한다. 막대한 재산과 그 재산의 유지 계승을 위해 필요한 직분을 돈으로 사면서 허위의 직분을 스스로 지키고자 하는 조 의관의 행태는 철저한 가족 중심주의에 근거하고 있다. 그에게는 민족이니 국가니 하는 개념이 없다. 오직 그가 모은 재산과 그 재산을 지켜 나갈 가족만이 문제가 되는 것이다. 이 같은 조 의관의 태도와는 달리, 조상훈의 경우는 부친인 조 의관의 명분론에 억눌리고 식민지 사회 현실에 직면하여 스스로 자신의 존재 의미를 잃고 파멸의 길을 걷는다. 조 의관이 고수하는 완고한 가족주의는 조상훈의 섣부른 동포애와 사회

사업을 용납하지 않는다. 그리고 식민지 현실 자체가 그의 사회 진출의 또 다른 장애물이 된다.

이 소설에서 가족주의의 완고성과 식민지 현실의 폐쇄성을 동시에 극복할 수 있는 가능성은 발견하기 어렵다. 그러나 조씨 일가의 제3대에 해당하는 조덕기가 조부와 부친이 각각 추구하고 있는 서로 다른 가치를 통합하고 세대 간의 갈등을 화해시킬 수 있는 합리적 현실주의자로 등장하고 있다는 사실을 잊어서는 안 된다. 조덕기는 식민지 상황의 비극성에 대한 인식을 무엇보다도 중요하게 여기고 있으며, 식민지 현실의 비극성을 극복할 수 있는 방법으로서 민족의 통합을 희망하고 있다. 그는 조부와 부친 사이에 일고 있는 가치관의 대립과 세대적 갈등을 도덕적인 관점에서 새로이 타협해 보려는 시도를 감행하고 있다. 조 의관의 완고함과 조상훈의 무기력을 제거한다면, 조덕기가 의도하고 있는 현실적 타협의 의미가 무엇인지 쉽게 짐작할 수 있다. 조덕기는 가족주의의 완고함을 벗어나고자 하면서도 사회주의 운동가들이 제창하고 나선 투쟁적인 계급의식에 대해 반대한다. 그는 온건한 이념주의자이며, 현실적인 개량주의적 입장을 견지하고자 노력하고 있다.

3 민족 정서와 개성의 표현

(1) 자유시와 시적 형식의 발견

김억과 황석우, 자유시와 시적 리듬의 인식

한국의 근대시는 개화계몽 시대 전통시가의 근대적 변혁 과정을 통해 시적 형태의 고정성을 탈피하면서 시정신의 자유로운 표현과 기법적 실험을 바탕으로 자유시 형태로 발전하였다. 한국의 시인들은 3·1운동을 통해 민족적 정체성을 발견하였으며, 민족의 정서를 민족의 언어로 표현할 수 있는 새로운 가능성을 추구하게 되었다.

3·1운동을 전후하여 새로운 시 운동을 주도한 김억, 황석우, 백대진 등은 일본 유학을 통해 근대적인 교육을 받으면서 문학에 대한 관심을 키웠다. 이들은《청춘》,《학지광》등의 잡지를 통해 문예에 관한 자신의 식견을 발표하면서 글쓰기 활동을 시작하였고《태서문예신보》의 발간과 함께 본격적인 시 창작을 선보였다. 특히《태서문예신보》에 프랑스의

상징주의 시단을 비롯한 서구 시의 경향을 논하면서 서구 시를 번역 소개하였다. 이러한 활동은 서구 근대시에 대한 새로운 인식에 기초하여 시적 형식과 율격의 문제에 각별한 관심을 지니면서 자유시의 성립 기반을 확립하는 데에 기여했다. 이들의 등장 이전에 최남선이 보여 주었던 신체시를 통한 시적 형식의 실험은 전통시가 형식의 근대적 변혁 과정에서 등장한 초기 단계의 형식적 실험이었다고 할 수 있다. 그런데 김억, 황석우 등은 서구 시의 형식을 번역 수용하면서 외래적인 시적 형식의 토착화 과정을 통해 새로운 시적 형식의 가능성에 도전했던 셈이다.

김억[12]은 《태서문예신보》의 창간과 때를 같이하여 본격적인 창작 활동을 시작하였다. 그는 이 신문에 프랑스 상징주의 시인 폴 베를렌의 시를 주로 번역 수록하였으며, 자신의 창작시로 「봄」, 「봄은 간다」, 「북방의 짜님」, 「악군(樂群)」 등과 같은 작품을 발표하고 있다. 김억이 《태서문예신보》에 발표한 초기 시들은 최남선의 작품에 비해 안정적인 형식을 갖추고 있으며, 시적 서정성에 대한 인식이 두드러지게 드러나고 있다. 이 작품들은 시적 표현에 있어서 정서의 문제에 대한 자각을 분명하게 작품을 통해 드러내고 있으며, 시적 형식과 운율에 대한 배려를 무엇보다도 우선하고 있다는 특징을 지니고 있다. 이 두 가지 요소는 근대시의 본질적인 속성에 해당하기도 한다.

김억이 보여 준 시적 탐구 작업 가운데 주목되는 것은 시적 형식과 시

---

12 김억(金億, 1896~?). 호는 안서(岸曙), 호적명은 희권(熙權). 평북 곽산 출생. 오산중학을 거쳐 일본 게이오의숙(慶應義塾) 문과 중퇴. 오산중학 및 평양 숭덕학교에서 교편생활. 《동아일보》, 《매일신보》 기자 역임. 1950년 한국전쟁 당시 납북. 1920년 《폐허》 동인으로 참여. 번역 시집 『오뇌의 무도』(1921) 이후 시집 『해파리의 노래』(1923), 『금모래』(1925), 『안서 시집』(1929), 『지새는 밤』(1930) 등을 발간. 참고 문헌: 송욱, 「기분의 시학과 뉘앙스의 시학」, 《문화비평》(1969. 3); 정한모, 『한국 현대 시문학사』(일지사, 1974); 김용직, 『한국 근대문학의 사적 이해』(삼영사, 1977); 오세영, 「20년대 문학의 한 지평 — 안서 문학의 연구」, 《세계의문학》(1978. 봄).

적 리듬에 대한 자각이다. 김억은 시에 있어서 그 형식과 리듬이 미의식의 기반이 된다는 것을 분명하게 인식하고 있다. 그는 최남선이 거의 무의식적으로 수용한 전통적인 시가의 리듬을 보다 새롭게 변형하고자 하는 노력을 보여 준다. 최남선은 가사나 시조와 같은 기존의 시가 양식에 근거하여 시적 작업을 전개하고 있지만, 김억의 경우는 일본 유학 과정에서 체득한 서구 근대시의 형태에 대한 관심에서부터 시적 작업을 시작한다. 그러므로 김억의 초기 시들은 시조나 가사와 같은 고정적인 형식의 잔재를 거의 보여 주지 않고 있다. 그가 즐겨 쓰던 방식대로, 시상의 전개 과정에 따라 두 개의 행을 합쳐 하나의 연으로 구성하는 방법이라든지, 각 연의 마지막 음절에 유사한 음성적 자질을 지닌 음절을 배열하여 압운법의 효과를 노린 것 등은 시적 형식과 리듬에 대한 관심의 결과라고 할 수 있는 것들이다. 이 같은 그의 노력은 서구 근대시의 번역 과정에서도 그대로 나타난다. 그가 번역한 서구의 시들을 보면, 서구 시의 형식적인 특성과 그 리듬 의식을 한국어로 어떻게 구현할 수 있는가 하는 점에 상당히 고심한 흔적이 많이 나타나 있다. 시행의 길이와 그 호흡, 강약의 리듬과 시적 여운을 살릴 수 있는 압운의 실현 같은 것에 집착을 보여 주고 있는 것이다.

김억이 지니고 있던 시적 형식과 리듬에 대한 인식의 일단을 잘 보여주는 평문으로 「시형(詩形)의 음률(音律)과 호흡(呼吸)」(1919)이라는 글이 있다. 이 글은 예술의 보편적인 특성에서부터 시라는 문학의 개별적인 영역에 이르기까지를 포괄적으로 논의하고 있는 본격적인 문학론의 형태를 갖추고 있다. 이 글에서 먼저 주목해야 할 것은 예술의 개별성에 대한 인식이다. 이것은 문학을 가치의 영역으로부터 정서의 영역으로 옮겨 놓고자 했던 이광수의 태도와도 상통한다. 그는 시를 '찰나의 생명을 찰나에 느끼게 하는 예술'이라고 정의한다. 그에게 있어서 시는 더 이상 가치와 이념의 표현이 아니다. 시의 정서적 가치에 대한 인식이라는 문제를 놓고 본다면, 김억은 바로 시적 정서의 중요성을 가장 먼저 체득한 시인임을 알 수 있다.

김억은 시적 형식과 리듬에 각별한 관심을 표명하면서, 시적 형식이라는 것을 개인이 지니는 호흡과 고동의 장단에서 비롯된다고 규정하고 있다. 이러한 관점은 시적 형식의 유기체적인 속성을 지적한 것으로 볼 수 있다. 그는 시의 형식 자체가 시인의 호흡과 심장의 고동에서 비롯된 리듬을 통해 자연스럽게 형성되는 것임을 강조함으로써, 시적 형식의 독자성과 자율성을 인정한다. 이러한 인식에 근거하여 조선과 조선인에게 알맞은 시형을 찾는 일이 시인에게 중요하다는 점도 지적하고 있다.

呼吸의 長短에는 生理的 機能에도 關係되는 것이지요마는 다시 말하면 즉 맘이 肉體의 調和인 이상에는 그 文章도 그 調和를 具體化된 것인 것을 말씀하여야 하겟슴니다. 因襲에 起因되기 째문에 佛文詩와 英文詩가 다른 것이지요. 조선 사람에게도 조선 사람다운 詩體가 생길 것은 무론이외다. 內部와 外部의 生活이 달은 것만큼 鼓動도 달라지지요. 심하게 말하면 血液 돌아가는 힘과 心腸의 鼓動에 말미암아서도 시의 音律을 좌우하게 될 것임은 分明함니다. 여러 말 할 것 업시 말하면 人格은 肉體의 힘의 調和이고요, 그 肉體의 한 힘, 呼吸은 시의 音律을 形成하는 것이겟지요. 그러기에 單純한 보다 더 詩味를 주는 것이요, 音樂的 되는 것도 또한 할 슈 업는 한아한아의 呼吸을 잘 言語 또는 文字로 調和식힌 까닭이겟지요. 詩에 音樂이 들오게 된 것은 말하면 여러 가지 되겟지요. 音樂은 驚異의 藝術의 極致라 하는 말도 드럿슴니다. 한데 조선 사람으로는 엇더한 音律이 가장 잘 表現된 것이겟나요. 조선말로의 엇더한 詩形이 適當한 것을 몬저 살펴야 함니다. 일반으로 共通되는 呼吸과 鼓動은 엇더한 詩形을 잡게 할가요. 아직까지 適合한 것을 發見치 못한 조선 詩文에는 作者 個人의 主觀에 맛길 수 밧게 업슴니다. 眞正한

意味로 作家 個人이 表現하는 音律은 不可侵의 領域이지요.[13]

　시적 형식은 시 자체의 내적인 요구에 의해 결정된다. 앞의 인용에서
볼 수 있듯이 시의 리듬 또는 음악성이라는 것은 '하나하나의 호흡을 언
어 문자와 조화시켜' 얻어 내는 것이며, 이것이 시적 형식을 결정하는 요
소가 됨은 물론이다. 그는 시에 있어서 개인적인 음률이 불가침의 영역
이라고 주장함으로써 시적 리듬과 형식의 독자성을 다시 한번 강조하고
있다. 이 같은 시적 인식은 근대적인 자유시의 성립 과정에서 그 이론적
인 기반을 제공하고 있다는 점에서 문학사적 의의가 인정된다. 특히 그
가 개개인의 호흡과 고동에 근거하여 성립되는 시적 음률의 중요성을 강
조한 점이라든지, 시인마다 특유의 리듬을 가지는 것을 지적한 것은 자
유시에 대한 근대적인 인식의 지평을 연 것으로 평가[14]되고 있다.

　김억은《태서문예신보》이후 서구 시의 번역 수용 작업에 누구보다
적극적으로 나서고 있다. 실제로 김억은 서구 시를 번역한 최초의 시집
『오뇌(懊惱)의 무도(舞蹈)』(1921)를 발간한 후『신월(新月)』(1924),『잃어진
진주(眞珠)』(1924),『망우초(忘憂草)』(1934),『동심초(同心草)』(1943) 등의 번
역 시집을 출간하였으며, 시의 번역에 관한 이론적 탐구 작업에도 관심
을 기울였다. 시집『오뇌의 무도』에는 베를렌, 보들레르 등의 프랑스 상
징주의 시인들의 작품이 주로 번역 수록되었다. 이 시인들의 작품 가운
데 특히 계절적인 감각을 살린 서정적 시들이 많이 소개되고 있는데, 이
것은 김억 자신의 시적 취향과 상통하는 것이라고 할 수 있다. 김억은 이
러한 번역 작업을 통해 시적 서정성에 대한 깊이 있는 이해를 갖게 되었

13　김억, 「시형의 음률과 호흡」,《태서문예신보》, 제14호(1919. 1. 12), 5쪽.
14　정한모, 『한국 현대시문학사』(일지사, 1974), 290쪽.

으며, 서구 시의 시적 리듬을 한국어로 재현하는 데 상당한 노력을 기울인다. 특히 시적 언어의 표현에 있어서 구어체의 적극적인 활용이라든지, 비유적인 시적 표현 기교의 다채로운 활용은 한국 시의 새로운 전개 과정에 커다란 영향을 미친 것으로 평가되고 있다.

김억의 초기 시작 활동은 그의 첫 창작 시집『해파리의 노래』(1923)로 집약된다. 이 시집을 통해 확인할 수 있는 김억의 새로운 시적 형식에 대한 추구 작업은 매우 중요한 의미를 지닌다. 김억은 4행으로 구성되는 단형의 시에서부터 여러 개의 연으로 구성된 비교적 긴 시에 이르기까지 형태적인 실험을 다양하게 전개하고 있다. 이 같은 노력은 근대적인 자유시의 독자적인 규범을 지니고 있지 못한 한국의 시단에서는 새로운 시적 형식의 정립 과정에서 매우 중요한 의미를 가지는 것으로 평가할 수 있다.

시적 형식의 긴장과 이완을 그 길이의 장단을 통해 시험하고 있는 김억은 4행시에 대해 상당한 관심을 갖고 있다. 그의 후기 작품에서 4행시는 거의 정형화된 형태로 등장한다. 4행시의 시적 성패는 시적 의미의 압축과 그 긴장을 통해 결정된다. 김억은 주로 이미지의 대조와 리듬의 호응을 바탕으로 4행시를 구성한다. 이것은 비교적 단조로운 방법이지만, 시적 형식의 균형과 조화를 거두고 있다고 할 것이다. 물론 4행시에서 시적 의미와 리듬의 통제가 시적 상상력의 역동성마저 제약하는 점은 지적되어야 한다.

김억의 시적 형식에 대한 실험 가운데 시적 형식의 짜임새에 대한 배려도 주목된다. 김억은 한 편의 시에서 전체적인 형식을 구성하고 있는 연의 구분에 여러 가지 변화를 시도하고 있다. 김억 이전의 시에서는 시의 연 구분이 시적 의미 단락만을 뜻하고 있었던 것이 보통이다. 그러나 김억은 연의 구분을 시적 의미 단락만이 아닌 호흡과 리듬의 매듭으로 활용한다. 이것은 김억에 이르러서야 시적 형식에서의 연 구성의 방법에 대한 깊은 이해가 이루어지고 있음을 말해 주는 것이다. 다음의 인용은 단형의 시와 비교적 긴 시의 구성, 시의 형식에서 연의 구분과 같은 김억의 여러 가지 시도를 잘 보여 주고 있는 예들이다.

(가)
써러지기 쉽은 '깃븜'의 꼿에는
싯업는 '설음'의 香내가 숨어 잇나니,
꼿은 넘우도 밋음성이 적고
香내는 넘우도 살들하여라.

　　　　　　　　　　　　　　　　　—「남기운 향(香)내」[15]

(나)
빈들을 휩쓸어 돌으며,
째도 아닌 落葉을 催促하는
부는 바람에 좃기어,
내 靑春은 내 希望을 바리고 갓서라.

저 멀니 검은 地平線 우에
소리도 업시 달이 올을 째,
이러한 째에 나는 고요히 혼자서
넷 曲調의 피리를 불고 잇노라.

　　　　　　　　　　　　　　　　　—「피리」[16]

15　김억, 『해파리의 노래』(조선도서주식회사, 1923), 79쪽.
16　위의 책, 11쪽.

(다)

내 귀가 님의 노래가락에 잠혓을 째에

그대가 곱은 노래를 내 귀에 보내엿읍니다,

만은 조곰도 그 노래는 들니지 안앗읍니다.

내 눈이 님의 맘의 솟밧에서 노닐 째에

그대가 그대의 맘의 솟밧으로 오라고 하엿습니다,

만은 조곰도 그 맘의 솟밧은 보이지 안습니다.

내 입이 님의 보드랍은 입살과 마조칠 째에

그대가 그대의 보드랍은 입살로 불넛습니다,

만은 조곰도 그 입살은 다치여지지 안앗습니다.

내 코가 님의 숨여나는 香내에 醉하엿슬 째에

그대가 그대의 숨여나는 香내를 보내엿습니다,

만은 조곰도 그 香내는 맛타지지 안앗습니다.

내 쑴이 님의 무릅 우에서 고요하엿슬 째에

그대가 그대의 무릅 우으로 내 쑴을 불넛습니다,

만은 조곰도 그 쑴은 째지를 못하엿습니다.

只今 내 맘이 쌔여 두 번 그대를 차즐 째에는

찻는 그대는 간 곳이 업고 님만 남아 잇습니다.

아아 이렇게 나의 살님은 밤낫으로 니여젓습니다.

―「실제(失題)」[17]

김억의 초기 시들이 보여 주는 형식적 실험의 중요성과는 달리 그의 시들은 정서의 과잉 상태를 드러내는 감상성을 주조로 하고 있다. 그의 이러한 경향은 시대적 상황과 관련되는 것으로 이해할 수도 있지만, 개인적인 시적 정서의 편향을 말해 주는 것이기도 하다. 김억이 그려 내는 시적 정서는 '이별', '고독', '죽음', '상실'과 같은 애상적인 요소를 주축으로 형성된다. 이러한 특징은 그의 후기 시에서도 흔히 발견되는 것인데, 시적 언어나 소재의 선택에서도 감상성을 드러내는 것이 보통이다.

김억은 1920년대 중반을 지나면서 자신이 추구해 온 시적 형식을 보다 완결된 고정적인 것으로 만들어 낸다. 그는 두 번째 시집『봄의 노래』(1925) 이후 이른바 민요시에 집착하기도 하고『안서 시집』(1929)을 낸 후에는 스스로 '격조시(格調詩)'라고 명명한 일종의 정형적인 시 형태를 고집한다. 그의 이 같은 시작 태도의 변화는 서구 지향적인 것에 매달려 있던 그의 시적 관심에 전통 지향적인 의식이 생기면서 나타나기 시작한 현상이라고 할 수 있을 것이다. 그러나 이 같은 형태적인 정형성은 자유로운 시적 상상력의 율격적인 실현을 불가능하게 하는 것이 사실이다. 그가 자유로운 시 형태를 통해서 얻어 낼 수 있는 음악성의 실현에 도달하지 못하고 정형화된 형식이 빚어내는 규칙적인 음악에 만족한 것은 그가 초기의 서구 시 번역에서부터 보여 준 율격에 대한 고정된 집착에서 벗어나지 못하였음을 의미한다.

김억과 함께 활동했던 황석우[18]는《태서문예신보》에「은자(隱者)의 가

---

17 앞의 책, 117~118쪽.

18 황석우(黃錫禹, 1895~1960). 호는 상아탑(象牙塔). 서울 출생. 와세다 대학에서 수학. 《태서문예신보》에「은자의 가」, 「어린 제매에게」등을 발표. 1920년 《폐허》 동인으로 참가. 1921년 박종화, 변영로, 노자영 등과 함께 동인지《장미촌》을 창간. 1928년 《조선시단》 창간. 1929년 시집『자연송』 발간. 참고 문헌: 장병희, 「상아탑 황석우 시 연구」《한국학논총》(1981. 7); 양왕용, 『한국 근대시 연구』(삼영사, 1982);

(歌)」, 「어린 제매에게」 등을 발표하면서 일찍이 시단에 합류했다. 그는 「조선 시단의 발족점과 자유시」(《매일신보》(1919. 11. 10))라는 평문을 통해 한국 근대시의 출발점을 자유시 형태의 정착으로 이해하고자 하였다. 황석우는 먼저 '신체시'라는 용어를 거부한다. 그는 '신체시'라는 말이 일본 메이지 시대 초기의 시단에서 만들어진 것임을 지적하면서 일본의 시 문학이 근대시로 전환하기 위해 거쳤던 과도기적 시형을 한국 시단이 답습할 필요가 없다고 주장한다. 초창기 한국 시단에서 독창적이고도 고유한 시 형식의 수립을 기대하기 어려운 상황에서 그는 자유시를 새로운 시단의 발족점이라고 주장하고 있다.

> 自由詩의 發祥地는 저 불란서임니다. 자유시 이전에 在흔 西詩는 音數 體 裁 등에 관한 복잡한 법칙에 지배되어 잇엇슴니다. 저 이런 不自由의 고전적 외적 制律이 시인의 자유 奔放의 情想을 구속 압박하여 왓슴니다. 이 專制 詩 形에 반항하여 立흔 자가 곳 자유시임니다.
>
> 자유시는 그 律의 根底를 個性에 置하얏슴니다. 자유시의 創開者는 저 유명한 상징시단의 벨네언, 마랄메 등 제 시인임니다. 차외에 프란씨스 림썰, 레늬에 등도 이 자유시파의 혁혁한 시인이엇슴니다. …… 근일 구미와 일본에서 보통 시라고 함은 곳 이 자유시를 指함니다. 律이라 함도 이 자유시의 性律을 일음임니다. 이 律名에 至흔여는 사람에 따라 각각 內在律, 혹 內心 律, 혹 內律, 心律이라고 呼함니다. 그러나 이 모다 자유율 곳 個性律을 형용하는 동일의 의미의 말임니다.[19]

김학동, 『현대 시인 연구』(새문사, 1995); 정우택, 『황석우 연구』(박이정, 2008).

19 황석우, 「조선 시단의 발족점과 자유시」, 《매일신보》(1919. 11. 10).

앞의 글에서 황석우는 자유시를 19세기말 프랑스 상징파 시인들의 시작 활동에서 기인한다고 설명하고 있다. 자유시는 전통적으로 지켜져 내려온 시의 운율과 그 규칙적 제약을 벗어나면서 성립된다. 그러므로 그 시적 효과를 주로 개인적인 내적 리듬과 규칙을 벗어난 시행에 의존한다. 황석우는 자유시가 내재율을 가진 운문이라는 점을 분명히 함으로써 그 본질적 속성에 대한 이해에 접근하고 있다.

황석우가 강조하는 근대시의 출발로서의 자유시는 한국의 전통시가에서 볼 수 있었던 운율의 규칙이나 형태적 제약에서 벗어나는 것이라는 점에서 기본적으로 전통으로부터의 이탈이며 시의 외적 제약성으로부터의 탈격을 의미한다. 그러므로 외형적 요소의 규칙이 없는 대신에 시인 각자의 개성에 따라 시의 형식을 유기적으로 구성한다. 그 결과 자유시는 자유분방한 정서의 표출에 의해 그 형식 자체가 다양한 형태를 띨 수밖에 없다. 정해진 형식이나 외적 규범 대신에 시인의 개성을 그만큼 중시하게 된 것이다. 그런데 이 같은 자유시의 논리적 추구에도 불구하고 실제 황석우의 시작 과정은 관념에 대한 집착으로 인하여 시적 대상에 대한 구체적인 형상성이 부족하다는 평가를 받고 있다. 그가 1920년대 후반에 펴낸 시집 『자연송(自然頌)』(1929)에 수록된 작품들을 보면 이를 확인할 수 있다.

김억의 초기 시에서 볼 수 있는 시적 형식에 대한 실험과 황석우가 주창한 자유시의 확립 문제는 김소월을 통해 시적 리듬의 규칙성에 대한 발견, 시적 형식에 대한 균제, 시적 의미와 조화를 이루는 율격의 실현으로 새로운 차원으로 발전했다. 그리고 주요한, 이상화, 한용운 등에 이르러서는 시적 형식의 개방성에 기초한 근대적인 자유시형이 정착되었다. 한국의 근대시가 3·1운동을 전후하여 자유시라는 새로운 시 형식을 확립할 수 있게 된 것은 매우 중요한 의미가 있다.

주요한, 자유시 형식의 확립

주요한[20]의 시적 출발은 동인지 《창조》에서부터 본격적으로 이루어지고 있다. 그의 초기 습작들은 일본 유학 시절 《현대시가(現代詩歌)》, 《서(曙)》 등의 일본 동인지에 발표한 일본어로 쓴 시 작품들이다. 그는 1919년 《학우》 창간호에도 시 「에튜우드」라는 표제 아래 「눈」 외 4편의 작품을 발표하였으며, 곧이어 《창조》 창간호에 「불놀이」 등 3편의 시를 한국어로 발표하였다. 이 같은 작품들이 보여 주는 다양한 시적 추구는 근대시에 있어서 개인적인 정서의 기반이라는 것이 얼마나 중요한 것인가를 확인해 볼 수 있는 중요한 근거가 된다. 그는 일본 유학 기간 동안에 얻은 서구 시에 대한 이해와 일본 근대시에 대한 접촉으로부터 시를 창작하기 시작했지만, 그가 지닌 시적 언어와 리듬에 대한 감각은 외래적인 것의 영향을 넘어서서 한국어의 특성에 맞는 새로운 언어적 율조의 표현을 위한 노력으로 나타나고 있다. 시집 『아름다운 새벽』(1924)은 그의 이 같은 시적 작업의 성과에 해당한다.

주요한의 시는 김억에 의해 그 기반이 확보되기 시작한 근대적인 자유시의 시적 형태를 정립하는 데에 크게 기여하고 있다. 이 같은 평가는 그의 시에서 볼 수 있는 시적 리듬과 그 언어적 표현의 성과에 근거한 것이다. 주요한의 대표작으로 지목되고 있는 「불놀이」와 같은 작품을 보면 이 같은 성과를 확인할 수 있다.

---

20 주요한(朱耀翰, 1900~1979). 호는 송아(頌兒). 평남 평양 출생. 메이지 학원(明治學院) 중학부 및 도쿄 제일 고교 졸업. 1919년 《학우》 창간호에 시 「에튜우드」(「눈」 외 4편)를 발표, 《창조》 동인으로 참가하여 창간호에 「불놀이」 등 발표. 광복 후 문단 활동을 중단하고 경제계에서 활동. 중요 시집으로 『아름다운 새벽』(1924), 『3인 시가집(공저)』(1929), 『봉사꽃』(시조집, 1930) 등이 있음. 참고 문헌: 정한모, 『한국 현대시 문학사』(일지사, 1974); 오세영, 『한국 낭만주의시 연구』(일지사, 1980); 양왕용, 『한국 근대시 연구』(삼영사, 1982); 심원섭, 「주요한의 초기 문학과 사상의 형성 과정 연구」(연세대 박사 논문, 1992).

아아 날이 저믄다, 西便 하늘에, 외로운 江물 우에, 스러저 가는 분홍빗 놀…… 아아 해가 저물면 해가 저물면, 날마다 살구나무 그늘에 혼자 우는 밤이 오것마는, 오늘은 四月이라 패일날 큰길을 물밀어가는 사람 소리는 듯기만 하여도 흥성시러운거슬 웨나만혼자 가슴에눈물을 참을수업는고?

아아 춤을 춘다, 춤을 춘다, 싯벌건 불덩이가, 춤을 춘다. 잠잠한 城門 우에서 나려다보니, 물냄새, 모랫냄새, 밤을 깨물고 하늘을 깨무는 횃불이 그래도 무엇이 不足하야 제 몸까지 물고뜨들때, 혼자서 어두운 가슴 품은 젊은 사람은 過去의 퍼런 꿈을 찬 江물 우에 내여던지나 無情한 물결이 그 기름자를 멈출 리가 잇스랴?…… 아아 썩어서 시들지 안는 꼿도 업건마는, 가신 님 생각에 사라도 죽은 이마음이야, 에라 모르겟다, 저 불길로 이 가슴 태와버릴가, 이 서름 살라버릴가, 어제도 아픈 발 끌면서 무덤에 가보앗더니 겨울에는 말랏던 꼿이 어느덧 피엇더라마는 사랑의 봄은 또다시 안도라 오는가, 찰하리 속시언이 오늘 밤 이 물속에…… 그러면 행여나 불상히 녀겨 줄이나 이슬가…… 할 적에 퉁, 탕 불띄를 날니면서 튀여나는 매화포, 펄덕 精神을 차리니 우구우구 떠드는 구경군의 소리가 저를 비웃는 듯, 꾸짓는 듯. 아아 좀더 强烈한 熱情에 살고십다, 저긔 저 횃불처럼 엉긔는 煙氣, 숨 맥히는 불꼿의 苦痛 속에서라도 더욱 뜨거운 삶 살고 십다고 뜻밧게 가슴두근거리는 거슨 나의 마음…….

四月달 다스한 바람이 江을 넘으면, 淸流碧, 모란봉 노픈 언덕 우에 허어혀케흐늑이는 사람떼, 바람이 와서 불적마다 불비체 물든 물결이 미친 우슴을 우스니, 겁만흔 물고기는 모래 미테 드러백이고, 물결치는 뱃숡에는 조름오는 '니즘'의 形像이 오락가락 — 일린거리는 기름자 닐어나는 우슴소리, 달아논 등불 미테서 목청껏 길게 빼는 어린 기생의노래, 뜻밧게 情慾을 잇그는 불구경도 인제는 겹고, 한잔 한잔 또한잔 끗업는 술도 인제는 실혀, 즈저분한 뱃미창에 맥업시 누우면 까닭 모르는 눈물은 눈을 데우며, 간단 업슨쟝 고소리에 겨운 男子들은 째째로 불니는 慾心에 못견듸어 번득이는 눈으로 뱃가에 뛰어나가면, 뒤에 남은 죽어 가는 촉불은 우그러진 치마깃 우에 조을 째, 쓴잇는 드시 씨걱거리는 배젓개소리는 더욱 가슴을 누른다…….

아아 강물이 웃는다, 웃는다, 怪상한, 우슴이다. 차듸찬 강물이 씀씀한 하늘을 보고 웃는 우슴이다. 아아 배가 올라온다, 배가 오른다, 바람이 불적마다 슬프게 슬프게 셰걱거리는 배가 오른다…….

저어라, 배를, 멀리서 잠자는 綾羅島까지, 물살 싸른 大同江을 저어오르라. 거긔 너의 愛人이 맨발로 서서 기다리는 언덕으로 곳추 너의 뱃머리를 돌니라, 물결 쓰테서 니러나는 추운 바람도 무어시리오 怪異한 우슴소리도 무어시리오, 사랑일흔 靑年의 어두운 가슴속도 너의게야 무어시리오, 기름자 업시는 「발금」도 이슬 수 업는 거슬 —.
오오 다만 네 確實한 오늘을 노치지 말라.
오오 사로라, 사로라! 오늘밤! 너의 발간 횃불을, 발간 입셜을, 눈동자를, 쏘한 너의 발간 눈물을…….

—「불노리」[21]

이 시의 서정적 자아는 '사랑 잃은 청년'으로 표상된다. 이미 세상을 떠난 사랑을 그리워하며 회한에 젖어 있는 서정적 자아의 불안과 감상과 울분이 함께 엉켜 강렬한 어조로 표출되고 있다. 이 시의 두드러진 특징은 형태적인 자유분방함이다. 고정적인 율격을 과감히 파괴하면서 이 시

---

21 주요한, 『아름다운 새벽』(조선문단사, 1924), 153~157쪽.

가 지향하는 것은 자유분방한 정서와 그 정서의 표현에 어울리는 형태의
자유로움을 추구하는 일이다. 계몽이라든지 지식이라든지 하는 관념의
구각을 벗어난 이 시에서 볼 수 있는 내적 정서의 분방한 표출은 이전의
시들이 경험하지 못했던 새로운 세계라고 할 수 있다.

이 시에서 확인되는 형식의 개방성은 근대적인 자유시의 개념과 일치
한다. 우선 외형적인 율격의 규칙성에 얽매이지 않으면서도 시적 진술
의 정서적 통합을 이룩하고 있다. 시행의 구분도 시적 진술의 내용에 따
라 자유롭기 때문에 산문적인 특성을 지목하는 경우도 많다. 그러나 이
시의 표현 자체를 산문적이라고 하기는 어렵다. 이 시는 자수율에 구애
되지 않고 시행의 구분에도 자유로운 대신에 시구의 반복, 유사한 시구
의 대응과 접속, 영탄적인 수사법의 활용 등을 통해서 시적 의미의 전개
과정에서 자연스럽게 우러나는 리듬감을 포착하고 있다. 이 같은 새로운
시도는 이미 「눈」과 같은 작품에서 그 형식적인 긴장을 획득하고 있다.

인경이 운다. 쟝안 새벽에 인경이 운다.
안개에 쌔운 아츰은 저 노픈 흰구름 우에서 남모르게 발가오지마는 차듸찬,
버슨 몸을 밤의 아페 내여던지는 거리거리는 阿片의 꿈속에서 허기적거릴 째,
밤을 새워 반짝이는 쌜간 등불 아레 노는 게집의 푸른 피를 쌔는 歡樂의 더운
입김도 식어저갈, 쟝안의 거리를 東西로 흘너가는 葬事나가는 노래의 가 ─ 는
餘韻이 바람치는 긴 다리 미트로 스러저갈 째, 기름 마른 등불이 힘업고 길은
한숨 소리로 過去의 歎息을 거퍼하면서 썸벅거릴 째, 꿈속에서 꿈속으로 웅웅
하는 인경 소리가 울니어 간다, 새벽 고하는 인경이 울니어 간다.

─「눈」, 1연[22]

---

22 위의 책, 164쪽.

이처럼 시행의 구분에서 오는 율격의 패턴을 파괴함으로써 얻어 낸 형식적인 개방성은 주요한이 확립하고 있는 자유시 형식의 중요한 성격임을 알 수 있다. 원래 시적 운율의 기본적인 단위로서의 율격의 패턴을 하나의 호흡 속에 통제하는 것이 바로 시행의 개념이다. 시의 율격에 관심을 가질 경우에는 누구나 시행의 엄격한 구분에 관심을 기울인다. 그러나 주요한은 「불놀이」에서 율격적인 패턴을 도외시하고 시행의 개념을 무시하고 있다. 그 결과로 「불놀이」와 같은 당시로서는 파격적인 형태의 자유시 형식을 정립하게 된 것이다.

주요한의 시는 시적 대상으로서의 자연을 주관적인 정서의 세계 속으로 끌어들이면서도 그 정조의 폭을 넓히는 데 관심을 기울이고 있다. 이 같은 특징은 그가 이미 최남선의 초기 시작 활동에서 보여 준 계몽 의식의 시적 한계를 극복하고 있음을 말해 주는 것이다. 그의 시에서 주목해야 하는 것은 대상에 대한 감각적 표현이다. 이것은 주요한의 시적 언어에 대한 인식이 철저함을 말해 주는 동시에 시적 이미지의 형상이 구체화되어 있음을 말해 주는 것이기도 하다. 그의 시적 언어의 감각적 기법은 대상에 대한 선명한 인상을 구현하는 데 기능적으로 작용한다. 그리고 이 같은 감각적 인상은 이 시기의 시들이 빠져들었던 감상성의 정조에서 벗어나 시정신의 건강성을 지닐 수 있도록 만든 요소가 되기도 한다. 다음에 예시하는 「그 봄을 바라」와 같은 초기 작품에서도 이러한 특징은 잘 드러나고 있다.

푸른 물 모래를 비최고 흰돗대 섬을 감돌며,
들건너 자지빗 봄 안개 서름 업시 울적에,
서산에 곳 썩그러, 동산에 님 뵈오러
가고 오는 흰옷 반가운, 아아 그 땅을 바라,

그대와 함께 가 볼거나……

쓰거운 가을해, 멧젼에 솔나무 길이 못 되고,
어린 아우 죽은 무덤에 일흠 모를 곳이 피어,
적은 동리 타작마당, 잠자리가 노는 날,
쑴가튼 어린 시절 차즈러, 아아 그 산을 바라,
그대와 함께 가 볼거나……

아츰에 저녁에 해묵은 느름나무 가마귀 울고
담정에 가제 푸른 넉굴, 다정한 비 샐릴제
섬돌 빗누런 곳을 쓰더서 노래하던,
집웅 나즌 낮은 나의 고향집, 아아 그 봄을 바라,
그대와 함께 가 볼거나……

—「그 봄을 바라」[23]

　주요한의 시 세계는 시집 『아름다운 새벽』을 출간한 후에 새로운 방향으로 전환된다. 이 같은 시적 전환은 일본 유학 시절의 시에서부터 상해 망명 시절의 시에 이르는 그의 초기 시의 시적 성과를 바탕으로 하는 것이지만, 그 시적 지향 자체가 가지는 의미는 초기 시의 경우와 다른 특징을 드러내고 있다. 주요한의 초기 시에는 자신도 스스로 인정하고 있듯이 서구 및 일본의 근대시의 영향을 받은 작품들이 많이 있다. 특히 시적 형태의 모색 과정에서 나타난 산문적 문체의 시적 구현과 고정적인 시 형태, 그리고 인상의 감각화 기법 등은 모두 이 같은 외래적인 영향과

23　위의 책, 40~41쪽.

깊은 관계가 있다. 이런 징후는 「불놀이」에 잘 반영되어 나타난다. 그의 시에서 볼 수 있는 시정신은 정태적이기보다는 역동적이며, 어둠보다는 밝음을 지향하는 의지가 강하다. 그의 이 같은 이상주의적 낭만성은 「해의 시절」, 「아침 처녀」 등에서 확인해 볼 수 있다.

그러나 주요한은 이 같은 초기 시의 시적 지향을 지속적으로 발전시키지 못한다. 그는 「봄」 연작시에서부터 민요적 정서를 강하게 나타내거니와, 평론 「노래를 지으시려는 이에게」(《조선문단》 3호(1924. 3))에서 이미하나의 새로운 시적 논리가 확립되고 있음을 확인할 수 있다. 그는 한국의 근대시가 민족 정서와 사상을 표현하고, 국어의 미와 생명력을 창조할 것을 강조하고 있다. 이러한 그의 주장은 서구적인 것에서부터 출발했던 자기 시의 세계에 대한 비판과 반성을 전제한 것이다. 그러나 그는 민요적인 시형의 탐색 과정을 거쳐 시조 창작에 몰두하면서 근대적인 시적 형식의 추구 작업에 나섰던 김억과 마찬가지로 전통 지향의 시풍으로회귀하는 과정을 보여 주고 있다. 그의 이 같은 후기의 시작 활동은 이광수, 김동환과 함께 간행한 『삼인시가집(三人詩歌集)』(1929)과 시조집 『봉사꽃』(1930)으로 집약된다.

(2) 서사적 장시의 실험

1920년대 시에서 시 형식에 대한 인식과 그 새로운 실천 가운데 특이한 의미를 지니는 것이 바로 서사적 장시의 실험이다. 이 시기에 자유시 형태의 실험, 시조라는 전통시 형식의 재창조 운동, 그리고 서사적인 장시에 대한 도전이 동시에 이루어지고 있다는 사실은 1920년대가 한국 근대시의 형성 과정에서 가장 의미 있는 형태적 모색의 시기였음을 말해 주는 요소가 되기도 한다.

한국의 근대시에서 서사적인 장시의 출현에 대해서는 여러 가지 논의[24]가 많다. 그러나 1920년대의 다양한 시적 형식의 실험 가운데 장시의 가능성을 외면하지 않았다는 것은 매우 중요한 의미가 있다. 한국 시 문학에서 장시의 전통은 조선 시대의 악장이나 가사와 같은 독특한 형태에서 이미 그 존재 가치를 인정받고 있다. 개화계몽 시대에는 가사 형태를 계승하고 있는 최남선의 「경부철도가」나 「세계일주가」와 같은 이른바 창가가 장시로서의 가능성을 보여 주고 있다. 그러나 이 같은 전통적인 형식들은 엄격한 율격적 규칙을 지키고 있기 때문에, 그 형식적인 측면에서 시정신의 역동성을 제대로 구현하지 못하고 있는 것이 사실이다. 1920년대에 새로이 등장한 서사적 장시는 자유시의 형태를 그 형식적 기반으로 삼고 있다. 그리고 시의 율격과 형식의 개방성을 유지하면서 다채로운 시상의 전개를 시도한다.

김용직 교수의 견해에 따르면, 이 시기의 서사적 장시의 출현은 시 동인지 《금성》의 출현과 맥락을 같이하고 있다. 이른바 금성파로 분류되는 유엽, 김동환 등의 시작 실험과 양주동과 같은 인물의 이론적인 지지가 그 기반이 되었다는 것[25]이다. 실제로 동인지 《금성》에 참여하고 있던 유엽의 시 「소녀의 죽음」(《금성》 2호(1924. 1))은 이 시기에 등장한 서사적 장시의 효시로 손꼽히고 있으며, 김동환의 「국경의 밤」의 시적 모티프를 제공하고 있는 「적성(赤星)을 손까락질하며」(《금성》 3호(1924. 5))도 《금성》에 추천의 형식으로 발표되었다.

유엽의 「소녀의 죽음」은 모두 3부로 구성되어 있는 장시이다. 이 시

---

24 조남현, 「서사시 논의의 개요와 쟁점」, 김용직 외, 『한국 현대시사의 쟁점』(시와시학사, 1991) 참조.
25 김용직, 『한국 근대시사(상)』(학연사, 1993), 274쪽.

에서 이루어지는 시적 진술의 대상은 전차 칸에서 만난 한 소녀이다. 시의 화자인 '나'는 그 소녀의 모습을 여러 가지 방향으로 묘사하면서 시적 정황의 한복판으로 그녀를 끌어들이고 있다. 이 작품의 2부에서 화자의 여행길이 소개된다. 대전 쪽으로 여행을 떠나게 되었던 화자는 용산 역두에서 만난 그 소녀의 모습을 그리면서 길을 떠난다. 그런데 사흘 뒤의 귀로에서 시의 화자는 바로 그 소녀를 다시 용산역에서 만나게 된다.

> 車도 써나고 乘客도 다 나린 제
> 플래트포—ㅁ에는 오직 그 少女 한 몸,
> 나는 나가려다 出口에 서서
> 그 少女의 하는 꼴을 보고 잇엇다.
>
> 써난 車의 뒷골을 물그럼히
> 바라보든 그 少女의 두 눈가에
> 지나가는 煙氣 한뭉텅이
> 모혓다 갈나짐을 나는 보앗다.
>
> 그 少女는 다시금 소매 속에
> 電報를 내여 仔細히 본다.
> 간여린 두 팔은 怒氣를 못니겨
> 電報를 찟고서 부르르 썬다.
>
> ──유엽, 「소녀의 죽음」 부분[26]

---

26 유엽, 「소녀의 죽음」, 《금성》 2호(1924. 1), 58쪽.

이 시에서 새로이 실험하고 있는 서사성은 시적 화자와 시적 대상 사이의 긴장에 의해 적절하게 유지되고 있다. 그리고 이 같은 서사성은 시적 화자와 시적 진술의 대상 사이에 설정되어 있는 서술적 거리에 의해 발전한다. 시의 화자와 대상과의 서술적 거리는 시적 정황 자체를 긴장의 상태로 몰아가면서도 시적 정조의 흐름과 균형을 적절하게 조절해 주고 있다. 이 시의 3부에서는 외부적 현실로 꾸며졌던 시적 공간이 내면적인 현실로 바뀐다. 시의 화자는 귀가하여 신문을 읽는다. 그리고 거기 보도된 한 여인의 자살 사건을 보고 충격을 받는다. 임신한 직장 여성의 자살 사건 보도를 보면서 화자는 그 여인을 기차역에서 자신이 만났던 소녀와 결부시켰던 것이다. 화자가 그려 내는 내면적 충동은 결국 자신과는 아무 상관도 없는 그 소녀에 의한 것이며, 소녀의 죽음을 확인하지도 않은 채 신문 기사의 사건을 기정사실화하면서 생겨난 충격에 의해 비롯된 것이다.

결국 「소녀의 죽음」은 시 속에서 서술하고 있는 이야기의 실마리와 그 전개 과정 자체가 철저하게 주관적인 상념에 의해 구성되고 있음을 알 수 있다. 이것은 역사적인 사실 또는 객관적인 현실에 근거하는 서사시의 전통과는 어느 정도 거리가 있다. 그러나 이 시가 지니는 중요한 시적 특성은 응축된 단형의 시 형식이 아니라 개방되고 이완된 장시의 형식을 취하면서 그 속에 시적 화자가 관찰했던 하나의 이야기를 담아내고자 하였다는 점이다. 이 같은 시도는 이 작품이 보여 주는 서사적 장시의 가능성을 인정할 수 있는 중요한 단서가 된다고 할 수 있다.

1920년대 시에서 볼 수 있는 서사적 장시의 본격적인 실험은 김동환[27]에 의해 실천되고 있다. 김동환의 서사적 장시 「국경(國境)의 밤」은

---

27 김동환(金東煥, 1901~?) 호는 파인(巴人). 함경북도 경성 출생. 경성보통학교, 중동중학교를 마친 후 일

그가 《금성》에 발표했던 시 「적성을 손까락질하며」에서 다루었던 여러 가지 중요한 시적 모티프를 서사적으로 확장, 발전시키고 있다. 이 작품은 전체 3부 72장으로 이루어져 있으며, 국경 지대인 두만강변의 작은 마을을 시적 배경으로 설정하고 있다.

(1)
아하 無事히 건넛슬가,
이 한밤에 男便은
豆滿江을 탈 업시 건넛슬가?

저리 國境 江岸을 警備하는
外套 쓴 거문 巡査가
왓다 — 갓다 —
오르명내리명 奔走히 하는대
發覺도 안 되고 無事히 건넛슬가?

소곰실이 密輸出 馬車를 씌워노코
밤새가며 속 태이는 젊은 안낙네
물레 젓든 손도 脈이 풀녀져

본 도요 대학(東洋大學) 영문과 수학. 귀국 후 《동아일보》, 《조선일보》 등에서 기자 활동. 1924년 《금성》에 장시 「적성을 손까락질 하며」를 발표. 1925년 조선프롤레타리아예술동맹 가담. 1928년 제명. 1929년 종합월간지 《삼천리》와 문학 잡지 《삼천리문학》을 창간. 1950년 한국전쟁 당시 납북. 중요 작품으로는 장편서사시 「국경의 밤」(1925), 「승천하는 청춘」(1925), 합동 시집 「삼인시가집」(1929) 시집 「해당화」(1942) 가 있음. 참고 문헌: 조남현, 「김동환의 서사시에 대한 연구」, 《건국대 인문과학논총》(11호 1978); 김재홍, 「김동환 — 서사적 저항과 순응주의」, 《소설문학》(1986. 3); 장부일, 「한국 근대 장시 연구」(서울대 박사 논문, 1992); 민병욱, 「한국 서사시와 서사시인 연구」(태학사, 1998).

파 — 하고 붓는 魚油 등잔만 바라본다,
北國의 겨울밤은 차차 깁허 가는대.

(2)
어대서 불시에 쌍밋흐로 울녀 나오는 듯
'어 — 이' 하는 날카로운 소리 들닌다.
저 서쪽으로 무엇이 오는 군호라도
村民들이 넉을 일코 우두두 썰 적에
妻女만은 잽히우는 男便의 소리라고
가슴을 쓰드며 긴 한숨을 쉰다 —
눈보래에 늦게 내리는
營林廠 山材실이 筏夫떼 소리언만.

(3)
마지막 가는 病者의 불으지짐 가튼
애처로운 바람 소리에 쌔이여
어디서 '땅' 하는 소리 밤하늘을 쨋다.
뒤대어 요란한 발자취 소리에
百姓들은 또 무슨 變이 났다고 실색하며 숨죽일 때,
이 처녀만은 강도 채 못 건넌 채 얻어맞은 사내 일이라고
문비탈을 쓸어안고 흑흑 느껴가며 운다.
겨울에도 한 三冬, 별빗에 따라
고기잡이 어름짱 씬는 소리언만,

(4)

불이 보인다 샛발간 불비치

저리 江 건너

對岸벌에서는 巡警들의 把守幕에서

玉黍짱 태우는 쌜 — 간 불비치 보인다.

싸 — 마케 타오르는 모닥불 속에

胡酒에 醉한 巡警들이

월월월 李太白을 부르면서.

(5)

아하, 밤이 漸漸 어두어간다,

國境의 밤이 저 혼자 시름업시 어두어간다.

함박눈좃차 다 내쑴은 맑은 하늘엔

별 두어 개 파래저

어미 일흔 少女의 눈동자갓치 감박거리고

눈보래 甚한 江 벌에는

외아지 白楊이

혼자 서서 바람을 거더안고 춤을 춘다,

아지 불녀지는 소리조차

이 처녀의 마음을 핫! 핫! 놀내노으면서 — .

(6)

電線이 운다, 잉 — 잉 — 하고

國交하라 가는 電信줄이 몹시도 운다.

집도 白楊도 山谷도 오양간 '당나귀'도 싸라서 운다,

이러케 춥길내

오늘싸라 間島 移徙꾼도 別로 업지

어름쌍 쌀닌 江바닥을

박아지 달아매고 건너는

밤마다 밤마다 외로히 건너는

咸鏡道 移徙꾼도 별로 안보이지,

會寧서는 벌서 마즈막 車고동이 텃는대.

(7)

봄이 와도 꼿 한 폭 필 줄 모르는

강 건너 山川으로서는

바람에 눈보래가 쏠녀서

江 한판에

秦始王陵 같은 무덤을 싸아놋고는

이내 鴈鴨池를 파고 달아난다,

하늘싸 모다 晦瞑한 속에 白金 가튼 달빗만이

白雪로 五百里, 月光으로 三千里,

豆滿江의 겨울밤은 춥고도 고요하더라.

　　　　　　　　　　　　　　　　—「국경의 밤」, 제1부 일부[28]

　「국경의 밤」은 여주인공을 중심으로 현재 — 과거 — 현재의 서사 공간에 펼쳐지는 사랑과 갈등을 주조로 하고 있다. 그러나 이 사랑 이야기의 배경에는 북국의 겨울밤이 주는 암울한 분위기가 강조됨으로써 각박

28　김동환, 「국경의 밤」(한성도서주식회사, 1925), 37~43쪽. 본문 가운데 "營林廠 山材실이 筏夫쎄 소리 언만"의 경우는 원본에 "山村실이 花夫쎄"로 표기되어 있지만, 이를 오기로 보아 바로잡음.

한 현실을 살아가던 당대 민중의 고통과 불안이 잘 암시되고 있다. 이 작품에서 지적할 수 있는 중요한 특징 중의 하나는 전편에 흐르는 서사적인 긴장이다. 그것은 인물 설정에서 알 수 있듯이 여주인공과 그녀를 중심으로 대립적인 위치에 놓이는 두 남성을 통해 구체화된다. 여주인공이 두 사내의 중간에서 겪게 되는 삶의 고된 역정이 서사의 골격을 형성하고 있기 때문이다.

앞의 인용에서 쉽게 확인할 수 있는 것처럼 「국경의 밤」의 제1부(1~27장)는 추운 겨울 눈 속에서 소금 밀수꾼 남편이 두만강을 건너간 후, 남편의 안전을 걱정하며 불안해하는 여주인공의 심리적 갈등을 보여준다. 이 같은 시적 정황은 빛과 소리로 구체화된 감각적인 이미지의 결합을 통해 더욱 뚜렷한 시적 효과를 거두고 있다. 그런데 이 여주인공에게 한 사내가 찾아온다. 오랫동안 고향을 떠났던 이 청년의 등장으로 인하여 이 시에서 노래하려는 이야기의 서사적 구조가 분명하게 제시된다.

「국경의 밤」의 제2부(28~57장)는 회상적인 과거의 사실들이 시적 서사의 내용을 장식한다. 여주인공과 그녀의 남편, 그리고 첫사랑이었던 청년 등의 과거 이야기가 회상의 형식을 빌려 펼쳐지는 것이다. 이 부분에서 여주인공의 신분과 내력이 밝혀진다. 여진족의 후예이면서 재가승(在家僧)의 딸이었던 여주인공이 청년과 만나 서로 사랑하였던 옛 추억도 살아난다. 그리고 두 사람이 서로 헤어져야 했던 가슴 아픈 사연도 펼쳐진다. 이러한 시적 진술을 통해 사랑의 기쁨과 그 아름다움이 이별의 고통으로 바뀌는 과정이 밀도 있게 그려지고 있으며, 정서적 균형도 유지되고 있다.

「국경의 밤」에서 가장 격렬한 정서적 충동이 드러나는 대목이 바로 제3부(58~72장)이다. 이 부분에 이르러 긴장은 고조되고 격렬한 사랑의 감정이 시적 정서의 충일 상태로 뒤바뀐다. 여주인공을 찾아온 청년은 그녀에게 사랑의 결합을 호소하지만, 여주인공은 끝내 이 청년의 사랑을 거절한다. 그러나 이 작품은 강을 건넜던 남편이 마적의 총에 희생되어 주검으로 돌아오는 결말에 이르기 때문에, 비극적인 사랑의 이야기가 새로운 가능성의 세계를 향해 열리고 있음을 짐작할 수 있게 된다. 여주인공에게 있어서 남편의 죽음은 인습에 얽혀 있던 결혼 생활의 종말을 의미하는 것이기 때문이다.

「국경의 밤」에서 볼 수 있는 서사적 풍경은 시적 진술 자체에서 볼 수 있는 언어 표현의 변화, 언어의 반복과 도치 등을 통한 활달한 수사적 기교, 전체적인 시적 어조를 통제하며 시적 형식에 통일성을 부여하고 있는 리듬, 의식 등이 모두 서사적 장시로서의 양식적 속성을 유지하는 데에 적절하게 기능한다고 할 수 있다. 그러나 서사적인 구조 자체가 남녀의 애정 갈등과 그 삼각 구도의 형상을 벗어나지 못함으로써 시의 초반부에서 보여 주었던 장중한 서사적 진폭을 유지하지는 못하였다. 물론 김동환 자신이 식민지 현실과 민족의 삶을 전체적으로 조망하는 「국경의 밤」에 뒤이어 「승천하는 청춘」과 같은 서사적 장시를 지속적으로 창작함으로써 새로운 장시의 시적 가능성을 확보한 점은 높이 평가될 수 있는 일이다.

(3) 시조부흥운동과 현대시조

한국 근대시의 형성 과정에서 김억, 주요한 등이 시적 형태의 개방성과 시정신의 자유로움을 추구하는 자유시의 확립에 주력하였다면, 1920년대 중반 최남선을 중심으로 이루어진 시조부흥운동은 시적 형식의 고정성과 그 전통에 대한 새로운 논의를 제기한 바 있다. 시조부흥운동은 전통적 문학 형식이었던 시조를 현대적으로 다시 창작하자는 데 목표를 둔 것으로서, 현대시조의 새로운 가능성에 대한 관심을 제고하게 되었다는 점에서 의의가 있다. 최남선을 위시하여 이병기, 이은상 등에 의해 주도된 시조부흥운동은 시조 시학의 성립을 촉진하게 되었으며, 시조의 전아한 기풍과 새로운 시대정신의 결합을 시험할 수 있는 계기가 되었다.

시조부흥운동은 최남선의 「조선 국민문학으로서의 시조」(1926)라는 글에서부터 그 실천적 논리를 획득한다. 이 글은 시조 부흥에 대한 그의 신념을 단적으로 드러내고 있는 것으로서 '국민문학'이라는 용어를 낳기도 했다. 최남선은 신문학의 초창기부터 신시운동에 앞장서서 신체시와 창가 등의 새로운 시 형식을 시험한 바 있다. 그는 민족문화에 대한 폭넓은 관심을 보여 주면서 이른바 '조선 정신'의 탐구에 주력하였다. 그가 새로운 시 형식을 고안해 내면서 신시운동에 중요한 역할을 담당했음에도 불구하고 시조에 대한 애착을 갖게 된 것은 '조선적인 것'에 대한 착안과 깊은 관계가 있다. 최남선은 "조선의 밖에 자기를 어디다가 수립하여 조선을 떼어 낸 무슨 자기의 표현 발전 완성이 있을 것이랴."라고 말하면서 자신의 이 같은 입장을 조선주의라고 명명하기도 한다. 그러므로 최남선이 주장하는 시조 부흥은 '조선적인 것'의 시적 형상화 가능성에 대한 탐구를 의미한다. 그는 신시운동 자체가 서구적인 새로운 시 형태에 대한 무분별한 몰두로 시종하고 있음을 비판하면서 "조선의 시는 무엇보다도 조선스러움을 갖추어야 한다."라는 조건을 내세우고 있다. 그리고 바로 이러한 조건에 알맞은 '조선적인 시'의 형태가 시조임을 강조하고 있는 것이다.

時調는 朝鮮人의 손으로 人類의 韻律界에 提出된 된 一詩形이다. 朝鮮의

風土와 朝鮮人의 性情이 音調를 빌려 그 運動의 한 形象을 具現한 것이다. 音波의 위에 던진 朝鮮我의 그림자이다. 어쩌케 自己 그대로를 가락 잇는 말로 그려낼가 하야 朝鮮人이 오랜 오랜 동안 여러가지로 애를 쓰고서 이째까지 도달한 막다란 골이다. 朝鮮心의 放射性과 朝鮮語의 纖維組織이 가장 壓縮된 狀態에서 表現된 공든 塔이다. 남으로 우리를 알려 할 째에 그 가장 要緊한 材料일 것도 무론이지마는 우리를 觀照하고 味驗하는 것으로도 時調는 아직까지 唯一最高의 準的일 것이다. 다른 것으로도 그러치마는 더욱 藝術上으로 더욱 詩로 그러치지 안홀 수 업는 것이다. 웨 그러냐 하면 朝鮮은 文學의 素材에 잇서서는 아모만도 못하지 아니하고 또 그것이 胞胎로 어느 程度만큼의 發育을 遂한 것도 事實이지만 대체로는 文學的 成立, 乃至 完成文學의 國又國民이라기는 어렵다. ······ 오직 詩에 잇서서는 形式으로 內容으로 用法으로 相當한 發達과 成立을 가진 一物이 잇스니 이것이 時調다. 時調가 朝鮮에 잇서서 唯一한 成立文學임을 생각할 째에 時調에 對한 우리의 親愛는 一段의 深厚를 더함이 잇지 아니치 못한다.[29]

최남선은 시조라는 것이 '조선의 국토, 조선인, 조선어, 조선 음률을 통하여 표현한 필연적인 양식'임을 강조하면서 시조의 새로운 가능성을 확신하고 있다. 그러나 그가 조선주의라는 관념적인 구호에만 매달려 시조를 내세우는 것은 시조 자체에 대한 구체적인 문학사적 인식의 결여를 드러내고 있다고 할 것이다. '조선심'의 탐구에 몰두하면서 최남선은 문학의 영역에서 시조를 발견하게 되었다. 하지만 하나의 시 형식으로서 시조가 지니고 있는 속성을 '조선적인 것'이라는 추상적인 요건만으로 설명한다는 것은 가능한 일이 아니다. 문학의 형식은 그 자체의 미학

---

29 최남선, 「조선 국민문학으로의 시조」, 《조선문단》 16호(1926. 5), 4쪽.

적 요건과 함께 그러한 형식을 가능케 하는 시대적 상황과 사회 기반의 상호 관계를 깊이 있게 인식할 경우에 그 의미가 드러날 수 있는 것이다. 최남선의 경우처럼 시조를 우리 민족의 유일한 문학 형식이라는 단순한 논리로만 평가하고자 한다면, 유교적 사고에 근거한 미의식에서 출발하여 그 미의식 자체를 극복하는 과정에서 형태적 분화를 겪어야 했던 시조 형식의 시대적 의미와 속성을 제대로 이해할 수 없을 것이다.

최남선은 그의 시조집 『백팔번뇌(百八煩惱)』(1926)를 통해 스스로 시조 부흥운동의 실천적 작업에 앞장섰다. 그는 이 책의 서문에서 "시 그것으로야 무슨 보잘것이 있겠습니까마는 다만 시조를 문학 유희의 구렁에서 건져 내어 엄숙한 사상의 용기로 만들어 보겠다."라는 포부를 밝힌 바 있다. 여기에서 우리가 주목해야 할 것은 시조 부흥을 강조했던 최남선 자신이 시조의 시적 가치와 가능성을 언급한 대목이다. 그는 시조를 유희의 구렁에서 건져 내어 '엄숙한 사상의 용기'로 만들겠다고 장담하고 있기 때문이다. 여기에서 말하고 있는 '엄숙한 사상'이라는 것을 최남선이 늘 강조해 온 '조선 정신'과 같은 맥락으로 이해할 수 있다는 것은 쉽게 짐작할 수 있는 일이다. 최남선은 '조선 정신'을 노래하기 위한 시적 형식을 모색한 셈이며, '조선 정신'을 발현할 수 있는 조선적인 시의 창조라는 의미로 시조 부흥의 성격을 규정하고 있었던 것이다.

(其一)
위하고 위한 구슬
싸고 다시 싸노매라,
째뭇고 니째집을
님은 아니 탓하셔도,
바칠제 성하옵도록

나는 애써 가왜라.

(其 二)
보면은 알련마는
하마 알듯 더 몰라를,
나로써 님을 혜니
혜올사록 어긋나를,
미드려 미들샌이면
알기 구태 차즈랴.

(其 三)
찻는 듯 뷔인 가슴
바다라도 담으리다,
우리 님 크신 사랑
그지어이 잇스리만,
솟는 채 대시옵소서
벅차 아니 하리다.

(其 四)
모진가 하얏더니
그대로 둥그도다,
부핀 줄 녀겻더니
쏘 그대로 길차도다,
어쎄타 말 못할 것이
님이신가 하노라.

(其 五)

뒤집고 업질러서
하나밧게 업건마는,
온즈믄 말가저도
못 그리울 이내 마음,
원이로 바치는 밧게
더 할 바를 몰라라.

(其 六)

얼음가리 식히실제
모닥불을 밧드는듯,
혹처럼 쎄치실제
부레풀을 발리는듯,
두 손 다 내두르실제
쎠안긴 듯하여라.

(其 七)

뮈우면 뮈운 대로
살에 들고 쎄에 박여,
아모커나 님의 속에
깃들여 지내파저,
애적에 곱게 보심은
뜻도 아니 햇소라.

(其 八)

풀숩헤 걸으면서
이슬마슴 실타리까,
사랑을 쌀흐거니
몸을 본대 사리리만,
낭업는 이 님의 길은
애제 든든 하여라.

(其 九)

안 보면 조부비고
보면 설미 어인일가,
무섭도 안컨마는
맛나서는 못 대들고,
써나면 그리운 일만
압서 걱정하왜라.

—「궁거워」[30]

(其 一)

사앗대 슬그머니
바로 질러 널 제마다,
三角山 잠긴 그림
하마 쒜어 나올 것을,
마초아 뱃머리 돌아

---

30 최남선, 『백팔번뇌』(동광사, 1926), 3~11쪽.

헛일 맨드시노나.

(其 二)
黃金 푼 一帶 長江
夕陽 알에 누엇는데,
風流 五百 年이
으스름한 모래텁을,
긴 여울 군대군대서
울어 쉬지 안여라.

(其 三)
쌈작여 불 뵈는 곳
게가 아니 노돌인가,
火龍이 굼틀하며
雷聲조차 니웁거늘,
魂마저 편안 못하는
六臣 생각 새뤄라.

──「한강(漢江)을 흘리저어」³¹

　앞의 인용에서 볼 수 있듯이 최남선이 시조부흥운동에 앞장서면서 보
여 준 시조 창작의 방법은 연작의 활용이 특징이다. 이러한 특징은《소
년》에서부터 비롯된 시조에 대한 관심과 그 시적 가능성에 대한 탐색의
과정에서도 일관되게 나타난다. 시조의 창작에서 연작의 활용은 단형시

31 위의 책, 73~75쪽.

조의 형식적 제약을 벗어나려는 의욕과 상통하는 것이지만, 시조가 지켜 온 단형의 형식적 완결성을 이완시킨다는 문제점도 드러낸다. 그러므로 연작의 방법이 단순한 단형시조의 병렬적인 결합이 아니라 전체적인 형식의 긴장과 통일에 기여할 수 있어야만 그 의의를 인정받을 수 있을 것이다.

최남선의 『백팔번뇌』에는 국토를 순례하면서 민족의 역사를 더듬으며 그 감상을 노래하고 있는 작품들이 주로 수록되어 있는데, 시적 대상으로서의 '님'을 노래한 것이 상당수에 달한다. 최남선의 '조선적인 것'에 대한 관심이 실제 작품 속에서는 '님'에 대한 노래로 변용되어 나타나고 있는 것이다. 그렇지만 최남선의 시조는 시적 정서 자체가 일상적인 현실의 경험에 근거하고 있지는 않다. 그의 시조는 전통적인 시조의 형식을 연작의 방법으로 확대하면서 지나간 역사에 대한 회고적 취향을 노래한다. 시적 대상만이 아니라 정서 자체를 놓고 본다면, 시조를 통해 표현할 수 있는 사상적 가치 면에서 '조선적인 것'에 착안한 최남선의 의도가 나름의 의미를 갖는다고 할 것이다.

그러나 시조를 하나의 문학 형식으로서 부흥한다는 것은 전통적인 형식의 재현이나 정서의 공유만으로는 가치를 인정받기 어려운 일이다. 시조는 조선 시대에 창곡과 함께 공존해 왔고 신문학의 성립 이후, 실질적인 기능을 상실하게 되었다. 음악으로서의 창곡과 공존 관계를 청산하고 하나의 시 형식으로서 시조가 재출발하기 위해서는 부흥이라기보다는 재창조의 과정을 거쳐야만 한다. 말하자면 전통적인 형식의 현대적 변용이 창작상의 과제로 제기될 수 있었어야 한다는 것이다. 시조가 지켜 온 특유의 기품이나 전아성을 포기한다는 것은 시조 자체를 포기하는 일이 되지만, 그렇다고 외형적인 균제라는 전통적인 형식에만 주력하여 하나의 문학 형태가 필연적으로 요구하게 되는 내용의 포괄성이나 광범위한 시대감각을 외면할 수도 없는 일이다.

최남선이 주장한 시조부흥운동은 이병기, 이은상, 주요한, 조운 등으로 이어지면서 두 가지 측면의 실천을 가능하게 하였다. 그 하나는 시조의 시적 창작 활동이 활성화되었다는 점이며, 다른 하나는 시조에 대한 학문적 연구가 본격화됐다는 점이다. 여기에서 시조의 창작 활동과 함께 시조의 본질적인 연구가 시조부흥운동에 즈음하여 활발하게 전개된 것은 전통문학에 대한 새로운 인식을 가능케 했다는 점에서 그 의의를 높이 평가할 수 있다. 이병기의 「시조(時調) 원류론(源流論)」(1929)과 「시조란 무엇인가」(1926) 등은 「시조와 그 연구」(1928)와 함께 시조문학의 본령을 적절하게 논의하는 업적들이다. 이병기는 시조를 하나의 문학 형식으로 인식하고자 하였기 때문에 이념적인 도그마에서 벗어날 수 있었고, 전통 시조의 연구에 새로운 시야를 제공하게 되었던 것이다.

시조부흥운동 이후 현대시조의 성립 과정에서 주목해야 할 업적으로는 정인보의 시조 창작을 손꼽을 수 있다. 그는 1920년대 후반 시조부흥운동에 참여하여 《동아일보》를 비롯하여 《동광(東光)》,《문예공론(文藝公論)》,《삼천리(三千里)》 등에 시조를 발표하였다. 전통 시조의 주제 의식에 따라 부모에 대한 사모의 정과 함께 역사의 유적지에서 느끼는 지나간 시대에 대한 감회를 노래한 작품들이 많다. 시조의 의고적(擬古的)인 어투와 형식적 규칙을 그대로 지킴으로써 전통시조의 형태를 그대로 재현한 듯한 느낌을 주지만 그 전아한 기풍을 살려 낸 점이 특징이다. 이러한 시조 작품들은 해방 직후 『담원시조(薝園時調)』(1948)로 묶여 나왔다.

노산 이은상은 이병기와 함께 시조부흥운동을 실천했던 대표적인 시조 시인이다. 그의 첫 개인 시조집인 『노산시조집(鷺山時調集)』(1932)은 고향에 대한 그리움, 조국의 산천과 자연에 대한 예찬 등을 표현한 작품이 많다. 특히 「고향생각」, 「가고파」, 「성불사의 밤」 등은 평이한 시적 진술과 풍부한 감성이 음악과 결부되면서 가곡으로 널리 불려지고 있다. 그가 시도했던 양장시조(兩章時調)라는 단형시조 형태의 실험은 해방 이후 일부 시인들에게 이어지기도 했다. 이밖에도 이광수, 주요한, 김동환이 펴낸 『삼인시가집』(1929)에도 많은 시조 작품이 포함되어 있다.

(4) 민족 정서의 시적 발견

김소월의 시정신과 민요적 형식

한국 근대시의 형성 과정에서 김소월[32]은 시정신과 시적 형식의 조화를 통해 한국적인 서정시의 정형을 확립한 대표적인 시인으로 손꼽을 수 있다. 근대시의 성립과 함께 문제시되었던 새로운 시 형식의 추구를 염두에 둘 경우, 김소월의 시는 분명 시적 형식의 독창성을 확립하고 있다. 그는 서구 시의 번안 수준에 머물러 있던 한국 초기 근대시의 형식에 새로운 독자적인 가능성을 부여하고 있다. 그가 발견한 새로운 시 형식은 전통적인 민요의 율조와 토속적인 언어 감각의 결합을 통해 이루어진 것이다. 250여 편이 넘는 그의 작품들은 각각의 작품들이 모두 균제된 시 형식을 이루고 있으며, 모든 작품들이 그 자체의 형식을 통해 완결의 미

---

32 김소월(金素月, 1902~1934). 본명은 김정식(金廷湜). 소월은 필명. 평북 구성 출생. 오산학교 중학부, 배재고보를 거쳐 1923년 도쿄 상과대학 예과에 입학. 1920년 《창조》에 시 「낭인의 봄」, 「야(夜)의 우적(雨滴)」 등 발표. 1924년 김동인, 김찬영(金瓚永), 임장화(林長和) 등과 《영대》 동인 참가. 시집 『진달래꽃』(1925) 발간. 사후에 김억에 의해 시집 『소월 시초』(1939) 발간. 참고 문헌: 김재홍, 『한국 현대시인 연구』(일지사, 1986); 정효구, 『현대시와 기호학』(느티나무, 1989); 오하근, 『김소월 시 어법 연구』(집문당, 1995); 장철환, 『김소월 시의 리듬 연구』(소명출판, 2011); 유종호, 『한국 근대시사』(1920~1945)(민음사, 2011).

학을 추구하고 있다. 또한 간결하고 절제된 형식을 이루고 있으면서도 율조의 흐름에 무리가 없으며, 내적인 호흡의 자유로움을 구현하고 있다.

김소월의 시가 포괄하고 있는 정서의 폭과 깊이는 서정시가 도달할 수 있는 궁극적인 경지에 맞닿아 있다. 흔히 정한(情恨)의 노래라는 이름으로 소월 시의 정서적 특질을 규정하기도 하지만, 거기에는 민족 현실에 대한 비극적 인식이 가로놓여 있다. 김소월이 즐겨 노래하는 대상은 '가신 님'이거나 '떠나온 고향'이다. 모두가 현실 속에서는 존재하지 않는 것들이다. 임과 고향을 그리워하는 그의 심정은 어떤 면에서 자못 퇴영적인 느낌을 주기도 한다. 그러나 그의 시는 다시 만나기 어렵고, 다시 찾기 힘든 그리움의 대상을 끈질기게 추구하면서 노래한다는 점에서 오히려 낭만적이기도 하다. 물론 김소월의 시에서 볼 수 있는 슬픔의 미학은 슬픔의 근원에 대한 객관적인 이해의 결여를 들어 무의지적 측면이 비판되기도 한다. 그의 시적 지향 자체가 지나치게 회고적이고 퇴영적이라는 지적도 타당성을 갖는다. 그렇지만 그의 시가 보여 주는 정한의 세계가 좌절과 절망에 빠진 3·1운동 이후의 식민지 현실에서 비롯된 것임을 생각한다면, 그 비극적인 상황 인식 자체가 현실에 대한 거부의 의미를 담고 있음을 부인할 수 없다.

김소월은 대부분의 시에서 서정시의 본령이라고 할 수 있는 개인적인 정감의 세계를 중요시하고 있다. 그는 자연을 노래하면서도 대상으로서의 자연을 그려 내기보다는, 개인적인 정감의 세계 속으로 자연을 끌어들여 그 정조를 바탕으로 노래하고 있다. 그렇기 때문에 그의 시에서 즐겨 다루는 자연은 서정적 자아의 내면 공간으로 바뀌고 있으며, 개별적인 정서의 실체로 기능하고 있다. 그의 대표적인 작품으로 널리 알려져 있는 「진달래꽃」, 「산유화」, 「예전엔 미처 몰랐어요」, 「접동새」 등이 모두 이 같은 예에 속한다.

나 보기가 역겨워

가실 째에는

말업시 고히 보내드리우리다

寧邊에 藥山

진달내쏫

아름 싸다 가실 길에 쌕리우리다

가시는 거름거름

노힌 그 쏫츨

삽분히 즈려밟고 가시옵소서

나 보기가 역겨워

가실 째에는

죽어도 아니 눈물 흘니우리다

——「진달내쏫」[33]

　이 작품에 설정되어 있는 시적 정황은 '나 보기가 역겨워 떠나는 임'
과 '말없이 고이 보내 드리는 나' 사이의 내면 공간을 중심으로 하고 있
다. 그런데 이 시에서 서정적 자아는 떠나가는 임에 대한 원망 대신에 오
히려 자신의 변함이 없는 사랑을 드러내고자 한다. 여기에서 자기 사랑
의 표상으로 선택하고 있는 것은 '진달래꽃'이다. 봄이 되면 산과 들에
지천으로 피어나는 것이 진달래꽃이기 때문에, 진달래꽃은 한국인들 누

33　김소월, 「진달내쏫」(매문사, 1925), 190~191쪽.

구에게나 친숙하고 자연스럽게 느껴진다. 이 시의 표현대로 "영변의 약산"에 피어 있는 진달래꽃은 바로 우리네의 곁에 있으며, 일상의 체험 속에 자리 잡고 있는 것이다. 시인은 체험의 진실성에 근거하여 자기 정서를 표현하고, 그 표현에서 새로운 감응력을 끌어내고자 한다.

봄이면 어디서나 볼 수 있는 진달래꽃은 이 시에서 더 이상 평범한 자연물이 아니다. "영변의 약산"에 피는 진달래꽃은 그 자체로 거기 있지 않다. 시인의 상상력에 의해 아름다운 사랑의 의미로 채색되어, 화사하게 피어나는 분홍빛의 사랑으로 시 속에 자리하고 있다. "아름 따다 가실 길에" 뿌리는 한 아름의 진달래꽃은 사랑의 크기를 나타내기도 하고, 사랑의 깊이를 보여 주기도 한다. 이 시의 서정적 자아는 사랑하는 사람과 이별하며 슬픔의 눈물을 보이지 않고, 오히려 떠나는 임 앞에서 진달래꽃을 통해 자신의 변함없는 사랑을 보여 주고 있는 것이다. 이것은 일종의 상황적 아이러니에 해당된다. 이 시에서 이별의 슬픔이 내면화하는 대신에 사랑의 진실이 자리 잡게 되는 것은 이러한 시적 형상화의 과정을 통해서라고 할 수 있다.

김소월이 노래하고 있는 「진달래꽃」에서의 사랑의 의미는 「산유화」에서의 자연에 대한 인식이라든지 「접동새」에서 볼 수 있는 허무의 삶 등과 정서의 기반을 같이한다. 이것은 한국인들의 삶과 한국인들이 그들의 삶 속에서 느끼는 정감의 세계를 표현해 주는 것이다. 민족적 정서의 시적 구현이 김소월 시의 존재를 드러내는 것이라면, 김소월의 시에서 그러한 정서적 특질을 발견할 수 있다는 것은 당연한 일이다.

山에는 꽃픠네
꽃치 픠네
갈 봄 녀름 업시

꼿치 픠네

山에
山에
픠는 꼿츤
저만치 혼자서 픠여 잇네

山에서 우는 적은 새요
꼿치 죠와
山에서
사노라네

山에는 꼿 지네
꼿치 지네
갈 봄 녀름 업시
꼿치 지네

——「산유화」[34]

　「산유화」의 세계는 자연의 세계이다. 산에 피는 꽃은 혼자서 저절로
피고 저절로 지는 것이다. 아무도 돌보는 이가 없어도 산에는 항상 꽃이
피고 진다. 이것은 자연의 섭리이다. 이러한 엄연한 이치에 따라 자연은
늘 그렇게 순환한다. 이 시의 단조로운 형식과 간명한 표현 속에서 시인
은 바로 그러한 자연의 순환과 질서를 보여 주고 있다. 3연의 '새'는 자

---

34 위의 책, 202~203쪽.

연의 섭리를 따라 살아가고 있는 존재이며, 시적 자아가 추구하는 자연의 세계를 형상화한다. 그리고 이것은 오랜 역사 속에서 형성된 민족 정서와 자연 친화력에 호소함으로써, 더욱 절실한 공감을 불러일으키고 있다. 말하자면 자연 속에서 자연과 더불어 살고자 하는 시적 자아의 욕망이 간접적으로 표현되고 있다는 것이다. 김소월의 시를 통해 확인할 수 있는 개인적인 정감의 세계는 삶의 희망과 환희보다는 고통과 슬픔이 중심을 이룬다. 이것은 시인 개인의 정서적 취향과도 관련 있지만, 식민지 상황에서 한민족이 겪어야 했던 고통과 슬픔과도 무관하지 않다. 김소월은 민족의 슬픔을 노래하고 있으며, 그 노래는 고통스러운 삶에 위안이 되었음을 주목해야 할 것이다.

나는 꿈꾸엿노라, 동무들과 내가 가즈란히
벌싸의 하로 일을 다 맛추고
夕陽에 마을로 도라오는 꿈을,
즐거히, 꿈 가운데.

그러나 집 일흔 내 몸이어,
바라건대는 우리에게 우리의 보섭 대일 짱이 잇엇드면!
이처럼 써도르랴, 아츰에 점을손에
새라 새롭은 歎息을 어드면서.

東이랴, 南北이랴,
내 몸은 써가나니, 볼지어다,
希望의 반짝임은, 별빗치 아득임은.
물결쑌 써올나라, 가슴에 팔다리에.

그러나 엇지면 황송한 이 心情을! 날로 나날이 내 압패는

자츳 가느른 길이 니어가라. 나는 나아가리라

한 서름, 쏘 한 거름. 보이는 山비탈엔

온 새벽 동무들 저 저 혼자……山耕을 김매이는.

　　　　　—「바라건대는 우리에게 우리의 보섭 대일 땅이 잇엇드면」[35]

　꿈과 현실의 엄청난 이율배반을 술회하고 있는 이 작품에서 현실은
상실의 고통으로 가득하다. 시적 주체로서의 서정적 자아는 서로 다른
두 가지 상황을 제시한다. 하나는 꿈이며 다른 하나는 현실이다. 꿈속의
서정적 자아는 벌판에서 하루 일을 마치고 즐겁게 집으로 돌아온다. 물
론 현실은 이와 다르다. 서정적 자아는 집도 잃고 땅도 잃어, 농사지을
수 없다. 아침저녁으로 탄식 속에 떠돌 뿐이다. 조국 상실의 아픔과 그
속에서의 삶의 고통은 거의 절망적인 상태임을 알 수 있다. 그러나 이처
럼 극명하게 제시되고 있는 문제의 현실 속에서도 서정적 자아는 좌절하
지 않고 산비탈의 가파른 밭을 매는 사람처럼 한 걸음씩 앞으로 나아갈
것을 결심하고 있다. 황폐한 현실 속에서 자기 의지를 다지는 셈이다.

공중에 써다니는

저기 저 새요

네 몸에는 털 잇고 깃치 잇지

밧테는 밧곡석

논에 물베

────────────

35 위의 책, 145~146쪽.

눌하게 닉어서 숙으러젓네

楚山 지난 狄蝓嶺
넘어선다
짐 실은 저 나귀는 너 왜 넘늬?

—「옷과 밥과 자유」[36]

이 시의 주제는 두 가지의 상반된 상황 속에 제시되는 시적 대상을 통해 대비적으로 드러난다. '새'는 자유와 행복을 누리는 존재이다. 자기가 가고자 하는 곳으로 마음대로 날 수 있고, 먹고자 하는 곡식을 얼마든지 먹을 수 있다. 몸에는 털도 있고 깃이 있으니, 옷가지를 걱정할 필요가 없다. 그러나 공중을 날며 자유롭게 생활하는 새와는 달리 적유령 넘어가는 짐 실은 나귀의 행색은 처량하다. '짐 실은 나귀'는 자유로운 새와 극단적으로 대조를 이루고 있는 시적 표상이다. 이것은 궁핍과 부자유와 고통의 삶을 의미한다. 이 같은 삶의 모습은 식민지 시대를 살았던 민족의 모습과 같다. 시인은 "짐 실은 저 나귀는 너 왜 넘늬?"라는 절약된 진술을 통하여 함축적으로 자신이 말하려는 현실의 고통을 표현하고 있는 것이다.

김소월의 시가 지닌 또 다른 미덕은 토착적인 한국어의 시적 가능성을 최대한 살려 내고 있다는 점이다. 그는 평범하고도 일상적인 언어를 그대로 시 속에 끌어들였다. 심지어는 관서 지방의 방언까지도 그의 시에서 훌륭한 시어로 활용되고 있다. 일상의 언어를 전통적인 율조의 형식으로 재구성한 김소월의 시는 그러한 언어의 특성에 기초하여 민족의 정서를 시적으로 표현하고 있다. 경험의 현실에 깊이 뿌리내리고 있는

---

36 김소월, 「옷과 밥과 자유」, 《동아일보》(1925. 1. 1).

일상의 언어는 정감의 깊이를 보여 줄 수 있으며 짙은 호소력을 지닌다. 그의 시적 언어의 토착성은 그 언어를 바탕으로 생활하는 민중의 정서가 언어와 밀착되어 있음을 의미한다. 실제로 김소월의 시에는 추상적인 개념어가 거의 없으며, 구체적인 정황이나 동태를 드러내는 토착어가 자연스럽게 활용되고 있다. 그의 시가 실감의 정서를 깊이 있게 표현하고 있는 것은 이 같은 언어적 특성과 깊은 관계가 있다. 특히 시의 율조는 민중의 호흡과 같이하면서 유장한 가락에 빠져들지 않고 오히려 간결하면서도 가벼운 음악성을 잘 살려 내고 있다.

한용운, 민족과 그 존재의 시적 인식

한국 근대시의 형성 과정에서 시인 한용운[37]은 특이한 위치를 점하고 있다. 그는 당대 문단과는 일정한 거리를 둔 채 한국 불교의 근대화를 위해 앞장섰던 승려였고, 민족의 독립을 위해 투쟁하였던 저항적인 지식인이었다. 그럼에도 불구하고 그의 생애 가운데 가장 빛나는 업적으로 남아 있는 부분이 시작 활동이라는 것은 특이한 일이다. 한용운이 오랫동안 한학 수업을 받았을 뿐, 정상적인 근대적 학교 교육을 통해 신학문에 접근하지 못했었다는 사실을 생각한다면, 시집 『님의 침묵』(1926)을 통해 이

---

[37] 한용운(韓龍雲, 1879~1944). 법호는 만해. 충남 홍성군 결성 출생. 서당에서 한학을 수학. 1896년 설악산 백담사 오세암에 은거하여 불경 공부. 1905년 수계를 받고 승려가 됨. 『조선 불교 유신론』(1913)을 발표. 1918년 청년 계몽지 《유심》 창간 주재. 1919년 3·1운동에 민족 대표로 참가하였고, 옥고를 치르는 동안 「조선 독립 이유서」 집필. 1926년 시집 『님의 침묵』 간행. 장편소설 『흑풍』(1935), 『후회』(1936), 『박명』(1938) 등 발표. 1931년에는 《불교》 지를 인수, 간행하여 불교청년운동 및 불교의 대중화 운동 주도. 참고 문헌: 인권한·박노준, 『만해 한용운 연구』(통문관, 1960); 염무웅 외, 「한용운 특집」, 《나라사랑》(1971. 4); 김우창, 「궁핍한 시대의 시인」, 《문학사상》(1973. 1); 고은, 『한용운 평전』(민음사, 1975); 김재홍, 『한용운 문학 연구』(일지사, 1982); 김용직, 「님의 침묵」 총체적 분석 연구』(서정시학, 2010); 김광식, 『만해 한용운 연구』(동국대 출판부, 2011).

루어 낸 시의 위업은 더욱 이채로운 시적 성과에 해당한다고 할 것이다. 특히 『님의 침묵』 이전에 발표한 그의 글들이 대부분 난삽한 한문 투의 국한문체에서 벗어나지 못하고 있었던 점을 견주어 볼 때 『님의 침묵』이 거두고 있는 시적 성과가 돋보일 수밖에 없는 일이다.

한용운의 시는 일상적인 생활에 뿌리박고 있는 고유한 한국어의 자연스러움을 그대로 살려 내고 있다. 그만큼 읽기 쉽고 이해하기 쉽다. 하지만 이것은 의미의 단조로움이나 시정신의 소박함을 뜻하는 것이 아니다. 오히려 일상적인 생활 감정에 충실하기 때문에, 시적 정서의 공감대를 더욱 확대시키고 있다. 모국어를 순화하는 것이 시인이 맡은 궁극적인 사명 중의 하나라면, 한용운은 초창기의 시단에서 바로 그 일을 수행했던 시인임에 틀림없다.

한용운은 그의 시를 통해 '님'을 노래하고 있다. 그의 시적 관심은 모두 님이라는 존재에 집중되고 있으며, 시를 통해 님의 존재에 대한 인식을 구체적으로 형상화시키고 있다. 그는 "기룬 것은 모두 님"이며 "내가 사랑할 뿐만 아니라 나를 사랑하는" 존재가 바로 님이라고 말하고 있다. 그러나 님은 시적 자아와 함께 현실에 존재하는 대상이 아니다. 님은 이미 현실을 떠나가 버렸기 때문에, 시인은 떠나 버린 님, 지금은 현실에 존재하지 않는 님을 노래하고 있다.

님은 갓습니다 아아 사랑하는 나의 님은 갓습니다
푸른산 빗을 깨치고 단풍나무 숩을 향하야 난 적은 길을 거러서 참어 떨치고 갓습니다
黃金의 꽃가티 굿고 빗나든 옛 盟誓는 차듸찬 띳글이 되야서 한숨의 微風에 나러갓습니다
날카로은 첫 '키스'의 追憶은 나의 運命의 指針을 돌너노코 뒷거름처서 사러

젓슴니다

나는 향긔로운 님의 말소리에 귀먹고 옷다은 님의 얼골에 눈머럿슴니다

사랑도 사람의 일이라 맛날 째에 미리 써날 것을 염녀하고 경계하지 아니한 것은 아니지만 리별은 쯧밧긔 일이 되고 놀난 가슴은 새로운 슯음에 터짐니다

그러나 리별을 쓸데업는 눈물의 源泉을 만들고 마는 것은 스스로 사랑을 쌔치는 것인 줄 아는 까닭에 것잡을 수 업는 슯음의 힘을 옴겨서 새 希望의 정수박이에 드러부엇슴니다

우리는 맛날 째에 써날 것을 염녀하는 것과 가티 써날 째에 다시 맛날 것을 밋슴니다

아아 님은 갓지마는 나는 님을 보내지 아니하얏슴니다

제 곡조를 못이기는 사랑의 노래는 님의 沈默을 휩싸고 돔니다

— 「님의 침묵」[38]

한용운의 시에서 님의 존재는 '침묵'이라는 말을 통해 역설적으로 제시되고 있다. 그는 님이 떠난 현실을 그대로 사실로 받아들이고 있다. 객관적인 현실을 인정하고 있다는 뜻이다. 님은 떠나갔고, 그렇기 때문에 님이 부재하는 현실은 비극적인 공간이 될 수밖에 없다. 그러나 한용운은 대상으로서의 님의 존재를 부재의 비극적 공간에서 끌어내고, 오히려 존재에 당위성을 부여하고 있다. "님은 갓지마는 나는 님을 보내지 아니하였"다는 시적 진술에서처럼, 시적 자아는 대상으로서의 님을 떠나지 않고 있다. 님과 시적 자아가 둘이 아니라 하나이기 때문이다. 바로 여기에서 시적 주체로서의 '나'와 시적 대상으로서의 님의 분리와 통합이 역설적으로 드러나는 것이다. 이와 같은 님의 존재 방식은 당대의 상황과

---

38 한용운, 「님의 침묵」(회동서관, 1926), 1~2쪽.

연관되어 식민지 시대의 비극적인 역사와 빗대어지기도 하며, 형이상학적이고 종교적 의미로 이해되기도 한다.

한용운의 시는 비탄과 정한의 노래는 아니다. 한용운은 님이 떠나 버린 슬픔은 말하면서도, 그 슬픔을 극복하기 위해 님에 대한 새로운 기대와 신념을 강조하고 있다. 비극의 현실 속에 빠져 있는 개인의 정서적 파탄을 그리지 않고, 오히려 존재의 본질과 새로운 삶의 전망을 노래하고 있다. 그러므로 한용운의 시는 의지적이며 강렬한 어조가 돋보인다. 이러한 특징은 한용운 자신의 혁명적 기질과도 깊은 관계가 있겠지만, 역사의식의 투철성을 말해 주는 것이라는 점도 간과할 수 없을 것이다.

당신이 가신 뒤로 나는 당신을 이즐 수가 업습니다
까닭은 당신을 위하나니보다 나를 위함이 만습니다

나는 갈고 심을 쌍이 업슴으로 秋收가 업습니다
저녁거리가 업서서 조나 감자를 꾸러 이웃집에 갓더니 主人은 '거지는 人格이 업다 人格이 업는 사람은 生命이 업다 너를 도와주는 것은 罪惡이다'고 말하얏습니다
그 말을 듯고 도러나올 째에 쏘더지는 눈물 속에서 당신을 보앗습니다

나는 집도 업고 다른 까닭을 겸하야 民籍이 업습니다
'民籍이 업는 者는 人權이 업다 人權이 업는 너에게 무슨 情操냐' 하고 凌辱하랴는 將軍이 잇섯습니다
그를 抗拒한 뒤에 남에게 대한 激憤이 스스로의 슯음으로 化하는 刹那에 당신을 보앗습니다
아아 왼갓 倫理, 道德, 法律은 칼과 黃金을 祭祀지내는 煙氣인 줄을 아럿습니다

永遠의 사랑을 바들까 人間 歷史의 첫 페지에 잉크칠을 할까 술을 마실까 망 서릴 째에 당신을 보앗습니다

—「당신을 보앗습니다」[39]

님에 대한 갈망은 시인 한용운의 사상과 행동과 예술을 사랑이라는 결정체로 만들어 놓고 있다. 고통과 시련의 시대에 대항하여 떳떳하게 자기 의지를 표현하는 한용운의 시에는 언제나 사랑의 참뜻이 담겨 있다. 증오해야 할 대상에 대하여 비판하면서도, 한용운은 사랑의 의미를 강조하고 있다. 강압적인 침략에 의해 모든 것을 약탈당했음에도 불구하고, 한용운은 평등을 내세우고 분노를 감정적으로 표출하지 않는다.

한용운의 시는 가 버린 님을 노래하고 있으나, 이별의 슬픔을 노래하는 것이 아니라 기다림의 초조함을 노래한다. 시적 대상에 대한 간절한 기원이 그 속에 깃들어 있다.

오서요 당신은 오실 째가 되얏서요 어서 오서요
당신은 당신의 오실 째가 언제인지 아심닛가 당신의 오실 째는 나의 기다리는 째임니다

당신은 나의 꼿밧헤로 오서요 나의 꼿밧헤는 꼿들이 픠여 잇습니다
만일 당신을 조처오는 사람이 잇스면 당신은 꼿속으로 드러가서 숨오십시오
나는 나븨가 되야서 당신 숨은 꼿위에 가서 안것습니다
그러면 조처오는 사람이 당신을 차질 수는 업습니다
오서요 당신은 오실 째가 되얏습니다 어서 오서요

---

39 위의 책, 65~66쪽.

당신은 나의 품에로 오서요 나의 품에는 보드러운 가슴이 잇슴니다

만일 당신을 조처오는 사람이 잇스면 당신은 머리를 숙여서 나의 가슴에 대입시요

나의 가슴은 당신이 만질 째에는 물가티 보드러웁지마는 당신의 危險을 위하야는 黃金의 칼도 되고 鋼鐵의 방패도 됩니다

나의 가슴은 말숍에 밟힌 洛花가 될지언정 당신의 머리가 나의 가슴에서 써러질 수는 업슴니다

그러면 조처오는 사람이 당신에게 손을 대일 수는 업슴니다

오서요 당신은 오실 째가 되얏슴니다 어서 오서요

당신은 나의 죽엄 속으로 오서요 죽엄은 당신을 위하야의 準備가 언제든지 되야 잇슴니다

만일 당신을 조처오는 사람이 잇스면 당신은 나의 죽엄의 뒤에 서십시오

죽엄은 虛無와 萬能이 하나임니다

죽음의 사랑은 無限인 同時에 無窮임니다

죽엄의 압헤는 軍艦과 砲臺가 씌끌이 됩니다

죽엄의 압헤는 强者와 弱者가 벗이 됩니다

그러면 조처오는 사람이 당신을 잡을 수는 업슴니다

오서요 당신은 오실 째가 되얏슴니다 어서 오서요

—「오서요」[40]

한용운의 시정신은 역사에 대한 믿음을 기초로 하고 있다. 그가 삶에 대한 정직성을 지키고, 악에 항거하고, 민족과 국가를 위해 투쟁했던 행

---

40 위의 책, 158~160쪽.

동적 실천가였음을 생각한다면, 그러한 의지를 시적으로 구현하면서 가장 서정적인 어조를 활용하고 있다는 점도 높이 평가해야 할 일이다. 한용운의 시적 언어가 획득하고 있는 일상적 경험의 진실성은 저항적 시정신의 형상을 위해서도 반드시 전제되어야 한다.

이상화, 낭만적 열정과 현실의 인식

김소월의 비극적 현실 인식과 한용운의 역사에 대한 신념 사이에서 이상화[41]의 시를 읽는다는 것은 매우 중요한 의미를 갖는다. 이상화의 현실 감각은 김소월의 그것과 비슷하지만 보다 더 비장하고 절망적이다. 김소월이나 한용운의 경우에 분명하게 자리 잡고 있는 서정적 자아가 이상화의 시에서는 파멸하는 존재로 부각되는 경우도 많다. 무자비한 고통의 현실을 이상화는 어둠의 동굴, 죽음의 공간으로 그려 낸다. 시적 주체로서의 서정적 자아는 어둠의 현실을 등지고 동굴과 밀실 속으로 도피하고 격앙된 어조로 삶의 구원을 희구한다.

이상화의 시적 출발은 《백조》 동인 활동에서 시작된다. 이 시기의 시들은 《백조》 동인의 공통적인 특성이기도 한 병적 관능과 퇴폐성을 주조로 하고 있다. 이 같은 특징은 주로 시적 대상으로서의 현실에 대한 인식에서 비롯된다. 이것은 물론 식민지 현실과 직결되고 있으며, 시적 주체로서의 서정적 자아 역시 어둠의 현실에 자리하고 있다. 이상화의 경우에도 마찬가지다.

---

41 이상화(李相和, 1901~1943). 호는 상화(尙火). 경북 대구 출생. 1917년 동인지 《거화》 발간. 1922년 《백조》 동인으로 「나의 침실로」(1923) 등을 발표. 1925년 조선프롤레타리아예술동맹 가담. 유고 시집 백기만 편, 『상화와 고월』(1951)이 있다. 참고 문헌: 백기만, 「상화의 시와 그 배경」, 《자유문학》(1959. 11); 신동욱 편, 『이상화의 서정시와 그 아름다움』(새문사, 1981); 김학동 편, 『이상화』(서강대 출판부, 1996); 김재홍, 『이상화』(건국대 출판부, 1996)

이상화의 초기 시작 활동을 대표하는 「나의 침실로」는 이상화가 지니고 있던 문학적 열정과 감상을 동시에 보여 주고 있다. 이 작품은 그 시적 구조 자체가 지니는 2행 단위의 규칙적인 연 구분에도 불구하고, 유장하면서도 격렬한 호흡을 반복적으로 느끼게 하는 구문적인 특성을 잘 드러낸다. 시적 화자의 애절한 정감과 간절한 절규를 실감 나게 보여 주는 영탄과 청유의 반복적인 어투는 김소월의 시가 지니고 있는 비교적 단순한 율조나 한용운의 시에서 볼 수 있는 균제된 정감과는 분명히 구분되는 긴박한 정조(情操)를 자아내고 있다.

'마돈나' 지금은 밤도, 모든 목거지에, 다니노라 疲憊하야 돌아가려는도다,
아, 너도, 먼동이 트기 전으로, 水蜜桃의 네 가슴에, 이슬이 맷도록 달려오느라.

'마돈나' 오렴으나, 네 집에서 눈으로 遺傳하든 眞珠는 다 두고 몸만 오느라,
쌜리 가자, 우리는 밝음이 오면, 어댄지도 모르게 숨는 두 별이어라.
'마돈나' 구석지고도 어둔 마음의 거리에서, 나는 두려워 썰며 기다리노라,
아, 어느듯 첫닭이 울고 — 뭇개가 짓도다, 나의 아씨여, 너도 듯느냐.

'마돈나' 지난밤이 새도록, 내 손수 닥가둔 寢室로 가자, 침실로!
낡은 달은 쌔지려는데, 내 귀가 듯는 발자욱 — 오, 너의 것이냐?

'마돈나' 짧은 심지를 더우잡고, 눈물도 업시 하소연하는 내 맘의 燭불을 봐라,
양(羊)털 가튼 바람결에도 窒息이 되어, 얄푸른 연긔로 쩌지려는도다.

'마돈나' 오느라 가자, 압산 그름에가, 독갑이처럼, 발도 업시 이곳 갓가이

오도다,

　아, 행여나, 누가 볼는지 —— 가슴이 쥐누나, 나의 아씨여, 너를 부른다.

　'마돈나' 날이 새런다, 빨리 오렴으나, 寺院의 쇠북이, 우리를 비웃기 전에,

　네 손이 내 목을 안어라, 우리도 이 밤과 가티, 오랜 나라로 가고 말자.

　'마돈나' 뉘우침과 두려움의 외나무다리 건너 잇는 내 寢室 열 이도 업느니!

　아, 바람이 불도다. 그와 가티 가볍게 오렴으나, 나의 아씨여, 네가 오느냐?

　'마돈나' 가엽서라, 나는 미치고 말앗는가, 업는 소리를 내 귀가 들음은 ——

　내 몸에 피란 피 —— 가슴의 샘이, 말라 버린듯, 마음과 몸이 타려는도다.

　'마돈나' 언젠들 안 갈수 잇스랴, 갈 테면, 우리가 가자, 끄을려가지 말고!

　너는 내 말을 밋는 '마리아'! 내 寢室이 復活의 洞窟임을 네야 알년만…….

　'마돈나' 밤이 주는 쑴, 우리가 얽는 쑴, 사람이 안고 궁그는 목숨의 쑴이 다
르지 안흐니,

　아, 어린애 가슴처럼 歲月 모르는 나의 寢室로 가자, 아름답고 오랜 거긔로.

　'마돈나' 별들의 웃음도 흐려지려 하고, 어둔 밤 물결도 자자지려는도다,

　아, 안개가 살아지기 전으로, 네가 와야지, 나의 아씨여, 너를 부른다.

　　　　　　　　　　　　　　　　　　　　　　　—— 「나의 침실로」[42]

42　이상화, 「나의 침실로」 《백조》 3호(1923. 9), 13~14쪽.

이 시에서 두드러지게 드러나는 것은 각 연마다 첫 행의 머리에 반복하여 부르고 있는 '마돈나'라는 호칭이다. 시적 대상으로서의 마돈나는 시적 주체인 '나'의 간절한 사랑의 상대이다. 이 시기의 다른 시인들이 시적 대상으로 내세웠던 '임'과 대비시켜 본다면, 마돈나라는 대상을 중심으로 하는 이 작품의 발상은 다분히 서구적인 것이라고 할 수 있다. 그런데 이 시의 화자는 마돈나라는 구원의 대상을 마리아라고 부르기도 하고 아씨라고 지칭하기도 한다. 이 같은 인식은 마돈나라는 대상이 시적 주체인 '나'에 의해 인식되는 존재 영역의 폭을 말해 주는 것이다. 마리아라는 신성의 존재와 아씨라는 세속의 존재가 모두 마돈나라는 하나의 대상을 통해 구체적으로 인식된다. 이 시에서 느껴지는 시적 긴장은 마리아를 통해 구현되는 정결성과 아씨를 통해 감각화되는 관능성의 거리에서 비롯되는 것이다.

이 시에서 강조되는 관능적인 표현은 밤이라는 시간과 침실이라는 공간 속에 시적 대상을 끌어들임으로써 더욱 고조된다. "수밀도(水蜜桃)의 네 가슴"이라든지 "몸만 오느라"라든지 "마음과 몸이 타려는도다" 등과 같은 관능적 표현은 밤의 침실을 시적 정황으로 설정함으로써 구체성을 획득하고 있다. 물론 이 시의 관능적 요소가 육체에 대한 탐닉이나 애욕에만 한정되는 것은 아니다. 개인의 내적 감정의 격렬함을 시의 형식을 통해 자유롭게 구현할 수 있다는 것, 시적 화자의 거의 병적인 감정의 격렬함과 자제할 수 없는 욕망을 시의 언어를 빌려 이처럼 적나라하게 표현할 수 있다는 것 자체가 한국 근대시의 형성 과정에서 매우 소중한 경험이 되고 있다는 점을 주목해야 한다.

이상화는 자기 내면의 정서에 대한 탐닉에 머물지 않고, 자신의 시적 관심을 역사와 현실의 영역으로 확대한다. 그는 어둡고 암담한 현실 속에서 시를 통해 흔들림 없는 자기를 세우고자 한다. 1920년대 후반에 이상화가 발표한 「빼앗긴 들에도 봄은 오는가」, 「역천(逆天)」과 같은 작품들은 시적 대상으로서의 현실 세계를 역동적으로 포괄하면서 새로운 삶의 가능성을 절실하게 추구하고 있다.

(가)
지금은 남의 짱 ─ 빼앗긴 들에도 봄은 오는가?

나는 온몸에 해살을 밧고
푸른 한울 푸른 들이 맛부튼 곳으로
가름아 가튼 논길을 짜라 쑴속을 가듯 거러만 간다.

입슐을 다문 한울아 들아
내 맘에는 내 혼자 온 것 갓지를 안쿠나
네가 쓸엇느냐 누가 부르드냐 답답워라 말을 해다오.

바람은 내 귀에 속삭이며
한자욱도 섯지마라 옷자락을 흔들고
종조리는 울타리 넘의 아씨 가티 구름 뒤에서 반갑다 웃네.

고맙게 잘 자란 보리밧아
간밤 자정이 넘어 나리든 곱은 비로
너는 삼단 가튼 머리를 깜앗구나 내 머리조차 갑분하다.

혼자라도 갓부게나 가자
마른 논을 안고 도는 착한 도랑이

젖먹이 달래는 노래를 하고 제 혼자 엇게춤만 추고 가네.

나비 제비야 쌉치지 마라.

맨드램이 들마쏫에도 인사를 해야지

아주까리 기름을 바른 이가 지심매든 그 들이라 다보고십다.

내 손에 호미를 쥐여다오

살쩐 젖가슴과 가튼 부드러운 이 흙을

발목이 시도록 밟어도 보고 조흔 쌈조차 흘리고 십다.

강가에 나온 아해와 가티

쌈도 모르고 곳도 업시 닷는 내 혼아

무엇을 찻느냐 어데로 가느냐 웃어웁다 답을 하려무나.

나는 온몸에 풋내를 씌고

푸른 웃슴 푸른 설움이 어우러진 사이로

다리를 절며 하로를 것는다 아마도 봄 신령이 접혓나 보다.

그러나 지금은 — 들을 쌔앗겨 봄조차 쌔앗기것네.

—「쌔앗긴 들에도 봄은 오는가」[43]

(나)

이때야말로 이 나라의 보배로운 가을철이다.

더구나 그림도 같고 꿈과도 같은 좋은 밤이다.

---

43 이상화, 「쌔앗긴 들에도 봄은 오는가」, 《개벽》(1926. 6), 9~10쪽.

초가을 열나흘 밤 열푸른 유리로 천장을 한 밤

거기서 달은 마종 왔다 얼굴을 쳐들고 별은 기대린다 눈짓을 한다.

그리고 실낫 같은 바람은 길을 끄으려 바래노라 이따금 성화를 하지 않는가.

그러나 나는 오늘 밤에 조하라 가고프지가 않다.

아니다, 나는 오늘 밤에 조하라 보고프지도 않다.

이런 때 이런 밤 이 나라까지 복지게 보이는 저 편 하늘을

햇살이 못 쪼이는 그 따에 나서 가슴 밑바닥으로 못 웃어 본 나는 선듯만 보아도

철모르는 나의 마음 홀아비 자식 아비를 따리듯 불 본 나비가 되어

쬐우는 얼굴과 같은 달에게로 웃늣 닛발 같은 별에게로

앞도 모르고 뒤도 모르고 곤두치듯 줄달음질을 쳐서 가더니.

그리하야 지금 내가 어데서 무엇 때문에 이 짓을 하는지

그것조차 잊고서도 낮이나 밤이나 노닐 것이 두려웁다.

걸림 없이 사는 듯하면서도 걸림뿐인 사람의 세상 ——

아름다운 때가 오면 아름다운 그때와 어울려 한뭉텅이가 못 되어지는 이 사리 ——

꿈과도 같고 그림 같고 어린이 마음 우와 같은 나라가 있서

아모리 불러도 멋대로 못가고 생각조차 못하게 지쳤을 떠는 이 설음

벙어리 같은 이 아픈 설음이 츰덩쿨같이 몇 날 몇 해나 얽히여 트러진다.

보아라 오늘 밤에 하늘이 사람 배반하는 줄 알었다.

아니다 오늘 밤에 사람이 하늘 배반하는 줄도 알었다

—「역천(逆天)」[44]

　앞에 인용된 시 「빼앗긴 들에도 봄은 오는가」에서 "지금은 남의 땅 — 빼앗긴 들에도 봄은 오는가?"라는 첫 행과 "그러나 지금은 들을 빼앗겨 봄조차 빼앗기겠네"라는 마지막 행의 대조적인 진술을 주목할 필요가 있다. 이 두 개의 시구는 시적 의미의 대응만이 아니라 그 외연적 속성이 이미 국토의 상실이라는 현실적 조건을 문제 삼고 있다는 점에서 식민지 현실 문제에 밀착되어 있다. 이 작품의 시적 구성과 언어적 표현은 초기 시에서부터 이미 자리하고 있던 일상어의 시적 구현과 긴 호흡을 드러내는 시행 구성을 대체로 계승하고 있다. 그러나 이 작품은 자연의 질서와 역사적 현실의 불일치가 빚어내는 모순된 삶의 공간을 개인적인 경험을 통해 구체화시켜 놓고 있다. 빼앗긴 들과 다시 찾아온 봄이라는 현실적 공간과 자연적 시간에 대한 인식을 통해 결코 봄은 빼앗길 수 없다는 강한 의지를 드러낸다. 결국 이 시는 '여기'와 '지금'이라는 현실적인 공간과 시간이 빚어내는 역설적 의미 구조를 통해, 지금은 들을 빼앗겼지만 회생의 봄이 반드시 찾아온다는 사실을 노래하고 있다. 빼앗긴 국토에 대한 상실감과 그것을 다시 회복시켜야 한다는 강한 의지가 힘찬 리듬과 가락을 통해 격정적으로 표출되고 있는 것이다.

　「역천」은 추수를 앞둔 풍요로운 가을을 소재로 하고 있다. 이 같은 시적 구도는 앞서 분석해 본 「빼앗긴 들에도 봄은 오는가」의 경우와 발상이 유사하다. 가을은 수확의 풍성함을 누릴 수 있는 계절이다. 청명한 가을밤은 "햇살이 못 쪼이는 이 땅에서 나의 가슴 밑바닥으로 못 웃어 본"

44　이상화, 「역천」, 《시원(詩苑)》(1935. 4), 2~3쪽.

시의 화자에게도 그 풍요로움에 황홀감을 느끼게 한다. 그러나 이 보배로운 가을밤의 푸른 하늘과 밝은 달, 정답게 도란거리는 별들, 황금빛으로 물든 들판을 스쳐 가는 바람결이 결코 아름다울 수만은 없다. 이미 시적 화자는 "걸림뿐인 사람의 세상"이라는 구절에서 볼 수 있듯이 실의와 좌절에 깔려 있다. "어울려 한 뭉텅이가 못 되어지는" 뼈저린 아픔을 안고 있기 때문이다. 이 아픔을 나라 잃은 슬픔으로 바꾸어 읽을 수 있는 것은, 이 시가 하늘과 인간이 서로 배반하는 이른바 '역천'의 슬픔을 노래하고 있기 때문이다.

앞에 인용한 두 편의 시는 이상화의 시적 지향이 낭만적 열정에 사로잡힌 개인적인 정서의 세계에서 현실적 상황에 대한 비판적 인식과 그 시적 형상화를 향해 열려 있음을 보여 주는 중요한 예가 된다. 자연의 질서를 중심으로 봄과 가을이라는 두 개의 서로 다른 시간적 배경을 바탕으로 하고 있는 이 작품들에서 시인이 노래하고자 하는 것은 자연의 질서와는 정반대로 흘러가는 역사에 대한 비판이다. 그리고 빼앗긴 들에 찾아온 생명의 봄, 결실의 기쁨을 나눌 수 없는 가을을 보며 '역천'의 아픔을 노래하는 것 자체가 하나의 시적 역설에 해당한다고 할 수 있다. 결국 이상화의 시는 식민지 현실의 모순 구조를 시적 진술을 통해 비판적으로 제시함으로써 새로운 역사의식과 함께 민족의 삶에 대한 전망을 함께 담아낼 수 있게 된 것이다.

이상화의 시에서 볼 수 있는 이러한 변화는 1920년대 문단에서 새롭게 일어나기 시작한 이른바 신경향파 문학의 영향과도 무관하지는 않다. 그러나 이상화의 시에는 계급의식에 대한 자각보다는 식민지 현실에 대한 민족적인 비판 의식이 더 분명하게 자리하고 있다. 그는 일본의 식민지 지배에 따른 민족의 고통을 자신의 시적 상상력으로 끌어안음으로써, 그 비판적 상황 인식을 주제로 하여 응결된 저항 정신을 표출할 수 있는 가능성을 발견하고 있다. 그러므로 그의 시는 초기의 작품에서 흔히 볼 수 있었던 비탄과 허무에서 벗어나 저항과 의지의 시적 표현에 집중하게 되는 것이다.

변영로와 조선의 마음

변영로는 1920년 《폐허》 동인으로 참가한 후 시 동인지 《장미촌》에도 가담하면서 초창기 시단에서 활동했다. 그의 시 세계는 1924년 발간된 첫 시집 『조선의 마음』에 수록된 초기 작품들을 통해 확인할 수 있지만 이 시집은 일제의 검열에 걸려 발행과 동시에 총독부에 의해 압수되고 말았다. 변영로는 이 시집의 「자서(自序)」에서 '참다운 조선의 마음'에 대한 시적 탐구를 시도하였다고 밝혔다. 이러한 배경에는 당시의 시대상과 민족의식의 자각이 자연스럽게 깃들어 있음을 보여 준다. 『조선의 마음』에 수록된 「그때가 언제나 옵니까」, 「논개(論介)」, 「봄비」, 「님이시여」, 「생시에 못 뵈올 님을」 등을 보면 '님'이라는 시적 대상을 통해 시인이 표현하고자 했던 '조선의 마음'이 어떻게 형상화되어 있는지를 확인할 수 있다.

변영로가 그린 '님'은 현실 속에 존재하지 않는다. 시적 화자는 '님'과의 이별을 서러워하며 그 애절한 그리움을 노래한다. 그렇기 때문에 대부분의 작품에서 표출되는 '조선의 마음'은 지향 없는 마음이며 서러움의 마음이다. 하지만 이러한 정조가 '조선의 마음'의 참뜻은 아니다. 오히려 그 서러움의 상태에서 벗어나고자 하는 의지를 암시하고 있기 때문이다. 「생시에 못 뵈올 님을」에서 시적 대상인 '님'은 만남의 기약도 없이 떠나 버렸다. 시적 화자는 어쩌면 살아생전에 다시는 '님'을 만나기 어려울지 모른다는 비관적인 생각에 사로잡혀 있다. 하지만 그럴 수록 '님'에 대한 애틋한 그리움이 더욱 고조된다.

　식민지 상황이라는 현실 공간 속에 부재하는 '님'을 끝까지 떠받치려는 시인의 마음은 「그때가 언제나 옵니까」에서 더욱 극적으로 형상화되고 있다. 시적 화자는 '님'과의 새로운 만남과 뜨거운 결합을 소망하고 있다. 일체의 허식과 허튼 말을 모두 거부하고 맨몸으로 하나가 될 수 있는 '님'과의 만남은 시적 자아와 대상이 완벽한 합일의 경지에 이르게 됨을 의미한다. 그러나 이런 만남은 현재의 상황에서는 불가능하다. 이 만남의 순간은 '그때'라는 예측 불가능한 미래의 시간으로 지칭될 뿐이다. 그럼에도 불구하고 시적 화자는 '님'과의 만남에 대한 간절한 기구 때문에 머잖아 다시 만날 '님'을 기다리면서 모든 고통과 수난을 참고 견디어야 한다. 이 같은 절대적인 의지를 내세우면서 시적 화자는 "그때"를 위해 "우리 세기의 아침"을 준비하고 있는 것이다.

　(가)
　그대와 내 사이에
　모든 가리움 업서지고,
　넓은 해빗 가운대
　옷으로 가리우지 아니한
　밝아벗은 맨몸으로
　얼골과 얼골을 대할
　그때가 언제나 옵닛가

　'사랑'과 '밋음'의 불꽃이
　낡은 '말'을 사루어
　그대와 내 사이에

말업시 서로 아라듯고,

채침 업시 서로 붓줍고,

음욕 업시 서로 곳안을

그째가 언제나 옵닛가

오, 그대! 나의 靈魂의 벗인 그대!

우리가 그리우는 '그째'가 오면은,

'우리 世紀의 아츰'이 오면은

그째는 그대와 내가

북그러워 눈을 피하지 안을 터이지요,

두려워 몸을 움치리트리지 안켓지요,

오, 그대! 언제나 그째가 옵닛가?

—「그째가 언제나 옵닛가」[45]

(나)

거룩한 분로는

종교보다도 깁고

불붓는 情렬은

사랑보다도 강하다.

아, 강낭콩꼿보다도 더 푸른

그 물결 우에

양귀비꼿보다도 더 불근

그 마음 흘너라.

---

[45] 번영로, 「조선의 마음」(평문관, 1924), 13~15쪽.

아릿답던 그 娥眉

높게 흔들니우며

그 石榴 속 가튼 입설

죽음을 입맛추엇네.

아, 강낭콩꼿보다도 더 푸른

그 물결 우에

양귀비꼿보다도 더 붉은

그 마음 흘너라.

흐르는 江물은

기리기리 푸르리니

그대의 꼿다운 혼

어이 안이 붉으랴.

아, 강낭콩꼿보다도 더 푸른

그 물결 우에

양귀비꼿보다도 더 붉은

그 마음 흘너라.

—「논개」[46]

변영로가 노래하고자 한 '조선의 마음'은 그의 대표 시로 널리 알려진 「논개」에서 구체적으로 형상화되고 있다. 이 시에서 두드러지게 드러나 있는 시적 비유는 '강낭콩꽃'과 '양귀비꽃'이라는 두 개의 보조 관념을 통해 구체화된다. 그리고 이들과 연결되는 '푸른 물결'과 '붉은 마음'이

---

46 위의 책, 25~28쪽.

라는 두 개의 상징적 이미지가 전체적인 시상을 압도한다. 여기에서 '푸른 물결'은 강물 그 자체를 지시하지만 변함없이 흘러가는 세월과도 연결된다. 시적 공간에서 이것은 수평적 이미지에 해당하며 시간성을 드러낸다. '붉은 마음'은 가슴 깊이에서 우러나오는 뜨거운 열정을 뜻하며 '푸른 물결'과 대조를 이루고 있다. 이 시에서 확인할 수 있는 이 같은 감각적 언어와 대조적인 비유적 표현을 통해 '논개'라는 역사적 인물이 시적으로 재탄생되는 것이다.

변영로의 시는 주제 자체가 '조선의 마음'이라는 관념적 속성을 지니고 있지만 전체적으로 부드러운 리듬과 감각적인 언어를 통해 서정성을 잘 표현해 주고 있다. 하지만 그는 시집 『조선의 마음』이 발간과 동시에 일본 경찰에 압수된 후부터 문단의 전면에서 물러나게 된다. 그가 드물게 발표한 작품 가운데 「실제(失題)」, 「사벽송(四壁頌)」 등을 보면 억압된 식민지 현실에 대한 좌절과 비애를 노래하면서도 자기 본연의 올곧은 자세를 지키고자 하는 시인의 의지가 내면화하고 있음을 확인할 수 있다.

《백조》동인으로 활동했던 시인 가운데 노자영은 1924년 첫 시집 『처녀의 화환(花環)』을 출간한 후 제2시집 『내 혼이 불탈 때』(1928) 등을 통해 감상적이면서도 낭만적 정서가 풍부한 작품을 발표했다. 홍사용은 동인지 《백조》창간호에 권두시 「백조는 흐르는데 별 하나 나 하나」를 비롯하여 「나는 왕이로소이다」, 「그것은 모두 꿈이었지마는」 등의 시를 발표했다. 그의 시는 산문적 율조와 풍부한 감성을 특징으로 하지만 과잉의 정서를 긴장감 있게 표출한 경우는 많지 않다.

박종화는 시 동인지 《장미촌》에 「오뇌의 청춘」을 발표했고 《백조》의 동인으로 참가하면서 「밀실로 돌아가다」, 「만가(挽歌)」를 비롯하여 「흑방비곡」, 「사(死)의 예찬」 등을 발표했다. 이러한 시들은 초기 시단의 낭만적 경향과 퇴폐적 정서를 대표하고 있는데, 대부분 그의 첫 시집 『흑방

비곡(黑房悲曲)』으로 묶였다. 시 동인지《금성》을 주도하면서 초기 시단에
나온 양주동의 시집『조선의 맥박(脈搏)』(1930)도 이 시기의 민족주의적
시향을 드러내는 시의 경향을 잘 보여 주고 있다.

4 근대적 극문학의 성립

(1) 연희 형태의 변화

창극과 공연 형태의 근대적 변화

한국문학에는 개화계몽 시대에 이르기까지 서구적인 개념의 희곡이라는 문학 양식이 없었다. 구전의 전통을 따랐던 판소리가 분창(分唱) 방식을 거치면서 창극(唱劇)의 형태로 공연되기 시작한 것이 19세기 후반의 일이다. 이 시기의 창극은 개화계몽 시대에 전통적인 연희 형태의 근대적인 변혁 과정을 이해하는 데 가장 중요한 근거를 제공한다. 창극은 판소리의 분창에서 비롯되는 것이지만, 그 공연 형태의 변화가 여러 가지 사회 문화적 의미를 드러낸다. 전통적인 연희 형태의 근대적 변혁은 옥내 무대의 등장과 함께 가능해지고 있다. 그리고 그에 따른 연희 방식의 변화 자체가 근대적인 성격을 갖추게 되는 것이다.

개화계몽 시대에 서양식 옥내 무대의 형태를 지닌 공연장이 처음 등장한 것은 협률사(協律社, 1902)의 역할의 변화와 직결되고 있다. 협률사는 조선 왕조 궁내부(宮內部)의 장악원(掌樂院)에 설치된 기관으로, 대한제국의 선포와 고종의 황제 즉위를 기념하기 위한 칭경 예식 준비 과정에서 대중적인 공연장으로 활용된다. 그러나 이 같은 대중적 공연장의 등장이 풍속의 폐해를 가져온다는 주장에 따라 협률사가 폐쇄(1906)되자, 그 자리에 원각사(圓覺社, 1908)가 설립되어 본격적인 상업 공연이 이루어지게 되는 것이다.

이 같은 새로운 공연장의 등장은 전통적인 연희 형태와 방식에 새로운 변화를 불러오게 된다. 전통적인 연희 형태는 고정된 무대가 존재하지 않는다. 무대와 객석의 구분도 명확하지 않다. 그리고 대체로 지방의 호족이나 특권층의 후원에 의존하여 공연한다. 그러나 새로운 공연장은 서구식 극장의 형태를 따른 것이기 때문에, 공연 무대가 설치되고 무대와 객석을 구분한다. 그리고 연희 자체가 대중적인 관객들의 관람료를 통해 운영되는 상업적인 공연물로 자리 잡게 된다. 더구나 판소리와 같이 명창이 노래하고 고수가 장단을 치는 단순한 공연 형태가 남녀 등장인물들이 각각 배역을 정하여 노래하는 분창 형태로 변화하게 된다. 바로 여기에서 창극의 형태가 비롯된 것이다.

창극의 성립 과정에서 문제가 되는 것이 신소설 작가 이인직이 원각사 무대에 올린 「은세계」이다. 이인직의 신극 공연으로 알려져 있는 「은세계」는 근대적 성격의 희곡을 무대에 올린 것이 아니다. 판소리 「최병두 타령」을 창극의 형태로 공연한 것이라는 주장도 있지만, 신소설 「은세계」를 바탕으로 하여 창극의 형태로 무대 공연에 올린 것이 사실이다. 이 같은 새로운 형태의 창극은 점차 무대극으로 발전하여, 일본 식민지시대에 본격적인 창극의 형태가 정립된 것으로 볼 수 있다.

신파극의 대중적 확산

개화계몽 시대 창극의 성립이 전통적인 연희 형태의 근대적 변화를 말해 주는 것이라면, 일본의 강점을 전후하여 소개된 일본 신파극은 외래적인 공연 형태의 한국적 수용 과정을 말해 주는 것이다. 일본 신파극은 을사조약 직후 경성 거주 일본 거류민들에 의해 초청 공연이 이루어지면서 처음으로 소개되었는데, 임성구가 최초의 신파극단인 「혁신단」(1911. 11)을 조직하여 「불효천벌(不孝天罰)」을 무대에 선보이면서 대중적인 관심을 모으게 된다. 이 무렵의 신파극은 대체로 일본 신파극을 번안하거나 번역한 작품들이다. 신파극은 그 내용이 권선징악과 의리, 인정과 세태, 은혜와 복수, 애정 갈등 등을 위주로 하는 멜로드라마적 성격이 강했으며, 절제되지 않은 감상주의가 하나의 속성처럼 자리 잡고 있다. 신파극은 일본 식민 시대에 대중적인 인기를 모으며 풍미하였다. 1930년대 들어서면서 동양극장(1935)의 건립과 더불어 신파극은 토착적인 대중극으로 확고한 위치를 굳히게 된다.

1930년대 신파극의 대표적인 작품으로 이서구의 「동백꽃」, 「어머니의 힘」 등과 임선규의 「사랑에 속고 돈에 울고」와 「동학당」, 김춘광의 「검사와 여선생」 등을 들 수 있다. 이 작품들은 일본 신파극의 속성을 그대로 이어받아 감상적인 성격이라든가 권선징악의 결말 등 멜로드라마의 특성을 거의 갖추고 있다. 그리고 전통 윤리와 근대적 삶의 방식 사이의 갈등이라든가 국권 상실에 따른 민족의 좌절과 고통을 감상적으로 표현하였다. 특히 이들 작품은 전통적인 한의 정서와 연결되어 더욱 대중적 호응을 높였다. 일제 강점기의 신파극은 그 대중적 확산에도 불구하고 현존하는 작품이 많지 않다. 신파극 자체가 지식층에 의해 고급 예술로 인정되지 못한 되다가 무대 공연을 위한 대본으로 쓰인 작품들이 공연 후 제대로 보존되지 못하였기 때문이다. 그러나 신파극이 식민지 시대 대중의 삶에 가장 크게 영향을 미친 대중적 공연 형태였다는 점을 부인힐 수 없다.

(2) 희곡과 극문학의 성립

연극운동과 극문학

한국 근대문학의 형성 과정에서 문학 양식으로서의 희곡이 등장한 것은 1920년대의 일이다. 이 시기에는 식민지 지배가 시작될 무렵에 일본으로부터 유입된 신파극이 대중적 취향을 바탕으로 공연 무대를 지배하고 있었다. 그러나 3·1운동 직후부터 일본 유학생을 주축으로 하는 학생극운동이 점차 확대되면서 본격적인 연극 공연이 이루어지기 시작하였다. 새로운 공연 형식으로서 연극에 대한 인식도 가능해졌으며, 극문학으로서의 희곡도 전문적인 극작가의 등장으로 새로운 기반을 확보하게 되었다. 이 시기에 민중 계몽을 목표로 연극 공연을 기획한 학생 극단 '극예술협회(劇藝術協會)', '갈돕회', '형설회(螢雪會)', '토월회(土月會)' 등이 등장한다. 이 가운데 극단 '토월회'(1922. 5)는 박승희, 김기진, 김복진, 이서구, 김을한 등의 동경 유학생들이 중심을 이루어 조직하였으며, 학생 연극운동으로 출발하여 뒤에 전문 극단으로 발전하였다. 토월회의 공연은 연극을 통한 민중 계몽을 목적으로 하였으며, 외국 작품이 주로 무대에 올려졌다. 토월회는 1924년 제3회 공연부터 본격적인 상업 극단으로 변신함으로써, 학생극운동에서부터 출발하여 전문 극단으로 발전한 초창기의 대표적 극단이 되었다.

1920년대 초기의 연극운동은 학생극운동을 바탕으로 출발하고 있다는 점에서 일정한 한계를 드러내고 있다. 학생 극단은 극단의 운영상 제기되는 경영 문제를 쉽게 극복하기 어려웠기 때문에 대개 한두 번의 공연으로 해체되었다. 새로운 희곡 작품의 창작 대신 외국 작품의 번역 공연에 치중하면서 연극 공연의 전문성도 살리지 못하였다. 그러므로 대개의 극단들이 전문 극단으로 탈바꿈하는 과정에서 초기의 실험 정신을 상실한 채 지나치게 상업주의로 치달으면서 결국 연극운동 자체의 실패를 경험했다.

　1920년대 문단에서 새로운 관심의 대상이 된 희곡문학은 이 같은 학생극운동과 함께 등장하였다. 서구적인 공연 형태로서의 연극을 위해 만들어지는 희곡은 그 양식적인 속성 자체가 완전히 외래적인 것이었다. 전통적인 공연 형태였던 가면극이나 인형극은 모두 구전의 전통 속에서 전승되어 온 것이었으므로, 문자로 기록된 대본이 필요하지 않았다. 그러나 새로운 연극은 먼저 문학 양식으로서의 희곡을 그 대본으로 삼아야 했다. 희곡문학은 연극으로 무대 위에서 공연되는 것을 전제로 하고 있다는 점에서 소설이나 시와는 근본적으로 다른 성격을 지니고 있다. 대화와 행동이 중심을 이루는 문학으로서 희곡은 당시의 문단적 관습으로 본다면 가장 실험적인 문학 양식이다. 희곡문학은 3·1운동을 전후하여 유입되기 시작한 여러 가지 사상의 혼류를 호흡하면서 한국 문단에서 나름대로의 새로운 가치와 질서를 세워야만 했다.

　근대적 희곡문학의 등장

　1920년대 희곡문학의 새로운 등장 과정에서 우선적으로 지목할 수 있는 것이 조명희[47]의 활동이다. 조명희는 동경 유학 시절 김우진, 최승

일 등과 함께 '극예술협회'(1920)를 조직하여 초창기 학생연극운동을 주
도하였으며, 희곡 창작에도 관심을 보여 「김영일의 사(死)」(1921), 「파사
(婆娑)」(1923) 등을 발표한 바 있다. 특히 창작 희곡으로서 「김영일의 사」
는 작품 자체의 극적 성격과 그 의미 못지않게 한국 연극사에서 중요한
위치를 점하고 있다. 이 작품은 궁핍 속에서 이루어진 작가 자신의 유학
체험을 바탕으로 지식인 청년의 사상적 갈등과 윤리 의식 등을 문제 삼
고 있다.

조명희의 희곡 「김영일의 사」는 극예술협회의 순회공연 무대에 올려
진 작품이다. 조명희는 극예술협회를 중심으로 연극 활동을 전개하였다.
그는 동경 유학생과 노동자 동우회 회관 건립 기금 마련을 위해 연극 공
연을 준비하면서 희곡 「김영일의 사」를 썼고, 이를 귀국 순회공연의 무
대에 올리면서 직접 작품에 출연하기도 하였다. 연극 「김영일의 사」는
전문적인 극단의 공연물이 아니라 학생 연극이라는 한계를 지니고 있음
에도 불구하고, 전국 순회공연에서 대중들의 큰 호응을 얻었다. 이 작품
이 신극운동의 개척적인 위치를 점하고 있는 것으로 평가되는 이유가 여
기 있다.

이 작품은 행위의 극적인 대조를 통해 인간에 대한 신뢰와 윤리 의식
을 강조한다. 작품의 주인공은 가난한 유학생 김영일이다. 주인공은 시
골에서 소작인으로 어렵게 일하다가, 병든 어머니와 누이를 버려 둔 채

---

47 조명희(趙明熙, 1894~1938). 호는 포석(抱石). 충북 진천 출생. 중앙고보 중퇴 후 일본으로 건너가 도
요 대학(東洋大學) 수학. 1920년 동경 유학생 김우진 등과 극예술협회 조직. 희곡 「김영일의 사」, 「파사」
등을 발표하고, 소설 「땅속으로」(1925), 「R군에게」(1926), 「저기압」(1926), 「농촌 사람들」(1927), 「동
지」(1927), 「한여름밤」(1927), 「낙동강」(1927), 「춘선이」(1928), 「아들의 마음」(1928) 등을 발표. 1928
년 러시아로 망명한 후 스탈린 체제 아래 숙청됨. 참고 문헌: 조중곤, 「「낙동강」과 제2기 작품」(조선지광,
1927. 10); 유민영, 「한국 현대희곡사」(홍성사, 1982); 김성수, 「소련에서의 조명희」(창작과비평, 1989.
여름); 정덕준 편, 「조명희」(새미, 1999); 우정권, 「조명희와 「선봉」」(역락, 2005); 이명재, 「조명희」(한길
사, 2008).

일본으로 유학을 온 고학생이다. 이 주인공과 대립적인 인물로 설정되어 있는 것이 전석원이라는 부유한 인물이다. 이 작품의 이야기는 어느 날 주인공이 노상에서 돈지갑을 줍는 데서 시작된다. 가난한 주인공은 지갑 속의 돈 때문에 갈등에 사로잡힌다. 그렇지만 그는 결국 지갑을 주인에게 돌려준다. 그 돈지갑의 주인이 바로 대립적인 인물로 설정된 전석원이다. 주인공이 돈지갑을 주워 전석원에게 돌려주는 대목은 곧바로 이야기의 후반에서 극적인 반전을 준비한다. 이 연극의 후반부는 주인공이 어머니가 위독하다는 전보를 받고 귀국할 여비가 없어 고심에 빠지는 대목으로 이어진다. 여기에서 가난한 식민지 출신 고학생의 생활고가 부각되고 이야기는 파국을 향해 내닫는다. 주인공 김영일은 여비를 마련하기 위해 생각 끝에 친구와 함께 전석원을 찾아간다. 자신이 돈지갑을 찾아 준 적이 있기 때문에 어쩌면 도움을 얻을 수 있을 것이라는 기대를 가졌던 것이다. 그러나 전석원은 주인공의 어려운 사정을 아랑곳하지 않고 단돈 10원을 내놓자 둘 사이에 약간의 충돌이 생긴다. 일본 순사들이 출동하여 이들의 몸을 수색한다. 이때 함께 간 친구의 몸에서 불온 유인물이 나오자 일본 순사는 이들을 모두 경찰서로 연행하고 주인공은 구류 처분을 받게 된다. 주인공 김영일은 투옥당해 정신이상 증세까지 나타난다. 그는 구류에서 풀려나오지만 폐렴에 걸려 죽고 만다.

이 작품은 가난한 고학생의 정직함과 부유한 인물의 인색함을 대비시켜 인간의 윤리 의식의 문제를 제기한다. 주인공이 마지막 장면에서 남기는 유언 가운데 '나에 대한 믿음, 신에 대한 믿음, 인간에 대한 사랑'이라는 부르짖음은 작가의 의도를 강하게 드러내는 대목이다. 그러나 이 같은 접근법은 식민지 지배 상황 속의 구체적인 민족 현실에 비추어 보면 상당히 추상화된 것이라고 할 수 있다. 특히 주인공의 죽음 자체가 궁핍한 삶에서 비롯된 것인지 억압적 상황에서 연유한 것인지 불분명하다.

결국 이 작품은 새로운 사회 변혁의 가능성이나 그 의지를 구체적으로 형상화하고 있다기보다는 작가 자신의 현실에 대한 관념을 일정하게 반영하고 있는 것으로 볼 수 있다.

1920년대 희곡문학의 기반은 극작가 김우진[48]에 의해 확립된다. 김우진은 일본 유학 시절에 극예술협회를 주도하였고, 학업을 마친 후 귀국하여 희곡 창작에 힘을 기울여 「이영녀(李永女)」(1925)를 비롯하여 「정오」(1925), 「두더기 시인의 환멸」(1925), 「난파(難破)」(1926), 「산돼지」(1926) 등을 남겼다. 그의 희곡은 주로 전통 사회의 완고한 인습으로 인해 불행한 결말을 맞는 여성 혹은 예술가의 삶에 초점이 맞춰져 있다. 「난파」는 상극적인 부자 관계를 통해 전통 인습과 근대 의식의 갈등을 첨예하게 형상화한 작품이며, 「이영녀」는 한 여성의 기구한 삶의 과정을 극적으로 재구성하여 식민지 시대 여성의 삶의 문제를 새롭게 제기한 주제의 선구성이 높이 평가된다. 또한 「산돼지」는 동학 혁명을 소재로 하고 있으면서도 사랑을 복선으로 깔고 작가 자신의 고백을 담아 표현주의적 형식과 주제를 잘 구현한 것으로 평가되고 있다. 그가 보여 준 당대의 연극운동에 대한 관심은 「소위 근대극에 대하여」(1921), 「우리 신극운동의 첫길」(1926) 등의 비평에도 잘 드러나 있다. 그는 서구의 연극운동 특히 소극장운동을 소개하면서 이를 우리 현실에 적용하기 위한 실천적 방법을 모색하고자 하였다. 그리고 당시 한국의 절박하고 암울한 사회와 인생을 묘사하기 위해 표현주의의 방법을 적극 소개하고 자신의 창작을 통해 이를 실천함으로써 근대적인 극문학의 가능성을 열어 놓고 있다.

---

48 김우진(金祐鎭, 1897~1926). 호는 초성(焦星), 수산(水山). 전남 장흥 출생. 일본 구마모토농업학교 졸업 후 와세다 대학) 영문과 졸업. 1920년 극예술협회 조직을 주도. 귀국 후 고향에서 사업을 하면서 희곡 「이영녀」, 「정오」, 「두더기 시인의 환멸」, 「난파」, 「산돼지」 등 탈고. 1926년 자살. 참고 문헌: 유민영, 『한국현대희곡사』(홍성사, 1982); 서연호, 『한국 근대희곡사』(고려대 출판부, 1994); 양승국, 『김우진, 그의 삶과 문학』(태학사, 1998). 유민영, 『윤심덕과 김우진』(새문사, 2009).

김우진의 희곡 「이영녀」는 작가 자신의 여성에 대한 진보적인 의식을 보여 주는 작품이다. 전체 3막으로 구성된 이 작품의 주인공은 극의 진행에 따라 세 가지의 얼굴을 드러낸다. 제1막의 경우 주인공은 생활을 위해 몸을 파는 매춘부로 등장한다. 물질적 욕망에 사로잡혀 있는 포주의 노회한 성격에 대비되어, 주인공은 자신의 고통을 모두 운명적인 것으로 받아들인다. 그러나 주인공이 밀매음의 죄로 경찰에 연행됨으로써 생활을 위한 매춘조차 허용되지 못하고 있음을 보여 준다. 제2막에서 주인공은 부잣집 행랑채에 세 들어 살고 있으며, 집주인은 주인공 이영녀의 육체를 탐한다. 이 장면에서는 주인공이 가난한 여성 노동자로서 겪어야 하는 곤궁한 삶의 모습을 부각시키고 있다. 제3막은 죽음을 맞이하는 주인공 이영녀의 모습이다. 이러한 세 가지의 얼굴은 식민지 시대 여성의 삶에 질곡으로 작용했던 빈궁, 매춘, 노동의 고통을 그대로 말해 주는 것이다.

이 작품은 극적인 구조라는 측면에서 볼 때, 여주인공 이영녀에게 불가피한 현실인 매춘의 문제를 무대 위로 끌어올렸으며, 이를 극적 행위로 노출시키지 않으면서도 분위기를 통해 절묘하게 상황의 문제성을 부각시키고 있다. 그리고 주인공의 삶의 변화와 반전을 통해 당대 여성의 보편적인 삶과 그 전망을 제시하면서, 인간적인 삶을 위하여 여성에게도 기회 선택이 현실의 당위로 주어져야 함을 강조하고 있다. 이 작품에서 표층 구조를 이루는 성 윤리의 갈등은 여성의 자유로운 삶에 대한 기회의 보장을 심층적으로 요구함으로써 극적인 효과를 거두고 있다. 이러한 점에서 「이영녀」는 여성의 사회 경제적 문제를 극적 주제로 설정하고 있는 본격적인 근대적 장막극으로 평가할 수 있다.

김우진의 희곡 가운데 「난파」는 표현주의적 연극 기법을 적극 활용한 작품으로 평가되고 있다. 이 작품은 전체 3막으로 구성되어 있으며, 젊은 시인을 주인공으로 내세워 그의 내면세계의 갈등을 강렬하게 표현하고 있다. 이 작품은 현실적 공간과 환상적 공간을 오가는 특이한 무대 구성을 보여 주고 있으며, 주인공 시인을 중심으로 그 존재를 가능하게 했던 시인의 어머니와 아버지, 이복동생을 등장시키고, 환상적 공간에 비비와 카로노메라는 두 인물을 대비시켜 배치하고 있다. 현실적 존재로 등장하는 어머니와 아버지는 시인의 의식을 제어하거나 억압했던 여러 가지 현실 조건을 대변한다. 어머니와의 사별, 아버지의 재혼 등으로 이어지는 가족 구성원의 훼손, 그리고 예술을 향한 개인적 욕망과 사회 인습적인 제약 등이 함께 극적인 갈등으로 표출된다. 그리고 환상적인 두 인물을 통해 이 같은 현실 문제에 대한 내면적 판단과 선택을 환상적으로 처리하기도 한다. 이처럼 「난파」의 극적 구성은 그 기법 자체의 새로움이 특히 주목된다. 그러나 이 작품은 예술을 향한 시인의 욕망과 좌절을 내면 의식의 갈등을 통해 극적으로 형상화하고 있지만, 당대에는 무대 위에서 공연된 적이 없다. 이 작품의 현대적 감각과 그 수법이 그만큼 실험적인 것이었음을 짐작할 수 있다.

　김우진의 희곡 가운데 대표작으로 지목되는 「산돼지」는 역사적 상황과 개인의 운명을 하나의 무대 위에서 동시적으로 제시하고자 하는 작품이다. 3막으로 구성된 이 작품은 극적 구성의 핵심을 이루는 주인공의 방황과 좌절을 내면 묘사를 통해 표현한 점이 특징이다. 극 중 주인공은 사랑의 선택 문제로 고뇌에 빠져 있다. 자신을 키워 준 양부가 유언으로 남긴 결정을 거역하기 어려웠기 때문이다. 이 작품의 2막에서는 주인공의 출생 내력과 연관되는 역사적 장면으로서의 동학혁명이 환몽적으로 묘사된다. 주인공의 아버지는 동학도(東學徒)로서 불운하게 세상을 떴고, 그의 어머니도 그를 낳자마자 죽고 만다. 주인공은 부모를 잃고 아버지의 친구인 최 주사의 도움으로 살아난다. 그러나 그 양부마저도 감옥에서 얻은 병이 덧나 주인공이 아홉 살 때 죽고 만다. 양부는 자신이 못다 이룬 동학의 이념이 자식들의 대에 가서는 이루어지기를 기대하는 마음에서 주인공이 성장하면 자신의 딸과 결혼시키라는 유언을 남긴다. 이같은 내력 때문에 주인공은 누이동생(양부의 딸)과 자신의 애인 사이에서 고뇌와 방황을 보인다. 특히 주인공은 자신의 사랑을 반대하는 양모의 태도로 인하여 자신을 키워 준 집안에 반감을 품고, 이로 인해 스스로를 학대하며 방황하게 되는 것이다.

이 작품에서 주인공은 동학의 이념으로 표상되고 있는 부성(父性)과 개인적 운명으로 표상되는 애정의 선택을 강요받는다. 동학의 이념을 구현하기 위해 싸우다 희생된 아버지의 뜻을 역사 위에서 다시 이어 가는 길, 그것은 어쩌면 식민지 상황 속에서 개인의 사회적 역할을 강조하는 것일 수도 있다. 그러나 양부의 유언대로 누이동생처럼 여기는 양부의 딸과 결합하는 것은 진정한 사랑의 길이 아니다. 그러므로 주인공은 자신을 '산돼지'라고 지칭하면서도 산돼지의 야성을 발휘하지 못하고 집 안에 들어박혀 집돼지처럼 살아갈 것을 강요하는 현실에 대해 반항한다. 이 작품은 사실주의 무대를 뛰어넘는 표현주의적 방법에 따른 무대의 전환과 같은 극적 기법에 의해 그 새로운 면모가 잘 드러나고 있거니와 개인의 운명과 역사적 조건을 주인공의 내면 갈등을 통해 극적으로 구현하고자 한 점 등이 수준 높은 극문학의 경지를 성취한 것으로 평가된다. 그리고 바로 이러한 극작의 방법과 성과가 새로운 극문학으로서의 희곡의 가능성을 열어 놓은 김우진의 선구적인 업적으로 인정되는 것이다.

1 문학·민족·계급

(1) 계급문학운동의 성립

한국 근대문학은 일제 강점 상황 속에서 문학을 통해 계급 이념의 조직적인 실천을 추구하는 계급문학운동[1]을 경험한 바 있다. 1919년 3·1운동을 거치면서 한국문학은 자아에 대한 각성과 함께 민족의 현실 문제에 대한 비판적인 인식을 주축으로 그 시야가 확대되었다. 특히 일제 강점 치하에서의 민중의 궁핍한 생활상을 총체적으로 형상화하고 지식인들의 현실 비판 의식을 폭넓게 제기할 수 있는 여러 가지 문학 양식과 담론 체계를 형성하게 되었다. 이러한 문학적 경향이 마르크스주의와 결합되

---

[1] 계급문학운동에 대한 기존의 연구는 백철, 『조선 신문학사조사 현대편』(백양당, 1949); 김윤식, 『한국 근대문예비평사 연구』(일지사, 1976); 권영민, 『한국 민족문학론 연구』(민음사, 1988); 역사문제연구소 문학사연구모임, 『카프문학운동 연구』(역사비평사, 1989) 등이 있으며, 권영민, 『한국 계급문학운동 연구』(서울대 출판문화원, 2014)에서 조직운동으로서의 실체가 전반적으로 검토된 바 있다. 당시 자료는 권영민 편, 『한국 현대비평사 1~5』(단국대 출판부, 1981); 임규찬·한기형 편, 『카프 비평 자료 총서 1~7』(태학사, 1989); 김재용 편, 『카프 비평의 이해』(풀빛, 1989) 등에서 확인이 가능하다.

면서 조직적으로 확대된 것이 바로 계급문학운동이다.

일제 강점기의 한국 지식층 청년들은 국내에서의 활동을 통해서뿐만 아니라, 일본, 중국, 만주 등지에서 민족의 독립과 해방을 위한 여러 가지 방안을 모색하는 과정에서 러시아의 혁명 사상에 접근하고 있다. 이들은 러시아혁명 이후 하나의 시대사조로 유행하게 된 사회주의 사상을 바탕으로 신사상 연구, 노동 문제 연구 등에 관심을 기울이면서 그들이 학습한 새로운 사상을 국내에 유포하였다. 이 새로운 사상은 문학 영역에도 커다란 영향을 미치게 되었으며, 문학의 성쇠와 그 운명을 사회적 현실과 직결시키려는 생활의 문학에 대한 인식을 가능하게 하였다. 이러한 문학의 경향은 초기에는 식민지 지배 체제에 대한 민족적 저항 의식의 표출로 자연스럽게 자리 잡았으나, 저항적 의식의 추구 방식 자체가 계급적 성향을 드러내기 시작하면서 사상적인 분화를 가져오게 되었다. 그리고 이념 지향적인 문학의 경향이 마르크스주의 사상과 접맥되면서 계급적 투쟁 의식을 강조하는 조직적인 실천운동으로서의 계급문학운동으로 변화하였다.

계급문학운동은 역사 발전의 단계를 계급 간의 투쟁 과정으로 파악하는 계급의식을 주축으로 삼고 있다. 그리고 현실 사회의 계급적 모순을 극복하기 위해 끊임없이 계급투쟁에 앞장서야 함을 강조하고 있다. 계급문학운동에서는 계급적 관점에서 한국의 식민지 현실을 일본 제국주의의 침략과 자본주의적 지배로 규정한다. 그렇기 때문에 무산 대중의 계급적 각성을 촉구하면서 계급투쟁에 있어서 피지배 계급으로서의 한국 민족의 역할을 인식할 수 있도록 선동하는 것을 그 목표로 내세우고 있다. 식민지 현실에 대한 계급적 인식의 확대라는 점에서 볼 때, 이 같은 계급문학운동의 이념은 문학운동과 계급적 이데올로기의 결합이라는 새로운 담론 체계의 성립을 의미한다고 할 수 있다.

계급문학운동은 마르크스주의의 이념을 근거로 하여 조직된 조선프롤레타리아예술동맹을 기반으로 대중적 실천을 도모하고 있다. 식민지 현실의 계급적 모순에 대한 자각은 물론 계급의식의 고양과 함께 더 나아가서는 계급적 모순을 극복하기 위한 정치적 투쟁으로의 진출을 촉구한다. 계급문학운동은 이 같은 정치적 경향성으로 인해 일본 식민지 지배 세력의 혹독한 탄압의 대상이 되었지만, 식민지 상황 속에서 왜곡된 한국 사회의 근대화 과정과 계급적 모순 구조에 가장 치열하게 대응하면서 다양한 탈식민주의적 문학 담론을 생산하게 된다. 계급문학운동이 식민지 시대 한국문학의 근대성을 이해하는 데 중요한 요소가 되는 이유가 여기에 있다.

계급문학운동은 대중적 조직운동으로서의 성격을 드러내고 있다. 조선프롤레타리아예술동맹의 결성과 그 하부 조직의 정비는 문학운동의 집단적인 실천과 그 공동체적인 연대 의식의 확보에 결정적인 기반을 제공하는 것이다. 이러한 조직 활동은 개별적인 예술 활동이라고 할 수 있는 문학 창작 활동을 집단적 이념으로 고정시키기도 하였으나, 식민지 상황에서 모든 문학 예술인들에게 공동체적 운명에 대한 인식을 가능하게 함으로써 그 주체적인 사상적 대응을 적극화할 수 있게 했다. 조선프롤레타리아예술동맹 조직의 강제 해체가 곧 계급문학운동의 종말을 의미했던 점을 생각한다면, 조직 문제가 얼마나 중요한 것이었는지를 짐작할 수 있다.

계급문학운동은 한국 근대문학의 전개 과정에서 비평의 논리화를 가능하게 하였다. 그리고 문학과 예술에 있어서의 민중적 형식의 창출에 상당한 노력을 기울이면서 노동자 농민들의 의식 수준과 생활 방식에 적합한 문학 형식을 창출하고자 하였다. 그 결과로 나타난 것이 이른바 노동소설, 농민소설, 계급시 등의 집단적 문학 형식이다. 문학의 실천이란 새로운 형식의 창조 없이는 가능하지 않다는 사실을 생각한다면, 일제 강점기 계급문학운동에서 볼 수 있는 이러한 실처적 창작 작업은 그 문학적 의의를 새롭게 평가할 필요가 있다.

(2) 계급문학운동의 조직과 사회적 확대

조선프롤레타리아예술동맹의 조직

일제 강점기 계급문학운동은 1925년 조선프롤레타리아예술동맹(조선프로예맹 또는 카프로 약칭함)의 결성과 함께 조직적으로 실천되기 시작하였다. 조선프로예맹의 결성에서 먼저 검토해야 하는 것이 염군사(焰群社, 1922)와 파스큘라(PASKYULA, 1923)의 통합(1925. 8. 23) 과정이다. 염군사는 사회주의 문화 단체를 표방하였던 조직이다. 그리고 파스큘라는 《백조》 동인의 일부와 동경 유학생 극단 토월회(土月會)의 일부 회원이 중심이 된 문학 단체이다. 염군사와 파스큘라는 개인의 문학적 취향을 중심으로 결성되었던 《창조》, 《폐허》, 《백조》 등과 같은 동인 조직과는 그 성격이 다르다. 염군사는 무산계급의 문학운동에 관심을 두고 있었으며, 파스큘라는 생활과 현실에 적극적인 태도를 보이는 힘의 예술을 추구하고자 하였다. 이 두 단체의 통합은 염군사 계열의 사회운동의 이념성이 파스큘라를 중심으로 하는 기성 문단의 경향성과 결합되어 계급 문단을 집단화하고 조직화하는 과정으로 이해할 수 있다.

조선프로예맹은 준기관지적 성격을 지닌 잡지 《문예운동》 창간(1926. 2)과 함께 계급문학운동의 조직적 실천을 가시화하기 시작하였다. 그리고 조직 결성 후 1년이 지난 1926년 조선프로예맹 임시총회를 통해 강령과 규약[2]을 공표하였으며, 그 조직의 실체를 드러내었다. 당시 조선 프로예맹에는 이기영, 김영팔, 이량, 조명희, 홍기문, 김경태, 임정재, 홍양명, 이호, 김온, 박용대, 권구현, 이적효, 김기진, 이상화, 김복진, 최학송, 최승일, 박팔양, 박영희, 김동환, 안석주 등 모두 22명의 동맹원들이 가담하였다. 최남선과 이광수를 위시하여《창조》,《폐허》,《금성》의 기성 문인들이 완전히 외면해 버린 이 조직에는 염군사, 파스큘라의 구성원과《개벽》을 통해 등단한 소장 문인들이 가담하고 있다. 이들 동맹원의 이념적 성향에 대해서는 여러 가지 분류가 가능하지만, 당시 사회운동의 조류를 놓고 볼 때 사회적 경향성을 드러내고 있던 문인들 이외에 아나키스트 계열의 문인과 공산당 운동에 가담했던 문필가들

---

2 《중외일보》(1926. 12. 26)는 "신흥하는 무산계급이 가질 온갖 예술을 창조하는 조선의 예술가들로 작년 여름에 창립된 조선프로레타리아예술동맹에서는 금번 일층 그 목표하는바 예술운동을 하기 위하여 지난 24일 저녁 시내 청진동 95번지에서 임시총회를 개최하고 강령과 규약 등을 개정하는 동시에 위원 선거를 하였다."라고 그 내용을 상세하게 보도하고 있다.

동맹원: 이기영, 김영팔, 이량, 조명희, 홍기문, 김경태, 임정재, 양명, 이호, 김온, 박용대, 권구현, 이적효, 김기진, 이상화, 김복진, 최학송, 최승일, 박팔양, 박영희, 김동환, 안석주

위원: 김복진, 김기진, 이량, 박영희, 최승일, 안석주, 김경태

강령: 우리는 단결로서 여명기에 있는 무산계급 문화의 수립을 기함.

규약:

1. 본 회의 명칭은 조선프롤레타리아예술동맹이라 칭함.

2. 본 회의 위치는 경성에 치함.

3. 본 회의 회원은 본 동맹의 강령 규약을 승인하는 자로 함. (단, 위원 1인 이상의 추천에 대하여는 위원회에서 결정함)

4. 본 동맹은 본 동맹의 강령을 달성키 위하여 좌기의 4부를 치하고 사업을 실행함. 서무부, 교양부, 출판부, 조사부

5. 좌기 4부의 책임위원은 각 위원의 협조로서 직무를 분담함.

6. 본 동맹은 7인의 위원을 선정하여 사업의 실천에 당함. (단, 위원이 사직할 시에는 위원회에서 보선함.)

7. 위원의 임기는 만 1년으로 함.

8. 본 동맹은 1년 1회의 총회를 개하고 수시 필요에 의하여 위원 3분의 2 이상의 요구에 의하여 또는 위원회에서 소집함을 규정함.

9. 본 동맹원은 경상비 1개월 20전을 납입함.(단 매월 5일 이내)

10. 본 동맹은 동맹의 강령 및 규약에 배반하는 자는 위원회의 결정으로 제명함을 정함.

이 서로 뒤섞여 있음을 확인할 수 있다. 조선프로예맹의 조직은 무산계급 문화의 수립을 그 목표로 내세우고 있다. 이것은 이미 염군사나 파스큘라 조직에서도 거듭 천명되었던 계급문학운동의 지표와 일치하고 있다.

조선프로예맹은 1927년 9월 조직의 확대 개편을 통해 계급문학운동의 실천 이념과 그 노선을 분명하게 제시하였다. 조선프로예맹이 주도한 계급문학운동은 그 대중적 확대 과정에서 이른바 '제1차 방향 전환'으로 일컬어지는 이념 노선의 전환을 꾀하였다. 1926년 말부터 계급 문단의 쟁점으로 부각된 방향전환론은 사회운동 자체가 요구하고 있는 이념적 노선과 실천 방향을 어떻게 수용하느냐 하는 문제가 주된 관심사였다. 조선프로예맹의 조직 내적인 차원에서는 이른바 내용 형식 논쟁과 아나키즘 논쟁을 통해 마르크스주의를 이념 노선으로 내세웠고, 동경을 거점으로 한 급진적인 사회주의자 조직인 '제3전선'파의 국내 계급 문단 진출[3]을 통해 조선프로예맹 조직을 대폭적으로 개편하였다.[4] 조선프로예맹은 제3전선파의 등장으로 말미암아 계급문학운동의 마르크스주의 이념 노선을 확고하게 천명하였으며, 급진적인 신세대 사회주의자들을 계

---

3 권영민, 『한국 계급문학운동 연구』(서울대출판문화원, 2014), 150~154쪽.

4 당시 조직 개편의 내용은 조선일보(1927. 9. 4)에 따르면 다음과 같다.

중앙위원회 위원:

(경성) 김복진, 박영희, 조명희, 한설야, 최학송, 윤기정

(동경) 이북만, 홍양명, 조중곤, 한식, 홍효민 (대구) 이상화 (원산) 박용대

중앙상무위원회:

서무부: 윤기정, 교양부: 박영희, 출판부: 최학송, 조사부: 김복진, 조직부: 홍효민

강령: 우리는 무산계급운동에 있어서 맑스주의의 역사적 필연을 정확히 인식한다. 그럼으로 우리는 무산계급운동의 일부문인 무산계급예술운동으로서,

① 봉건적 및 자본주의적 관념의 철저적 배격

② 전제적 세력과의 항쟁

③ 의식적 조성 운동의 수행을 기한다.

급 문단으로 끌어들일 수 있게 되었다. 조선프로예맹의 조직 내에서 제
3전선파는 계급문학운동의 정치적 진출과 관련된 이론투쟁을 확대시켰
으며, 계급문학운동의 대중적인 조직과 정치적 투쟁 국면을 새로이 노출
시켜 놓았다. 그리고 이러한 조직 개편을 통해 무산계급운동의 일부로서
계급문학운동의 성격을 고정시켜 놓을 수 있게 되었다. 그렇기 때문에
계급운동을 주도하는 사회 정치적 조직과 조선프로예맹의 조직적 연계
성을 중시하게 되었으며, 새로운 강령을 통해 봉건적, 자본주의적 관념
의 배격, 전제적 세력과의 항쟁, 의식조성운동의 수행 등과 같은 투쟁적
인 실천운동을 강조하였다.

조선프로예맹은 이 같은 이념성, 조직성, 실천성에 근거하여 무산계
급문학운동에 대한 조직 내부의 이념을 정비하고 그 실천적 논강을 발
표하였다. 조선프로예맹 본부 초안으로 발표된「무산계급예술운동에 대
한 논강」은 계급문학운동의 이념 노선과 실천 방법을 놓고 이루어지기
시작한 조직 내부의 이론 투쟁의 새로운 국면을 제공하게 된다는 점에서
매우 중요한 의미가 있다. 방향 전환의 역사적 필연성과 그 정치투쟁으
로의 실천을 놓고, 조선프로예맹은 민족적 정치투쟁의 시야를 전취해야
한다는 강력한 의지를 표명하게 된다.

朝鮮의 無産階級運動은 1927년을 一期로서 運動의 質的 方向轉換을 敢行
하엿스며, 싸라서 無産階級藝術運動에도 質的 方向轉換을 요구하야 이제 朝
鮮푸로레타리아藝術同盟은 이 轉換의 實行을 期함.

無産階級藝術運動의 方向轉換을 實行함에 잇서서 우리는 먼저 우리 運動
이 轉換되지 안흐면 안될 客觀的 條件의 現階段을 究明하며 그리함으로써
現階段을 把握하지 안흐면 아니된다. 이것 업시 우리는 無産階級 藝術運動
의 方向轉換의 實踐의 展開를 期하지 못한다. 그것을 究明 把握함에는 果敢

한 理論鬪爭을 實行할 것이다.

그 理由는 맑시스트는 世界 變革過程에서 그 歷史的 必然으로 迫到한 客觀的 政勢의 現段階를 究明하며 把握하며 戰取하야 그럼으로 運動의 歷史的 任務를 다하지 안흐면 아니된다. 그럼으로 全世界 無産階級運動은 지금 이 辨證法的 歷史過程을 過程하고 잇다.

無産階級運動의 方向轉換은 이리해서 部分的 鬪爭으로부터 大衆의 全體的 鬪爭을 意味하는 것이니, 卽 組合主義 鬪爭에서 政治 鬪爭을 意味하는 것이다. 眞實한 意味에서 맑시스트는 '世界를 여러 가지로 說明하는 것이 아니라, 世界를 變革함에 잇다.' 이것을 實行함에는 政治鬪爭으로부터 始作할 것이다.

그리하여 우리는 目前에 實例로는 ××의 無産階級은 지금 ××政治에서 쑤르죠아 民主主義 政治 獲得을 現段階로서 戰取하려 하며, 지금 그것을 過程하고 잇다. 이에 日本의 帝國主義의 支配 밋헤 잇는 全朝鮮 民衆은 必然的으로 이 政治 過程을 過程하야 하며, 그리해서 지금 그것을 過程하고 잇다. '朝鮮의 民族單一黨'을 絶叫하며 朝鮮 各地에서 總力量을 이리로 集中식히게 되얏다. 이럼으로 朝鮮의 民族的 政治運動으로 展開되엿다.

그럼으로 朝鮮푸로레타리아藝術同盟은 無産階級運動의 方向轉換과 한가지 이 民族的 政治 鬪爭 視野를 戰取함으로 이 過程을 過程하여야 한다.

싸라서 朝鮮푸로레타리아藝術同盟은 無産階級藝術의 任務를 作品 行動에 局限식히는 것이 아니라, 우리는 全運動의 總機關이 指導하는 鬪爭을 實行하기 爲하야 우리의 藝術은 武器로서 되지 안흐면 아니된다. 이리하여 作品至上인 行動의 階級的 自己 疎外로부터 無産階級藝術의 救出을 期한다.

이러한 意味에서 朝鮮푸로레타리아藝術同盟의 藝術運動은 政治鬪爭을 爲한 鬪爭藝術의 武器로서 實行된다. 朝鮮푸로레타리아藝術同盟은 大衆에

게 이 鬪爭意識을 高揚하며, 이것의 敎化運動을 爲하야 組織하며, 그리하야
우리는 無産階級藝術運動의 歷史的 任務를 다할 것이다.[5]

조선프로예맹의 계급문학운동의 이념적 노선과 그 실천 방법을 규정
해 놓은 이 논강에서는 일본 제국주의 지배 아래 놓여 있는 조선 민중의
민족적 정치투쟁을 위해 예술운동이 무기가 될 것을 강조하고 있다. 이
논강의 내용은 우선 계급문학운동의 방향 전환에 대한 규정이 분명히 드
러나 있다. 마르크스주의자의 입장에서 계급문학운동은 조합주의적 투
쟁을 벗어나 정치투쟁으로 진출해야 한다는 것이다. 이것은 계급운동의
방향 전환과 마찬가지로 문예운동의 방향 전환이 필연적인 것임을 강조
하는 부분이다. 계급문학운동의 정치적 진출과 그 실천 방법을 제시하고
있는 점도 중요하다. 이 논강에서는 조선의 민족 단일당에 대한 총역량
의 집결과 민족적 정치운동으로서의 계급운동을 강조하고 있다. 그렇기
때문에 계급문학운동도 민족적 정치투쟁의 시야를 전취해야 한다는 것
이 중요함을 역설하였고, 전 운동의 총기관으로서 민족 단일당이 지도하
는 투쟁을 실천하기 위해 예술이 무기가 되어야 함을 강조하였다. 실제
로 신간회와 조선프로예맹의 직접적인 연결 관계는 사회주의자들이 신
간회 조직에서 이탈하기 시작하는 12월 테제(1928)의 등장 이전까지 지
속되었다.[6]

조선프로예맹은 조직 개편 이후 신간회의 민족 단일당 노선에 따라
계급문학운동의 대중적 진출을 위해 동경 지부를 비롯한 전국적인 지
부 조직을 꾀하였다. 조선프로예맹 동경 지부는 기관지《예술운동(藝術運

---

5 카프, 「무산계급예술운동에 대한 논강 — 본부 초안」,《예술운동》(1927. 11), 2~3쪽.
6 권영민, 앞의 책, 183~194쪽.

動)》(1927. 11)을 창간하여 계급문학운동의 대중적인 확대를 실천할 수 있는 기반을 마련하였으며, 일본의 계급문학운동 조직과도 연계를 꾀하였다. 조선프로예맹은 동경 지부 이외에도 함흥, 해주, 평양, 개성, 수원, 원산, 목포 등에 지부를 설치하고, 조직의 사회적 확대를 시도하였다. 조선프로예맹의 정치 사회적 진출과 대중적 조직 확대로 규정할 수 있는 전국 지부의 결성은 1928년까지 신간회의 전국적인 지회 결성과 대중적인 확대 과정에 그대로 이어졌다.

결국 조선프로예맹은 방향 전환의 과정을 거치면서 예술운동의 조직보다는 일반적인 정치 사회 조직으로서의 성격을 뚜렷이 드러냈다. 특히 각 지부는 거의 정치 사회적인 조직으로 이루어지고 있었다. 이 같은 이념적 조직 전환은 정론성에 대한 지나친 강조로 인해 계급문학의 창작을 기계적, 공식적인 것으로 위축시켜 정치와 예술의 기계적 혼합을 초래하였다. 계급문학운동 조직의 대중적인 확대는 문학 분야에만 한정되어 있던 활동을 전 예술 분야로 확대하여 새로운 예술 조직으로서의 성격을 강화하려는 의도에서 시도된 것이었지만, 예술운동의 볼셰비키화라는 목적을 위해 예술운동의 차원을 넘어선 대중적인 정치 사회 조직으로서 변화되고 있었던 것이다.

(3) 계급문학운동의 이념과 노선

계급문학과 마르크스주의 이념

조선프로예맹의 조직을 기반으로 전개된 일제 강점기의 계급문학운동은 그 이념 노선과 실천 방법을 둘러싸고 여러 차례의 이론투쟁을 겪는다. 이러한 이론투쟁은 계급문학운동 자체의 사회적 확대 과정에서 필연적으로 야기될 수밖에 없었던 것이지만, 한국 사회의 정신사적 성장을 가능하게 하였다. 계급문학운동은 식민지 지배 체제 아래 이루어진 자본주의의 모순에 정면으로 대응하면서 예술과 이념, 민족과 계급 등에 대한 다양한 비판적 담론을 생산하고 확장했다. 계급문학운동이 주도했던 무산계급의 계급투쟁과 정치적 진출 문제는 식민지 상황에서 왜곡된 한국 사회의 근대성에 대한 비판을 가능하게 만든 계급과 민족 문제에 관한 새로운 인식을 심어 주었다. 더구나 계급문학운동은 비평의 논리와 형태를 강조하면서 과학적 방법을 중시하였기 때문에, 한국 근대 비평의 방법 확립에 결정적인 계기를 제공하였다. 계급문학운동에 대한 대안적 인식의 차원에서 민족문학에 대한 비평적 논의가 성립되었으며, 식민지 지배 체제에서의 민족문학과 계급문학의 관계에 대한 논쟁도 야기하였다. 계급문학 자체의 미학적 과제와 관련한 창작 방법과 세계관의 문제, 양식의 대중성에 관한 문제 등에 대해서도 논란이 거듭되었다. 그리고 사상의 전향과 관련된 지성과 윤리의 문제도 중요한 관심사가 되었다.

계급문학운동의 전개 과정에서 표출된 다양한 비평적 쟁점들 가운데 조직운동의 차원에서 중시되었던 것은 계급문학운동의 이념 노선과 관련된 이론 투쟁이다. 계급문학운동의 성격을 무산계급의식과 마르크스주의 노선으로 고정시키는 과정은 1927년을 전후하여 이루어진 방향 전환이 중요한 계기를 제공하고 있다. 당시 계급 문단 내부에서는 계급문학운동의 이념적 성격과 관련된 커다란 쟁점이 내연화되기 시작하였다. 흔히 '내용 형식 논쟁'으로 일컬어지는 이 논쟁은 계급문학운동의 이념과 노선의 정립 과정에서 야기된 내부적 갈등의 표출을 의미하는 것으로 볼 수 있다. 김기진이 박영희의 소설 「철야(徹夜)」(1926)와 「지옥순례(地獄巡禮)」(1926)를 논한 간단한 평문에서 비롯된 이 논쟁의 전말은 다음과 같은 기록을 보면 더욱 분명하게 드러나고 있다.

　1926년 12월호《朝鮮之光》지에 金基鎭君의 작품 월평이 발표되었었는데 그중에 나의 단편소설 「徹夜」와 「地獄巡禮」의 두 편에 대하여 매우 불쾌한 비평이 있었다. 즉 그의 논조를 요약하여 말하면, 문학의 형식 등은 어찌되었든 계급의식만 내세우면 작품이 되느냐는 것이었다. 그때쯤은 문학의 형식 문제를 논해야만 할 적당한 시기였기는 하였다. 쏟아져 나오는 의식소설에 거진 식상한 시대라고 할 수 있었다. 그러한 천편일률적인 작품에는 권태가 생기기 시작했었다. 그러나 팔봉은 그러한 타당성에서 형식 문제라든지 혹은 침체된 문학의 타개책을 논한 것이 아니라 당시 군도 프롤레타리아예술동맹의 중요한 요원의 한 사람으로서 계급의식을 말살하려는 듯한 애매한 논조에 대하여 나를 불쾌하게 하였고 또 맹우들의 분노를 일으키게 되었던 것이었다. 또 군의 악평을 받은 나의 작품 「徹夜」와 「地獄巡禮」의 두 편 중에 「徹夜」라는 작품은 굶주린 사람의 식욕과 아울러 그 심리 묘사가 작품의 전부였으니 그때 정도로 보아서 형식이 불비된 작품이라고는 말하기 어려웠고, 「地獄巡禮」만은 다분히 형식이 거칠다고 할 만한 작품이었다. 그러나 이 작품도 기아로부터 생기는 살육의 지옥상을 표현하려고 하였었고 드러나게 계급의식을 나타내려고는 아니 하였다. 그런데 이러한 세밀한 해부와 분석도 없이 그저 쓸데없는 물건을 뱉아 버리듯이 계급 운운의 말을 쓰기만 하면 작품이 되는 것이 아니라고 극히 무성의한 비평을 내렸기 때문에 이 문제는 문학상 기술 문제를 떠나 예술동맹의 내부 붕괴 공작이나 시작된 것같이 일반에게 인상을 주었으며 따라서 결함만을 엿보고 있었던 우익평론가들의 쾌재를 부르게 하였던 것이었다.[7]

7 박영희, 「나의 논전 시대를 생각하면서: 초창기의 문단측면사 6」,《현대문학》(1960. 2), 85쪽.

앞의 인용에서 알 수 있듯, 이 논쟁이 지니는 의미는 가볍게 다루어질 성질의 것이 아니다. 김기진이 이 논쟁에서 제기하고 있는 소설의 형식 문제는 계급문학운동의 이념적 속성보다 그 미적 형식 문제에 대한 인식을 담고 있다. 당시 소설은 현실에 대한 비판적 인식을 적극화하기 시작하였지만, 현실의 제반 상황을 총체적으로 이해하고 그것을 계급적 이념에 따라 구체적으로 형상화하는 데는 미흡하였다.

김기진이 제기하고 있는 문제는 이념만을 내세운 문학적 현상에 대한 비판이었지만, 당시 계급문학운동을 주도하던 조선프로예맹의 조직 내부에서는 이 같은 비판을 용납하지 않았다. 특히 박영희는 계급문학이 계급의식을 바탕으로 하기 때문에 그 가치가 작품 구성과 묘사에 있는 것이 아니라 작품에 나타난 계급의식에 의해 규정된다는 원칙을 내세우면서 김기진의 주장을 반박하였다. 그는 예술 작품을 일개의 사회현상으로서, 예술가를 일개의 사회적 존재로서, 그 존재 그 현상의 사회적 의의를 결정하는 이른바 문화사적 비평에 주력해야 하는 것이 계급문학 비평가의 임무라고 주장하면서, 김기진의 비평적 태도에는 계급적 이념에 대한 명확한 이해가 결여되어 있다[8]고 공박하였다.

김기진과 박영희의 사이에서 야기된 소설의 형식 논쟁은 김기진의 입장에서 본다면, 계급문학 작품 형식상의 기법의 미숙에 대한 지적 이상의 의미를 지니는 것은 아니다. 이에 반해 박영희의 경우는 계급적 의식에 의해 계급문학의 가치가 규정된다는 이념적 원칙을 강조하고 있다. 특히 그는 김기진과의 사이에 야기된 내용 형식 논쟁 속으로 러시아 형식주의자와 마르크스주의자 사이에 일어났던 형식 논쟁을 끌어들이면서 마르크스주의 이념을 계급문학운동의 이념 노선으로 고정시키고자

---

8 박영희, 「투쟁기에 있는 문예비평가의 태도: 동무 김기진 군의 평론을 읽고」, 《조선지광》(1927. 1), 67쪽.

하였다.[9] 그는 문학을 통한 생활 인식과 문학을 통한 생활 창조라는 두 가지의 논점을 들어서 자신의 주장을 합리화했음은 물론이다. 더구나 계급 문단 내부에서 야기된 형식 문제에 대한 이론투쟁이 박영희의 입장을 지지하는 계급문학론자들에 의해 외재적 비평 태도를 강조하는 방향으로 굳어지게 되었던 것은 널리 알려진 사실이다.

계급문학운동은 내용 형식 논쟁을 거치면서 그 이념적 성격이 계급의식의 고양으로 고정되고 있다. 박영희는 이 논쟁을 마무리하면서 계급문학운동은 반드시 사회와 함께 변천하는 현실성을 말할 수 있어야만 그 의의를 인정받을 수 있다고 전제하고, 자본주의의 생산 관계에서 산출되는 무산계급의 성장, 자본주의의 모순과 무산계급의 확대라는 도식적 방법으로 한국 사회의 상황을 성장하는 현실이라는 말로 지칭하였다. 그리고 바로 이러한 성장하는 현실을 계급적으로 인식하는 데 문예운동의 가치가 있는 것이라고 주장하였다. 그는 문예상의 목적의식이라는 것이 실천적 요구의 관념화임을 천명하면서, 이러한 관념을 의식적, 계획적으로 수행하는 전선적 진출에 문예운동이 앞장서야 할 것이라고 말하였다. 그는 계급문학운동의 집단적 기능과 그 기능의 규범을 단순한 문예운동의 영역으로 국한시키지 않고 무산계급의 정치적 투쟁에 따른 전선적인 형태의 문예운동으로 규정하고 있다.

박영희와 김기진의 내용 형식 논쟁은 두 가지 차원에서 계급문학운동의 이념적 지향과 그 성격을 분명하게 제시한 논쟁이라고 할 수 있다. 첫째는 계급문학의 기본적 성격 문제이다. 박영희는 이 논쟁의 방향을 소설의 형식이나 창작의 요건과는 전혀 상관없이 계급문학의 이념적 성격에 대한 논의로 바꿔 놓고 있다. 그는 투쟁기의 계급문학은 그 형식적 완

---

9 박영희의 트로츠키 수용에 대해서는 한계전, 『한국 근대시론 연구』(일지사, 1983), 113~127쪽 참조.

결성보다 의식과 이념이 더욱 중요함을 강조하였다. 둘째로는 계급문학운동의 이념성에 대한 강조이다. 계급문학운동의 초창기에 조직적이고 집단적인 투쟁을 필요로 한다고 생각했던 박영희는 내용 우위론 혹은 이념 중심론을 통한 투쟁성의 강화를 우선적으로 중요시하고 있다. 그는 문학적 형상성이나 예술의 섬세함보다 계급적 투쟁 의식을 내세우기 위하여 극단적인 형태의 내용 우위론을 취하였다. 그의 내용 우위론은 집단적이고도 조직적인 성격이 중시되기 시작한 초창기 계급문학운동에서 마르크스주의에 입각한 이념적인 지표를 제시한 것으로 생각할 수 있다. 내용 형식 논쟁은 초창기 계급문학운동의 이념적 성격을 규정한 중요한 논쟁이었다.

계급문학운동의 방향 전환

조선프로예맹의 계급문학운동은 1920년대 후반의 방향 전환 논쟁을 통해 마르크스주의를 기반으로 계급투쟁으로의 진출이라는 이념과 투쟁 노선을 확립하고 있다. 이 시기의 방향 전환 논쟁은 사회운동의 영역에서 적극적으로 제기되면서 문예의 영역으로 확대되었다. 자연 발생적인 경제투쟁으로부터 의식적인 정치투쟁으로의 방향 전환은 3·1운동 이후 전개된 민족사회운동이 무분별한 분파 투쟁과 이념적 혼란을 거듭하면서, 반봉건 반식민의 목표를 실현하기 위한 실천적인 노력을 제대로 기울이지 못했다는 반성을 포함한다. 특히 사회운동의 주체가 소부르주아 인텔리 계층에 국한되어 대중적 조직과 기반 조성을 효과적으로 수행하지 못한 채 추상적인 이념 논쟁을 거듭했다는 비판도 깔려 있다.

당시 사회운동의 방향 전환론을 요약적으로 제시하고 있는 「정우회 선언」(1926. 11)의 핵심적인 내용을 간추려 보면 첫째 이념 노선의 전환,

둘째 조직의 전환, 셋째 실천 방법의 전환을 강조하고 있다.[10] 정우회 선언에서 주목되는 것은 민족 해방 투쟁을 전 민족적으로 전개하기 위해 진보적인 민족 세력과 통합해야 한다는 주장이다. 물론 정우회 선언 이전에도 민족운동과 사회운동의 통합을 주장하는 견해들이 나타나기 시작하였지만, 민족 진영 내에서도 비타협주의적 노선과 타협주의적인 개량주의 노선이 계속적으로 갈등을 보였고, 사회운동의 경우에도 급진 좌파와 온건파의 계급투쟁운동의 실천 방법이 서로 대립하고 있었던 것이 사실이다. 식민지 지배 세력에 대항하기 위해 민족 세력의 단합과 그 통일 전선의 결성이 더욱 필요하다는 점을 강조한 정우회 선언 이후 사회운동이 이념적 분파성을 극복하고 전 민족적 해방 투쟁을 위해 「신간회 (新幹會)」(1927. 2. 15)라는 민족통일전선의 확립으로 진전될 수 있었던 것은 방향 전환의 중요한 성과로 이해될 수 있다. 그리고 신간회의 조직 기반이 대중의 획득이라는 차원에서 전국적으로 확대되었던 것도 마찬가지로 설명될 수 있을 것이다.

이같이 사회운동의 방향 전환론이 조직적인 차원에서부터 이념 노선에 이르기까지 확대되자, 계급문학운동에 있어서도 방향 전환의 문제가 심각한 주제로 대두되었다. 조선프로예맹이 이미 무산계급운동의 한 부분으로서의 계급문학운동의 조직적 주체가 되었다는 점을 생각한다면, 이것은 오히려 자연스러운 추세라고 할 수 있을 것이다. 계급문학운동의 방향 전환 문제는 박영희가 주창한 목적의식론이 그 기폭제의 역할을 하였다. 박영희는 계급문학운동이 계급의식의 추종에 얽매어 실천적 구체성을 획득하지 못하고 있다는 점을 지적하면서 목적의식론을 강조하였다. 그는 계급문학운동의 제1기적 과정을 자연 생장적 문예로 규정하면

---

10 김준엽, 김창순, 『한국 공산주의 운동사 3』(청계연구소, 1986), 9~11쪽 참조.

서, 이 같은 자연 생장기의 신경향파문학에서 볼 수 있는 부분적 분열적 관념을 극복하기 위해 문예운동의 방향 전환을 요구하였다. 박영희가 주장했던 문예운동의 방향 전환의 근본 목표는 계급의 자연 생장적 현실로부터 목적의식에 이르게 하는 것이었다. 그는 계급문학운동에 있어서의 방향 전환 문제를 목적의식론이라는 하나의 원칙에 묶어 놓고 있다.

經濟鬪爭에서 政治鬪爭으로의 方向轉換期에 잇슴을 말하는 朝鮮의 社會性은 文藝運動으로 하여금 엇더한 鬪爭을 갓게 할 것일까? 쏘한 方向轉換期에 잇는 朝鮮社會의 現實性은 文藝運動으로 하여금 엇더케 方向轉換을 하게 할 것인가? 그것은 勿論 階級의 自然生長的 現實로부터 目的意識에 이르게 하는 것이니 文藝運動에 잇서서 現實을 認識하는 方法이 쏘한 그러하다. 이러한 意味에서 所謂 新傾向派文學이나 經濟鬪爭의 文學은 自然生長的이라고 하는 일흠 밋헤 들어갈 수 잇는 것이니, 하로하로 賃金을 닷투는 勞動者나 差別과 ××에서 必然的으로 생기는 個人的 ××쌘만으로는 無産階級의 階級的 意識을 엇기 어렵다. 이에 잇서서는 目的意識的으로 나아가야 한다. 元來 階級文學은 그 機能을 다하기 爲해서 늘 새로운 過程을 지내가게 되는 것이다. 階級意識을 高揚하든 階級文學은 經濟鬪爭에서 目的意識的으로(政治的 意味에서) 이르게 되는 것이다. 朝鮮에 잇서서는 自然生長的 文學에서 目的意識的 文學으로 過程한다는 것이 지금 必然한 現實이다. 그러하면 無産階級文學의 階級的 任務로서 그 社會性과 한 가지 方向轉換에 이르럿다 하면 그 所謂 政治的 暴露란 엇더케 해야 할까 하는 問題가 文藝運動에 있어서 甚히 討議할 問題라고 아니 할 수 업다.

上論한 所謂 方向轉換이니 目的意識을 文學에 잇서서 너무 過度히 誇張되게 생각해서는 아니된다. 그것은 政治鬪爭은 大衆이 하는 것이니 文學이 하

는 것은 아니다. 다만 文學은 ×××××××××× 뿌르조와의 모든 意識
形態와 鬪爭하며 暴露하는 것이니 政治運動의 副次的 任務를 하게 되는 것이
다.[11]

앞의 인용에서 확인할 수 있는 것처럼, 박영희는 예술운동의 영역과
대중적 정치투쟁을 별개의 것으로 구분하였다. 그는 정치투쟁은 대중이
하는 것이지 문학이 하는 것은 아니며, 문학은 정치운동의 부차적 임무
를 하게 되는 것이라고 말하였다. 문학은 부르주아의 모든 의식 형태와
투쟁하며 폭로하는 것이며 문예로서의 특수성을 지니고 있으므로, 그 특
수성의 완벽한 구현을 통해 오히려 문예운동의 효과를 고양할 수 있다는
것이 그의 생각이다. 그렇기 때문에 목적의식에 입각한 창작의 적극적
실천과 작품을 통한 정치적 투쟁 의식의 고양을 계급문학운동의 주된 기
능으로 설명하고 있다.

이러한 박영희의 목적의식론이 제기되면서 조선프로예맹의 조직 내
부에서는 계급문학운동의 정치적 진출이라는 실천 방법을 놓고 심각한
갈등이 야기되었다. 1927년 이후 조선프로예맹의 조직 내부에서 동경
지부와 경성 본부 사이에 일어난 논쟁은 대부분 계급문학운동의 방향 전
환과 그 실천 방법에 대한 것이었다. 여기에서 가장 크게 문제시된 것은
계급문학운동이 대중적 정치투쟁으로 진출할 것인가 하는 점이었다. 박
영희를 중심으로 하는 경성 본부의 경우는 문학 영역 내에서의 실천을
내세웠기 때문에 의식 투쟁을 강조하고 있는 데 반해, 동경 지부의 이북
만 등은 예술운동의 정치적 진출과 대중투쟁을 중시하였다.

박영희의 방향 전환론은 앞서 지적한 것처럼 목적의식론으로 집약되

---

11 박영희, 「문예운동의 방향 전환」, 《조선지광》(1927. 4), 65쪽.

고 있다. 그는 부르주아 정치의 폭로와 그것에 대한 투쟁 의식을 민중에게 심어 주는 것을 계급문학의 기능으로 규정하였다. 계급문학운동은 문예의 특수성을 기반으로 하며, 그만큼 절약된 한계와 제한된 효용을 인정할 수밖에 없는 것이므로, 예술의 효용성만을 과장하여 계급문학운동을 무산계급운동과 동일시해서는 안 된다는 것이었다. 이 같은 박영희의 예술적 특수성론은 일종의 문화주의적 성격을 드러내고 있었지만, 동경지부의 급진적인 정치주의적 성향과 그 과격한 요구를 감당할 수 없게 되었다.

박영희의 방향 전환론을 비판하면서 문예운동의 정치적 진출을 강조했던 것은 동경 지부의 이북만이었다. 그는 당대의 현실에서 사회운동이 대중적 정치투쟁으로의 방향 전환을 요구하고 있음을 분명히 하면서, 신간회의 결성 자체가 바로 무산계급운동의 한 과정임을 지적하였다. 그리고 계급문학운동이 바로 이 같은 방향 전환의 과정을 그대로 실천해야 한다고 주장하였다. 그는 작품 행동의 제한된 영역에서 대중을 도외시한 의식 투쟁이란 가능하지 않음을 분명히 하였으며, 문학운동이 대중적 투쟁과 조직운동으로 진출해야 함을 강조하고 있다. 그가 말하고 있는 대중적 조직 기반을 통한 대중투쟁은 바로 신간회를 염두에 두고 있는 것임은 물론이다. 그는 계급문학운동의 방향 전환 문제를 중심으로 신간회와의 관계를 구체적으로 논급하면서 예술운동의 대중적 조직과 정치적 투쟁을 다음과 같이 강조하고 있다.

藝術運動의 大衆的 組織이란 무엇이냐?

우리 藝術運動의 大衆的 組織은 勞動組合, 農民組合, 靑年同盟 等과 갓흔 組織이여야 할 것이다. 卽 다시 말하면, 勞動總同盟이 勞動者라는 特殊한 大衆의 組織이고 — 짜라서 그의 主體이며, 靑年同盟이 靑年 大衆만으로 結成

한 大衆團體, 그의 主體인 것갓치 우리 藝術運動에 잇서서는 藝術 部門 內에 잇는 모든 大衆의 結成體 —— 主體가 안이면 안 될 것이다.(方向轉換한 朝鮮푸로레타리아藝術同盟이 그것일 것이다.)

勞動總同盟, 靑年同盟, 其他 다른 大衆 團體가 民族單一黨인 新幹會가 指導하는 指導 精神에 統制되는 것과 갓치 우리 藝術同盟도 新幹會의 指導에 依하지 안흐면 안 될 것이다.

卽 今日의 藝術同盟은 藝術 領域 內의 大衆의 政治的 社會的 自由를 爲하야 鬪爭함으로써 그의 組織을 全民族的으로 하며 全被壓迫 階級의 見地에서의 指導를 貫徹하는 것으로써 階級的으로 하는 것이다.

沒落過程에 있는 支配階級의 統一的 反動 政策에 對하야 우리 無産階級의 가장 組織的 陳容은 至今에 準備되얏다. 全朝鮮 被壓迫 民衆의 政治的 表現인 新幹會를 頭隊로 그를 支持하고 그의 主體的 權力인 大衆의 日常 鬪爭의 組織은 그 아래에 團結되고 民衆의 모든 不平 憤激을 그 政治的 表現에까지 가져오는 媒介的 組織은 그것을 中心으로 하야 統制되고 잇다.

藝術運動도 또한 그러한 媒介的 運動의 하나이다. 藝術의 領域 內에서 惹起되는 一切의 鬪爭, 藝術에서 火蓋를 여는 一切의 運動을 遂行하는 —— 그것을 捲起함으로써 全民衆의 問題로 하여 新幹會가 政治的 問題를 삼는 條件을 맨드는 媒介的 運動이다.[12]

이북만의 주장에서 조선프로예맹 조직과 신간회와의 관계를 어떻게 이해하고 있는가를 주목할 필요가 있다. 이북만은 방향 전환을 이룬 조선프로예맹을 예술운동의 대중적 조직체로 규정하고 있다. 그는 조선프

---

12 이북만, 「예술운동의 방향 전환은 과연 진정한 방향 전환론이었는가?」, 《예술운동》 1호(1927. 11), 23~24쪽.

로예맹이 단순한 문단적 조직으로서가 아니라 전국적인 사회운동 조직이 되어야 하며, 신간회의 노선에 따라 예술 영역 내의 대중의 정치적 사회적 자유를 위하여 투쟁하는 데 목표를 두어야 한다고 하였다. 신간회에 대해서도 이북만은 '민족 단일당'으로서 무산계급의 가장 조직적인 진용이라고 평하였고, 전 조선 피압박 민중의 정치적 표현이라는 말로써 그 조직의 성격을 규정하기도 하였다. 그는 이 같은 인식에 근거하여 모든 대중 단체가 신간회의 지도 정신에 통제되고 있음을 주장하면서, 예술 영역 내에서 대중의 정치적 사회적 자유를 위하여 투쟁하는 조선프로예맹이 그 조직을 전 민족적으로 확대하며 피압박 계급의 견지에서 신간회의 지도를 관철하는 것은 당연하다고 하였다. 이 같은 동경 지부의 투쟁 노선에 따라 조선프로예맹은 신간회의 조직 확대 과정을 그대로 뒤따라서 전국적인 지부를 결성하고 그 조직을 대중적으로 확대하기 시작하였다.

조선공산당 재건운동

조선프로예맹은 전국적인 지부 결성을 통해 그 조직의 대중적인 확대를 이루었지만 강령에서 제시한 계급문학운동의 실천에는 크게 진전을 보여 주지 못하였다. 그 이유는 객관적인 정세의 변화와 깊은 관계가 있다. 1928년 2월과 7월에 연이어 대대적인 공산당 검거 사건이 일어났다. 각각 제3차 공산당 사건과 제4차 공산당 사건으로 지칭되기도 하는 이 두 차례의 검거 사건은 모든 사회운동을 위축시켜 놓았다. 신간회의 경우에도 민족 단일당으로서의 조직 확대를 이루었지만, 조직 내부에서 주도적인 세력을 유지하고 있던 공산당 계열이 대부분 검거되자 활력을 잃게 되었다.

이 같은 상황 속에서 1928년 12월 코민테른 집행위원회 서기국에서는 조선공산당의 재조직에 대한 결정서를 채택하였다. 흔히 '12월 테제'로 불리는 「조선 농민 및 노동자의 임무에 관한 테제」는 당시 조선 사회의 상황에 대한 분석과 함께 공산주의자의 임무를 규정하고 있다. 그 내용을 보면 식민지 조선의 현실에 대한 재인식, 과거 조선 공산당 운동에 대한 정치적 조직적 비판과 반성, 새로운 공산당 조직과 기존 조직의 해체, 이 같은 조직 활동을 위한 주의자의 임무와 역할 등을 강조하고 있다. 이 가운데 당 조직의 재건과 기존 조직의 해체를 규정함으로써, 공산주의자들이 한국 내에서 민족 단일당으로 존재해 온 신간회의 해체를 주동하고 새로운 공산당 재건 운동에 주력하게 되었다.

한국 내에서의 공산당 재조직이 12월 테제를 통해 요구되자, 조선프로예맹 동경 지부가 먼저 이러한 상황 변화에 가장 민감하게 반응하면서 신간회의 '민족 단일당' 노선으로부터 이탈하기 시작하였다. 조선프로예맹 동경 지부는 경성 본부와 일정한 거리를 두고 독자적으로 무산자사(無産者社)라는 출판사를 설립(1929. 5)하였다. 그리고 무산자사의 결성과 함께 동경 지부의 예술운동 노선을 더욱 적극적인 정치투쟁의 방향으로 바꾸었다. 무산자사의 설립과 동시에 조선프로예맹 기관지《예술운동》도 폐간하였으며, 그 대신에 잡지《무산자(無産者)》(1929. 5)를 새롭게 창간하였다. 그리고 1929년 11월 조선프로예맹 동경 지부 해체를 정식으로 발표하였다.

조선프로예맹 동경 지부를 해체한 후 동경 지부의 맹원들은 모두 무산자사를 중심으로 공산당 재건 활동을 비밀리에 전개하기 시작하였다. 이들은 조선 공산당의 재건운동을 무산자사를 중심으로 추진하면서 먼저 동경을 중심으로 한 신간회 해소운동을 전개하였다. 민족 개량주의자가 조직의 중심을 이루고 있는 신간회가 더 이상 민족 해방을 위한 조직적인 투쟁의 근거가 될 수 없다는 것이 그 이유였다.

1930년을 전후하여 무산자사의 김남천, 임화, 안막, 권환 등은 공산당 재건 계획에 따라 자신들에게 부여된 임무를 수행하기 위해 모두 국내로 돌아왔다. 이들은 지하 사상 단체들과의 연대를 확보하면서 노동자들을 조직화하고, 신간회를 해소하고 공산주의자들이 당 재건을 주도하여 당의 사상적 이념의 정통을 회복하고자 하였다. 그리고 계급문학운동의 정치적 진출을 꾀하기 위한 예술운동의 볼셰비키화론을 내세우면서 조선프로예맹의 조직을 기술자 조직(전문 예술가 위주)으로 개편하고자 하였다.

이 같은 운동 노선과 조직 개편을 두고 흔히 조선프로예맹의 '제2차 방향 전환'이라고 하거니와, 계급문학운동의 볼셰비키화를 통한 정치적 진출 문제가 제2차 방향 전환의 가장 중요한 요건으로 지목되고 있다. 동경 무산자사를 중심으로 비밀리에 추진된 공산당 재건운동은 조선프로예맹의 조직을 기반으로 국내에서 점차 구체화되었다. 이들은 먼저 신간회의 해체(1931)를 주도하였고, 평양 등지에서 노동 파업을 선동하여 노동계급의 조직과 투쟁 역량을 확대시켰다. 또한 조선프로예맹의 조직도 재편하여 기술가 위주의 전위적인 조직체로 전환시키고 실질적으로 조직을 장악하였다.

그런데 이러한 계급문학운동의 변화는 곧바로 일본 경찰의 주목을 받기 시작하였다. 일본 경찰은 합법성을 인정받은 신간회의 해체를 주도한 조선프로예맹의 활동이 공산당의 재건과 연관되어 있다는 사실을 알게 되자, 조선공산당 재건운동을 추진하던 사회운동가들과 이와 연루되어 있던 조선프로예맹의 조직 맹원을 모두 검거하였다. 이른바 카프 제1차 검거 사건으로 알려진 이 사건의 연루자는 모두 35명으로 보도되었는데, 고경흠, 김삼규, 임화, 황학로, 김남천, 한재덕, 양연수, 안막, 권환, 박영희, 윤기정, 송영, 이기영, 김기진, 이평산, 권태용, 최일숙 등 17명이 구속되었다. 이 사건으로 인하여 조선프로예맹의 조직을 기반으로 하는 조선공산당 재건운동이 좌절된 것은 물론이며, 계급문학운동의 정치적 진출도 불가능하게 되었다. 그리고 이 사건을 계기로 일본 총독부는 조선 내에서의 모든 사상운동을 철저히 금지시켰기 때문에 조선프로예맹 조직은 결속력을 잃게 되었고, 계급문학운동의 조직적인 대중적 확대가 더 이상 불가능해졌다. 그 결과 계급문학운동 조직에서 이탈하는 전향자들이 나타나기 시작하였고, 조직 자체의 해소가 주창되기도 하였다. 물론 이 사건이 종결된 후 프로예맹의 주도권은 무산자 계열의 소장파에게 넘어가게 되었지만, 계급문학운동은 침체 국면에 빠져들게 되었다.

(4) 계급문학운동의 조직 해체

조선프로예맹의 조직 분열

1931년 공산당재건운동과 관련하여 야기된 조선프로예맹에 대한 검거 사건이 종료되자, 조선프로예맹 조직을 주도하게 된 소장파들은 와해되고 있는 조직을 정비하기 위해 몇 가지 작업에 착수하였다. 첫째는 계급문학운동의 조직적 결속과 실천적 역량을 과시하기 위한 작업으로서 『카프 시인집』(1931)을 비롯한 몇 권의 사화집을 간행하였다. 『카프 시인집』은 조선프로예맹 문학부의 이름으로 간행된 김창술, 권환, 임화, 박세영, 안막 등의 합동 시집이다. 이 시집은 제1차 검거 사건으로 인한 조직의 와해 위기를 극복하기 위해 문단적 결속과 함께 계급문학운동의 창작 성과를 과시하려는 의욕을 보여 주고 있다. 둘째는 계급문학운동의 이념 노선을 재정비하기 위한 자기비판 형식의 이념 투쟁을 새롭게 전개하기 시작한 점을 들 수 있다. 이들은 불리해진 정세 변화에 대응하기 위한 적극적인 조직의 단결과 계급적 통일을 요구하기도 하였고, 창작의 침체를 극복하기 위해 도식적이며 교조적인 요구에서 벗어날 것을 주장하기도 하였다. 이러한 논쟁은 계급문학운동의 미학적 기반 확립이라든지 새로운 창작 방법에 대한 탐구로 이어지기도 하였지만, 일부에서는 계급문학운동의 조직으로부터 이탈하거나 사상적으로 전향하기 위한 준비 단계로 이용되기도 하였다.

조선프로예맹은 계급문학운동의 지도적 역량을 제고하기 위하여 조직의 새로운 개편 작업에 착수하였다. 제1차 검거 사건 이후 조직을 장악한 동경 소장파들은 계급문학운동의 대중적 지지 기반을 다시 확보하고 조직을 재건하기 위해 1932년 5월 핵심 지도부에 해당하는 중앙위원회를 대폭 개편하였다. 중앙위원회는 1930년 4월 기술부의 독립을 골격으로 하는 조직 개편 계획 당시 박영희, 임화, 윤기정, 송영, 김기진, 이기영, 한설야, 권환, 안막, 엄흥섭 10인으로 구성되어 있었다. 그런데 이들 가운데에서 박영희, 김기진 등 카프 초기 구성 단계에서부터 주도권을 쥐고 있던 인물을 중앙위원회에서 제외시켰다. 이러한 개편은 조선프로예맹 조직의 중대한 변화를 의미하는 것이라고 할 수 있다. 특히 지도부의 핵심에서 벗어난 적이 없는 박영희가 중앙위원회에서 물러난 것은 경성 본부파가 완전히 주도권을 상실하고, 동경 소장파들이 조직을 주도하게 된 것을 말해 주고 있다.

그러나 1932년 조선프로예맹 조직 개편은 지도부의 분열, 조직에 대한 소장파의 지도력 부재, 맹원의 조직 이탈 등으로 이어지는 조선프로예맹 조직의 와해 과정으로 연결되고 있다. 조선프로예맹 조직에 대한 자기비판은 조선프로예맹의 창립 초기부터 이론적인 지도자 역할을 했던 박영희의 탈퇴론에서 구체화되기 시작하였다. 박영희는 조직 개편 과정에서 중앙위원회 위원을 사임하였고, 1933년 12월 10일 카프 탈퇴원을 제출하면서 조직으로부터 이탈하였다. 박영희의 탈퇴는 당시 문단에서 커다란 관심을 불러일으켰다. 계급문학운동을 주도해 온 대표적 인물이었던 그는 조선프로예맹이 진실한 예술적 집단이 되지 못했다고 비판하였다. 조직 자체가 예술적 조직에서 사회적 정치적 조직으로 변질되었다는 것이다. 그리고 문학의 본질을 회복하기 위해 새로운 비평적 경향이 일고 있지만, 예맹의 조직만은 그 구각을 벗어나지 못하고 있다는 것이다. 박영희는 예맹이 예술적 집단으로서의 성격을 상실하였기 때문에 자신이 이 조직으로부터 탈퇴하게 되었다고 말했다. 그리고 그는 조선프로예맹의 문학적 지도가 무의미한 것이 되었음을 주장하면서 지도부의 사회사적 고립과 문학사적 붕괴를 자신이 이 조직으로부터 탈퇴하게 된 또 다른 이유[13]라고 밝히고 있다. 박영희가 내세우고 있는 조직으로부터의 탈퇴는 계급문학운동의 급진적인 정치 지향적 속성에 대한 반발이라고 할 수 있지만, 계급문학의 이념적 지향으로부터 벗어나려는 사상적 전향에 해당한다는 점을 부인할 수 없는 일이다.

계급문학운동의 자기비판

계급문학운동은 조직의 분열 과정을 겪으면서 창작 방법에 대한 자기비판과 조직운동에 대한 반성 단계를 거쳤다. 계급문학운동은 이미 방향 전환을 통해 마르크스주의 노선을 천명하였으며, 유물 변증법적 세계관에 따라 문학 예술을 창작해야 한다는 방법론적 원칙을 고정화하였다. 특히 예술운동의 볼셰비키화 과정에서는 프롤레타리아적 전위의 눈

---

13 박영희, 「최근 문예 이론의 신전개와 그 경향」, 《동아일보》(1934. 1. 2~11).

으로 현실을 보아야 한다는 요구가 당연한 논리로 내세워졌고, 투쟁적 집단적인 요건이 더욱 강화되었다. 그러나 이와 같은 계급문학운동의 정치주의 경향은 1931년 맹원에 대한 제1차 검거 사건이 일어나면서 조직운동 자체의 위기를 초래하였다. 특히 제1차 검거 사건의 수습 과정에서 위축된 창작 부분에 대한 반성적 인식과 지도 노선에 대한 반발이 일어나게 되었다.

계급문학의 조직운동 전반에 대한 반성은 임화, 신유인, 송영, 한설야 등에 의해 창작 방법에 대한 비판적인 논의로부터 촉발되었다. 이것은 일본 군국주의의 확대와 함께 객관적 정세의 불리, 조직운동의 침체 등 현실적 악조건 속에서 제기된 계급문학운동의 자기비판을 뜻하는 것이다. 임화의 견해[14]로 대변되는 당시의 계급문학운동에 대한 반성론은 계급문학운동에서 보다 철저한 계급적 통일과 조직의 단결이 요구되며, 반동문예에 대한 적극적인 비판이 필요하다는 당위적 결론에 도달하고 있다. 물론 임화는 카프의 조직이 문학운동의 창조적이고도 독자적인 수행을 위해 구체적인 타개책을 제대로 마련하지 못하고 문학운동에 고식적인 요구만을 되풀이해 왔음을 인정하고 있다. 그러나 그는 객관적 정세와 현실의 국면으로 볼 때 계급문학운동가들이 정치적 현실에 대해 갖고 있는 무관심과 나태를 극복할 수 있는 적극적인 투쟁 의욕을 더욱 고양해 나아갈 것을 권고하고 있다. 임화는 좌익적 관념의 고정주의와 문학적 주제의 일률성의 위험을 지적하기도 하였지만 카프 조직 내부의 분규, 제1차 검거 사건에 따른 계급문학운동의 사기 저하, 창작의 침체 등에 대한 근본적인 문제점을 대부분 외재적인 요건에서 찾고 있다. 그렇

---

14 임화는 「1932년을 당하여 조선문학운동의 신단계」(《중앙일보》(1932. 1. 1~28)와 「당면 정세의 특질과 예술운동의 일반적 방향」,《조선일보》(1932. 1. 1~2. 10)이라는 두 편의 글을 통해 계급문학운동의 전반적인 경향을 비판적으로 점검하고 있다.

기 때문에 실제의 창작 방면에서 신유인, 송영, 한설야 등에 의해 제기된 반성론과는 그 문제 인식의 방향을 달리하고 있는 것이 사실이다.

신유인이 제기한 문학 창작의 고정화에 대한 비판[15]은 계급문학 작품이 안고 있는 최대의 결점을 지적함으로써 자기비판의 과감성을 보여 준다. 그는 권환, 임화의 계급시와 송영, 한설야, 이기영의 계급 노선이 안고 있는 문제성을 현실적 생명력의 상실로 파악하고 있으며, "우리의 문학적 실천은 완전히 개념화하고 발전의 질곡이 되고, 현실과의 심대한 이율배반에 의해 표면의 공허한 포말로서 떠 있다."라고 비판한 것이다. 작품의 공식적인 유형화, 기계론적인 관념의 주입, 현실과 유리되어 버린 주제의 공허성 등에 대한 신유인의 비판은 새로운 계급문학의 출현을 요구하면서 결국은 창작 방법에 대한 비판적인 논의의 가능성을 열어 놓고 있는 것이다. 이같이 신유인이 제기하고 있는 창작의 고정화에 대한 비판은 논의의 직접적인 대상이 되었던 송영과 한설야에게 긍정적으로 받아들여지고 있다.

송영은 작가의 입장에서 창작의 실천 방법에 대해 기왕의 문제점과 그 타개책[16]을 제시했는데, 신유인이 지적한 계급문학의 약점이 유물변증법적 예술 창작 방법에 대한 이해의 부족과 리얼리즘의 방법적 미확립에 있음을 인정하고 있다. 그렇기 때문에 그는 무엇보다도 먼저 유물론에 입각한 확고한 세계관의 확립을 작가에게 요구하고 있으며, 유물론의 관점에서 대상으로서의 현실을 전체로서 파악할 수 있는 능력이 필요하다고 말하고 있다. 그리고 전체로서의 현실 속에서 살아 있는 인간의 모습을 그려 내는 리얼리즘의 방법과 함께 예술적 형식의 확립을 강조했

---

15 신유인, 「문예 창작의 고정화에 항하여」, 《중앙일보》(1931. 12. 1~8).
16 송영, 「1932년의 창작의 실천 방법」, 《중앙일보》(1932. 1. 3~15).

다. 결국 송영은 유물론적 기초와 리얼리즘의 방법을 동시에 문제 삼고 있는 셈이다. 한설야의 주장[17]은 이와 방향이 다르다. 한설야는 변증법적 척도로서 현실의 내재적, 필연적, 역사적 노선을 있는 그대로 보아야 한다는 전제를 내세우면서도, 계급문학은 언제나 그 주제의 강화와 함께 기교 편중주의의 극복을 위해 노력해야 한다고 주장하고 있는 것이다. 이와 같은 계급문학운동에 대한 비판적 반성은 조직으로부터의 이탈과 사상적 전향의 위험스런 징후를 보이기 시작함으로써 더욱 문제적인 테마로 확대되었다. 그리고 유물변증법적인 창작 방법에 대한 비판적 인식에 근거하여 새로이 사회주의 리얼리즘으로의 방법론적 전환을 모색할 수 있는 계기가 되었다.

조선프로예맹의 조직 해체를 전후하여 계급 문단은 기왕의 유물변증법적 창작 방법에 대한 반성과 비판을 기반으로 새로운 사회주의 리얼리즘에 주목하게 되었다. 사회주의 리얼리즘은 창작 방법에 대한 논의 과정에서 계급문학운동이 도달한 최후의 이론적 거점이 되었다. 1934년 제1차 소비에트 작가대회에서 공식화되어 각국으로 소개된 사회주의 리얼리즘은 당의 정책에 따라 문학예술에 있어서 당파성의 확장을 꾀하고자 했던 새로운 개념이다. 사회주의적 조건 아래에서 리얼리즘의 방법을 문제 삼고 있는 사회주의 리얼리즘은 혁명적 발전에 대한 낭만적 전망과 현실에 대한 사실적 서술이 어떻게 조화를 이룰 수 있는가가 관건이다. 그러므로 사회주의 혁명을 위한 현실적 투쟁이 바로 리얼리즘의 현실적 토대가 된다. 다시 말하면 사회주의가 실현되는 구체적 조건들이 표현될 경우에 리얼리즘이라는 용어의 정당성이 인정된다고 할 것이다.

당시 계급 문단에서 주목하기 시작한 사회주의 리얼리즘론은 두 가지

---

17 한설야, 「변증법적 사실주의의 길로」, 《중앙일보》(1932. 1. 18~19).

측면에서 의미가 강조되고 있다. 하나는 현실주의적인 측면으로 언제나 사회 현실을 전면적으로 예술에 반영한다는 점에 대한 확인이며, 다른 하나는 사회주의 세계관과 사상성에 대한 무장이 사회주의 리얼리즘에서 강조된다는 사실에 대한 재인식이다. 말하자면 모든 예술가는 사회주의를 위해 사는 것이고 당을 위해 투쟁한다는 원칙론이 그 기초를 이루는 것임을 재인식하게 되었다는 것이다. 그러나 이 같은 공통된 인식에도 불구하고 사회주의 리얼리즘에 대한 논의는 객관적 정세의 불리를 극복하기 위해 적극적인 수용 태세를 강조하고 있는 한효의 견해[18]와, 소비에트 사회와 우리의 현실이 다르기 때문에 그 방법론의 일방적 수용에 문제가 있을 수 있다는 안함광, 김두용의 회의론[19]을 통해 상반되게 나타나고 있다. 이 같은 사회주의 리얼리즘의 수용 여부에 대한 논의는 1935년 카프의 해산과 함께 그 집단적 의미가 축소되었다. 하지만 계급문학론자들은 대체로 사회주의 리얼리즘을 그들이 선택할 수 있는 마지막 출구라고 생각하고 중요하게 여겼기 때문에, 카프 해산과 함께 계급 문단 조직에서 떨어져 나가기 위한 전향의 논리를 추구하는 경우에도 여전히 사회주의 리얼리즘의 방법에 관심을 기울였다.

조선프로예맹의 강제 해체

조선프로예맹의 조직은 이른바 '신건설사(新建設社)' 사건으로 불리는 제2차 검거 사건을 계기로 1935년 해체되었다. 이 사건의 핵심에 있는 '신건설'은 예맹 조직 산하의 극단으로 1932년 결성되었다. 이 극단에

---

18 한효, 「문학상의 제문제 — 창작 방법에 관한 현재의 과제」, 《중앙일보》(1935. 6. 2~6. 12).

19 안함광, 「창작 방법론의 발전 과정과 그 전망」, 《조선일보》(1936. 5. 30~6. 5)과 김두용, 「창작 방법 문제에 대하여 재론함」, 《중앙일보》(1935. 11. 6~11. 10)이 대표적인 글이다.

는 프로연극운동에 관심을 지니고 있던 대부분의 연극계 인물들이 모두 참여하였다. 극단 '신건설'의 창립 공연(1933. 11)은 서울에서 이루어졌는데, 공연 작품은 독일의 소설가 레마르크의 장편소설 「서부전선 이상 없다」를 일본인 무라야마(村山知義)가 각색한 것이었다. 이 작품은 1차 세계대전 이후 서구 사회를 중심으로 일기 시작한 반전사상에 하나의 기폭제 역할을 했던 것으로 알려져 있다. 극단 신건설이 이 작품을 창립 공연 작품으로 선정한 것은 만주사변을 일으켜 군국주의를 확대하고 있는 일본에 대한 비판을 시도한 것이라고 할 수 있다. 극단 신건설의 첫 공연이 성공적으로 이루어지자 프로예맹 지도부에서는 이 작품의 전국적인 순회공연을 계획하고 1934년 봄, 전주 지방 공연을 준비했다. 일본 경찰은 극단 신건설의 공연을 중단시키고자 전주 공연 선전 전단 문구의 불온성을 빌미 삼아 극단원들을 구속하는 한편, 조선프로예맹의 모든 관련자들을 검거하였다. 이것이 바로 제2차 검거 사건에 해당하는 신건설 사건이며, 이 사건의 처리 과정에서 조선프로예맹은 해체의 운명을 맞이하게 되었다.

신건설 사건은 그 관련자의 규모에 있어서나 사건 처리의 기간에 있어서나 일제 강점기 문화 예술 방면의 최대 사건으로 기록될 수 있다. 신건설 사건에 관련되어 조사받은 인물이 거의 100여 명에 이르렀으며, 조선프로예맹의 문인 38명이 모두 구금되었다. 1년 가까이 지속된 경찰 조사와 전주 지방법원의 예심 과정이 모두 종결된 후에 박영희, 이기영, 윤기정, 송영, 한설야, 권환, 이갑기, 백철, 이상춘, 박완식, 나웅, 김유영, 정청산, 이동규, 김형갑, 김욱, 홍장복, 김평, 변효식, 추완호. 석일랑, 이엽, 최정희 등이 공판에 회부되었다. 신건설 사건의 판결에서 일본 총독부는 조선프로예맹의 조직 성격을 정치적인 결사체로 규정하고 치안유지법을 그대로 적용하였다. 이것은 중요한 의미를 지니는 법적인 판단이라고 할 수 있다. 일본 총독부는 조선프로예맹이 프롤레타리아 예술을 무기로 부르주아 예술을 배격하고 마르크스주의를 선전하였고, 대중에게 계급의식을 주입하고 의식분자를 교양하며 투사를 양성했으며, 궁극적으로는 조선에서 사유재산제도를 부정하고 공산주의 사회 실현을 목적으로 한다고 판단했던 것이다. 이를 입증하기 위해 재판부는 동맹의 강령이 "우리는 무산계급운동에 있어서 마르크스주의의 역사적 필요성을 인식하는 고로, 무산계급운동의 일부문인 무산계급예술운동에 의해 봉건적 자본주의적 개념을 철저히 배격하고 전제적 세력과의 항쟁과 의식층의 양성운동의 수행을 기함"이라는 점을 근거로 지적하였다. 그리고 박영희, 이기영, 한설야 등 19인의 문인에게 징역형과 함께 집행유예 3년을 각각 언도하였다.

일본 경찰은 신건설 사건을 빌미로 조선프로예맹의 해체를 요구하였으며, 1935년 5월 20일 일본 경찰 당국에 조선프로예맹의 조직 해산서가 제출되면서 계급문학운동 조직의 공식적 해산이 공표되었다. 이것은 한국 문단에서 문학적 경향의 동질성을 이념적인 것에 근거하여 공유하고 있던 동지적 결합체가 일본 경찰의 강압에 의해 해체되었음을 의미한다. 다시 말하면 일본의 사상 탄압으로 계급문학운동이라는 사회 문화적 실천운동을 위해 이념적으로 결속되어 있던 문단 조직이 강제 해체된 것이라고 할 수 있다. 일본 총독부는 조선프로예맹의 강제 해체 후에 사상범에 대한 보호 관리를 목적으로 사상범보호관찰법을 제정(1936)하였다. 이 법안은 기소 유예 또는 형기 만료 등으로 출옥하는 사상범들을 격리시켜 보호 관리한다는 명분을 내세우고 있지만, 궁극적으로는 사상 범죄의 재발 방지를 위한 사상 전향의 강요에 큰 의미를 두었다. 조선프로예맹의 맹원들은 집행유예의 판결을 받고 사회에 복귀하였지만 모두가 사상범으로 보호관찰의 대상이 되어 사상 전향을 요구받았다. 특히 이들은 국체 명징, 국민정신 함양 등과 같은 주장에 동조하도록 강요받고 내선 일체(內鮮一體)의 논리까지 동참하게 됨으로써, 상당수가 일제 강점기 말에 친일적인 행위에 빠져들게 된 것을 확인할 수 있다.

2 계급소설과 리얼리즘의 성과

(1) 경향소설과 소설의 이념성

경향소설의 등장

한국 근대소설에서 식민지 현실 문제에 대한 적극적인 관심이 제기되기 시작한 것은 1920년대 초반부터이다. 3·1운동을 전후하여 예술을 통한 개성의 발견이라든지 민족적 자각 등이 강조되고 식민지 현실에 대한 비판적인 의식이 확대되자, 일본의 식민지 지배와 경제적 착취에서 비롯된 삶의 궁핍화 현상이 이 시기 소설의 중요한 소재가 된다. 도시를 배경으로 가난한 지식인의 삶과 좌절을 보여 주거나 궁핍한 노동자의 고통을 그린 작품들도 있고, 농민들이 겪는 가난을 집중적으로 조명하면서 착취를 견디지 못하고 농촌을 떠나는 농민들의 고통스러운 삶을 그려 낸 작품도 많이 있다. 이러한 소설들은 대체로 '빈궁의 문학'이라는 이름으로 지칭되기도 하였는데, 계급문학에 대한 관심이 확대되고 계급적 이념에 대한 소설적 추구 작업이 적극화되면서 새로운 문단적 부류를 형성하게 되었다.

一般으로 그 創作의 內面을 보면 遊蕩을 써나고 情緖 至上을 써나고 壓迫과 搾取的 氣分을 써나 生活에, 思索에, 解放에, 民衆으로 나아오려고 하는 새로운 傾向은 前無한 新現象이라고 안이 볼 수 업다. 그 作品에 나타난 主人公은 모다가 새 社會를 憧憬하는 開拓兒이엿스며 그가 부르지는 宣言은 모다가 生活에 대한 眞理의 啓示이엿다. 그들은 스스로가 現社會制度에서 苦悶하여 그곳에서 생기는 不法과 暴行에 대한 破壞와 또는 不平을 絶叫하며, 짜라서 그들은 無産的 朝鮮을 解放하려는 意志의 白熱을 볼 수 잇섯다.

우에서 말한 바와 같이 그들의 作品이 新傾向을 보여 준 것은 事實이다. 그러나 더 細密하게 分析하여 보면 아즉것 그中의 或者는 典型的 形式에서 解放되지 못하고 自然主義나 浪漫主義 時代의 描寫法이 만히 보인다. 그러나 그들은 形式에는 不滿한 그만큼 本質에 充實하려 하엿다. 또한 形式에 埋沒되엿든 그만큼 그 主人公의 最終은 破壞, 殺人, 嘲笑, 宣傳…… 등의 答辯이 잇섯다.[20]

앞의 인용에서처럼 박영희에 의해 '신경향문학'이라고 명명되고 있는 새로운 문단적 경향은 이미 3·1운동 이후 소설의 흐름 속에서 드러나고 있는 현실에 대한 관심의 확대 현상과 맥락을 같이하고 있다. 예컨대 현진건의 「운수 좋은 날」, 김동인의 「감자」 등과 같은 작품에서 볼 수 있었던 궁핍한 현실에 대한 관심이 보다 비판적인 주제 의식을 담는 새로운 경향의 소설로 이어진 것으로 볼 수 있다. 그리고 1925년 조선프로

---

20 박영희, 「신경향파 문학과 그 문단적 지위」, 《개벽》(1925. 12), 4~5쪽.

예맹이 결성된 후 현실 상황에 대한 저항과 비판 의식을 계급적 이념으로 고양시키고자 했던 계급문학운동을 통해 조직적 실천이 가능하게 된 것이다.

1920년대 소설의 새로운 경향을 임화는 크게 두 가지 조류로 나누어 설명한 바 있다.[21] 그는 김기진, 박영희로부터 송영, 김영팔 등에 이르는 주관 의식이 강한 소설적 경향을 들어 작가의 요구가 작품의 전면에 드러나 있는 예로 지목하였다. 그리고 김동인, 염상섭 등의 자연주의 경향의 영향 속에서 성장한 최서해, 이기영 등의 경우는 주관의 표현보다 대상의 객관적 묘사가 위주가 되는 예로 거명하였다. 임화는 이 같은 두 조류를 각각 '박영희적 경향'과 '최서해적 경향'이라 부르고 있다. 임화가 지적하고 있는 소설의 두 가지 경향을 보다 면밀하게 검토해 보면 '최서해적 경향'으로 분류되는 작품들은 대개 개별적인 주인공의 빈궁 문제를 직접적으로 다루고 있기 때문에 표현의 직접성과 풍부한 묘사를 특징으로 하고 있다. 그러나 비판적 현실 인식을 계급적인 의식의 단계로까지 적극적으로 이끌어 가지 못하고 있기 때문에, 무산계급의 미래에 대한 전망은 결여되어 있다. 이와 달리 '박영희적 경향'으로 분류되는 작품들은 사회주의 이념에 대한 의식적인 자각을 내세우면서도 현실의 삶에 대한 구체적 탐구와 객관적인 묘사가 약화되어 있다. 말하자면 생경한 이념만이 과장적으로 드러나 있는 것이다.

임화가 지적한 경향소설의 두 가지 부류는 소설의 내적 형식 자체에서 확인할 수 있는 사실성과 이념성의 지향을 각각 대변하고 있다. 이것은 초기 경향소설이 지니는 소설적 특징을 설득력 있게 지적한 것이지만 동시에 그 소설적 한계를 말해 주는 요건이 되기도 한다. 초기 경향소설

---

21 임화, 「소설문학의 20년」, 《동아일보》(1940. 4. 16).

이 주로 단편적 양식을 벗어나지 못한 채 계급적 상황의 제시에 집착하고 있었던 것도 이러한 소설적 한계와 관련된다. 물론 경향소설은 농민소설과 노동소설이라는 두 가지 부류로 구분되면서 그 양식적 실천 가능성을 확보하고 있다.

경향소설과 계급적 이념

한국의 계급문학운동에서 경향소설의 등장과 계급 이념의 소설적 구현을 문제 삼고자 할 때 우선적으로 논의해야 할 인물은 김기진과 박영희이다. 김기진[22]은 초기 계급문학의 성립을 주도하면서 적극적으로 식민지 현실의 계급적 인식을 강조하였다. 김기진의 문학 활동은 1923년 《백조》동인에 합류하면서 시작되었다. 그는 일본 유학 과정에서 수학한 사회주의 문학 이론에 근거하여 문학에서의 사회 현실에 대한 비판적 인식을 강조하고, 문학을 통한 계급의식의 고취를 주장하였다. 이 같은 주장은 현실 도피적인 성향과 낭만적 이상에 사로잡혀 있던 《백조》동인의 붕괴를 촉발하였으며, 뒤에 조선프로예맹의 조직과 계급문학운동의 한 방향을 설정하는 기본적 요건이 되었다.

김기진이 《백조》동인에 참가하면서 자신의 평문을 통해 강조한 것은 예술이 곧 생활 자체여야 한다는 주장이다. 그는 한국 문단이 3·1운동의 좌절과 함께 현실의 고뇌를 외면하고 삶으로부터 도피하여 예술이라는

---

22 김기진(金基鎭, 1903~1985). 호는 팔봉(八峰). 충북 청원 출생. 배재고보 졸업. 일본 릿쿄 대학(立教大學) 중퇴. 1923년《백조》동인 가담. 파스큘라 결성. 1925년 조선프로예맹 결성. 1934년 신건설사 사건으로 투옥. 1944년 조선문인보국회 가담. 소설집 「청년 김옥균」(1936), 「해조음」(1938), 「심야의 태양」(1952), 「최후의 심판」(1953), 수필집 「심두잡초」(1954), 「김팔봉 수필집」(1958), 「김팔봉 문학 전집 전 6권」(1989) 출간. 참고 문헌: 김윤식, 「한국 근대문예비평사 연구」(일지사, 1981); 이주형, 「김기진의 통속소설론」,《국어교육연구》(1984. 2); 홍정선, 「팔봉 김기진의 인생과 문학」,《소설문학》(1986. 5).

이름의 환상 속에 빠져들고 있음을 지적하면서, 현실을 떠나서 낭만적 이상을 추구하면 추구할수록 비극적인 현실이 더욱 크게 부각될 수밖에 없다는 점을 강조하였다. 그리고 현실주의의 예리한 사상을 가지고 현실 생활 속에서 문학을 찾고 그 속에서 문학을 창조해야 한다고 주장하였다. 그는 「떨어지는 조각 조각」(1923)이라는 수필에서 "생활을 인도할 사람은 누구냐? 예술가이다. 예술가의 할 일이다. 예술가는 모든 의미의 창조자이다. 생활에 대한 선각자이다. 생활은 예술이요, 예술은 생활이어야만 할 것이다."라고 하면서 생활의 예술화를 내세웠다. 김기진의 이 같은 견해는 비록 산만하게 서술되고 있지만, 미감의 원칙이 실재적 현실 그 자체에 있다고 하는 반영론의 미학에 기대어 있다. 그는 수필의 형식을 빌려 쓴 「마음의 폐허」(1923) 이후 「눈물의 순례」, 「지배계급 교화, 피지배계급 교화」, 「금일의 문학, 명일의 문학」 등의 논설을 통해 거듭 생활의 문학을 주장하면서 계급적 이념에 대한 자신의 주장에 논리성을 덧붙이고 있다. 그는 자본주의의 발달 아래 예술이 장식품으로 전락되고 유희만을 위해서 생산되고 있음을 비판하고, 예술을 그 본연의 위치로 살려 내기 위해 프롤레타리아와 손잡고 새로운 의식 세계에 눈을 떠야 한다고 주장하였다. 그리고 신흥 문학, 즉 프로문학의 성립을 위해 '감각의 혁명'을 감행할 것을 역설하였다.

김기진이 내세운 프로문학, 계급을 위한 문학이 문단의 커다란 쟁점으로 부각된 것은 「계급문학 시비론(階級文學是非論)」(《개벽》(1925. 4))을 통해서였다. 이 특집에는 김기진, 김석송, 김동인, 박종화, 박영희, 염상섭, 나도향, 이광수 등이 동원되었는데, 기성 문단의 주류를 형성하고 있던 이광수, 김동인 등은 계급을 초월한 예술, 예술가의 개인적인 욕구를 내세워 프로문학의 부당함을 말하였고, 박영희, 박종화, 김석송 등은 프로문학 적극 지지를 표명하였다. 김기진은 계급문학과 부르주아문학의 차이점을, 첫째, 부르주아문학은 사회악을 긍정한 위에 모든 것을 시작함에 반하여 프로문학은 사회악을 부정하고 출발하며, 둘째, 부르주아문학은 기교적, 말초신경적 유희석임에 반하여 프로문학은 열정적, 본질적, 전투적인 문학이라고 하였다. 「계급문학시비론」을 통해 타진된 몇몇 문인들의 견해는 결국 프로문학에 대한 적극적 지지와 반대라는 상반된 주장으로 분리되어 드러났다. 그러나 당시의 사회적 상황과 시대적 분위기는 문학의 사회적 경향성을 더욱 부채질하였으며, 이 새로운 문학의 등장을 누구도 거부할 수 없게 되었다.

김기진은 자신의 주장을 구체화하기 위해 소설의 창작에도 관심을 보였다. 단편소설 「붉은 쥐」(1924)가 그 첫 작품이다. 이 소설의 주인공은 사회주의를 공부하는 친구들과 함께 지내면서도 자신이 직접 운동에 뛰어들지는 않고 방관하고 있던 나약한 인물이다. 그는 이러한 태도 때문에 동료들의 비판을 받는다. 이념적 지식과 행동적 실천 사이에서 갈등하던 주인공은 어느 날 우연히 길가에서 먹이를 찾아 헤매다 소방차에 치여 죽은 붉은 쥐를 보고 강렬한 생명의 욕구를 느끼게 된다. 주인공은 눈에 보이는 가게에 들어가 닥치는 대로 물건을 훔치고 달아나면서, 자신의 행동이 살기 위한 적극적인 행위라고 생각한다. 이 소설에서 우유부단하고 회의적인 인물로 그려져 있던 주인공이 차에 치여 죽은 쥐를 보고 갑자기 생명의 소중함을 느끼며 절도 행위를 벌이는 태도의 변화는 각성된 의식을 표출하고 있다고 보기 어렵다. 자신의 소극성을 벗어나기 위해 절도라는 왜곡된 형태의 행동을 표출하는 것은 계급의식과는 거리가 멀다. 이 작품에 이어 발표한 「젊은 이상주의자의 사(死)」(1925) 역시 빈궁한 현실에서 겪는 여러 가지 고난 때문에 괴로워하던 한 젊은이가 양잿물을 먹고 자살하는 내용이다. 이 두 편의 작품 이후에도 김기진은 「몰락」, 「본능의 복수」 등의 작품을 발표하였지만, 추악한 현실에 저항하는 젊은이의 행동을 과장되게 묘사하고 있다. 현실적인 조건과 상황을 구체적으로 제시하지 못하고 관념에서 비롯된 성급한 행동만을 내세우고 있는 것이다. 김기진은 모순된 현실에 적극적으로 반항하는 새로운 인물 유형을 창조하기는 했지만, 이 인물들의 행동과 실천이 구체적인 현실에 근거하지 못한 채 관념에 머물렀다는 한계를 드러내고 있다.

박영희[23]는 《백조》의 동인 가운데 김기진의 새로운 문학적 주장에 적극적으로 동조하면서 초창기 계급문학운동을 주도했던 인물이다. 그는 현실도피적이고 퇴폐적인 시편들을 발표하다가 1924년 이후부터 평론과 소설을 발표하면서 보다 적극적인 현실주의적 방향으로 자신의 문학적 태도를 전환하기 시작하였다. 그의 초기 작품으로는 「사냥개」(1925), 「전투」(1925), 「철야」(1926), 「지옥순례」(1926) 등을 들 수 있다. 이 가운데 「사냥개」는 신경향파 소설의 대표적인 작품으로 널리 논란의 대상이 되었다. 돈을 인생의 목적으로 생각하는 주인공이 자신의 재산을 지키기 위해 사냥개를 집에 데려다 놓는다. 인간을 믿지 못하기 때문이다. 그러나 주인공은 오히려 자신의 돈을 지켜 주기 위해 데려온 사냥개에게 물려 죽는다. 여기에서 주인공은 부르주아계급을 표상하며 사냥개가 프롤레타리아계급을 대표한다. 프롤레타리아계급의 자유와 해방은 결국 부르주아계급을 타파하는 데에서만 이루어질 수 있다는 것이 이 작품이 전달하고자 하는 내용이다. 그러나 이 작품은 소설이라기보다는 우화에 가

---

23 박영희(朴英熙, 1901~?) 호는 회월(懷月). 서울 출생. 배재고보 졸업 후 일본 세이소쿠 영어학교(正則英語學校) 수학. 1922년 《백조》 동인지 간행. 1923년 「파스큘라」 결성. 1925년 카프 결성에 주도적인 역할 담당. 1934년 전향 선언. 소설과 평론을 함께 묶은 「소설·평론집」(1930)을 비롯하여 시집 「회월시초」(1937), 평론집 「문학의 이론과 실제」(1947) 등을 간행. 1950년 한국전쟁 당시 납북. 참고 문헌: 김용직, 「30년대 중반기 한국문학의 방향 전환과 그 해석 문제」, 《단국대 동양학》(1975); 김시태, 「박영희의 문학비평 연구」, 《한국학논집》(1985. 8); 조남현, 「박영희 소설 연구」, 《건국대 인문과학논총》(1986. 9); 김윤식, 「박영희 연구」(열음사, 1988).

깝다. 작가의 이념만이 있을 뿐 리얼리티가 배제되어 있기 때문이다. 이 같은 경향은 소설 「철야」와 「지옥순례」에서도 비슷하게 나타나고 있다. 그런데 초기 경향소설이 빠져들었던 관념적인 이념 편향은 최서해, 조명희, 이기영 등의 소설적 작업을 통해 서서히 극복되고 있다. 이들은 김기진, 박영희 등이 구호처럼 내세웠던 계급 이념의 관념적 경향과는 달리 극도로 빈궁했던 자신의 생활 체험을 바탕으로 계급적 현실의 문제성을 구체화한 작품들을 발표하여 문단의 주목을 받았다. 이들이 소설을 통해 발견한 현실의 문제성은 주로 궁핍한 삶을 모면하지 못하는 농민들의 삶이다. 그리고 이 같은 문제는 개별적인 것이라기보다는 사회구조적인 계급 차별과 식민지 지배 구조의 모순에서 비롯된 것으로 파악된다. 계급문학 창작의 실천 과정에서 농민문학 또는 농민소설이 보다 적극적으로 현실 문제에 접근한 구체적인 성과로서 주목받게 된 이유가 여기에 있다.

(2) 농민소설과 농민문학론

농민소설의 이념과 실천적 구체성

계급문학운동의 창작적 실천에서 가장 중요한 자리를 차지하고 있는 것은 농민소설이다. 농민소설의 등장은 일본 식민지 지배와 왜곡된 근대화 과정 속에서 배태된 농업 문제에 대한 민중의 인식 변화와 밀접한 연관성을 지니고 있다. 한국 사회에서 농업 문제는 절대 다수를 차지하고 있는 농민 계층의 구성만이 아니라 생산의 기반을 이루는 토지 소유 문제와 직결되어 있다. 일본 총독부는 1910년 강점 이후부터 전국적으로 실시한 토지조사사업을 통하여 농민들로부터 토지를 수탈하기 시작하였으며, 전통 사회에서부터 지속된 봉건적 토지 소유 관계로서의 지주와 소작인의 관계를 일본의 제국주의적 자본주의의 요구에 맞게 재편하고 있다. 그 결과로 토지를 둘러싼 농민들의 갈등이 더욱 고조되었고, 상당 수의 농민 계층이 농촌으로부터 유리되어 객지를 떠돌게 된다. 이 같은 농촌 문제를 중심으로 농민들의 삶을 그들의 계급적 성격과 관련지어 구 체적으로 형상화한 것이 바로 이 시기의 농민소설이라고 할 수 있다.

1920년대 중반 이후 계급 문단의 농민소설은 농촌의 현실과 농민의 삶이 얼마나 비참한 상황에 놓여 있는가에 우선 주목하고 있다. 이 같은 경향은 농민소설의 전개 양상 가운데 주로 1920년대 말까지의 전반기 농민소설에서 쉽게 확인된다. 최서해, 조명희 등의 작품과 이기영의 초 기 소설들이 이에 속한다고 할 수 있다. 그러나 농민소설은 1920년대를 넘어서면서 새로운 변화를 드러내기 시작한다. 농촌의 당면 문제에 대한 농민들의 계급적 연대와 조직적인 투쟁의 과정을 농민의 계급의식의 성 장 과정에 맞춰 형상화한 작품들이 늘어나고 있는 것이다.

농민소설의 이 같은 단계적 변화는 물론 계급문학에서 추구했던 리얼 리즘의 가치에 대한 인식 방법과도 서로 연관되어 있다. 전반기의 농민 소설은 대체로 농업 문제를 둘러싼 자연 발생적인 농민들의 행동을 다룬 다. 이것은 개별적이며 분산적인 것이 특징이다. 그러나 예술운동의 볼 셰비키화를 주도했던 후반기의 농민소설은 개별적인 소작농들이 빈농 의 자작인들과 서로 연대하여 조합운동을 전개하고 농민의 대중적 조직 을 바탕으로 투쟁하는 집단적인 계급적 성격의 행동을 주로 다룬다. 이 것은 농민 의식의 성장과 농민운동의 발전 과정에 대한 계급 문단의 이 념과 요구를 그대로 반영하는 것이다.

최서해[24]는 궁핍한 현실과 삶의 문제를 적극적으로 형상화하여 식 민지 조선의 참담한 민중의 삶을 그렸다. 그의 첫 소설 「탈출기(脫出記)」

(1925)에 이어 「박돌의 죽음」(1925), 「기아(飢餓)와 살육(殺戮)」(1925), 「홍염(紅焰)」(1927) 등과 같은 작품들은 극도로 궁핍한 삶에 허덕이고 있는 주인공의 모습을 사실적으로 묘사하면서, 그런 불합리한 삶의 조건을 만들어 낸 사회적 계급과 제도를 저주하며 이에 저항하는 민중의 투쟁적 의지를 보여 준다. 그의 작품 속에 등장하는 인물들은 대체로 상층부의 지주와 하층부의 노동자 농민으로 양분된다. 그러나 이야기의 주인공들은 노동자 농민들이며, 이들은 경제적 빈궁과 계급적 억압에 적극적으로 대응한다. 이들의 행동이 궁핍한 생활 체험을 풍부하게 반영하고 있는 구체적 현실로부터 출발하고 있다는 점은 한국 근대소설에서 볼 수 있는 리얼리즘적 성과의 하나로 평가할 수 있다.

최서해의 소설 가운데 자신의 간도 체험을 직접적으로 그린 「탈출기」, 「기아와 살육」, 「홍염」과 같은 작품이 대표작으로 손꼽힌다. 이 작품들의 무대가 되고 있는 간도라는 공간은 식민지 조선의 현실과 대응하는 또 다른 시련의 땅이다. 일본의 착취를 견디지 못하고 간도로 떠난 한국인들이 중국인 지주들의 횡포에 시달리며 고통 속에서 새로운 삶을 개척하고 있기 때문이다.

단편소설 「탈출기」는 두 가지 유형의 탈출을 하나의 이야기 속에서 보여 준다. 이 작품은 궁핍을 이기지 못하고 가족을 버린 채 집을 뛰쳐나온 주인공이 독립단에 가담하게 된 과정을 친구에게 고백하는 편지 형식으로 되어 있다. 소설의 주인공이 결행하는 첫 번째의 탈출은 식민지 조

---

24 최서해(崔曙海, 1901~1932). 본명은 학송(鶴松). 함북 성진 출생. 독학으로 문학 수업. 1924년 조선문단사 입사 후 1925년 조선프로예맹 가담. 중요 작품으로 「토혈」(1924), 「고국」(1924), 「탈출기」, 「박돌의 죽음」, 「기아와 살육」, 「홍염」, 「전아사」(1927), 「갈등」(1928) 등이 있음. 참고 문헌: 안함광, 『최서해론』(조선작가동맹출판사, 1956); 윤홍로, 『한국 근대소설 연구』(일조각, 1984); 신춘호, 『최서해』(건국대 출판부, 1994); 이재선, 『한국현대소설사』(민음사, 2000); 문학사와 비평학회 편, 『최서해 문학의 재조명』(국학자료원, 2002).

선을 벗어나는 일이다. 주인공은 식구들과 함께 먹고살 수가 없어 고향을 버리고 간도로 이주한다. 하지만 그곳에서도 농사를 지을 땅을 얻지 못하고 할 일을 구하지 못한다. 그가 할 수 있는 일이라고는 나무를 해다 팔거나 두부를 만들어 파는 일뿐이다. 그러나 그것으로는 가족을 제대로 먹여 살릴 수가 없다. 그는 자신과 가족이 겪는 가난과 고통이 한 개인의 삶에 대한 충실성과는 무관하게 험악한 사회제도 그 자체로부터 비롯된다는 것을 깨닫는다. 그리고 이 같은 불합리한 사회제도의 변혁이 우선되어야 한다고 생각한다. 그는 노모와 처자를 버리고 집을 나와 독립단에 가담함으로써 두 번째 탈출을 결행한다. 이 작품에서 그린 두 가지의 탈출 과정은 모두가 경제적인 문제의 한계에 대한 인식으로부터 출발한다. 말하자면 가난한 삶에서 벗어나고자 하는 욕망에서 비롯된 것이라고 할 수 있다. 그러나 이 개인적 욕망을 이루기 위해서는 근본적인 사회적 변혁을 필요로 한다는 것이 주인공의 생각이다. 그러므로 두 번째 탈출은 또 다른 삶의 가능성을 향한 가족의 이주가 아니라 주인공의 개인적 결단에 의해 정치 조직에 가담하는 것으로 나타난다. 그리고 바로 이 같은 탈출의 의미로 인하여 이 작품의 담론적 성격이 계급적인 문제성을 지니게 되는 것이다.

이 작품에서 주인공이 가족을 버리고 독립단에 가담하는 탈출 행위는 비장한 개인적 선택이라고 할 수 있다. 이러한 결단은 경제적인 궁핍이라는 현실적인 조건이 개인의 문제가 아니라 사회구조적 모순에서 기인하는 것이라는 자각에 의해 가능해진 것이다. 개인적인 생존이나 욕망의 실현이라는 것이 모순된 사회구조 속에서는 불가능하다는 인식은 근대적인 주체의 확립을 근본적으로 문제 삼는 새로운 담론의 공간을 요구한다. 따라서 「탈출기」는 현실적인 삶과 그 조건에 대한 노예적인 순응적 태도에서 벗어나는 자기 변혁의 의미까지 내포한다. 이 작품에서 개인의 욕망을 민족 해방의 길로 확대시켜 나가는 과정이 설득력 있게 해명되고 있다고 평가할 수 있는 이유가 여기 있다.

「기아와 살육」에서 강조하는 것도 주인공이 처한 궁핍한 현실이다. 작품의 주인공은 어머니와 처자식을 부양하면서 남의 집에 세를 얻어 빈궁하게 살아간다. 그는 땅이 없어 농사도 지을 수 없고, 돈이 없어 장사도 할 수 없다. 집주인은 집세를 독촉하고, 병든 아내는 목숨이 위태롭다. 기껏 찾아간 의사는 주인공이 돈이 없다는 것을 알고 한 달 내에 진료비를 못 갚으면 1년간 머슴살이를 하겠다는 계약서를 쓰도록 한 후 겨우 아내에게 침을 놓아 준다. 그러나 의사에게서 받아 낸 처방전을 가져가도 약국에서는 돈이 없다고 약을 지어 주지 않는다. 게다가 늙은 어머니가 자신의 머리카락을 팔아서 겨우 좁쌀 한 줌을 사 오다가 중국인의 개에게 물려 인사불성이 되자, 마침내 주인공의 분노가 폭발하고 만다. 그는 집안 식구들을 몰살하고 밖으로 뛰어나와, "모두 죽여라! 이놈의 세상을 부수자! 복마전 같은 이놈의 세상을 부수자! 모두 죽여라!" 하고 외치면서 닥치는 대로 살인을 저지르며 중국 경찰서까지 파괴한다.

이 작품의 결말에서 볼 수 있는 주인공의 자기 파괴적인 행동은 극단적인 것이라고 할 수 있다. 그러나 주인공이 겪어야 했던 고통스러운 여러 상황을 매우 사실적으로 묘사함으로써 당대 현실의 궁핍상과 사회적 모순 구조를 반영한다. 이 작품은 개인적인 힘으로는 도저히 감당할 수 없는 궁핍한 현실에 대한 분노를 형상화하기 위해 살인과 파괴라는 극단적이고 반인간적, 비윤리적인 행위를 동원하고 있는 것이다. 이 같은 개인적 복수극과 살인 행위는 물론 사회적으로 용납될 수 없는 일이지만, 주인공이 마지막으로 선택할 수밖에 없었던 길이라는 점에서 그 비극성을 인정할 수 있다. 그러나 당대의 계급 문단에서는 이 작품에서 볼 수 있는 파괴 행위가 계급의식의 각성에까지 이르지는 못하고 있다는 점을 지적하여, 신경향파적 소설의 한계를 드러내는 것이라고 평가하고 있다.

소설 「홍염」의 경우에도 간도 유민들의 궁핍한 삶의 실상이 침울하게 묘사되어 있다. 이 작품의 주인공은 중국인 지주에게 빚진 소작료 대신으로 무남독녀를 빼앗긴다. 그의 아내는 딸의 얼굴을 한 번만이라도 보게 해 달라고 중국인 지주에게 애걸하다가 그 청을 거절당한 채 죽게 된다. 이 같은 비극적인 상황에서 주인공은 울분에 싸여 지주의 집에 불을 지르고 딸을 도로 찾아온다. 이 작품에서 강조되는 것은 간도 유민들의 궁핍한 생활상과 절망적인 고통, 그리고 지주의 횡포에 대한 울분이다. 특히 딸이 중국인 지주에게 끌려가자 빼앗긴 외동딸을 그리다가 주인공의 아내가 발작을 일으켜 피를 토하고 죽는 장면은 사실적이면서도 비극의 극한을 보여 준다.

이 작품의 결말은 원한에 찬 주인공이 저지르는 방화와 살인이다. 이 같은 개인적 복수는 외동딸을 빼앗기고 아내를 잃은 극단적 상황 속에서 저질러지기 때문에 어느 정도 그 개연성을 인정할 수 있다. 그러나 이 같은 살인과 방화가 개인의 충동적 보복 수단에 그치고 있다는 점에서 구성상의 한계를 보인다. 특히 주인공의 비극적인 삶과 그 고통을 극복할 수 있는 방법으로 개인적인 보복을 제시한 것은 본질적인 사회구조적 모순의 극복과는 거리가 있는 것이다. 이 같은 해결 방식은 주인공의 삶의 고통이 결국 파편화된 개인적 체험에만 국한된다는 한계를 가진다.

조명희[25]는 1920년대 중반 이른바 신경향파 소설의 특징과 그 한계

25 조명희(趙明熙, 1894~1938). 호는 포석(抱石). 충북 진천 출생. 중앙고보 중퇴 후 일본으로 건너가 도요 대학(東洋大學) 수학. 1920년 동경 유학생 김우진 등과 극예술협회 조직. 희곡 「김영일의 사」(1923), 「파사」(1923) 등을 발표하고, 소설 「땅속으로」, 「R군에게」, 「저기압」, 「농촌 사람들」, 「동지」, 「한여름밤」, 「낙동강」, 「춘선이」, 「아들의 마음」 등을 발표. 1928년 러시아로 망명한 후 스탈린 체제 아래 숙청됨. 참고 문헌: 조중곤, 「『낙동강』과 제2기 작품」, 《조선지광》(1927. 10); 유민영, 『한국 현대희곡사』(홍성사, 1982); 김성수, 「소련에서의 조명희」(창작과비평, 1989. 여름); 정덕준 편, 『조명희』(새미, 1999); 우정

가 극복되는 과정에서 가장 주목되었던 작가이다. 그는 3·1운동 직후부터 시와 희곡을 발표했지만, 1925년 8월 조선프로예맹의 결성에 참가하면서 현실 문제에 내한 적극적인 관심을 보여 주는 다양한 경향의 소설을 발표하였다. 그의 초기 소설은 그 내용이 크게 두 가지 경향으로 구분된다. 하나는 궁핍한 현실 속에서의 생활고와 지식인의 가정생활에 대한 환멸을 그린 「땅속으로」(1925), 「R군에게」(1926), 「저기압(低氣壓)」(1926) 등이며, 다른 하나는 농토를 잃고 고향에서 쫓겨나 간도나 일본 등지로 이주하거나 도시 빈민으로 전락하는 농민들의 가혹한 현실을 문제 삼은 「농촌 사람들」(1926), 「마음을 갈아먹는 사람」(1926) 등이 그것이다.

이 같은 두 가지 경향의 작품들 가운데 전자의 경우는 작가의 자전적인 체험을 바탕으로 한 것들이다. 이 작품들은 대체로 지식인 주인공이 겪는 이상과 현실 사이의 엄청난 괴리에서 오는 내면적인 갈등을 중심으로 이야기가 전개되지만, 그 초점은 현실의 궁핍상과 지식인의 좌절에 두고 있다. 그러나 후자의 경우를 보면, 농촌에서 이루어지는 농민들의 참담한 삶의 과정이 사실적으로 묘사된다. 농민들은 대체로 지주의 횡포와 수탈이라는 인위적인 수난과 홍수와 가뭄으로 인한 자연적 재해에 이중으로 고통을 당한다. 이 과정에서 농촌의 삶의 공동체가 붕괴되고 농민들은 농촌으로부터 유리되어 비극적인 삶의 전락을 경험하게 된다. 예컨대 「농촌 사람들」에서 볼 수 있는 주인공의 삶과 죽음의 과정이 바로 그 단적인 사례라고 할 것이다. 결국 조명희의 초기 소설들은 궁핍한 삶의 현실 속에서 겪는 지식인의 좌절과 농민들의 수난을 사실적으로 그려 냄으로써 당대 현실의 문제성을 비판적으로 추구하고 있다고 할 수 있다.

그런데 조명희의 작품 경향은 「낙동강」(1927)을 발표하면서 계급적인

권, 『조명희와 「선봉」』(역락, 2005); 이명재, 『조명희』(한길사, 2008).

이념의 구현이라는 분명한 지향점을 드러내기 시작한다. 「낙동강」은 농촌의 현실을 변혁시키려는 인물을 극적으로 부각시킨 성과를 거두었고, 이 밖에도 「동지」(1927), 「한여름밤」(1927), 「춘선이」(1927), 「이쁜이와 용이」(1928), 「아들의 마음」(1928) 등을 통해 계급의식의 구현을 위한 노력을 잘 보여 주고 있다. 「낙동강」은 식민지 현실의 곤궁한 삶을 극복하기 위한 지식인의 이념적 대응과 그 실천 과정을 극적으로 제시한 작품이다. 이 작품은 특히 매개적 인물로서의 지식인 주인공을 내세워 계급투쟁의 실천 과정을 구체화함으로써 이른바 방향 전환론이 대두되기 시작한 새로운 투쟁의 단계에서 목적의식에 입각한 방향 전환을 소설적으로 형상화한 문제작으로 평가받았다.

소설 「낙동강」에서 주목되는 것은 지식인 주인공 박성운이라는 인물의 형상이다. 소설 속에서 요약적으로 제시되어 있는 박성운의 사회운동은 그 자신의 의식의 변화 과정과 밀접하게 연결되어 있다. 그는 낙동강 하구 구포에서 농민의 아들로 태어나 보통학교를 거쳐 도립 간이농업학교 등에서 근대적인 교육을 받았으며, 군청 농업 조수 생활을 하기도 한다. 3·1운동이 일어나자 그는 자신의 안일한 생활을 박차고 독립운동에 적극 뛰어들었으며, 1년 6개월간의 옥살이를 끝낸 후 서간도로 이주하여 해외에서의 독립운동에 적극 참여한다. 그가 다시 5년 만에 귀국했을 때는 사회주의자로 변모해 있었다. 실천적 사회주의자가 되어 고향에 돌아온 박성운은 야학 등을 통해 농촌계몽 활동을 펼치기도 하고 소작조합운동을 주도하기도 한다. 그는 농민들과 함께 국유지인 낙동강 기슭 갈밭을 일본인에게 넘겨준 조처에 항의하다 연행된 후 두어 달 동안 유치장에서 일본 경찰에게 고문을 당해 몸을 망쳐 죽고 만다. 그러나 박성운의 비극적인 죽음으로 투쟁이 종결되지는 않는다. 그의 계급투쟁 의지는 그의 애인인 로사와 농민들에게 그대로 계승된다. 로사는 박성운의 장례를 치른 후 그가 추구했던 투쟁의 길을 좇아 대륙으로 떠난다.

이 작품은 당대 현실의 모순에 눈뜨고 그 모순의 타개를 위해 실천적으로 투신하는 한 개인의 변모 과정을 그려 내고 있다. 여기에서 주목해야 할 것은 이 같은 주인공의 변모 과정이 당대 사회운동의 전개 과정에서 볼 수 있는 보편적인 특성에 대응된다는 점이다. 예컨대 주인공 박성운의 귀향과 그 투쟁적 활동은 현실의 모순에 눈뜬 한 인물의 개인적 실천에 머무르지 않고, 그것을 매개로 하는 계급의식의 확대와 그 투쟁적 실천이라는 역사적 현실의 발견을 전형적으로 반영한다. 그러나 「낙동강」에서 주인공 박성운이 보여 주는 실천적 투쟁은 계급해방이라는 사회주의적 이념의 구현을 위한 것에 국한되지 않고 반식민주의적 민족 투쟁의 성격 역시 내포하고 있다. 그 이유는 이 작품이 계급해방이라는 목표를 추구하면서도 일본의 수탈과 잔인성 또한 폭로하고 있기 때문이다. 따라서 이 작품은 계급 간의 대립을 극복을 위한 투쟁 의지를 강조하는 사회주의적 이념을 드러내는 동시에 일본 제국주의와 식민지 조선 사이의 민족적 대립을 전면에 내세우는 것으로 판단할 수 있다. 이 작품에서 주인공 박성운의 삶의 궤적에 이어지는 농민들의 강인한 투쟁 의욕과 생명력은 끊임없이 흐르는 낙동강의 표상과 연결됨으로써 비극적인 현실을 넘어서는 낙관적 전망을 새로이 제시하고 있는 것이다.

엄흥섭은 단편소설 「흘러간 마을」(1930)을 발표하면서 문단의 주목을 받았다. 「흘러간 마을」은 그가 1929년 카프에 가입한 뒤 발표한 작품으로, 지주와 소작농의 대립을 그린 계급 문단의 전형적인 농민소설이다. 그가 1930년대 중반에 발표한 「번견탈출기」(1935), 「숭어」(1935) 등은 긍정적 주인공의 형상보다는 불합리한 계급적 현실에 대응하는 개인의 반항을 그리고 있다. 「숭어」는 사건의 극적 변화와 객관적 묘사 등을 통해 상황의 구체성을 확보하고 있다. 밤새워 잡은 숭어를 지주에게 바치려 했지만 거절당하는 장면, 상해 가는 생선을 조리하여 식구들이 먹는 장면, 상한 생선을 너무 많이 먹은 딸이 죽게 되자 주인공이 광분 상태에 빠지는 장면 등이 특히 인상적이다. 이후에는 「아버지 소식」(1938), 「패배 아닌 패배」(1938)와 같이 부정적 현실에 굴복하지 않고 견디어 나가는 주인공을 형상화한 단편을 잇달아 발표하기도 했다.

이기영과 농민소설의 성과

이기영[26]은 계급문학운동의 전개 과정에서 한국 민중의 황폐한 삶의 문제성을 식민지 시대 농촌의 현실에서 찾아보고자 하였으며, 농민문학의 확대를 위해 꾸준한 노력을 기울였다. 그의 소설이 일제 강점기 농민문학의 최대 성과로 평가되고 있는 것은 농민들의 삶의 다양한 문제성을 총체적으로 형상화함으로써 리얼리즘의 소설적 성취를 스스로 체현하고 있기 때문이다.

이기영의 작품 활동은 1924년 잡지 《개벽》의 현상 문예에 입선한 소설 「오빠의 비밀 편지」에서부터 이루어지고 있다. 그러나 그의 작가적 태도와 성격이 분명하게 드러나기 시작한 것은 「가난한 사람들」(1925)에서부터이다. 이 작품은 이기영의 문학 세계를 이끌어 가는 두 가지의 중요한 모티프를 동시에 포함하고 있다. 우선 식민지 지배하에서 빈궁을

---

26 이기영(李箕永, 1896~1984). 호는 민촌(民村). 충남 아산 출생. 1922년 일본 세이소쿠 영어 학교 수학. 1924년 《개벽》 현상모집에 「옵바의 비밀편지」가 당선. 1925년 조선프로예맹에 가담. 단편소설 「가난한 사람들」(1925), 「민촌」, 「농부 정도룡」, 「서화」(1933) 등과 장편소설 「고향」, 「인간 수업」, 「신개지」, 「봄」 등을 발표. 1945년 해방 후 조선프롤레타리아문학동맹에 가담. 북한 평양에서 장편소설 「두만강」 발표. 북조선문학예술총동맹위원장으로 활동. 참고 문헌: 정호웅, 「이기영론」, 『한국 근대 리얼리즘 작가 연구』(문학과지성사, 1988); 김윤식, 「이기영론」, 『한국 현대현실주의소설 연구』(문학과지성사, 1990); 이상경, 『이기영 시대와 문학』(풀빛, 1994).

모면하지 못하는 농민들의 고통과 절망적인 삶에 사실적으로 접근하는 작가 의식을 들 수 있다. 가난한 농민들의 삶은 이기영의 문학적 주제를 형성히고 있는 가장 중요한 요건으로서, 거의 모든 작품에 걸쳐 반복적으로 문제시되는 영역이다. 「가난한 사람들」에는 관동 지진으로 일본 유학을 중도에 포기하고 고향에 돌아온 지식인 청년이 등장한다. 그러나 주인공은 취직이 되지 않아, 소작 농사로 연명하는 아우의 집에 얹혀 살게 된다. 끼니를 제대로 잇지 못하는 곤궁을 직접 겪으면서도 아무런 방책을 세우지 못하는 절망적인 삶이 계속된다. 또 하나의 특징은 봉건적 인습에 대한 저항과 비판이다. 가난 속에서도 모든 것을 운명으로 받아들이는 농민들의 체념적인 삶의 태도는 각성된 지식인에 의해 거부당한다. 그리고 삶의 고통과 현실의 모순을 극복하기 위한 계급의식의 자각과 그 투쟁을 요구하고 있다.

이기영의 소설이 현실의 계급적 조건과 그 상황의 문제에 주목하면서 전형적인 성격의 창조에 주력하는 경우는 「쥐 이야기」(1926), 「민촌(民村)」(1925), 「농부 정도룡」(1926) 등을 들 수 있다. 이 작품들을 발표할 무렵 이기영은 조선프로예맹에 참가하여 계급운동의 문학적 실천에 적극성을 보이게 된다. 이 작품들 가운데 소설 「민촌」은 이기영 소설에서 볼 수 있는 서사 구조의 패턴을 가장 잘 형상화하고 있다. 이 작품은 제목 그대로 평범한 상민들이 살아가는 농촌의 생활 공간을 배경으로 하고 있다. 그러나 이 공간은 지역성의 문제만이 아니라, 역사적 사회적 맥락에서 간과할 수 없는 변화를 드러낸다. 식민지 지배 체제 아래에서 자본의 침식으로 인하여 농촌은 궁핍화 과정에 빠져든다. 그리고 농민들의 생활도 봉건적인 인습의 붕괴 속에서 새로운 사회 윤리적 가치를 확립시키지 못한 채 혼란을 거듭하고 있다. 바로 이 같은 상황 속에서 서로 다른 이해관계에 얽혀 있는 두 세력 집단이 등장한다. 하나는 일본의 지배 세력에 의존하는 천일 지주들이며, 다른 하나는 착취와 횡포에 시달리는 소작 농민들이다. 소설 「민촌」은 지주들의 야만적인 횡포와 소작 농민들의 예속과 굴종을 보여 주면서, 이 두 세력이 지배와 예속의 관계에서 벗어나 계급적 대응의 가능성을 확보하는 과정을 새로이 모색한다. 그것은 바로 두 계층의 사이에 설정되는 중간적 존재의 매개 활동이다. 이 소설에서는 중학 과정을 교육받은 지식인 청년의 등장으로 인하여 농민들의 계급적 각성이 가능해진다. 지주의 착취를 알면서도 이에 대응하지 못하고 굴종을 거듭해 온 농민들은 자신들의 계급적 위치를 자각하고 지주와 소작농의 관계에 내재된 착취 구조의 모순을 계급적인 것으로 인식하게 된다. 이 같은 농민의 의식적 성장을 놓치지 않고 있는 것이 바로 소설 「민촌」의 성과라고 할 수 있을 것이다.

하지만 「민촌」에서의 중간적 매개항으로 등장하는 지식인 청년의 존재는 작가의 계급적 이념을 대변하기 위해 설정된 인물이기 때문에 관념적일 수밖에 없는 한계를 갖고 있다. 물론 이 같은 중간적 존재의 설정은 농민들의 계급적 각성을 위해 계몽의 필요성을 강조하는 예술대중화론의 한 측면을 그대로 보여 주는 것이다. 그러나 농민문학의 참다운 위상을 정립하기 위해 농민 스스로 자기 자신의 계급적 기반을 딛고 일어서는 적극성을 발견해야만 한다. 중간적 인물의 매개 기능 없이 스스로 성장하는 의식을 보여 줄 수 있는 인물이 요구된다는 말이다.

이기영은 바로 이 같은 소설적 요구를 외면하지 않고, 새로운 인물의 성격을 형상화하는 데 주력한다. 그는 자신이 채택한 소설적 상황을 민촌이라는 무대로 상징되는 농촌 생활로 고정시키고, 그 위에 새로운 인물을 배치한다. 그 결과 나타난 것이 바로 「쥐 이야기」, 「농부 정도룡」 등이다. 이들 작품에 등장하는 주인공들은 모두 땅을 파면서 땅에 기대어 사는 농민들이다. 다만 삶의 건강성 차원에서 볼 때, 이들은 모두 강인한 의지로 경제적 궁핍과 인습적인 고통에 저항하는 인물로 형상화되어 있다. 물론 여기에도 문제가 없는 것은 아니다. 이들 작품에 등장하는 농민들의 모습을 주인공의 역할과 비교할 경우 엄청난 격차를 확인할 수 있다. 말하자면 소설의 주인공들이 예외적으로 성격이 과장되어 있음을 지적할 수 있는 것이다.

이기영은 농촌의 현실과 그 계급적 모순 구조를 지속적으로 파헤치면서 소설 「홍수(洪水)」(1930), 「서화(鼠火)」(1933) 등을 잇달아 발표한다. 「홍수」에서 새로 창조해 낸 주인공은 지식층의 청년도, 농민도 아니다. 그는 일본의 방직공장으로 팔려 갔다가 7년 만에 고국에 돌아온 노동자다. 노동운동 경험자가 되어 농촌의 현실로 돌아온 주인공은 농민들의 집단적 의식을 불러일으켜 홍수에 대비하고, 조합을 결성하여 지주에게 대항하도록 농민들의 세력을 조직화한다. 농민들은 자신들의 단합된 힘을 바탕으로 비로소 삶에 대한 의욕과 새로운 전망을 가지게 된다. 「서화」에서는 농민 주인공을 내세워 피폐한 농촌 생활의 모습을 보여 준다. 노름에 찌들어 가는 농민들의 생활 감정을 새롭게 불태우는 쥐불놀이의 상황 설정은 작품의 분위기를 압도하고 있으며, 그 속에서 살아 움직이는 인물의 형상을 그려 내고 있다.

이기영이 「가난한 사람들」에서부터 「서화」에 이르기까지 보여 준 소설적 성과는 경향소설의 전체적인 수준과도 통하는 것이다. 단편적 양식을 통해 가능한 모든 방법을 동원하고 있는 셈이다. 이기영은 이러한 단편소설 양식의 부분적 성과를 기반으로 하여 보다 더 확장된 소설의 세계를 설계한다. 그것은 부분성을 통합함으로써 접근할 수 있는 전체성의 세계이며, 삶의 역사성을 충분히 감당할 수 있는 소설적 공간이다. 계급소설의 서사적 확대를 가능하게 만든 장편소설 「고향(故鄕)」(《조선일보》 (1933. 11~1934. 9))은 계급문학운동의 전개 과정에서 거둔 단편적 성과들을 한데 모아 총체적으로 형상화한 문제작이라고 할 수 있다. 이 작품을 이기영 문학의 최대의 성과로 지목하고 있는 것도 이 때문이며, 계급문학으로서의 농민문학의 대표작으로 손꼽는 이유도 여기에 있다.

장편소설 「고향」은 궁핍한 생활 속에서 허덕이는 농민들의 고통과 이들을 착취하는 일본과 지주 세력의 횡포를 대조적으로 제시한 작품이다. 이 소설의 중심에는 일본 유학에서 돌아온 지식인 청년 김희준이 문제적인 인물로 자리 잡고 있다. 그의 등장과 함께 농민들은 점차 계급적 자각에 이르고 자기 존재에 대한 인식에 눈을 뜬다. 그리고 자신들이 처한 계급적 모순 구조를 극복하기 위해 서로 단합하여 지주 세력에 대응하게 된다. 이 같은 소설적 구조를 통해 작가는 1920년대 농촌의 정황과 농민들의 의식 성장 과정을 동시에 보여 주는 것이다.

소설 「고향」에서 그려지는 농촌은 농민들의 경제적인 몰락 과정이 특징적으로 드러난다. 일본 침략 이후 지배 세력의 자본 독점으로 인하여 농촌의 경제는 파탄을 보이기 시작한다. 물가의 급격한 상승에도 불구하고 미곡의 가격이 거의 제자리걸음하는 사이에 농민들은 빚을 지고 결국 토지를 잃게 된다. 자작농의 몰락은 바로 이 같은 형세를 그대로 반영한다. 원터 마을의 농민들이 대부분 토지를 잃고 소작농으로 전락한 것이라든지, 농민들이 농촌에서 유리되어 떠돌이 노동자로 전락하면서 계층적 분화를 낳는 것도 바로 이 같은 현상을 말해 주는 것이다.

그러나 작가 이기영은 몰락하는 농촌의 현실 속에서 새로이 성장하는 농민의 계급의식을 중요시한다. 이 과정에서 매개적 인물로 등장하는 것이 소설의 주인공 김희준이다. 희준은 읍내에서 객주업을 하던 조부의 경제적 능력으로 중학을 졸업하고, 일본 유학까지 마친 지식인 청년이다. 하지만 그가 귀국할 무렵에는 이미 집안이 몰락하여 원터 마을에서 소작을 부치고 살아가는 어려운 형편에 놓여 있다. 농민들의 삶의 한가운데로 들어서게 된 희준은 궁핍한 현실과 모순된 사회구조에 부딪치면서 발전과 변화를 가져오게 된다. 이 소설에서 주인공 희준의 성격은 두 가지 단계로 나누어 그 변화를 설명할 수 있다. 첫 단계에서 희준은 일본으로부터 귀국한 직후 한때 방황과 갈등을 겪는다. 농촌 생활의 고통을 자신의 능력으로 도저히 어찌할 수 없다는 자포자기에 빠지기도 하고 아내와의 거리를 두고 고심한다. 그리고 청년회원들의 의지 없음에 좌절을 느끼기도 한다. 그러나 희준은 스스로 농민의 입장이 되어 농민들의 삶에 더욱 가까이 접근하면서 농민들의 이해관계를 대변할 수 있는 입장에 서게 된다. 이것이 바로 희준이 보여 주는 두 번째 단계의 성격의 변화와 발전이다. 희준은 청년회와 결별하고 농민들의 삶에 깊숙이 파고들기 위해 원터 마을에 야학을 열고 두레를 조직하여 농민을 계몽한다. 이 같은 희준의 노력은 자기 내부의 심각한 갈등을 극복하고 나서 더욱 구체화된 것으로, 그 실천적 노력이 그만큼 설득적이다. 자기 삶의 고통의 원인을 제대로 이해하지 못하고, 자신들의 계급적 존재를 제대로 이해하지 못했던 원터 마을 사람들은 희준의 지도에 따라 힘을 합친다. 농사를 폭풍우로 망친 후에 소작료를 탕감할 것을 요구하는 농민들의 투쟁이 이 소설의 말미를 장식하고 있으며, 그 단합된 힘에 의해 자신들의 주장이 관철됨을 보게 되는 것이다. 이러한 농민 의식의 성장은 결국 희준의 성격의 발전 과정과 같은 맥락으로, 농민들의 계급적 연대의 확립 가능성을 예견케 하는 것이라고 하겠다.

소설 「고향」은 농민 계층의 삶의 모습과 고통을 사실적으로 재현했다. 소설적 공간으로 제시되어 있는 원터 마을은 전형적인 식민지 시대 농촌의 형상을 그대로 갖추고 있다. 읍내에는 근대화의 물결에 따라 철도가 새로 놓이고 공장이 들어서지만, 원터 마을은 이와 일정한 거리를 두고 있다. 이러한 원터 마을의 공간적 위치 자체가 이미 근대화의 와중에서 전통적 사회 기반이 무너지고 있는 농촌임을 실감케 한다. 원터 마을 구성원들의 계층구조 역시 지주를 등에 업은 마름 안승학을 중심으로 하는 착취 세력과 가난한 농민들이 대립적으로 그려지고 있다. 이들은 모두 원터 마을을 중심으로 하여 운명적으로 묶여 있다. 작가는 이들의 삶의 태도와 다양한 면모를 제시하기 위해 삽화의 처리에 파노라마적 수법을 활용하기도 하고, 디테일의 창조에도 관심을 기울인다. 그 결과 소설 「고향」은 식민지 시대 농민들의 삶과 그 풍속의 재현을 가능케 했으며 농민들의 삶의 터전인 농촌의 현실을 전형적으로 포착할 수 있게 되었다. 물론 이 같은 성과는 소설적 공간의 구체성을 가능케 하는 인물의 설정과 깊은 관계가 있으며, 바로 거기에서 리얼리즘의 정신이 강조되고 있는 것이다. 그렇지만 소설 「고향」은 신문 연재소설로서의 한계를 동시에 지니고 있다. 통속적인 에피소드의 중첩으로 인하여 소설의 전체적인 흐름이 차단되는 경우도 적지 않으며, 부분과 전체의 균형을 제대로 유지하지 못하고 있는 대목도 눈에 띈다. 특히 악덕 마름의 딸 안갑숙의 인물 설정과 그녀의 공장노동자로의 변모 과정은 필연성을 지니지 못한 채 과장되어 있다는 지적을 면하기 어렵다.

소설 「고향」 이후 이기영의 문학 세계는 1935년 조선프로예맹의 강제 해체와 함께 새로운 고비를 맞이한다. 그는 '신건설사 사건'으로 지칭되기도 하는 제2차 카프 맹원 검거 사건에 연루되어 전주 형무소에 수감되어 1년이 넘도록 고통받았다. 그가 형무소에서 나왔을 때는 이미 카프의 해산으로 말미암아 계급문학운동의 조직적인 실천이 불가능한 상태였다. 이 무렵에 그는 현실의 인정세태에 풍자적인 시각으로 접근하면서 장편소설 「인간수업」(1936)을 내놓았으며, 장편소설 「어머니」(1937), 「신개지(新開地)」(1938) 등에 이어 자전적인 성격이 강한 「봄」(1941)을 내놓았다. 조선 말기의 시대적 격동에서 일본의 침략으로 이어지는 시기를 소설적 무대로 한 이 작품은 봉건적인 사회구조가 무너지고 새로운 질서가 확립되기 시작하는 과정을 한 소년의 성장 과정에 맞춰 보여 주고 있다. 그러나 「봄」은 제1부로 끝난 채 뒷이야기가 이어지지 않음으로써 완결된 소설적 형식을 갖추지는 못하고 있다.

계급문학운동과 농민문학론

계급문학운동의 창작적 실천 과정에서 제기되었던 여러 가지 비평적 담론 가운데 농민문학론은 문학의 양식과 방법에 관한 비평적 논의가 가장 활발하게 이루어졌던 과제이다. 일제 강점기 한국문학이 농민들의 궁핍한 삶을 통해 계급적 현실 문제에 가장 예각적으로 대응했던 영역이 바로 농민문학이라고 할 수 있다. 일본의 식민지 지배 이후 농민 생활의 궁핍화와 농촌 경제의 파탄이 사회적 관심사로 제기되고 있었던 점이라든지, 농민운동에 대한 일본 총독부의 탄압이 가중되면서 농민운동의 성격이 정치운동으로 변질되고 지하 적색 농민 단체가 출현하게 된 점 등은 모두 농민문학에 대한 관심의 확대를 뒷받침하는 사회적 배경이 되었다. 농민문학은 계급문학운동의 대중적 진출 과정에서 그 중요성이 적극적으로 강조되었지만, 계급문학운동의 대표적인 창작적 성과가 농민문학임을 부인할 수 없는 일이다.

계급문단에서 농민문학에 대한 문제를 놓고 구체적인 견해를 내세운 사람은 안함광[27]이다. 그의 주장에 따르면 당시 사회의 최대 문제는 도

---

27 안함광(安含光, 1910~1982). 본명 안종언(安鐘彦). 황해도 신천 출생. 해주고보 졸업, 1929년 카프 해주 지부 가담. 「농민문학 문제에 대한 일고찰」(1931), 「농민문학의 규정 문제」(1931) 등을 발표. 「창작 방법 논의의 발전 과정과 그 전망」(1936), 「로만 논의의 제문제와 '고향'의 현대적 의의」(1940) 등이 있다. 광복 후 북한 김일성대학에서 활동. 참고 문헌: 류보선, 「안함광 문학론의 변모 과정과 리얼리즘에 대한 인식」(관악어문연구, 1990); 이현식, 「1930년대 후반 안함광 문학론의 구조」, 『민족문학사 연구 5』(창작

시 근로자와 실업 노동자에 있다기보다 농촌의 궁핍화 현상에 있었다. 농산물 가격의 대폭락으로 풍년 기근의 현상이 농민 생활을 압박하고 있으며 '산미증산계획'이라는 일본의 식민지 정책이 극도로 불리한 조건을 농민에게 부여하기 때문이다. 이처럼 농촌 경제가 위축과 피폐의 과정을 걷고 있는데도 당시의 프롤레타리아운동은 농촌의 현실을 외면하고 있다는 것이 안함광의 지적이다. 안함광은 한국 사회의 현실 자체가 농민문학에 대한 절실한 요구를 외면할 수 없는 상황이라는 점에서 농민문학의 필요성을 주장하면서 그 범위와 주제, 방법 등의 개요를 제시하고 있다. 우선 농민문학의 대상과 그 범위는 농민 전반을 포괄하는 것이 아님을 분명히 하고 있다. 그는 자본주와 결탁하여 빈농을 착취하는 토착 부르주아를 배격하고 프롤레타리아계급의 입장에서 농민 계층에 관심을 두는 농민문학이 필요하다고 하였다.

안함광의 농민문학론은 농민문학을 프로문학의 발전 과정과 관련시켜 파악하고자 한 점에 그 특징이 있다. 이것은 농민문학론의 쟁점으로 제기된 것인데 농민문학에 있어서 노동자와 농민의 유기적인 제휴, 그리고 빈농 계급에 대한 프롤레타리아 이데올로기의 적극적 주입을 농민문학의 중요한 기능으로 내세우고 있다. 농민문학을 노동계급과 분리된 상태에서, 즉 농촌에 있어서의 계급 관계를 고려하지 않고 단지 독립적인 형태로 생각할 경우 그것은 진정한 의미에서 농촌문학의 질적, 양적 강화를 가져오지 못할 것이라는 점이 그 이유이다. 안함광은 농촌 사회를 가장 뒤떨어진 경제조직으로 파악하였고 그러한 농촌공동체가 어떤 사회적 단계에 일약 도달할 수 없음을 천명하면서 거듭 노동자 농민의 제

과비평사, 1994). 장사선, 「안함광의 해방 이후 평론 활동 연구」(한국현대문학연구, 2001); 김재용, 「비서구 주변부의 자기 인식과 번역 비평의 극복: 안함광론」(한국학연구, 2002); 채호석, 「안함광 비평에서의 '주체'와 '식민성'에 대한 연구」(한국어문학연구, 2003).

휴를 강조하였던 것이다.

우리의 農民文學이라는 것은 어딋가지든지 勞動者階級의 立場에서 考究하지 안으면 아니되는 것이다. 즉 푸로레타리아文學의 發展道程과의 聯關性에 잇서서 農民文學의 發展을 생각하지 안으면 아니되는 것이다. …… 우리는 우리 農民文學에 있어서 勞動者 農民의 有機的 提携, 싸라서 貧農階級에 對한 푸로레타리아 이데오르기의 積極的注入을 念頭에 두지 안으면 아니되는 것이다. ……

거듭 말하거니와 勞農提携는 푸로레타리아트의 ××戰線에 잇서서 決定的 열쇠이라는 것을 우리의 文學은 農民問題에 對해서 쏘한 決定的으로 滲透식히지 안으면 아니될 것이다. 그리고 우리의 目的의 達成을 爲하며 우리 農民文學은 그 實踐領域에 잇서서 分散된 農民들의 힘을 한곤데로 集中식힐 것, 그리고 이에 對한 푸로레타리아트의 헤게모니의 注入 밋 그들에게 歷史的 系列에 잇서서 現實을 理解식힘과 同時에 材料에 對한 廣汎한 取扱으로서 科學的인 그리고도 正確한 現實의知識을 獲得하지 안으면 아니 될 것이라고 筆者는 생각한다.[28]

이와 같은 노농 제휴와 농민에 대한 프롤레타리아 이데올로기 적극 주입의 방법은 계급문학론자들이 고심하고 있던 당면 과제라는 면에서 적극적인 관심을 야기할 수 있는 것임에 틀림없다. 그러나 안함광은 농민문학을 주장하면서도 농민문학이 농민의 문학이면서 동시에 농민을 위한 문학이 되어야 한다는 사실을 간과하고 있다. 그는 프롤레타리아 이데올로기의 주입이라는 문제에 급급함으로써 농민의 주체적인 문학

---

28 안함광, 「농민문학에 대한 일고찰」, 《조선일보》(1931. 8. 13).

활동에의 참여 문제를 외면해 버린 것이다.

그런데 이 같은 안함광의 농민문학론은 백철[29]에 의해 비판되면서 계급 문단의 쟁점으로 자리 잡고 있다. 백철은 안함광의 농민문학론을 중심으로 국내 계급 문단의 움직임과 일본 문단에서 일어나고 있는 농민문학에 대한 논쟁을 지켜본 후, 농민의 계급적 위치와 그 특수성에 대한 논의에서 출발하고 있는 「농민 문학 문제」(1931)를 발표한다. 그는 자본주의 사회에서 농민이란 토지 소유의 봉건적 관습으로 인하여 아무런 혁명적 역할을 담당할 수 없다고 전제한다. 그러므로 농민은 프롤레타리아의 정당한 지도 아래에서만 그 계급적 역할을 인식할 것이며 프롤레타리아의 헤게모니 아래 들어오게 된다고 밝히고 있다. 물론 사회적 존재로서 농민 계급은 근본적으로는 프롤레타리아계급과 동일한 조건하에서 생활하고 있기 때문에 궁극에는 프롤레타리아계급과의 혁명적 동맹 아래 동일한 궤도를 밟는 역사적 필연성을 지니게 된다는 것이다. 하지만 이러한 조건에도 불구하고 실제의 생활 기반에서 생각할 때, 거기에는 역사적, 사회적으로 토지 소유와 연관된 여러 가지 특수한 조건들이 잠재되어 있다. 그렇기 때문에 프롤레타리아계급운동에서 그 운동의 전위에 서서 헤게모니를 쥐고 나아갈 것도 도시의 프롤레타리아이며 농민은 그 영도하에서 동맹군의 위치에 설 수밖에 없다.

이러한 현실적 조건을 전제하면서, 백철은 농민문학이 프롤레타리아

---

29 백철(白鐵, 1908~1985). 본명은 세철(世鐵). 평북 의주 출생. 신의주고보 졸업, 일본 동경 고등사범학교 영문과 졸업. 유학 시절 일본 문단에 진출하여 《지상낙원(地上樂園)》, 《전위시인(前衛詩人)》 등의 동인이 되었고, 1930년 일본 나프(NAPF) 맹원. 1931년 귀국하여 조선프로예맹 가담. 1934년 제2차 카프 검거 사건에 연루되어 수감. 이후 전향하여 매일신보 학예부장. 해방 후 중앙대학교 교수 역임. 중요 저서로 『조선 신문학사조사』(1947), 『조선 신문학사조사(현대편)』(1949), 『문학의 개조』(1958), 『백철 문학전집』(1972), 『진리와 현실』(1975) 등이 있음. 참고 문헌: 김윤식, 『한국 근대문예비평사 연구』(일지사, 1976); 권영민, 『한국 민족문학론 연구』(민음사, 1988); 김윤식, 『백철 연구』(소명출판, 2008).

문학의 한 분야가 아니라 프로문학과는 별개의 동맹문학이어야 함을 강조하고 있다. 백철은 안함광이 강조했듯이 '빈농 계급에 대한 프롤레타리아 이데올로기의 적극 주입'을 농민문학의 목표로 내세운 것은 경계해야 할 기계주의적인 좌익 편향이 잠재해 있는 것이라고 비난한다. 그는 프롤레타리아운동에 있어서 빈농 계급에 대한 견해와 정책은 결국 빈농 계급에게 프롤레타리아 이데올로기를 기계적, 명령적으로 주입시키는 것이 아니라 일정한 구체적 실천 내용이 관철된 프롤레타리아의 감화력에 의하여 빈농 계급에게 일정한 방향을 가르치며 행동을 제시함으로써 자발적으로 그 영향권으로 들어오도록 함을 의미하는 것이라고 주장하였던 것이다.

> 農民文學은 安君의 말과 가티 決코 貧農階級에게 機械的으로 — 이 말이 不適合하면 積極的으로 — 프로레타리아 이데오로기를 注入식혀 가는 文學이 아니다. 만일 그 말대로 農民文學이 곳 그런 役割을 하는 文學이라고 하면 그 役割을 能히 할 農民文學 作品의 內容은 프로레타리아 이데오로기로 充滿되며 貫徹되지 안흐면 아니 될 것이다. 따라서 그러한 內容을 가진 作品은 完全히 프로레타리아文學인 것이다. 그러나 우에서도 指摘한 것과 가티 農民文學은 프로레타리아文學과는 區別하여 생각할 文學인 것이다. 한마듸로 말하면 農民文學은 프로레타리아의 것이 아니고 農民 自身의 것이다.[30]

백철은 농민문학에 대한 실천 방안으로서 제재 문제와 표현 형식 문제를 나누어 설명하고 있다. 백철이 제시하는 농민문학의 제재는 주제의 계급성을 제재의 혁명성으로 대치시켜서는 안 된다는 원칙에 따라야 한다

---

30 백철, 「농민문학 문제」,《조선일보》(1931. 10. 10).

는 점이 그 첫 번째 문제다. 농민문학의 주제는 언제나 혁명적인 것이지만 그 작품의 제재는 농민 대중의 일상생활에서 광범하게 취급되지 않으면 안 된다. 일상생활 가운데서 혁명성을 살려 낼 수 있는 것이다. 참된 농민문학 작가는 필요한 범위 내에서 농촌의 일상생활과 환경을 취급하면서 자연적으로 농민이 지니고 있는 세계관을 이용할 수도 있는 것이다.

농민문학의 제재 문제에서 두 번째로 생각해야 할 문제는 어떤 이론의 지시를 내세울 것이 아니라 농민 대중의 실질적인 생활 가운데에서 구체적인 행동을 통해 드러날 수 있도록 해야 한다는 점이다. 작품 전체에 대한 이해와 감상이 농민 대중에 의해 자발적으로 유도될 때에 더욱 효과를 거둘 수 있다. 셋째로는 농촌 생활을 제재로 다루고자 할 경우에는 그것에 대한 역사적 지리적 여건을 충분히 이해하고 연구할 수 있어야 한다는 점이다. 농민문학의 표현 형식 문제도 직접적으로 농민 대중의 요구를 들으며 감정과 의식을 알아보는 데서 더욱 절실한 방법이 제기될 수 있을 것이라는 점이 백철의 견해이다. 이러한 백철의 농민문학론은 프로문학운동의 실천적인 방안으로 프로문학에 대한 동맹문학으로서의 농민문학의 가능성을 제기한 점에 그 의의를 둘 수 있다.

백철의 농민문학론이 발표된 후 당시 계급 문단에서는 농민의 계급적 특성과 역사적 위치에 주목하여 프롤레타리아의 문학과 농민문학은 엄격하게 구별된다는 백철의 견해를 지지하였다. 노동계급의 계급투쟁 의식과는 달리, 농민은 전통적으로 토지에 대한 소유욕이 근성으로 자리잡고 있으므로 계급투쟁 의식이 약하기 때문에, 프롤레타리아트의 지도적 영향 아래에서 동맹군으로서 힘을 발휘할 수밖에 없다는 것이다. 이러한 이유 때문에 농민문학은 빈농 계층의 의식을 표현한 문학으로서 프롤레타리아문학과는 구별된다는 논리를 승인하였다. 그리고 농민의 계급적 상황과 현실적 요구를 정당히 인식하는 것만이 농민문학의 출발점이 될 것임을 주장하였다.

농민 계층의 심리와 감정을 예술적으로 표현하여 자신을 해방시킬 수 있도록 한다는 목표를 내세운 농민문학이 농민의 현실과 그 상황을 충분히 인식해야 한다는 것은 당연한 일이다. 특히 농민의 보수적인 정착성을 현실 문제에 적극적으로 결합시켜 보는 것도 필요하다. 그러기 위해서는 농민 대중을 문학의 세계로 끌어들이기 위한 여러 가지 노력이 요청되는데 그 가장 커다란 과제는 작품의 창작 방법에 귀결된다. 농민문학론은 농촌의 현실과 농민의 계급적인 위상을 문학의 관심사로 부각시킬 수 있었다는 점에서 그 의의를 평가할 수 있다. 특히 계급 문단에서 『농민소설집』(1933)의 간행을 통해 농민문학론의 구체적인 실천 작업을 보여 주고 있는 것도 농민문학론의 진폭을 말해 주는 근거가 된다.

(3) 노동소설의 이념적 진보성

노동의 현실과 노동계급

계급문학 창작의 실천 과정에서 농민소설의 전개와 함께 주목되었던 또 다른 성과는 노동소설의 등장과 노동문학의 성장이라고 할 수 있다. 노동문학은 노동의 현장에서 노동자들이 자신들에게 부여되는 노동조건과 노동환경 등에 조직적으로 대응하는 투쟁 과정을 주된 소재로 다루고 있다. 이 경우 일반적으로 문제가 되는 것은 물론 노동자와 지배 자본가의 계급적 대립이다. 그리고 이 대립의 현실을 극복하기 위해 투쟁하는 전위적 성격을 창조하는 작업이야말로 노동소설의 주된 목표라고 할 수 있다. 1920년대 말기에 계급 문단에서 내세운 예술운동의 볼셰비키화 방침은 주로 소설에서 투쟁적인 전위 형상에 대한 창조에 초점을 두고 있다.

1920년대 중반 이후의 노동소설은 식민지 상황 속에서 왜곡된 자본주의의 발전 과정과 그 속에서 등장한 노동자의 계급적 성장 과정이 서로 충돌하는 양상을 보여 준다. 이 계급적 대립은 물론 노동자계급의 주체적인 의식의 성장과 역사 발전에 대한 전망의 획득이라는 목표를 향해 고양된다. 그러므로 노동소설은 농민소설보다도 현실적 구체성이 뒤지는 경우가 많지만, 그 투쟁 의식은 보다 진취적이며 치열하다. 이 시기의 노동소설에서 주목되는 것은 노동자계급의 등장과 그 성장 과정에 대한 문학적 해석이다. 이것은 노동소설만이 지니고 있는 사회적 가치의 영역이다. 대체로 노동소설은 농촌공동체의 붕괴와 농민 계층의 유리, 그리고 노동자로의 전락이라는 인물의 형상적 유형화를 벗어나는 경우가 많지 않다. 그러나 이 같은 인물의 유형화는 그 자체가 하나의 전형성을 지니고 있음을 말해 주는 것이다. 그러므로 노동 문제는 언제나 배후에 농촌 문제 또는 농업 문제를 숨겨 둔다. 노동소설이 결말에서 노농의 연대를 주장하거나 농민소설이 공장노동자들과의 연대 투쟁을 강조했던 것도 이와 같은 문제의식에서 비롯된 것이다.

노동문학의 성장 과정에서 먼저 주목해야 하는 작가는 송영[31]이다. 송영의 문학 활동은 자신의 노동 체험을 바탕으로 전개된다. 그의 소설 속

---

31 송영(宋影, 1903~1978). 본명은 무현(武鉉). 서울 출생. 배재고보 중퇴. 1923년 염군사 조직. 1925년 《개벽》 현상 모집에 소설 「느러가는 무리」 입선. 조선프로예맹 가담. 소설 「용광로」, 「군중정류」, 「인도 병사」, 「교대 시간」(1930) 등과 희곡 「일체 면회를 사절하라」(1931), 「호신술」(1931), 「신임 이사장」(1934), 「황금산」(1936) 등 발표. 해방 후 북한 평양의 북조선문학예술총동맹에서 활동. 참고 문헌: 임화, 「작가에게 보내는 편지 — 송영 형께」, 《신동아》(1936. 5); 양승국, 「계급의식의 무대화, 그 가능성과 한계」, 『한국문학의 리얼리즘과 모더니즘』(민음사, 1989); 김재석, 「송영의 희곡 세계와 그 변모 과정」, 《울산어문논집》 6호(1990); 양승국, 「한국 현대희곡론」, 《연극과인간》(2001).

에는 노동의 현장과 노동자의 삶의 모습이 언제나 중요한 제재로 등장한다. 이런 특징은 자기 체험을 문학의 세계에서 그리려는 개인적인 욕구보다는 노동계급의 삶에 대한 당대적 인식과 사회적 요구에 철저하려는 태도와 연관된다.

송영이 노동계급을 소설의 대상으로 끌어들인 작품은 그의 실질적인 등단 작품인 「느러가는 무리」인데, 이 소설은 노동자의 고된 삶과 고통을 그리면서도 궁극적으로는 노동자들의 승리를 의도적으로 내세우고자 한다. 그리고 「용광로(鎔鑛爐)」(1926), 「석공조합 대표(石工組合代表)」(1927), 「인도 병사(印度兵士)」(1928) 등에서는 어느 정도 묘사의 치밀함과 구성의 긴장을 살리면서 계급적 투쟁을 강조한다.

소설 「용광로」는 도쿄의 철 공장을 배경으로 하여 이 공장에서 일하는 조선인 노동자들이 겪는 민족적 차별과 계급적인 박대를 동시에 보여준다. 이야기 속의 문제 인물은 견습공으로 일하는 조선인이다. 그는 어떤 굴욕도 참고 견디며 묵묵히 일만 하기 때문에 벙어리라는 별명을 가지게 된다. 그러나 사장이 노동자들에게 부당하게 벌금을 매기고 휴일을 줄인 것에 대해 노동자들이 동요하면서도 아무도 나서서 항의하지 못하자, 주인공이 앞장서서 그 같은 부당한 벌칙을 못 받겠다고 저항한다. 다른 노동자들이 두려워하면서도 이에 동조하자 경찰이 들이닥쳐 그를 연행한다. 이 작품에서 극적인 장면화에 성공하고 있는 부분은 결말이다. 소설의 주인공은 공장 식당에서 일하고 있는 일본인 여성 노동자에게 연민의 정을 느끼던 중이었는데, 그는 연행되던 순간 용광로 앞에 그 일본인 여성 노동자가 서 있음을 보게 된다. 그때 그녀의 등 뒤에 있는 용광로가 시멘트의 균열로 무너져 내리며 불꽃이 쏟아지자, 불길 속에 그녀가 쓰러진다. 이를 본 주인공은 경찰을 뿌리치고 불 속에서 그녀를 끌어내어 병원으로 옮긴다. 공장의 불길이 잡히고 사태가 수습되었지만 경찰은 병원에서 주인공을 연행한다. 그가 문 밖으로 끌려 나갈 때 병실에 누워 있던 일본인 여성 노동자가 눈을 뜬다. 이 작품에서 그려 낸 주인공의 행동은 계급적 차별이니 조직적 투쟁이니 하는 문제와는 그 성격이 전혀 다르다. 주인공의 인간미를 강조함으로써 오히려 악덕 사장의 반인간적인 행패의 부당성을 대조적으로 부각시키고 있다.

이와 유사한 인물의 성격은 소설 「석공조합 대표」에서도 확인된다. 작품의 주인공은 자신이 일하는 석공장에서 노동자들과 함께 조합을 결성하고 그 대표로 선출된다. 그리고 서울에서 열리는 전국 석공조합 대표 모임에 평양 대표로 참석할 자격을 얻는다. 그는 대표 참석을 기다리며 동지들과 함께 투쟁의 열기를 만끽할 즐거운 상상을 하지만, 석공장의 공장주는 대회 참석을 포기하도록 요구한다. 공장주의 권유를 거역하면 공장주의 과수원을 관리하며 살고 있는 식구들이 모두 쫓겨날 판이다. 아버지마저도 그에게 공장주의 말을 들으라며 대회 참석 포기를 권고하자, 주인공은 석공조합 대표로서의 자신의 책임과 아버지와 처자식에 대한 의무 사이에서 깊은 고민에 휩싸인다. 그렇지만 주인공은 조합 대표로서의 자신의 책임을 다하기 위해 결국 대회 참석을 결행하는데, 악질적인 공장주는 그 대가로 주인공의 가족들을 모두 길바닥으로 쫓아 낸다.

「용광로」나 「석공조합 대표」와 같은 작품들은 작가 자신의 이념과 의욕을 직접적으로 드러내기 때문에 소설의 주인공들이 진정한 자기의식의 변혁과 성장을 조직적으로 확대시키는 투쟁적인 실천을 제대로 표출시키지는 못하고 있다. 이러한 경향은 초기 계급소설이 갖고 있는 일반적인 속성이라고 할 수 있는 것인데, 이 작품들의 경우 계급적 대립 구조에만 집착하지 않고, 노동자의 순순한 인간미와 강인한 의지를 형상화함으로써 유형화의 위험을 어느 정도 벗어나고 있다.

송영의 소설 중에는 농민 계층의 몰락으로 도시 노동자로 전락하는 과정을 추적하는 것도 있고, 농민과 노동자의 연대적 투쟁을 문제 삼은 작품도 있다. 소설 「군중정류(群衆停留)」(1927), 「석탄 속에 부부들」(1928), 「지하촌(地下村)」(1930), 「교대 시간」(1930), 「호미를 쥐고」(1930) 등이 모두 이에 속한다. 이 작품들에 등장하는 농민들은 착취의 희생자로 그려지기 보다는 자신들의 삶의 조건에 반항하고 모순된 현실을 파괴하기 위한 투쟁자로 나타난다. 이러한 방법은 삶에 대한 인식의 변화를 적극화하기 위한 작가의 의욕을 나타내는 것이라고 할 수 있다. 「군중정류」의 소재는 농민들의 쟁의이고, 「호미를 쥐고」 역시 농민 투쟁의 현장을 목도하고 그려 낸 것임을 생각한다면, 투쟁적인 농민의 형상을 통해 작가 송영이 추구하는 것은 농민의 계급적인 성장과 그 사회적 진출임을 알 수 있다. 이와 달리 소설 「교대 시간」의 경우는 「용광로」의 연장선상에서 주목할 만한 노동 소설이다. 「교대 시간」은 일본의 탄광을 배경으로 조선인 노동자들이 여러 가지 갈등을 겪은 뒤에 일본인 노동자와 연대하여 부당한 차별과 박해에 대항한다는 이야기를 담고 있다. 이 작품에서 작가가 강조하는 것은 조선인 노동자들이 탄광주들에게 착취당하고 있을 뿐 아니라 민족적 차별까지 심하게 받고 있다는 점이다. 일본인 노동자들도 조선인 노동자들을 홀대하기 때문에 갈등이 계속된다. 그러나 탄광주들의 횡포와 일본 경찰의 강압적인 태도에 대응하기 위해 일본인 노동자와 조선인 노동자들은 반목을 그만두고 연대 투쟁을 벌이게 된다. 노동계급의 국제적 연대라는 새로운 슬로건을 소설적으로 실현한 하나의 사례라고 볼 수 있다.

1935년 카프 해체 이후 송영은 소설의 영역에서 별다른 문학적 진전을 보여 주지 못한 채 극작과 연극 활동으로 그 무대를 옮기고 있다. 그러나 송영의 소설 세계는 자신의 노동자 생활을 바탕으로 체험적 구체성을 소설에 구현할 수 있었다는 점을 주목해야 할 것이다. 노동 현장의 면밀한 인식과 그 사실적인 재현으로 인하여 송영의 작품은 계급문학이 빠져들고 있던 관념적인 도식성을 어느 정도 극복하고 있다. 특히 노동자들의 내면 풍경과 공장 주변의 선명한 인상 포착은 송영의 작품에서 확인할 수 있는 소설적 미덕이다. 그러나 유사한 상황 설정의 반복으로 말미암아 이야기의 내용이나 인물의 행동이 유형화되어 있다는 점은 약점으로 남아 있다.

계급 문단에서 노동 작가로 주목되었던 인물은 이북명[32]이다. 그는 흥남 질소 비료 공장에서 3년간 노동자 생활을 체험했으며, 공장 내 친목회 사건으로 해고당한 뒤부터 본격적으로 문단 활동을 했다. 그의 등단 작품 「질소 비료 공장」은 작가 자신의 비료 공장 체험을 바탕으로 하고 있다. 이 작품의 주인공은 나쁜 작업 환경 때문에 폐병에 걸려 공장에서 쫓겨난다. 주인공은 자신의 부당한 해고에 대해 일본인 감독에게 대항하다가 결국 죽고 만다. 그러나 남은 동료들이 더욱 단합하여 싸움을 계속한다. 뒤이어 발표한 「암모니아 탱크」(1932), 「출근 정지」(1932), 「여공(女工)」(1933) 등은 공장이라는 제한된 노동 현장에 대한 생생한 묘사로 문단의 주목을 받았다. 이 작품들은 노동자들의 비참한 삶을 통하여 식민지 자본주의의 문제점을 뚜렷하게 부각시키고 있으며, 작가 자신의 노동 체험에 기반을 둔 사실적인 상황의 묘사에 힘입어 계급소설이 빠져들었던 관념성이나 공식성을 뛰어넘을 수 있게 된다.

---

32 이북명(李北鳴, 1910~?). 본명은 이순익(李淳翼). 함남 함흥 출생. 함흥고보 졸업. 1927년 흥남 질소 비료 공장노동자로 근무. 단편소설 「질소 비료 공장」(1932), 「기초 공사장」(1932), 「암모니아 탱크」, 「출근 정지」, 「여공」, 「공장가」(1935), 「민보의 생활표」(1935), 「칠성암」(1939), 「화전민」(1940), 「빙원(氷原)」(1942) 등이 있다. 1945년 조선프롤레타리아문학동맹 가담 후 북한에서 조선작가동맹 부위원장 역임. 참고 문헌: 안동수, 「이북명론」(풍림, 1937. 3); 박대호, 「노동문학의 현실성과 목적성 — 이북명론」, 『한국문학의 리얼리즘과 모더니즘』(민음사, 1989); 김윤식, 정호웅, 『한국소설사』(문학동네, 2000).

이북명의 노동소설은 열악한 노동환경과 부당한 근로조건에 대한 비판을 주제로 삼은 작품들이 대부분이다. 「암모니아 탱크」에서는 유독 가스가 가득찬 탱크 속을 아무런 방비도 없이 소제해야 하는 노동자가 등장한다. 직경이 다섯 자에 높이가 마흔 자나 되는 탱크에는 조그마한 출입구가 있을 뿐이다. 탱크 안은 두껍게 앉은 녹 냄새와 독한 가스가 가득차 있다. 감독은 그 가스 냄새를 맡으면 폐가 튼튼해진다고 거짓말을 한다. 그러나 작업하던 노동자가 쓰러져 업혀 나가자, 노동자들이 분노하며 감독을 그 속으로 들여보내라고 아우성친다. 「출근 정지」에 등장하는 노동자들도 비료 공장의 변성 탱크에서 나오는 독한 가스로 병을 얻는다. 그러나 가난한 노동자들은 생계를 이어 가기 위해 병을 숨기고 일하는 수밖에 없다. 공장에서는 불경기를 이유로 월급의 일부만 주고 노동자들에게 출근 정지를 시키기도 한다.

그런데 이북명이 제기하는 이 같은 열악한 노동환경은 전혀 개선될 여지를 보이지 않는다. 공장주들은 노동자들을 독려하여 생산을 증대시키는 데만 급급하고, 공장의 감독은 노동자들을 강제로 동원하기에만 힘을 쓴다. 그러므로 노동 현장에서는 사고가 잇달아 일어나고 노동자들이 귀중한 목숨을 잃는다. 이 같은 노동 문제에 대해 이북명이 제시하는 유일한 해결책이 바로 노동자들의 연대 투쟁이다. 「질소 비료 공장」이나 「암모니아 탱크」에서도 이야기의 결말은 부당한 대우에 대해 분노한 노동자들의 집단적인 투쟁으로 이어진다. 「여공」에서도 공장 감독이 부당하게 작업량을 증대시키고 노동자들을 구타하며 작업을 재촉하자, 이에 격분한 노동자들이 합세하여 경비를 뚫고 사무실로 돌진한다. 그렇지만 이 같은 소설의 결말이 곧 문제의 해결을 의미하는 것은 아니다. 식민지 시대의 노동 문제는 당대 사회의 여러 조건들과 구조적으로 연결되어 있기 때문이다.

이북명의 소설 가운데 식민지 시대의 노동자의 삶과 그 현실 문제를 가장 적나라하게 제시하고 있는 것이 「민보(閔甫)의 생활표」(1935)다. 이 작품에서는 생활고 때문에 공장을 떠나 다시 농촌으로 돌아갈 수밖에 없는 노동자의 처지를 세밀하게 그리고 있다. 이 과정에서 주인공의 봉급 명세와 지출 명세서가 구체적으로 제시됨으로써 공장노동자들의 생활 모습이 실감 나게 그려진다. 흉년을 견디지 못하고 농촌을 떠나 공장노동자가 된 주인공은 형편없는 급료를 받으면서도 공장에 다니지만, 공장의 일거리가 없어지게 되자 공장을 그만두고 다시 농촌으로 돌아가지 않을 수 없게 된다. 그러나 고향에서도 지주의 횡포가 계속되고 야학을 하던 친구마저 경찰에 잡혀간다. 이 작품은 비참한 노동자 생활과 고된 농촌의 삶을 서로 연계시킴으로써, 일제 강점기 노동자의 공장과 농부의 농촌이 똑같이 나누어 가지고 있는 문제성을 비판적으로 제시하고 있다.

이북명의 소설은 노동자 출신 작가로서 자신의 특수한 경험을 살려 쓴 일종의 현장 소설적 특성을 지니고 있다. 그의 존재는 동경 유학을 거친 소시민적 지식인들이 중심을 이루고 있던 당시 문단에서 매우 유별난 것이었으며, 그의 문학 역시 그 소재와 내용의 현장감과 사실성으로 신선한 충격을 던져 주었다. 그러므로 그가 자신의 공장 노동 체험에 근거하여 만들어 낸 소설들은 종래의 계급소설이 빠져들었던 정치적 공식성으로부터 상당 부분 벗어나고 있다고 할 것이다.

한설야와 소설 「황혼」

한설야[33]는 조선프로예맹에 가담하면서 적극적인 문필 활동을 시작

---

33 한설야(韓雪野, 1900~?). 본명은 한병도(韓秉道). 함남 함흥 출생. 함흥고보 졸업. 중국 북경을 거쳐

하였다. 그는 계급문학운동이 방향 전환 과정에 접어드는 동안 노동 계급의 예술 참여와 그 투쟁 의식의 고양에 적극적인 관심을 기울였다. 그가 노동자 계층의 사회적 형성 과정과 그 의식의 추이를 집중적으로 조명하기 시작한 작품으로 「그 전후(前後)」(1927), 「뒷걸음질」(1927) 등을 들 수 있다. 이 작품들은 모두 일본 식민지 지배 아래에서 몰락하는 농민들의 삶과 고통을 그렸는데, 특히 농촌을 떠난 농민들이 공장노동자로 전락하면서 노동자라는 새로운 사회 계층으로 편입되는 과정을 주목하고 있다. 소설 「그 전후」의 여주인공을 통해 이러한 특징을 쉽게 확인할 수 있다. 이 소설의 여주인공은 토지 개간 사업이라는 간판을 내건 일본 총독부의 허울 좋은 농지 수탈 정책에 의해 토지를 빼앗긴 뒤에 집안이 몰락하자, 자신의 과거 생활에서 벗어나 방직공장의 직공이 되어 생활 전선에 나섰다. 가난과 멸시와 고통 속에서 모든 것을 운명적으로 체념했던 주인공은 공장 생활 속에서 비로소 새로운 노동의 삶을 체득하며 노동의 의미를 깨닫게 된다. 이 작품에서 작가는 수탈 정책에 토지를 빼앗기고 몰락해 가는 농촌의 현실을 보여 주면서 동시에 몰락 농민을 중심으로 새로이 형성되고 있는 노동자 계층의 확대를 그린 것이다. 물론 농민의 몰락과 노동자로의 전락이라는 패턴 자체가 반드시 당대적 현실의 총체적인 문제를 형상화하고 있다고 말하기는 어려운 일이다. 특히 주인공의 계급적 각성과 새로운 노동 체험에 대한 인식이 주체적인 입장

일본 니혼 대학(日本大學) 사회학과 수학. 《조선문단》에 단편 「그날 밤」(1925), 「동경」(1925) 등 발표. 1927년 조선프로예맹 가담. 1934년 제2차 검거 사건 당시 투옥. 단편소설 「과도기」, 「씨름」, 「이녕」, 「모색」(1940) 등과 장편소설 「황혼」, 「청춘기」, 「귀향」(1939), 「마음의 향촌」(1939), 「탑」 등 발표. 1945년 해방 후 북한 평양에서 북조선문학예술총동맹 조직. 단편소설 「승냥이」, 「모자」, 「혈로」 등과 장편소설 「설봉산」 발표. 참고 문헌: 이선영, 「『황혼』의 소망과 리얼리즘」, 《창작과비평》 79호(1993. 3; 서경석, 『한설야』(건국대 출판부, 1996); 김윤식, 정호웅, 『한국소설사』(문학동네, 2000). 이경재, 『한설야와 이데올로기의 서사학』(소명출판, 2010).

에서 획득된 것이라기보다는 작가의 개입에 의해 강요되고 있다는 점에서 관념적 도식성이 완전히 제거되지 못한 상태에 있음을 인정해야 할 것이다.

한설야는「그 전후」에서 보여 주는 새로운 사회계층으로서의 노동계급의 성립 과정을 더욱 구체적으로 형상화한「과도기(過渡期)」(1929),「씨름」(1929) 등과 같은 작품을 발표하고 있다. 이 작품들에서 작가는 농촌으로부터 유리되어 버린 농민들이 도시 노동자로 전락해 가는 과정에서 비탄과 환멸에 빠져들지 않고 계급적 자기 각성에 이르는 과정을 주목한다.「과도기」의 경우는 몰락 농민이 노동자가 되는 과정을 전형적으로 제시한다. 간도에서 귀향한 주인공에게 고향은 이미 간곳없이 변한 채 커다란 공장 지대가 들어서 있다. 마을 사람들은 누대를 살아온 땅과 집을 몰수당한 채 흩어졌고, 보상을 약속한 공장주는 온갖 거짓말로 농민들을 회유하고자 한다. 소설의 주인공은 대책 없는 저항보다 차라리 공장노동자가 되는 길을 택한다. 시대적 상황을 적극적으로 수용하고 자기 의식의 변혁을 통해 새로운 노동계층으로 거듭나는 것이다.「씨름」은 보다 직접적으로 노동 현장에 접근하고 있다.「씨름」의 주인공은 노동자들의 권익을 보호하기 위해 내부적 결속을 꾀하고, 농민들의 소작 쟁의를 지원하기 위해 노동자회를 조직하기도 한다. 노동자와 농민의 계급적 연대 의식의 확보를 의도함으로써 그 투쟁 역량을 시험하고 있는 이 작품은 예술운동의 정치 진출에 집중적 관심을 표명했던 계급문예운동의 실천적 방향을 제시하고 있다고 할 것이다. 그리고 이 같은 소설적 작업은「사방공사(砂防工事)」(1932),「소작촌」(1933)에 이르러 더욱 강렬한 계급투쟁 의식을 강조하는 방향으로 고정되고 있다.

한설야의 소설 세계가 이념적 고정성에서 벗어나게 된 것은 조선프로예맹의 강제 해산과 때를 같이한다. 계급 문단의 지도적 위치에 서 있던 한설야는 신건설사 사건으로 전주 감옥에 투옥된 후 2년에 가까운 구속 상태에서 이념의 전향을 강요받는다. 그가 감옥에서 풀려나왔을 때는 이미 소식의 해체가 이루어진 뒤이며, 계급문학운동의 실천적 기반도 와해되기 시작하는 단계이다. 이 시기에 한설야가 발표한 것이 장편소설 「황혼(黃昏)」(1936)이다. 이 작품은 조선프로예맹의 조직 해체 후 그 맹원이 쓴 본격적인 장편소설이라는 점에서 그 문단사적 의미가 주목되지만, 계급문학운동의 기존 성과를 바탕으로 하여 노동계급의 조직화 과정을 총체적으로 구현하려는 의욕을 담고 있다는 점에서도 중요한 의미를 지닌다. 이 작품의 배경 자체가 일본 군국주의의 확대 과정과 맞물려 있고, 그러한 현실 속에서 성장하고 있는 노동계급의 조직적 실체를 확인하고 있다는 것은 특기할 만하다.

소설 「황혼」은 방직공장을 운영하고 있는 자본가 계층의 생활과 의식이 그 전반부의 줄거리를 형성한다. 후반부에서는 이러한 자본가들의 행태에 반발하는 노동자들의 생활상이 중심이 되고 있다. 물론 이 같은 상반되는 소설의 내용은 작품의 여주인공 려순의 삶의 과정을 통해 자연스럽게 구조화되고 있다. 려순은 농촌 태생으로 서울에 올라와 가정교사 생활로 고학을 하면서 여학교를 졸업한다. 그러고는 가정교사 노릇을 하던 주인집에서 경영해 온 방직공장이 새로운 자본주를 사장으로 맞은 뒤에, 사장실의 비서로 취직한다. 하지만 려순은 사장의 탐욕스러운 손길을 벗어나기 위해 결국 회사를 뛰쳐나온다. 이러한 전반부의 내용은 려순을 접점으로 하여 식민지 지배 논리에 순응하면서 자신들의 삶의 안위만을 위해 재산을 모으고 탐욕스러운 생활을 꾸려 나가는 자본가들의 행태를 비판적으로 제시하고 있다고 할 수 있다.

「황혼」의 후반부에서는 려순이 노동자로 변신하면서 방직공장노동자들의 삶과 투쟁이 이야기의 중심을 이룬다. 사장실 비서직을 내던져 버린 려순은 고향 농촌에서 함께 서울로 올라온 청년 노동자의 권유를 받아 다시 방직공장의 직공으로 노동 현장에 뛰어든다. 그리고 자신의 신분적 변화를 계급적인 각성으로 더욱 고양시키면서 열악한 근로 조건의 개선에 앞장선다. 회사측에서 근로 조건 개선을 앞세워 직공들의 건강 진단을 실시한 후 이들을 집단으로 해고하려고 할 때, 노동자들은 조직적 연대를 유지하면서 파업 투쟁으로 이에 대응하기도 한다. 자신들의 권익을 위해 조직적인 노동운동의 실천에 나서게 되는 것이다.

이와 같이 「황혼」은 당대적 현실의 계급적 모순 구조를 자본가 계층의 모리배적 속성과 노동자 계층의 참담한 삶을 극단적으로 대조함으로써 보여 준다. 물론 이러한 수법은 다분히 도식적인 측면도 없지 않다. 작가는 식민지 종속 자본가들의 타락과 이에 맞선 노동자 계층의 계급적 성장을 대비시키고자 하였으나, 그것이 궁극적인 결론이 되기에는 미흡하다는 주장도 가능할 것이다. 이미 일본 제국주의의 확대 과정에서 민족 자본의 위축과 예속 현상이 일반화되었던 점을 생각한다면, 노동계급의 성장과 연관되는 계급 모순은 식민지 지배 체제의 모순을 극복하지 않고서는 타결될 수 없는 일이다. 그러나 이 소설은 비록 작위적인 요소가 있다 하더라도, 주인공의 변모 과정을 통해 소시민적 지식인의 자의식 청산 가능성을 포착하고 있다는 점을 주목할 필요가 있다. 주인공이 소시민적 생활 속에서의 방황과 갈등을 떨쳐 버리고 노동자로 자기 변혁을 꾀함으로써 새로운 삶의 가능성을 열어 보이고 있기 때문이다.

한설야가 추구해 온 계급문학의 이념적 지향을 생각할 때, 「황혼」은 한설야 문학이 도달한 하나의 정점에 해당된다. 한설야는 식민지의 암흑기적 상황을 거치면서 「청춘기(靑春記)」(1937)를 발표하고 「이녕(泥寧)」(1939)을 쓰고 「탑(塔)」(1940)을 완성했다. 「청춘기」와 「탑」은 자전적인 색채가 강한 작품들이다. 특히 가족사소설의 구조를 지탱하고 있는 「탑」의 경우는 한설야 자신의 소년기 체험이 감동적으로 서술되어 있다. 그러나 이 작품들은 소설 「황혼」의 문제 의식에서 상당한 거리를 빗겨 나 있으며 계급문학의 이념과 가치에서 벗어나 있다.

(4) 계급문학운동과 동반자소설

1920년대 후반 계급문학운동이 대중적으로 확대되는 과정에서 새로운 과제로 부각되었던 것이 동반자(同伴者)문학이다. 동반자작가란 계급적 이념 성향을 보여 주면서도 계급 문단 조직이었던 조선프로예맹에는 가맹하지 않은 작가들을 의미한다. 그렇지만 동반자소설은 계급 문단의 조선프로예맹이라는 구체적인 조직에 의해 존재 의미가 확보된다. 계급 문단에서는 조직의 확대와 강화 문제를 동반자작가를 들어 논의했기 때문이다.

> 近者의 朝鮮의 藝術的活動의 傾向은 그 大部分이 프로레타리아 意識을 戰取하면서 잇는 것은 무엇보다도 明確한 事實이다. 卽 다시 말하면, 캅푸의 藝術的活動에 隨伴者가 날로 增加되여 가는 事實이다. 캅푸의 作家가 아니면서도 캅푸의 藝術的活動綱領에 追從하랴는 傾向을 가진 作家를 나는 爲先 캅푸의 隨伴者라고 일홈하엿다. 이 일홈이 隨伴者 自身의 處地로 보든지 캅푸의 立場으로 보든지 相互 不名譽의 것은 決코 안일 것이다. 그러나 이 隨伴者는 어느 째든 隨伴者로서만 그 存在의 意義를 갖게 될 째에 勿論 그는 階級的 見地에서 不名譽로울 것이다. 그는 캅푸의 作家가 됨으로서 더욱 큰 進展이 잇슬 것이다.[34]

---

34 박영희, 「카프 작가와 그 수반자의 문학적 활동」, 《중외일보》(1930. 9. 18).

동반자작가 문제가 계급 문단의 중요 쟁점으로 부각된 것은 계급문학 운동의 조직 확대라는 당면 과제와 결부되어 있음을 알 수 있다. 그러므로 이 문제는 공산당재건운동과 연관된 제1차 조선프로예맹 검거 사건으로 조직 자체가 와해의 위기를 맞은 시기에도 여전히 의미를 가지게 된다. 계급 문단 조직을 기반으로 하는 예술의 실천에서 동반자의 획득과 조직이 중시될 수밖에 없었던 것이다.

동반자문학에 대한 관심은 계급문학운동에 동정적 입장에 서 있던 작가들을 대상으로 정치성을 옹호하는 조직의 입장을 내세워 그들을 계급문학운동 속으로 끌어들이려는 의도를 지니고 있다. 그러나 조선프로예맹 조직의 좌익 편향과 지도력의 문제로 인하여 실제로 동반자의 획득 문제가 조직적 차원으로 실천되지는 못하였다. 당시 문단에서 동반자문학이라는 영역 속에 유진오, 이효석, 이무영, 채만식, 박화성, 전무길 등을 포함시킨[35] 예도 있지만, 이것은 계급 문단의 조직과 무관하게 이루어진 문단적 분류에 불과한 것이다.

계급 문단과 직접적인 관계가 없이 진보적인 성향의 작품 활동을 실천했던 문인들 가운데 동반자작가로 지칭되었던 대표적인 인물로 유진오와 이효석을 들 수 있다. 이들은 1920년대 말기에 문필 활동을 시작하면서 현실에 대한 계급적 인식에 근거한 여러 작품들을 발표했다. 유진오의 경우, 그의 초기 소설이 사회주의에 이념적 기반을 두고 있다는 것은 「오월의 구직자」(1929), 「밤중에 거니는 자」(1931), 「여직공」(1931)과 같은 작품들을 통해 확연히 드러난다. 「오월의 구직자」의 주인공은 고양된 계급의식을 지니고 있는 지식인이다. 그는 메이데이에 시내에 넘치는 노동자들의 시위 행렬을 꿈꾸지만, 자신은 그러한 계급 이념을 실천에 옮

---

35 백철, 「신문학사조사」(신구문화사, 1992), 404쪽.

기기 전에 생활의 요구를 따르고 만다. 취직을 해야만 가족의 생계를 꾸릴 수가 있다는 엄연한 현실 앞에서 그는 번민한다. 그리고 일본인에게 잘 봐달라는 부탁과 함께 과자 상자를 들이밀지만 취직에 실패한다. 그는 현실이 개인적 타협으로 변화되는 것이 아님을 깨닫는다. 삶의 토대가 변화해야만 그 상층부가 바뀐다는 진리도 다시 확인한다. 그리고 노동자의 길을 택함으로써 이론으로만 알고 있던 운동을 스스로 실천할 것을 결심한다. 이 소설에서 지식인 주인공은 계급의식을 이론적으로 선취하고 있었지만, 현실 생활의 요구에 굴복하고 타협의 길을 택했다가 결국은 좌절을 맛본다. 그리고 다시 운동 전선에 참여함으로써 자신이 선취했던 계급의식을 현실 속에서 실천할 가능성을 보여 준다. 이 같은 좌절과 실천의 과정에서 주인공이 겪는 고뇌와 갈등이 작품의 내면을 형성한다. 이 때문에 유진오는 지식인의 고뇌와 내면적 갈등을 예리하게 그려 내고 있다는 평가를 받았다. 「여직공」의 경우에도 작중인물의 의식 변화를 추적하고 그 내면을 드러내는 일에 역점을 두고 있다. 그는 이 같은 방법을 택함으로써 소설의 전체적인 지향성으로 볼 때 계급운동의 대의에 동조하면서 동시에 소설 속의 인물의 내면을 드러냄으로써 근대적인 인간으로서의 개인에 대한 탐구에도 관심을 기울였던 것이다.

그렇지만 유진오의 소설이 계급의식과 소설의 근대성을 얼마나 조화롭게 추구했는지를 판단하는 일은 간단하지 않다. 그가 파악한 사회주의나 마르크스주의는 자본과 노동의 대립적인 관점으로 현실을 파악하려는 계급적 세계관의 구현과는 거리가 멀다. 그의 작품에는 계급투쟁을 위해 현실 속으로 뛰어든 노동자나 농민의 모습이 별로 나타나 있지 않다. 오히려 현실과 이념의 격차 때문에 머뭇거리며 고뇌하는 지식인의 모습이 자주 등장한다. 그러므로 유진오 문학에서 마르크스주의는 계급적인 기반이나 조직적 역량에 의해 획득된 것이라기보다는 지식인의 의식의 소산이며 정신 영역의 차원임을 알 수 있다. 실제로 당대 현실 속에서 지식인들 사이에 마르크스주의는 일종의 시대적 보편성을 지닌 사상 흐름이었다는 점, 그것이 근대적인 것의 한계를 새로이 극복해 낼 수 있는 이념으로 인식되었다는 점을 주목할 필요가 있다.

물론 유진오는 계급문학의 조직에 직접적으로 가담하지 않고 마르크스주의운동을 강압적으로 부정하고자 했던 식민지 현실 속에서 좌절하거나 시대를 한탄하며 개인적 무력감을 토로하는 정도에서 크게 벗어나지 못한다. 이것은 당시 계급 문단의 작가들이 계급투쟁의 적극적 실천을 구가하면서 현실에 대응했던 태도와 상당한 거리가 있는 것임은 물론이다. 그의 대표작으로 거론되는 단편소설 「김강사와 T교수」(1935)는 이미 동반자문학의 시대를 건너고 있는 작가 자신의 모습을 잘 보여 주고 있다.

이효석의 초기 문학 활동을 전체적으로 조망할 수 있는 단편집 『노령근해(露領近海)』(1931)는 그의 문학적 관심과 태도가 프롤레타리아문학에 상당 부분 경도되어 있음을 말해 준다. 물론 그의 문학은 제1차 카프 검거 사건 이후부터 점차 좌익적 이념 성향에서 벗어나게 된 것이 사실이다. 그가 보여 준 좌익적 이념에 대한 믿음이 현실적 상황과 계급적 조건을 기반으로 하는 실천적인 단계로 구체화되기 어려웠다는 것은 『노령근해』에 수록된 단편들에서 이미 그 한계를 드러내고 있다. 대부분의 수록작이 계급 이념을 생경한 구호로 제창하고 있을 뿐이며, 계급적 투쟁 의지의 소설적 구현도 그 기법적 처리의 미숙성을 벗어나지 못하고 있다.

단편소설 「도시와 유령」(1928)의 주인공은 미장이로 일하는 노동자다. 이 주인공의 시각에 따라 일상생활 속에서 마주치는 빈한한 노동자의 삶의 참상을 제시하는 것이 작품의 핵심이다. 뜨내기 일꾼으로 일정한 거처도 없이 사는 주인공의 삶 자체도 간단한 문제가 아니다. 그러나 더욱 충격적인 것은 우연히 동묘에서 발견하게 되는, 도깨비처럼 산발한 거지 모자의 밑바닥 인생이다. 어느 재산가의 자동차에 치여 불구가 된 채 제대로 구걸조차 못하고 동묘 구석에 누워 연명하는 거지의 모습을 보면서 주인공은 자신의 주머니에 들어 있는 돈을 모두 털어 주고 그곳을 빠져나오며 궁핍과 빈한에 빠져 있는 모순된 현실의 삶에 분노하며 절규하기에 이른다. 이 작품에서 보이는 가장 중요한 현실 문제는 노동자의 궁핍한 삶과 고통이다. 특히 결말에서 볼 수 있는 주인공의 절규는 현실에서 철저히 소외된 무산대중의 삶의 고통과 사회의 병리에 대한 분노의 표시라고 할 수 있다. 낡은 사회질서를 통박하면서 새로운 계급적 이념을 구현하기 위해 투쟁할 것을 역설하고 있기 때문이다. 그러나 이런 경향성에도 불구하고 이 작품은 당대 현실의 문제성을 계급적 관점에서 깊이 있게 파악하거나 분석하고 있는 것은 아니다. 오히려 궁핍한 현실에 대한 피상적인 인식을 벗어나지 못하고 있으며, 계급적 이념에 대해서도 관념적인 인식 수준에 머물고 있다. 투쟁과 실천을 위한 어떤 구체적인 행동도 그려 내지 못한 채 주제 의식의 과잉 노출로 인해 작품으로서의 긴장도 지탱하지 못하고 있다.

이효석의 초기 작품 가운데 경향성을 드러내는 작품으로 평가된 「노령근해」의 경우에도 비슷한 한계를 보인다. 이 작품은 단편소설 「상륙」과 「북국 사신(私信)」으로 이어지는 일종의 연작 형식을 취하고 있다. 단편소설 「상륙」은 러시아로 향하는 배의 석탄고 속에 숨어서 밀항을 꾀하던 청년이 드디어 꿈에 그리던 나라에 상륙하여 그곳에서 자신을 기다리기로 한 인물과 접선하는 데 성공하는 과정을 그린 소설이다. 신흥 국가 소비에트에서 겪는 여러 가지 삶의 이야기를 단편적으로 보여 주는 것이 「북국 사신」이다. 이렇게 본다면 「노령근해」는 「상륙」의 바로 앞 단계에 해당하는 이야기를 담고 있는 것이다. 이 작품의 무대가 되는 여객선의 선실이라든지, 석탄고 속에 숨어든 청년 투사가 서사적인 맥락을 이어 주는 역할을 하고 있기 때문이다.

물론 소설 「노령근해」는 성격의 초점을 이루는 주인공이 설정되어 있지 않다. 소비에트 러시아로 향하는 여객선을 배경으로 하여 다양한 승객들의 행태를 조명한다. 1등 선실에는 호화로운 식탁과 향기로운 술이 있고, 주권(株券)과 미두(米豆) 이야기로 흥취에 젖은 상인들이 들어서 있다. 일본 경찰의 고등계 형사는 비밀스럽게 사람들을 정탐한다. 3등 선실은 이와 대조적이다. 돈벌이를 위해 떠나는 노동자, 큰돈을 만질 수 있다는 꿈을 안고 떠나는 항구의 창녀, 그리고 러시아어를 중얼거리며 연습하는 청년, 이별의 감상에 눈물 젖어 있는 처녀 등 모두가 새로운 공화국에 꿈을 걸고 고달픈 항해를 계속한다. 선체의 갑판 아래 기관실에는 용광로 같은 아궁이 앞에서 땀 흘리면서 일하는 화부들이 있고, 그 옆 석탄고 안에는 일본 경찰의 눈을 피해 몸을 숨기고 새로운 땅으로 탈출하고자 하는 젊은 투사가 있다. 이 같은 선상의 모든 장면들은 삶의 현실을 축도로 보여 주는 듯하다. 1등 선실의 흥청대는 풍경에서 느낄 수 있는 부르주아적 분위기와 3등 선실에서 펼쳐지는 무산계급의 찌든 모습을 의도적으로 대비시킨 이 작품은 현실적인 삶의 계급적 모순 구조를 상징적으로 제시하고 있다고 할 수 있다.

그러나 이 같은 의도에도 불구하고 「노령근해」는 계급적 현실에 대한 인식이나 계급적 조건에 대한 분석을 바탕으로 이야기를 구성하고 있는 것은 아니다. 이 작품은 장면과 정황의 묘사만을 주축으로 하고 있으며 계급적 현실의 모순을 극복해 갈 수 있는 유일한 길로 소비에트 러시아라는 새로운 나라를 암시하고 있다. 말하자면 여객선의 모든 장면들이 계급적 차별이 없는 새로운 나라에 들어서는 순간 결국 하나로 통합될 것이라는 막연한 환상만을 심어 주고 있을 뿐이다. 이 같은 환상은 선상에서 벌어지는 여러 장면 가운데 등장하는 러시아인에 대한 각별한 관심과 호의를 통해서도 쉽게 느낄 수가 있다. 결국 「노령근해」는 삶의 현실에 대한 계급적인 분석이나 비판을 통해 그 모순을 극복할 수 있는 구체적인 접근 방법을 제시하고 있다기보다는 이상적이고 관념적인 계급 인식을 전제하고 있다. 이러한 현실적 접근 방법으로 인하여 이 작품은 성격의 구체성과 소설적 리얼리티를 결여하고 있다.

계급문학운동에서 등장한 동반자문학의 본질은 계급 문단의 조직과 관계없이 이루어진 지식인 작가의 문학적 실천에 대한 하나의 모색이라고 할 수 있다. 여기에서 동반자라는 개념 자체가 조직의 동맹과 연합해야 할 대상으로 위치 지어진다는 것은 당연한 논리이다. 그러나 계급문학운동의 정치적 진출과 볼셰비키화를 강조하였던 계급문학운동가들의 종파주의적인 태도가 동반자로 지목된 작가들의 소부르주아성과 여전히 상당한 격차를 두고 있었다는 점을 주목하지 않을 수 없다. 특히 동반자문학 자체가 가지는 관념적인 속성이 계급적 투쟁이라는 실천적 태도로 이어질 수 없는 것임을 인식하지 않으면 안 된다. 결국 계급문학운동에서 논의되었던 동반자문학은 조직과 실천의 문제가 아니라 지식인 작가들이 보여 준 심정적 선택의 문제였음을 알 수 있다.

3 계급시와 이념적 지향

(1) 경향시와 계급의식

경향시의 등장과 계급적 이념

일제 강점기 한국 근대시가 계급적 이념과 대응하게 되는 과정은 계급문학운동의 전개 과정 속에서 자연스럽게 드러난다. 1920년대 초기의 시적 경향을 보면, 근대적 형태의 자유시가 성립되면서 민족어와 그 정서의 가치를 시적 형식을 통해 구현하려는 노력이 지속되고 있음을 확인할 수 있다. 이 시기의 시문학에서는 현실을 초월하거나 삶의 문제를 넘어서고자 하는 낭만적인 시정신이 주조를 이루고 있었는데도 대부분의 시인들은 그들의 시 속에서 피폐한 삶의 현실과 고통스러운 식민지 상황을 외면할 수 없었다.

1920년대 초기 문단에서 예술의 가치를 현실 생활에 연관시켜 구체적으로 문제를 제기하기 시작한 것은 김기진이다. 그는 일본 유학 체험을 통해 사회주의 이념과 계급문학에 대한 새로운 인식을 갖게 되자, 생활의 예술을 주장하면서 예술가는 생활에 대한 선각자가 되어야 한다고 역설하기도 하였다.[36] 이 같은 소박한 반영론적인 관점의 예술관은 개성의 표현으로서의 예술을 강조했던 초기 문학론의 표현론적 성격과 대립된다. 그는 박종화, 박영희, 이상화 등의 《백조》 동인들이 보여 준 낭만적 열정이 현실 생활에 밀착되지 못한 채 퇴폐성에 경도되고 있는 것을 비판하면서, 생활을 이끌어 갈 수 있는 예술의 힘을 강조하였다.

김기진의 생활의 문학, 힘의 예술이라는 개념은 초창기 경향문학의 성격을 말해 주는 가장 중요한 요건이다. 예술에서의 생활이라는 것은 구체적인 삶의 현실에 대한 인식을 문제 삼는 개념이다. 이것은 현실적인 삶의 문제에서 비롯되는 것이므로, 낭만적인 열정이나 추상적인 관념의 세계와 대별된다. 시적 주체로서의 시인이 자신의 삶에 기초하여 대면하는 생활은 구체적인 개인의 경험에서 역사적인 현실 체험으로 그 영역이 확대될 수 있다. 그러므로 예술에서의 생활의 발견은 예술적 토대로서의 현실에 대한 인식이란 점에서 계급문학의 출발점에 해당된다. 김기진은 생활의 예술을 출발점으로 하여 생활의 의식을 결정하는 사회조직의 개혁을 주도할 수 있는 예술의 힘을 내세우고 있다. 그가 문제 삼은 생활이란 물론 일본의 식민지 지배를 받고 있는 조선의 현실이며, 조선의 모순된 계급적 현실이다. 그는 문학이나 예술이 보여 주는 수동적인 태도에서 벗어나 적극적이고도 능동적인 실천적 자세를 강조한다. 그것이 바로 계급운동으로서의 예술운동이다. 이처럼 김기진이 내세우고 있는 예술과 생활에 대한 인식 문제는 주관적 관념 세계로 빠져든 문학과 예술의 본질 문제를 객관 세계와 현실적 토대의 문제로 끌어내린 것이라

---

36 김기진, 「프로므나드 상티망탈」, 《개벽》(1923. 7); 「떨어지는 조각조각」, 《백조》 3호(1923. 9) 등 참조.

는 점에서 그 새로운 의미가 강조될 수 있다. 초창기 한국 문단에서 가장 중요한 담론 구조를 형성하고 있던 주체의 정립 문제가 객관 세계의 인식 문제로 전환된 것이다.

김기진은 《백조》 동인으로 참여하면서 「한 갈래의 길」, 「한 개의 불빛」과 같은 경향적 색채가 강한 시 작품을 선보이고 있다. 이 작품들은 모두 생활 문학으로서 시의 새로운 가능성을 타진해 볼 수 있는 근거가 된다. 그가 주관적인 관념의 세계에서 벗어나 객관적인 현실의 문제를 어떻게 시적 테마로 형상화하고 있는지는 다음의 두 작품을 통해 쉽게 확인할 수 있다.

(가)
아모 말업시 오래동안을
나는 이 길을 더듬어왔다
오래동안을 이 가슴속의
다만 하나인 한 갈래 길을.

가슴속에서 울리어오는
늣기어 우는 가만한 소리……
아아, 아모 말업시 오래동안을
업어 가지고 온 나의 마음아!

어느 쌔부터
버러지들이 모여들어서
너의 몸속에 집 지엇는지
나는 도모지 알 수가 업다

─ 그러나 어느날
섯달의 맵고 찬바람
네 몸을 어니듯이 맨드던 것을
나는 지금것 잇지 안핫다.

싸뜻한 날 양지 짝으로
네 몸을 쪼이려고 나올 째에는
심술의 구름 날개를 펼치어
해를 감추어 버리엇섯다 ─

아아, 불상한 나의 자식아
어느 째까지 가엽슨 네가
싸뜻한 빗을 보지 못하고
이 세상에서 간단 말이냐……

너를 파먹는 버러지들이
너의 몸속에 가득히 찰 쌘
오오 마음아! 너와 나와는
죽지 안니면 안 되는구나!

오래동안을 아모 말업시
추움, 괴로움, 싸워가면서
버레에게 파먹혀가면서
여긔까지 더듬어왓다

아모 말업시 오래동안을

나는 이 길을 더듬을 터이다

한량도 업는 이 가슴속의

한 갈래인 오즉 이 길을.

──「한 갈래의 길」³⁷

(나)

저자 바닥에 박여 잇스면셔

연못아! 얼마나 오래

너는 말업시 지내여왓느냐

오오 얼마나 오래

너는 色色 아것을

긁어모으며 지내여 왓느냐!

── 나온 지 며칠 안 되는

피투성이의 간난아이를

몃 개나 몃 개나

먹고 왓느냐

── 가난한 젊은 수접은 계집애를

너는 몃 번이나 네 속으로 쮜어들게 하얏다!

그리고 그 계집애의 늙은 어머니의

37 김기진, 「한 갈래의 길」, 《백조》(1923. 9), 61~63쪽.

설어서 술어서 毒 먹고 죽은 모양을
너는 네 가슴에다 박어 가지고 왔다!

　―― 네 우에 걸친 다리 우에서
몸을 굽히고 속살거리는
사내와 계집의 그림자도
너는 마시어가면서 지내어 왔다.

―― 계집과 씨안고 情死한 사내
―― 눈보라치는 어느 날 밤에 쌔져어 죽은 불상한 거지,
―― 主人에게 쫓기어난 젊은이, 그러구는
스트라익크가 禍가 되어서 집 업시된 사람들의 눈물,
―― 主權者에게 反抗한 勇士의 부르지즘,
―― 그러구는 나가튼 밥벌러지의
古今을 생각하고 내뱃는 한숨 ――
이것들의 形象과 그림자들을
너는 쪽가티 싸가지고 왔다
그러고 그 위를 흐르는 달빗은
아아 몃 百年이나 오래인동안을
밟고 넘어서 지내어갓느냐

연못아! 오래동안 너는 담을 고왔다!

아아 그러나, 지금에 이르러
너는 얼마나 큰 이얀를 하너냐

── 오늘 이 밤에

건너편에 서 잇는 한 개의 불빗이

너에게 열쇠를 준 것이다! ──

오오, 너는 얼마나 큰 이약이를 하고 잇느냐.

지금

나는 너에게 귀를 기울여 ──

아아, 들어라 이 크나큰 부르지즘을!

──「한 개의 불빛」³⁸

　　이 두 편의 시 작품은 김기진의 시적 지향과 가능성을 엿볼 수 있는 중
요한 자료가 된다. 이 작품들에서 시적 자아의 형상은 '나'라는 1인칭 화
자의 목소리를 통해 구체적으로 형상화되고 있다. 그리고 시적 자아의
존재 의미를 가능하게 하는 '너'라는 시적 대상이 정서적인 통합을 이루
고 있다. (가)의 경우 시적 자아는 '오직 하나의 길'이라는 시적 주제와
결부되어 있는데, 이것은 거의 피할 수 없는 운명적인 생의 도정으로 그
려진다. 가난과 질시에 빠져들어서 겪어야만 했던 모든 고난에 굴하지
않고 걸어온 이 생의 도정은 운명적이라기보다는 오히려 실천적인 당위
를 드러내기도 한다. 그러므로 여기에서 시적 자아의 자기 정체가 더욱
강하게 부각될 수 있다. 그런데 이 작품에서 시적 대상으로 설정되고 있
는 '너'의 존재는 구체적인 형상을 띠는 것이 아니다. 그것은 모든 문제
적 상황이 가능하게 된 역사적 과정이기도 하고 현실적 조건이 되기도
한다. 역사와 현실이라는 문제의 영역을 들고 나올 수 있다면 '너'는 쉽

38　김기진, 「한 개의 불빛」, 《백조》(1923. 9), 63~65쪽.

게 민족과 국가라는 함의로 확대될 수 있다. 이렇게 본다면 이 작품은 결국 서정적 주체와 대상으로서의 현실 세계를 문제 삼고 있음을 알 수 있다. 물론 노식석인 구도에도 불구하고 이 작품이 주관적인 정조에 탐닉하지 않고 있다는 것은 당대의 다른 시인들과 구별되는 특징이다.

(나)의 경우에도 시적 정황은 유사하다. 그러나 '너'라는 시적 대상을 '연못'이라는 구체적 대상으로 한정하고 있는 점이 특징이다. 대상으로서의 '연못'이라는 소재에 인격을 부여하는 이 같은 접근법은 물론 새로운 것은 아니다. 그러나 '연못'에 대한 시적 자아의 인식 태도가 문제가 된다. 자연물로서의 '연못'은 대체로 맑고 아름다운 것으로 인식되어 '거울'이라는 자기 반영의 심상을 드러내는 것이 보통이다. 그러나 이 작품은 '연못'을 모든 고통과 암울과 탄식의 총체로 등치시킨다. 그러므로 그것은 바로 '연못'에 투영되는 자아의 어두운 형상을 의미하는 것으로 볼수 있다. 이 작품의 말미에 설정된 "건너편에 서 잇는 한 개의 불빗"이야말로 시적 자아가 도달하고자 하는 유토피아이다. 선명한 심상의 대조를 통해 극적으로 형상화되어 있는 시적 유토피아를 우리는 이 시인이 아득하게 인식하기 시작한 역사에 대한 전망이라고 말할 수 있을 것이다. 결국 김기진의 시적 출발은 현실과 역사에 대한 전망을 찾아나서는 고행의 길을 의미한다. 김기진은 이 같은 새로운 시적 인식을 계급의식이라는 관념과 결부시킴으로써 시적 실천보다 앞서가는 이념 투쟁의 선봉에 나서게 되는 것이다.

개인적 서정과 집단적 이념

초창기 계급 문단에서 경향적인 색채를 드러내는 계급시의 중요한 특징은 시정신의 지향 자체가 개인적인 서정의 세계를 상당 부분 벗어나고 있다는 점이다. 이 같은 특징은 이 시기의 계급문학이 지니고 있던 일반적인 경향에 해당하는 것이지만, 특히 무산계급이라는 계급적인 주체를 강조하는 집단적인 이념 성향을 강하게 드러내는 것이 계급시의 일관된 성격이었음을 알 수 있다. 이 시기의 계급시를 통해 확인해 볼 수 있는 무산계급에 대한 인식은 물론 당대 사회에서 일어나고 있던 자연 발생적인 계급운동의 경향성과 무관하지 않다. 대체로 시를 통해 형상화하는 현실에 대한 인식이 계급적 각성이나 계급 이념에 대한 요구보다는 궁핍한 현실 자체에 대한 비판을 앞세우고 있기 때문이다. 일본의 강점과 식민지 지배에서 비롯된 핍박과 민족의 경제적 궁핍을 더 큰 문제로 인식하고 있으며 이 같은 모순 구조를 계급적인 관점에서 파악하게 된 것이라고 할 수 있다. 그러므로 계급시에서 시인이 노래하고자 하는 것은 무산계급으로 전락해 버린 궁핍한 민중의 삶이며 고통스러운 현실임을 쉽게 알 수 있다.

살을 에이는 듯한 바람은
都市의 밤거리에 헤매이는
불상한 무리를 위협하는데
서편 한울에 기울러진
이지러진 겨울 달은
눈물을 먹음은 듯
찬빗은 떠는 령 우에
고요히 흐르고 잇서라

거리의 한 모퉁이 약한 숫불에
어린 군밤 장사의 떨리는 가는 목소리 ─

골목골목에 도라다니는
만두 장사의 웨치는 소리 ─
오! 목숨의 착함이여!

늙은 어머니 어린 동생은
친구들에 주림을 안고
떨고 잇나니 이제나저제나 기다리며 ─

바람 찬 거리 우를 걷는
안마장이의 쇠피리 소리 ─
두터운 벽돌담 밑에 쪼구리고 안저
'추어라!' 덜덜 떠는 거지의 울음소리 ─
아! 얼마나 구슬픈 소리이냐?
겨울 달 아래 都市의 모양은
저 쓸쓸한 墓地보다 더하여라

오! 겨울밤 都市의 참혹한 光景이여!
긴밤이 다 ─ 새이도록
오즉 흐르는 찬 달빗 알에
고닯흔 그 쉬흔 소리만이
밤한울 공기를 흔드러 노흘 뿐이로구나!

─「도시(都市)의 겨울달」[39]

---

39 김해강, 「都市의 겨울달」, 《조선일보》(1926. 11. 28).

초창기 계급시에 속하는 이 작품은 그 의미 구조가 단순하게 짜여져 있다. 그러므로 그 시적 형상 자체도 단조롭다. 그러나 시적 형상이라는 차원에서 본다면 이 같은 작품은 어느 정도의 정서적 균형을 갖추고 있는 것으로 판단된다. 이 작품에서 그려 내는 것은 차디찬 겨울 도시의 밤 풍경이다. 시적 주체가 비교적 일정한 거리를 두고 그려 내는 겨울 도시의 밤 풍경 속에서 감각적으로 포착되고 있는 것은 가난한 사람들의 고달픈 쉰 목소리들이다. 어린 군밤 장수, 만두 장수, 안마장이, 그리고 추위에 떨고 있는 거지들이 밤 도시의 풍경 속에 내뱉는 소리는 모두 자신들의 삶을 갈구하는 고통의 소리이다. 이들은 모두가 소외된 계층이며, 춥고 어두운 겨울 밤 도시의 거리를 헤매며 자신들의 고통스러운 삶을 위해 호소하며 구걸하고 있는 것이다. 이 도시의 어두운 풍경 속에 굶주림에 떨고 있는 늙은 어머니와 어린 동생의 모습이 자리 잡고 있다. 이 같은 겨울밤 도시 풍경을 시인은 쓸쓸한 묘지보다 더 참혹한 것으로 판단하고 있다. 주검이 묻혀 있는 묘지보다 더욱 참담한 도시의 삶을 시인은 이 작품에서 말하고자 했던 것이다.

다음에 예시하는 두 개의 작품은 계급시로서의 선언적 성격이 강하다. 계급적 차원에서 요구되는 집단적 이념 성향과 진보적인 태도 등이 강조되고 있다.

(가)

1

풀이 무성한 청기와ㅅ장 우엔 나는 새가 깃을 들이고
丹靑이 가시어 가는 아람들이 기둥 미텐
좀이 긁어 먹은 가루가 다북히 싸히지 안햇나?
── 집은 다 ── 기울어가거늘

— 집은 다 — 기울어가거늘
귀돗치고 탕건 쓴 千年묵은 구렁이는
그래도 넷낍질만 쓰고 안저
밤나무 등걸만 끌어안ㅅ고 잇고나

2

썩어버린 조상의 뼉다구를 팔어
때 낀 망건에 玉관자를 부치면 무슨 榮光이냐?
땅에 무친 질그릇 조각을 차저 내며
몬지가 길로 안즌 책장을 뒤적인들
쫓기는 막단 골목에 자랑될 것이 무엇일 것이냐?

3

차라리 福德房 도령님이 될지언정 —
너무나 櫓를 거슬러 저어 올라가기에
피는 말러 神經은 구더짐이냐?
瞳子에 錯覺이 생겨
둥근 것은 모나게 봄이냐?
오 — 빗두러짐도 分數가 잇지
귀먹은 四八눈들이여!

4

비틀거리는 걸음에
뒤ㅅ걸음질을 칠 것은 무엇인가?
눈은 압흐로 박혓나니

살ㅅ길은 압헤서 차즈라

九尾狐의 작란은

이날의 鍾路에서 벌서 멀어젓나니

오! 거리로 뛰어나와

새벽바람을 마시라

그리고 땀내 나는 묵어온 곰팡일랑

모조리 떨어버려라

5

오! 이 사람들아! 그대들은

지금 칼날을 밟고 섯나니

기울어져가는 집일랑

쾌히 불살으라!

뚜드려 부스라!

─ 벌서부터 鎔鑛爐엔

붉은 쇠ㅅ물이 끌코 잇나니

─ 뚜다려

─ 부시어

鎔鑛爐에 부서너흐라

오! 새벽ㅅ바람에

鎔鑛爐의 불ㅅ길은 더욱 猛烈하여진다.

6

바위인들 안 녹으랴?

물인들 끌 수 잇스랴?

鎔鑛爐에 이는 불ㅅ길은

아모것도 두려워함이 업다

오! 이 불ㅅ길은

새로운 宇宙를 創造할 힘이다

── 님이여!

── 날의 얼골이여!

── 마음이여!

썩 물러가라

휘돌으는 칼날은

털억까지도 容納치 안는다

──「용광로(鎔鑛爐)」⁴⁰

(나)

行列! 푸로레타리아의 行列!

家庭에서 田園에서 工場에서 또 學校에서

街頭로 街頭로 흘더져 나온다

營養에 주리여 蒼白한 얼골 ── 그러나 熱에 띠인 거름거리

그들은 그들의 뛰노는 心臟의 鼓動을 듯는 듯하다

비웃느냐? ×××무리들

── 그늘에 자라날 享樂의 날이 아즉도 멀엇다고

그러나 그 거름거리를 보라! 大地를 울리고 新生으로 新生으로 다름질하는

그 거름거리를

────────────

40 김해강, 「용광로(鎔鑛爐)」, 《조선일보》(1927. 6. 2).

그들은 인재는 너에의 覺醒을 더 바라지도 안는다

—— 赤道가 北쪽으로 기울어지기를 —— 事實以外에 더 큰 힘이 잇기를 —— 바라지 안는다

다만 힘으로써 힘을 익이고 힘으로써 힘을 어드랴 할 따름이다

그곳에 새롭은 世紀가 創造되고 ××××××를 맛볼 수 잇스리니 ——

빗켜라! ××들!

그들의 行列을 더럽히지 말라! 굿세게 前進하는 그들의 압길을

行列! 푸로레타리아의 行列!

家庭에서 田園에서 工場에서 또學校에서

街頭로 街頭로 흘러져 나온다

하날에는 눈보라 감돌아 오르고 따에는 모진 바람 휩쓰러드는데

—— 돼지 무리 살가지 우슴 웃고……

—— 「민중(民衆)의 행렬(行列)」[41]

앞의 두 작품에서 강조하는 것은 무산계급의 진보적인 태도와 집단적인 결속이다. 이 같은 계급의식은 1920년대 중반을 넘어서면서 나타나는 이념 지향적인 계급시의 공통적인 특징이라고 할 수 있다. 앞의 시 (가)의 경우는 시적 진술의 전개 과정 자체가 이분화되어 있다. 전반부의 경우는 퇴영적인 봉건적 유습에 대한 비판적 제시로 일관되어 있으며, 후반부의 경우는 '용광로'라는 대상을 통해 내부적인 사회적 변혁의 필요성을 역설하고 있다. 이 같은 시적 진술의 대조적인 전개는 이 작품

41 유완희, 「민중(民衆)의 행렬(行列)」, 《조선일보》(1927. 12. 8).

자체의 시적 긴장을 해치는 설명적 진술이 많아서 정서적 효과를 거두지는 못한다. 그러나 계급시가 빠져들었던 이념 중심의 경향이 생경한 구호나 주장을 남발하는 이 같은 작품을 양산케 하였다는 것을 부인하기 어렵다.

(나)와 같은 작품의 경우에도 문제는 마찬가지이다. 민중의 단합된 힘과 그 투쟁적인 전진을 강조하고 있는 이 작품에서 시적 묘사의 구체성이나 정서적 균형 감각 등은 고려의 대상이 되지 않고 있다. 시인은 이 작품에서 성장하는 계급의식과 그 필연적인 역사적 과정을 의도적으로 과장하고 있는데, 그것은 당대의 명제로 제기된 바 있는 민족 단일당 노선의 확립이라든지 민중 세력의 단합이라든지 하는 사회 운동의 노선과 무관하지 않은 것이다. 그러나 이 같은 당위적인 요청에도 불구하고 객관적 상황은 결코 무산계급에게 유리하지 않은 것으로 그려져 있다. "하날에는 눈보라 감돌아 오르고 따에는 모진 바람 휩쓰러 드는데/ ── 돼지 무리 살가지 우슴 웃고……"라는 마지막 구절이 이를 암시하는 것이다.

(2) 계급시의 창작적 성과

박세영과 이념적 지향

박세영[42]의 시작 활동은 조선프로예맹의 결성 초기부터 본격적으로

---

42 박세영(朴世永, 1902~1989). 경기 고양 출생. 배재고보 졸업. 상하이 유학 중 송영, 이적효, 이호 등이 주도한 염군사에 가담. 조선프로예맹 맹원으로 송영과 함께 소년 잡지 《별나라》 편집. 해방 직후 조선문학가동맹 중앙집행위원. 1946년 월북하여 북조선문예총동맹에서 활동. 시집 『산제비』(1938), 『햇불』(1946), 『진리』(1947), 『승리의 나팔』(1952) 이외에 『박세영 시선집』(1956)이 있음. 참고 문헌: 박아지, 「박세영론」,《풍림》; 김재홍, 『카프시인 비평』(서울대 출판부, 1990); 윤여탁, 「사상 우위의 문학관과 작품

이루어졌다. 그가 주된 관심을 보여 주었던 시적 대상은 일본의 강압적인 식민지 지배와 함께 궁핍에서 벗어나지 못하는 농민들의 삶의 참상이다. 그는 초기작에 속하는 「타작」이나 「산골의 공장」 같은 작품을 통해 착취로 신음하는 농민들의 삶의 고통을 그리며, 「향수」, 「최후에 온 소식」과 같은 작품에서는 고향을 상실한 채 곤궁한 삶을 꾸리면서 만주 벌판을 떠도는 한국인들의 비극적인 삶의 모습을 보여 주기도 한다. 박세영의 시들은 1930년대 초기 작품에 해당하는 「화문보(花紋褓)로 가린 이층」, 「산제비」 등에서 시인의 이념적 지향을 고양된 시정신으로 승화시키고 있다. 이 작품들은 초기 계급 문단의 이념적 열정보다는 계급문학 운동 자체가 조직적인 분열과 이념적 와해를 겪게 되는 시기에 등장하기 시작한 내성적(內省的) 어조를 바탕으로 하고 있다. 그렇기 때문에 시적 진술 자체가 서술적이며, 긴장도 다소 이완되어 있다. 하지만 계급문학운동의 대중적 진출을 위한 투쟁적 열기를 직설적으로 그려 내지 않고 오히려 그것을 내밀한 언어로 서술하고 있다는 점이 특히 주목된다. 그의 시적 활동은 1938년 간행된 시집 『산제비』를 통해 그 성과가 집약되었다. 이 시집에는 1920년대 중반 이후에 발표하였던 그의 대표작들이 수록되어 있다.

(가)

으스름 달밤, 호젓한 길을 나는 홀로 걷는다.

얕으막한 담장을 끼고, 이 밤중에 나는 여호 냄새를 맡으며,

옛 보금자리가 그리운지, 단잠을 깨는 물새 소리를 들으며 軌度를 가로지른다.

행동으로서의 실천」, 『한국 현대 리얼리즘 시인론』(태학사, 1990); 김용직, 『한국 현대 경향시의 형성/전개』(국학자료원, 2002).

車도 끝이고, 사람의 자취 없건만, 홀로 깨어 껌벅이는 담배 광고
너 붉은 네온은 지난날과 같구나!
그러나 마즌편 이층 젊은이들의 소식은 모르리라.
나는 한밤중 이 길을 지날 때마닥 한 번씩 안 스곤 못견디겠구나.

그 전날, 내가 이 길을 지날 때는 二層의 젊은이들의 우렁찬 소리가 하늘을
쩡쩡 울렸드니라.
헬멧트가 비스듬이 창에 비치고, 芭蕉잎 같은 창이 저쪽 벽에 비쳤드니라.
그러면 나는 용감한 兵士짜 ─ 덴을 그려 보면서,
먹물을 풀어 휘정거린 듯, 저 하늘로 휘파람을 날렸다.

그 번화스러웠든 때를 누가 다 ─ 아서갔느냐?
지금은 바람만 지동치듯 문 앞엔 빠리켙과 같이 겻섬이 둘이었고,
깨어진 창문으론 바람만이 기여 드는데.

바람찬 꽃紋이 褓가 들먹일 때마닥 보이는 건 장농,
어느 새살림이 이곳을 차지했는가?
늬들의 단잠은 여기라 깨어질이 없건만.

지친 나의 거름은 여기서 이 밤을 새우고 싶다.

나의 동무여! 늬들은 탈주병은 아니언만,
한번들 가선 소식이 없구나.
아 ─ 문어진 참호를 보는 나의 마음이여!

나는 다만 부상병같이 다리를 끌며

지금은 폐허가 된 터를 헤매이며 전우를 찾기나 하듯,

그리하여 허무러진 터를 쌓으며

나는 늬들이 돌아오기를 기둘르겠다.

늬들이 올 때까지 지키고야 말겠다.

──「화문보(花紋褓)로 가린 이층(二層)」⁴³

(나)

南國에서 왔나,

北國에서 왔나,

山上에도 上上峰

더 올를 수 없는 곳에 깃드린 제비.

너이야말로 自由의 化身 같고나,

너이 몸을 붓들 者 누구냐,

너이 몸에 아른체할 者 누구냐,

너이야말로 하늘이 네 것이요, 大地가 네 것 같구나.

綠豆만 한 눈알로 天下를 내려다 보고,

주먹만 한 네 몸으로 화살같이 하늘을 꾀여

魔術師의 채쭉같이 가로세로 휘도는 山꼭대기 제비야

너이는 壯하고나.

---

43 박세영, 「山제비」(별나라사, 1946), 19~22쪽.

하로 아침 하로 낮을 허덕이고 올라와

天下를 내려다보고 느끼는 나를 웃어다오,

나는 차라리 너이들같이 나래라도 펴 보고 싶고나,

한숨에 내닫고 한숨에 솟치어

더 날을 수 없이 神秘한 너이같이 돼 보고 싶고나.

槍들을 꽂은 듯 히디힌 바위에 아침 붉은 햇발이 비칠 제

너이는 그 꼭대기에 앉어 깃을 가다듬을 것이요,

山의 精氣가 뭉게뭉게 피여 올를 제,

너이는 마음껏 마시고, 마음껏 휘정거리며 씻을 것이요,

原始林에서 흘러나오는 世上의 秘密을 모조리 드를 것이다.

멧돼지가 붉은 흙을 파헤칠 제

너이는 별에 날러볼 생각을 할 것이요,

갈범이 배를 채우려 약한 짐승을 노리며 어슬렁거릴 제,

너이는 人間의 서글픈 소식을 傳하는,

이 나라에서 저 나라로 알려 주는

千里馬일 것이다.

山제비야 날러라,

화살같이 날러라,

구름을 휘정거리고 안개를 헤쳐라.

땅이 거북등같이 갈러졌다.

날러라 너이들은 날러라,

그리하여 가난한 農民을 위하여

구름을 모아는 못 올까,

날러라 빙빙 가로세로 솟치고 내닫고,

구름을 꼬리에 달고 오라.

山제비야 날러라,

화살같이 날러라,

구름을 헤치고 안개를 헤쳐라.

──「산(山)제비」[44]

박세영의 대표작의 하나로 손꼽히는 시 「화문보로 가린 이층」은 시
적 정황의 설정 자체가 매우 극적이다. 이 작품에서 시적 자아의 형상은
치열했던 계급투쟁의 현장을 일정한 거리로 빗겨 서서 바라보는 시인
의 태도를 통해 극적으로 묘사된다. 그리고 그것은 회고적인 진술의 방
식으로 택함으로써 더욱 분명한 거리를 유지하고 있다. 이 작품에서 '화
문보로 가린 이층'과 '야트막한 담장을 끼고' 있는 길은 이미지의 구조
자체가 공간적으로 위와 아래라는 층위를 구획할 수 있게 한다. 그리고
시간적으로 과거와 현재의 상황이 대비되고 있다. 이 같은 대조적인 이
미지는 작품 속에서 있는 유리창을 통해 비춰졌던 열띤 젊은이들의 모
습과 헬멧이 모두 자취를 감춘 뒤에 꽃무늬 커튼 사이로 내비치는 장롱
을 통해 구체화되고 있다. 계급투쟁의 열기에 가득 차 있던 과거의 이념
적 공간이 현재는 화문보로 가려진 채 일상적 삶의 공간으로 변해 버린
상황을 대조적인 이미지를 통해 제시하는 것이라고 할 수 있다.

---

44 위의 책, 4~8쪽.

이 작품에서 강조되는 것은 참담하게 짓밟힌 투쟁의 현장과 그 현장에서 다시는 볼 수 없게 된 젊은이들이다. 이것은 1930년대 계급문학운동의 방향 전환 이후 일본 경찰이 보여 준 사상 탄압의 실상을 그대로 재현하고 있는 셈이다. 일본 경찰은 계급문학운동의 조직적 기반을 와해시키면서 그 대중적 진출을 강압적으로 탄압하였으며, 수많은 사회운동가들을 투옥시켰다. 그러나 이 같은 암울한 상황에도 불구하고 시인은 자신의 울분과 격정을 내면으로 억제하면서 "나는 다만 부상병같이 다리를 끌며/ 지금은 폐허가 된 터를 헤매이며 전우를 찾거나 하듯, 그리하여 허물어진 터를 쌓으며/ 나는 늬들이 돌아오기를 기다리겠다./ 늬들이 올 때까지 지키고야 말겠다."라고 다짐한다. 이 다짐 속에서 이념적 요구를 개인적인 정서의 영역으로 통합하여 보다 높은 시정신으로 고양시키려는 시적 자아의 욕망을 읽어 낼 수 있는 것이다.

앞에 인용된 (나)의 「산제비」는 시집 『산제비』의 표제작이다. 1936년에 발표한 이 작품에서 시적 대상은 산 정상에까지 날아오르는 산제비이다. 이 산제비를 통해 드러내고자 하는 가장 중요한 특징은 자유로운 비상이며, 그것은 다시 시적 자아가 꿈꾸는 이상을 말해 주는 것이기도 하다. 그러므로 이 작품은 산제비를 통해 시적 자아의 내적인 열망을 적절하게 표출하고 있는 것이라고 할 수 있다. 그런데 여기에서 한 가지 지적해야 할 것은 이 작품이 조선프로예맹의 강제 해산 직후에 발표된 것이라는 점이다. 일본의 사상 탄압 강화와 객관적 현실의 악화를 두고 이같이 활달한 시정신을 구가할 수 있었다는 것은 특기할 만한 일이다. 이 시에서 볼 수 있는 시적 표현은 언어 구사의 활달함이다. 산제비라는 구체적인 대상을 놓고 그것을 형상화하는 데 있어서 일체의 관념을 배제하고 있으며, "빙빙 가로세로 솟치고 내닫고"와 같은 구체적인 묘사를 동원하고 있다. 이 같은 묘사의 적절성이 시적 대상의 형상화에 성공함으로써 보다 진취적이면서도 적극적인 의지와 행동을 정신적으로 추구하는 데까지 이르게 한다. 결국 이 작품은 시적 자아의 내적 열망을 표출하는 데에서 그치지 않고, 당대의 정신사적 과제이자 열망이기도 한 불안한 객관적 정세에 대한 정신적 극복을 강렬하게 주창한 것이라고 할 수 있다. 「산제비」가 박세영의 대표작일 뿐만 아니라 1930년대 중반을 대표하는 진보주의적인 시의 하나임을 말할 수 있는 근거가 바로 여기에 있다.

박팔양과 계급적 상황 인식

박팔양[45]은 초창기 계급 문단에 관여하면서도 대체로 서정적인 시편들을 발표함으로써 당대의 계급시들과는 일정한 거리를 두고 있는 것처럼 보인다. 그러나 그의 시 가운데에는 식민지 조선의 현실을 예리하게 관찰하면서 그 비극적 상황을 진단하고 있는 「밤차」, 「태양을 등진 거리우에서」와 같은 작품들도 적지 않다. 물론 그는 계급의식의 고취를 위해 투쟁적 구호를 전면에 내세우거나 무산대중의 삶의 문제를 계급적 시각에서 분석하고 있지는 않다. 그의 시들이 지식계급으로서의 시인이 지니고 있던 현실 인식의 한계를 가지고 있는 것으로 평가되기도 하는 이유가 여기에 있다.

박팔양이 보여 준 현실적 관심은 주로 궁핍한 현실의 고통이거나 왜곡된 근대 도시 문명의 어두운 그림자들이다. 그는 어두운 조선의 현실

---

45 박팔양(朴八陽, 1905~1988). 호는 여수(麗水). 경기 수원 출생. 배재고보 졸업. 법학전문학교 졸업 후 동아일보사 기자. 조선프로예맹 가담. 1937년 만주 신경(新京)으로 이주 《만선일보(滿鮮日報)》 기자 역임. 1945년 10월 북한에서 조선공산당 입당. 북조선문학예술총동맹 부위원장, 작가동맹 부위원장 역임. 시집 『여수시초(麗水詩抄)』(1940), 『박팔양 시선집』(1947) 발간. 참고 문헌: 홍신선, 「박팔양 — 도회적 병리와 자연과의 거리」(《현대문학》(1990. 2); 김재홍, 「카프 시인 비평」(서울대 출판부, 1990); 김용직, 「한국 현대 경향시의 형성/전개」(국학자료원, 2002).

앞에 무기력한 지식인으로서의 시인의 형상을 그려 냄으로써 시적 자아의 내면을 치밀하게 표출하고 있다. 이러한 시적 경향은 진취적인 계급의식이나 투쟁적인 자세와는 일정한 거리가 있는 것이지만, 계급 문단에 관여했던 그가 「1929년의 어느 도시의 풍경」, 「점경(點景)」, 「하루의 과정」과 같은 시에서 보여 주는 도회의 일상과 권태와 우울은 매우 특이한 성과라고 할 수 있다. 그런데 이 시인이 1930년대 후반 이후 오히려 도시적 체험에서 벗어나 삶의 의미를 자연 속에서 구하며 전원을 예찬하는 시를 쓰기도 했다는 것은 이 같은 시적 경향과 대조적인 특징을 나타내는 것이라고 할 수 있을 것이다. 그의 첫 시집 『여수시초(麗水詩抄)』(1940)는 이 같은 다양한 그의 시적 경향을 잘 보여 주고 있다.

(가)
流浪하는 백성의 고닯힌 魂을 싣고
밤車는 헐레벌떡거리며 달아난다.
도망군이 짐 싸가지고 솔밭길을 빠지듯
夜半 國境의 들길을 달리는 이 怪物이여!

車窓 밖 하늘은 내 답답한 마음을 닮았느냐?
숨 매킬 듯 가슴 터질 듯 몹시도 캄캄하고나.
流浪의 짐우에 고개 비스듬이 눕히고 생각한다.
오오 故鄕의 아름답던 꿈이 어디로 갔느냐?

비들기집 비들기장같이 오붓하던 내 동리,
그것은 지금 무엇이 되었는가?
車 바퀴 소리 諧調 맞혀 들리는 중에

희미하게 벌려지는 뒤숭숭한 꿈자리여!

北方高原의 밤바람이 車窓을 흔든다.
(사람들은 모다 疲困히 잠들었는데)
이 寂寞한 訪問者여! 문 두드리지 마라.
의지할 곳 없는 우리의 마음은 지금 울고 있다.

그러나 汽關車는 夜暗을 뚫고 나가면서
'돌진! 돌진! 돌진!' 소리를 질른다.
아아 털끝만치라도 의롭게 할 일이 있느냐?

疲勞한 백성의 몸 우에
무겁게 나려 덥힌 이 지리한 밤아,
언제나 새이랴나? 언제나 걷히랴나?
아아 언제나 이 답답함에서 깨워 일으키려느냐?

——「밤차(車)」[46]

(나)
나는 오늘도
단 하나밖에 없는 나의 단벌 '루바시카'를 입고
황혼의 거리 위로 걸어간다.
굵은 줄로 매인 나의 허리띠가
퍽도 우악스러워 보이는지

---

[46] 박팔양, 『여수시초(麗水詩抄)』(박문서관, 1940), 91~93쪽.

'뽈떡' 獨逸種 강아지가
나를 보고 쫓아오며 짖는다.
'짖어나오! 짖어다오!'
내 가슴의 피가 너 짖는 소리에
조금이라도 더 뛰놀 것이다.

나는 또 걷는다.
다 떨어진 兵丁 구두를 끌고
太陽을 등진 이 거리 위를
횟파람을 불며 걸어간다.
내가 쓸쓸한 가을 하늘을 치어다보고
말없이 횟파람만 불고 가는 것은
이 都城의 黃昏이
몹시도 寂寂한 까닭이라.

그리하되 몇 時間 後에
우리가 친구들로 더부러 모여 앉아
기나긴 가을밤을 우리 일의 토론으로 밝힐 것을 생각하매
나의 가슴은 젊은 피로 인하야 두근거린다.
'나는 젊은 사나이다!'
하고 주먹이 쥐어진다.

凋落의 가을이 梧桐나무 잎에
쓸쓸한 바람을 불어 보낸다.
'오오! 옛 都市 서울의 寂寥한 저녁 거리여!'

그러나 이는

感傷的 詩人의 글투!

우리는 센티멘탈하게 울지 않기로 作定한 사람이다.

그렇기는 하나 역시 우리 눈에도

시멘트로 깔린 人道 위에

소리 없이 지는 버드나무 落葉이 보인다.

울기 잘하는 우리 친구가 보았든들

그는 부르짖었으리라,

'오오! 낯 모르는 사람 발밑에 짓밟힌

이 거리의 落葉이여!' 하고 ──

그러나 지금은 이 고장 詩人들이 넋이 빠져

붓대를 던지고 앉었으니

울 사람도 없다. 노래할 사람도 없다.

(아아, 나는 모른다.)

이 땅이 疲勞한 잠에 깊이 잠겨 있음이라.

나는 고개를 숙이고 생각한다.

그저 걸어가자

설움과 希望이 뒤범벅된

알지 못하게 뻐근한 이 가슴을 안고

가는 데까지 가보자고……

崇禮門 ── 가을의 崇禮門이여,

그대는 무엇을 默默히 생각만 하고 있느뇨?

──「태양(太陽)을 등진 거리 우에서」[47]

앞의 인용은 박팔양의 작품 가운데 비교적 경향적 색채가 강하게 드러나 있는 예들이다. (가)의 「밤차」의 경우, 작품의 시적 정조에는 비극적인 현실 인식이 기저를 이루고 있다. 그것은 이 작품의 시적 정황 자체가 일제 강점기의 수탈과 압제를 피해 멀리 북국을 향해 도망하듯 떠나는 유이민들의 모습이라는 점과 무관하지 않다. 그러나 이 시에서 시적 자아가 추구하는 것은 고달픈 민중들의 모습도 아니며 차디찬 어둠의 밤도 아니다. 오히려 그 어둠과 고통을 뚫고 나아가는 기차의 모습이다. 그러므로 이 시에는 역동적인 기차의 이미지와 어두운 밤의 이미지가 상반되게 작용하고 있으며, 지친 민중의 형상과 돌진하는 기차의 힘이 서로 대조적으로 나타나 있는 것이다. (나)의 경우에는 시적 자아의 형상은 '쫓아오며 짖는 독일종 강아지'라든지 "낯 모르는 사람 발밑에 짓밟힌/ 이 거리의 낙엽"이라는 대상물의 설정에서 그 존재가 분명하게 드러나고 있다. 현실을 외면하는 일체의 낭만적 감상을 거부하고 스스로 더욱 강인한 의지를 가질 것을 요구하는 이 시의 주제 의식은 단순한 이념적 열정만은 아니다. 그 이유는 "지금은 이 고장 시인들이 넋이 빠져/ 붓대를 던지고 앉았으니/ 울 사람도 없다. 노래할 사람도 없다."라고 진술한 현실 상황의 문제성에 대한 인식과도 관련된다.

날더러 진달래꽃을 노래하라 하십니까?
이 가난한 詩人더러 그 寂寞하고도 가냘픈 꽃을,
일은 봄, 산골째기에 소문도 없이 피었다가
하루아침에 비바람에 속절없이 떨어지는 꽃을,
무슨 말로 노래하라 하십니까?

---

47 위의 책, 64~68쪽.

노래하기에는 너무도 슬픈 사실이외다.

百日紅같이 붉게붉게 피지도 못하는 꽃을,

국화같이 오래오래 피지도 못하는 꽃을,

모진 비바람 만나 흩어지는 가엾은 꽃을,

노래하느니 차라리 부뜰고 울 것이외다.

친구께서도 이미 그 꽃을 보셨으리다.

화려한 꽃들이 하나도 피기도 전에

찬바람 오고가는 산허리에 쓸쓸하게 피어 있는

봄의 先驅者! 연분홍 진달래꽃을 보셨으리다.

진달래꽃은 봄의 先驅者외다.

그는 봄의 消息을 먼저 傳하는 豫言者이며

봄의 모양을 먼저 그리는 先驅者외다.

비바람에 속절없이 지는 그 엷은 꽃닢은

先驅者의 不幸한 受難이외다.

어찌하여 이 가난한 詩人이

이같이도 그 꽃을 부뜰고 우는지 아십니까?

그것은 우리의 先驅者들 受難의 모양이

너무도 많이 나의 머릿속에 있는 까닭이외다.

노래하기에는 너무도 슬픈 사실이외다.

百日紅같이 붉게붉게 피지도 못하는 꽃을

국화같이 오래오래 피지도 못하는 꽃을

모진 비바람 만나 흩어지는 가엾은 꽃을
노래하느니 차라리 붙들고 울 것이외다.

그러나 진달래꽃은 오라는 봄의 모양을 그 머릿속에 그리면서
찬바람 오고 가는 산허리에서 오히려 웃으며 말할 것이외다.
'오래오래 피는 것이 꽃이 아니라, 봄철을 먼저 아는 것이 정말 꽃이라'
고 —

　　　　　　　　　——「너무도 슬픈 사실 — 봄의 선구자 진달래를 노래함」[48]

　박팔양의 시 「너무도 슬픈 사실 — 봄의 선구자 진달래를 노래함」은
정서적으로 고양된 시적 의지를 확인할 수 있는 작품이다. 이 시의 시적
대상인 진달래는 서로 다른 두 가지 의미를 상징한다. 하나는 찬바람 오
가는 산허리에 피어나는 진달래꽃을 봄을 알리는 선구자의 형상으로 묘
사하고 있는 점이다. 여기에서 진달래는 희망과 이상과 열정의 표상으로
등장한다. 그리고 다른 하나는 하루아침에 비바람에 속절없이 떨어지는
진달래꽃을 선구자의 희생과 수난으로 설명하는 부분이다. 이 같은 의미
의 중첩성을 설득력 있게 전달하기 위해 시인은 "노래하기에는 너무도
슬픈 사실이외다./ 백일홍(百日紅)같이 붉게붉게 피지도 못하는 꽃을/ 국
화같이 오래오래 피지도 못하는 꽃을/ 모진 비바람 만나 흩어지는 가엾
은 꽃을/ 노래하느니 차라리 부뜰고 울 것이외다."라고 말함으로써 진달
래꽃의 이미지를 다시 통곡의 의미로까지 변용하고 있다. 물론 이 작품
의 결말에서 가장 먼저 봄을 알리는 진달래꽃의 존재 의미를 본질적인
것으로 규정함으로써 시인이 기다리는 것이 시대의 봄이라는 것을 암시

---

48 위의 책, 76~79쪽.

해 주고 있다.

임화와 계급적 열정

임화[49]의 시작 활동은 계급 문단의 시 창작과 그 실천 과정에서 가장 많은 논의가 이루어졌다. 그의 작품 가운데 사화집 형태로 출간된『카프 시인집』(1931)에 수록된「네거리의 순이」,「우리 옵바와 화로」등은 계급 문학운동의 정치적 진출과 대중화에 대한 논의가 본격적으로 전개되기 시작한 1920년대 말에 발표된 것으로 계급시의 대표적인 형태로 손꼽힌 다. 임화는 이 작품들을 발표하면서 대표적인 프롤레타리아 시인으로 부 상하게 되었으며, 이 작품들이 보여 주는 계급적 현실에 대한 시적 인식 과정 자체가 계급시의 일정한 성과를 의미하는 것으로 평가되고 있다. 임화가 조선프로예맹이 해체된 이후에 쓴 1930년대 후반의 시들은『현 해탄』(1938)에 수록되었는데, 이 시집의 작품들은 앞의 계급시와는 달리 민족의 운명과 식민지 현실에 대한 초극의 의지를 노래한 서정적 경향을 드러낸다.

임화의 계급시는 김기진에 의해 명명된 '단편 서사시'라는 명칭으로 널리 알려져 그 시적 장르의 속성 자체가 크게 주목되기도 하였다. 근래

---

49 임화(林和, 1908~1953). 본명은 임인식(林仁植). 호는 성아(星兒). 서울 출생. 보성고보 중퇴. 조선프 로예맹에 가담하여 시「우리 옵바와 화로」,「네거리의 순이」등을 발표. 1932년 카프 개편 후 계급 문단 주도. 1945년 조선문학건설본부 결성. 조선문학가동맹 창립 후 월북. 1953년 숙청.「조선 신문학사론 서설」,「개설 신문학사」등의 본격 평론 발표. 시집『현해탄』(1938),『찬가』(1947),『너 어느 곳에 있느냐』 (1951). 평론집『문학의 논리』(1940) 발간. 참고 문헌: 김동석,「임화론 — 그의 시를 중심으로」,《상아 탑》(1946. 1); 임긍재,「임화론」,《백민》(1948. 4); 김재용,「진보적 문학가 임화의 삶과 문학」, (사회와사 상, 1988. 10); 마쓰모토 세이초, 김병걸 옮김,『북의 시인 임화』(미래사, 1987); 김윤식,『임화 연구』(문 학사상사, 1989); 김용직,『임화 문학 연구』(세계사, 1990). 김외곤,『임화 문학의 근대성 비판』(새물결, 2009); 임화문학연구회 편,『임화 문학 연구 1~4』(소명출판, 2014).

에는 시적 리얼리즘의 가능성에 대한 논의가 그의 시에 관심을 가진 몇몇 연구자들에 의해 제기되기도 하였다. 그러나 단편 서사시라든지 리얼리즘 시라든지 하는 것은 임화 시의 수사적인 특성을 지나치게 과장 해석한 데에 비롯된 것이다. 임화의 시는 넓은 의미의 서정시 범주를 벗어나지 않는다. 다만 일제 강점기의 계급적 상황에 대한 시적 인식을 강조하기 위해 구체적인 계급적 조건을 서사적으로 제시하거나 그 정황을 묘사하고 있는 것이 특징이다. 이 같은 특징으로 인하여 단편 서사시라는 전혀 새로운 장르 문제를 특별한 인식이 없이 제기하게 되었으며, 시에 있어서의 리얼리즘이라는 기법과 정신의 변화로 오해되기도 하였던 것이다. 임화의 시는 기법 면에서 반복적인 표현과 정서의 과잉 노출이 문제가 되기는 하지만, 계급적 이념과 투쟁에 대한 낭만적인 열정을 강조하고 있다.

임화 계급시의 중요한 특징은 시적 진술 방법과 형태적 특성에서 찾아볼 수 있다. 그의 계급시가 지니고 있는 방법과 형태는 그 이전에 김기진, 김창술, 유완희 등이 발표한 계급시가 가지는 시적 한계를 한꺼번에 극복할 수 있는 가능성을 보여 주고 있다. 주관적인 이념의 직설적인 표현에 매달려 있던 초기의 경향시 또는 계급시는 그 생경한 이념 자체가 구체적인 형상을 드러내지 못함으로써 시적 감응력을 발휘하지 못했던 것이다. 임화의 계급시에서 볼 수 있는 시적 진술 방법은 「우리 옵바와 화로」에서 쉽게 확인할 수 있듯이 매우 특징적인 대화적 공간을 형성하는 것이다. 그리고 이 대화적 공간 속에서 시적 화자가 구체적인 상대방을 향해 토로하는 고백적인 진술이 시적 어조의 근간을 형성하고 있다. 이러한 진술 방법은 물론 새로운 것은 아니다. 이미 한용운의 『님의 침묵』에서 시적 화자가 대상으로서의 님을 노래하던 방식에서 그 감응력을 인정받았던 방법이다. 임화는 실체가 분명하지 않은 시적 대상으로서의 님을 거부한다. 그는 경험적인 현실 공간에서 서정적 주체와 시적 대상을 구체적으로 설정하고 있는데, 그것이 바로 핍박받는 가난한 노동자 일가의 오빠와 누이동생이다. 이같이 시적 화자와 그 대상을 구체적인 계급적 조건과 인간관계로 얽어 놓음으로써, 임화의 시는 계급적 현실에 존재하는 서정적 주체와 대상의 관계에 근거하여 그 상황에 대한 풍부한 진술에 접근할 수 있게 되는 것이다.

(가)
사랑하는 우리 옵바 어적게 그만 그러케 위하시든 옵바의 거북紋이 질火爐가 깨여젓서요
언제나 옵바가 우리들의 '피오니ㄹ' 족으만 旗手라 부르는 永男이가
地球에 해가 비친 하로의 모든 時間을 담배의 毒氣 속에다
어린 몸을 잠그고 사온 그 거북紋이 火爐가 깨여젓서요

그리하야 지금은 火젓가락만이 불상한 永男이하구 저하구처럼
똑 우리 사랑하는 옵바를 일흔 男妹와 가치 외롭게 壁에가 나란히 걸렷서요

옵바……
저는요 저는요 잘 알앗서요
웨 그날 옵바가 우리 두 동생을 떠나 그리로 드러가실 그날 밤에
연겁히 말는 卷煙을 세 개식이나 피우시고 계셧는지
저는요 잘 알앗세요 옵바
언제나 철업는 제가 옵바가 工場에서 도라와서 고단한 저녁을 잡수실 때 옵바 몸에서 新聞紙 냄새가 난다고 하면
옵바는 파란 얼골에 피곤한 우슴을 우스시며

……네 몸에선 누에똥내가 나지 안니 하시든 世上에 偉大하고 勇敢한 우리 옵바가 웨 그날만

말 한마디 없시 담배 煙氣로 房 속을 메워버리시는 우리 우리 勇敢한 옵바의 마음을 저는 잘 알엇세요

天窄을 向하야 기여 올라가든 외줄기 담배 연기 속에서 옵바의 鋼鐵 가슴속에 백힌 偉大한 決定과 聖스러운 覺悟를 저는 分明히 보앗세요

그리하야 제가 永男이의 버선 한아도 채 못 기엇을 동안에

門지방을 때리는 쇳소리 마루로 밟는 거치른 구두 소리와 함께 가 버리지 안으셧서요

그러면서도 사랑하는 우리 偉大한 옵바는 불상한 저의 男妹의 근심을 담배 煙氣에 싸두고 가지 안으셧서요

옵바! 그래서 저도 永男이도

옵바와 또 가장 偉大한 勇敢한 옵바 친구들의 이야기가 세상을 뒤줍을 때

저는 製絲機를 떠나서 百장의 一錢짜리 封筒에 손톱을 뚜러뜨리고

永男이도 담배 냄새 구렁을 내쫒겨 封筒 꽁문이를 뭄니다

只今 萬國地圖 가튼 누덕이 미테서 코를 고을고 잇습니다

옵바! 그러나 염려는 마세요

저는 勇敢한 이나라 靑年인 우리 옵바와 핏줄을 가치한 계집애이고

永男이도 옵바도 늘 칭찬하든 쇠가튼 거북紋이 火爐를 사온 옵바의 동생이 아니에요

그리고 참 옵바 악가 그 젊은 남어지 옵바의 친구들이 왓다 갓습니다

눈물 나는 우리 옵바 동모의 消息을 傳해 주고 갓세요

사랑스런 勇敢한 靑年들이엇습니다

世上에 가장 偉大한 靑年들이엇습니다
火爐는 깨어져도 火적갈은 旗人대처럼 남지 안엇세요
우리 옵바는 가섯서도 貴여운 '피오니ㄹ' 永男이가 잇고
그리고 모든 어린 '피오니ㄹ'의 따뜻한 누이 품 제 가슴이 아즉도 더웁습니다

그리고 옵바……
저뿐이 사랑하는 옵바를 일코 永男이뿐이 굿세인 兄님을 보낸 것이겟습닛가
슬지도 안코 외롭지도 안습니다
세상에 고마운 靑年 옵바의 無數한 偉大한 친구가 잇고 옵바와 兄님을 일흔
數업는 계집아희와 동생
저희들의 貴한 동무가 잇습니다

그리하야 이다음 일은 只今 섭섭한 慎한 事件을 안꼬 잇는
우리 동무 손에서 싸와질 것입니다

옵바 오늘밤을 새어 二萬장을 부치면 사흘 뒤엔 새 솜옷이
옵바의 떨니는 몸에 입혀질 것입니다

이러케 世上의 누이동생과 아우는 健康히 오늘 날마다를 싸홈에서 보냅니다

永男이는 엿해 잡니다 밤이 느젓세요

—「우리 옵바와 화로」[50]

---

50 임화, 「우리 옵바와 화로」, 『카프 시인집』(집단사, 1931), 60~67쪽.

(나)

내가 지금 간다면 어듸를 간단 말이냐

그리면 내 사랑하는 셞은 동무

너 내 사랑하는 오즉 한아뿐인 누이동생 順伊 너의 사랑하는

그 貴重한 산아히

勤勞하는 모든 女子의 戀人……

그 靑年인 용감한 산아히가 어듸서 온단 말이냐

눈바람 찬 불상한 都市 鐘路 복판의 順伊야!

너와 나는 지나간 꼿 피든 봄에 사랑하는 한 어머니를 눈물 나는 가난 속에서 여의엇지!

그리하야 너는 이 밋지 못할 얼골 하얀 옵바를 염녀하고 옵바는 너를 근심하는 가난한 날 속에서도

順伊야! 너는 네 마음을 둘 미덤성 잇는 이 나라 靑年을 가젓섯고

내 사랑하는 동무는……

靑年의 戀人 勤勞하는 女子 너를 가젓섯다

그리하야

찬 눈보라가 유리窓을 때리는 그날에도 機械 소리에 지워지는 우리들의 참새 너희들의 콧노래와

눈길을 밟는 발소리와 함께 가슴으로 기여드는 靑年과 너의 귓속에서 우리들의 젊은 날은 흘러갓으며

또 언 밤이 가난을 울니는 그날에도

우리는 바람과 가치 거리에서 맛나 거리에서 헤며

골목 뒤에서 의론하고 工場에서 ××하는 그때가

그중 즐거운 젊은날의 行進이 엇다

그러나 이 가장 貴重한 너 나의 사이에서 ○○ 우리들 동무를 잡어간 ×은
누구며 그 일은 웬일이냐

順伊야! 이것은……

너도 잘 알고 나도 잘 아는 멀정한 사실 아니냐

보아라! 어늬 ×이 도××인가

이 눈물 나는 가난한 젊은 날의 가진 이 ○○한 즐거움을 노리는 ×하구

그 조그만 風船보다 딴 꿈을 안 깨치려는 간지런 마음하구

말하여 보아라 이 나라에 가득 찬 고마운 젊은이들아!

順伊야! 누이야!

勤勞하는 靑年 勇敢한 산아히의 戀人아……

생각해 보아라 오늘은 네 貴重한 靑年인 勇敢한 산아히가

젊은날을 싸홈에 보내든 그 손으로

지금은 검은 피로 벽돌 담에다 달력을 그리겟구나

그리고 이 추운 밤 가느다란 그 다리가 피아노줄가치 떨니겟구나

또 여봐라 어서

이 산아히도 네 크다란 옵바를……

남은 것이라고는 때 무든 넥타이 한아뿐이 아니냐

오오! 눈보라는 도락구처럼 길거리를 다라나는구나

자 조타 바루 鐘路 네거里가 아니냐!

어서 너와 나는 번개가치 손을 잡고 또 다음일 計劃하리

또 남은 동모와 함께 거문 골목으로 들어가자

네 산아히를 찻고 또 勤勞하는 모든 女子의 戀人인 勇敢한 靑年을 차즈
러……

그리하야 끄니지 아는 새롭은 用意와 계획으로 젊은 날을 보내라

——「네거리의 순이」[51]

임화의 시에는 계급적 조건으로 얽힌 모순된 현실 상황에 대한 서사
적 설명과 묘사가 시적 진술 내용의 핵심을 차지하고 있다. 앞의 작품들
에서 공통적으로 노래하고 있는 것은 빈곤과 압제 속에 살고 있는 노동
자들이 겪어야 하는 차갑고 매서운 현실의 고통이다. 그리고 열악한 현
실의 고통을 극복하기 위해 의지를 다지며 노동자들의 계급적 결속을 촉
구하는 일이다.

「우리 옵바와 화로」의 경우에는 노동 일가의 남매가 겪고 있는 수난
을 여동생의 목소리를 통해 시적으로 형상화하고 있다. 노동운동을 하
다가 경찰에 끌려간 오빠의 이야기와 함께 깨어진 오빠의 질화로가 시
적 정황의 구체성을 드러내는 요소가 된다. 집에 남겨진 동생 남매의 모
습을 벽에 걸린 화젓가락으로 표상하고 있는 대목에 이르러서는 짙은 정
감마저 불러일으키고 있다. 이 작품의 이 같은 시적 정황은 그 내용이 곧
노동계급이 직면하고 있는 계급적 현실 모순에 직결된다는 점에서 호소
력을 더하고 있다. 특히 현실의 모순에 굴하지 않고 오빠를 기다린다는
동생 남매의 굳은 다짐을 보여 줌으로써 시적 주체의 의지가 잘 드러나
고 있다.

「네거리의 순이」에서는 여동생을 향한 오빠의 목소리를 부각시키고

---

51 위의 책, 54~59쪽.

있지만, 어머니를 잃고 노동자가 된 남매의 삶의 모습을 시적 정황으로 삼았다는 것이 「우리 옵바와 화로」의 경우와 비슷하다. 이 작품에서 가장 강조되는 대목은 두 남매와 함께 노동하던 청년 동지가 구속된 상황이다. "지금은 검은 피로 벽돌 담에다 달력을 그리겟구나"라는 표현에서처럼 청년은 감옥에 갇혀 석방될 날만을 기다리는 것으로 암시되고 있다. 시적 화자는 고통 속에서도 서로 힘을 합쳐 함께 일했던 지난날을 상기하면서, 구속된 청년 동지를 위해 다시 힘을 모아야 한다고 절규하고 있는 것이다.

임화의 계급시는 계급적 정황에 대한 시적 진술의 구체성을 통해 독자들의 관심을 촉발하고 있다. 그리고 강렬한 호소력이 담긴 시적 어조를 바탕으로 대중적 독자들을 끌어들여 그들의 투쟁 의지를 북돋우고 행동적 실천을 촉구하고 있다. 그러므로 이 같은 특징을 지닌 시에서 정서의 과잉과 과장적인 수사는 시적 성과이면서 동시에 그 한계가 된다고 할 수 있다. 물론 임화의 시들은 당시의 계급 문단에서 적지 않은 반응을 불러일으켰다. 당시 계급 문단에는 무엇보다도 계급문학운동의 정치적 진출을 위한 대중성의 확보가 먼저 요청되었다. 계급 문단의 조직 자체가 소시민 계층 문학인들이 중심을 이루고 있었고, 그들의 문학 자체가 계급 이념에 대한 관념적인 이해의 수준에서 벗어나지 못하고 있었던 점을 생각한다면, 계급문학운동이 여전히 대중과 괴리되어 있었다는 것은 사실이다. 실제로 임화의 등장 이전에 계급 문단에는 계급 이념과 투쟁 의지를 노래한 계급시들이 많았으나 대부분이 관념적 구호를 그대로 노출하여 시적 형상을 제대로 구현하지 못하였다. 그러나 임화의 시에는 계급적 현실과 경험적 구체성을 드러내는 여러 가지 정황이 그려짐으로써 시적 주제의 관념성을 넘어설 수 있게 된 것이다. 그렇다고 해도 임화의 시 역시 시적 정황이 노동계급의 인물을 중심으로 설정되어 그 경험적 구체성을 살려 내고 있음에도 불구하고, 시적 진술 내용이 그 인물의 정서에 그대로 함몰되는 경향이 있어서 밀도 있는 서정의 세계를 형상화하지 못한 채 쉽게 감상에 빠지는 약점을 지니고 있다.

임화의 시작 활동은 1930년대로 이어지면서 시집 『현해탄』으로 집약된다. 이 시집에는 조선프로예맹의 강제 해체와 함께 계급문학운동이 일본의 탄압으로 극도로 위축되기 시작했던 암울한 현실 속에서도 투쟁 의지를 다짐하는 시인의 내면세계가 그려져 있다. 특히 「다시 네거리에서」, 「암흑의 정신」, 「주리라 네 탐내는 모든 것을」 등과 같은 작품들은 계급 문단의 조직 해체에서 비롯된 패배 의식을 극복하려는 시인의 의지를 담고 있다. 그러나 이 같은 주관적 정서의 강렬한 표현에도 불구하고 임화의 후기 시들은 이른바 낭만적 열정이라는 이름으로 요약할 수 있었던 계급시의 특성과는 일정한 거리를 갖게 된다. 이것은 계급 문단의 해체와 사상 전향 이후 계급소설이 후일담 형식의 개인적인 회고 형식으로 변화한 과정과 유사하다. 말하자면 고양되어 있던 계급투쟁의 의지와 그 투쟁 과정 자체를 회고하는 입장으로 후퇴한 시적 주체가 현실과의 거리를 둔 채 자기 내면의 표출에 머물러 있다고 할 수 있다.

임화의 시집 『현해탄』에 수록된 작품들 가운데 새롭게 주목할 수 있는 것은 「현해탄」, 「해협의 로맨티시즘」, 「눈물의 해협」 등과 같은 바다를 소재로 한 시들이다. 이 작품들에서 현해탄은 단순한 자연으로서 시적 대상이 되는 바다가 아니다. 그것은 식민지 지배를 받고 있는 낙후된 조선과 식민지 조선을 경영하고 있는 일본의 근대 문화와의 차별성을 부각시키는 경계를 뜻한다. 이 경계를 넘어서는 것이 시인의 사명이라고 할 수 있지만 그것은 간단한 일이 아니다. 식민지 조선의 현실에서 볼 때, 일본은 이상의 땅이며 동경의 세계이지만 또한 극복해야 할 대상이 되기도 하다. 이 같은 양가적인 특성은 근본적으로 식민지 지배의 현실이 갖는 모순 구조에서 비롯되는 것이다. 임화는 이 같은 현실 상황을 시적 정황으로 끌어들이면서 식민지 조선과 일본을 오가며 현해탄을 건너는 한국 청년의 운명을 노래하고 더 나아가서는 한국 민족의 역사적 운명을 펼쳐 보이려는 의욕을 드러내고 있다. 언어의 압축과 정서의 절제보다는 상황의 제시와 심정의 토로에 더욱 큰 관심을 보이는 작품적 특성으로 인하여 이들 작품에서 정제된 서정성을 발견하기는 어렵다. 그러나 시적 의지의 구현이라는 주제 의식의 형상성을 바탕으로 할 경우 비교적 일관된 시적 진술과 정서의 진폭을 느낄 수 있다.

이 바다 물결은
예부터 높다.

그렇지만 우리 靑年들은
두려움보다 勇氣가 앞섰다,
山불이
어린 사슴들을
거친 들로 내몰은 게다.
對馬島를 지내면
한가닥 水平線 밖엔 티끌 한 점 안 보인다.
이곳에 太平洋 바다 거센 물결과
南進해 온 大陸의 北風이 마주친다.

몬푸랑보다 더 높은 파도,
비와 바람과 안개와 구름과 번개와,
亞細亞의 하늘엔 별빛마저 흐리고,

가끔 半島엔 붉은 信號燈이 내어걸린다.

아무러기로 靑年들이
平安이나 幸福을 求하여,
이 바다 險한 물결 위에 올랐겠는가?

첫번 航路에 담배를 배우고,
둘쨋번 航路에 戀愛를 배우고
그다음 항로에 돈맛을 익힌 것은,
하나도 우리 靑年이 아니었다.

靑年들은 늘
希望을 안고 건너가,
결의를 가지고 돌아왔다.
그들은 느티나무 아래 傳說과,
그윽한 시골 냇가 자장가 속에,
장다리 오르듯 자라났다.
그러나 인제
낯선 물과 바람과 빗발에
흰 얼굴은 찌들고,
무거운 任務는
고든 잔등을 농군처럼 굽혓다.
나는 이 바다 위
꽃잎처럼 흩어진
몇 사람의 가여운 이름을 안다.

어떤 사람은 건너간 채 돌아오지 않았다.

어떤 사람은 돌아오자 죽어갔다.

어떤 사람은 永永 生死도 모른다.

어떤 사람은 아픈 敗北에 울었다.

── 그中엔 希望과 결의와 자랑을 욕되게도 내어 판 이가 있다면,

나는 그것을 지금 기억코 싶지는 않다.

오로지

바다보다도 모진

大陸의 삭풍 가운데

한결같이 사내다웁던

모든 靑年들의 名譽와 더불어

이 바다를 노래하고 싶다.

비록 청춘의 즐거움과 希望을

모두 다 땅속 깊이 파묻는

悲痛한 埋葬의 날일지라도,

한번 玄海灘은 靑年들의 눈앞에,

검은 喪帳을 내린 일은 없었다.

오늘도 또한 나 젊은 靑年들은

부지런한 아이들처럼

끊임없이 이 바다를 건너가고, 돌아오고,

來日도 또한

玄海灘은 靑年들의 海峽이리라.

영원히 玄海灘은 우리들의 海峽이다.

三等 船室 밑 깊은 속
찌든 寢床에도 어머니들 눈물이 배었고
흐린 불빛에도 아버지들 한숨이 어리었다.
어버이를 잃은 어린아이들의
아프고 쓰린 우름에
대체 어떤 罪가 있었는가?
나는 울음소리를 무찌른
외방 말을 歷歷히 기억하고 있다.

오오! 玄海灘은, 玄海灘은,
우리들의 運命과 더불어
永久히 잊을 수 없는 바다이다.
靑年들아!
그대들은 조약돌보다 가볍게
玄海의 큰 물결을 걷어찼다.
그러나 관문 해협 저쪽
이른 봄바람은
果然 半島의 北風보다 따사로웠는가?
情다운 釜山 埠頭 위
大陸의 물결은,
정녕 玄海灘보다도 얕았는가?

오오! 어느 날

먼먼 앞의 어느 날,

우리들의 괴로운 歷史와 더불어

그대들의 不幸한 生涯와 숨은 이름이

커다랗게 記錄될것을 나는 안다.

一八九0年代의

一九二0年代의

一九三0年代의

一九四0年代의

一九××年代의

……

모든 것이 過去로 돌아간

廢墟의 거칠고 큰 碑石 위

새벽별이 그대들의 이름을 비칠 때,

玄海灘의 물결은

우리들이 어려서

고기 떼를 쫓던 실내처럼

그대들의 一生을

아름다운 傳說 가운데 속삭이리라.

그러나 우리는 아직도

이 바다 높은 물결 위에 있다.

———「현해탄」[52]

---

52 임화, 『현해탄(玄海灘)』(동광당서점, 1938), 215~225쪽.

앞의 작품에서 볼 수 있는 것처럼 임화가 노래하고 있는 현해탄이라는 바다의 형상은 이 시기의 지식인들이 빠져들었던 이른바 '현해탄 콤플렉스'를 반영하고 있는 것만은 아니다. 시정신과 그 지향 자체가 일본 편향성에 매몰되어 있지 않기 때문이다. 현해탄의 높은 물결과 그 위에 서 있는 지식인 청년의 모습을 통해 형상화하려는 것은 감당하기 어려운 왜곡된 근대화의 물결과 거기에 대응하는 청년의 의지이다. 착취를 강요하는 일본의 지배력과 참담한 식민지 조선의 현실이 바다의 '높은 물결'을 통해 대조적으로 부각되고 있다. 물론 이러한 현실적 자각과 그 극복을 위한 노력은 숭고한 의지이기도 하지만 비극적인 표정을 담고 있는 것도 사실이다.

이처럼 임화의 후기 시들은 대체로 현실의 절망과 패배를 벗어나 미래의 승리로 나아가고자 하는 낭만적 열정을 내포하고 있다. 물론 그 의식의 치열성은 전반기의 시들보다 약화되었으나 정서적인 폭과 균형을 회복하고 있는 점이 주목된다. 임화 자신도 이러한 그의 시의 변화를 두고 「바다의 찬가」와 같은 작품을 들어 새로운 경향의 첫 출발점이라고 술회한 바 있다. 임화의 시가 현실적 투쟁 의지의 구현이라는 계급시의 요건에서 벗어나 역사적인 전망을 노래하는 낭만적 열정으로 선회하는 과정을 여기에서 확인할 수 있다. 이러한 변화는 식민지 말기의 객관적 현실이 가지는 한계와도 무관하지는 않을 것이다.

4 프로연극운동과 계급의식

(1) 프로연극운동의 성격

1920년대 한국의 연극운동과 극문학은 민족사회운동의 대중적 확대 과정에서 그 계몽적 역할이 강조되었다. 특히 조선프로예맹의 조직 이후 연극 활동을 통한 계급 이념의 구현이 중시되면서 이른바 경향극 또는 프로연극이 등장하였다. 1920년대 후반 계급문학운동의 방향 전환이 이루어지면서 본격적인 프롤레타리아 극단인 '불개미극단'(1927)이 조직되었고, 각 지방에도 비슷한 성격의 극단들이 등장하기 시작했다. 1930년 3월 평양의 '마치극장'을 선두로, 대구의 '가두극장'(1930), 개성의 '대중극장'(1931), 해주의 '연극공장'(1931), 원산의 '조선연극공장'(1931) 등이 연이어 창립되었다. 그러나 이들 극단은 그 조직을 통해 제대로 공연 활동을 전개하지는 못하였다. 각 극단의 경제력도 공연 활동을 뒷받침하기 어려웠고 단원들의 의욕을 살리기에는 연기력도 부족하였다. 특히 일본 경찰의 감시와 탄압으로 거의 모두가 연극 공연을 이루지 못하였다.

서울에서는 1931년 '청복극장'이 결성되었으나 공연 활동은 불가능했다. 그런데 이동식 소형 극장 형태로 재조직된 극단 '메가폰'(1932)이 적극적인 활동을 전개하기 시작하였다. 이 극단은 1932년 6월 유진오의 「박첨지」, 김형용의 「지옥」, 송영의 「호신술」, 메가폰 문예부의 「메가폰 슈프레히콜」, 「깨어진 장한몽」 등의 레퍼토리로 서울, 평양, 인천 등지에서 공연하였다. 1932년 8월에는 조선프로예맹 조직 내부에 극단 '신건설사'가 설립되어, 레마르크 원작의 「서부전선 이상 없다」, 송영의 「신임 이사장」 등의 작품으로 서울에서 공연했다. 극단 '신건설'은 3회 공연 준비 중에 1934년 6월 이른바 '신건설사 사건'을 맞아 1935년 6월 해산되고 말았으며, 이로써 한국에서의 프로연극운동은 그 막을 내리게 되었다.

　　한국의 프로 연극은 계급 이념의 대중적 확대를 위한 목적극으로서의 성격을 지니고 있다. 당시의 프로 연극은 계급투쟁을 대중적으로 선동하기 위해 조직적 차원에서 모든 공연 활동이 기획된 것이다. 그러므로 식민지 현실에 대응하여 정치적인 성격을 강하게 드러내고 있지만, 노동자, 농민을 위하여 그들이 주체가 된 연극 공연을 실현시키고자 한 점은 높이 평가하지 않을 수 없다. 프로 연극의 가장 중요한 구성적 특징은 노동자, 농민을 대상으로 계급적 현실 문제를 소재로 하는 단막극이라는 점이다. 특히 노동자와 농민들로 하여금 직접 연극에 참여하도록 하기 위하여 관객 조직과 연극 서클의 방법을 시도한 점도 주목된다. 이러한 방법은 극예술연구회를 중심으로 한 지식인 연극이 주로 외국의 번역극을 통하여 민중 교화를 시도한 것과는 뚜렷이 구별되는 점이다. 프로 연극은 식민지 지배 상황하의 민족 모순을 계급적 모순의 틀 속에서 새롭게 인식하고 식민지 지배 세력에 대한 저항적 색채를 강하게 드러내고 있었다. 그렇기 때문에 일본 경찰의 검열과 탄압에 의해 그 대중적 확산이 제대로 이루어지지 못하였다.

(2) 경향극과 대중성

김영팔과 계급 갈등의 극적 형상

한국 프로연극운동에서 우선적인 논의의 대상이 되는 극작가가 김영팔[53]이다. 김영팔은 동경 유학생 김우진, 조명희 등과 함께 '극예술협회'를 조직하여 연극운동에 가담한 바 있다. 그는 창작 희곡 「미쳐가는 처녀」(1924)를 발표한 후 「싸움」(1926), 「불이야」(1926), 「여성」(1927), 「부음」(1927), 「마작」(1931) 등을 내놓은 바 있다. 그의 작품들은 대체로 그 구성 자체가 멜로드라마적 성격을 띠고 있지만, 경향극의 이념성을 구현하기 위한 계급적 갈등 문제를 과장적으로 강조한 경우가 많다. 「미쳐가는 처녀」는 전형적인 멜로드라마로 전통적 인습에 대한 신세대의 정신적 갈등을 극화한 것이다. 「싸움」은 생활에 대한 태도 차이로 말미암아 부부 사이에 벌어지는 갈등을 다루고 있는데 아내는 이른바 부르주아 근성을 가진 여성으로, 남편은 프롤레타리아 청년으로 설정되어 있다. 「부음」에는 프롤레타리아 계급을 위해 싸우는 청년과 그를 사모하는 여성 사이의 사랑과 사회적인 과제가 취급되어 있다.

김영팔의 희곡 가운데 계급적 이념의 문제를 다루고 있는 첫 번째 작품이 바로 「싸움」인데, 이 작품에서 다루는 극적 갈등은 생활에 대한 태도의 차이로 말미암은 부부 사이의 대립에서 비롯된다. 아내는 부르주아 근성을 지닌 여성으로, 남편은 프롤레타리아 청년으로 설정하여 극의 갈

---

53 김영팔(金永八. 1902. 10. 4~?). 서울 출생. 사립 영신학교 졸업. 1920년 일본 니혼 대학 입학 후 중퇴. 김우진, 조명희, 홍해성 등과 극예술협회 조직. 1924년 북풍회(北風會) 가입. 1925년 조선프로예맹 가담. 희곡 「미쳐가는 처녀」, 「싸움」, 「불이야」, 「여성」, 「부음」, 「마작」 등 발표. 1927년 경성방송국(JODK) 근무. 1945년 해방 후 월북. 참고 문헌: 유민영, 『한국 현대희곡사』(홍성사, 1982); 서연호, 『한국 근대희곡사』(고려대 출판부, 1994).

등을 조성하고 있다. 작중 주인공인 남편은 신문사 직공으로 근무하면서 밤에는 집에 돌아와 술장사를 한다. 어느 날 신문에 주인공의 아내가 술장사를 한다는 기사와 사진이 보도된다. 이 소문에 아내는 심한 수치심과 모욕을 느끼고, 술장사를 그만두자고 한다. 그러나 남편은 그러한 기사에 대해서 수치심을 느끼는 아내를 심하게 비판하면서 노동의 신성함을 강조한다. 그리고 아내의 낡은 사상을 지적하면서 자기 혁명의 필요성을 역설한다. 이 작품의 마지막 장면에서 남편은 사상과 주의가 서로 다른 사람과는 부부로서 함께 살 수 없다고 하면서 집을 나간다. 그는 아내와 같은 어리석은 인간을 구하기 위한 투쟁을 전개할 것을 선언한다. 단막극 형식으로 구성된 이 작품은 개인의 일상생활 속에서 흔히 볼 수 있는 부부 싸움에서 계급의식의 각성이라는 대의를 끌어낸다. 그리고 더 나아가 개인이 지녀야 할 자기 혁명을 주창한다. 이 같은 주제 의식은 이 작품의 경향성을 의미하는 것으로 볼 수 있다. 물론 계급의식의 일방적인 요구를 담고 있다는 한계도 분명히 지적된다.

「부음」은 김영팔의 대표적인 경향극으로 꼽히는 작품이다. 무산계급을 위해 싸우는 청년과 그를 사모하는 여성 사이의 사랑을 배경으로 계급투쟁을 향한 투철한 사명 의식을 강조하는 내용이다. 작품의 주인공은 계급운동에 투신했다가 일본 경찰에 쫓기는 신세가 된다. 그는 병든 어머니를 돌보지도 못하고 가족들과도 함께 생활하지 못하게 된다. 이 주인공을 애절하게 사랑하는 여인이 정숙이다. 정숙은 쫓겨다니는 주인공을 사랑하는 애틋한 감정을 억제하지 못해 괴로워한다. 그런데 주인공이 계급투쟁을 위해 북쪽으로 먼 길을 떠나게 된다. 그는 정숙을 찾아가서 자기 대신 노모와 어린 여동생을 돌봐 줄 것을 당부한다. 이때 정숙은 주인공에게 자신의 사랑을 고백하고 두 사람은 서로의 사랑을 확인하고는 결혼을 약속한다. 주인공이 가족들을 당부하며 길을 떠나려 할 때에 마침 그의 여동생이 찾아와 노모의 부음(訃音)을 알린다. 주인공은 발길을 돌려 집으로 달려가려 하나 정숙은 뒷일을 걱정하지 말고 길을 떠나도록 종용한다. 주인공은 어머니의 임종도 보지 못하고 정숙의 권유대로 '어머니의 원수를 갚기 위해서' 길을 떠난다.

이 작품은 그 이념적 지향이 지니는 계도적 의미 때문에 1930년 12월에 경성 '이동식소형극장' 극단의 제1회 공연작으로 채택되기도 했다. 이 작품은 극의 주제를 강조하기 위해 목적의식이 보다 구체적으로 드러나도록 행위를 배치하고 있다. 극적 갈등의 중심을 이루는 혁명 투쟁의 대의는 그 명분으로 인하여 부모에 대한 자식의 마지막 효도라는 임종을 지키는 행위조차 물리치게 한다. 이러한 주제 의식의 무장 자체가 다소 작위적이고 관념적이라는 점은 부인할 수 없는 사실이다.

송영과 계급의식과 풍자

송영의 희곡 창작은 1920년대 초기 '염군사' 시절부터 시작된다. 잡지 《염군》의 창간호에 희곡 「백양화(白洋靴)」를 발표한 송영은 1920년대 중반 이후 소설 창작에도 관심을 기울이다가, 계급 문단의 연극운동에 관여하면서 희곡 창작에 힘쓰게 된다. 그가 발표한 「일체 면회를 사절하라」(1931), 「신임 이사장」(1934), 「호신술」(1931), 「황금산」(1936) 등은 모두 현실 세태를 풍자한 작품들이다. 송영의 희곡에 나타나 있는 가장 중요한 소재는 그의 소설에서와 마찬가지로 노동자들의 삶의 고통이다. 일본의 착취와 농촌의 궁핍화, 농민들의 몰락과 노동자로의 변신, 그리고 끊임없는 삶의 고통 등이 모두 계급 모순의 차원에서 희곡의 소재로 다루어진다. 그러나 이러한 비극적인 삶의 현실을 처절하게 묘사하고 있으면서도 그 극적 결말에 희극적인 요건이 가미됨으로써 새로운 의미를 갖는다는 점이 특이하다. 그는 극 중의 부정적인 인물이 자신의 결함을 스스로 폭로하는 방식의 풍자 기법을 활용한다. 그가 부르주아 계층의 허위성을 고발하기 위해 자주 동원한 극적 기법이 바로 그것이다. 그는 계급 문단의 강제 해체 후에 상업 극단에 가담하여 작품 활동을 계속하였는데, 그 이전의 풍자성을 상실하면서 단순한 소극(笑劇)으로 떨어진 작품들을 남겼다.

희곡 「신임 이사장」의 경우에는 신임 이사장의 형상과 특이한 어투를 통해 몰지각한 자본계급의 인물을 희화시켰고, 「호신술」의 경우에도 여직공들이 임금 투쟁을 벌이고 파업하기까지의 역경을 사실적으로 제시하면서 그 결말을 희화적으로 맺고 있다. 공장주의 가족들이 직공들의 파업과 쟁의에 대비하여 호신술을 연습한다든지, 노동자들의 강력한 요구에 뒷걸음만 치면서 일시적으로 사태를 모면하기 위해 허둥댄다든지, 그러면서도 결국은 노동자들에게 손을 들고 만다는 식의 극적 전개가 이루어지고 있다. 「일체 면회를 사절하라」에서도 사장은 자신만이 조국과 민족을 위해 봉사하고 있다고 자부하며, 자기만이 굶주리는 백성들을 구제하고 있다고 믿는다. 그는 조국과 민족을 위해 일한다고 하면서 사실은 노동력을 착취하고 노동자들을 핍박한다. 이 같은 행태에 반발하여 쟁의가 일어나자 사장은 문을 걸어 잠근 채 낙심에 빠지고 몹시 당황한다. 노동자들의 외침에 질려 버린 사장의 행색에는 이미 민족을 위한 우국지사의 풍모도 사장으로서의 위엄도 모두 없어지고, 한낱 속물적인 왜소한 인간의 모습만이 돋보인다.

송영의 희곡 작품 가운데 「호신술」은 촌극에 가까운 단막극으로 비도덕적인 자본가의 행태를 풍자한 희극이다. 작중 주인공은 여러 공장을 거느린 재산가이지만, 자신의 개인적인 이익만을 추구한다. 그는 노동자들을 부당하게 착취하여 재산을 모으고 있었기 때문에 노동자들이 이에 항의하여 파업을 일으킬까 늘 두려워한다. 그는 파업을 한 노동자들이 자신에게 덤벼들까 걱정하면서 대비 방책을 생각하다가 호신술을 배우기로 한다. 그러나 가족들과 함께 호신술을 배우려 하지만 몸이 제대로 말을 듣지 않아 낭패를 겪는다. 극에서는 이러한 과정이 희화적으로 묘사되어 관객의 호응을 유도하고, 호신술로는 노동자들의 항의를 막아낼 수 없음을 분명하게 보여 준다. 이 작품에서 특기할 사항은 노동 문제를 다루고 있으면서도 노동자들이 무대 위에 직접 등장시키지 않는다는 점이다. 노동자들을 전면에 내세우지 않으면서도 극적 효과를 올리기 위해, 작가는 작품의 갈등 구조를 약화시킨 대신 부정적 인물들이 스스로 자신의 결점을 드러내어 관객의 조롱거리가 되도록 만들고 있다. 그리고 극의 말미에 노동자들의 공격적인 함성을 삽입하여 그 이후의 상황에 대해서는 관객들이 마음껏 상상할 수 있도록 배려하고 있다. 1920년대 대부분의 노동극이 노동자들의 어려운 노동환경과 그 속에서의 고통을 직접 보여 주었기 때문에 번번이 검열에 걸려 공연이 무산되었던 점을 고려한다면 「호신술」의 이러한 실험적 성과는 연극을 통한 계급투쟁 의식의 대중적 실천이라 할 수 있다.

「황금산」은 계급 문단의 조직 해체 직후에 발표된 작품이다. 당대의 인정과 세태를 잘 풍자하고 있는 이 작품은 돈 많은 실업가가 세 딸을 출가시키는 이야기를 중심으로 극이 이루어진다. 맏딸은 독립운동가에게 시집갔다가 혼자되었고, 둘째도 사기꾼에게 걸려 역시 결혼에 실패한다. 아버지는 막내딸을 시집보내기 위해 이리저리 사윗감을 고르다가 고리대금업자의 외동아들이면서 바보인 황금산에게 출가시키기로 결정한다. 그러나 막내딸은 아버지의 결정에 저항하고 주위에서도 모두 이에 반발한다. 결국 신랑감인 부자가 찾아온 날 집안의 식모를 딸로 분장시켜 신랑의 바보스러운 행동을 여지없이 폭로시키는 것으로 극의 결말이 이루어진다. 이 작품에서 활용하고 있는 변장 모티프와 극적 결말은 뒤에 오영진의 「맹 진사댁 경사」에서도 유사한 패턴으로 활용되고 있다.

송영의 희곡은 모순된 현실을 희화적으로 그려 냄으로써 그 계급적 모순의 의미를 역전시키고 있다. 계급적인 구조의 모순과 그 모순에 근거하여 노동자를 착취하는 자본 계급의 무모한 욕심을 비판하기보다는 오히려 그 비리와 모순의 실상을 보여 주고 그것을 제대로 인식하지 못하는 가진 자들의 우둔함을 날카롭게 풍자하고 있는 것이다. 그의 희곡에 등장하는 인물들 가운데 사장, 공장주, 자본가들은 모두 속물적인 인간들로서 자기기만에 빠져 현실을 바르게 이해하지 못하는 희극적인 인물로 나타나 있다. 송영의 희곡이 희화적 성격을 지니고 있는 것은 송영 자신의 현실 풍자 의식을 구현하기 위한 극적인 장치라고 할 수 있다. 송영이 문제 삼고 있는 극적 갈등이 계급적인 요건에 의거한다는 것은 당연한 일이지만, 적대적인 관계인 노동자 농민 계층과 자본가 지주 계층 사이에서 극적인 효과를 보여 주는 것은 자본가 지주 계층이다. 작가는 이 계층의 인물들을 부정적인 인물로 간주하고 증오하며 규탄하고 풍자한다. 그의 소설이 노동계급을 긍정적 인물로 내세워 계급투쟁의 상황성을 그려 내고 있던 것과는 달리, 희곡의 경우에는 자본가 등의 부정적 인물이 오히려 현실 속에서 그럴듯하게 행세하며 위엄을 가장하는 점을 조소한다. 바로 이러한 방향의 관점에 의해 송영의 희곡은 강한 풍자성을 지닐 수 있게 된다. 특히 희극적인 구성에 뒷받침되고 있는 풍자 의식은 해학으로서의 미적 가치에 도달할 수 있는 하나의 가능성을 보여 준다. 송영의 희곡은 결국 희극적 구성과 풍자 정신으로 그 문학적 의미가 규정된다. 그가 해방 직전 「김삿갓」을 쓰면서 역사적 인물의 극적 설정을 통해 현실을 풍자하고, 삶의 갈등을 해학적으로 처리하려는 시도를 보인 적도 있고, 이기영의 장편 「고향」을 희곡으로 각색한 적도 있지만, 그의 희곡문학은 현실적 세태와 풍속을 희화하고 풍자하는 것으로 중요한 기능을 담당했다.

1 문학의 논리와 방법의 전환

(1) 일본 군국주의의 확대와 문학의 변화

사회 현실에서 개인적 일상으로의 전환

한국문학은 1930년대 중반부터 일본의 군국주의가 강화되고 문학에 대한 사상적 탄압이 자행되는 과정 속에서 새로운 변화를 맞이한다. 이 시기의 문인들은 집단적인 조직 활동이 불가능해지면서 다양한 소그룹 중심의 동인 활동을 통해 새로운 문학적 출구를 모색한다.《시문학(詩文學)》(1930),《삼사문학(三四文學)》(1934),《시인부락(詩人部落)》(1936),《단층(斷層)》(1937) 등의 동인지가 발간되면서, 문학의 새로운 경향이 이들 소그룹의 동인 활동을 중심으로 자리 잡게 되었으며, '구인회(九人會)'(1933)와 같은 문학 동인 조직이 형성되어 소설의 새로운 경향을 주도한다. 그리고《신동아(新東亞)》(1931),《조광(朝光)》(1935)과 같은 월간 종합 잡지를 신문사에서 간행하여 문예의 영역에 대한 관심을 확대시켜 주는 기능을 담당하게 된다. 특히 1930년대 말기에 간행된《문장(文章)》(1939),《인문평론(人文評論)》(1939)은 순문학 잡지로서 많은 신인들을 배출하고 중요 작품들을 널리 수록한다. 이 시기에는 일본 유학을 통해 본격적으로 문학 수업을 거친 문인들이 해외 문학의 동향을 활발하게 소개함으로써 문학의 경향이 다양하게 전개되는 것이다.

1935년 조선프로예맹의 강제 해체를 고비로, 한국문학은 집단적 이념 추구의 경향이 사라지고 개인적 일상에 기초한 다양한 경향이 뚜렷이 등장한다. 이러한 변화는 물론 문학 자체의 내적 요구에 따른 것이라기보다는 일본의 식민지 지배 정책의 변화에 따라 강요된 것이라는 점에서 한계를 인정할 수밖에 없다. 그렇지만 식민주의적 근대성에 대한 비판적 인식을 문학을 통해 내면화할 수 있게 되었다는 점에서 매우 중요한 의미를 지닌다.

1930년대에 이루어진 문학의 변화는 한국적 모더니즘의 정착이라는 중요한 문학사적 전환을 의미한다. 이 시기의 모더니즘 문학은 계급 문단의 붕괴와 리얼리즘적 경향의 퇴조에 뒤이어 등장한다.《시문학》동인들의 시작 활동과 구인회의 폭넓은 문학 활동을 통해 구체화되기 시작한 모더니즘 문학의 경향은 정치적 이념성을 거부했다는 점에서 문학적 순수주의 또는 순수문학의 경향으로 평가된 적도 있다. 이 새로운 문학이 집단주의적 논리와 역사에 대한 과도한 전망 자체를 부인하고 있는 것은 문학이 개인주의적인 취향으로 회귀하고 있음을 의미하며, 문학적 주제 의식에서 일상성의 의미가 그만큼 중시되고 있음을 말해 준다. 그러나 무엇보다 중요한 것은 이 시기에 본격적으로 문학의 매체로서의 국어에 대한 새로운 인식이 자리 잡게 되고, 언어적 기법과 문체 자체가 문학적 성과를 좌우할 정도로 강조되었다는 점이다. 당시 문단에서 기교주의 논쟁을 촉발하면서 모더니즘 문학이 확대된 것은 바로 이 같은 경향과 직결된다.

문학적 기법과 정신의 다양성

1930년대 문학은 그 기법과 정신의 모든 영역에서 폭넓은 변화를 보여 주고 있다. 먼저 소설의 경향을 보면, 그 소재의 다양성과 장르의 확대 현상을 통해 문학이 지향하는 상상력의 진폭을 잘 드러내고 있다. 개인적 삶의 일상성 자체가 갖는 의미를 추구하는 작품들이 현저하게 많아졌으며, 도시 공간에 자리 잡게 된 삶의 세태적 특징을 그려 낸 작품도 적지 않았다. 이 같은 작품들은 현실에 대한 풍자와 비판을 내면화하고 다양한 서사 기법을 통해 지적인 세련을 더해 갔다. 물론 이 같은 새로운 경향과는 달리 도시적 삶의 피폐한 현상을 사실적으로 그려 낸 작품도 나왔고 농촌의 어두운 현실을 그리거나, 궁핍화 현상을 비판하는 작품도 나왔다. 현실의 제반 문제에 대한 일종의 우회적 접근을 시도한 역사소설도 많았다.

시의 경우 시적 대상에 대한 언어 감각의 혁신을 통해 모더니즘의 시대를 열고 있다. 1930년대의 새로운 시인들은 시에 있어서의 언어의 중요성을 각별하게 인식하고 시정신의 건강성을 강조하면서 시적 정서를 언어적 감각을 바탕으로 하는 이미지로 구현하고자 하였다. 그들은 근대적 문물에 대한 비판적 인식을 바탕으로 모더니즘 문학론을 전개했다. 이와는 달리 시를 통해 서정성을 지속적으로 탐구하고 인생과 자연을 관조하면서, 인간의 원초적인 생명 의식을 추구한 시인들도 있다. 이들의 시 속에는 토속적인 분위기를 배경으로 인간의 원초적인 생명력이 관능적으로 표현되어 있으며, 생명에 대한 애착과 사랑, 허무를 극복하고자 하는 의지의 표상들이 많이 등장한다.

1930년대 문학 비평도 문학 내적 개념을 중심으로 그 논리를 추구하는 경향이 두드러지게 나타나고 있다. 시의 '기교주의 논쟁'과 모더니즘론, 소설에서의 리얼리즘론과 소설 장르론 등은 시와 소설의 본질적인 성격을 추구하는 비평적 작업이다. 카프 해체 직후에 대두된 휴머니즘론도 인간의 본질을 탐구하는 문학의 의미를 논하고 있으며, 순수문학 논쟁도 비슷한 맥락에서 이루어진 것이다. 1930년대 후반의 전통론은 잡지 《문장》을 중심으로 활동한 이병기, 이태준 등을 중심으로 형성된 새로운 비평적 주제이다. 신체제론을 통해 일본의 내선일체론과 황민화 정책(皇民化 政策)을 수용하며 이를 추종하는 집단이 생기자, 이에 소극적으로 대응하면서 새로운 문학 정신을 모색하는 가운데 고전적 전통론이 제기된다. 고전적 전통론은 한국의 민족문화에 대한 정체성의 확립이라는 지향 의식이 뚜렷하기 때문에 내선일체론의 이념과 대립한다. 그렇지만 전통론이 빠져들기 쉬운 복고주의적 경향과 심정주의적 속성 자체가 제국주의적 식민주의의 근대성에 대응하기에는 지나치게 전근대적이라는 것이 약점이다. 고전적 전통론은 자연의 발견이라는 문학적 주제와 짝을 이루면서 문학의 경향에도 일정한 영향을 미치고 있다. 특히 정지용, 백석, 이용악, 오장환, 신석정 등의 시에서 확인되는 절대적인 공간으로서의 자연이 이와 연관된다.

(2) 암흑기의 상황과 문학

내선일체론의 허구

1930년대 후반부터 한국 사회는 일본의 군국주의 체제가 강화되기 시작하자 더욱 고통스러운 착취와 굴종의 상황에 접어들었다. 일본은 중일전쟁(1937)과 태평양전쟁(1941)으로 이어지는 군국주의의 확대 과정에서 한국에 대한 식민지 지배 정책을 전환하고 내선일체론이라는 새로운 지배 이념을 내세웠다. 1935년 계급문학운동을 주도해 온 조선프로예맹의 강제 해체는 일본의 군국주의적 체제 강화 과정을 말해 주는 상징적인 사건이 되었다. 이것은 한국 사회의 모든 영역에서 정치 사회적 이념과 사상을 제거하기 위한 사상 탄압으로 이어졌다. 이 사건과 함께 한국 사회에서는 문학과 예술을 통해 추구해 온 민족의식, 현실에 관한 비판적인 이념과 반제국주의적 사상에 대한 일본의 탄압이 더욱 강화되었다.

일본이 내세운 내선일체론은 식민지 한국에 대한 동화 정책으로서 획책된 것이다. 이 새로운 지배 논리는 식민지 지배 체제에 예속되어 있는 한국 민족의 정체성을 부인하고 일본의 식민지 정책에 한국인들이 절대적으로 복종하도록 하기 위해 조작된 식민주의 담론의 근간을 이루는 것이다. 일본은 중국 대륙의 침략 기반을 다지기 위해 한국에서 인적 물적 자원을 총동원할 필요가 생기자, 그들이 시행해 온 식민지 차별 정책을 이 같은 기만적인 동화 정책으로 전환하였다. 일본은 내선일체론의 통치 이념을 실천하기 위해 이른바 '황민화 정책'을 한국 사회에 강요하였다. 일본은 한국인들에게 일본 천황의 신민이 될 것을 강요하면서 신사참배는 물론 '황국(皇國) 신민(臣民)의 서사'를 일상적으로 제창하도록 요구하였다. 한국인을 강제로 전쟁에 동원하기 위해 1938년 지원병 제도를 확대 강행하였으며, 1939년에는 한국인들에게 일본식 성명을 쓰도록 창씨개명제를 발동시켜 한국인의 민족적 뿌리를 말살하고자 하였다. 그리고 교육령을 개정하여 학교에서 한국어의 교육을 폐지하고 일본어를 상용하도록 강요하였다. 1941년 이후에는 한국어의 사용을 전면적으로 금지하여, 한국어 신문과 잡지를 모두 폐간하게 함으로써, 한국 사회는 암흑의 시대에 접어들었다.

신체제론과 암흑기의 문학

1930년대 말기부터 한국문학은 내선일체론에 대응할 수 있는 저항의 논리를 확립하는 데까지 나아가지 못한 채 실패했다. 이 실패는 한국문학이 한국어라는 언어적 매체를 상실하고 일본어를 통해 일제 군국주의를 찬양하고 전쟁의 승리를 노래한 이른바 '국책문학' 생산에 돌입하게 되는 비극적인 파탄으로 이어진다. 일제 강점기의 마지막 장면에 '친일문학'이라고 낙인을 찍어야 하는 문학작품들이 한국의 작가들에 의해 만들어지는 과정을 여기에서 확인할 수 있다.

일본이 식민지 한국에 대한 새로운 지배 정책으로서 내선일체론을 제기했을 때, 한국문학의 대응 방식은 논리상 세 가지의 형태가 가능하였다고 할 수 있다. 문학을 통해 내선일체론의 허구성을 고발하고 이에 적극적으로 저항하는 방법이 있었고, 소극적으로 침묵하면서 문학활동을 포기하는 대신 현실을 인내하는 방법도 있었다. 그리고 내선일체론에 동조하여 황민화에 동참하는 방법도 가능했다. 이 가운데에서 첫 번째 저항의 방법은 일본의 혹독한 탄압이 따르는 것이었기 때문에 비극적인 희생을 각오해야만 가능하였다. 시인 이육사나 윤동주의 희생은 바로 이같은 저항의 방식에 해당한다고 할 수 있다. 이와 반대로 세 번째의 경우는 친일적인 활동에 적극 참여하면서 자신들의 지위를 일본으로부터 보장받는 것이었다. 이것은 영원히 일본에 속박되는 방법이었지만, 이광수, 김동환, 최재서 등은 내선일체론이 표방하는 대동아 공영의 논리에 빠져 일본과 한국의 동조론(同祖論)을 내세우며 황민화운동을 주장했다. 결국 한국문학은 일본의 내선일체론에 소극적으로 침묵하거나 수동적으로 끌려갈 수밖에 없었다. 그리고 자기 언어와 문자를 상실하면서 강요된 일본어를 매체로 하는 이중 언어(二重言語)의 글쓰기의 고통을 감수하게 되었다.

1930년대 후반 한국문학은 내선일체론의 문화적 전략으로 표면화된 이른바 신체제론의 등장과 함께 새로운 양상으로 전환되고 있다. 신체제론이란 일본의 내선일체론을 당위의 현실로 받아들인 이광수, 주요한, 김동환, 최재서 등이 자신의 친일 활동을 합리화하고 사회 현실과 문화의 주류를 대동아 공영론에 입각하여 일본 중심으로 해석하고자 했던 비평적 담론의 하나이다. 신체제론의 등장과 함께 한국문학은 그 독자적인 성격을 상실하기 시작하면서 일본문학의 주변부에 머무는 문화적 예속성을 그대로 드러내게 되었다. 암흑 시대의 문학이라는 말로 지칭되는 이 시기 한국문학의 파탄은 여러 문인들이 보여 준 친일적인 문필 행위가 모두 황도(皇道)문학의 실현으로 이어졌다는 점에서 쉽게 확인해 볼 수 있다. 특히 일본어로 이루어진 친일 문예지《국민문학(國民文學)》의 창간(1941), 친일 문학 단체인 조선문인보국회 결성(1943) 등은 한국문학이 빠져들었던 참담한 굴종의 형국을 말해 준다.

2 소설의 양식과 기법의 분화

(1) 식민지 현실과 소설에 대한 반성

소설의 본질에 대한 비판

1930년대 소설은 조선프로예맹의 해체 이후 대체로 식민지 현실과 계급 이념의 문제를 떠나 개인과 일상의 문제로 그 관심의 방향을 전환하게 된다. 이러한 소설적 경향은 모더니즘이라는 새로운 문학 정신과 기법의 출현으로 이어진다. 여기에서 주목해야 할 것은 당대의 평단에서는 이러한 창작의 변화를 여전히 리얼리즘의 논리에 기대어 논하고 있다는 점이다. 개인과 사회를 어떠한 방향으로 그려 내야 하며, 현실의 위기를 어떻게 극복할 수 있을 것인가 하는 문제는 소설의 양식 문제와 결부되면서 리얼리즘론에 대한 반성, 작가의 지성과 모럴의 문제, 소설적 기법 문제 등으로 그 논의가 전개된다. 당시의 소설적 경향에 대한 비평계의 진단은 대체로 작가의 의식과 태도 문제에 대한 논의에서부터 점차 불안해지고 있는 식민지 현실 상황의 문제로 그 관심이 확대되고 있음을 확인할 수 있다.

이 시기의 비평가 가운데 최재서는 소설이 당면한 문제를 작가의 태도와 의식 문제를 중심으로 검토하고 있다. 그는 소설의 경향을 리얼리즘의 원칙에 입각하여 설명하고 있는데, 그의 「리얼리즘의 확대와 심화」(《조선일보》(1936. 10))는 예술의 리얼리티와 작가의 모럴의 결합을 논의하고 있는 평문에 해당한다. 최재서는 예술의 리얼리티가 외부의 세계 또는 내부의 세계 어느 곳에 한정되어 있는 것이 아니라, 어떤 경우든지 객관적 태도에 의해 대상을 정확하게 관찰하는 가운데에서 생기는 것임을 전제한다. 그리고 박태원의 「천변풍경」을 리얼리즘의 확대라는 관점에서 현실 접근의 객관적 성과를 인정하였고, 이상의 「날개」를 리얼리즘의 심화라는 관점에서 현대적인 삶의 모순과 자기 분열의 실재화에 성공하고 있다고 평가하고 있다.

그러나 최재서는 이러한 리얼리티의 창출만이 문학의 가치를 규정해 주는 요건이 된다고 생각하지 않았다. 보다 중요한 것은 작가의 주관적인 의도와 개성에 바탕을 둔 모럴의 방향이 제시되어야 한다는 것이다. 그는 당시의 소설이 기법 면에서 어느 정도의 성과를 거두고 있다고 하더라도, 모럴의 상실이라는 커다란 한계를 보여 주고 있다고 지적하고 있다. 그리고 문학의 본질적인 가치의 확립을 위해서는 대상에 대한 객관적인 접근만이 아니라 작가 자신의 모럴의 확립이 더욱 요청되는 것이라고 주장하고 있다. 결국 최재서는 1930년대 이상과 박태원 등의 소설에서 볼 수 있는 새로운 모더니즘의 경향을 리얼리즘의 기법 문제로 한정하고 작가의 모럴 상실이라는 문제에 대해 작가 정신의 부재라는 부정적 평가를 내리고 있는 것이다.

이 같은 최재서의 견해에 대해 부정하는 입장에 서 있던 비평가가 백철이다. 그는 「리얼리즘의 재고」(《사해공론》(1937. 1))에서 최재서의 리얼리즘에 대한 인식이 시대와 현실의 변천을 고려하지 않았다는 사실을 전제하면서, 이상의 「날개」는 소피스트의 주관 세계일 뿐 휴머니즘의 정신에 대치하고 있다고 하였다. 그는 리얼리즘의 문학은 궁극적으로 휴머니즘을 통해 심화, 확대되어야 하기 때문에 객관적인 태도 여하에 의해 결정될 성질이 아님을 분명히 하고 있다. 그러면서 백철은 인간 중심의 태도를 작가에게 요구하면서, 시대적 위기에 직면하여 문학인 모두가 가장 진지하게 고려해야 할 것은 방법의 문제가 아니라 자신의 포즈에 안정성을 기하는 것이라고 주문했다.

최재서와 백철의 상반된 주장을 보면, 리얼리즘의 방법에 대한 인식의 차이가 분명하게 드러나고 있다. 최재서가 리얼리즘을 주체와 대상의 관계 문제로 보지 않고 객관적 태도의 문제로 한정했다면, 백철은 주관적 의식의 문제에 더 많은 관심을 부여한 것이다. 그러나 이러한 차이에도 불구하고 두 사람은 모두 당시의 소설에서 문제시되기 시작한 개별적 주체의 문제와 모더니즘 소설의 성격을 정확하게 파악하지 못하고 있었다. 최재서는 작가의 모럴 부재를 내세워 소설의 현상을 부정적으로 평가하였고, 백철의 경우는 작가의 인간 중심 태도의 필요성을 내세움으로써 인간이 현실 속에서 소외되고 인간의 정신이 위축되는 상황만을 문제 삼았던 것이다.

임화의 세태소설론

1930년대 후반 소설의 경향을 최재서, 백철 등과 일정한 거리를 두고 사회적 상황의 문제와 직결시켜 논의했던 비평가로는 임화가 대표적이다. 임화는 그의 「세태소설론(世態小說論)」(《동아일보》(1938. 4))에서 계급 문단의 해체 이후에는 사상성의 감퇴가 중요한 소설적 특징이라고 지적하였다. 그는 당대의 상황을 소설이라는 양식적 특성에 비춰 분석하면서, 작가가 주장하려는 바를 표현하려면 묘사되는 세계가 그것과 부합되지 않고, 현실 세계를 충실하게 묘사하여 살리면 작가의 생각이 그것과 일치될 수 없는 위기의 상태에 이르렀다고 주장하고 있다. 여기에서 작가가 말하고자 하는 것은 작가의 이상, 주제 의식, 사상성 등을 뜻하며, 작가가 그리려고 하는 것은 작품의 대상, 현실 상황, 작품의 소재를 뜻한다고 하겠다. 현실의 소재를 있는 그대로 그려 내는 경우에는 작가가 가진 인생에 대한 이상을 제대로 표현하기 어렵고, 작가의 정신이나 이상을 제대로 살리려면 작품의 사실성을 포기하지 않으면 안 되는 현실의 딜레마가 바로 소설이 직면하고 있는 위기라는 것이다.

임화는 이러한 현실 진단을 통해 당대 소설의 두 가지 중요한 경향을 지적하고 있다. 하나는 세태소설의 증가이며, 다른 하나는 소설적 경향의 내성화(內省化) 현상이다. 세태소설이란 현실의 사태를 있는 그대로 묘사하는 것에만 치중하는 소설을 말한다. 세태소설은 묘사되는 세계를 충실하게 살리려는 태도에서 비롯되는 것이지만, 이것이 소설의 본격적인 방향을 말해 주는 것은 아니다. 왜냐하면 작품을 통해 작가가 말하고자 하는 것과 그리려고 하는 것이 서로 분열된 상태에서, 작가의 의식을 죽이고 작품의 사실성에만 치중한 세태소설이 출현하기 때문이다. 임화는 박태원의 「천변풍경」이나 채만식의 「탁류」와 같은 작품에서 볼 수 있는 진부한 일상생활의 전개가 바로 그러한 예에 해당한다고 지적한다. 이 작품들은 소설적 묘사의 기술은 성공하고 있으나 그 성격과 환경의 조화를 이루지 못했다고 판단한 것이다.

그런데 임화는 소설에서 객관적 현실과 환경에 대한 과도한 관심이 세태 묘사라는 경향으로 나타나고 있는 것과는 달리, 작가 의식의 내면으로 관심을 집중하는 경향을 내성화라고 지칭하였고, 소설 속에서 심리 묘사에 치중한 이상의 작품이나 최명익, 박태원 등의 작품들을 예로 들었다. 임화는 세태소설의 증가와 내성적인 소설의 등장이 모두 이상과 현실의 괴리, 성격과 환경의 분열에서 오는 것이라고 진단한다. 그는 세태소설이 현실 묘사를 확대하고 내성적인 소설이 심리 묘사를 심화시킨다 하더라도, 그것이 결코 소설의 발전을 의미하는 것은 아니라고 주장하였다. 그는 당대 소설에서 볼 수 있는 세태 묘사와 내성적 경향이라는 양극화된 경향이 무력(無力)의 시대를 말해 주는 특징이라고 하였으며, 그것은 결국은 소설 자체의 와해를 가져올 뿐이라고 규정하였던 것이다.

임화가 소설의 세태 묘사와 내성화의 경향이라는 양극화 현상을 극복하기 위한 대안으로 제시하고 있는 것이 본격소설(本格小說)이라는 개념이다. 그가 말하고 있는 본격소설이란 서구의 근대소설을 의미하는 고전적 양식으로서, 환경의 묘사와 작가 자신의 표현의 조화를 이룬 소설을 뜻한다. 그는 '성격과 환경과 그 사이에 얽히는 생활과 생활의 부단한 연결이 만들어 내는 성격의 운명이라는 것이 구조의 기축을 이루고, 그 구조를 통해 작가가 자기의 사상을 표현할 수 있는 소설'을 요구하고 있는 것이다. 헤겔이 정의한 바 있는 '시민사회의 서사시'라는 소설 개념에 전적으로 수긍하는 임화의 입장에서 본다면, 당대 현실에서 작가와 환경 사이의 부조화로 인하여 소설의 묘사와 표현의 조화가 깨어지고 있다는 주장은 타당하다. 그는 환경과 작가와의 분열을 극복하고 조화로운 현실을 다시 회복할 수 있을 때 본격소설의 새로운 등장이 가능하다고 주장하고 있다.

小說은 個人으로써의 性格과 環境과 그 運命을 그리는 藝術이라 西歐的인 意味의 完美한 個性으로써의 人間 또는 그 基礎로써의 社會生活이 確立되지 안는 限, 小說 樣式의 完成은 期待할 수 업는 것이다.

　이런 意味에서 眞正으로 個性的이기에는 多分히 封建的인 新文學, 또한 個性的이기보다는 지나치게 集團的인 傾向文學은 結局 朝鮮의 小說樣式을 完成할 수 업섯다. …… 朝鮮의 傾向小說은 그런 때문에 個性의 價値를 自己의 立場에서 評價하고 再生시키는 것을 沒却하게 되엇다. 그것은 亦是 個性의 價値를 알려 줄 小說의 近代的 傳統이 完成되지 안엇든 때문이다. …… 近代的으로 理解된 社會性의 情熱 업시는 近代的인 個性의 形成도 不可能한 것이다.[1]

　임화는 본격소설의 가능성을 성격과 환경의 조화에서 찾고 있는데, 이것은 사실 소설 자체의 문제가 아니라 사회적 현실의 문제임을 쉽게 알 수 있다. 그는 인물과 환경이 조화되지 않고서는 근대적 의미의 소설 양식의 확립을 기대할 수 없다고 말한다. 그가 진단하고 있듯이 '내성소설'은 자아와 세계의 부조화 속에서 자아가 그 부조화의 상태를 외면한 채 지나치게 주관성에 안주한 상태에 해당한다. 반면에 '세태소설'은 외부 묘사에만 치우쳐 주관 세계의 요건을 외면한 경우라고 할 수 있다. 그러나 이러한 극단적인 경향을 극복하는 것은 삶의 현실에 노정되어 있는 부조화의 상태를 직시하고 그것을 궁극의 현실로 인식할 때에야 가능할 것이다. 임화는 성격과 환경의 조화를 본격소설의 기반으로 생각하고 있지만, 사실 이것은 하나의 관념일 뿐 그 구체적 실현은 불가능한 것이다. 임화가 지적한 대로 성격과 환경의 조화가 필요한 것은 사실이다. 하지만 더욱 중요한 것은 성격과 환경의 부조화에 대한 철저한 인식이다. 바로 여기에서 새로이 제기되는 것이 근대적 개성의 문제이다. 이것은 소

---

1 임화, 「최근 조선 소설계 전망 — 전통의 결여와 소설의 고뇌」, 《조선일보》(1938. 5. 26).

설에 대한 논의가 근대성의 담론과 그 구조 안에서 벗어날 수 없는 것임을 말해 준다. 임화의 문제 제기 방식이 비평사적 의미를 지니게 되는 이유가 여기 있다.

김남천과 소설의 운명론

1930년대 후반 소설 문학의 위기를 성격과 환경의 부조화라고 지적한 임화의 경우와는 달리, 김남천은 소설이라는 문학 형식이 시민사회의 모순을 전체적으로 제시하는 데 그 본령이 있다고 주장한다. 소설이 어떤 특정한 주관을 반영하려 하거나 하나의 적극적인 주인공을 창조하고자 할 경우에는 그만큼 소설의 진실한 정신에서 멀어지게 된다는 것이 김남천의 생각이다. 그러므로 소설이 적극적인 주인공을 창조하지 못하고 있다는 점을 들어 소설문학의 위기를 말했던 논자들의 주장은 김남천에게는 오히려 논리의 비약인 것처럼 생각될 수밖에 없었다. 물론 소설은 성격을 창조하고 성격을 발전시키는 가운데 자신의 정신을 발휘할 수 있는 문학 형식임에 틀림없다. 성격의 발전과 사회의 계층성을 각 계층의 전형을 창조함으로써 다양하게 제시할 수 있다는 점이 소설문학의 중요한 특질이기 때문이다. 김남천은 소설의 당면 문제가 적극적인 주인공의 상실에 있는 것이 아니라 사회적 전형의 발견에 있어서 그 불철저한 문학적 방법에 있는 것임을 분명히 함으로써 소설론의 접근 방식에 대한 반성을 촉구하게 된 것이다.

김남천이 발표한 「소설(小說)의 운명(運命)」(《인문평론》(1940. 11))은 소설의 미학에 대한 자기 나름의 신념을 체계화한 글이라고 할 수 있다. 이 글에서 김남천은 우리의 작가들이 소설의 운명을 깊이 깨닫지 못하고 개인적 취미를 무제한으로 개방하고 불건강한 정신으로부터 문학을 지키려는 노력에 인색하였음을 지적하고 있다. 김남천은 시민사회의 서사시로서의 장편소설이라는 헤겔의 명제를 자신의 논리의 거점으로 삼고 있다. 헤겔은 산업의 발전과 전문화, 개인주의의 확대, 관료제의 성장 등이 모든 예술적 형식을 규제하는 근대 시민사회에서, 그와 같은 사회 발전의 과정을 문학적으로 반영하고 있는 소설의 양식을 근대 시민사회의 서사시라고 말하고 있다. 원래 서사시란 인간과 사회와 자연이 유기적으로 통일되어 있던 영웅 시대의 표현이다. 서사시 속에서의 인간은 자유롭고 스스로 자신의 운명을 결정할 수 있는 존재로 나타나 있다. 그러나 소설은 이와 다른 점이 있다. 소설은 영웅주의가 아니며, 일상적 현실을 반영하는 특정의 세계관에 다름 아니다. 소설은 근대 중산계급의 세계를 드러내 주는 것으로서, 토지에 기초를 둔 사회에서 상업과 산업에 의해 지배되는 사회로 변화해 가는 과정에 내재된 분열을 반영한다. 하지만 소설은 예술의 형식이기 때문에 소설에서 그려 낸 시민 생활의 일상적 생활을 초월하고자 하며 시적 전망의 재창조를 위해 노력하는 것이다. 소설이 인간과 사회와 자연의 운명을 극복하고자 하며 삶에 있어서의 시성(詩性)에 대한 갈망을 구현하고 있다는 점에서, 헤겔은 소설을 근대 시민사회의 서사시라고 규정하였던 것이다.

김남천은 이와 같은 헤겔의 관점에 근거하여, 시민사회의 소설이 다른 시대의 산문 양식인 서사시나 전설, 이야기 등과 본질적으로 다른 것임을 상기할 필요가 있다고 강조하고 있다. 서사시의 형성은 인류 발전의 유년 시대인 영웅들의 시대 — 영웅적인 개인이 그가 소속되어 있는 전체 속에서 본질적으로 일치된 상태인 자신을 의식할 수 있었던 원시적 단계 — 에서만 가능했던 것이다. 그러나 근대 시민사회에서는 개인과 사회의 이와 같은 전체적인 직접 관계가 괴리되어 있다. 헤겔은 바로 이러한 상태를 시민 문명의 산문성이라고 설명하였으며, 잃어버린 시성을 추구할 수 있는 가능성을 소설에서 찾고 있는 것이다. 더구나 소설은 시민의 사상적 표현 수단으로서 시민적 환경 밑에서 생겨났다. 소설의 장르적 속성은 바로 이러한 인식된 개인주의에 의해 그 요건을 갖추게 되었다고 할 수 있다.

김남천은 장르를 결정하는 것이 언제나 그 사회의 역사적 본질이라는 점을 전제로 하여, 장편소설의 형성이 근대 시민사회의 형성과 그 환경을 같이한다는 사실을 놓고, 자본주의 시대의 개인주의적 자의식이 살아 있는 동안 장편소설의 장르 자체가 생명을 가질 것임을 분명히 하고 있다. 다시 말하면 시민적 개인의식이 남아 있고 개인의 운명이나 생활, 개인적 요구와 생활권을 옹호하려는 경쟁에 대한 관심이 존재하고 있는 동안 소설은 그 본질을 상실하지 않을 것이라는 주장이다. 그는 소설의 운명이 소설을 형성케 했던 모든 기반과 개인주의적 자각이 소멸되는 순간부터 다시 변화할 것이며, 새로운 형태의 서사적 형식의 문학이 출현할 것이라고 말하고 있는 것이다.

소설의 운명을 사회 변천 과정에 따라 규정할 수밖에 없었던 김남천이 1930년대 후반 소설 문단의 위기를 극복할 수 있는 방법으로 내세운 것은 무엇이었을까? 그는 일본의 군국주의 강화라는 현실적 조건과 그 위기 상황을 앞에 두고 지리멸렬한 소설의 현상만을 논하는 것이 부질없는 일임을 깨닫고 있었다. 더구나 이러한 위기의 현실 앞에서 환경과 개인의 성격이 조화를 이루는 고대적 서사시에 접근할 것을 소설에 요구한다는 것이 당돌한 구상임을 솔직하게 시인하고 있다. 그는 당대의 현실적 조건 속에서 소설의 개조를 위해 할 수 있는 가능한 일이란 개인주의가 남겨 놓은 모든 부패한 잔재를 소탕하는 일뿐임을 강조하였다. 왜곡된 인간성과 인간 의식의 청소 ─ 이것을 통해서만 완미한 인간성을 창조할 새로운 양식의 문학을 가질 수 있다는 것이 그의 생각이다. 그것을 위해 실천해야 할 하나의 방도로서 그는 리얼리즘의 길을 내세우고 있다. 그것이 바로 진실을 그려 낼 수 있는 방법이기 때문이다. 그러나 여기에서 말하는 리얼리즘의 방법이란 그 구체적인 방법론이나 정신에 대한 해명이 제대로 정립되지 않은 상태이다. 다만 전환기를 감독하고 왜곡된 인간성과 인간 의식, 인간 생활을 제시하는 것 정도의 설명에 그치고 있기 때문이다.

김남천은 「소설의 장래와 인간성 문제」(《춘추》(1941. 3))에서 소설 개조의 방향을 집단과 개인의 분리를 초극하고 행동과 사상이 통일된 완미한 성격을 창조하는 길을 통해 추구할 것을 분명히 하였고, 고대 그리스의 인간 이상을 실현시키는 새로운 질서를 창조하는 길 위에서만 소설을 새롭게 발전시킬 수 있다고 말하고 있다. 이 같은 태도의 전환이 임화의 주장과 동궤에 서고자 하는 것인지는 분명하지 않지만, 이러한 논의 방향의 귀착점이 1930년대 후기 장편소설론의 한계를 말해 준다고 할 수 있다.

소설론의 이념적 성격

1930년대 후반 소설의 위기를 지적하면서부터 문단의 주도적인 비평 과제가 되었던 장편소설론은 그 시대적 의미가 우선적으로 중요시된다. 조선프로예맹의 해체 이후에 더욱 강화된 일본의 군국주의와 사회적 위기에 대응하기 위한 문학론이 바로 소설 개조론으로 대두되었기 때문이다. 그러나 직접적인 현실 문제의 논의가 불가능한 상태에서 문예의 영역에 한정된 이 테마는 결국 작가의 정신과 소설 장르의 본질만을 문제 삼는 것으로 시종된 느낌이 없지 않다. 더구나 장르 논의에 있어서는 대체로 개인과 사회의 전체적인 통일을 지향하는 고대의 서사시적 특질에서 소설의 가능성을 찾고 있었기 때문에, 어느 사이에 소설의 위기를 인식하는 데서 출발한 논의가 그 위기를 배태시킨 전체주의를 승인하는 방향으로 전개되었음을 알 수 있다.

소설의 운명을 역사 발전의 단계와 더불어 이해하고자 했던 김남천의 경우, 그의 주장이 리얼리즘론으로 심화되지 못한 것은 두 가지 측면으로 해석이 가능할 것 같다. 하나는 리얼리즘의 문제를 김남천 자신이 사회주의 리얼리즘의 문제로 한정시켜 생각하지 않았는가 하는 점이다. 그가 개인주의의 청산과 함께 리얼리즘을 운위한 것은 아직도 그의 의식 속에 조선프로예맹 해체 이전의 이데올로기적 기반이 짙게 깔려 있음을 나타내는 것처럼 보인다. 개인주의의 청산이 곧 사회주의적 전체성과 상통하는 것이라고 단언하기는 어렵지만 이미 소련에서 사회주의 리얼리즘에 입각한 문학 작품 창작이 이루어지고 있었고, 김남천이 빚지고 있는 루카치의 소설론이 결국 그 전체성에의 향수를 이데올로기에서 추구하게 된다는 점 등이 예사롭지 않은 증거이다. 다른 한편에서는 김남천 자신도 결국 일제의 군국주의에 함몰되어 버릴 수밖에 없었다는 추측도 가능하다. 그가 이미 지나 버린 문학 양식으로서의 서사시를 현재의 소설 양식에 빗댈 수 없음을 분명히 한 바 있고, 역사 발전의 단계에 입각하여 소설 양식의 변화를 설명했던 점을 상기한다면, 리얼리즘의 방법을 고수하지 못하고 자신이 부정했던 고대의 서사시적 속성으로 장편소설의 근본을 귀착시켜 놓은 그의 입장은 분명 전체주의의 승인이라는 방향으로 굳어지고 있는 것처럼 보인다.

식민지 시대의 문학론의 마지막 고비를 차지하고 있는 장편소설론은 그 이론적 기반이나 논의 방향이 모두 서구 소설론에만 의존하고 있다는 점에서 한국적 상황에 대한 깊이 있는 인식에 도달하지 못할 수밖에 없었다는 또 하나의 한계를 드러내고 있다. 소설의 장르적 인식 자체가 이미 서구적인 이론의 틀에 의존하고 있는 데다가, 소설의 발전과 그 변화를 역사 발전의 단계로 설명하고자 하는 경우에도 서구의 문학을 준거로 할 뿐 한국의 장편소설의 발달 과정을 완전히 도외시하고 있다는 점을 쉽게 알 수 있다. 그러므로 소설의 개조론 자체가 관념론에 빠져들어서 실제적인 작품 창작에 크게 기여할 수 없는 공소한 논리로 전개되는 듯한 느낌을 벗어날 수 없었던 것이다.

(2) 모더니즘 소설과 산문의 시학

모더니즘 소설의 등장

1930년대 소설에서 주목되는 변화는 모더니즘적 경향의 등장이라고 할 수 있다. 이 시기의 새로운 모더니즘 소설은 주로 도시를 배경으로 개별적 주체의 일상을 그려 내면서 개인의 내면 의식의 추이를 다양한 서술 기법을 통해 포착하고 있다. 그렇기 때문에 등장인물은 집단적인 이념이나 가치에 얽매이기보다는 일상을 배경으로 개별화된 내면 의식을 드러낸다.[2] 당시 계급 문단 소설의 등장인물들이 대개 집단의식의 소설적 구현을 위해 긍정적인 인물로 치장되고 있었던 점을 생각한다면, 소설적 주인공들이 왜소한 일상인의 모습으로 현실의 공간에 방치되어 있다는 것은 계급소설들과 확연히 구별되는 특징이라고 할 것이다.

1930년대 모더니즘 소설이 그려 내는 세계는 개별화된 인간의 내면 의식, 도회적 풍물, 성에 대한 관심과 관능미에 대한 천착 등 다양하다.

---

2 강상희, 『한국 모더니즘소설론』(문예출판사, 1999), 16~17쪽.

소설에 등장하는 개별화된 인간들은 대개 도시적 공간을 삶의 무대로 삼고 있다. 소설적 배경 자체가 도회적인 것이 바로 이러한 특징을 말해 준다. 이 시기에 이르러서야 한국 소설이 도시적 풍물을 소설의 무대로 구체화시킬 수 있게 된 것이다.[3] 도시적 공간이라는 소설적 장치는 모더니즘 소설에서 단순한 배경적 요건인 것만은 아니다. 도시의 확대와 각종 새로운 직업의 등장, 도시의 가정과 가족의 해체, 물질주의적 가치관의 팽배 현상, 환락과 고통의 변주, 소외된 개인과 반복되는 일상 등과 같은 모든 것들이 1930년대 도시 생활의 변모와 함께 그 다양한 분화를 보여 준다. 그렇기 때문에 모더니즘 소설은 자칫 평범한 일상적 이야기인 듯한 느낌을 주기도 하지만, 개체화된 인간들의 삶을 통해 도시에서 문제시되고 있는 인간관계의 상실, 개인주의적 삶의 태도 등을 자연스럽게 표출하고 있다.

1930년대 모더니즘 소설이 도시적 시정(市井)의 삶에서 발견해 낸 것은 인간 세태와 풍물만이 아니다. 여기에는 인간 존재에 대한 새로운 서사적 질문법도 포함되어 있다. 경향소설 이후 개인과 사회 현실의 총체적인 관계의 파악을 위해 주력해 온 소설적인 특성을 생각할 때, 모더니즘 소설은 개별적인 국면의 제시를 통해 개체화된 인간의 모습을 투영해 봄으로써 삶에 대한 새로운 접근을 보여 주고 있는 셈이다. 이러한 특성은 리얼리즘의 문학을 문제 삼는 비평가들에게 성격과 환경, 즉 개인과 사회의 분열로 치닫는 소설의 위기로 인식되기도 하였지만, 삶에 대한 인식의 방법과 태도가 새로운 전환을 드러내는 징후로 인정될 수도 있을 것이다.

모더니즘 소설에서 활용되는 기법은 소설의 형식을 치장하도록 고안

---

3 서준섭, 『한국 모더니즘문학 연구』(일지사, 1988), 112~113쪽.

된 의장이 아니다. 그것은 대상에 대한 인식의 방법이며, 소설의 장르적 규범을 새로이 정립해 보고자 하는 노력이다. 이른바 '의식의 흐름'이라는 초현실주의적 소설 기법을 박태원이 자신의 소설에서 시험한 것은 개인의식의 내면적 공간을 확대하기 위한 방법의 천착으로 이해할 수 있다. 인간의 존재와 그 삶의 양상이 현실적인 공간 위에서만 의미 있게 규정되는 것이 아니라, 내면 의식의 흐름 속에서 보다 본질적인 것으로 자리 잡는다는 것이 박태원의 인식 방법이다. '장면화'의 방법은 소설의 국면을 이야기를 통해 들려주기보다는 현장성의 극적 표출을 통해 보여 주기 위한 것이다. 사소한 일상의 일들을 소설에 끌어들이고 있지만 이것을 이야기화하지 않는다. 모든 것들은 그의 소설 속에서 하나하나의 장면으로 보여지며, 공간적으로 배치된다. 사건의 시간적인 진행이나 인과적인 해결을 목표로 하지 않고, 그 상황 자체의 제시에 몰두하는 셈이다. 이 같은 소설적 기법은 서사성의 원칙에 의거하는 소설의 이야기를 해체하고 있지만, 소설의 세계에서 공간성을 확보하려는 노력으로 설명될 수도 있다. 언어는 소설의 이야기를 말해 주기 위한 수단이라기보다는 '보여 주기'를 위한 수단이며, 그만큼 상황적 구체성에 집착한다. 그러므로 박태원의 소설은 대화의 생동감 있는 실현, 묘사의 직접성과 장면의 현재화에 일정한 성과를 내고 있다.

모더니즘 소설은 궁극적으로 창조의 삶 그 자체라고 할 수 있다. 소설이 이념성을 배제하고 기법적인 면에서 새로운 변혁을 시도하는 것은 인간의 삶에 대한 해석의 새로움과 다를 바가 없다. 삶을 고정된 이념의 구현으로 보는 것에 반대하며, 소설이 그런 기정사실화된 삶을 이야기하는 데도 반대한다. 소설 작업은 미지의 삶에 대한 탐구이며, 새로운 삶의 세계에 대한 접근이다. 박태원의 소설 속에 등장하는 인물들은 운명의 필연성에 얽매이지도 않으며, 주어진 이념에 복종하지도 않는다. 그의 인물들은 모두 순간의 의미에 따라 자신의 삶을 살아간다. 독자들은 그의 소설 속에서 바로 이러한 인물들을 만나는 것이며, 이들 인물이 스스로 내보이는 행위를 통해 자연스럽게 삶의 과정에 동참하게 되는 것이다.

박태원, 소설적 기법의 발견

박태원[4]의 문학적 활동은 1933년 이태준, 정지용, 김기림 등과 구인회에 참여하면서 본격화되었다. 그의 소설 「소설가(小說家) 구보씨(仇甫氏)의 일일(一日)」(1934)과 「천변풍경(川邊風景)」(1937)은 박태원의 소설 기법과 그 문학적 성과를 동시에 규명해 볼 수 있는 문제작이다. 소설에서 사건의 극적 전개, 인물의 대립과 갈등, 집단적인 이념의 구현 등에 익숙해 있던 독자들에게는 이 두 편의 소설이 충격적이라고 할 만큼 파격적인 형태로 인식된다. 이 작품들 속에는 이야기의 발단과 갈등이 클라이맥스로 이어지는 구체적인 행위의 개념이 나타나 있지 않다. 「소설가 구보씨의 일일」의 경우는 주인공이 아침에 집을 나와 도시의 구석구석을 배회하다가 저녁에 다시 집으로 돌아오는 내용으로, 하루 동안 들른 일상적인 생활공간이 소설의 내용을 이룬다. 「천변풍경」에는 이렇다 할 주인공 없이 도시의 다양한 일상인들이 등장한다. 두 작품은 플롯의 중심 개념

---

4 박태원(朴泰遠, 1910~1986). 필명은 몽보(夢甫), 구보(仇甫). 서울 출생. 경성제일고보 졸업. 일본 호세이대학(法政大學) 중퇴. 단편 「적멸(寂滅)」(1930), 「수염」(1930), 「꿈」(1930) 등을 발표한 후 1933년 '구인회'에 가입. 중편 「소설가 구보씨의 일일」, 「골목 안」(1939), 장편 「천변풍경」, 「여인성장」(1942) 등을 발표. 광복 직후 조선문학가동맹 가담. 한국전쟁 당시 월북, 북한에서 역사소설 「계명산천은 밝았느냐」(1964), 「갑오농민전쟁」(1984) 발표. 참고 문헌: 최재서, 「리얼리즘의 확대와 심화」(조선일보, 1936. 10. 31~11. 7); 김윤식, 「고현학의 방법론」, 「한국문학의 리얼리즘과 모더니즘」(민음사, 1989); 안숙원, 「박태원의 소설 연구」(서강대 박사 논문, 1993); 정현숙, 「박태원 문학 연구」(국학자료원, 1993); 김종욱, 「「소설가 구보씨의 일일」에 나타난 자아와 지속적 시간」, 《한국문학과 모더니즘》(한양출판, 1994); 강진호, 「박태원 소설 연구」(깊은샘, 2007); 구보학회 편, 「박태원과 구인회」(깊은샘, 2008); 방민호, 「박태원 문학 연구의 재인식」(예옥, 2010).

인 행위를 해체시킨 것은 물론, 주인공이라는 개념도 해체시킨 셈이다.

「소설가 구보씨의 일일」의 주인공은 소설을 쓰는 작가임을 알 수 있다. 그는 별다른 목적 없이 집을 나와 사방을 기웃거리며 하루를 보낸다. 그 하루의 시간 속에서 주인공의 의식도 방황을 거듭한다. 잊고 있던 옛 애인을 떠올리고 추억에 잠기기도 하며, 사소한 일상의 일들이 머리에서 떠나지 않는다. 삶과 현실에 대한 철저한 방관을 통해 주인공이 도달하고 있는 것은 인간 생활을 지배하는 의식의 일상성에 대한 인식뿐이다. 주인공의 도시 배회에는 그의 손에 들린 한 권의 노트가 동반자 노릇을 한다. 도시의 이곳저곳을 떠돌며 우연히 부딪치는 주변 세계의 사실들을 만화경적으로 기록하면서 새로 쓰려는 소설의 모티프를 구상하는 것이 그의 일이다. 또 하나의 동반자는 주인공의 의식이다. 주인공이 도시를 배회하는 것과 더불어 그의 의식도 방황을 거듭한다. 현실 생활에서의 그는 무기력과 상실감에 빠져 있는 데 비해, 그의 방황하는 의식은 잃어버린 행복과 기쁨을 추구하고 있다.

「소설가 구보씨의 일일」에서는 소설 쓰기라는 주인공의 창조적 활동을 일상성의 공간 속에 해체시켜 보여 준다. 문학과 예술의 창조 활동은 상상력이라는 이름으로 감싸져 그 과정 자체가 신비화되는 것이 보통이다. 그러나 이 작품의 경우 그 주제의 무게나 소재의 문제성 등과는 별도로 소설 쓰기의 과정 자체가 관심의 대상이 된다. 소설 쓰기의 창조적 과정을 일상생활에 그대로 펼쳐 보이는 이 같은 태도는 자기 지시적인 관점을 보여 준다는 점에서 문학에 대한 인식의 전환을 의미하는 것임에 틀림없다. 박태원 자신은 이러한 글쓰기의 방법을 '고현학(考現學)'이라고 이름 붙였는데, 이것은 미적 자의식의 구현과도 관계되는 것임을 알수 있다.

이 작품에서 이야기의 표면에 펼쳐진 일상성의 의미는 자의식과 대비됨으로써 더욱 두드러지게 드러난다. 일상성의 내면에 자리 잡고 있는 자의식의 추이가 이야기의 방향을 결정하고 있기 때문이다. 이 작품의 내용을 이루는 일상성의 의미는 개별화된 인간의 문제와 연관시켜 볼 필요가 있다. 작품의 주인공은 계급적인 이념이나 사회적 의식을 집단적으로 대변하는 사회화된 인물이 아니다. 그는 주변의 생활이나 다른 인물들과 아무런 관계를 맺지 않고 도시 공간을 방황한다. 그는 혼자 생각하며 혼자 걷고 혼자서 이야기할 뿐이다. 이같이 개별화된 인간의 내면 의식은 인간 존재의 의미를 확인할 수 있는 근거가 된다. 이 소설은 도회 공간을 떠도는 인물을 그리면서도, 그 인물의 내면화된 의식 공간을 더욱 치밀하게 묘사하고 있는 셈이다. '의식의 흐름'을 따라가는 심리주의적 수법의 단면이 바로 여기에 나타나 있다.

장편소설 「천변풍경」은 소설적 기법의 면에서 1930년대 소설 문단이 거둔 중요한 수확이다. 이 작품이 발표된 직후에 묘사의 객관성을 들어 리얼리즘의 확대를 운위했던 최재서의 비평적 태도가 리얼리즘의 기법적 차원만을 염두에 둔 것이라는 점은 당연히 지적되어야 할 것이지만 「천변풍경」의 소설적 특징이 기법의 영역에서 주목되었던 것은 부인할 수 없는 사실이다. 임화의 경우에는 세태적 환경에 대한 작가의 집착을 이른바 '세태소설'이라는 말로 규정하기도 했으며, 백철의 경우에는 오히려 "자신의 포즈에 안정성을 갖고 인간 중심의 태도를 확보해야만 진정한 리얼리즘의 승리를 획득할 수 있다."라고 박태원의 기법 위주의 소설을 공격하기도 하였다. 이처럼 「천변풍경」은 발표 직후부터 평단의 관심사가 되었으며, 소설 문단의 새로운 경향을 대변하는 것으로 화제에 오르게 된 것이다.

「천변풍경」의 내용은 모두 서울이라는 도시의 한복판을 흘러 나가는 청계천 주변 사람들의 이야기로 이루어지고 있다. 도회의 모든 일들이 이곳 천변으로 흘러 들어온다고 할 수 있을 만큼, 청계천 주변에는 온갖 행색의 인간들이 각기 제 몫을 가지고 얼굴을 내민다. 그러므로 이 작품 속에는 한두 사람의 핵심적인 등장인물이 없다. 모든 등장인물이 각각 자신의 이야기의 주인공이 되고 행위의 주체가 되어 소설 속에서 움직이고 있다. 모두 50절로 나뉘어 있는 이 작품에는 약 70여 명의 인물이 등장한다. 돈과 생활의 안정이 주는 세속적인 행복을 최상의 가치로 여기는 중산층의 인물들, 가난은 숙명이며 돈이 곧 행복이라고 생각하는 서민층의 인물들, 봉건적 인습과 남성의 억압적 지배에 의해 피해를 입은 여인들, 세상의 진실과 허위를 발견하며 성장해 가는 아이들 등 다양한 인물들의 생활상이 파노라마식으로 묘사되어 있다. 이 작품은 도시 서민들의 세태를 총체적으로 묘사하기 위해 청계천변이라는 공간을 중심으로 약 1년 동안 사계절의 순환을 따라 변화하는 삶의 다양한 삽화들을 연결시키고 있다. 따라서 이 작품은 인물이나 사건의 총체성보다는 공간의 총체성을 확보하는 데 더 많은 노력을 기울인다.

「천변풍경」에 등장하는 인물들은 한결같이 시정의 일상사에 매달려 있다. 그들은 대부분 도시의 소시민이거나 하층민으로서 삶에 대한 뚜렷한 목표나 이상이 없다. 이들이 도시의 한복판 청계천변으로 밀려 들어오게 된 사연들은 제각기 다르지만, 돈을 벌어야 한다는 생각만은 대개가 공통적으로 갖고 있다. 소시민적 의식 속에서 비교적 여유 있는 삶을 누리는 인물들은 한결같이 탐욕스러운 생각을 가지고 자신의 안위만을 중요시한다. 권력에 아부하여 일신의 평안을 구하는 자도 있고, 장사를 하여 돈을 모으고 자신의 권위를 내세우고자 하는 인물도 있다. 이들과는 달리 기생으로서 몸을 팔아 생계를 꾸리는 사람도 있으며, 온갖 구박과 시름 속에서 살아가는 사람도 적지 않다. 이들의 삶은 모두 도회적인 속성을 지니고 있기 때문에 개별적일 수밖에 없고, 각박할 뿐이다. 도시는 이들 다양한 인간들이 살아 숨 쉴 수 있는 공간이 되고 있긴 하지만, 참다운 삶을 추구할 수 있는 땅이 되지는 못한다. 때로는 환락의 수렁이 되고 배신의 늪이 되기도 하며, 인신매매의 수라장이 되기도 한다. 그러나 사람들은 여전히 그 도회의 한복판에 모여들고 있는 것이다.

그런데 「천변풍경」 속 다양한 인물들의 갖가지 행색은 두 군데의 서로 다른 장소에서 동시적으로 파악되고 있다. 하나는 천변에 자리 잡고 있는 동네의 이발소이며 다른 하나는 천변의 빨래터이다. 이 두 개의 장소는 일상을 의미하는 공통적인 공간으로 남정네들이 드나드는 이발소에서 그들의 삶의 모습이 투영되며, 빨래터에 나온 아낙네들의 입을 통해 온 장안의 화제가 소설 속으로 끼어든다. 이 같은 공간 설정과 서사 기법은 개별화된 인물들이 각기 보여 주는 특이한 행동과 태도를 하나의 공간 속에 배치하는 데 기능적으로 작용하고 있다. 그러나 이 같은 기법에도 불구하고 이 소설이 삶의 총체적인 인식에 도달하지는 못했다. 그 이유는 개별화된 인물들을 하나로 이어 주는 서사적인 통합력이 약하다는 점을 지적할 수 있을 것이다. 이것은 물론 작가 의식의 부재라는 새로운 문제를 야기하는 것이지만, 작가 자신의 창작적 태도와 수법으로 간주할 수도 있다. 오히려 이러한 기법을 통해 집단화를 거부한 상태로 자유롭게 인물들의 형상을 배치함으로써 도시적 공간과 인간의 속성을 동시에 파악할 수 있었다.

박태원의 소설은 「천변풍경」 이후에도 도시적 풍물을 소설적 무대로 구체화시킨 경우가 적지 않다. 도시적 공간이라는 소설적 장치는 박태원의 소설에서 단순한 배경적 요건으로 작용하는 것만이 아니다. 도시의 확대와 각종의 새로운 직업의 등장, 인간들의 행태, 물질주의적 가치관의 팽배 현상, 환락과 고통의 변주, 이 모든 것들이 1930년대 도시 생활의 면모와 함께 그 다양한 문화를 보여 준다. 그렇기 때문에 박태원의 소설은 자칫 평범한 일상에 머물고 있는 듯한 느낌을 주기도 하지만, 개체화한 인간들의 삶을 통해 도시의 속성에서 문제시되고 있는 인간관계의 상실, 개인주의적 태도 등을 자연스럽게 표출하고 있다. 도시적 시정(市井)의 삶에서 박태원이 발견해 내는 것은 세태와 풍물만이 아니라 인간 존재에 대한 새로운 질문법도 포함되어 있다. 경향파 소설 이후 개인과 사회 현실의 총체적인 관계의 파악을 위해 주력해 온 소설적인 특성을 생각할 때, 박태원은 개별적인 국면의 제시를 통해 개체화된 인간의 모습을 투영함으로써 삶에 대한 새로운 접근을 보여 주는 셈이다. 이러한 특성은 리얼리즘의 문학을 문제 삼는 비평가들에게 성격과 환경, 즉 개인과 사회의 분열로 치닫는 소설의 위기로 인식되기도 하였다. 그렇지만 삶에 대한 인식 방법의 새로운 전환을 드러내는 그의 소설이 문학의 전체적인 맥락 속에서 모더니즘적 경향으로 크게 기울어져 있다는 것은 소설사적인 차원에서 크게 주목되는 특징이다.

그러나 박태원의 소설은 기법적인 실험이 가져다 준 신선한 충격을 잃고 유형화되면서 통속성에 빠져든다. 그의 장편 「우맹(愚氓)」(1939), 「여인성장(女人盛裝)」(1941) 등이 보여 주는 통속성은 「천변풍경」에서의 소설적 기법이 발전적으로 확대되지 못한 채 타락해 버린 경우에 해당한다고 말할 수 있을 것이다. 삶의 총체성에 대한 인식이 불투명하고 역사에 대한 전망이 없는 상태에서 박태원은 「삼국지」와 같은 중국 역사물의 번안 작업에 매달린다. 그가 근대적인 것에 대한 극복과 도전을 포기한 것은 1930년대 소설이 암흑기에 접어들면서 보여 준 절망의 형국임을 어느 정도 가늠해 볼 수 있다.

이상과 근대적인 것의 초극

이상[5] 문학은 1930년대 문단에서 분명 하나의 충격이다. 이러한 충격은 이미 널리 퍼져 있는 양식에 대한 반동에서 온다. 이상 문학은 외관의 무의미성을 강조하면서 상상력의 하부 구조를 열어 가기 위해 노력한다. 구속이 없는 자유, 자유로운 감각, 질서에 대한 충동의 우위, 상상력의 해방, 이런 것들이 오늘날까지도 이상 문학에 관심을 가지게 만드는 요인일 것이다.

이상은 1930년 잡지 《조선》에 장편 「12월 12일」을 연재했지만, 그가 문단에서 존재감을 드러낸 것은 1934년 《조선중앙일보》에 시 「오감도」를 연재하면서다. 이 시는 커다란 반향을 불러일으켰고, 이상은 이를 통해 널리 알려진다. 그는 정지용, 이태준, 이효석, 조용만, 박태원, 이무영 등으로 구성되어 있던 구인회에 가입하면서 활동 기반을 넓혔고, 구인회의 동인지 《시와 소설》의 편집을 맡기도 했다. 1937년 세상을 떠나기까지 그는 소설 「날개」(1937)를 비롯하여 「지주회시(鼅鼄會豕)」(1936), 「동해(童骸)」(1937), 「봉별기(逢別記)」(1936), 「종생기(終生記)」(1937) 등을 발표하면서 평단의 주목을 받았다. 시 「오감도」와 소설 「날개」는 이상의 대표작으로 평가되고 있으며, 이 시기 모더니즘 계열의 대표적인 성과로 손꼽히고 있다.

---

5 이상(李箱, 1910~1937). 본명은 김해경(金海卿). 서울 출생. 보성고보, 경성고등공업학교 건축과 졸업, 조선총독부 내무국 건축과 근무. 1934년 김기림, 이태준, 정지용 등과 구인회에 가담, 《조선중앙일보》에 시 「오감도」 연재. 1936년 구인회 동인지 《시와소설》 편집, 소설 「지주회시」, 「날개」, 「봉별기」, 「동해」 등 발표. 1936년 11월 일본으로 가서 소설 「종생기」, 수필 「권태」 창작. 참고 문헌: 이어령, 「이상의 소설과 기교」, 《문예》(1959. 10); 김윤식, 『이상 연구』(문학사상사, 1987); 권영민 편, 『이상 문학 연구 60년』(문학사상사, 1998); 김주현, 『이상 소설 연구』(소명출판, 1999); 권영민, 『이상 텍스트 연구』(뿔, 2009); 권영민, 『이상 문학의 비밀 13』(민음사, 2012).

이상의 단편소설 「지도의 암실」(1932), 「지주회시」, 「동해」, 「종생기」, 「환시기」(1938), 「실화」(1939) 등은 주인공의 하루의 일과로 이야기가 끝난다. 이 작품들에서 그린 하루라는 제약된 시간은 일반적인 시간의 보편적 속성과는 관계없이 등장인물의 사적 체험 속에서 재구성된 실제적 경험의 시간이다. 그런데 이 시간은 비록 제한된 하루 동안이라고 하더라도 일상적으로 반복되며 순환된다. 이상의 소설 속에서 그려지는 주인공의 경험적 시간은 지극히 개인적이고도 사적인 것이지만 일상적으로 반복되는 순환적 시간의 틀을 벗어나지 않는다. 이 순환적 시간은 이야기의 시작과 결말을 자연스럽게 매듭지으면서 그 순환적 특징을 강조한다.

이상의 소설에서 그려지는 하루라는 시간은 도시적인 현대인의 삶의 전부에 해당한다. 그러므로 이 하루가 바로 소설의 중심이며 이야기의 핵심이 된다. 소설의 주인공들은 모든 흘러간 기억들을 하루라는 시간 속에 주입시킨다. 이러한 방법을 통해 하루라는 제약된 시간이 소설에서 특별한 현재를 구성하고 있다. 이상이 그의 소설에서 시간의 제약을 무한하게 확장하기 위해 끌어들이고 있는 것은 이른바 '시간화된 공간'이다. 인물의 의식 내면에서 자유롭게 연상된 정신의 궤적을 따라 공간은 확대되기도 하고 수축되기도 하면서 가변적인 것으로 묘사된다. 이렇게 시간화된 공간은 현실과 환상을 넘나들며 일상적인 현실의 고정된 틀을 넘어선다. 그러므로 이상의 소설에서는 시간의 흐름이 일상적인 현실 속의 규범이라든지 그 지속의 과정과 서로 불일치하는 것으로 그려진다. 이상 문학에서 시간은 마치 정신이 시간을 경험하는 것처럼 지연되기도 하고 즉각적으로 이동하거나 도약하기도 한다. 이 과정에서 인물의 기억과 욕망이 극적으로 제시되고 외형화하여 무의식의 세계와 겹친다.

이상의 소설은 주인공이 겪는 일상적인 하루 동안의 일들을 중심으로

하고 있기 때문에 각각의 작품에 극적인 갈등이나 반전 등으로 이어지는 중요한 행동이나 사건이 제대로 드러나 있지 않다. 뚜렷한 줄거리를 만들어 내는 핵심적인 사건이나 행동도 찾아보기 어렵다. 실제로 이상의 소설 「지도의 암실」, 「날개」, 「종생기」, 「실화」 등을 보면 일상의 우연하고도 사소한 일들이 이야기의 중심에 자리 잡고 있다. 이것은 일상성이 글쓰기를 통해 사유와 의식 속에 들어와 있음을 의미한다. 이상의 소설이 이와 같이 일상성을 드러내는 것은 바로 그러한 일상성을 생산하는 사회의 모더니티를 규정하는 일과 다를 바가 없다. 겉보기에 무의미해 보이는 것들 가운데서 작가는 자신의 관점에 의해 중요하다고 느끼는 것들을 발견하고 그것들을 나열함으로써 바로 그 사회의 성격을 규정하고 있기 때문이다.

이상의 대표작으로 널리 알려진 단편소설 「날개」는 일상으로부터의 탈출 욕망을 형상화하고 있다. 이 소설의 화자는 '나'라는 지식인이다. 그는 도시의 병리를 대표하는 매춘부인 아내와 기형적인 삶을 살아가고 있다. 아무런 희망도 비판적 자각도 없는 무기력한 주인공이 좁은 방으로 표상되는 비정상적인 삶으로부터 탈출하고자 하는 욕망이 이 소설의 주제를 형성하고 있다. 주인공은 외적 현실과 정상적인 관계를 맺지 못하고 아내에게 기생하여 살아간다. 아내가 수상한 외출을 하거나 방에 외간 남자를 불러들여도 분노할 줄 모르며, 오히려 착한 어린이나 순한 동물처럼 "아무 소리 없이 잘 논다." 이 같은 비정상적인 현실에 대한 적응은 자신의 존재를 비하하고 자아에 대한 모독과 부정을 일삼는 병리적 쾌락으로 전화되어 나타난다. 주인공은 자신을 동물적 존재로 비하하거나 아내가 아스피린이라고 속이며 건네주는 수면제를 먹고 무자각의 상태에 빠짐으로써 무의미한 삶을 지탱하고 있다.

이 작품은 무의미한 일상의 삶과 자의식의 세계로부터 탈출하려는 욕망을 표출하고 있다. 이 소설은 특이한 공간 구조를 근간으로 이야기를 입체적으로 구성한다. 이야기의 발단은 외부적인 현실 공간과 격리되어 있는 내부 공간으로서의 '나의 방'에서 이루어진다. 이야기의 전개 과정은 닫힌 공간으로서의 '나의 방'에서 벗어나고자 하는 탈출의 욕망에 의해 단계적으로 형상화된다. 그 첫 단계가 '아내의 방'으로 나오는 일이며, 뒤에 '아내의 방'을 거쳐 바깥 세상에 발을 내딛는다. 반복적인 행위의 패턴화를 통해 구현되는 탈출의 욕망과 그 좌절의 과정은 모두 자아의 내면 의식의 복잡한 갈등 과정으로 채색되어 있다. 소설의 서두에서 '나의 방'에 갇혀 있던 주인공의 무기력한 삶이 '박제'로 상징되었다면, 결말 부분에서는 '나의 방'을 벗어난 주인공이 한낮의 거리에서 아예 하늘로 비상하는 것을 꿈꾼다. 이 탈출에의 의지가 '날개'로 상징된다. "날개야 다시 돋아라. 날자. 날자. 날자. 한 번만 더 날자꾸나."라는 절규가 그것이다. 하지만 이 탈출 의지는 미래로의 적극적인 투기라기보다는 결코 행동화될 수 없는, 자의식 속에서만 드러나는 간절한 내적 원망의 표백에 더 가까운 것이다.

이 작품에서 방이라는 닫힌 공간의 폐쇄성과 바깥세상이라는 열린 공간이 지니는 개방적 공간성의 의미가 주체의 존재를 규정하는 데 어떻게 작용하는가를 확인해 볼 필요가 있다. 방에서 바깥세상으로의 공간 이동은 존재론적으로 불완전한 개인의 자아 인식의 과정과 대응한다. 방 안에서 주인공은 자신이 살아 있음을 내부로부터 스스로 확신하고 있는 경우가 별로 없다. 그리고 가장 기본적인 경험적 요건으로서 시간의 불연속성이 자주 나타난다. 이 작품의 이야기에서 시간은 어떤 연속적인 서사성을 인지하기 어렵게 분리되어 있다. 앞의 경험과 뒤의 경험이 서로 연관되어 있다기보다는 별개의 것으로 떨어져 있는 듯한 느낌으로 시간이 인지되고 있기 때문이다. 그러나 그 방을 벗어나기 시작하면서 주인공은 이 같은 시간적 경험의 분열 과정으로부터 어느 정도 자유로워지고 있다. 물론 주인공은 외부에서 자신에게 가해 오는 또는 가해 올지도 모르는 위협을 스스로 차단하지 못하는 데에서 오는 불안감에 사로잡혀 있다. 그 결과 자신의 온전함에 대한 신뢰를 잃어버리게 되며, 자기 행동과 사고를 끊임없이 반복하여 다시 돌아본다. 그 결과 자아의 생생한 자발성이 사라지고 있지만, 그가 꿈꾸는 것은 자기 존재의 정체성을 위협하는 현실적 공간으로부터 벗어나는 일이다.

「지도의 암실」에서부터 「실화」에 이르기까지 이상 소설의 작중인물들은 단편소설 「날개」의 경우와 마찬가지로 그 사회적 존재 기반을 전혀 보여 주지 않는다. 이러한 사회 배경의 제거는 인물의 성격을 추상화시킨다. 이상의 소설 속에 등장하는 주인공들은 뿌리 뽑힌 도회인으로 거리를 배회하고 소외된 지식인으로서 자의식에 칩거하기도 하며 때로는 사물의 본질에 대해 깊이 사고하는 모습을 보여 주기도 한다. 이 주인공들이 보여 주는 모순적이면서도 자기비판적인 사고와 자의식의 성향은 언제나 현실의 모든 양상을 일그러뜨리는 신랄한 풍자를 깊이 감추고 있다. 이상의 소설 주인공은 어떤 구체적인 의도를 가지고 행동을 전개하는 것이 아니다. 주인공의 의식 속에서 일어나는 갖가지 상념들은 몽환적인 것처럼 보이는 단편적인 사고들과 함께 끝도 없이 전개된다. 주인공은 다른 사람들과 어떤 이야기를 나누는 경우도 별로 없고 자신의 입으로 어떤 말도 늘어놓지 않는다. 대화 없이 진행되는 서사에서 그 흐름을 주도하는 것은 주인공의 내면 의식이다. 그러므로 이상의 소설에는 경험적 주체로 존재하는 현실적 인물의 행동 대신에 하나의 의식, 하나의 사념만이 그 추상성을 대변한다. 다시 말하면 이상의 소설 속에는 행위의 구체성이 사상된 자리에 사고의 관념성 또는 추상성이 자리 잡고 있는 것이다. 주인공의 의식 내면에서 이루어지는 사념들은 현실의 삶과는 별로 관계가 없으며, 이러한 의식 세계를 그려 내는 문장 또한 통사적 질서를 제대로 지키지 못한다. 이상 소설에서 자주 활용되는 주인공의 무의지적인 기억과 회상은 이른바 자동기술법이라고 명명된 서술상의 기법으로 확실하게 자리 잡는다. 그의 언어는 간신히 어법의 규범을 따르긴 하지만 서사의 진행을 설명해 줄 수 있는 언술의 논리성을 거의 담아내지 못할 정도로 비문법적이다. 이러한 언어의 특징은 잠재의식에 묻힌 삶을 해방시키거나 파악하는 데 의미를 둔다. 그렇기 때문에 인물들이 주고받는 대화가 상당 부분 생략되어 있으며, 그 텍스트의 공간을 내적 독백으로 채워 나간다. 여기에서 내적 독백은 연속적인 줄거리나 주인공의 행동에 얽매이지 않고, 일정한 질서에 따른 시간적 순서에도 얽매이지 않은 기억 연상 등으로 이루어진다. 소설 「지도의 암실」이나 「날개」에서 성과를 보인 내적 독백은 억압된 충동이나 감추어진 욕구들, 참기 어려운 금지된 취향을 폭로해 주며 대개 무의식 속에서 만족되는 욕구들을 드러내 준다. 「지주회시」에서 볼 수 있는 주인공의 내적 독백은 주관적으로나 객관적으로 아무런 실체도 없고 무질서하며 이질적인 연속체이며, 대화의 상대자 없이 그저 흘러가는 말의 홍수 또는 생각의 흐름이다. 그러므로 내적 독백은 통제되지 못하는 주체, 자신의 자동적인 연상들 속에 침잠해 있는 주체를 보여 준다. 여기에서 모호한 의식의 충동과 제멋대로 떠도는 환상에 도취되어 있는 주체는 더 이상 정신의 확고한 기저라고 볼 수가 없다.

이상의 소설 가운데 「지도의 암실」, 「동해」, 「날개」, 「종생기」 등은 메타적 글쓰기의 특징을 잘 드러내고 있다. 이상은 자신의 소설 안에서 그 소설의 서사 자체에 대해 말할 때가 많다. 이러한 진술은 서사의 진행 과정 속에서 볼 때 텍스트의 창작 과정을 정교하게 반영하고 있지만, 진행되고 있는 서사와는 관계없이 괄호 속에 담기는 셈이다. 말하자면 작품 텍스트의 경계를 넘어선다. 이 경우에 작가는 자기 소설에 대한 이론가가 되고 서사의 외부에 존재하는 모든 것들이 작품 속으로 불려 들어오기 마련이다. 이러한 특징을 드러내는 소설을 '메타픽션'이라고 명명할 수 있다. 이상의 대표작으로 손꼽는 소설 「날개」의 경우를 보면 소설의 서두에서부터 이 작품이 허구의 산물에 지나지 않는다는 사실을 강조한다. 그리고 이 허구의 세계와 실재의 현실 사이에 어떤 괴리가 존재한다는 점을 드러내고자 한다. 특히 외부의 객관적인 현실 세계가 묘사의 중심을 이루는 것이 아니라 텍스트 내부에서 이루어지는 허구적 텍스트의 창작 과정 자체에 관심을 기울인다. 말하자면 소설 속에서 소설이 창작되는 과정을 보여 주는 메타픽션의 속성이 강하다는 사실을 확인할 수 있다. 이러한 특이한 메타적 전략은 소설이 허구라는 사실을 보다 더 진지하게 위장하는 효과를 낸다. 여기에서 문제가 되는 것이 전통적인 개념으로서의 허구와 리얼리티 사이의 관계가 무너지게 된다는 점이다. 이상이 소설 속에서 이 같은 새로운 경향을 보이는 것은 실재의 현실에 대한 신념이 붕괴되었다는 회의론적 인식에 근거한다고 할 수 있다. 그는 소설이라는 것이 하나의 꾸며진 세계이며 허구에 불과하다는 사실을 강조한다. 그러므로 실재와 허구 사이에 어떤 관련성이 존재할 수 있음을 암시한다. 이상은 객관적 현실 또는 실재에 대한 신념이 사실은 상대적인 것에 불과하다는 사실을 인지한다. 그리고 절대 불변의 진리란 존재할 수 없다는 것을 깨닫는다. 이러한 새로운 인식이 그의 관심을 메타적인 것으로 돌렸을 가능성이 크다. 이상의 소설은 메타적 글쓰기 방법을 통해 텍스트의 내적 공간을 확대하고 서사의 중층성을 확립한다. 이것은 그가 소설을 통해 현실 세계를 전체적으로 반영한다든지 삶의 실재성을 추구한다든지 하는 리얼리즘적 관점과는 거리가 있다는 사실을 알려 준다. 이상의 소설은 텍스트 내부의 세계를 새롭게 구조화하는 데 더 큰 관심을 보인다.

「종생기」의 서두에서 작가인 '나'는 소설 「종생기」의 이야기가 서사화되는 과정을 미리 암시한다. 그리고 작가 자신의 의도를 교묘하게 감추기도 하고 드러내기도 한다. 소설 「종생기」는 일종의 메타적 진술로 이야기를 시작한다고 할 수 있다. 소설의 이야기는 당나라 시인 최국보의 「소년행(少年行)」 첫 구절 '유극산호편(遺郤珊瑚鞭)'을 의도적으로 바꾸어 놓는 것으로 시작된다. 첫머리의 두 글자의 순서를 바꾸어 써 놓고, 마지막의 '편(鞭)' 자를 탈락시켜 버린 채 '극유산호(郤遺珊瑚)'라고 쓰고 있다. 그러면서 바로 뒤에 "다섯 자 동안에 나는 두 자 이상의 오자를 범했는가 싶다."라고 밝힌다. 이런 방식으로 시작되는 소설 「종생기」의 이야기는 자연스럽게 그 서사 속에 최국보의 「소년행」의 내용을 재현하게 된다. 한 여인을 만나 자신의 위신을 잃어버린 채 희롱하는 봄날의 정경을 패러디하여 소설 「종생기」가 탄생한다. 다시 말하자면 한 여인의 사랑에 대한 배반을, 한시 「소년행」의 패러디를 단서로 하여 서사화하고 있는 셈이다. 그러나 이 소설은 여인의 부정(不貞)이라는 행위의 구체적인 양상보다는 '나'라는 화자를 통한 자기비판적 진술이 서사의 무게를 유지하고 있다. 말하자면 작가로서의 자신의 삶에 대한 회의와 반성, 인생과 죽음, 문학과 예술에 대한 단상 등이 이 작품의 핵심에 해당한다는 말이다. 이 작품에서 작가 이상이 그려 내고 있는 것은 개인의 삶에 대한 절망적인 술회만은 아니다. 그것은 개인의 의미를 가장 크게 부각시킨 근대적 주체의 붕괴를 함께 말해 준다. 이 작품에서 서사의 기반을 형성하는 요소는 기실 사랑도 연애도 아니다. 그것은 사랑 또는 연애를 가장하여 보여 주는 인간관계의 신뢰의 붕괴이다. 절대적인 자아를 근거로 하는 개인의 존재와 그것에 대한 신뢰가 붕괴되고 있다는 것은 새로운 시대를 살아가야 하는 인간의 운명이다. 작가 이상은 바로 그 같은 근대적인 가치의 종언을 예고한다.

소설 「종생기」의 서두 부분에서 보여 주는 작가의 개입은 독자들에게 자신의 글쓰기에 대한 관심을 끌어모으기 위한 전략이다. 실제로 이 소설에 작가는 "나는 내 「종생기」가 천하 눈 있는 선비들의 간담을 서늘하게 해 놓기를 애틋이 바라는 일념 아래 이만큼 인색한 내 맵씨의 절약법을 피력하야 보인다."라고 독자들을 향하여 자기 의도를 밝힌다. 실제로 이 소설의 이야기 속에는 작가 자신의 이름과 동일한 주인공이 등장한다. 그러므로 이야기에 등장하는 '나'는 작가 자신과 혼동되기도 한다. 서사를 주도하고 있는 작중인물인 '나(이상)'와 경험적 자아로서의 '나(작가 이상)'의 목소리가 서로 뒤섞여 나타나기 때문이다. 그렇지만 이 소설에 등장하는 주인공 이상이 실재의 세계에서 존재하는 작가 이상이라고 하더라도 그 주인공의 삶의 방식은 서사화되는 과정에서 일정한 방향으로 변형된다. 소설 속의 인물은 텍스트가 구현하는 내적 상황에서 결코 자유로울 수 없는 것이다.

이처럼 이상의 소설은 창작의 과정에서부터 이미 본질적으로 사실주의적인 속성과 거리가 먼 양식적 요소로 채워져 있다. 그의 문학 세계는 리얼리티 효과를 포기하면서 자신의 주관적 감정과 경험적 요소들을 종종 과장하기도 하고 엉뚱한 방향으로 왜곡하기도 한다. 그의 소설은 현실을 통합적으로 인식하고 거기에 어떤 합리적 질서를 부여하는 작업과는 거리가 멀다. 오히려 현실의 한 부분을 자기화하는 작업에 매달린다. 그러므로 그의 소설은 현실의 어떤 부분을 잘 반영하여 묘사하고 있는 것이 아니라 오히려 그 현실의 어떤 측면에 대응할 수 있는 하나의 독자적인 이야기로서의 소설을 만들어 낸다. 어떤 의미에서 볼 때 이상이 소설에서 그려 내고자 하는 현실은 사실 존재하지 않는 것일 수 있다. 그가 그려 내는 삶의 현실은 그의 작품을 빌려 비로소 탄생하는 것이다.

이태준 소설의 내면성과 허무 의식

이태준[6]의 단편소설 「달밤」(1933), 「복덕방(福德房)」(1937), 「영월 영감」(1939), 「밤길」(1940)과 같은 작품들은 모두 근대화의 과정에서 소외되어 삶의 의미와 지표를 잃어버린 인간상을 보여 주고 있다. 소설의 주인공들은 직장을 잃어버린 실직자이거나, 쓸쓸하게 병을 앓고 있는 환자이거나, 실연의 사연을 안고 있는 사람이다. 이처럼 대부분의 주인공들은 삶의 현실에 적극적으로 대응하지 못하고 한 걸음 빗겨 서 있는 모습을 보여 준다. 이들의 삶에서 발견되는 짙은 허무와 패배주의적 의식은 이태준 문학의 반근대주의적 미의식을 말해 주는 것으로 지적되기도 한다. 그러나 이태준의 소설에서 볼 수 있는 인물의 형상은 개인적 성격의 문제라기보다는 식민지 현실과 모순된 근대라는 일상의 조건들과 깊이 연관되어 있다. 그의 소설에서 대개의 등장인물들은 새로운 시대 상황에 적응하지 못한 채 자기 능력에 맞는 일거리를 찾지 못하고 이리저리 떠밀려 살고 있으며, 세상의 새로운 변화에 능동적으로 대처하지 못한다. 그렇기 때문에 생계조차 꾸리기 어려운 품팔이의 곤궁한 삶을 사는 것이다. 이태준은 이같이 불우한 인물들의 삶의 모습을 통해 현실에 내포되어 있는 근대의 문제성을 우회적으로 그려 내면서 동시에 각각의 인물들이 지니고 있는 순박하고 선량한 내면세계와 그 성품에 주목한다. 이러

---

6 이태준(李泰俊, 1904~1970). 호는 상허(尙虛). 강원 철원 출생. 휘문고보 수학. 일본 도쿄 죠치 대학(上智大學) 중퇴. 1933년 '구인회' 동인. 1939년 《문장》 편집 주관. 1934년 첫 단편집 『달밤』 발간을 시작으로 『가마귀』(1937), 『이태준 단편선』(1939), 『이태준 단편집』(1941) 등 단편집 과 『구원의 여상』(1937), 『화관』(1938), 『청춘무성』(1940) 등 장편소설 발표. 해방 직후 조선문학가동맹 가담. 월북 후 조선문화사절단의 일원으로 소련 방문. 한국전쟁 직후 숙청. 참고 문헌: 김환태, 「상허의 작품과 그 예술관」, 《개벽》(1934. 12); 김윤식, 「이태준론」, 《현대문학》(1989. 5); 이익성, 「'사상의 월야'와 자전적 소설의 의미」, 『한국 근대 장편소설 연구』(모음사, 1992); 상허문학회, 『이태준 문학 연구』(깊은샘, 1993); 박헌호, 『이태준과 한국 근대소설의 성격』(소명출판, 1999).

한 접근 방법은 근대적인 것이 포괄하고 있는 다양한 문제성을 천착하고자 하는 작가로서 이태준이 지니고 있는 사회 윤리적 의식과 관련된다. 그는 식민지 시대의 사회 현실에서 볼 수 있는 도덕적 타락과 세태의 혼란 속에서도 인간 본연의 순진성을 지키는 인물들을 강조함으로써 서사적 담론의 심층 구조에서부터 식민지 근대의 문제성을 부각시키고, 자신의 현실적인 윤리 감각의 지표를 제시하는 셈이다. 물론 이태준은 순박하고 선량한 사람들의 미덕이 현실에서는 아무런 힘을 발휘하지 못하고 있음을 알고 있다. 그러므로 그의 소설은 짙은 허무의 페이소스를 드리우고 있는 것으로 인식되기도 한다.

이태준의 대표작으로 거론되는 단편소설 「달밤」에서 작가가 관심을 보이는 것은 인간의 본성에 대한 탐구이다. 이 작품은 황수건이라는 등장인물과 작중 화자 사이에서 벌어지는 몇 가지 에피소드를 중심으로 변해 가는 세태 속에서도 여전히 아름답게 남아 있는 인간의 향기를 묘사한다. 주인공 황수건은 세태의 변전에 적응하지 못하는 바보스러운 인물이다. 그는 학교 소사 노릇을 하다가 중도에 그만두었고, 신문 배달 보조원 노릇을 하다가 정식 배달원도 되지 못하고 일을 놓게 된다. 그리고 돈을 빌려다가 시작한 참외 장사도 실패한다. 하지만 이 주인공은 자신의 좌절과 실패에 대해 후회하거나 절망하지 않으며, 순진하고 천연덕스럽게 일상을 꾸려 나간다. 이 같은 인물을 보는 작가의 동정 어린 시각에는 보잘것없는 한 인물에 대한 인간적인 동정도 깔려 있지만, 그보다는 작가 자신이 추구하고 있는 고고한 정신적 세계에 대한 짙은 향수가 깔려 있다고 볼 수 있다. 이 작품이 한 인물의 삶에 질곡이 되고 있는 현실의 조건을 문제 삼기보다는 정신적 충만감으로 가득 차 있는 온전한 삶에 대한 깊은 향수를 지향하고 있기 때문이다. 이 소설에서 드러나는 주인공 황수건의 삶은 성북동의 아름다운 달밤의 정경과 어울릴 때에 그 의미를 획득한다. 황수건이라는 인간은 달밤이라는 배경에 운치를 더해 주는 하나의 조형물에 불과하다고 보아도 무방하다. 비록 실패한 인생일지라도 달밤이 풍기는 다사로운 분위기 속에서는 자신이 가진 아름답고 인간적인 면모가 살아나게 되는 것이다. 삶의 터전을 잃은 사람들에 대한 작가의 이러한 애정 어린 시선은 인간적인 정이 사라져 가는 세태에 대한 일종의 문제 제기라고도 볼 수 있다.

단편소설 「밤길」의 경우에는 품팔이 노동자의 힘들고 고된 삶과 그 비극성을 그려 놓았다. 그러나 이 작품에서 강조되는 것은 궁핍한 현실이나 모순된 사회구조가 아니라, 자기 삶을 운명적으로 체득하고 있는 주인공의 성품이다. 이야기의 주인공 황 서방은 서울에서 행랑살이를 하다가 큰돈을 벌어 보겠다고 인천의 건축 공사장에서 일하고 있다. 그는 처음 며칠 동안 받은 품삯으로 먹고 싶었던 음식을 사 먹기도 하며, 주인의 눈치를 볼 것도 없이 힘껏 일한다. 그런데 서울에 살고 있던 황 서방의 젊은 아내가 아이들을 버리고 집에서 달아난다. 그리고 아내가 버리고 간 어린 아들마저 병이 나서 세상을 떠나게 된다. 황 서방에게 절망의 순간이 온 것이다. 이 소설에서 가장 빛나는 대목은 이야기의 마지막 장면이다. 황 서방은 하룻밤을 넘기기 어렵다는 의사의 진단을 받은 아들을 공사장 건물 안으로 들이지 않는다. 남의 집에 시체를 두어서는 안 된다고 생각했기 때문이다. 그는 장대비가 퍼붓는 어둠 속을 헤치고 나가 아이의 시체를 땅에 묻는다. 이태준은 이 극한의 상황을 절제된 어조로 차분하게 서술하고 있다. 황 서방은 절망의 순간에도 남을 헤아릴 줄 아는 선량한 인물이지만 그의 삶은 먹장 하늘 아래 깔린 밤길처럼 암담하다.

이와는 달리 소설 「복덕방」은 근대화라는 시대의 변화에 밀려난 노인들의 슬픔을 부각시키고 있다. 이 작품에 등장하는 노인들은 조선의 가치와 질서에 매달려 있다가 근대화의 물결에 밀려나 복덕방 구석을 지키고 있다. 이야기의 중심에 자리하고 있는 안 초시는 새로운 세상에서도 복락을 누리고 살기를 갈망하다가 좌절하는 인물로 그려진다. 그의 딸은 무용가로 출세하여 화려한 외양을 자랑하지만, 사실은 도덕적 타락과 물질적 탐욕만이 그 화려한 외관 속에 남아 있을 뿐이다. 이 작품에서 안 초시는 세속적인 영화의 유혹에 빠져들어 투기를 벌였다가 좌절 끝에 스스로 목숨을 끊는다. 결국 그가 그리던 새 세상의 영화는 인간의 윤리를 무너뜨리고 가치를 타락시키는 무자비한 횡포에 지나지 않는다. 그러므로 새로운 세상에서는 부도덕하고 속물적인 인간들에게만 특권과 영광이 부여되고 있는 것이다. 그런데 이 같은 반근대주의적 태도에도 불구하고 이 소설에서 감지되는 것은 쓸쓸하게 뒷전으로 물러난 노인들의 추레한 모습과 거기에 깃든 인생의 슬픔이다.

이태준의 소설 가운데에서 분위기 소설로서 성공하고 있는 것이 「가마귀」이다. 이 작품은 까마귀가 울어 대는 고색창연한 별장을 배경으로 한다. 새로운 작품을 구상하기 위해 친구의 별장을 얻게 된 작중 화자가 그 별장에서 처음 만나게 된 것은 불길한 예감을 불러일으키며 울어 대는 음험한 까마귀들과 폐결핵을 앓는 몸을 정양하고 있는 아리따운 여인이다. 일상의 세계와 격리되어 있는 공간 속에서 삶의 현실로부터 소외된 인물들이 일구어 내는 이 작품의 주조는 어둠 혹은 죽음과 친화력을 갖는다. 그리고 바로 여기에서 이 작품의 감각적 묘사가 돋보인다. 사람들이 드나들지 않는 조용한 별장의 분위기는 까마귀 울음소리에 대한 감각적 묘사를 통해 더욱 침울한 공간으로 구체화되고 있으며, 그 분위기의 극적인 고조 단계에서 폐병을 앓던 여인의 죽음이라는 비극적 사건이 연출된다. 여기에서 주목되는 것이 바로 죽어 가는 여인에 대한 연민의 시선과 그 정조이다. 소설의 이야기에서 서정적인 정서가 투사되어 나타나는 이 같은 서술 태도를 작가의 감상주의로 규정할 수도 있다. 그러나 이것은 죽음과 맞닥뜨린 한 인간의 심리를 섬세하게 그려 내기 위해 다감하면서도 부드러운 언어 표현을 통해 죽음에 이르는 절박한 분위기를 감각적으로 형상화해 낸 것이라고도 할 수 있다.

이태준의 소설이 보여 주는 또 하나의 특징은 주로 1930년대 후반에 발표한 작품에서 볼 수 있는 일상적인 것에 대한 깊이 있는 관심이다. 작가 자신의 신변적 체험을 통해 일상의 의미를 부각시키면서 자아의 내면성에 대한 성찰을 강조하고 있는 「장마」(1936), 「패강랭(浿江冷)」(1938), 「토끼 이야기」(1941), 「사냥」(1942), 「무연(無緣)」(1942), 「석양」(1942) 등이 여기에 속한다. 이태준 자신은 이 같은 작품들을 심경소설(心境小說)이라고 지칭했는데, 그래서인지 이 작품들에서 가장 두드러지게 드러나는 것은 일상의 현실 속에 갇혀 무기력하게 살아가는 지식인 작가의 자의식이다. 물론 이러한 상황의 문제성은 궁극적으로 식민지 현실과 연관된다는 점에서 초기 단편소설이 보여 주었던 비판적인 근대 의식의 지향과 상통한다고 할 수 있다.

「장마」의 주인공은 작가이다. 그러나 이 작품에는 어떤 특별한 사건이랄 것이 없다. 장마로 집 안에 들어앉아 아내와 사소한 말다툼이나 하며 지내는 것이 고작이다. 소설의 이야기는 주인공의 외출을 중심으로 이어진다. 오랜만에 집을 나선 주인공은 평소에 잘 들르던 시내의 몇 군데를 둘러보고 우연히 만난 중학 동창과 점심을 먹은 후 아내가 좋아하는 돼지 족발과 고향 친구에게 보내 줄 자신의 창작집을 사 가지고 집으로 돌아온다. 이 일상적인 외출이 사건의 전부라고 할 수 있다. 여기에서 문제가 되는 것이 바로 작가 주인공이 갇혀 있는 일상성이다. 이 일상의 현실은 낭만적인 사랑을 이야기하고 도덕적 순결을 내세우기도 하며 인간의 삶을 고양시키고자 하는 치열한 작가 의식과는 아무 관계가 없다.

자신의 창작집을 사 들고 나서는 이 소설가의 모습에서 우리는 소설을 쓰지 못하고 있는 작가로서 스스로 평범한 생활인임을 마지못해 긍정할 수밖에 없는 그의 자의식의 편린을 발견하게 되는 것이다.

「패강랭」에서는 소설가가 자신의 직분과 신념을 고수하기 어려운 까닭을 사회적 현실과 연관지어 서술하고 있다. 이 작품에서 그려 내고자 하는 것은 식민지 지배 세력의 횡포와 함께 훼손되어 버린 삶의 가치와 변질된 인간의 현실이다. 학교에서 조선어 수업 금지 조치가 내려지자, 주인공은 실의에 빠진 친구를 위로하기 위해 일부러 평양에 찾아간다. 그는 술자리에서 친구와 함께 나온 동창생 김과 심하게 대립한다. 평양 부회 의원이 된 김이라는 동창생은 자신의 이익을 위해 전래의 조선적인 모든 문물을 버려야 한다고 떠들면서, 글 쓰는 문인들도 이제는 실속을 차려야 한다고 충고하기도 한다. 주인공은 김의 언행에 격분하여 술판을 뒤엎어 버리고 자리를 박차고 나온다. 그러나 한편으로는 김의 말대로 조선의 모든 것들이 눈앞의 이익에 밀려 몰락할 운명에 처해 있음을 느끼며, 민족이니 문화니 하는 것을 생각하는 예술가들에게 훨씬 가혹한 시련이 닥치리라는 것을 예감한다. 술김에 난폭한 행동을 했지만 시대적 상황은 김이라는 동창생처럼 양심을 물질적 이익과 바꾸어 버린 속물들의 편이라는 것을 그는 알아채고 있었던 것이다. 그러므로 이 작품에서는 지조를 지키려는 지식인 작가의 분노도 주목되지만, 오히려 그러한 분노가 하나의 해프닝으로 끝나게 되는 변질된 시대의 추세가 문제임을 생각하게 된다. 실제로 주인공은 변화된 현실을 솔직하게 토로하는 친구의 체념을 들으면서 시대의 중압을 절감한다. 눈앞의 실리만을 찾는 패덕한 무리들로 인해 평양이 황폐하게 변했다는 것, 그리고 지식인과 예술가의 자존과 양심도 더 이상 지키기 어려운 위태로운 지경에 이르렀다는 것, 바로 이것이 이 작품이 제시하는 현실의 절망적인 형국이다.

이태준의 신변 체험을 근거로 하는 이른바 심경소설들은 「토끼 이야기」, 「사냥」, 「무연」 등으로 이어지면서 시대에 대한 분노 대신에 현실에 대한 체관적인 자세와 삶에 대한 서글픔의 정조를 소묘적으로 담아낸다. 「토끼 이야기」는 조선어 신문들이 폐간되자 글을 쓰지 못하고 토끼 사육으로 생계를 삼게 된 소설가를 등장시킨다. 글을 쓰는 일 대신에 이제는 책장에 꽂혀 있는 책을 쓰다듬어 보기만 하는 이 쓸쓸한 작가의 모습을 통해 시대의 변화가 거스를 수 없는 운명적인 것으로 받아들여지고 있음을 볼 수 있다. 이러한 시대적 체념은 「사냥」에서도 마찬가지로 드러난다. 이 작품의 주인공은 직장을 잃고 고뇌에 빠진 작가인데, 시골로 사냥을 나갔다가 겪게 되는 사건을 통해 인간의 본능적인 야성과 자유를 잃어버린 자신의 존재를 어둡고 무거운 정조로 그려 내고 있다. 이처럼 이태준의 후기 단편소설에는 식민지 현실에 억눌려 있는 지식인 작가의 체관적인 자세가 자주 드러난다. 이 같은 경향은 이 시기에 작가 이태준이 지향하고자 했던 상고적(尙古的) 취향과도 연관되는 것이라고 할 수 있다. 그리고 식민지 근대와 극심한 불화를 겪고 있던 지식인 작가의 내면 풍경을 묘사한 것으로도 볼 수 있다.

이태준 소설 세계의 또 다른 축은 대중성을 살려 낸 그의 장편소설들을 통해 구축되고 있다. 「구원(久遠)의 여상」(1931), 「제2의 운명(運命)」(1933), 「화관(花冠)」(1937), 「청춘무성(青春茂盛)」(1940), 「사상(思想)의 월야(月夜)」(1941) 등의 장편소설은 자전적 성격이 강한 「사상의 월야」를 제외하고는 모두가 일상의 테두리 안에서 애정 갈등의 삼각 구도를 흥미 위주로 변형하고 있는 이야기들이다. 예컨대 「구원의 여상」이나 「제2의 운명」과 같은 작품은 일상의 삶 가운데 펼쳐지는 남녀 간의 애정 갈등을 주축으로 삼고 있다. 그리고 여기에 사회적 이념의 갈등을 덧붙여 긴장을 유발한다. 그러나 이 같은 서사적 구도가 여러 작품에서 반복되면서 흥미 위주로 통속화되고 있기 때문에, 현실적인 삶의 총체성에 대한 인식에 도달할 수 없게 된다.

그의 대표적인 장편으로 지목되는 「사상의 월야」도 문제작이라고 보기는 어렵다. 이 작품은 작가 자신의 자전적 체험을 바탕으로 주인공 송빈이 겪는 몇 단계의 탈출 과정을 순차적으로 보여 주는 일종의 성장소설적 구도를 지니고 있다. 이 작품에서 주인공의 첫 번째 탈출은 해삼위에서 가족과 함께한 탈출이다. 이 탈출은 우여곡절 끝에 고향으로 귀환하며 매듭지어진다. 이 과정에서 주인공은 부모를 모두 여의고 친척집에서 자라게 된다. 주인공은 스스로 새로운 배움의 기회를 찾아나서기 위해 두 번째의 탈출을 시도한다. 그는 서울에 올라와 고학으로 휘문고보에 다니게 된다. 그리고 어릴 적부터 좋아했던 여학생 은주를 만나게 되어 그녀를 흠모한다. 그러나 은주가 부모의 강권으로 혼처를 정하여 결혼하게 되자, 그는 절망에 빠지고 학교마저 퇴학당한다. 그는 동경으로의 새로운 탈출을 꿈꾸며, 가련한 조선 민중의 운명의 고삐를 잡을 만하게 훌륭히 자기 운명을 개척해야 한다는 신념을 안고 현해탄을 건넌다. 동경에서 숱한 고생을 겪은 뒤에 그는 와세다에서 강의하고 있는 미국인 선교사의 호의로 대학에 입학한다. 그렇지만 주인공은 이번에도 뜻을 이루지 못한다. 그는 자신을 도와준 미국인 교수가 조선인 학생들에게 차별적인 태도를 보이자 환멸을 느끼고, 그 교수가 강요하는 종교에 반발하여 기숙사를 뛰쳐나온다. 소설은 그렇게 끝이 난다. 이 작품에서 볼 수 있는 삶의 과정은 좌절과 새로운 탈출이 하나의 패턴처럼 이어진다. 그러나 주인공이 보여 주는 삶의 자세와 신념은 이른바 성장소설에서 볼 수 있는 세계에 대한 새로운 인식의 차원에까지 이르지 못하고 있다. 주인공의 삶에 대한 전망이 여전히 분불명한 상태에서 이야기가 종결되고 있기 때문이다.

이효석과 성(性)의 소설적 발견

이효석[7]은 1928년 《조선지광》에 단편 「도시와 유령」을 발표하여 문단의 주목을 받기 시작했으며, 첫 창작집 『노령근해』(1931)를 통해 계급문학에 대한 관심을 적극적으로 구현하면서 이른바 동반자작가로 지목된 바 있다. 그는 1933년 김기림, 정지용, 이태준 등과 구인회를 결성한 후, 「돈(豚)」(1933), 「성화(聖畵)」(1935), 「산」(1936), 「들」, 「메밀꽃 필 무렵」, 「분녀(粉女)」, 「개살구」(1937), 「장미(薔薇) 병들다」(1938), 「해바라기」(1939), 「화분(花粉)」(1939) 등을 발표하였다. 이러한 작품들은 산문문학 양식인 소설을 통해 서정적인 감각을 섬세하게 구현하고 있다는 점에서 순수문학의 규범처럼 평가되고 있다.

이효석 문학의 근대적인 성격은 표현론적인 차원에서의 순수성이나 서정성에서 찾을 수 있는 것은 아니다. 오히려 이효석 문학은 1920년대 나도향이 소설 양식을 통해 시도했던 성의 문제를 더욱 개방적으로 담론화하고 이를 감각적인 필치로 소설화하는 데 성공했다는 점을 주목할 필요가 있다. 이효석은 동반자작가로 출발한 후 계급문학의 이념적 요구로부터 벗어나면서 새로이 인간의 성(性) 문제에 착안하고 있다. 이효석의 소설은 인간의 본능적 욕망으로서의 성을 탐미적으로 추구하는 성향이

7 이효석(李孝石, 1907~1942). 호는 가산(可山). 강원 평창 봉평 출생. 경성제일고보를 거쳐 1930년 경성제국대학 법문학부 영문과 졸업. 평양 숭실전문학교 교수 역임. 1928년 《조선지광》에 「도시와 유령」을 발표한 후 「기우」(1929), 「깨뜨려지는 홍등」(1930), 「노령근해」, 「북국 사신」 등 발표. 1933년 이태준, 김기림, 정지용 등과 '구인회'를 결성하였고, 「돈(豚)」, 「분녀」, 「산」, 「들」, 「메밀꽃 필 무렵」, 「화분」 등을 발표. 참고 문헌: 김동리, 「산문과 반산문 — 이효석론」(민성, 1948. 7~8); 정명환, 「위장된 순응주의 — 이효석론」, 《창작과비평》(1968. 겨울~1969. 봄); 이상옥, 「이효석의 심미주의」(문학과지성, 1977. 2 봄); 김윤식, 「모더니즘의 정신사적 기반 — 이효석의 경우」, 《문학과지성》(1977. 12 겨울); 소두영, 「이효석의 문체 연구 — '메밀꽃 필 무렵'의 구조 분석」(숙명여대 논문집, 1977. 12); 이상옥, 「이효석 : 문학과 생애」(민음사, 1991).

강하기 때문에, 이 같은 탐미적 속성 자체를 이효석 문학의 특징으로 지적한 경우가 많다. 그렇지만 그의 작품에서 다루어지는 성의 문제는 탐미적인 감각의 표현보다는 인간의 도덕적 파괴와 타락을 말해 주는 욕망의 표현이라고 할 수 있다. 예컨대 「개살구」, 「성화」, 「장미 병들다」, 「화분」 같은 작품을 보면 윤리적인 차원에서 용납되기 어려운 타락적인 성의 퇴폐적 면모가 적나라하게 그려지고 있다. 이것은 성의 문제가 인간의 본능에서 출발한다 하더라도 이미 사회적인 제도 속에서 커다란 영역을 차지하는 일상적 삶의 문제가 되고 있음을 말해 준다. 물론 이효석의 소설에서 성의 문제가 인간의 본능적 욕구와 연결되어 원시적 건강성을 나타내고 있는 경우도 적지 않다. 「돈」, 「들」, 「분녀」 등에서는 동물적이고도 원시적인 본능으로서의 성을 부각시키고 있으며 「산」, 「메밀꽃 필무렵」 등에서는 자연의 아름다움 속에서 성 자체가 더욱 미적 신비성을 드러내도록 묘사하여, 성의 문제를 근간으로 인간의 본능과 원시적 자연을 조화롭게 형상화해 내기도 한다.

이효석의 소설 「돈」은 「도시와 유령」, 「행진곡」 등으로 대변되는 동반자 작가 시대를 마감하고 인간의 본능적인 성 문제에 관심을 두기 시작한 첫 작품에 해당한다. 이 작품은 동물의 성행위와 등장인물의 성적 욕구를 병치시키는 기법을 반복함으로써, 인간의 성욕이 갖는 동물적 본성을 탐색하는 데 주안점을 두고 있다. 이야기의 주인공은 시골 총각이며, 그는 도시로 도망친 분이를 찾아 나서고자 한다. 이 주인공이 키우는 돼지가 하나의 매개적인 존재로 등장한다. 암돝을 공격하는 씨돝의 형상은 주인공이 마음속으로 분이에 대한 성적 욕망을 펼치는 것과 그대로 동일시된다. 그리고 그 돼지를 키워 자신을 버리고 도망해 버린 분이를 찾아 나설 노자 밑천을 삼고자 한다. 그런데 지나가는 기차에 돼지가 치어 죽는 사고를 당하자 주인공은 망연자실한다. 돼지를 잃은 것이 결국은 분이를 영영 잃어버린 것과 같기 때문이다. 이 짤막한 이야기에서 성의 문제는 인간의 본능적인 욕망의 단계를 이미 넘어서 있다. 성적 욕망의 대상인 분이가 도시로 떠나 버렸기 때문이다. 이제 성의 문제는 인간 본능에 속하는 개인의 문제가 아니라 사회적인 문제로 확대되고 있는 것이다.

「장미 병들다」와 같은 작품은 타락한 성의 문제를 도시적인 삶 속에서 그려 낸다. 이 소설에서 성의 문제는 개별적인 차원에 갇혀 있는 것이 아니라 사회적인 문제로 개방된 것이다. 이 같은 문제의식은 「개살구」의 경우를 보면 더욱 분명하게 이해할 수 있다. 이 작품은 애욕과 권력욕을 추구하는 과정에서 빚어지는 인간사의 추악한 면모를 그리고 있다. 이 작품에 등장하는 인물들은 모두 정상적인 남녀 관계를 벗어난 비정상적인 성관계로 이어져 있다. 이야기의 중심에 자리한 형태라는 인물은 아내가 있는데도 서울댁이라는 첩을 거느리고 있으며, 형태의 아들 재수는 다른 사람들의 눈을 피해 아버지의 첩인 서울댁과 정을 통한다. 자기 욕망만을 좇아 행동하는 이들에게는 부부 간 혹은 부자 간에 존재해야 할 최소한의 윤리조차도 존재하지 않는다. 부차적인 인물들인 옥분과 점순도 남편 몰래 외간 남자와 놀아나는 인물들로 설정되어 있다. 이 같은 인물 설정을 보면, 이들이 살고 있는 마을 전체가 아무런 도덕적 저항감 없이 즉자적으로 솟구치는 육체적인 욕망에 몸을 맡긴 인간들로 가득 차 있음을 알 수 있다. 이 작품의 또 다른 축은 비열하기 짝이 없는 권력에 대한 욕망을 보여 준다. 주인공인 형태가 면장이 되기 위해 설쳐 대는 대목이 바로 그것이다. 그는 마을의 최 면장을 자리에서 끌어내리고 자신이 면장이 되기 위해 군수에게 뇌물을 바치기도 하고, 최 면장의 비리를 캐내어 그것을 증거 삼아 최 면장을 협박하기도 한다. 그러면서도 그는 자신의 행위가 얼마나 비열하고 추악한 것인지 알지 못한다. 이 작품에서 작가는 인간의 욕망이 드러내는 추악함을 고발하거나 비판하려는 것이 아니다. 오히려 서울댁, 옥분, 점순, 큰댁 등으로 작가의 시선을 자주 분산시킴으로써, 성의 문제가 이미 사회적인 것으로 미만해 있음을 보여 주는 것이라고 할 수 있다.

이효석이 성의 문제를 도시의 한복판에서 가장 다층적으로 다양하게 담론화하고 있는 것이 그의 장편소설 「화분」이다. 이 작품의 주조를 흔히 에로티시즘이라고 지적하기도 하지만, 당대의 현실에서 가능한 성에 관한 모든 담론을 모자이크한 것이라고 할 수 있다. 이 소설이 그려 내는 공간은 도시 한복판에 숲과 나무와 화초로 가득한 집이다. 이 공간의 주인공은 영화업자로 나타난다. 당대의 현실에서 본다면 가장 현대적인 직업이라고 할 수 있다. 이 영화업자의 이름은 현마이고 그의 집은 성의 유희장처럼 그려져 있다. 이 영화업자의 주변 인물들이 보여 주는 성적 향락의 실체를 알기 위해 각각의 관계를 간략하게 정리할 필요가 있다. 영화업자 현마는 세란과 결혼한 사이이며, 처제인 미란이 이들과 함께 살고 있다. 이 영화업자가 뒤를 보아 주는 미소년 단주라는 인물이 이들의 혈연관계에 복잡하게 끼어든다. 그리고 집안일을 돌보는 옥녀라는 식모도 이에 합세하여 이들 사이의 성관계가 복잡하게 전개된다. 우선 현마는 아내인 세란을 두고 처제 미란의 육체를 넘보는 호색한이 되기도 하고 자신이 후견인 역할을 하고 있는 미소년 단주를 탐하는 동성애적인 행태를 보여 주기도 한다. 미란은 단주를 좋아한다. 그런데 동생 미란이 좋아하는 단주를 현마의 아내인 세란이 유혹하려고 한다. 그런데 실제로 단주가 섹스를 나누는 것은 식모인 옥녀이다. 세란과 옥녀는 단주를 가운데 두고 서로 신경전을 벌이며, 그를 좋아하는 미란의 젊고 아름다운 육체를 질투하기도 한다. 이처럼 이 작품의 등장인물들은 모두가 육체적인 욕망과 성의 유희에 몸을 맡긴 인물들이다. 이 가운데서 젊은 미란의 경우만이 성적으로 건전한 존재로 미화되고 있으며, 그녀는 이 육체의 향연장을 벗어나 새로운 남성과 함께 만주 하얼빈으로 떠나게 된다.

이 작품에서 주목되는 것은 도시적 공간 속에서의 섹스의 일상화이다. 성적 유희의 낭비 현상이 적절한 긴장을 지니며 펼쳐지는 이 소설은 장편으로서 결여되기 쉬운 구성상의 긴박감도 나름대로 획득하고 있다. 이 같은 작품의 전반적인 속성을 놓고 기성 사회의 도덕과 윤리가 깨어지고 있다든지 새로운 성 윤리가 나타나고 있다든지 하는 것은 단순한 반영론적 해석에 지나지 않는다. 오히려 이 작품에서 관심을 두어야 할 것은 성 그 자체이다. 은밀하게 감추어져 있던 성의 문제가 이렇게 소설의 대상이 되어 공개되고 있다는 사실이 중요하다. 그리고 바로 그 같은 성의 문제가 현대적인 삶의 중심에 자리하고 있음을 보여 주는 것을 주목해야 한다. 물론 이 작품은 미란이 떠나고, 미소년 단주는 팔이 부러지고, 세란은 눈이 멀며, 현마는 그보다 더욱 가혹한 마음의 파멸을 맞는다는 비극적 결말을 보여 준다. 이것을 보고 작가의 상상력이 기성 윤리로 수렴되었다고 평가할 수도 있지만, 성에 관한 담론의 소설화 작업이 이보다 앞선 경우는 이전의 작가에게서는 찾아볼 수 없다.

「메밀꽃 필 무렵」은 장편소설 「화분」보다 앞서 발표되었지만, 이 소설에는 이효석 문학의 본질적인 특징들이 거의 다 담겨 있다. 인간의 본능적인 성의 문제가 이효석 문학의 중심 과제였다면, 자연과의 친화를 바탕으로 이를 서정적 미학으로 승화시킨 것이 바로 이 작품이다. 감각적이면서 세련된 문체, 자연 배경과 인물 및 사건의 긴밀한 조화, 치밀한 시간과 공간의 구성 등은 이 소설에서 특히 주목되는 기법적인 요소들이다. 이 작품은 강원도의 산골을 배경으로 하고 있다. 평생을 장돌뱅이로 사방을 떠돌며 살아온 허 생원이 작품의 주인공이다. 허 생원은 젊은 시절 성씨 댁 처녀와 우연히 맺은 인연을 잊지 못한다. 대화장을 찾아 밤길을 걸어가던 중, 일행인 젊은 장돌뱅이 동이가 20년 전의 우연한 인연으로 갖게 된 아들일지도 모른다는 개연성을 암시하는 것이 핵심적인 줄거리다.

소설 「메밀꽃 필 무렵」에는 허 생원이라는 주동적이 인물이 있다. 그의 친구인 조 선달과 젊은 장사꾼 동이가 함께 등장하지만, 핵심이 되는 것은 허 생원이라는 인물의 삶과 그 운명에 대한 해석이다. 허 생원은 떠돌이 장돌뱅이다. 장에서 장으로 떠돌며 늙고 지친 그에게 힘든 장돌뱅이의 삶을 이겨 낼 수 있도록 해 주는 것은 성적 경험과 연결되어 있는 옛날의 아름다운 추억이다. 그는 낮 동안 장터에서 시달리다가도 밤이 되면 산길을 걸으면서 옛날 단 한 번 있었던 여인과의 인연을 생각하면서 삶의 어려움을 모두 다 잊어버린다. 현실 세계의 고달픈 삶이 아름다운 과거의 추억 속으로 스며든다.

이 작품의 전반부는 봉평 마을의 장터가 배경이다. 이 장터는 주인공인 장돌뱅이 허 생원의 삶의 터전이며 현실이다. 허 생원은 20년이 넘도록 장돌뱅이로 떠돌았다. 이제는 늙고 지친 몸이지만, 생업인 장돌뱅이를 그만두지 못하고 있다. 그는 얼금뱅이에다가 늙은 주제라서 주막집에서도 젊은 축에게 밀리고, 장터 바닥에서는 망난이들에게 놀림감이 된다. 그런 가운데 그의 곤궁한 삶은 또 다른 장터로 이어진다. 허 생원에게는 장터가 바로 삶의 현실이며, 이 현실 속에서 그는 늙고 찌든 몸으로 살아가야 한다. 장터의 시간은 낮이다. 물건을 사러 오는 손님도 없고 파리만 날리는 장터의 풍경에서 주인공 허 생원의 힘든 삶과 현실의 의미를 짐작할 수 있다. 이 소설의 중반에서는 한낮의 장터를 벗어나는 과정이 이어진다. 해가 꽤 기울어진 뒤에 이들은 전을 걷고 나귀에 짐을 싣고 길을 떠난다. 다음 날 장이 서는 대화로 가기 위해서이다. 일행은 허 생원과 그의 친구 조 선달, 그리고 젊은 장사꾼 동이, 이렇게 셋이다. 이들은 달이 긴 산허리에 걸려 있는 저녁에 메밀꽃이 피어난 들판을 지난다. 밤의 시간은 허 생원에게 있어서 낮의 장터와 좋은 대조를 보인다. 이 밤에는 물건을 찾는 손님이 없음을 걱정할 필요도 없고 왼손잡이, 얼금뱅이라고 놀려 대는 장터의 각다귀들을 탓할 것도 없다. 그는 이 자연의 흐뭇한 정경에 휩싸여 아름다운 자신의 추억을 더듬을 수 있다. 평생에 단한 번 있었던 여인과의 아름다운 만남을 허 생원은 이 밤의 산길에서 다시 펼쳐 놓는다. 그에게 이 아름다운 추억은 고귀하다. 그리고 그것이 허생원의 유일한 꿈이며 삶의 힘이 된다. 낮의 지친 장터에서 벗어난 허 생원은 밤의 자연 속에서 자신의 아름다운 꿈을 그린다. 그러므로 밤의 산길은 지친 허 생원에게 오히려 활력을 준다. 이러한 삶의 반복이 바로 허생원의 떠돌이 삶의 방식이다. 이 소설의 후반부는 산길을 벗어난 큰길로 이어진다. 여기에서 허 생원은 같은 장돌뱅이 축에 낀 젊은 동이의 과거를 알게 되고, 그가 어쩌면 자신의 아들일지도 모른다는 생각을 하게된다. 동이가 왼손잡이임을 하나의 단서로 내놓은 부자 상봉의 가능성은 허 생원의 늙은 나귀가 새끼를 얻었다는 대목과 연결되어 신빙성을 더해준다.

소설 「메밀꽃 필 무렵」은 결국 낮의 장터와 아름다운 달빛이 비치는 밤의 산길을 배경으로 주인공 허 생원의 삶의 안팎을 보여 준다. 떠돌이의 삶의 이끌어 가는 허 생원의 운명이 바로 이 대조적인 두 개의 배경과 조화를 이룸으로써 문학적인 정취를 지니게 된 것이다. 다름 작품들에서 성의 문제를 과도하게 노출시켰던 작가가 이 작품에서는 나귀라는 동물을 통해 이를 간접적으로 묘사함으로써 원초적인 인간의 본능과 자연의 친화라는 새로운 주제 의식에 도달하고 있는 것이다.

최명익과 허준, 내면 의식의 소설적 추구

최명익[8]은 1937년 최정익, 유항림, 김이석 등이 주관한 동인지《단층(斷層)》에 참여하면서 문단에 그 존재를 분명하게 드러내고 있다. 그가 이 무렵에 발표한 「무성격자(無性格者)」(1937), 「폐어인(肺魚人)」(1938), 「심문(心紋)」(1939), 「장삼이사(張三李四)」(1941) 등은 한국 심리주의 계열 소설이 도달한 중요한 성과의 하나로 평가되고 있다. 최명익의 작품들은 자의식의 내면 공간을 밀도 있게 그려 낸 이상의 작품 세계와는 달리, 당시 일상의 공간 속에서 지식계급의 불안 의식을 성실하게 표현한다. 그의 소설에 등장하는 인물들은 무력증과 자의식 과다에 매몰된 인간들이 대부분이며, 전체적으로 절망의 정조를 바탕으로 하고 있다. 이 절망은 후회 없이 삶을 살아가기 위해 열정을 보이던 인물들이 자기 삶에 대해 갖는 체념에서 비롯된다. 그의 소설을 보면 지식인의 자의식과 생활인으로서의 일상적 감각이 대비되어 나타난다.

소설 「무성격자」는 주인공의 내면 의식의 추이를 정밀하게 추적하고 있는 작품이다. 이 작품은 닫힌 공간으로서의 기차의 차창 안을 물리적인 배경으로 삼는다. 그러나 달리는 기차의 속성을 따라 주인공의 내면 풍경이 차창 위에 펼쳐진다. 밀폐된 기차의 차창 안쪽에서 의식의 추이를 따라가는 이 특이한 여로의 형식이 소설의 서사적인 구조를 지탱한다. 부친 위독이라는 전보를 받고 고향으로 내려가는 주인공은 차창 너

---

8 최명익(崔明翊, 1902~1972). 필명 유방(柳坊). 평북 평양 출생. 평양고보 졸업. 중요 작품으로 「비오는 길」(1936), 「무성격자」, 「폐어인(肺魚人)」, 「역설」(1938), 「심문」, 「장삼이사」 등과 창작집 『장삼이사』(1947)가 있음. 광복 후 평양예술문화협회 회장, 북조선문학예술총동맹 에 가담하였고, 「기계」(1948), 「서산대사」(1958) 등을 발표. 참고 문헌: 조연현, 「자의식의 비극 — 최명익론」, 《백민》(1949. 1); 채호석, 「리얼리즘에의 도정」, 『한국문학의 리얼리즘과 모더니즘』(민음사, 1989); 이재선, 『한국소설사』(민음사, 2000); 장수익, 《최명익》(한길사, 2008) ; 김효주, 『최명익 소설 연구』(푸른사상, 2014).

머로 풍경을 바라보며 과거를 회상한다. 차창 밖의 풍경을 내다보는 상쾌함에 대비되어 주인공의 의식을 짓누르는 것은 한없는 불쾌감과 짐스러움을 벗어던질 수 없는 자신의 일상이다. 일상의 현실에서 주인공과 끊임없이 관계하며 영향을 끼쳐 온 부모와 아내와 애인은 기실 주인공에게는 모두가 귀찮고 경멸스러운 존재일 수밖에 없다. 그는 현실적인 삶의 무게와 고통, 그리고 자기 삶의 추한 모습 자체를 경멸하면서 유리창을 친다. 일상의 영역이 자신의 의식으로 스며드는 그 통로를 차단해 버리기 위해서다. 물론 소설의 말미에서는 이 같은 주인공의 의식에도 일상인으로서의 삶에 대한 의지가 스며들 여지를 보여 준다. 물질적인 것에 사로잡혀 돈만 아는 속물이라고 경멸했던 아버지가 죽음의 문턱에서 생명의 끈을 놓치지 않으려고 사투를 벌이는 과정을 지켜보며 삶에 대한 의지가 무엇인가를 생각하게 된다. 그는 자신의 무성격한 모습이 결국 자기기만일 수밖에 없음을 깨닫게 되는 것이다.

소설 「심문」에서도 이야기의 도입부에 「무성격자」에서와 같이 달리는 기차의 내부가 등장한다. 이 작품에는 세 사람의 인물이 등장한다. 서술의 초점과 성격의 초점을 일치시켜 나아가고 있는 이 소설에서 작중 화자인 주인공은 중년의 화가이며 다른 두 사람은 그가 하얼빈에서 만나게 되는 여옥이라는 여성과 그녀의 애인 노릇을 하고 있는 '현혁'이라는 사내이다.

주인공은 아내와 사별한 후 아무런 의욕도 느낄 수 없는 자신의 삶에 새로운 변화를 주기 위해 평양을 떠나 중국 하얼빈으로 여옥을 찾아 나선다. 여옥은 고아 출신이지만 미모와 재질을 겸하여 동경 유학까지 갔던 인텔리 여성이다. 그녀는 동경에서 당대의 좌익운동가 현혁을 만나 서로 사랑하게 되었으나 현혁이 수감되자 생활을 위해 여급으로 떠돌았다. 주인공은 여옥을 자기 그림의 모델로 삼게 되어 서로 가까이 알게 되었으며 아내를 잃은 직후의 공허를 자기 그림의 모델이 된 여옥으로 메꾸게 된다. 그러나 여옥은 주인공의 곁을 떠나 하얼빈으로 도망친 것이다.

　주인공은 하얼빈에서 여옥을 만나게 되고 죽은 아내의 모습을 반추하기도 한다. 그런데 여옥은 혼자 지내고 있는 것이 아니다. 옛사랑이었던 현혁과 함께 살고 있다. 이 대목에서 흥미의 초점은 주인공 현혁의 성격이다. 그는 이름을 떨쳤던 좌익 투사였지만 수감 생활을 겪은 후 형편없는 마약 중독자로 타락해 버린다. 사회주의 운동의 쇠퇴와 사상적 전향이 문학의 주제가 되었던 당대의 현실에 비추어 볼 때 현혁과 같은 인물은 주목해 볼 만한 대상이다. 대부분의 소설에서 운동가들이 사상적 전향을 강요받고 일상적인 생활로 복귀하는 과정을 보여 주지만, 현혁은 일상으로의 복귀를 거부하고 마약에 손을 대면서 자멸의 길에 들어선 인물이다. 그는 주인공에게 자신이 여옥으로부터 물러나는 대가로 마약을 사기 위한 돈을 요구한다. 이것은 철저하게 스스로를 모욕하는 방법이다. 자신을 철저히 모욕하는 것으로 그가 받은 정신적 모욕감을 씻겠다는 것이 바로 이 인물이 보여 주는 자의식의 내면이다. 철저한 자기 모욕을 통해 역설적으로 자존심을 지켜 나가고자 하는 현혁의 모습에서 삶의 현실에 제대로 적응하지 못한 채 퇴폐와 타락의 길에 서 있는 지식인의 자의식의 갈등을 확인할 수 있다.

　이 작품의 이야기 전개 과정에서 파문을 일으키고 있는 것은 여옥의 자살이다. 주인공의 내면에서 심정적인 매개의 역할을 하고 있던 여옥은 죽음을 택함으로써 현혁이 그녀를 떠나기 전에 먼저 그의 곁을 떠난다. 그리고 동시에 화가인 주인공의 접근을 거부한다. 이것은 인텔리 여성으로서 그녀가 걸어온 삶의 자멸 과정을 스스로 부정하는 방식이라고 할 수 있다. 주인공은 여옥의 죽음을 통해 언제나 그의 의식을 분열시키던 여옥의 표정과 그 마음의 무늬를 다시 헤아릴 수 있게 된다.

작가 최명익의 작품에서 자주 드러나는 주인공의 자의식의 세계는 이 소설에서도 이야기의 내용을 풍부하게 만드는 중요한 모티프가 된다. 이 작품의 서술 방법을 보면 1인칭 시점을 통해 이야기의 서사적 추이보다 화자의 자의식 표현에 더 치중하고 있음을 확인할 수 있다. 실제로 작품 속의 주인공은 삶에 별다른 의욕이 없는 인물이지만, 자신이 관찰했던 사물과 사람, 자신이 만났던 사건들을 쉴 새 없이 자기의식과의 긴장 관계 속에 뒤섞어 배치한다. 그리고 바로 이 같은 내면 의식의 추이를 통해 소설 내적인 풍경이 밀도 있게 형상화되고 있는 것이다.

「장삼이사」에서는 일상의 현실과 지식인의 내면 의식이 서로 괴리되어 있는 상황을 예리하게 포착하고 있다. 인물의 행위의 발전과는 별로 관계없이 비교적 단순한 내용을 바탕으로 하고 있는 이 작품에서 작중 화자인 '나'는 열차를 타고 가면서 철저한 방관자의 눈으로 자신과는 아무 관계없이 서로 옆자리에 앉게 된 사람들을 관찰한다. 차 안의 승객들은 각자 서로 다른 여행의 목적이 있으므로, 자신의 행선지에 도착하면 자연스럽게 차에서 내리게 된다. 우연히 같은 기차를 타게 되었다는 사실 이외에 이들은 전혀 연관이 없는 타자들이다. 이들의 시선이 한 청년의 실수로 인하여 그 곁의 한 중년 신사, 그리고 다시 그 옆자리에 있는 여자에게로 모인다. 그러나 결국은 모두 자신의 삶으로 되돌아간다. 그들이 서로에게 일시적으로 표시하는 관심에도 불구하고 그들은 서로 아무런 관계도 맺고 있지 않다. 이 같은 익명성은 소설 속에서 각 인물을 지칭하는 대명사를 통해서도 확인할 수 있다. 화자인 '나'는 그들을 '당꼬 바지', '가죽 재킷', '구두', '곰방대 노인' 등의 사물화된 이름으로 부르고 있을 따름이다.

이 소설에서 성격의 초점이 마지막으로 머문 것이 '여자'이다. 여러 익명의 타자들의 시선도 여자에게 집중된다. 그 여자는 술집에서 도망치다 붙잡힌 신세다. 기차를 함께 타고 있는 모든 사람들은 누구도 이 여자의 처지를 가여워하지 않고, 오히려 좌석의 취흥을 돋구기 위해서 그 여자를 희롱한다. 도망친 여자를 뒤따라와 붙잡은 술집 주인의 아들이 그녀에게 손찌검까지 하자 그녀는 울며 화장실로 달려간다. 작중 화자는 이 곤욕스러운 상황에 놓인 여자에게 동정을 느낀다. 도망에 실패한 그녀가 사람들에게 모욕까지 당했으니 혹시 자살할지도 모른다는 예감에 불안해한다. 그러나 화자의 예상과는 달리, 여자는 화장을 깨끗하게 고치고 직업적인 웃음을 흘리며 아무 일도 없었던 것처럼 다시 자기 자리로 돌아온다. 작중 화자는 현실에 대한 자신의 주관적인 판단이나 해석이 아무 의미 없는 일이 될 수 있음을 깨닫고 껄껄 웃어 버린다. 결국 화자 역시 다른 승객들과 마찬가지로 우연히 마주친 타인에 불과하다. 화자는 자신이 현실의 비극을 절실히 깨닫고 있는 휴머니스트라고 생각했지만, 일상생활 속에서 타자의 삶과 그 태도를 전혀 이해할 수 없었던 것이다. 결국 소설 「장삼이사」에서 그려 내는 일상적인 현실은 주관적이고 관념적인 '나'의 의식 세계와는 전혀 다른 공간으로 자리하고 있는 것이다.

허준[9]의 소설 세계는 최명익이 그려 낸 자의식의 내면 풍경이 더욱 허무주의적 경향으로 자리 잡고 있는 것이 특징이다. 그의 단편소설 「탁류(濁流)」(1936)는 어쩔 수 없는 운명으로 인하여 현실에서의 적극적인 삶에 대한 모색을 포기한 채 살아가고 있는 지식인의 자의식의 세계를 성실하게 천착하고 있으며 「야한기(夜寒記)」(1938), 「습작실(習作室)에서」(1941) 등

<hr>

9 허준(許俊, 1910~?). 평북 용천 출생. 일본 호세이 대학 졸업. 1935년 10월 《조선일보》에 시 「모체(母體)」, 1936년 소설 「탁류」를 발표한 후 「야한기」, 「습작실에서」 등을 남김. 광복 후 조선문학가동맹 가담. 「속습작실에서」(1947), 「평때저울」(1948), 「역사」(1948) 등과 소설집 『잔등』(1946) 발간. 이후 월북하여 북한에서 활동. 참고 문헌: 권영민, 「해방 직후의 민족문학운동 연구」(서울대 출판부, 1986); 김윤식, 「소설의 내적 형식으로서의 '길'」, 「한국 근대 리얼리즘 작가 연구」(문학과지성사, 1988); 채호석, 「허준론」, 《한국학보》(1989. 가을); 권성우, 「허준 소설의 '미학적 현대성' 연구」, 《한국학보》(1993. 겨울).

에서는 허무의 심연에 침거한 지식인의 내면세계를 그리고 있다. 이러한 작품들은 당대 현실에 대한 지식인의 불안과 허무주의적 태도와 연관된다. 그의 작품의 주조를 이루는 것은 현실에 무관심한 채 내부의 세계로 시선을 돌릴 때 필연적으로 느끼게 되는 허무 의식과 고독감이다. 소설 속의 등장인물들은 현실의 문제를 자기 개인의 의지로는 어찌할 수 없다는 허무주의에 빠져 있으며, 삶의 자세나 가치 판단에 굳이 골몰할 필요가 없다고 생각하고 있다. 소설 「습작실에서」를 보면 이 같은 특징을 쉽게 확인할 수 있다. 이 작품은 동경에서 학교에 다니는 주인공이 벽지 병원에 근무하고 있는 T 형에게 보내는 편지 형식으로 구성되어 있다. 이야기의 중심을 이루는 것은 주인공의 일상생활이다. 그러므로 특별한 사건이 등장하는 것이 아니다. 주인공은 동경 시내의 번잡한 하숙집을 마다하고 굳이 학교에서 한 시간이 넘게 걸리는 한적한 변두리의 셋집에서 생활한다. 그리고 그 셋집의 주인인 노인과 가까이 지낸다. 여생을 고고하게 살아가려는 노인의 자세에 감동하였던 것이다. 그러던 어느 날 노인의 사망 소식을 듣는다. 이 같은 이야기에서 무게를 느끼게 하는 것은 생의 허무와 고독이다. 주인공은 현실 속에서 일상과 일정한 거리를 두고 스스로 고독을 즐기고 있다. 그에게 있어 고독이란 결국 외부와의 거리 두기를 통해 얻어지는 단절감이다. 그러나 이러한 자기 인식은 자신의 내면이 우월하다는 사고방식에 바탕을 두고 있기 때문에 어떤 갈등을 유발하지 않는다. 자기 내면에의 침잠을 중심으로 하는 그의 소설이 심리주의적 경향을 고수하는 것은 당연한 일이다.

김동리, 토속 세계의 탐구와 반근대성

김동리[10]의 문학은 풍부한 신화적 모티프에서부터 출발하고 있다. 그리고 그 신화적 모티프들은 다양한 설화적 공간을 형성하면서 전통 의식과 연결되고 있다. 그의 등단 작품인 「화랑(花郎)의 후예(後裔)」(1935)에서부터 이미 전통 지향적인 특성이 강하게 드러난다. 1930년대 후반 발표한 단편소설 「산화(山火)」(1936), 「바위」(1936), 「무녀도(巫女圖)」(1936), 「산제(山祭)」(1936), 「황토기(黃土記)」(1939) 등은 토속적인 무대를 배경으로 하여, 그 속에서 이루어지는 한국인들의 삶의 운명적인 양상을 깊이 있게 천착하고 있다. 역동적인 현실보다는 닫혀 있는 설화적인 공간을 그려 내고 있다는 점에서 이 작품들은 모두가 모더니즘 계열의 소설들이 추구하고 있던 근대성의 의미를 완강하게 거부하고 있는 것처럼 보인다. 김동리 문학이 보여 주는 이 같은 반근대적인 속성은 현실주의적 이념이나 가치로부터의 탈피를 강조하고 있다는 점에서 순수주의 문학으로 평가되기도 하고 역사와 현실을 벗어나 있다는 점에서 반역사주의 문학으로 비판되기도 한다. 그러나 김동리의 문학에서 볼 수 있는 반근대적인 속성은 일본의 식민지 지배에 의해 왜곡된 근대화로부터 벗어나 한국적인 토속의 세계에 집착했던 작가 의식의 소산으로 해석할 수도 있다. 김동

---

10 김동리(金東里, 1913~1995). 본명은 김시종(金始鍾). 경북 경주 출생. 대구 계성학교를 거쳐 서울 경신학교 수학. 1935년 《중앙일보》 신춘문예에 「화랑의 후예」, 1936년 《동아일보》 신춘문예에 「산화」 당선. 단편소설 「바위」, 「무녀도」, 「황토기」 등 발표. 광복 직후 조선청년문학가협회 창설. 서라벌예술대학 문예창작학과 교수 역임. 「역마」(1948), 「등신불」(1961), 「늪」(1964), 「까치소리」(1966), 「저승새」(1977) 등과 장편 「사반의 십자가」(1957), 「을화」(1978) 등 발표. 참고 문헌: 김동석, 「순수의 정체 — 김동리론」(신천지, 1947. 12); 조연현, 「무대의 확대와 사상의 심화」, 《현대문학》(1958. 6); 신동욱, 「미토스의 지평 — 김동리의 '무녀도'를 중심으로」, 《현대문학》(1965. 2); 백철 외, 「동리 문학 연구」, 《서라벌문학》 8집(1973); 이동하, 「현대소설의 정신사적 연구」(일지사, 1989); 김윤식, 「김동리와 그의 시대」(민음사, 1995) ; 홍기돈, 「김동리 소설 연구」(소명출판, 2010); 김주현, 「김동리 소설 연구」(박문사, 2013).

리 문학이 해방 이후 민족문학이라는 이름 아래 보수주의적 이념의 거점이 되었던 것도 이 같은 맥락에서 이해할 수 있을 것이다.

김동리 문학의 반근대적인 속성은 그의 소설적 출발에 해당하는 「화랑의 후예」에서부터 드러나고 있다. 이 소설에는 몰락한 양반의 후예가 지켜 가고자 하는 체통과 어쩔 수 없이 겪어야 하는 굴욕이 동시에 그려진다. 근대화의 과정에서 자기 변혁의 기회를 얻지 못한 채 밀려난 소설의 주인공은 양반으로서의 체면만은 챙겨 보려는 고집스러운 집념을 버리지 못한다. 이 같은 인물에게 현실 사회는 어떤 실천적인 기회를 부여하지 않는다. 그러므로 그는 『주역』이나 께차고 다니면서 당치 않은 음양오행의 조화만을 꿈꾼다. 이러한 주인공의 주변에는 비슷한 군상들이 늘어서 있으며, 모두가 사주나 관상을 믿고 세상이 다시 뒤집히길 기다린다. 작가는 이 같은 인물들을 결코 희화적으로 그리거나 부정적으로 서술하지 않는다. 오히려 이들에 대한 시각은 일정한 객관적 거리를 유지하면서 이동하고 있다. 결국 「화랑의 후예」가 그리는 세계는 몰락한 가치의 세계이며 무너진 전통의 공간이다. 이것은 식민지 현실에서 강요되고 있는 근대화의 과정과 뚜렷하게 대비되는 낙후된 어둠의 영역이라고 할 수 있다. 당대의 작가들이 대부분 도시적인 삶과 새로운 문명에 대한 관심에 휩싸여 있는 동안 김동리는 이 어둠의 공간을 찾아나선 것이다. 이 같은 태도는 식민지 현실에서 요구되는 근대적인 것에 대한 의식적인 반발이라고 해석할 수 있는 것이다.

김동리가 추구하는 작품 세계의 반근대성은 「산화」와 「바위」를 통해 예사롭지 않게 형상화되고 있다. 「산화」는 숯가마 속에 묻혀 살고 있는 뒷골마을 사람들의 참담한 삶을 그렸다. 지주 윤 참봉을 통해 형상화되는 계급적 착취와 자연적 재난인 산불로 인한 기근에 시달리는 마을 사람들은 그들의 숙명적인 삶을 극복할 수 있는 어떤 새로운 방법도 추구하지 못한다. 1920년대 후반의 계급소설이 의도적으로 강조하였던 계급적인 각성도 보이지 않으며, 어떤 저항적인 움직임도 나타나지 않는다. 이들은 자신들에게 들이닥친 재난이 모두 자신들이 모셔 온 산신님의 노여움에서 비롯된 것이며, 산신님의 뜻을 거역한 역천의 죗값을 자기들이 당연히 받는 것이라고 믿고 있다. 그러므로 이들은 산신님의 신령한 힘을 다시 빌 수밖에 없다. 이 같은 숙명적인 태도는 「바위」에서도 마찬가지로 등장한다. 이 소설의 주인공은 문둥이가 되어 육신이 썩어 가는 고통을 안고 있으면서도 복바위를 끌어안고 혈육의 재회를 기원하며 그 바위를 갈고 있다. 복바위의 영험에 힘입어 자신의 소망을 이루고자 하는 비원이 담겨 있는 것이다. 이처럼 「산화」와 「바위」의 등장인물들은 모두가 잃어버린 세계를 되찾고 조화로운 삶을 회복하기를 기원한다. 이 기구의 의미는 근대 이전의 세계로 회귀하고자 하는 작가 의식의 반근대적인 속성이 나타난 것으로 볼 수 있다.

김동리의 대표작으로 평가되는 「무녀도」, 「황토기」 등은 그 서사적 공간이 설화적 전통과 토속 신앙 등으로 꾸며진 신비주의적 경향을 드러낸다. 그리고 인간의 보편적인 운명의 절대성에 대한 관심으로 인하여 허무주의적인 색채가 강하게 나타난다. 소설 「무녀도」는 김동리 소설의 원점에 해당하는 것으로 평가되고 있다. 이 같은 사실은 그가 「무녀도」에서 그려 낸 세계와 소설적 주제를 그 뒤의 작품에서 확대, 반복해 왔고 나아가 여러 차례에 걸쳐 이 작품을 부분적으로 혹은 전면적으로 개작했다는 점에서도 확인된다. 「무녀도」가 처음 발표된 것은 1936년 《중앙》의 지면을 통해서였다. 여기에서는 아들 욱이가 기독교도가 아니라 살인범으로 등장한다. 이것이 1947년 단편집 『무녀도』에 수록될 때 이질적이리만치 다른 작품이 된 것은 욱이를 기독교도로 변신시켜 놓았기 때문이다. 1967년판 『김동리 대표작 선집』에서도 이 작품은 부분적으로 개작되어 실렸다. 그리고 1978년에는 이 소설의 내용을 확대하여 「을화」라는 장편소설을 내놓기도 한다. 그 결과 「무녀도」에서 대비적으로 제시되었던 샤머니즘의 내면세계를 더욱 깊이 있고 치밀하게 형상화할 수 있게 된다.

「무녀도」의 서사 구조는 토속 신앙과 외래적인 기독교 신앙의 충돌로 인해 생기는 정신적 갈등을 근간으로 한다. 자연의 모든 것을 신령으로 받드는 무당 모화가 거주하고 있는 곳은 전근대적인 무속의 세계이다. 모화는 무속의 세계를 대변하는 인물로, 자신의 믿음에 대해 거의 맹목적인 복종을 보여 준다. 그녀가 영위하고 있는 무속의 세계는 그녀에게는 하나의 작은 우주라고 할 만큼 절대적인 공간이다. 그런데 이 닫힌 공간에 새로운 변화의 바람이 들어오게 된다. 이 세계에 들어온 침입자는 기독교도가 되어 돌아온 그녀의 아들 욱이다. 모화는 아들이 가지고 들어온 기독교의 합리성을 제대로 이해하지 못한다. 오히려 자신이 믿고 의지하는 신의 노여움을 사지 않을까 두려워한다. 결국 두 사람은 각각 그들이 모시는 신의 이름으로 대립과 갈등에 빠져든다. 토속적인 무속의 세계와 외래적인 기독교의 세계가 충돌하면서 어머니와 아들을 모두 죽음으로 몰아감으로써 그 갈등 구조가 상호 파멸로 귀결되고 만다.

소설 「무녀도」에서 무당 모화와 기독교도가 되어 돌아온 아들 욱이의 대립은 낭이라는 소녀를 중심으로 매우 치밀하게 묘사되고 있다. 이 작품은 이러한 등장인물의 관계에 내재한 갈등을 극적인 긴장감을 유지하면서 구체적으로 형상화하고 있기 때문에 등장인물의 성격 창조에 성공하고 있는 것이다. 욱이와 낭이 사이의 근친상간에 대한 암시와 함께 모화가 휘두른 칼에 찔려 욱이가 죽게 되는 과정은 신앙의 대립 문제만이 아니라 혈연에 대한 거역을 용납하지 않는다는 윤리적 규범을 말해 주기도 한다. 그리고 모화가 마지막 굿판에서 스스로 죽음의 길을 찾아가는 모습은 풍부한 상징성을 보인다고 할 수 있다. 이 소설은 비극적 인물로서의 자격을 갖춘 모화라는 여주인공의 성격 창조를 뒷받침하고 있는 한국의 무속적 전통에 대한 작가의 이해와 이를 배경으로 하는 이야기의 소설적 구성이 돋보인다. 특히 신비한 무속의 세계를 공간적으로 묘사해 내는 문체의 힘이 작품의 문학성을 높여 준다. 이 작품에서 기독교와 무속의 대결이라든지 전통적인 것과 외래적인 것의 갈등을 발견할 수 있는 것은 근대화의 과정에서 겪는 정신사적 갈등의 한 단면을 설화적 공간에서 재현해 내고 있기 때문이다.

「황토기」의 경우는 억쇠와 득보라는 두 인물의 아무 의미 없는 싸움을 통해 운명론적 허무 의식을 집요하게 추적하고 있다. 이 작품의 배경으로 끌어들인 '산세의 혈맥을 끊은 이야기', '하늘에 오르지 못한 용에 관한 이야기' 등의 설화는 운명과 허무 의식이라는 작품 주제와 잘 부합되며, 이 같은 설화를 중심으로 작품 속의 현실 자체도 설화적으로 재구성되고 있다. 이 작품의 시공간이 구체적인 현실의 시공간이 아니라 그 시작과 끝을 알 수 없는 원환적인 구조로 나타나고 있는 것은 이 때문이다. 이 작품이 소설 외적 현실과의 통로를 차단함으로써 얻어 내고 있는 것은 일종의 신비주의 세계라고 할 수 있다. 이 소설 속에 등장하는 억쇠와 득보라는 두 인물들의 행태는 현실 공간에서는 찾아보기 어려운 것들이다. 이 두 인물을 중심으로 설정되어 있는 남녀의 관계 역시 사실적인 것이 아니다. 그들이 벌이는 싸움과 애욕의 갈등은 거의 본능적인 것으로 그려진다. 그들이 하는 일이란 술 마시고 싸우고 애욕을 좇는 것뿐이다. 다시 말하면 가장 원초적인 본능만을 따른다. 소설의 서사적 공간으로 설정된 황토골은 이미 그 혈맥이 끊어져 장수가 장수 노릇을 하지 못하고 여의주 잃은 용들처럼 서로 머리를 물어뜯도록 운명 지어졌기 때문이다.

김동리가 그의 소설에 재구해 낸 토속적이고도 운명적인 공간은 그가 외면하고자 했던 식민지의 타락한 근대 공간에 대한 대타적인 의미를 지니는 것으로 이해할 수 있다. 이것은 식민지 현실 자체가 민족의 정기가 절맥된 상황 또는 훼손된 가치와 붕괴된 총체성의 세계로 인식될 수 있음을 의미한다. 하지만 그의 작품에서 볼 수 있는 반근대적인 요소를 왜곡된 근대의 초극을 뜻하는 것으로 설명하기에는 여러 가지 문제를 안고 있다. 특히 그의 작품의 주조를 이루는 허무주의가 운명이라는 모호한 말로밖에 설명할 수 없다는 점은 비판적으로 지적되어야 할 문제이다. 물론 김동리의 문학에서 토착적 한국인의 삶과 정신에 대한 깊이 있는 탐구와 그것을 통하여 인간에게 주어진 운명의 궁극적인 모습을 이해하려는 끈질긴 노력은 높이 평가해야 한다. 이 같은 노력이 식민지 근대라는 세계의 모순과 대결하면서 그것을 타개할 만한 힘을 소설적으로 구현하지 못하고 있다 하더라도 작가의 개인적 의지와 연결되어 한국 소설의 흐름에 하나의 뚜렷한 자취로 남아 있기 때문이다.

(3) 현실의 풍자와 비판

채만식과 풍자 정신

채만식[11]은 한국소설사에서 드물게도 풍자문학의 가능성을 시험했

---

11 채만식(蔡萬植, 1902~1950). 호는 백릉(白菱). 전북 옥구 출생. 중앙고보, 일본 와세다 대학 예과 수학. 1924년 《조선문단》에 단편 「세 길로」를 발표. 중요 작품으로 「인형의 집을 나와서」(1933), 「레디 — 메이드 인생」, 「탁류」, 「태평천하」, 「치숙」, 「쑥국새」(1938), 「냉동어」(1940), 「미스터 방」(1946), 「민족의 죄인」(1948) 등과, 소설집 『채만식 단편집』(1939), 『탁류』(1939), 『아름다운 새벽』(1947), 『태평천하』(1948) 등이 있다. 참고 문헌: 홍이섭, 「채만식의 '탁류'」《창작과비평》(1973. 봄); 김영화, 「채만식 소설의

던 작가이다. 그는 1930년대 초기에 동반자적인 성향의 작품을 발표하면서 문단적 지위를 확보하였으며, 「레디메이드 인생(人生)」(1934), 「탁류(濁流)」(1938), 「태평천하(太平天下)」(1938), 「치숙(痴叔)」(1938) 등과 같은 풍자적인 작품을 통해 독특한 소설적 세계를 창조하였다. 채만식의 현실 풍자는 주로 식민지 상황 자체에 대한 부정을 목표로 한다. 일제 식민지 시대의 현실에서 소외되어 버린 지식인들의 냉소적인 관점과 태도를 보여 주고 있는 그의 소설은 당대 사회의 모순을 풍자적으로 형상화하고 있다.

단편소설 「레디메이드 인생」에는 좌절에 빠진 식민지 시대 지식인의 현실에 대한 풍자적이고 냉소적인 시각이 나타나 있다. 소설의 주인공은 사회주의의 이념에 따라 현실 사회에서 보다 실천적이고 행동적인 지식인이 되고자 했으나 실직 상태에 빠져 생활의 곤궁을 면하지 못한다. 그는 직장을 구하러 다녔지만 어디에도 그를 환영하는 곳이 없다. 모든 일이 뜻대로 되지 않자, 그는 자신이 마치 공장에서 쏟아져 나와 어디로 팔려 가기를 기다리는 '기성품 인생'이 되어 버렸다고 생각한다. 이러한 자기 비하는 비판적인 지식인을 용납하지 않는 현실에 대해 무력한 자신의 처지를 역설적으로 대비시키고자 하는 데에서 비롯된다. 그러나 소설의 주인공은 길거리에서 몸값으로 겨우 20전을 요구하는 창부를 만난 후 자신의 자조적인 태도를 버린다. 그리고 아홉 살 난 아들은 기성품 인생으로 만들지 않기 위해 학교에 보내지 않고 인쇄소의 공원으로 취직시키면서 새로운 생활을 설계한다. 이 작품에서 주인공은 결국 현실의 모든 조건을 부정한다. 인간이 인간으로서의 가치를 인정받지 못하는 현실

구조」, 《현대문학》(1977. 12); 신동욱, 「채만식의 소설 연구」, 《동양학》(1982. 11); 황국명, 「채만식 소설 연구」(태학사, 1998); 우한용 「채만식 소설의 언어미학」(제이앤씨, 2009); 이주형 외, 「채만식 연구」(태학사, 2010).

속에서 허울 좋게 내세우는 계몽이니 교육이니 지식이니 하는 것이 아무 소용이 없다는 것을 알고 있기 때문이다. 그러므로 주인공은 신문사 사장과도 논쟁하면서 당대 식민지 지배 세력이 획책했던 농촌계몽운동에 내포된 기만과 허위를 폭로한다. 그는 문맹 퇴치와 생활 개선을 내세운 농촌계몽운동이 민족적 현실을 몰각한 공상에 불과하다고 비판한다. 그리고 아들을 공장에 보냄으로써 식민지 교육의 의미 자체를 부정하는 것이다.

이 같은 비판적 태도와 부정적인 시각은 「치숙」에서 더욱 조소적인 의미를 드러낸다. 이 작품은 자기 생활 기반을 갖지 못한 무력한 지식인(삼촌)을 조롱하는 일본인 상점 점원(조카)이 화자로 등장한다. 이 같은 인물의 설정은 정신적인 것의 몰락과 물질적인 것에 대한 욕망을 간접적으로 대비하는 효과를 거둔다. 작품의 서두에서 숙부의 인생이 요약적으로 제시된다. 삼촌은 힘들여 대학 공부까지 끝낸 인텔리다. 그러나 대학을 나온 후에 사회주의운동에 투신하여 감옥살이를 하게 된다. 가족들의 희망을 송두리째 배반해 버린 그는 감옥에서 몹쓸 병만 얻어 가지고 나온다. 결국 삼촌은 대학까지 나왔지만 인간으로서 아무런 일도 하지 못하게 된 것이다. 이 같은 핍박받은 지식인으로서의 삼촌의 처지를 생각한다면, 그가 식민지 체제에 저항하여 옥고를 치렀다는 사실 자체만으로도 그의 삶의 자세가 중시되는 것이 당연하다. 그러나 이 작품에서는 지식인의 행동 양식을 전혀 이해하지 못하는 조카를 내세워 오히려 삼촌의 처지를 조롱하게 한다. 일본인 상점에서 점원 노릇을 하면서 돈을 벌고 있는 조카는 대학까지 나온 삼촌이 멀쩡한 바보가 되어 집에서 빈둥대는 것을 전혀 이해하지 못한다. 그는 자신이 일본인들의 비위를 맞춰 돈을 잘 벌고 있는 것을 내세워 대학까지 나온 삼촌보다 자기 처지가 훨씬 나은 것을 자랑한다. 그리고 오히려 삼촌을 비웃는다. 물론 이 작품에서 적극적으로 긍정되어야 할 인물은 삼촌이다. 그러나 부정적인 위치에 서 있는 조카의 입을 통해 삼촌의 태도를 부정하도록 함으로써 독자들을 풍자의 세계로 끌어들이고 있다. 화자인 조카가 자신의 입장을 내세우고 있는 천박스러운 논리가 독자들에게는 더 큰 웃음거리가 되는 것이다.

채만식의 대표작으로는 장편소설 「탁류」와 「태평천하」를 손꼽는다. 「탁류」는 초봉이라는 한 여인의 비극적인 삶의 과정을 그린 이야기라고 요약할 수 있다. 그러나 이 작품은 단순히 가련한 여인의 일생을 그린 것에 그 의미를 한정 지을 수 없다. 오히려 초봉의 삶이 보여 주는 그 비극성이 실상은 전통적인 인습과 새로운 풍속이 서로 맞부딪치는 과정 속에서 한 개인이 겪어야 했던 시련과 역경을 말해 주는 것이라고 풀이할 수 있을 것이다.

초봉을 중심으로 그녀를 둘러싼 인물들은 모두 당대 현실에 관련지어 볼 때, 거의 비슷한 삶의 패턴을 지닌 부정적인 인간형이 많다. 우선 그녀의 아버지 정 주사는 군 서기를 지내던 때에 몸에 익었던 안일한 관료적 태도와 전통적인 가부장적 의식 때문에 집안에서 헛된 권위만을 내세우지만, 미두장에 나아가 손가락질을 당하면서도 전혀 비굴함을 깨닫지 못한다. 그의 삶에 대한 태도는 오직 물질적인 계산으로 일관되고 있으며, 전통적인 미덕을 제대로 이어 가지 못하고 새로운 풍속도 올바로 받아들이지 못한 채 인간적 몰락을 면치 못한다. 초봉의 남편이었던 고태수는 은행이라는 근대적인 제도의 출현과 함께 등장한 금전 만능주의자이다. 그는 자신의 개인적인 이익과 쾌락을 추구하다가 남의 돈까지 횡령하고 자신의 일생을 망쳐 버린 채, 아내 초봉마저 비극적인 삶의 구덩이에서 헤어날 수 없게 만든다. 이들 이외에도 약국 주인 박제호의 부도덕과 지나친 이해타산, 꼽추 형보의 표리부동하고도 기회주의적인 악랄한 행동, 남승재의 순진하면서도 우유부단한 성격 등은 모두 「탁류」의 현실에 휩싸여 있는 부정적 인간상의 일면임을 쉽게 알 수 있다. 이 소설은 이들이 보여 주는 비인간적인 태도와 탐욕적인 행위를 모두 부정한다. 정 주사가 보여 주는 물질적 욕망을 부정하고, 고태수가 보여 주는 불성실과 위선과 사기를 고발한다. 형보의 부정과 탐욕에 대해서도 철저하게 응징한다. 그리고 이 같은 인간들이 자리하고 서 있는 식민지 현실 자체를 부정하는 것이다.

이 소설에서 초봉이 순진무구한 희생자에서 살인과 죽음으로 내닫는 비극적 운명을 보여 주고 있지만 작가는 판에 박힌 비극적 멜로드라마 구조에 집착하지 않는다. 그는 초봉의 동생인 계봉과 그녀의 애인이 되는 긍정적 인물 남승재 등을 통하여 내일의 희망을 부각시키고 있다. 실제로 소설 「탁류」의 전체적인 흐름 속에는 삶에 대한 희망과 절망, 현실에 대한 긍정과 부정이 함께 제시된다. 이것은 작가의 세계관 자체에서 볼 수 있는 양가성의 소설적 형상이라고 말할 수 있다. 이 굴절의 면모는 통속성과 비극성을 함께 다루고 있는 이 작품의 구성적인 성격과도 연결된다. 그리고 바로 이러한 측면이 소설적인 구성의 합리성을 보장하는 데 장애가 되고 있음에도 불구하고, 당대 민중의 현실을 폭넓게 수용할 수 있는 풍자적 장치가 되고 있음을 인정해야 한다.

장편소설 「태평천하」는 식민지 시대 물질적 부를 누리고 살던 지주 계층의 위선적인 삶의 양태를 풍자적으로 형상화하고 있다. 특히 극적 아이러니라는 풍자극의 구조를 활용하여 주인공 윤 직원 일가에 일어난 하루 동안의 일상사를 '3일치의 원칙'에 충실하게 재현하고 있는 것이 구성적 특징이다.

소설의 주인공 윤 직원은 식민지 지배 당국과 결탁하여 재산을 지켜나가는 지주 계층으로서 부조리한 사회적 현실 속에서 성장한 계급이다. 이 작품은 윤 직원 일가의 하루 동안의 일상을 그리고 있지만, 이 집안의 가계와 그 현재적 풍모를 조선 말기부터 일제 강점기에 이르는 격동기를 배경으로 풍부하게 서술하고 있다. 윤 직원이 재산가가 된 내력은 시대 상황의 변화와 관련이 있다. 윤 직원의 부친인 윤용규는 건달패로서 장사에 손을 대게 되었는데, 시대가 어지러운 틈을 타 변칙적으로 돈을 모은다. 그러나 윤용규는 자기가 모은 재산 때문에 화적패에 걸려 죽게 된다. 윤 직원은 부친이 죽자 가솔을 이끌고 서울로 올라온다. 그리고 그는 부친이 남겨 둔 재산을 늘려 만석이 넘는 부자가 된다. 윤 직원은 엄청난 재산이면서도 지독하게 인색하다. 그는 절대로 돈을 함부로 쓰지 않는다. 바깥출입을 할 때도 반드시 버스나 전차를 이용한다. 그러나 이것은 절약을 위한 근검이 아니다. 그는 일부러 큰돈을 차비로 내고는 거스름돈이 없는 차장을 나무라며 그냥 차에서 내리는 것이 보통이다. 그가 돈을 아낌없이 쓴 경우도 있다. 그는 자기 재산을 이용하여 미천한 상인 신분을 양반으로 둔갑시켜 마치 명문의 후예인 것처럼 행세하게 되었으며, 지방 향교의 인사들을 매수하여 직원이라는 직함을 얻게 된다. 윤 직원이라는 호칭은 돈으로 산 직함이다.

윤 직원은 자기 가문을 양반으로 위장하고 자신의 신분을 치장하는 데에는 많은 돈을 썼지만, 다른 일에는 관심조차 두지 않는다. 시대가 변하고 나라를 빼앗겨 식민지 지배를 받게 된 것은 그와는 아무 상관도 없는 일이다. 그는 자기 집안의 안위만 생각하며, 자기 재산만 늘리면 되는 것이다. 윤 직원은 안채에 아내 오씨가 있었지만, 그녀를 거의 돌보지 않는다. 그러다가 오씨가 병을 얻어 세상을 떠나자, 어린 기생들을 집안으로 불러들이기 시작한다. 윤 직원은 돈으로 유혹도 하고 수작을 걸어 보지만, 어린 기생들이 대개는 윤 직원 영감의 청을 듣지 않고 그냥 도망치는 경우가 많다. 윤 직원은 이럴 때마다 자신의 처지를 몰라라 하고 있는 아들 며느리와 손주가 원망스럽다. 윤 직원이 마음 쓰고 있는 기생 춘심이는 열다섯의 어린 나이다. 그녀는 윤 직원의 말을 듣지 않고, 비싼 반지를 사 달라고 요구한다. 윤 직원은 어린 기생의 청을 흔쾌히 들어 반지까지 사다 바친다.

윤 직원에게는 아들딸 남매가 있다. 윤 직원의 아들 윤창식은 지방 관청에 근무하는 주사다. 그는 부친 윤 직원의 재산 덕분에 양반의 후예로서 남부럽지 않은 생활을 한다. 부친 윤 직원이 양반댁 규수를 며느리로 맞고 싶어 했기 때문에 윤창식은 고씨 부인을 맞게 되지만, 거들떠보지도 않고 첩실을 거느리고 호의호식한다. 윤 직원의 딸은 시집을 갔으나 남편과 사별하고 다시 친정에 돌아온다. 윤 직원은 딸을 위해 자기 재산 500석을 물려준다. 아버지로부터 상당한 재산을 물려받은 딸은 비록 돈은 있지만 자신의 외로운 처지를 달래지 못하고, 집안일을 돌보아 주며 행랑채에서 살고 있는 홀아비 전대복에게 관심을 두고 있다. 주색에만 관심이 있는 윤창식에게는 두 아들이 있다. 큰아들 윤종수는 똑똑하지도 못하고 공부도 제대로 못한 난봉꾼이다. 그는 하는 일도 없이 집에서 돈을 뜯어 쓰며, 바람이나 피우는 한량이다. 한번은 여학교 학생을 오입 상대로 소개한다는 말에 술집에 들렀는데, 그곳에서 자기 부친의 첩실인 기생 옥화와 맞부딪친 일도 있다. 작은아들 윤종학은 인물도 준수하고 재주가 있어서 동경 유학 중이다. 윤 직원은 이 둘째 손자에게 가문을 이어 가도록 하겠노라고 마음속으로 결심하면서, 손자가 공부를 마치고 나서 경찰서장이 되기를 바란다. 일선에서 권력을 쥐고 있는 서장의 위풍이 당당해 보였기 때문이다.

이 소설의 결말은 윤 직원의 꿈이 수포로 돌아가는 장면이다. 윤 직원이 기생 춘심에게 비싼 루비 반지를 사다 주며 어르고 있는데, 바깥에서 놀라운 소식을 전해 온 것이다. 동경에 유학하고 있는 둘째 손주가 사회주의 운동에 연루되어 체포되었다는 전보가 날아들었기 때문이다. 윤 직원은 화적패도 다 사라지고 거리거리에 순사들이 늘어선 태평천하에 만석꾼의 손자놈이 왜 하필 세상을 망쳐 놓을 사회주의자들과 휩쓸렸느냐면서 울화통을 터뜨린다. 소설의 제목 '태평천하'라는 말이 바로 여기에서 비롯된 것인데, 당대 사회의 현실을 풍자하고 있는 작가의 의도가 잘 드러나는 것이다.

이 소설에서 주목되는 것은 윤 직원과 그 일가의 일상적 삶에 드러나 있는 윤리적 타락이다. 그리고 이 같은 윤리적 타락이 왜곡된 가족주의에 의해 합리적인 것으로 위장되는 것이 문제다. 자기 가문의 존속을 위해, 그리고 자신의 재산을 지키기 위해 윤 직원은 주로 돈의 힘을 빌리고 있다. 그가 가문을 지켜야 한다고 내세우는 명분은 사실 돈을 지키기 위한 수단에 지나지 않는다. 윤 직원은 가족들의 안전과 재산의 보전을 위해 서울로 올라와 버리며, 바로 그 같은 가족주의의 명분에 얽매어 손자가 학업을 마친 후에 권력을 쥔 경찰서장이 되기를 꿈꾸는 것이다. 엄청난 부의 소유자인 윤 직원은 이타적인 행위를 전혀 보이지 않으며, 가족들이 대부분 방탕한 생활을 한다. 가계를 계승할 것으로 예상했던 손자 윤종학이 사회주의자가 되어 경찰에 체포되었다는 결말은 아이러니에 해당한다. 윤 직원이 가장 기대했던 손자가 가장 혐오하는 사회주의자가 되었기 때문이다. 이 작품에서 손자 윤종학과 같은 이념형 인물의 설정은 완고한 가족주의에 대한 이념적 대응에 해당하는 것이다.

채만식의 소설이 지니고 있는 중요한 특징을 요약한다면 식민지 현실에 대한 부정과 비판의 정신이 주축을 이루고 있는 점이라고 할 수 있다. 그는 식민지 지배의 현실 자체를 부정하고 그 현실에 기생하여 살아가는 인간들을 부정한다. 그리고 그 속에서 형성되고 있는 식민지 제도와 그 제도에 의해 규범화되고 있는 왜곡된 삶의 가치를 부정한다. 그리고 이 같은 부정과 비판을 직설적으로 서술하는 것이 아니라 풍자의 방법을 활용하여 더욱 풍부한 서술을 가능하게 하고 있는 것이다. 그가 보여 주는 풍자의 수법은 전통적인 판소리의 어조를 현대적으로 재현한 문체에 의해 더욱 빛을 발하고 있다.

김남천과 리얼리즘의 실천

김남천[12]은 조선프로예맹에 가담하여 계급문학을 조직운동의 차원에서 실천하고자 했던 인물이다. 그는 예술운동의 정치적 진출을 주장하는 볼셰비키화론의 확대 과정에서 문단에 진출하였으며, 작가 자신의 세계관의 확립을 창작적 실천의 요건으로 중요시하였다. 그렇기 때문에 그는 일관되게 자기 신념을 지켜 나가기 위해 스스로 현실 상황에 적극적으로 대응할 수 있는 창작 방법을 모색하고자 하였다. 그가 1930년대 후반기의 평단에서 '로만개조론(소설개조론)'을 내세우면서 장편소설의 본질에 대한 이론적 탐구에 집념을 보인 것은 이 같은 작가적 태도에서 비롯된 것이라고 할 수 있다. 그는 소설이 현실의 삶과 역사 발전의 법칙을 예술화하는 유일한 형식이라고 주장하였으며, 소설에 있어서 근대성의 개념을 인식하기 위한 이론적 추구 작업을 지속하였다.

김남천의 소설은 사상적 전향의 조류가 휩쓸고 있던 1930년대 중반

---

12 김남천(金南天, 1911~?). 평남 성천 출생. 평양고보 졸업, 도쿄 호세이 대학 수학. 조선프로예맹 도쿄 지부 가입, 무산자사에서 활동. 귀국 후 문예운동의 볼셰비키화 주창, 1931년 조선프로예맹 제1차 검거 때 투옥. 장편소설 『대하』(1939)를 비롯하여 「처를 때리고」, 「제퇴선」(1937), 「가애자(可愛者)」(1938), 「장날」(1939), 「남매」(1937), 「경영」(1940), 「맥」(1941) 등을 발표. 1945년 광복 후 조선문학가동맹에서 활동하다가 월북. 소설집으로 『소년행』(1938), 『삼일운동』(1947), 『맥』(1947) 등이 있으며, 장편소설로 『대하』(1939), 『사랑의 수족관』(1949) 등 출간. 참고 문헌: 이덕화, 『김남천 연구』(청하, 1991); 김재남, 『김남천 문학론』(태학사, 1991); 신동욱, 「김남천의 소설에 나타난 지식인의 자아 확립과 전향자의 적응 문제」(동양학, 1992); 김외곤, 「김남천 문학에 나타난 주체 개념의 변모 과정 연구」(서울대 박사 논문, 1995); 하응백, 『김남천 문학 연구』(시와시학사, 1996).

이후 지식인의 모럴 의식과 비판적 자세를 그려 낸 전향문학의 형태를 갖추고 있다. 물론 그는 자신의 세계관 또는 실천적 태도가 작품과 함께 고려되지 않으면 안 된다는 생각을 지니고 있었으며, 이런 태도는 그의 초기 소설 「물」(1933)을 통해 구체화되었다. 그러나 소설 「물」은 당시 평단에서 예술가의 작품 창작을 작가 자신의 실천과 직결시킨 경험주의적 오류를 드러낸 것으로 혹평을 받았다. 김남천은 이러한 비판 속에서도 작가의 주체 확립을 위한 세계관의 정립을 요구하였다. 특히 카프 해체와 함께 무기력하게 좌절해 버린 작가들이 사상적 지주를 잃은 채 방황하는 것을 보고, 지식인이 진실된 자기 고발의 정신을 통해 새롭게 자기 주체의 재건에 임할 것을 주장하였다. 이른바 사상적 전향기에 발표된 그의 소설 「처(妻)를 때리고」(1937)를 비롯하여 「요지경(瑤池鏡)」(1938), 「포화(泡花)」(1938), 「녹성당(綠星堂)」(1939) 등은 모두 자조의 세계에 함몰해 있는 주인공의 무기력을 그리면서 그것을 비판하고자 하는 의욕을 담고 있다.

소설 「처를 때리고」는 사회주의운동가로서 6년 동안의 감옥살이를 경험했던 주인공이 생활을 위해 현실과 타협하는 과정을 그리고 있다. 작품의 주인공은 출옥 후 3년이 지나도록 직장을 구하지 못한 채 변호사 사무실에 빌붙어 겨우 생계를 유지하고 있다. 이 같은 주인공의 변신은 물론 현실의 곤궁을 모면하기 위한 마지막 선택이지만, 주인공은 자신에 대한 모멸감을 버리지 못한다. 특히 속물화된 아내와의 부부 싸움에서 주인공의 현실적 타협이 질타되는 순간, 스스로 비굴감에 빠져든다. 하지만 주인공은 모든 책임을 자신에게 돌린다. 자신의 신념을 끝까지 지키지 못하고 생활과 타협해 버린 자신의 무기력이 바로 경멸과 증오의 대상이 되는 것이다. 이와 비슷한 내용의 작품인 「요지경」의 경우에는 사회주의자였던 주인공의 타락이 잘 그려져 있다. 주인공은 사상의 전향을 강요당하면서 자신의 신념을 잃어버리게 되자, 아무런 활동도 하지 못하고 기생에게 의탁한다. 그러나 마약 중독에서 헤어나지 못하는 기생의 고통을 보면서 그는 더 큰 낭패감에 빠져든다.

소설 「포화」의 주인공 역시 사회주의 운동가로서 활동했던 인물이다. 그러나 사상 전향 후에 간신히 직장을 얻어 생활하다가 폐결핵으로 해고당하게 된다. 그에게는 이제 아무런 희망도 없다. 자신의 신념을 끝까지 지키지도 못한 채 사상운동에서 벗어났고, 병으로 인하여 직장마저 잃어버리게 된 것이다. 길바닥을 방황하는 그의 모습에서 처절한 삶의 현장을 확인할 수 있다. 소설 「녹성당」의 경우 주인공은 작가로 그려져 있다. 계급문학운동에 앞장섰던 작가는 치열한 작가 의식에 입각하여 예술운동의 실천에 앞장선다. 그리고 사상운동에 연루되어 투옥되었다가 풀려나온다. 그는 고향에 돌아가지만 일정한 직업을 갖지 못하자 약장수로 변신하고, 많은 사람들을 만나게 된다. 추하게 변해 버린 친구의 타락한 모습을 만나기도 하고, 옛 동지와의 우정과 믿음을 송두리째 던져 버리고 배신한 친구도 보게 된다. 이러한 현실의 비참한 국면을 경험하면서 주인공인 작가는 이념과 실제 현실의 엄청난 간격에 고민하기도 하고, 자신의 초라한 행색과 전락에 대해 자책과 번민에 싸이기도 한다.

김남천의 이러한 작품들은 대부분 전향기 지식인의 고뇌를 그린 점에 그 특색이 있지만, 객관적 현실에 대한 전망의 부재를 드러내고 있다는 점에서 그 한계를 벗어나지 못하고 있다. 물론 이들 작품은 사상적 전향의 요구에 동조하고 있는 작가들과 문단적 조류에 대한 비판을 중시하고 있기 때문에, 전향문학론의 검토 대상이 될 수 있을 것이다. 특히 자기 신념의 투철성을 창작 방법에서 항상 강조했던 김남천의 소설적 의욕이 어느 정도 반영되어 있다는 점에서 카프 해체 후의 계급문학운동가들의 작품 태도를 이해할 수 있는 근거가 될 수 있을 것이다.

김남천의 소설 가운데에서 「남매(男妹)」(1937), 「소년행(少年行)」(1937), 「무자리」(1938) 등은 모두 소년을 주인공으로 내세우고 있는 작품들이다. 이 작품들은 대부분 생활 능력을 잃어버린 아버지와 삶에 대한 집착을 보여 주는 어머니가 등장한다. 생계를 위해 집을 나와 기생이 된 누나도 훼손된 가정의 한 부분을 대변한다. 소설의 주인공은 이러한 가정환경 속에서 자기 집안이 황폐화되고 있는 이유가 어디에 있는가를 하나씩 확인하게 된다. 현실의 비극적인 인식을 보여 주는 이들 작품에서 어린 소년들이 맛보는 절망과 비애는 삶의 현실을 짓밟는 냉혹한 사회의 실체를 폭로하고 있는 셈이다.

김남천의 창작 활동에서 정점을 이루고 있는 것은 장편소설 「대하(大河)」(1939)다. 이 소설은 주체의 재건과 자기 고발의 정신에서부터 출발한 김남천의 창작 활동이 현실 인식의 방법에 관심을 부여하면서 획득한 리얼리즘 정신의 산물이다. 그러나 무엇보다도 중요한 것은 소설 「대하」가 단편소설의 양식상의 제약을 극복하고 개인과 집단의 관계를 가족사의 구조 속에서 총체적으로 파악하고자 하는 장르의 확대를 실현하고 있다는 점이다.

소설 「대하」는 평안도에 살고 있는 밀양 박씨 집안의 내력을 이야기의 골격으로 삼고 있다. 그러므로 이 작품의 서두에는 박씨 집안의 내력이 잘 설명되어 있다. 지방 아전으로 재산을 모은 조부는 온갖 부정한 방법으로 자신의 부를 더욱 증대시킨다. 그는 권력층에 빌붙어 살면서 자기 욕망을 충족시키고 가문을 일으켜 세운 셈이다. 그러나 제2대인 박순일은 그의 부친이 부정한 방법으로 축적한 부를 마음껏 탕진한다. 주색과 아편으로 나날을 보내면서 살았던 박순일의 삶에 이르는 밀양 박씨 문중의 이야기는 소설의 서두에 간단한 삽화로 처리되어 있다. 이들의 사회계층적 위치와 그 변화 과정은 구체적으로 설명되어 있지 않지만,

대략 조선 후기의 중인 계층에 자리 잡고 있으며, 사회 역사적 변화에 적응하지 못하는 무자각적 상태에 놓여 있음을 짐작할 수 있다.

이 소설의 실제적인 이야기는 제3대의 인물인 박성권을 중심으로 펼쳐진다. 박성권은 동학운동을 틈타 패권 싸움을 벌인 일본과 청국의 전쟁 속에서 군대를 상대로 돈을 벌어들인다. 그는 군수품을 운반해 주기도 하고 군대에 물자를 공급해 주면서 크게 수완을 발휘해 재산을 모은다. 그리고 이를 밑천으로 고리대금업에 손을 대면서 치부하고, 퇴락한 집안을 흥성시키는 것이다. 박성권은 돈의 힘으로 가문을 일으켜 세우고, 돈의 위세로 참봉이라는 호칭도 얻는다. 작가는 박성권이라는 인물을 통해 봉건사회의 붕괴와 함께 새로운 자본주의 사회의 성립 과정을 보여 주고자 한다. 상업적 수완을 발휘하는 인물의 설정만이 아니라, 조선 왕조의 실질적인 붕괴를 뜻하는 청일전쟁을 배경으로 삼고 있다는 점, 그리고 일본 상업 자본의 유입을 확인할 수 있도록 하는 새로운 박래품(舶來品)의 유통을 구체적으로 묘사한 점 등은 모두 조선 사회의 구조적 변화를 암시하는 요건들이라고 할 수 있다. 그러나 박성권이라는 인물이 격동의 상황 속에서 보여 준 상업적 수완에도 불구하고, 변모하는 사회 현실 속에서 어떤 의식을 갖고 있었는지를 정확하게 파악할 수는 없다. 돈에 대한 집착만이 두드러지게 드러나고 있을 뿐이기 때문이다.

소설 「대하」는 박성권 슬하의 다섯 자녀들의 성장 과정을 이야기하면서 본격적으로 전개된다. 말하자면 밀양 박씨 문중의 제4대에 속하는 인물들이 이야기의 중심에 자리하고 있는 것이다. 제4대의 자녀들은 본처 소생인 3남 1녀와 소실 태생의 서자 한 명이 등장한다. 이 가운데에서 가장 문제적인 인물로 내세워지는 것은 서자인 형걸이라는 인물이다. 박형걸은 적서 차별이라는 봉건적 유습에 알게 모르게 정신적인 상처를 입으면서 성장하지만, 아버지 박성권의 성격을 그대로 타고나 고집 세고 활달한 인물이 된다. 그는 여유 있는 생활 속에서 기독교를 접하고 신식 교육을 받으면서 개화기의 사회 상황에 직면한다. 이 소설은 박형걸이 가출을 결심하는 데서 제1부를 마감한다. 그러므로 새롭게 자라나는 문제의 인물 박형걸이 어떻게 살아가고 있는가를 확인할 수가 없다.

작가 김남천은 소설 「대하」를 스스로 평하여 미완의 작품이라고 했으며, 성격 창조의 유약성이나 심리 묘사의 문제를 약점으로 지적한 바 있다. 이러한 지적은 김남천의 솔직함을 말해 주는 것이지만 「대하」의 의미를 축소하고 있는 것은 아니다. 소설 「대하」는 비록 미완의 장편이라고 하더라도 1930년대 장편소설의 중요한 성과로 기록될 수 있는 특징들을 지니고 있으며, 소설사의 차원에서도 결코 무시할 수 없는 규모를 갖추고 있다.

「대하」는 구성상 가족사적 연대기를 골격으로 하고 있다. 김남천이 가족사소설의 형태에 주목한 것은 발자크에 심취하면서부터인데, 그는 한 사회의 변화와 인물의 관계 양상을 전체적인 역사 발전의 과정에서 파악하고 형상화할 수 있는 소설 양식으로서 가족사소설의 가능성을 인정했던 것이다. 「대하」는 봉건적인 사회질서가 붕괴되기 시작한 조선 말엽의 시대 상황을 배경으로 하는 역사적 서사에 해당한다. 루카치의 논법에 의한다면, 진정한 역사소설은 당대 현실의 전사(前史)를 그리는 데 그 목표가 있다. 김남천은 자신의 시대와 직결되어 있는 조선 말엽과 개화기를 배경으로 하여 자기 시대 삶의 모순의 근원을 역사적으로 파헤치고자 하는 의욕을 보여 주는 것이다. 1930년대 후반의 역사소설들이 야담적 취향과 회고적인 정서에 기대어 역사의식과 무관한 이야깃거리를 희롱하고 있는 점에 비한다면, 「대하」는 소설사의 한 흐름을 새로 대변하는 작품이라고 할 만하다. 「대하」가 거둔 소설적 성과는 서사의 방식을 통한 풍속의 재현이라는 점에서 주목된다. 이 작품이 소설적인 장치로 동원하고 있는 조선 말엽의 풍물은 소설적 무대의 완벽한 재구성을 뜻한다는 점에서뿐만 아니라, 풍속 자체의 의미 추구에 있어서도 문제성을 지니고 있다.

김남천의 작품 중에 당대의 현실에 관심을 기울이면서 자본주의 사회의 타락상을 고발하는 작품은 「사랑의 수족관」(1940)이다. 이 소설은 두 형제의 상반되는 삶의 과정과 거기에서 드러나는 대조적인 현실의 변화가 서사적 구조를 형성한다. 이야기의 전반부에서 주동적인 인물로 등장하는 것은 사상운동에 투신하였다가 일본 경찰의 탄압으로 자신의 뜻을 이루지 못하고 좌절하는 형이다. 그는 투철한 신념으로 사상운동에 앞장서지만, 일본 경찰의 탄압으로 실천적인 활동을 제대로 하지 못하고 고뇌한다. 집을 뛰쳐나온 그는 방황 끝에 카페 여급과 동거 생활을 하다가 끝내는 이념적 좌표에 도달하지 못한 채 세상을 떠난다. 그와 함께 운동에 참여했던 사람들도 탄압과 핍박 속에서 결국은 모두 자신들이 추구했던 이념을 포기하고 현실 세계와 타협하게 된다.

이 소설의 이야기가 새로운 국면으로 전환되는 것은 형과는 달리 교양과 윤리를 겸비한 동생이 이야기의 표면에 등장하는 것과 때를 같이한다. 경도제대를 졸업하고 일본인 회사에 토목기사로 취직한 동생은 현실에 대한 이념적인 지향이나 비판이 없이 냉철하게 자기의 일에만 관심을 갖는 공학도이다. 그러므로 그에게는 형과 같은 의기나 투지가 없다. 그런데 이 소설의 흥미의 초점은 그가 친일적인 재벌의 딸과 우여곡절을 겪으면서 결합되는 과정에 모아진다. 카페의 여급과 동거 생활을 했던 형과는 달리 동생이 재벌의 딸과 혼약에 이르는 과정에는 물질적인 탐욕과 육체적인 애욕이 서로 얽힌 타락한 현실의 모습이 더욱 대비되어 나타난다. 이 소설에는 이념의 붕괴와 가치의 혼란 속에서 혼탁한 현실에 안주하고 있는 온갖 부정적인 인간상이 등장한다. 자신의 재산을 지키기 위해 온갖 비리를 자행하며 탐욕에 빠져 있는 인물도 있고, 자신의 야욕을 채우기 위해 어떤 행패도 마다하지 않는 출세 지상주의자도 있다. 그리고 이들 주변을 맴도는 악덕 브로커도 등장한다. 여기에다 육체적인 애욕에서 벗어나지 못하는 인물도 있다. 이들은 서로 밀접하게 연결되어 있어서 탐욕적인 자본주의의 속성을 그대로 보여 준다. 특히 애욕의 문제가 표면에 나타나고 있기 때문에 더욱 통속적으로 보이기도 한다.

이 소설에서 현실에 몰가치적인 태도를 보이는 동생이 물질적인 풍요를 누리면서 사랑의 성취를 본 것은 그의 형의 좌절에 비춰 본다면 하나의 아이러니에 해당한다. 그러므로 이 소설의 참주제는 사상과 이념에 대한 열정이 모두 제거된 사회에서 인간은 자신의 안일을 위해서 살 수밖에 없다는 사실이다. 인간이 보여 주는 물질과 육체에 대한 탐욕이야말로 사상과 이념이 타락한 자리에 흘러 들어와 넘치는 오욕의 물결이라고 할 것이다.

유진오와 시정(市井)의 리얼리즘

유진오[13]는 계급문학운동이 사회적으로 확대되기 시작한 1920년대 후반부터 문단 활동을 시작하였고 「5월의 구직자」(1929), 「여직공」(1929) 등과 같이 빈민 계층의 삶을 제재로 하거나 「김강사와 T교수」(1935)와 같이 지식인의 이념적 갈등을 묘파한 작품을 발표하면서 이른바 동반자 작가로 지목되었다.

---

13 유진오(俞鎭午, 1906~1987). 호는 현민(玄民). 서울 출생. 경성제일고보를 거쳐 경성제국대학 법학부 졸업. 단편소설 「스리」(1928), 「복수(復讐)」(1928), 「가정교사」(1929), 「귀향」(1929), 「여직공」, 「5월의 구직자」, 「김 강사와 T 교수」, 「이혼」(1939), 「나비」(1940), 「창랑정기」 등과 장편 「화상보」 발표. 광복 후 문단을 떠나 법학자로 활동. 참고 문헌: 이원조, 「유진오론」,《인문평론》, 1940. 1); 김동석, 「소시민의 문학 ─ 유진오론」, 《상아탑》(1946. 3); 정한숙, 「환경과 지식인의 체험 ─ 현민론」,《인문논집》(1981. 12).

단편소설 「김 강사와 T 교수」는 일제의 군국주의가 강화되면서 국내의 사회주의운동에 대한 사상적 탄압이 가중되자, 민족운동 자체가 그 방향을 상실한 채 혼란을 거듭하던 시절을 배경으로 삼고 있다. 이 작품은 지식인이 겪어야 했던 이상과 현실 사이의 괴리, 현실적인 조건과 세계관과의 모순에서 생기는 고뇌를 주제로 하고 있기 때문에 식민지 시대의 대표적인 지식인소설로 손꼽힌다. 소설의 주인공 김만필은 동경제국대학 독문과 출신으로 서울에 있는 사립 전문학교 강사로 취임한다. 그러나 그는 동경제대 시절 좌익 단체에 가담하여 좌익 사상을 신봉했다는 과거로 인해 끝내 학교에서 쫓겨난다. 이 작품은 이 같은 지식인의 수난을 골격으로 하면서 김만필과 일본인 T 교수 사이의 갈등을 표면화하여 서로 다른 두 가지 유형의 지식인의 내면 심리를 파헤치는 데 주력한다. T 교수가 당시의 세태를 반영하는 처세술에 밝은 인간형이라면, 김만필은 타락한 현실에 자신을 적응시키기 위해 타협하는 소시민적 지식인이다. 그는 현실과의 타협을 위해 대학 시절 진보 사상에 경도되었던 자신의 과거를 감추고자 노력하지만 결국 실패하고 학교에서 물러나고 만다.

　　이 작품의 배경이 되는 1930년대 중반의 시대적 상황을 보면, 식민지 지식인들이 추구하던 이념적 지표와 현실적 조건이 서로 충돌하면서 정신적 갈등이 가장 심화되었던 시기였음을 알 수 있다. 특히 문학의 경우에는 조선프롤레타리아예술동맹을 중심으로 하는 진보적인 문학운동이 일제의 탄압에 의해 철저하게 좌절당했으며, 이 조직에 가담했던 대부분의 문학인들이 검거되어 사상 전향을 강요당하게 되었다. 한편 만주 사변이후 일본의 지배 세력이 노골적으로 파시즘화되면서 지식인들에 대한 사상적 탄압이 가중되었던 것이다. 「김 강사와 T 교수」는 바로 이 같은 상황의 한가운데 서 있는 지식인을 주인공으로 설정하고 있다. 과거의 세계관을 포기할 수도 없고 그것을 포기하도록 강요하는 시대적 제약에도 따르기 어려운 상황에서 남는 것은 의식의 분열뿐이다. 소설의 주인공이 동경제대 시절 문화비판회의 회원으로 활약하고 좌익 작가 지지 논문을 신문에 발표했던 과거 행적이야말로 그 자신의 보다 진실한 면모일 수 있다. 그는 이 같은 진실을 알면서도 현실적 요구에 따라 이를 부정해야 한다. 바로 여기에서 비롯되는 주인공의 의식의 자기 분열을 작가는 날카롭게 포착하고 있는 것이다. 이 소설에서 지식인 주인공이 겪어야 하는 비극은 현실 자체의 모순으로 인해 생겨난 것이다. 하지만 이보다 더 비극적인 것은 현실에 대한 순응이 결국 자신이 지표로 삼았던 이념에 배치되는 소시민적 타협이며 속물성으로의 전락임을 스스로 간파하고 있으면서도 그 길을 선택해야 한다는 데서 비롯되는 것이라고 할 수 있다. 이 같은 순응적인 행동 양식은 그를 자기모멸로 이끌어 간다. 이 소설은 당대 현실에 대한 비판적 시각을 견지하면서도 지식인 주인공의 내면적 취약성을 냉정하게 고발하고 있다.

유진오의 소설은 1930년대 후반에 들어서면서 현실에 대한 비판적인 의식이나 사상성을 제거한 채 객관 현실에 대한 서술과 묘사 위주로 변모한다. 그는 이것을 '시정의 리얼리즘'이라고 명명하기도 하였는데, 일상의 풍경을 소묘적으로 그려 낸 「창랑정기(滄浪亭記)」(1940)와 같은 작품이 여기에 해당한다. 소설 「창랑정기」는 조선의 근대적 운명을 표상하고 있는 상징적인 공간을 일상적인 현실 속에서 회고적인 방식으로 되살려 낸다. 이 작품에서 창랑정은 쇄국을 고집했던 서강 대신이 그 뜻이 좌절되자 벼슬을 내놓고 우울한 만년을 보냈던 곳으로 설정되어 있다. 이제는 퇴락해서 그 자취도 찾아볼 수 없게 된 창랑정의 역사와 그 주변 인물들의 몰락은 조선이라는 봉건 질서가 근대와 외세의 격랑 속에서 침몰했던 역사를 증언하는 것으로 볼 수 있다. 하지만 이 작품에서 창랑정은 작중 화자의 어린 시절의 눈에 비친 모습으로 그려지고 있다. 여기에서 유년기의 시점이란 근대화 과정의 격랑과 외세의 침략의 고통에 대한 객관적인 인식이 불가능하다는 것을 말해 준다. 작중 화자는 어린 시절에 창랑정에 들러 수동적이나마 역사적으로 의미 있는 것들에 가까이 서서 이를 목격한다. 그러나 현실의 문제성을 총체적으로 인식할 수는 없다. 말하자면 순진한 어린 눈으로 단순히 삽화적으로만 현실을 대할 뿐 그것을 상호 연관된 경험으로 인식하지 못하는 것이다. 결국 창랑정의 이야기는 낡은 사진 속의 풍경처럼 추억의 장면으로 남아 있을 뿐이다. 이 같은 작품의 경향은 역사의 방향성이 상실된 출구 없는 혼돈의 현실과 관련되는 것으로 판단된다.

유진오의 '시정의 리얼리즘'이 도달한 하나의 정점에 자리하고 있는 것이 장편소설 「화상보(花想譜)」(1938)이다. 시대적인 억압에 의해 사상성을 제거당한 서사의 새로운 출구를 모색하고 있는 이 소설에서 이야기는 두 가지의 축에 기대어 있다. 하나는 김경아라는 여주인공을 중심으로 하는 예술적인 삶의 좌절이며, 다른 하나는 정시영이라는 인물이 보여 주는 과학자로서의 삶의 상승이다. 이 두 사람은 학창 시절에 우연히 만나 서로 사랑하는 사이가 되었지만, 독일 유학을 거쳐 유럽 무대에 진출한 천재적인 소프라노 가수 김경아와 초라한 실업학교 교원이 된 정시영은 서로 어울리지 못한다. 경아는 자신의 예술적인 삶을 이끌어 가기 위해 그녀를 후원하는 백만장자의 아들 안상권의 도움을 받는다. 그리고 점차 정시영으로부터 멀어진다. 그러나 그녀는 진정으로 예술이 지니는 현실적 의미를 구현하지 못한다. 자기 전통을 지니지 못한 채 현실적 기반 위에 서지 못하는 예술이 존재할 수 있는 가능성은 어디에도 없다. 결국 그녀는 후견인 격이었던 안상권과도 헤어져 레코드 회사에 전속된 대중 가수로 전락한다. 그러나 정시영의 경우는 이와 다른 삶의 방식을 택한다. 그는 김경아와 멀어지면서 자기 노력에 의해 식물학자로서의 성공을 거둔다. 그의 논문이 일본의 저명한 학술지에 실리고 가난한 교원에서 일약 저명한 식물학자로서 명성도 얻게 된다. 모든 개인적인 삶을 포기하고 사회적인 요구를 외면한 채 이루어 낸 이 같은 정시영의 성취는 이념과 가치와 욕망으로부터 벗어난 상태에서 가능해진 것이다.

이 작품에서 주인공은 역사와 현실로부터 아무런 간섭도 받지 않고 오직 자기 토양에 자라나는 식물을 바라보며 살아간다. 이 같은 삶의 자세는 과학이 가지는 몰가치적 속성과 관련시켜 볼 수 있지만, 식민지 말기의 군국주의적 경향 속에서 지식인이 자신을 지키기 위해 선택한 길이었다고도 할 수 있는 것이다. 물론 여기에는 지식인의 사회적 역할과 모럴의 한계가 분명히 드러나 있다.

농민의 삶과 해학의 관점

1930년대 김유정[14]의 소설은 어둡고 삭막한 농민들의 삶을 때로는 희화적으로 때로는 해학적으로 그려 넘음으로써 농민들의 끈질긴 생명력의 저변을 질박하게 펼쳐놓았다. 그의 작품 가운데 「소낙비」(1935), 「금따는 콩밭」(1935), 「노다지」(1935), 「만무방」(1935), 「봄·봄」(1935), 「동백꽃」(1936), 「땡볕」(1937), 「따라지」(1937) 등은 대부분 그 무대를 농촌으로 설정하고 있으며, 무지하고 가난한 농민들을 등장시킨 것이 많다. 그렇지만 그의 소설들은 가난한 사람들의 삶을 통해 비참한 현실의 문제를 비

---

14 김유정(金裕貞, 1908~1937). 강원 춘성 출생. 휘문고보 졸업, 연희전문학교 문과 중퇴. 구인회 후기 동인. 「소낙비」, 「금따는 콩밭」, 「노다지」, 「만무방」, 「봄·봄」, 「동백꽃」(1936), 「산골」(1936), 「옥토끼」(1936), 「땡볕」(1937), 「따라지」(1937) 등의 작품을 발표. 참고 문헌: 윤병로, 「김유정론」, 《현대문학》(1960. 3); 이선영, 「김유정 연구」, 《예술논문집》(1985. 12); 전신재, 「김유정 소설의 구비문학 수용」, 《한림대 아시아문화》(1987. 2); 유인순, 「김유정문학 연구」(강원대 출판부, 1988); 유인순, 서준섭 외, 「김유정과 동시대 문학 연구」(소명출판, 2013).

판적으로 그려 내는 데에만 목표를 두지 않았다. 농민의 궁핍한 삶을 초래하는 착취 구조에 대한 비판이나 분노가 강하게 표현된 경우도 많지 않다. 오히려 그의 관심은 토속적인 구어와 생동하는 문체를 바탕으로 하는 해학과 반어의 기법으로 농민들의 순수한 삶과 끈질긴 생명력을 그려 내는 데 있다. 그의 소설 속에 등장하는 인물들은 대체로 암울한 현실 속에서의 좌절과 분노를 보여 주기보다는 끈질기게 삶에 집착하는 강한 생존 본능을 드러낸다.

김유정 소설은 해학적 관점에 의한 인물 설정과 이야기의 구성이 가장 두드러진 특징을 이룬다. 소설의 등장인물에서 볼 수 있는 성격의 대조라든지, 이야기의 역설적 구조 등이 이 같은 특징을 가능하게 하고 있다. 그의 소설「동백꽃」과「봄·봄」은 연작으로서의 구성적 공통점을 지닌다.「동백꽃」은 농촌을 배경으로 전개되는 화자인 '나'와 점순이라는 처녀의 사랑을 이야기의 근간으로 하고 있다. 이들 간의 갈등은 사랑에 갓 눈뜨기 시작한 점순이의 애정 공세를 주인공이 전혀 이해하지 못하는 데서 발생한다. 이성간의 애정이라는 것을 알게 된 적극적인 성격의 점순이와 아직 이성 관계에 맹목인 좀 어리숙한 성격의 '나'를 대비적으로 설정함으로써 해학적인 싸움을 벌이게 한다. 점순은 구운 감자로 유혹하기도 하고, 닭에게 해코지를 하기도 한다. '바보', '배냇병신'이라는 악의 없는, 그러나 다소간 원망이 섞인 놀림으로 그의 관심을 유도해 보기도 한다. 하지만 눈치 없는 '나'는 점순의 속마음을 헤아리지 못한다. 이 소설의 결말 장면은 이 같은 갈등 구조가 극적으로 해소되는 장면을 제시한다.

「봄·봄」은「동백꽃」에 이어지는 이야기다. 화자인 '나'는 자기 딸 점순이와 혼인시켜 준다는 장인의 약속만 믿고 점순의 집에 데릴사위로 들어와 4년 가까이 새경 한 푼 못 받고 머슴처럼 일을 해 오는 터이다. 여기에서 장인과 '나' 사이의 갈등이 비롯된다. 하지만 이 갈등은 심각하고 진지한 것으로 설정되어 있지 않다. 1인칭 화자 서술을 효과적으로 사용하여, 주인공 '나'의 어리숙함과 장인의 간교함을 대비시킴으로써 독자로 하여금 웃음을 자아내게 하는 것이다. 특히 점순이의 키를 두고 입씨름을 벌이는 대목과 장인 사위가 뒤엉켜 서로 급소를 공격하며 싸우는 장면은, 자못 심각할 수 있는 갈등을 웃음으로 풀어 나가는 대표적인 예가 될 것이다. 한편 장인과 주인공의 대립에 끼어들어 이야기의 흥미를 더해 주는 요소가 점순이의 행동이다. 그녀는 자기 아버지에게 함부로 대들지 못하는 화자에게 핀잔을 주면서도 주인공이 막상 이를 실행에 옮기자 자기 아버지의 편을 드는데, 어리숙한 주인공은 점순의 태도가 돌변한 것을 전혀 이해하지 못하는 것이다.

「동백꽃」과 「봄·봄」에서 이야기의 갈등을 해학적으로 풀어 나가는 데 결정적인 역할을 하는 장치가 1인칭 화자의 설정이다. 이들 작품의 화자인 '나'는 어리숙하면서도 순박한 눈으로 약삭빠른 점순의 행동을 그린다. '나'는 점순에게 놀림을 받으며 속고 있지만 정작 본인은 그걸 전혀 모르고 있다는 투로 이야기가 서술된다. 그러므로 소설의 독자들이 화자보다 더 높은 위치에서 화자의 어리석고 굼뜬 진술을 듣게 되는 것이다. 이 같은 서술적 관점의 차이가 해학의 성립을 가능하게 한다. 특히 이야기의 서술에 직접적으로 표출되는 투박한 방언이나 속어 등의 토속적 어휘가 이 소설의 해학성을 구현해 내는 언어적 재료가 되고 있다.

김유정의 소설에서 이야기의 핵심을 이루는 요소는 경제적인 궁핍과 가난이다. 물론 작가 자신은 이야기의 갈등 속에서 농촌 사회의 착취 구조를 읽어 내도록 요구하는 법이 없다. 오히려 그는 가난 자체를 이야기의 요소로 끌어들이면서도 농촌 사람들의 우둔함을 통해 역설적으로 그들에게 가난을 강요하고 있는 시대 상황의 문제성을 대조적으로 부각시킨다. 단편소설 「소낙비」에 등장하는 주인공 춘호와 그의 아내가 보여 주는 삶의 자세가 바로 이 같은 예에 속한다. 주인공 춘호는 단돈 2원만 있으면 노름을 통해 서울 갈 돈을 마련하리라는 요량을 갖고 있다. 그는 자기 아내를 매질하며 몸을 팔아 돈을 벌어 올 것을 강요한다. 아내는 자기 몸을 파는 일을 모욕과 수치로 여기면서도 남편에게 매 맞지 않고 살 수 있다면 얼마든지 사양치 않겠다는 생각을 갖게 된다. 자기의 아내로 하여금 몸을 팔게 하는 행위나, 몸을 팔아서라도 숨 돌리고 살아 보려는 아내의 행위는 모두 보편적인 윤리에서 비켜나 있다. 그러나 이들 주인공 내외의 윤리 의식 결여가 무지와 빈곤에서 기인한 자연스러운 것임을 반어적인 문맥을 통해 읽어 내기에 충분하다. 이들에게는 윤리 의식보다도 앞서는 것이 본능적인 생존 욕구인 것이다.

　「땡볕」과 같은 작품에서도 모든 문제가 가난으로부터 기인한다. 주인공은 배가 부어오르는 이상한 병에 걸린 아내를 지게에 싣고 일본인 의사가 있는 대학병원을 찾아간다. 병원에서 괴상한 병을 가진 사람을 월급을 줘 가며 치료한다는 소문을 들었기 때문이다. 그는 자기 아내의 병이 월급 15원짜리는 되리라는 기대를 갖고 있다. 그러나 병도 고치고 팔자도 고쳐 보려는 그의 순진한 기대는 무지에서 비롯된 것이었음이 이내 밝혀진다. 월급 얘기를 꺼냈다가 간호부에게 면박만 당하고, 게다가 아내는 일주일을 넘기지 못할 것이라는 진단을 받는 것이다. 이같이 가난하고 무지한 인물의 어리석은 행위는 독자의 웃음을 자아낸다. 주인공의 의도와 실제 결과 사이의 낙차가 상황의 아이러니를 빚어내는 것이다.

　물론 소설 「땡볕」에서 느낄 수 있는 웃음은 비극적인 요소와 맞물려 있다. 이 이야기는 주인공이 직면해 있는 궁핍한 삶의 현실과 그 고통에서부터 비롯된 것이다. 쌀 한 되도 꾸어다 먹어야 하는 가난, 죽게 된 아내의 병으로 팔자를 고쳐 보리라 기대하는 무지와 그나마 좌절되어 아내와 벌이를 모두 잃게 된 절망적인 상황이 "중복허리의 쇠뿔도 녹이려는 뜨거운 땡볕"으로 상징화되어 있다. 이 작품의 결말부에 이르면 아내를 변변히 먹이지 못한 것을 후회하며 "동네 닭이라도 훔쳐다 먹였을걸." 하고 엉뚱한 발상을 하거나 쌀 꾸어 먹은 걸 잊지 말고 갚으라는 아내의 하찮은 유언은 더 이상 웃음을 자아내지 않는다. 오히려 독자에게는 극한의 궁핍이라는 냉엄한 현실 앞에서 무기력할 수밖에 없었던 그들 삶의 비극성이 선명하게 각인될 뿐이다.

농촌소설의 또 다른 면모

1930년대 소설에서 이광수의 「흙」(1933)과 심훈의 「상록수(常綠樹)」(1936)는 계급문단에서 빈농 계급의 대중적 조직 문제를 중심으로 강조하였던 농민문학과 일정하게 거리를 두고 있는 계몽적인 농촌소설이다. 식민지 시대 한국의 농촌은 극악한 경제적 수탈로 인하여 극도로 피폐해졌고, 이것이 심각한 국내 사회 문제로 대두되기에 이른다. 이를 계기로 하여 일어나게 된 대대적인 농촌계몽운동 가운데《조선일보》의 '문맹퇴치운동'과《동아일보》의 '브나로드운동' 같은 것이 있다. 이 같은 계몽운동은 식민지 지배 세력인 일본이 이에 간여함으로써 그 성격이 변질되기도 하였으나, 이 운동 가운데서 취재하면서 이를 고무하기도 한 작품으로 「흙」과 「상록수」를 들 수 있다.

이광수의 「흙」은 모두 네 개의 장으로 이루어져 있다. 주인공 허숭은 고아 출신으로 윤 참판댁에서 기식하며 고등문관 시험에 합격하여 변호사가 되는 입지전적 인물이다. 소설의 첫째 장은 그가 변호사 시험에 합격하고 윤 참판의 신임을 얻어 그의 딸 정선과 혼인을 하는 과정을 다루고 있으며, 두 번째 장은 허숭이 자신의 고향인 살여울에 내려가 계몽 사업을 벌이는 과정을, 세 번째 장은 정선이 타락한 생활에 빠졌다가 자살을 기도하고 다시 새로운 모습으로 바뀌는 과정을, 그리고 마지막 장은 살여울의 지주인 정근에 의해 초래되는 마을 사람들 간의 갈등과 해소 과정을 그리고 있다. 소설의 전반부에서는 허숭을 둘러싸고 벌어지는 정선과 유순의 삼각관계가 갈등의 핵심이며, 후반부에서는 살여울의 농촌운동을 중심으로 야기되는 허숭과 정근의 갈등이 핵심적인 요소가 된다. 이러한 줄거리 속에서 중심적인 인물인 허숭은 모든 사람들을 감화시키는 인격자로 군림하고 있다. 그가 보여 주는 농촌에 대한 애정과 헌신은 민족에 대한 애정과 헌신으로 연결되어 있다. 그러나 이 소설에서 그려내는 농촌은 철저히 지식인의 입장에서 본 낙후된 농촌이다. 농촌계몽의 이념이라는 것도 시혜적인 관점을 벗어나지 못한다. 주인공의 인격을 이상화하고 있는 만큼 그가 실천하고자 하는 농촌운동이 관념적이고 비현실적인 것이라는 것은 부인할 수 없는 사실이다.

심훈[15]의 「상록수」는 「흙」의 경우와는 달리 농촌계몽운동 자체가 전체적인 이야기 내용을 구성한다. 이 작품에는 두 사람의 남녀 주인공이 등장한다. 하나는 채영신이며 다른 하나는 박동혁이다. 이들은 농촌계몽운동에 투신하면서 서로 사랑하게 되지만, 소설에서는 이들의 사랑보다는 오히려 헌신적인 농촌활동을 통해 드러나는 그들의 인간적인 면모가 더욱 돋보이고 있다. 식민지 상황 속에서 한국 농촌이 당면한 열악한 삶

---

15 심훈(沈熏, 1901~1936). 본명은 심대섭(沈大燮). 서울 출생. 경성 제일고보 수학. 중국 지강 대학(之江大學) 수학. 1923년 염군사(焰群社)에 참가. 고한승, 김영보, 이경손, 최승일, 김영팔, 안석주 등과 극문회(劇文會) 조직. 장편소설 「동방의 애인」(1930), 「불사조」(1931), 「영원의 미소」(1934), 「직녀성」(1934), 「상록수」(1936) 등을 발표. 시가·수필집 「그날이 오면」(1949) 발간, 「심훈 전집」(1966) 발간. 참고 문헌: 전광용, 「「상록수」고」, 《동아문화》(1966); 홍이섭, 「1930년대 초의 농촌과 심훈 문학」, 《창작과비평》(1972. 가을); 최원식, 「심훈 연구 서설」, 「한국 근대문학사의 쟁점」(창작과비평사, 1990); 김종욱, 「「상록수」의 통속성과 영화적 구성 원리」, 《외국문학》 34호(1993).

의 조건을 문제 삼고 있는 이 작품에서 작가가 주목하고 있는 것은 무지와 궁핍에 시달리고 있는 농민들의 처절한 삶의 모습이다. 그들은 높은 소작료에 시달리고 빚에 쪼들린다. 농민을 수탈하는 악덕 고리대금업자와 친일 지주의 모습이 적나라하게 그려져 있으며, 남녀 주인공의 헌신적인 계몽 활동이 이와 대비되고 있다. 그리고 농촌진흥이니 자력갱생이니 하는 기치를 내걸고 허울 좋게 떠들어 대고 있는 일제의 허구적인 농촌진흥운동에 대한 비판도 함께 제기한다. 덴마크를 비롯한 세계 각국을 견학하고 온 후에 농촌을 살리자고 입으로만 떠드는 백현경 등의 이상론도 배격하고 있으며, 농촌의 현실에 직접 뛰어들지 않고서는 농촌계몽이라는 것이 아무런 의미가 없는 주장임을 보여 주고 있다. 작품 속의 주인공들은 직접 농촌에 뛰어들어 농민과 함께하는 농촌 개혁에 앞장서고 있는 것이다.

이 작품의 전체적인 흐름을 놓고 본다면, 문화적 계몽에만 자신의 실천을 한정 짓는 채영신의 태도와 경제적, 사상적 운동으로 나아가고자 하는 박동혁의 태도 사이에 미묘한 차이를 발견할 수 있다. 채영신의 죽음은 문맹 퇴치라는 교육적인 차원에 한정된 농촌계몽운동이 당시의 현실에서 더 이상 의미를 지닐 수 없다는 작가의 통찰력을 보여 주는 것이다. 이와 함께 농민들과 함께 농업 노동에 지속적으로 참여함으로써 육체적인 건강성을 획득하며, 계몽운동의 이념을 더욱 확고히 한 박동혁의 모습을 작가의 이념적 지향점으로 제시하고 있다고 할 것이다. 특히 공동경작을 통한 농민대중의 집단화 가능성을 모색한 점이라든지, 농민 생활에서 노동의 중요성과 가치를 부각시킨 점은 모두 작가의 강한 민중 지향성을 말해 주는 것이라고 할 수 있다. 노동을 자연과 인간의 상호 과정으로 이해하고 있는 작가의 태도는 노동 생산물을 둘러싸고 벌어지는 각 계급들 간의 사회적인 관계를 깊이 있게 천착하는 데에는 미흡하지만, 일제 강점기 한국 농촌의 문제성과 그 참담한 현실을 소설적으로 형상화하고 있다는 점에서 주목되고 있다.

이무영[16]의 농민소설은 주로 세 시기로 구분된다. 1930년대 초반 경향직 농민소설을 썼는데, 무정부주의적 반항의 정열이 주조를 이루었다. 이 시기의 소설에는 주로 가난의 고통 속에서 체념하고 절망하는 농민의 모습이 형상화되고 있다. 한편 1939년을 전후한 귀농적 농민소설에서는 가난의 역경 속에서도 인간적 품위와 생존 의지를 잃지 않고 꿋꿋하게 살아가려는 농민상을 창조하려고 했다. 「제1과 제1장」(1939), 「흙의 노예」(1940) 등을 보면, 농촌 현실의 심각한 궁핍 현상과 구조적 모순을 보여 주고 있다. 그러나 이 작품들은 일제의 정책에 부응한 귀농문학의 양상으로 비판받을 소지 또한 안고 있다. 이무영의 자전적 요소가 강하게 투영되어 있는 「제1과 제1장」은 작가 자신이 신문기자를 그만두고 군포로 낙향해서 직접 농사를 지으며 작품 창작에 임했던 경험을 그렸다. 도쿄 유학까지 다녀온 지식인이자 신문기자인 수택이 농촌으로 돌아와 아버지 김 영감의 농민상에 동화되어 가는 과정을 형상화한 이 소설에서는 주인공의 귀농 동기가 뚜렷하지 않다. 그러므로 농촌에서 농민이 되기 위해 노력하는 지식인 주인공의 모습이 경험적 실재성을 제대로 구현하지 못하고 있다. 특히 이 작품에서 그려 내는 지식인의 귀농이 현실 은폐 내지 일제의 도시 지식인 소개(疏開) 정책과 멀리 떨어져 있지 않음을 확인할 때 그 한계는 명백하다. 그런데 「제1과 제1장」의 속편에 해당하

16 이무영(李無影, 1908~1960). 소설가 본명은 갑룡(甲龍). 1908년 1월 14일 충북 음성 출생. 휘문고보를 중퇴한 후 1925년 일본 세이조 중학(成城中學)에서 수학. 일본 작가 가토 다케오(加藤武雄)의 문하에서 4년간 작가 수업. 청조사에서 장편 「의지 없는 영혼」(1928)과 「폐허」(1929) 등을 간행하였다. 1929년 일본에서 귀국. 1932년 《동아일보》에 중편소설 「지축(地軸)을 돌리는 사람들」을 연재. 1932년 극예술연구회 동인. 1933년 이효석·정지용 등과 구인회 동인으로 활동. 작품집 「취향」(1937), 「무영 단편집」(1938), 「흙의 노예」(1946), 「B녀의 소묘」(1953), 「벽화」(1958) 등이 있고, 1975년 신구문화사에서 「이무영 대표작 전집」 간행. 참고 문헌: 오양호, 「한국 농민소설 연구」(효성여대 출판부, 1981); 신춘호, 「한국 농민소설 연구」(집문당, 2004).

는 「흙의 노예」에서는 농촌에 정착한 수택이 직접적으로 궁핍한 농촌 현실에 부딪쳐 가는 이야기를 그려 놓음으로써 다소 낭만적으로 인식하고 동경했던 농촌을 현실적, 구체적 농촌으로 인식해 가는 과정이 부각되고 있다. 특히 주인공 수택의 눈을 통해서 본 아버지 김 영감, 즉 가난한 농부의 일대기가 이 소설의 중요 골격이다. 흙에 대한 애착과 사랑을 간직한 김 영감은 평생 흙을 위해 살아왔다. 그러다 마침내 땅을 위해 목숨까지 바친 말 그대로 '흙의 노예'였다. 죽도록 땅을 파서 자작농이 된 김 영감의 몰락상은 1930년대 농촌 궁핍화 현상을 그대로 대변한다. 그의 몰락은 도시화, 기계 문명, 물가 상승, 학교, 자동차 등 자본주의적 시장경제의 확대가 농촌에 미친 결과라고 할 수 있다. 이야기의 전개 과정에 이농 문제, 소작농의 실태, 야학, 고리대금업자의 횡포 등이 간접적으로 시사하고 있는 점은 「제1과 제1장」에서보다 좀 더 진전되게 농촌 문제의 핵심에 접근해 있음을 말해 준다.

이 시기의 농민소설 가운데 박영준의 단편소설 「모범경작생」(1934), 「목화씨 뿌릴 때」(1936) 등이 계몽성이나 목적성을 표방하지 않고 농민의 삶의 실상이나 집념을 다루었다는 점에서 문학사적 의의를 가진다. 특히 「모범경작생」은 농민들의 생활상을 매우 사실적으로 묘사함과 동시에 당시 일제의 농업 정책의 허구를 역설적으로 그려 내고 있다. 소설의 무대는 1930년대 중반, 빈한한 평안도 어느 마을이다. 마을 사람들 대부분은 소작농으로, 농사를 지어도 지주에게 도지로 바치고 나면 남는 게 없는 절망적 상황에 놓여 있다. 소설의 주인공 길서는 마을 사람 가운데 유일하게 소학교를 졸업한 처지라서 관청 출입이나 마을일을 도맡아 하게 된다. 그는 제법 근면하고 부지런하여 관청으로부터 '모범경작생' 칭호까지 얻는다. 그는 서울의 농사강습회에 군 대표로 뽑혀 갔다 돌아와서, 마을 사람들에게 일본 관리의 정신 훈화 내용을 그대로 전달한다.

그리고 자신의 이익을 위해 마을 사람들의 호세 할당을 인상하려는 일본인들의 계략에 협조한다. 가을 추수가 작년의 절반도 안 되자, 농민들은 길서를 통해 지주에게 소작료를 삭감해 달라는 부탁을 하지만 길서는 자신과 관계없는 일이라고 거절한다. 그리고 그는 일본 시찰단으로 뽑혀 떠난다. 마을 사람들은 호세가 인상되고 길서네의 묘목 값만 오른 것을 알게 된다. 일본에서 돌아온 길서는 자기 논두렁의 '모범경작생' 팻말이 박살 나 있는 것을 보고는 마을의 인심이 흉흉해졌음을 깨닫고 불안해하는데, 밤에 찾아간 애인 의숙마저 그를 외면해 버린다. 이 소설은 농민 계층을 서로 분열시키면서 이른바 '농촌진흥정책'이라는 이름으로 비인간적, 경제적 수탈을 지속하고 있는 일제 강점기 말의 현실을 고발한다. 특히 뒤에서는 일제와 야합하면서 겉으로 농민을 대표하여 일하는 것처럼 가장하고 있는 부정적 주인공의 기만적 행동을 폭로하고 있는 점도 주목되는 특징이다. 이러한 부정적 인간형은 「목화씨 뿌릴 때」에서도 비슷한 성격으로 등장하고 있다.

이근영은 계급 문단의 붕괴 이후부터 문필 활동을 시작하면서 주로 농촌을 배경으로 궁핍한 농민의 삶을 사실적으로 그려 냈다. 그의 소설은 농촌의 암울한 현실과 농민의 고통스러운 삶을 대상으로 하였지만 계급적 시각에서 그려진 계급 문단의 '농민소설'과는 일정한 거리를 두고 있다. 이는 카프 해산 이후의 문단 분위기와 연결되는 것이지만 계도적인 시각에서 농촌을 바라보는 작가 자신의 창작적 태도와도 일정 부분 연관되어 있다. 그러므로 이근영의 소설에는 열악한 농촌 현실의 극복을 위한 농민의 자각과 그 극복 의지가 작가의 목소리를 통해 강조되고 있어서 계몽적 농민소설의 경향을 전반적으로 드러내고 있다. 초기의 대표작으로 손꼽히는 「농우(農牛)」(1936)는 '소 생원'이라는 별명이 붙은 주인공이 자신과 농사일을 함께해 온 소를 담보로 빚을 얻는다. 그러나 그 채

무 때문에 지주에게 소를 빼앗기게 되고 농사도 지을 수 없게 되자 주인 공은 고심 끝에 지주의 집으로 쫓아가서 소를 강제로 끌어낸다. 당시 농촌에서 흔히 볼 수 있는 지주와 소작인의 갈등을 그리고 있지만 계급적 대립의 관계보다는 농촌의 어두운 삶의 실상을 삽화적으로 그리는 데 치중하고 있다. 「고향 사람들」(1941)은 식민지 근대화의 과정 속에서 삶의 터전을 잃고 농촌에서 유리된 채 떠도는 '날품팔이'의 삶을 대상으로 하고 있다. 소설 속 주인공이 농촌 생활에서 벗어나기 위해서 북해도 인부 모집에 응하는 과정을 그린다. 일제 강점기 말 노동자로 전락하여 일본 홋카이도 지역으로 떠나가게 되는 농민의 모습을 여기에서 확인할 수 있다. 이 같은 작품들은 그의 첫 창작집 『고향 사람들』(1943)로 묶었다.

(4) 여성소설의 등장과 여성적 관점

여성문학의 확대

한국문학에서 여성의 문필 활동이 계몽주의적 단계를 넘어서기 시작한 것은 1930년대의 일이다. 이 시기 이전에는 여성문학이라는 것이 문단적으로 그 존재를 인정받기 어렵다. 초창기 소설 문단에는 단편소설 「칠면조(七面鳥)」(1922), 「외로운 사람들」(1924), 「꿈 묻는 날 밤」(1925), 「손님」(1926) 등을 발표한 김명순, 소설 「규원(閨怨)」(1921)을 비롯하여 여성 문제에 관한 여러 수필을 썼던 나혜석, 「어느 소녀의 사(死)」(1920), 「사랑」(1926), 「애욕(愛欲)을 피하여」(1932) 등을 내놓은 김원주 등이 있었지만, 이들의 문학 활동이 당대 비평의 본격적인 관심의 대상이 된 적은 별로 없다. 이들 여성의 문필 활동을 지칭하는 '여류문학'이라는 말도 문학 창작의 주체로서 여성 문필가의 존재의 희소성을 강조하고 있다. 여성 문인들은 으레 '여류'로서의 희소가치를 인정받았으며, 여성의 사회 활동이 극히 제약되어 있던 시기에 문필가로서의 여성의 등장 자체가 관심의 대상이 되었던 것은 물론이다.

그런데 여류문학이라는 문단적 용어는 남성 중심적인 문학관에서 비롯된 것이다. 여류문학이라는 말로 지칭되는 문학 자체도 결코 문학의 중심부에 자리하지 못한 채 언제나 일종의 맛보기로만 언급되었을 뿐이며, 자기 존재의 의미를 제대로 평가받지도 못했던 것이 사실이다. 실제로 여류문학이라는 말은 여성에 대한 몇 가지의 고정 관념에서 비롯된 것임을 알 수 있다. 우선 모든 여성들은 공적인 노동에 참여하기보다는 가정이라는 개인적인 삶의 영역에 갇혀 있으며, 가정 내에서 주로 가사와 육아를 담당한다는 것이다. 당시 여성들은 대개 실제적인 조건을 스스로 조절하지 못하고 수동적인 삶을 살고 있었기 때문에, 여성들은 그 정치적 경제적 기능이 남성에 비해 제한되어 있다는 것을 당연시하기도 했다. 특히 여성들은 여성 특유의 신체적인 조건으로 인하여 남성에 비해 비활동적인 성향을 지니게 된다는 것이다. 이러한 관점은 여성의 사회적 존재와 그 기능에 대한 인식에 있어서 남성적인 것과의 격차를 강조하면서 남성의 우월성을 드러낼 가능성이 크다. 바로 이러한 인식의 격차가 여류문학이라는 말을 만들어 내고 있다. 더구나 여류문학이라는 말은 문학의 경향 자체를 개인적인 정서와 내면의 세계로 국한시켜 놓는다. 이 말은 문학적 관심의 방향을 외부적인 세계에서 내면적인 세계로, 사회와 역사로부터 개인으로 국한시켜 놓고 있다. 이러한 경향은 여류의 기준이 얼마나 편협하게 적용되는 것인지를 잘 대변해 준다. 여류문학이라는 분류 안에서는 그 표현의 방식 조차도 섬세한 감각성을 우선적인 것으로 평가한다. 이러한 특성을 벗어날 경우 그것은 여류적인 감각을 벗어나는 남성적인 것으로 이해되는 경우가 많다.

1930년대는 여성문학이 여류적인 속성을 벗어나기 시작하는 시기이다. 소설 문단에는 박화성, 강경애, 최정희, 백신애, 이선희 등이 등장하였고, 시단에는 장정심, 노천명, 모윤숙 등이 활동하게 된다. 이들은 문단에서 '여류적 속성'으로 지적되어 온 문학의 경향을 벗어 버림으로써 각각 자신들의 문학적 위치를 분명하게 드러내고 있다. 집단적인 이념적 성향을 벗어나 개별적인 예술적 주제들이 문학에 내재화하는 가운데 이들 여성 작가들은 자신을 포함한 모든 인간들의 삶의 방식과 그 사회적 연관성을 검토하는 작업에 관심을 기울이기 시작한 것이다. 문학의 미적 자율성이 주장되면서도 한편으로는 식민지 현실에 대한 재인식이 촉구되는 동안, 이들 여성 작가들의 문학적 주제는 현실적인 관심에 직접적으로 관여하기보다는 광범위한 사회 문화적인 변화를 문학을 통해 추구하고 있다. 이 같은 변화는 계몽기의 몇몇 여성 작가들이 보여 주었던 여성의 자기 발견이라는 주제를 보다 확대시킨 것으로서, 여성문학의 문화적 창조력의 확대가 결국은 식민지 현실에서 여성의 역할과 그 가능성을 확인시켜 주는 계기가 되었다.

박화성, 여성과 계급의 문제

박화성[17]은 근대문학의 전개 과정에서 여성 작가의 본격적인 등장이

---

17 박화성(朴花城, 1904~1988). 본명은 경순(景順), 호는 소영(素影). 전남 목포 출생. 숙명여고 졸업. 일본여자대학 영문과 중퇴. 1925년 《조선문단》에 단편소설 「추석 전야」 발표. 중요 작품으로 단편 「하수도 공사」(1932), 장편 「백화」(1932), 단편 「비탈」(1933), 「홍수 전후」(1934), 「한귀」(1935), 「고향 없는 사람들」(1936) 등 발표. 광복 후 장편소설 「고개를 넘으면」(1955), 「내일의 태양」(1958), 「창공에 그리다」(1960), 「너와 나의 합창」(1962) 등을 신문에 연재. 창작집 「백화」(1932), 「홍수 전후」(1948), 「고향 없는 사람들」(1948), 「휴화산」(1977) 등 발간. 참고 문헌: 안회남, 「박화성론」, 《여성》(1938. 2); 최일수, 「피

라는 점에서 그 존재가 특이하게 인정된다. 박화성은 여류문학이라는 말이 하나의 사회적 통념처럼 드러내고 있는 몇 가지의 고정관념을 스스로 자신의 문학을 통해 깨치는 작업을 시도하고 있다. 박화성이 일제 강점기에 발표한 작품들을 보면 대체로 궁핍한 농민 생활을 이야기의 중심에 놓고 있다. 이러한 경향을 단순화하여 다시 설명한다면, 일제 강점기 농민문학의 일반적인 경향이 박화성의 문학에 그대로 나타나 있다고 할 것이다. 그러나 박화성의 경우, 궁핍한 농민들의 생활상 그 자체만이 관심사는 아니다. 박화성은 그의 작품에서 하나의 새로운 문제의식을 덧붙여 놓고 있다. 그것이 바로 일제 강점기 농촌 여성의 삶의 문제이다. 일제 강점기 농민들의 궁핍한 생활상을 그려 내면서 농촌 여성의 사회적 역할과 그 존재 문제를 깊이 있게 파헤치고 있는 것이다.

박화성의 등단 작품 「추석(秋夕) 전야(前夜)」(1925)는 일제 강점기 박화성 문학이 추구했던 하나의 특징적인 경향을 잘 암시하고 있다. 작품의 여주인공은 방직공장 직공으로 어린 남매를 키우면서 가정을 이끌어 간다. 그녀는 아이들을 제대로 먹이지도 못하고 입히지도 못하지만 학교에 다니게 한다. 아이들은 월사금을 제때 내지 못하여 학교에서 놀림감이 되기 일쑤다. 그런데 여주인공에게 또 하나의 고통이 닥친다. 공장 감독이 동료 여직공을 희롱하는 것을 보고 이에 항의하다가 그만 기계에 팔을 다친 것이다. 그러나 치료비도 제대로 받지 못한다. 추석이 가까워 오자, 그녀는 어린 딸에게 머리댕기라도 하나 사 주고 추석상이라도 마련해야 한다는 생각으로 밤마다 삯바느질을 한다. 아픈 손을 돌보지 않고 밤낮으로 일한 대가로 적은 돈을 얻게 되지만, 다음 날 그녀는 그 돈

와 땀으로 이룬 창작의 운하 — 박화성론」, 《한국문학》(1988. 3); 서정자, 『한국 근대 여성소설 연구』(국학자료원, 1999); 변신원, 『박화성 소설 연구』(국학자료원, 2001); 정영자, 『한국 여성소설 연구』(세종출판사, 2002); 서정자 , 야마다 요시코, 송명희, 『박화성 한국 문학사를 관통하다』(푸른사상, 2013).

을 모두 땅 주인에게 빼앗겨 버린다. 이 같은 작품의 이야기에서 여주인 공과 그녀의 가족들이 겪는 궁핍한 생활과 고통은 식민지 현실에서 여성에게 강요하고 있는 이중적인 억압 구조에서 비롯된다. 여기에서 말하는 이중적인 억압 구조는 사회적 계급의 모순에 따른 궁핍의 문제와 여성에 대한 차별 문제로 요약된다. 박화성의 소설이 지니고 있는 문제의식의 출발이 계급과 성의 문제임을 알 수 있다.

박화성의 작품들이 다루고 있는 문제 가운데는 궁핍한 농민 생활과 맞물려 있는 여성의 인신매매가 있다. 박화성은 「홍수 전후」(1934)나 「한귀(旱鬼)」(1935)와 같은 작품에서 농촌의 궁핍이 홍수와 가뭄이라는 자연적 재해만이 아니라 토지 소유 관계의 왜곡으로 인하여 초래된 것임을 분명하게 제시하고 있다. 가난한 소작 농민들은 경작할 토지를 잃으면 농촌을 떠나 도시나 부두로 밀려 나가 노동으로 생계를 유지해야 하며, 아내나 딸을 여관이나 술집에 팔아넘겨 그 돈으로 목숨을 연명해야 한다. 이러한 이야기는 박화성의 소설 「중굿날」(1935)과 「온천장의 봄」(1936)에서도 읽을 수 있다. 「중굿날」의 금례와 「온천장의 봄」의 명례는 모두 가난에 의해 희생되는 제물이다. 금례는 아버지와 가족을 위해 자신에게 닥쳐오는 운명을 수용하지만, 명례의 경우는 그녀의 노동력과 성 자체가 하나의 상품이 되어 자신의 의사와는 관계없이 팔린다. 이러한 여성의 수난은 이중적인 구조에 얽혀 있다. 수난 받는 여성이 속해 있는 사회집단이 사회 경제적으로 궁핍한 농민이라는 것은 계급성에서 비롯된 문제이다. 이것은 여성 자체의 힘으로 극복하기 어려운 사회 계급적 모순이다. 그리고 자신이 속해 있는 집단 내에서도 여성은 남성의 소유물이거나 남성의 지배를 벗어나지 못하고 있다. 가부장적인 사회제도 속에서 여성이 남성으로부터 받는 억압은 일종의 사회 문화적 모순을 말하는 것이다. 이러한 문제의 극복 가능성은 여성 자신으로부터 나올 수 있다. 「온천장의 봄」의 명례처럼 남성의 지배에서 벗어나는 길이 가능하기 때문이다. 물론 명례의 선택이 과연 어떠한 결과를 초래할 것인지는 판단하기 어렵다. 그러나 그녀는 자신이 한 번도 생각해 보지 못한 자유로운 인간다운 삶을 택하고자 하였고, 그러한 선택을 스스로 결정하였다는 것이 중요하다.

박화성은 여성 문제에 대한 계급적인 인식의 가능성을 문학을 통하여 열어 놓고 있다. 박화성의 문학에서 자주 등장하는 궁핍한 농민의 삶은 그 핵심이 주로 농촌 여성의 문제와 연결되어 있다. 박화성은 가난한 소작농들이 자연의 재해를 이겨 내면서 얻어 낸 곡식을 지주와 마름들이 모두 차지해 버리는 모순 구조가 계급적인 것임을 분명히 한다. 그리고 그 모순된 현실 속에서 가장 큰 피해를 겪는 것이 바로 여성임을 말하고 있다. 그런데 일제 강점기 농촌의 여성은 전통적인 가부장제의 체제에 갇혀 있었기 때문에, 계급적 모순 속에서 가난하게 살아가면서도 남성 지배의 울타리를 벗어나지 못한다. 여성에 대한 이 같은 이중적인 억압 구조는 정치 경제적인 문제만이 아니라 사회 문화적인 문제를 동시에 내포한다. 박화성의 문학이 이러한 문제의식에 기초하고 있다는 것은 일제 강점기 여성주의 문학의 성격을 이해할 수 있는 하나의 단서를 제공하고 있다. 박화성의 문학은 농민들의 궁핍한 생활을 토지 소유 문제를 둘러싼 지주 계층과 마름, 그리고 소작농의 대립에서 비롯된 것으로 이해하고 있다는 점에서 계급주의적 경향을 드러낸다. 특히 「하수도 공사」(1932)에서 볼 수 있는 노동자들의 계급적 연대 투쟁, 「논 갈 때」(1934)에서의 농민의 집단 투쟁 등은 모두 계급의식의 고양과 투쟁 의지를 강조하고 있다고 할 것이다. 그런데 박화성 문학은 계급적 성향에 근거하여 여성 문제를 더욱 적극화한다. 여기에서 가장 비판적으로 다루어지는 것은 가부장제의 사회체제에서 벗어나지 못하고 있는 여성의 소극성이다.

여성 자신의 자기 정체성의 확립은 현실 사회의 모순 구조를 벗어나 고통의 삶으로부터 해방될 수 있는 기반이다.

강경애, 궁핍으로부터의 해방

강경애[18]는 단편소설 「소금」(1934), 「지하촌」(1936), 「이 땅의 봄」(1936), 「산남(山男)」(1936) 등과 함께 장편소설 「인간문제(人間問題)」(1934)를 발표하였다. 강경애의 문학은 북만주 간도 지방에서의 체험을 바탕으로 함으로써 그 주제의 폭과 깊이가 남다르다. 강경애 소설의 주제는 주로 일제 강점기 가난한 농민과 노동자들의 삶에 집중되어 있다. 봉건적 지주계급의 횡포와 이에 맞서는 농민들의 투쟁이 처절하게 펼쳐지고 있다. 강경애의 초기 작품인 「소금」은 간도라는 공간을 배경으로 간도 이주민들의 궁핍하면서도 불안한 삶의 모습을 그렸다. 이 작품에는 간도 땅에서 허망하게 남편을 잃고 어린 자식들과 함께 살아가야 하는 여주인공이 등장한다. 그녀는 집을 나간 아들이 공산당으로 몰려 처형되자, 중국인 지주로부터 농락당하고 지주의 집에서 쫓겨난다. 굶주림에 시달리던 어린아이들이 병으로 모두 죽게 되자, 여주인공은 남자들도 힘들다는 소금 밀수쟁이가 되어 간고한 현실과 부딪친다. 그녀는 소금 밀수쟁이를 하다가 항일 유격대를 만나지만 그들은 소금을 빼앗지 않는다. 오히려

---

18 강경애(姜敬愛, 1907~1943). 황해 송화 출생. 평양 숭의여학교를 거쳐 서울 동덕여학교 수학. 1931년 《조선일보》에 「파금(破琴)」 발표. 중국 간도 지방에서 안수길(安壽吉), 박영준(朴榮濬) 등과 동인지 《북향(北鄉)》 발간. 조선프로예맹 간도 지부 가담. 「채전(菜田)」(1933), 「축구전(蹴球戰)」(1933), 「모자(母子)」(1935) 등과 장편 「어머니와 딸」(1931), 「인간문제」(1934) 발표. 참고 문헌: 백철, 「강경애론」, 《여성》(1938. 5); 김윤식, 「강경애론」, 「속 한국 근대작가론고」(일지사, 1981); 조남현, 「강경애 연구」, 「한국 현대소설 연구」(민음사, 1987); 김종욱, 「강경애의 「인간문제」고」, 「한국 근대장편소설 연구」(모음사, 1992). 이상경, 「강경애」(건국대 출판부, 1997); 서정자, 「한국 근대 여성소설 연구」(국학자료원, 1999); 정영자, 「한국 여성소설 연구」(세종출판사, 2002).

사염을 단속하는 순사가 소금을 빼앗고 그녀를 잡아간다. 그녀는 잡혀 가면서 비로소 정말 자신의 적이 누구인지를 깨닫고 벌떡 일어선다. 이 소설의 마지막 장면은 일제의 검열에 의해 삭제되어 있지만, 그 어려운 시대를 눈으로 보고 느낄 수 있는 것이다. 강경애가 초기 소설에서부터 작품 내적 공간으로 그리고 있는 만주 간도는 한국 민족에게는 조국으로부터 쫓겨나 내몰린 수난의 땅이다. 그러나 다른 한편으로는 바로 그 같은 수난을 이기고자 했던 저항의 땅이었던 것도 사실이다. 그녀의 작품에서 주인공의 운명적인 삶에 어떤 각성의 계기를 제공하는 것은 바로 간도라는 공간만이 지닐 수 있는 역사적인 충동과 의미를 드러내고 있기 때문이다.

강경애의 「지하촌」은 「모자(母子)」(1935), 「해고(解雇)」(1935), 「어둠」(1937) 등과 더불어 암울한 현실에 대한 비판적인 묘사에 주안점을 둔 작품에 속한다. 「지하촌」에 등장하는 인물들은 모두 불구자여서 정상적인 삶을 차단당한 사람들이다. 칠성이는 네 살 때 경풍에 걸려 병원에 갔으나 의사가 치료를 해 주지 않는 바람에 결국 병신이 되었고, 큰년이도 태어날 때는 장님이 아니었다. 즉 이들이 불구자인 것은 그들의 운명이 아니고, 궁핍한 식민지 시대로부터 강요된 사항이다. 지하촌의 인물들이 영위하는 삶은 실상 그들만의 특별한 것이 아니라 식민지 조선에서의 일상적인 생활이었다. 실제로 거리에는 많은 유랑민이 있었고 그들은 칠성이처럼 구걸로 삶을 유지해 나갈 수밖에 없었다. 그러나 그러한 현실이 특별히 어둡고 폐쇄된 지하촌에 사는 불구자들이라는 극단적 상황 속의 인물을 통해 묘사될 때, 가장 궁핍한 시대로서의 식민지 조선의 본질이 뚜렷하게 드러나게 되는 것이다.

강경애의 사회 현실에 대한 문학적 인식은 장편소설 「인간 문제」에서 그 정점에 달하게 된다. 이 작품은 농촌 마을인 용연과 도시인 인천의 공장가라는 두 개의 상반된 공간을 대조적으로 보여 주는데, 이러한 공간적 이동은 주인공인 선비라는 한 여성의 삶의 변화와 그 진폭을 의미하기도 한다. 실제로 작품의 내용을 보면, 한 여성의 고난에 찬 삶의 기록을 제시하기 위해, 용연 마을에서는 여주인공이 지주의 횡포로 인해 아버지를 잃고 그 사실도 모른 채 지주의 노리개로 전락하는 모습을 보여 주며, 인천에서도 공장노동자로서 온갖 고초를 겪으며 힘든 노동에 시달리다가 결국 목숨을 잃게 되는 비극적인 삶을 보여 주는 것이다.

그런데 이 작품에 등장하는 다양한 계층의 인물 형상이 매우 주목된다. 농촌 마을 용연에서 볼 수 있는 인물들은 악덕 지주인 정덕호와 적대적인 관계를 맺고 있다. 토지를 소유하고 있는 정덕호의 횡포는 주재소와 같은 권력 기관의 비호 아래 합법적인 것처럼 자행된다. 여주인공은 정덕호의 횡포로 아버지를 잃게 되고, 정덕호의 손아귀에 걸려들어 그의 노리갯감이 된다. 마을 청년 첫째는 덕호에게 대항했다가 주재소에 끌려가 곤욕을 치르고 결국 마을에서 쫓겨난다. 이 같은 대결 구도는 이 시기의 농촌이 여전히 모순된 토지 소유 제도에 지배당하며 이로 인해 계급적인 갈등이 심화되고 있고, 그 해결의 전망이 분명하지 않음을 보여 준다.

노동자들의 삶의 무대가 되고 있는 인천의 경우에도 불안정한 일터와 고된 노동을 극복할 수 있는 가능성은 보이지 않는다. 그러나 농촌을 벗어난 첫째라는 청년이 신철이라는 새로운 인물을 만나면서 의식의 각성에 이르게 되는 과정은 매우 진지하게 다루어지고 있다. 가난한 농민의 신분에서 벗어나 공장노동자가 되어 계급적인 자기 각성을 이루어 가는 인물의 형상을 통해 일제 강점기 삶의 문제를 폭넓게 조망하고 있는 것이다. 그러므로 이 소설은 모순된 현실을 실감 나게 묘사하면서 농민과 지주, 노동 대중과 지배계급의 갈등을 객관적으로 형상화하고 있으며,

그 과정에서 성장하는 현실 변혁의 새로운 주체를 그려 냄으로써 암울한 시대를 헤쳐 나가는 인간의 모습을 보여 주고 있다.

이 소설에서 그려 낸 이러한 삶의 과정은 수난의 기록만을 뜻하지는 않는다. 여주인공은 노동자의 삶을 통하여 자신의 삶을 착취하고 억압하는 세력들이 누구인가를 깨닫게 되며, 스스로 고립된 개인으로 남아 있기를 거부하고 그들을 압제하는 세력에 저항하게 되는 것이다. 그렇기 때문에 여주인공의 죽음을 형상화한 마지막 장면은 비극적임에도 불구하고 비관적인 것만은 아니다. 개인적 좌절과 희생에도 불구하고 전체적인 역사의 흐름과 그 지향에 대한 분명한 인식이 자리 잡고 있기 때문이다. 이 작품이 시대의 고통을 직시하고 근본적인 인간 문제의 해결을 지향하고자 했던 강경애의 문학적 성과로 평가받는 이유가 여기에 있는 것이다.

최정희, 여성과 인습에의 도전

최정희[19]는 주로 지식인 여성이 겪는 사회로부터의 이중의 소외와 모멸을 절실하게 그려 내고 있다. 식민지 현실 속에서 개인적인 삶의 주체로서의 여성의 존재를 작가 최정희처럼 진지하게 추구하고 있는 예는 찾아보기 힘들다. 「흉가(凶家)」(1937)에서는 신문사 여기자가 남편 없이

---

19 최정희(崔貞熙, 1906~1990). 호는 담인(淡人). 함북 성진 출생. 숙명여고보, 서울중앙보육학교 졸업. 1931년 《삼천리》에 「정당한 스파이」 발표. 조선프로예맹의 연극 단체 신건설사에서 연극 활동 중 제2차 검거 사건으로 투옥. 단편소설 「흉가」, 「지맥」, 「인맥」, 「천맥」 등 발표. 광복 후에는 단편 「풍류 잽히는 마을」(1947), 「정적일순」(1955) 등과 장편소설 『인간사』(1964) 발표. 참고 문헌: 조연현, 「삼맥의 윤리 — 최정희론」, 《평화일보》(1947. 8. 24~26); 곽종원, 「최정희론」, 《문예》(1949. 8); 서영은, 『강물의 끝 — 최정희 전기소설』(문학사상사, 1984); 서정자, 『한국 근대 여성소설 연구』(국학자료원, 1999); 정영자, 『한국 여성소설 연구』(세종출판사, 2002).

많은 식구의 가장 노릇을 하며 살아가는 고난을 다루었고, 「지맥(地脈)」 (1939), 「인맥(人脈)」(1940), 「천맥(天脈)」(1941)에서는 경제적 조건과 사회 관습 때문에 의식 있는 여성이 파멸하는 과정을 뚜렷하게 부각시켜 놓고 있다.

「흉가」의 주인공은 가족의 생계를 혼자서 책임지고 있는 지식인 여성 이다. 주인공은 새로 얻어 들게 된 집이 흉가라는 말을 듣지만, 집을 얻 게 되어 즐거워하는 가족들을 보며 아무 말도 하지 못한다. 이 작품은 여 성의 내면 심리에 대한 섬세한 접근이 돋보인다. 폐병 진단을 받고도 가 족의 생계를 먼저 걱정해야 하는 정신적 압박감, 괴기스러운 꿈에 시달 리는 공포감, 어머니에게조차 사실대로 말할 수 없는 안타까움 등 가장 으로서의 책무와 개인적인 공포감 사이에서 번민하는 주인공의 내면을 손에 잡힐 듯 포착해 내고 있다.

최정희의 작가적인 관점이 여성주의적 성향을 분명하게 드러내고 있 는 것이 바로 연작 형식으로 이어진 「지맥」, 「인맥」, 「천맥」이다. 이 세 작품은 물론 작품의 구조로 볼 때 이야기의 직접적인 연결 관계를 유지 하고 있는 것은 아니다. 그러나 모두가 여성의 개인적 불행을 이야기의 핵심으로 다루고 있으며, 여성의 욕망과 그 본질에 대한 진지한 질문을 공통적인 주제로 삼고 있다는 점이 주목된다.

「지맥」에 등장하는 1인칭 화자인 여주인공은 인텔리 여성이다. 이미 결혼하여 아내를 둔 사회주의 운동가와 사랑하다가 두 아들을 낳게 된 다. 그러나 남편이 투옥되어 옥중에서 세상을 떠나자 여주인공은 전처와 시댁의 냉대를 받는다. 여기에 경제적 어려움까지 겹쳐 더욱 곤경에 빠 지게 된다. 그녀는 어린 두 아들을 친지에게 맡기고 서울의 기생집 침모 로 들어간다. 이러한 인물 설정은 두 가지 문제를 동시에 제기한다. 하나 는 사회 윤리적인 문제이다. 여주인공은 인텔리 여성으로서 기혼남을 사랑하여 한 가정을 파괴하였으며, 사생아가 될 수밖에 없는 자식들을 낳아 기르고 있다. 이 같은 조건들은 남편이 세상을 떠나면서 사회적 냉대와 함께 더욱 커다란 정신적 고통으로 다가온다. 또 하나의 문제는 사회 경제적인 조건이다. 아무런 경제력을 지니지 못한 여주인공은 기생집의 침모가 되어 스스로 자신의 삶을 꾸려야 하는 것이다.

이 소설에서의 이야기는 여주인공을 학생 시절부터 사모해 왔던 새로운 사내가 등장하면서 전환의 계기를 맞게 된다. 그 사내는 자신이 아직껏 그녀를 사모하고 있음을 고백하면서 그녀와 혼인하고 싶다고 말한다. 그러나 여주인공은 사내의 제안을 받아들이지 않는다. 그녀는 여성으로서의 개인적인 삶보다 어머니로서의 자신의 위치를 더 소중하다고 생각한 것이다. 이 같은 여주인공의 선택은 결국 여성의 개인적 삶의 가치와 어머니로서의 사회적 지위를 현실적인 삶의 국면을 통해 새롭게 이해하고자 하는 작가의 관점과 어느 정도 일치한다고 할 것이다.

소설 「인맥」의 여주인공은 친구의 남편을 사랑하게 된다. 여기에서 비롯되는 내적인 갈등이 이야기의 핵심을 이루고 있다. 가족의 윤리와 사회적 도덕이라는 차원에서 볼 때, 여주인공의 애정은 이미 인습의 테두리를 훨씬 벗어난 것이다. 여기에서 우리가 주목하게 되는 것이 바로 그 상대역이 되는 남성의 입장이다. 작가는 여주인공의 사랑 앞에 그 상대가 되는 남성의 윤리 의식을 대립시킴으로써, 일시적인 방황에 빠졌던 여주인공을 다시 일상적인 삶의 궤도로 돌려놓고 있다. 이 작품은 여성의 혼외 애정 갈등 문제를 주제로 내세우고 있으면서도 사회적 윤리 기준을 내세워 그 개인적인 욕망을 좌절시키고 있는 것이다. 이렇듯 개인의 자유와 도덕적 규범 사이의 갈등을 통하여 거기에 내재한 모순을 극복하는 데까지는 주제화하지 못한 점이 이 작품의 한계다. 하지만 여성이 추구한 내적 욕망이 끝내는 경제적 조건과 사회적 관습에 속박되고 있다는 것을 제시한 것에 의의를 둘 수 있다. 또한 이 작품은 체험적, 고백적 성격이 가장 강한 1인칭 주인공 시점을 사용하여 사랑을 지키기 위해 오히려 개인적 욕망을 자제하고 정상적인 삶의 궤도를 존중하게 된 성숙한 서술적 자아와 무분별한 욕망에 휩싸여 충동적이고 파괴적 행위조차 서슴지 않았던 체험적 자아 사이의 팽팽한 긴장감을 느끼게 하기도 한다.

최정희의 「지맥」과 「인맥」은 모두 여성 주인공의 자기 체험에 대한 고백의 형태로 서술되어 있다. 이 같은 서술 방식은 자기 내부를 지향하는 일인칭 서술의 특징으로 인하여 더욱 감응력을 발휘하고 있다. 이 같은 문체의 확립이 작가 최정희가 고수해 온 여성적 관점과 연관되는 것이라면, 이들 작품은 여성적 글쓰기의 전범을 보여 주는 것이라고 평가할 수 있다. 이야기의 전체적인 흐름을 평이하게 조절하면서도 섬세하게 다듬어진 문체가 예민한 관찰력과 부드러운 감성을 느낄 수 있게 한다는 것은 부인할 수 없는 일이다. 특히 두 작품이 모두 개인적인 욕망과 사회적 윤리 사이의 긴장을 미묘하게 조성하면서도 결국은 여주인공이 도덕적 판단과 그 요구에 따르도록 한 것은 작가가 선택한 하나의 현실적 타협임을 짐작할 수 있다.

최정희의 소설 「지맥」, 「인맥」의 연장선상에서 「천맥」의 이야기를 읽을 수 있다. 이 세 작품은 각기 독립되어 있으면서도 그 인물의 설정과 주제의 접근 방식이 서로 밀접하게 연관되어 있다. 「천맥」의 여주인공은 「지맥」의 경우와 마찬가지로, 기혼의 남성과 동거하다가 아이를 갖게 되었고, 남편이 세상을 떠나자 어린 자식을 데리고 살아가야 하는 과부 신세가 된다. 그녀는 전처가 살고 있는 시댁에 의탁할 수 없게 되자 생계를 위해 전에 일했던 병원에 들어가지만, 전같이 일이 손에 잡히지 않는다. 그녀는 망설이던 끝에 아들의 교육 문제를 생각하여 재혼을 한다. 그러나 재혼한 남편에게 정이 가지 않는다. 특히 남편과 아들 사이에 갈등이 생겨서 아이가 자꾸 비뚤어져 간다. 아들을 위한 재혼인데 아들을 망치게 하는 결과에 이르게 되자 그녀는 남편과 헤어진다.

이 소설의 여주인공이 아들을 데리고 새로운 삶을 위해 찾아간 곳은 옛 은사가 경영하는 보육원이다. 그녀는 보육원에서 살면서 부모로부터 버림받은 모든 어린아이들의 어머니가 되고자 한다. '눈물 없는 세상'을 만들어 보자는 은사의 말에 따라 그녀는 더 큰 사랑으로 열심히 아이들을 돌본다. 그리고 남몰래 은사를 사모하면서도 기도로써 개인적 욕망을 억제한다. 이 같은 소설적 결론도 「인맥」의 연장선상에서 다시 검토해 볼 수 있는 문제이다. 작가는 개인적인 애욕을 극복하는 자리에서 더 넓은 사랑이 실현될 수 있다는 것을 보여 주고 있기 때문이다. 그러나 이 같은 선택이 사회적 윤리라든지 도덕적 요구에 따른 내적 욕망의 억제라는 점은 부인할 수 없는 일이다.

백신애와 이선희 그리고 궁핍한 현실과 여성의 삶

백신애[20]는 식민지 상황 속에서 전개되는 궁핍한 삶의 문제를 여성적 관점으로 예리하게 파악한 작품들을 남기고 있다. 백신애 소설의 주된 주제는 궁핍이다. 그리고 가난 속에서 고통스럽게 살아가는 여성들의 모습에 소설적 관심이 집중되어 있다. 백신애가 남긴 작품 가운데 궁핍한

---

20 백신애(白信愛, 1906~1939), 경북 영천 출생. 대구사범학교 강습과 수학. 1929년 단편소설 「나의 어머니」가 《조선일보》 신춘문예 당선. 「꺼래이」, 「복선이」, 「채색교(彩色橋)」(1934), 「적빈」, 「악부자(顎富者)」(1935), 「빈곤」(1936) 등 발표. 참고 문헌: 김문집, 「백신애론」, 《비판》(1939. 6); 김선학, 「백신애 작품론 — 식민지 현실의 소설적 체험」, 《월간조선》(1987. 5); 민현기, 「백신애 소설 연구」, 《계명대 한국학 논집》(1991. 12); 서정자, 『한국 근대 여성소설 연구』(국학자료원, 1999); 이재선, 『한국소설사』(민음사, 2000).

현실과 여성의 삶의 문제를 다루고 있는 것으로는 식민지 조국을 떠나 만주와 시베리아 등지를 방황하는 실향민들의 고통을 그려 낸 「꺼래이」 (1934)와 극심한 가난에 시달리는 민중의 모습을 형상화한 「적빈(赤貧)」 (1934) 등이 있다. 여성의 성적 본능과 그 내면의 갈등을 정밀하게 그려 낸 「정조원(貞操怨)」(1936), 「아름다운 노을」(1939) 등은 모두 개인적 욕망과 사회적 윤리의 거리를 문제 삼고 있다.

단편소설 「꺼래이」는 시베리아 등지를 방황하며 '꺼래이'라고 불리는 조선인 유이민들의 고통스러운 유랑의 과정을 그렸다. 이 작품의 중심에는 러시아로 건너갔다가 죽었다는 아버지의 유해를 찾기 위해 시베리아로 떠나는 일가족이 등장한다. 그러나 여주인공을 위시한 가족들은 아버지의 유해를 찾지 못한다. 오히려 첩자라는 애매한 죄목으로 일가족이 모두 체포되어 고초를 당한 끝에 추방당한다. 게다가 노쇠한 조부가 도중에 죽고 만다. 이 소설에서 작가의 관심은 일본의 식민지 지배하에서 곤궁한 삶에 쫓기다가 만주와 시베리아로 떠돌며 온갖 박해를 면치 못하는 조선인 유이민들의 모습에 집중되어 있다. 그들은 모두 조국을 잃었기 때문에 가난할 수밖에 없다. 그리고 아무런 힘이 없기 때문에 어디에서나 박해를 받는다. 이 같은 참상은 식민지라는 민족적 모순 구조가 만들어 낸 비극의 산물이다.

그런데 작가는 이러한 고통의 현실 속에서 하나의 가능성을 발견한다. 그것은 바로 이야기의 한가운데 자리한 여주인공의 모습을 통해서 감지된다. 여주인공 순이는 아버지의 죽음을 확인하기 위해 가족들과 함께 시베리아를 헤매다가 체포된다. 그러나 그녀는 어떤 어려움에도 굴하지 않고 당당하게 현실과 맞선다. 러시아 병사들의 부당한 행패에 대해서도 당당히 항의하고, 불쌍한 중국인들에게도 동정을 아끼지 않는다. 그녀가 보여 주는 강인한 자세와 포용력은 여성이 지니는 모성적 사랑에서 비롯되는 것으로 이해할 수 있다. 그러므로 그녀의 공동체적 윤리 의식과 의연한 생명력이 궁핍에 떨고 있는 조선인들에게는 하나의 희망이 되고 새로운 삶에 대한 의지가 되기도 하는 것이다. 작가가 제시하려는 이 소설의 참주제는 결국 여주인공 순이가 지니고 있는 생명에의 의지와 윤리 의식이며, 그것이 바로 '꺼래이'들이 핍박의 세월을 이겨 낼 수 있는 희망임을 알 수 있다.

「적빈」의 경우에도 작가가 관심을 두고 있는 것은 극심한 가난이다. 그러나 작품의 궁극적인 의미는 여성이 지닌 모성적인 큰 힘의 존재에서 찾을 수 있다. 이 소설에는 곤궁의 삶을 헤쳐 나가는 노파가 이야기의 한복판에 자리하고 있다. 노파의 큰아들은 욕심 사나운 술꾼이요, 작은아들은 노름꾼의 길에 빠져들어 있다. 두 아들이 모두 생활을 전혀 돌보지 않기 때문에 늙은 노파의 삶이 고될 뿐이다. 가난한 노파는 해산을 앞둔 만삭의 며느리들을 위해, 못된 두 아들을 대신하여 산후 구완에 쓸 먹을 거리를 구걸해 오게 된다. 이 작품의 결말 부분은 노파가 큰며느리의 해산 뒷바라지를 하고 돌아오는 모습을 그리고 있다. 노파는 심한 허기와 함께 변의를 느끼지만 '사람은 똥힘으로 산다.'라는 말을 떠올리고는 변의를 누르고 만다. 생리적인 배설마저 굶주림 때문에 참아 내고자 하는 노파의 모습에서 이미 가난이란 것이 생존의 문제에 맞닿아 있다는 것을 확인할 수 있다. 그리고 모성의 힘을 통해 모든 고통을 견디어 낼 수 있다는 것을 암시하고 있는 것이다.

「정조원」과 「아름다운 노을」은 모두 여성을 주인공으로 내세우고 있다. 이 두 작품은 모두 여성의 성적 본능과 그 충동을 대담하게 노출시킨다. 전자의 경우는 사회적으로 강요된 정조에 대한 강박관념으로 인하여 자신의 내부에 잠재된 성적 본능을 오히려 죄악시하는 여인의 내면 의식을 그려 낸다. 그러나 후자의 경우는 자신의 욕망과 열정을 자연스럽게 표출시키면서도 그것을 예술적인 충동으로 승화시키고자 하는 여성의 심리적 갈등을 예리하게 포착하고 있다. 여성의 성적 욕망을 금기시하는 사회적 통념에 대해 도전적인 의도를 드러내고 있는 이 같은 소설의 인물 설정은「복선이」등에서도 서로 다른 상황적 조건 속에서 유사하게 반복되고 있다.

이선희[21]의 소설에는 남성에 대한 강한 피해 의식과 이에 대한 보상 심리가 근저에 자리 잡고 있다. 작품 속의 여주인공들은 언제나 불행한 삶을 살아가고 있으며, 남성 지배의 사회로부터 벗어나고자 하는 개인적 욕망을 가지고 있다. 이선희의 대표작으로 손꼽히는「계산서(計算書)」(1937)의 여주인공은 사고로 다리를 절단하게 된다. 그런데 불구자가 된 여주인공에 대한 남편의 사랑이 식어 가자, 여주인공은 허울로 덮인 가정을 떠나 자기 학대의 유랑길에 들어선다.「인형의 집」의 노라를 연상시키는 이 작품에서 주목되는 대목은 집을 나선 여주인공이 남편에 대해 가지는 피해 의식과 증오심이다. 여주인공은 남편도 자기처럼 다리 하나가 절단되어야 한다고 생각하다가, 그것보다 아예 목숨을 내놓아야만 자신의 처지와 맞을 것이리고 생각하는 것이다. 이 같은 피해 의식은 결국 남성 중심의 사회 속에서 드러나는 여성에 대한 일방적인 희생의 강요에서 비롯된 것이다.

일상적인 가정 생활이라는 울타리를 가져 보지 못한 창녀를 여주인공으로 내세운「매소부(賣笑婦)」(1938)에서는 한층 더 강한 남성 원리에 대한 도전 의식을 보여 준다. 이 작품의 여주인공은 매춘이 가지는 황폐화

---

21 이선희(李善熙, 1911~ ?). 함남 함흥 출생. 원산 루씨여자고보 졸업. 이화여전 문과 수료. 1934년 《중앙》에 단편「불야여인(不夜女人)」발표. 단편소설「오후 십일시」(1936),「도장」(1937),「여인도」,「숫장수의 처」,「여인 명령」,「계산서」,「매소부」,「연지」,「카르멘의 생애」,「처의 설계」등 발표. 참고 문헌: 서정자,「한국 근대 여성소설 연구」(국학자료원, 1999).

된 삶의 의미를 스스로 자각한다. 그리고 자기 내부에서 일어나고 있는 윤리 의식의 파괴와 인간적 가치의 붕괴를 괴롭게 생각한다. 그러면서도 그녀는 자신의 육체를 돈으로 샀던 숱한 남성들에 대한 증오를 보인다. 그녀는 자기의 목숨이 다하는 순간에 자기 몸을 탐했던 남자 가운데 하나라도 함께 끌고 가 죽어야 한다고 생각하는 것이다.

여성의 삶의 문제를 남성 중심적 사회 속에서 보다 구조적인 것으로 파악하고자 하는 이선희의 작가적 태도는 「여인도(女人都)」(1937), 「숫장수의 처」(1937), 「여인 명령」(1937), 「연지」(1938), 「카르멘의 생애」(1939), 「처의 설계」(1940) 등으로 이어지면서, 더욱 치열한 대결 의식으로 확대되거나 개인적인 욕망의 문제로 내면화한다. 이선희가 그의 여러 작품에서 서사적 장치로 활용하고 있는 1인칭 서술과 그 내면화의 어조는 여성적 목소리의 소설적 가능성을 설득력 있게 보여 주는 것이라고 할 수 있다.

(5) 역사소설의 양식적 확대

소설과 역사적 상상력

1930년대 소설의 사회적 확대 과정에서 두드러지게 드러나고 있는 양식상의 특징으로는 대중적인 역사소설의 증대 현상을 들 수 있다. 시간적으로 과거에 해당하는 역사적 무대를 서사적 요건으로 삼는 역사소설의 속성은 현실적인 삶의 문제로부터 벗어나 역사적 과거로 돌아가고자하는 작가 의식을 일정 부분 반영한다. 작가가 사회 현실에 대한 사실적 인식으로부터 벗어나 역사적 과거에 집착함으로써 역사소설과 같은 양식을 산출하게 되는 것은 결국 그러한 양식의 등장을 가능하게 하는 시대적 상황이나 사회적 배경과 직접적으로 연관되어 있다. 물론 1930년대의 역사소설은 식민지 지배의 현실로부터 벗어나고자 하는 도피 의식 자체가 소설적으로 구현된 것이라고 말할 수도 있을 것이다. 그렇지만 1930년대 역사소설에서 볼 수 있는 역사적 상상력의 문제는 그리 간단하게 규정할 수 있는 것은 아니다. 역사소설은 역사적인 소재를 허구적인 서사 원리에 의해 구성한다. 이 경우에 역사적 사실과 허구적 요소가 서로 결합되면서, 역사의 문제를 현실 속에서 미학적으로 조망할 수 있는 가능성을 열어 놓게 되는 것이다.

1930년대의 역사소설은 역사적으로 존재했던 영웅적 인물의 소설적 재구성을 목표로 한 작품들이 많다. 소설 속에서 그려지는 역사적 배경과 그 사회적 의미는 대부분 인물의 형상을 위해 장식적으로 기능한다. 이 시기의 역사소설이 대부분 역사적 상황의 소설적 재현보다 인물의 재구에 관심을 두고 있다는 것은 과거의 역사를 배경 삼아 인간의 성격에 대한 소설적 형상화를 목표로 하고 있음을 말한다.

이광수와 김동인의 역사소설

이광수의 역사소설은 1920년대 중반 계급문학운동에 대한 대타적 인식에서 비롯된 이른바 국민문학운동의 연장선상에 자리하고 있다. 민족의식의 문학적 형상화를 목표로 했던 국민문학운동은 시조의 부흥과 역사소설의 창조를 실천적 작업으로 내세웠다. 이광수는 1920년대 후반부터 역사소설의 창작에 관심을 두면서 「마의태자」(1927), 「단종애사」(1929), 「이순신」(1932), 「이차돈의 사(死)」(1936), 「원효대사」(1942) 등을 잇달아 발표한다. 이 같은 작품들은 대부분 역사의식이라는 이름으로 그 주제를 강조하고 있는 것들이지만, 영웅적 인물의 삶을 중심으로 역사의 흐름을 파악하고 있다는 점에서 일정한 한계를 지니고 있다. 물론 이 작품들에는 공통적으로 현실 문제에 대한 우회적 접근과 과거에 대한 낭만적인 향수가 이야기의 근저에 자리하고 있다.

이광수에게 있어서 역사소설이라는 양식의 선택은 당대의 문단적 상황과 사회적 요구가 크게 작용한 것으로 볼 수 있다. 그는 계급문학운동의 정치성에 반대하면서 민족의식의 개조를 강조하였으며, 이러한 자신의 이념을 직접적으로 구현할 수 있는 방법으로 역사소설이라는 양식의 가능성을 활용하고자 하였다. 이런 이유로 이광수의 역사소설은 그의 사상이 변화되는 과정과 밀접하게 대응된다. 이광수가 민족 개량주의적 관점에 서서 안창호가 주창한 준비론의 이념을 대중적으로 확대시키기 위해 발표한 작품이 「단종애사」나 「이순신」에 해당한다. 「이차돈의 사」는 불교 사상에 근거한 세계관에 근거하여 역사적 사실을 소설적으로 재해석한 것이라고 할 수 있으며 「원효대사」는 이광수의 불교 사상의 깊이를 보여 주는 작품이라고 할 수 있다.

이광수의 역사소설 가운데 「마의태자」는 근대문학사에 등장하는 본격적인 의미의 장편 역사소설의 출발점에 서 있다. 「마의태자」 이전에도 이광수는 「가실」이라는 단편소설을 발표한 바 있지만, 작품의 규모와 성격으로 보아 본격적인 역사소설이라 하기는 힘들다. 「마의태자」는 후삼국 시대를 배경으로 격변하는 역사적 정황 그 자체에 흥미의 초점을 두고 있는 일종의 군담적 성격의 작품이다. 이 소설은 「마의태자」라는 제목과는 다르게 이야기의 전반부에서 궁예의 출생과 입신출세의 과정을, 후반부에서는 왕건의 후삼국 통일 과정을 주요 줄거리로 삼고 있다. 신라의 왕자로 태어나 궁중의 음모로 인해 버려진 궁예는 고난 속에서 성장하여 왕국을 이루는 영웅적 인물로 등장한다. 후백제의 견훤이나, 궁예를 배반하고 왕권을 찬탈한 왕건은 궁예의 영웅적 풍모와는 다르게 모두 부정적으로 그려져 있다. 이 작품의 말미에서 감지할 수 있는 인간 세상에 대한 짙은 허무주의는 불교적 세계관의 단초를 보여 주고 있다.

이광수의 「원효대사」는 일제 강점기 말에 겪었던 작가 자신의 정신적 갈등이 내면화된 작품으로 평가받고 있다. 이 소설의 주인공인 원효가 인간적 고뇌와 세속적인 체험을 모두 딛고 이를 승화하여 고통스러운 수도의 과정을 거쳐 결국은 그 지극한 불심으로 구국의 길에 나아가는 줄거리를 담고 있다. 이 작품에서 이광수가 가장 주목하고 있는 것은 원효의 득도 과정과 불심을 통한 애국 활동이다. 원효는 불도를 닦으면서 자신을 연모한 요석 공주와 아사가를 모두 불도로 인도하고 그 자신도 인간적인 애욕에서 벗어나고 있다. 후반부에서 원효는 도둑 일당과 거지 떼 속에 들어가 함께 살면서 수난을 겪지만, 그들을 감화시켜 모두 신라 군사로 편입시키고 황산벌싸움에 나가 큰 공을 세우도록 한다. 원효가 개인적인 애욕의 갈등을 벗어나는 과정이라든지, 도둑 떼가 물질적인 욕망을 벗어나 애국의 길로 나아가게 하는 감화의 과정은 모두 그의 불심과 득도의 결과라 할 수 있다.

이광수의 역사소설이 사료적 근거에 상당 부분 의존하면서 자신의 사상적 성향을 강하게 드러내고자 했다면, 김동인의 경우는 여러 가지 면에서 이와는 대비되는 특징을 보여 준다. 김동인은 주로 단편소설 양식을 선택해 왔지만, 역사적인 소재에 근거한 작품의 경우에만 유독 장편소설 양식을 택하고 있다. 김동인은 자신의 첫 번째 역사소설인 「젊은 그들」(1931)을 역사소설이라 부르지 않고 '통속소설'이라고 지칭했지만, 이 소설의 시대적 배경을 한말의 격동기로 잡고 있고, 민씨 일파에 의하여 숙청된 대원군파의 후예들과 민씨 일파의 갈등을 이야기의 줄거리에 연결시킴으로써 역사소설로서의 흥미를 창조하고 있다. 이 작품은 그 구성 자체가 「운현궁의 봄」(1934)과 일맥상통하는 면이 있는데 주동적 인물에 대한 과도한 영웅화라든지, 극단적인 성격의 대립과 복수극에 의해 통속적 흥미를 자극하고 있는 점 등이 특징이다. 「운현궁의 봄」은 전반부에서 흥선군과 안동 김씨와의 관계를 중심으로 원대한 포부를 지닌 흥선군의 시련을 구체적으로 묘사함으로써 흥미를 유발시켰으나, 결국 흥선군을 영웅화하고 있다. 이처럼 주인공의 야망과 그 실현 과정에 집착할 때, 한 시대를 총체적으로 그리면서 역사적 흐름의 진정한 의미를 추구해야하는 역사소설의 본질로부터 멀어지기 쉽다.

김동인이 이광수의 역사 인식에 대하여 정면으로 도전한 소설적 시도가 「대수양(大首陽)」(1941)이다. 이 작품에는 이광수의 「단종애사」에 의도적으로 대응하고자 하는 작가의 창작 의도가 드러나 있다. 조선 초기 정치적 질서의 형성 과정을 배경으로 하는 두 작품에서 이광수는 어린 왕 단종을 정통 왕권으로 보고 수양대군의 찬탈로 왕권 교체가 이루어졌음을 비판적, 부정적으로 묘사하였고, 김동인은 수양대군을 정치적 역량과 통치자로서의 이념을 갖추고 있는 인물로 내세웠다. 이광수가 전통적인 군신지의(君臣之義)의 도덕관에 비추어 왕권 계승의 정통성을 문제 삼았다면, 김동인은 군왕의 정치 역량과 통치 업적을 주로 하여 역사 발전의 법칙성을 강조하였다고 할 수 있다.

민중적 영웅으로서의 「임꺽정」

1930년대 역사소설 가운데 특이한 위치를 차지하고 있는 작품이 홍명희[22]의 「임꺽정(林巨正)」이다. 이 작품은 지배층을 중심으로 하는 역사

---

22 홍명희(洪命憙, 1888~1968). 호는 가인(假人, 可人), 벽초(碧初). 충북 괴산 출생. 서울 중교의숙(中橋

적 사건을 이야기의 줄거리로 삼고 있는 것이 아니라, 하층민들의 삶을 중심으로 하여 역사의 흐름을 충실하게 묘사하고 있는 점이 당대의 다른 역사소설과 구별된다. 이 소설은 조선 명종 때 임꺽정을 우두머리로 하여 황해도 일대에서 실제로 활약했던 화적패의 활동상이 중심을 이루고 있으며, 이야기의 서사 구조가 여러 가지 삽화들의 중첩적인 결합을 보여 주고 있는 것이 특징이다. 그 가운데 「봉단편」, 「피장편」, 「양반편」은 임꺽정을 중심으로 하는 화적패가 결성되기 이전 시기의 정치적 혼란상을 폭넓게 묘사하면서, 백정 출신의 장사 임꺽정이 성장하는 과정을 사실적으로 그리고 있다. 「의형제편」은 임꺽정과 휘하의 두령들이 봉건제도의 모순으로 말미암아 양민으로서의 삶을 포기하고 화적패에 가담하게 되는 경위를 서술하고 있으며, 「화적편」은 임꺽정 일당의 본격적인 활약상이 중심을 이룬다. 하지만 관군의 대대적인 토벌 작전에 밀려 이들이 궤멸되기 직전 이야기가 중단됨으로써 결말이 제대로 맺어지지 못하고 있다.

소설 「임꺽정」이 한국 소설사에서 높이 평가되는 이유는 다음과 같이 요약해 볼 수 있다. 우선 이 작품이 봉건제도의 모순 아래서 고통받는 하층민들의 일상적인 삶을 사실적으로 그려 내면서 그 속에서 비롯된 지배층에 대한 저항 의식과 투쟁 의지를 구체화하고 있다는 점을 들 수 있다. 대부분의 역사소설들이 주로 지배층 내부의 권력 투쟁과 애정 갈등을 중

義塾)을 거쳐 도쿄 타이세이 중학(大成中學) 졸업. 1924년 《동아일보》 주필 겸 편집국장. 1925년 《시대일보》 사장 등을 역임. 1927년 신간회 창립 주도. 1928년부터 1940년까지 《조선일보》와 《조광》에 『임꺽정』 연재. 1946년 조선문학가동맹 중앙집행위원장. 1948년 월북 후 조국평화통일위원회 위원장, 최고인민회의 상임위원회 부위원장 등 역임. 참고 문헌: 이원조, 「『임꺽정전』에 대한 소고찰」, 《조광》(1938. 8); 이원조, 「벽초론」, 《신천지》(1946. 4); 임형택, 강영주 편, 『벽초 홍명희 '임꺽정'의 재조명』(사계절, 1988); 임형택, 강영주, 『벽초 홍명희와 '임꺽정'의 연구 자료』(사계절, 1996); 강영주, 『한국 역사소설의 재인식』(창작과비평사, 1991); 강영주, 『벽초 홍명희 연구』(창작과비평사, 1999); 강영주, 『벽초 홍명희 평전』(사계절, 2004).

심으로 이야기를 이끌어 가고 있음에 비해, 민중적인 삶을 총체적으로 묘사함으로써 사실주의적 소설로서의 성과를 충실하게 거두고 있는 것이다.

이 작품에서 그린 임꺽정은 실제 역사에 등장하고 있지만 민중의 이야기 속에 더욱 분명하게 자리 잡고 있는 전설적인 영웅이다. 이 작품은 민중의 의식에 자리 잡고 있는 임꺽정을 내세워 본격적인 의미의 민중적 영웅상을 구현하고 있다. 주인공 임꺽정의 성장 과정과 그 활동상을 통해 제시되고 있는 영웅적 인물에 대한 민중들의 기대가 이야기의 전체적인 흐름 속에서 거대한 역사적 요구로 확대되는 과정은 이 소설의 가장 핵심적인 서사적 요건이 되고 있다.

이 작품은 대하적 구성을 통해 조선 시대의 풍속, 제도, 언어 등을 충실히 재현하고 있을 뿐 아니라, 다양한 신분에 속하는 등장인물들의 성격을 각기 개성 있게 형상화하고 있다. 이 같은 서사 기법은 특히 일상적인 장면들을 중심으로 극도로 정밀한 세부 묘사를 보여 주면서도, 민중의 생활을 중심으로 하는 역사의 도도한 흐름을 정확하게 간취함으로써, 사실주의적 역사소설의 전범이 되었다는 평가를 받고 있다.

1930년대 역사소설 가운데 주목되는 또 다른 작품으로 박종화의 「금삼(錦衫)의 피」(1936)와 현진건의 「무영탑(無影塔)」(1939)을 들 수 있다. 「금삼의 피」는 연산군 시대를 배경으로 하여 연산군의 생모인 윤씨를 복위시키고자 일으킨 갑자사화(甲子士禍)의 과정을 소설적으로 재구한 것이다. 이 작품에서 이야기의 핵심을 이루고 있는 연산군의 폭거는 비명에 죽은 어머니의 비참한 최후를 알게 된 데서 비롯되었다고 설정하고 있다. 이 같은 성격화의 방향은 물론 작가 자신의 상상력에 근거한 것이지만, 연산군의 반항적 성격과 복수심을 그의 성장 과정을 통해 해명하고자 한 것은 작자의 낭만적 정신의 표상에 해당한다고 할 수 있다. 특히 연산군의 광기 어린 행위와 난폭성의 이면에 인간적인 오뇌와 고독을 담으려고 노력했던 것을 보면, 역사적 사건을 개인적인 심리극으로 형상화하고 있는 작가의 태도를 읽어 낼 수 있다.

현진건의 「무영탑」은 신라 경덕왕대의 서라벌을 배경으로 한다. 작가는 당대의 정치 상황을 당나라의 문화를 존숭하는 사대주의적인 집권층과 화랑 정신을 계승하면서 고구려의 옛 땅을 회복하려는 민족주의적 세력이 서로 갈등하는 것으로 상정하고 있다. 이러한 배경 설정은 물론 실제의 역사적 사실과는 거리가 있는 것이지만, 소설의 이야기는 두 가지 세력이 갈등을 빚는 가운데 부여의 석수장이 아사달이 높은 예술 정신으로 아름다운 탑을 이룩해 가는 과정이 핵심이다. 당시 지배 이념을 대표하는 세속화된 승려들과 오직 탑의 완성만을 위하여 정성을 다하고 있는 고독한 장인 아사달과의 갈등이 매우 깊이 있게 묘사되어 있으며, 신라 귀족의 딸과 부여에 두고 온 아사녀 사이에서 번민하는 아사달의 애정 갈등과 그 인간적 고뇌가 잘 드러나 있다. 이 소설은 주제를 사랑과 예술로 수렴시키고 있지만, 한국 민족의 예술적 감각과 미의식을 신라의 탑을 통해 부각시키고 있다는 점이 주목된다.

3 시정신과 언어 감각

(1) 시의 언어와 감수성의 변화

순수 서정의 세계

1930년대는 한국의 현대시에서 시적 언어와 시정신의 본질에 대한 탐구가 가능해진 시대이다. 이 시기에는 일본 군국주의의 확대와 함께 만주사변에서부터 태평양전쟁에 이르기까지 전란의 상황이 이어졌다. 일본은 전쟁을 위해 경제적 수탈과 강제적인 인적 동원을 획책함으로써, 한국 사회는 전반에 걸쳐 암울한 분위기를 벗어나기 어려웠다. 특히 일본의 강압적인 사상 탄압으로, 문화와 예술의 영역에서조차 민족이니 계급이니 하는 집단적인 주체와 그 이념에 대한 논의가 일체 용납되지 않았다. 이러한 시대적 조건 속에서 문학은 집단적인 조직 활동의 기반을 벗어나기 시작하였다. 시단의 경우 개별적 창작 활동과 소그룹 중심의 동인 활동이 확대되었으며, 시적 언어와 기법의 새로운 발견, 서정 자아의 내면에 대한 시적 탐구 등이 이루어졌다. 그리고 예술적 창조의 세계 그 자체를 시적 대상으로 삼는 새로운 경향도 나타났다.

1930년대의 시가 보여 준 새로운 변화는 전대의 시에서 볼 수 있었던 시적 관습과 감수성의 변화에서부터 비롯되고 있다. 이것은 《시문학》과 같은 시 창작 동인 활동이 보여 준 정치성으로부터의 이탈과 함께 시의 순수 지향으로 요약된다. 시적 언어에 대한 감수성을 바탕으로 순수 서정을 구현하고자 하였던 시인들 가운데 박용철의 경우를 우선 주목할 필요가 있다. 박용철은 시적 순수와 서정의 의미를 나름대로 규정하면서 시의 순수 경향을 주도했다. 그는 「시적 변용에 대하여」《삼천리 문학》 (1938)라는 시론을 통해 시인을 생명의 창조자로 인정한다. 그리고 시가 영감에 의해 잉태된다는 점을 강조하고 있다. 마음에 불이 타오르지 않으면 시가 창조되기 어렵다고 말하는 그의 관점은 예술적 창조로서의 시의 존재를 인식하고 있다는 점에서 주목된다. 박용철의 시론은 창조적 주체로서의 시인의 위상을 인정하는 데서 출발한다. 시인은 기술자가 아니며 선동가도 아니다. 시적 영감에 의해 타오르는 창조적 열정을 가지고 시를 창조한다. 그러므로 시도 하나의 창조적 존재가 된다.

詩라는 것은 詩人으로 말미암아 創造된 한낫 存在이다. 彫刻과 繪畵가 한個의 存在인 것과 꼭가티 詩나 音樂도 한낫 存在이다. 우리가 여기에서 받는 印象은 或은 悲哀 歡喜 憂愁 或은 平穩 明淨 或은 激烈 崇嚴 等 眞實로 抽象的 形容詞로는 다 形容할 수 업는 그 自體 數대로의 無限數일 것이다. 그러나 그것이 어쩌한 方向이든 詩란 한낫 高處이다. 물은 놉픈데서 나즌데로 흘러나려온다. 詩의 心境은 우리 日常生活의 水平 情緒보다 더 高尚하거나 더 優雅하거나 더 纖細하거나 더 壯大하거나 더 激越하거나 어떠튼 '더'를 要求한다.[23]

박용철은 고양된 정서를 시적 창조의 기반으로 설정하고 있다. 일상 생활의 평범한 정서는 시를 창조할 수 없다. 시는 '고처(高處)'에 있는 것이며, 현실 이상의 것이다. 그러므로 시는 독자적인 세계이며, 어느 것에도 종속될 수 없는 것이 된다. 결국 박용철은 시의 독자적인 존재 의미와 그 본질을 분명하게 제시함으로써 시의 초월성과 미적 자율성을 인정한 것이다.

이 같은 박용철의 관점은 시 창작의 영역에서 김영랑의 『영랑 시집(永郞詩集)』(1935), 신석정의 『촛불』(1939), 백석의 『사슴』(1936), 노천명의 『산호림(珊瑚林)』(1938) 등과 같은 실천적 업적을 통해 그 가능성을 입증하게 되었다. 그리고 그 시적 경향이 1930년대 말에 시단에 등장한 조지훈, 박목월, 박두진, 박남수 등으로 이어지면서 한국 서정시의 전통으로 자리하게 된다. 이들의 작품들은 대체로 주관적인 정조와 감각적인 언어의 율조 등을 잘 살려 내면서 서정시의 본령을 지켜가고 있다고 할 수 있다. 대상에 대한 시적 인식을 기반으로 정조의 형상성에 관심을 기울인다든지, 미적 자의식의 구현보다는 정서의 자연스러운 흐름과 율조 자체를 중시한 점 등은 이들의 서정시가 보여 주는 중요한 특징에 해당한다. 이 같은 서정의 전통은 한국 근대시의 중요한 성과로 평가할 수 있다.

모더니즘과 시적 지향

1930년대 시는 순수 서정의 시에서뿐만 아니라 시적 기법의 실험과 주지적 태도, 주관적 정서의 절제, 도시적 감각과 시적 심상의 구성 등으로 그 특징이 요약되는 모더니즘적 시의 경향을 잘 보여 주고 있다. 모더

---

23 박용철, 「《시문학》 창간에 대하여」, 『박용철 전집』(1940), 142~143쪽.

니즘이란 용어 자체는 매우 폭넓게 사용되고 있지만, 한국의 시단에서는 최재서, 김기림 등에 의해 소개된 영미문학의 흄이나 리처즈 등을 중심으로 하는 주지주의와 이미지즘론 등이 그 이론적 기반을 이룬다.

최재서[24]의 비평적 작업은 1930년대 모더니즘의 이론적 기반을 이루는 흄(T. E. Hulme), 리처즈(I. A. Richards), 리드(H. Read), 엘리엇(T. S. Eliot) 등의 비평 이론을 집중적으로 소개하는 일종의 이론비평적 성격을 드러낸다. 최재서는 흄의 신고전주의 문학론이나 리처즈의 심리주의적 방법을 모두 '주지주의' 문학론이라는 이름으로 소개하고 여기에 리드나 엘리엇의 비평까지 포함시켜 놓고 있다. 그가 《조선일보》에 발표한 「현대 주지주의 문학이론의 건설」(1934)과 「비평과 과학」(1934)은 이 같은 그의 비평적 관심이 집약되어 있는 글이다. 최재서가 주목하고 있는 것은 예술에 있어서의 신고전주의와 비평의 과학적 방법이다. 이것은 그가 서구적 합리주의에 근거한 지성과 모럴의 주창자였다는 사실과도 서로 관련된다. 그는 사상과 감정의 지적인 조작에 의해 이루어지는 현대시의 성격을 강조하면서 시에 있어서의 현대성의 인식을 중요한 과제로 내세우기도 한다. 「서정시에 있어서의 지성」(1938)과 같은 글은 이러한 그의 관심의 소산이라고 할 수 있다.

김기림의 모더니즘론은 최재서의 경우와는 달리 한국 현대시에 대한 실천적인 관심에 의해 제기된 것이다. 그의 모더니즘론은 「시작에 있어

---

24 최재서(崔載瑞, 1908~1964). 호는 석경우(石耕牛). 황해 해주 출생. 경성제이고보를 거쳐 경성제국대학 영문과 및 동 대학원 졸업. 경성제국대학 강사, 보성전문학교 교수 역임. 문예지 《인문평론》(1939)의 편집 발행, 친일문학지 《국민문학》(1941) 주재. 광복 이후 연세대 교수 역임. 평론집 『문학과 지성』(인문사, 1938); 『轉換期의 朝鮮文學』(인문사, 1943); 『최재서 평론집』(청운출판사, 1961); 『문학원론』(청조사, 1963), 『셰익스피어 예술론』(을유문화사, 1963) 등 발간. 참고 문헌: 조연현, 「고 최재서의 인간과 문학」, 《현대문학》(1965. 1); 김흥규, 「최재서의 문학이론」, 《문학과지성》(1976. 봄); 김준오, 「한국 현대 장르 비평 연구」, 《부산대 국어국문학》(1986. 2); 김윤식, 「최재서의 국민문학과 사토 기요시 교수: 경성제대 문과의 문화 자본」(역락, 2009).

서의 주지주의적 태도」(1933)와 「모더니즘의 역사적 위치」(1939)로 집약되고 있지만,「오전의 시론」(1935)을 비롯한 대부분의 시에 대한 비평적 논의가 모두 모더니즘론의 논리와 실천의 근거로 자리하고 있다. 김기림은 모더니즘 운동이 문학사적으로 두 가지의 문학적 조류에 대한 부정과 반발임을 강조하고 있다. 하나는 낭만주의의 감상성에 대한 것이며, 다른 하나는 계급문학운동의 정치적, 이념적 지향에 대한 것이다. 이 같은 지적은 물론 한국문학에서 문제가 되는 문학적 경향에 근거하여 설명하고 있는 것이므로 모더니즘의 일반적인 특성을 폭넓게 제시하고 있는 것은 아니다. 그러나 시가 언어의 예술이라는 자각을 분명히 인식하고 있으며, 문명에 대한 일정한 감수를 기초로 한 다음 일정한 가치를 의식하고 쓰이는 시를 강조하고 있는 점에서 본격적인 시의 모더니즘론에 다가서 있음을 볼 수 있다.

'모더니즘'은 두 개의 否定을 準備했다. 하나는 '로맨티시즘'과 世紀末 文學의 末流인 '쎈티멘탈 로맨티시즘'을 위해서고 다른 하나는 傾向派 詩의 內容偏重을 위해서였다. '모더니즘'은 詩가 爲先 言語의 藝術이라는 自覺과 詩는 文明에 대한 一定한 感受를 基礎로 한 다음 一定한 價值를 意識하고 씌어저야 한다는 主張 우에 섰다.

(1) 西洋에서도 오늘의 文明에 該當한 眞正한 意味의 새 文學이 나온 것은 20世紀에 드러선 다음의 일이다. 20世紀 속에 남어 있는 19世紀的 文學 말고 眞正한 意味의 20世紀 文學의 重要性은 여기 있는 것이다. 英國에 있어서는 죠지안은 아직도 19世紀에 屬하며 文學에 있어서의 20世紀는 이마지스트에서 시작되였던 것이다. 佛蘭西에서는 立體詩의 試驗 以後 다다, 超現實派에, 伊太利의 未來派 等에 20世紀 文學의 徵候가 나타났다.

朝鮮에서는 모더니스트들에 이르러 비로소 20世紀의 文學은 始作되었다고 나는 본다. 낡은 센티멘탈리즘은 다만 詩人의 主觀的 感傷과 自然의 風物만을 노래하였다. 오늘의 文明의 形態와 性格에 對해서도 그것이 그 속에 사는 사람들의 心情에 이르키는 相異한 情緖에 대해서도 完全한 不感症이었다.

모더니즘은 위선 오늘의 文明 속에서 나서 新鮮한 感覺으로써 文明이 던지는 印象을 붙잡았다. 그것은 現代의 文明을 逃避하려고 하는 모든 態度와는 달리 文明 그것 속에서 자라난 文明의 아들이었다. 그 일은 바꾸어 말하면 우리 新詩史上에 비로소 都會의 아들이 誕生했던 것이다. 題材부터 우선 都會에서 구했고 文明의 뭇 面이 風月 대신에 登場했다. 文明 속에서 形成되어 가는 새로운 感覺, 情緖, 思考가 나타났다.

(2) 西洋에 있어서도 20世紀 文學의 特徵의 하나는(特히 詩에 있어서) 말의 價値 發見에 前에 없던 努力을 바친 데 있다. 過去의 作詩法에 依하면 말은 주장 韻律의 高低, 長短의 單位로서 생각되였고 朝鮮에서는 音數關係에서만 評價되었다.

말의 音으로서의 價値, 視覺的 映像 意味의 價値, (끝으로 가장 重要한) 이 여러 가지 價値의 相互作用에 依한 全體 效果를 意識하고 一種의 建築學的 設計 아래서 詩를 썼다. 詩에 있어서 말은 單純한 手段 以上의 것이다. 모더니즘은 이리하야 前代의 韻文을 主로한 作詩法에 對抗해서 그 自身의 語法을 지어냈다. 말의 含蓄이 달라졌고 文明의 速度에 該當하는 새 리듬을 물결과 帆船의 行進과 기껏해야 騎馬行列을 描寫할 정도를 넘지 못하던 前代의 리듬과는 딴판으로 汽車와 飛行機와 工場의 噪音과 群衆의 叫喚을 反射시킨 會話의 內在的 리듬 속에 發見하고 또 創造하려고 했다.[25]

---

25 김기림, 「모더니즘의 역사적 위치」, 《인문평론》(1939. 10), 83~84쪽.

김기림이 강조하고자 했던 모더니즘 시의 경향은 앞의 인용에서 전반적인 특징이 요약되어 있다. 이를 부연하여 설명하자면, 김기림이 내세운 모더니즘 시의 본질은 다음 두 가지로 나뉜다.

　첫째는 모더니즘 시가 지니고 있는 시적 모더니티의 문제이다. 김기림은 이것을 현대 문명 속에서 자라난 '문명의 아들'이라고 비유적으로 표현하였다. 자연을 음풍농월식으로 읊조리던 재래의 시에서 벗어나 모더니즘의 시는 도회적인 감각과 정서와 사고에 근거하여 창작이 이루어지고 있다는 것이다. 둘째는 모더니즘 시의 방법에 대한 문제이다. 모더니즘 시는 언어의 음성적인 자질과 언어 자체의 감각적인 심상 등의 상호 작용에 의해 공간적으로 구성된다. 이것을 김기림은 '일종의 건축학적 설계' 아래서 시가 이루어진다고 말한다. 고저 장단의 운율에 따라 시를 쓰던 재래의 시작법에서 벗어나 모더니즘 시는 이른바 공간적 형식을 지향하는 것이다. 이 같은 기법에 의해 모더니즘 시는 일상의 언어 속에서 그 내재적 리듬을 발견하고 "기차와 비행기와 공장의 조음과 군중의 규환"을 반영하게 된다.

　김기림의 모더니즘론은 시적 모더니티에 대한 추구 작업에서 출발한다. 그러나 여기에서 드러나는 현대 문명에 대한 긍정이 결과적으로 일제 식민지 지배에 의해 이루어지고 있는 종속적인 자본주의 문명에 대한 비판적 인식을 결여하게 된다. 김기림 자신은 이 같은 문제를 극복하기 위해 현실 속에서의 지식인의 대중적인 역할을 강조하기도 하고 풍자와 조소를 기조로 하는 문명 비판의 주제를 시 속으로 끌어들이는 실천적 작업에도 관심을 기울인다. 특히 그는 시의 모더니즘이 그 출발에서 볼 수 있었던 시대정신을 외면한 채 언어적 기교의 말초화에 빠져 들어가는 것을 비판하기도 한다. 그렇지만 1930년대 김기림의 모더니즘론의 의의는 모더니티의 시적 구현에 있음은 부인할 수 없는 일이다. 그는 제작

(製作)으로서의 시를 강조하면서 시가 사물을 재구성하고 독자적인 객관성을 구비하는 가치의 세계를 드러낼 것을 주문한다. 그렇기 때문에 그는 시의 비평에 있어서도 순수 비평이라는 이름으로 내세워진 인상주의적 접근법을 벗어나서 방법론의 과학적 근거를 확립하고자 노력한다. 그는 비평이 철학이기 전에 과학이어야 한다는 신념을 분명히 하였다. 「과학으로서의 시학」(《문장》(1940. 2))과 같은 평문을 보면 과학적 합리주의에 집착하고 있는 그의 문학적 태도를 확인해 볼 수 있다.

1930년대 한국시에서 모더니즘적 경향을 중심축에 놓고 볼 때 주목되는 경향의 하나는 모더니티의 시적 추구 작업이다. 언어적 감각과 기법의 파격성을 바탕으로 자의식의 시적 탐구, 이미지의 공간적 구성에 의한 일상적 경험의 동시적 구현, 도시적 문명과 모더니티의 추구 등을 드러내는 모더니즘적 시의 경향이 바로 그것이다. 정지용의 『정지용 시집』(1935), 『백록담(白鹿潭)』(1941), 김기림의 『기상도(氣象圖)』(1936) 등을 비롯하여 이상, 김광균, 장만영 등이 추구했던 시의 경향이 여기에 속한다고 할 수 있다.

그런데 이러한 경향과는 다르게 모더니티에 대한 시적 극복에 더욱 관심을 보였던 또 다른 부류의 시인들이 있음을 주목할 필요가 있다. 《시인부락》(1936)을 중심으로 활동했던 서정주의 『화사집(花蛇集)』(1941), 오장환의 『성벽(城壁)』(1937), 『헌사(獻詞)』(1939) 등이 그 중요 성과이며, 유치환의 『청마시초(靑馬詩抄)』(1939), 김광섭의 『동경(憧憬)』(1937) 등도 이러한 시적 경향과 맥락을 같이한다. 이들은 각각 그 작품 활동의 배경을 달리하고 있으며, 서로 구별되는 독특한 시적 개성을 지니고 있다. 하지만 현대 과학 문명의 비인간화의 경향에 반발하면서 인간의 존재의 본질과 그 가치에 대한 시적 추구 작업에 몰두하거나 현대사회에서의 통합된 개인적 주체의 붕괴에 도전하여 인간의 생명 의지를 시적으로 구현하려고 노력했다는 공통점이 있다. 그러므로 이들의 시에는 공통적으로 비판적 모더니티의 담론이 자리하고 있으며 인간의 존재와 삶, 생명과 죽음의 문제, 고독과 의지와 같은 관념적인 주제가 자주 등장한다. 이들의 문학 활동은 모더니즘의 시적 경향과는 다른 각도에서 그 위치가 규정되는 것이 보통이지만, 모더니즘 운동의 넓은 범주 안에서 드러나는 모더니티의 시적 지향 자체를 본질적인 속성으로 하고 있다.

(2) 시의 형식과 서정적 율조

김영랑, 시의 율조와 정감의 언어

김영랑[26]은 박용철, 정지용, 이하윤 등과 동인지 《시문학》에 참여하면서부터 본격적인 시 창작 활동을 보여 준다. 그의 초기 시들은 『영랑 시집』으로 묶였는데 서정적 자아의 깊은 내면에서 우러나오는 비애의 정감을 섬세한 율조의 언어로 형상화하고 있다. 그의 시에는 '슬픔'이나 '눈물'과 같은 시어가 수없이 반복되고 있다. 그러나 과장적인 수사에 의한 영탄이나 감상에 기울지 않고, 오히려 균제된 언어로 표현되는 정감의 시 세계를 잘 보여 준다.

---

26 김영랑(金永郎, 1903~1950). 본명은 김윤식(允植). 전남 강진 출생. 휘문의숙(徽文義塾) 수학. 일본 아오야마학원(靑山學院) 중학부를 거쳐 청산학원 영문학과 수학. 1930년 3월 박용철, 정지용, 이하윤 등과 동인지 《시문학》 창간. 시집으로는 『영랑 시집』(1935), 『영랑 시선』(1949) 등이 있다. 참고 문헌: 정지용, 「시와 감상 — 영랑과 그의 시」, 《여성》(1938. 9); 김용직, 「시문학파 연구」, 《서강대 인문논집》(1969); 김흥규, 「영랑의 시와 세계인식」, 《세계의 문학》(1977. 가을); 김학동, 『한국 현대시인 연구』(민음사, 1977); 김학동, 『모란이 피기까지는 — 김영랑 평전』(문학세계사, 1981); 이숭원, 『영랑을 만나다 — 김영랑 시 전편 해설』(태학사, 2009).

김영랑의 시에서 볼 수 있는 중요한 특성은 섬세한 언어적 감각과 그 언어 감각을 시적 율조로 살려 내는 리듬이다. 그의 시의 언어적 율조는 결코 시인 자신의 내적 정서의 흐름만을 그대로 따르는 것이 아니다. 김소월의 시에서 느낄 수 있는 율조가 시인의 내적 정서의 흐름에 크게 의존하고 있는 것과는 달리, 김영랑의 경우는 시적 언어 자체의 음성적 자질과 연관된 리듬 감각을 살려 내는 조형성이 그 특징이라고 할 수 있다.

(가)
내 마음을 아실 이
내 혼잣 마음 날가치 아실 이
그래도 어데나 게실 것이면

내 마음에 때때로 어리우는 티끌과
속임 업는 눈물의 간곡한 방울방울
푸른 밤 고히 맺는 이슬가튼 보람을
보밴 듯 감추엇다 내여드리지

—「내 마음을 아실 이」[27] 부분

(나)
돌담에 소색이는 햇발가치
풀 아래 우슴 짓는 샘물가치
내 마음 고요히 고흔 봄 길 우에
오날 하로 하날을 우러르고 십다

---

27 김영랑, 『영랑 시집』(시문학사, 1935)에는 제목 없이 43번에 이 작품이 수록됨.

새악시 볼에 떠오르는 붓그럼가치
詩의 가슴을 살프시 젓는 물결가치
보드레한 에메랄드 얄게 흐르는
실비단 하날을 바라보고 십다

──「돌담에 속삭이는 햇발」28

──「돌담에 속삭이는 햇발」[28]

　　김영랑의 시적 언어는 율조를 형성하기 위해 결코 시적 형태에 구속
당하는 법이 없다. 1920년대 이후 서정시들은 대개 리듬의 형성을 위해
시적 형태에 매달려 시행의 구분과 연을 나눔에 규칙성을 부여하고자 했
던 것이 사실이다. 앞의 인용에서 볼 수 있는 것처럼 그가 초기 시에서
즐겨 만들어 낸 1연 4행의 형태는 매우 자연스럽게 시상을 통제하면서
전체적인 율조를 살려 낸다. 이것은 자유시로서의 서정시가 추구하는 시
적 정서의 긴장과 이완을 자연스럽게 구현하고자 했던 그의 노력의 소산
이었다고 할 수 있다.

　　앞의 두 편의 시에는 '내 마음'이 가장 중요한 시적 소재로 등장한다.
그러나 '내 마음'이라는 시적 소재는 구체성을 지닐 수 없는 주관적인 세
계이다. 이 주관적 세계를 감각적 이미지를 통해 구체화하는 데 시적 묘
미가 있다. 작품 (가)의 경우는 '내 마음'을 알아줄 사람을 향하여 도란거
리듯이 속삭인다. 구김살 없이 짜여진 시어들 하나하나가 표상하는 이미
지의 선명도는 말할 것도 없고, 그 언어가 빚어내는 율조가 자연스럽게
다듬어져 있다. 물론 이 작품에서 '내 혼자 마음'을 알아줄 사람은 이 세상
어디에도 없다. 그러므로 시적 화자는 만약 그런 사람이 있다면 간곡한
나의 눈물방울을 보배처럼 감추었다 내어 주겠다고 다짐하기도 하지만,

28　위의 책, 2번.

결국은 내 혼자 마음밖에 없다고 매듭짓는다. 작품 (나)의 경우에도 시적 화자가 정감의 무게를 두고 있는 것은 '내 마음'이다. 그리고 그것은 가장 고요하고 부드러우며 곱다. 이 섬세한 내적 세계를 예리한 촉수의 언어로 차분하게 읊조리는 가운데 자연스럽게 율조가 살아나고 있다.

그러나 김영랑은 깊은 정감을 부드러운 언어로 표현하기 위해 시적 형태의 균제에만 집착하지는 않는다. 그는 언어와 리듬을 보다 개방적으로 변형시킬 수 있는 형태적 자유로움을 추구하였으며, 오히려 이 같은 자유로움 속에서 진정한 시적 율조의 아름다움을 발견하고 있다. 「모란이 피기까지는」과 같은 작품이 바로 이러한 예에 속한다.

모란이 피기까지는

나는 아즉 나의 봄을 기둘리고 잇슬 테요

모란이 뚝뚝 떠러져 버린 날

나는 비로소 봄을 여흰 서름에 잠길 테요

五月 어느 날 그 하로 무덥든 날

떠러져 누은 꼿닙마저 시드러 버리고는

천지에 모란은 자최도 업서지고

뻐쳐오르든 내 보람 서운케 문허졌느니

모란이 지고 말면 그뿐 내 한 해는 다 가고 말아

三百예순 날 하냥 섭섭해 우옵내다

모란이 피기까지는

나는 아즉 기둘리고 잇슬 테요 찰란한 슬픔의 봄을

—「모란이 피기까지는」[29]

---

29 위의 책, 45번.

이 작품의 시적 진술 방식은 '나'라는 시적 화자가 만들어 내는 심정적 언어들에 의해 그 어조가 결정된다. 그리고 그 어조에 의해 시적 대상으로서의 '모란'과 시적 주체로서의 '나' 사이에 일어나는 미묘한 교감 상태를 잘 드러내고 있다. 모란은 늦은 봄에 꽃이 핀다. 온갖 꽃들이 서로 다투어 피어나는 봄을 생각한다면, 모란은 봄의 막바지를 장식하는 꽃이라고 할 만하다. 모란꽃이 피어날 때면 벌써 신록의 아름다움이 시작된다. 그리고 이제 계절은 여름의 문턱에 들어서는 것이다. 그러므로 모란꽃이 떨어지면 그 싱그러운 봄의 아름다움도 끝난다. 시인이 노래하려는 것은 바로 이 모란이 떨어지는 순간이며, 화려한 봄을 잃어버리는 순간이다. 이 시에서 볼 수 있는 시적 진술은 모두 이 같은 상실과 소멸의 순간에 느끼는 비애를 시의 아름다움으로 승화시키는 데 바쳐진다. "모란이 뚝뚝 떨어져 버린 날/ 나는 비로소 봄을 여읜 서름에 잠길 테요." 라든지 "나는 아직 기둘리고 있을 테요 찬란한 슬픔의 봄을"이라는 대목에서 바로 이 같은 내용을 실감할 수 있다.

이 시에서 시적 주체는 몇 개의 동사에 의해 그 상태와 동작이 구체적으로 드러난다. 그러나 시적 의미를 형성하는 데에 중심이 되는 것은 '기다리다'라는 뜻을 지닌 "기둘리고'라는 말이다. 시의 첫대목과 끝 대목에서 쓰이고 있는 이 말은 모두가 봄을 대상으로 하고 있다. 여기에서 봄은 모란이 피어나는 것과 동격에 해당한다. '나'의 기다림의 대상이 봄이라고 말하고 있지만, 봄이 바로 모란이 피는 때이기 때문이다. 그러나 모란이 피어 있는 순간은 매우 짧고 마찬가지로 화려한 봄도 길지 않다. 그 짧은 화려한 봄과 잃어버린 봄을 다시 기다리는 오랜 세월은 이 시 속에서 모란이 피었다가 떨어지는 짧은 순간을 통해 구체적으로 대비되어 나타난다. 열 번째 시행에 나오는 "우옵내다"(울다)에서는 시적 주체가 시적 대상과 일체를 이루는 것을 보여 주고 있다. 여기에서 우는 것은 주체로서의 '나'만이 아니다. 모란도 꽃잎을 떨구면서 울고 있는 셈이다. 그러므로 시적 주체로서의 '나'는 떨어지는 모란을 보고 그 모란과 "하냥"(함께) 다시 모란이 피어날 때까지 울면서 봄을 기다릴 수밖에 없다고 말한다. 이 작품은 기다림의 정서와 잃어버린 설움을 대응시킨다. '모란'은 그의 정신적 거처로서 이상(理想)의 실현에 강한 집념을 보여 주는 대상이다. 한마디로 이 시는 슬픔이나 눈물을 겉으로 드러내지 않고, 그것들을 곱고 아름다운 율조로 순화하고 있는 것이다. 김영랑은 여기에서 우리말이 갖는 율조를 다듬고 깎은 시행의 정돈으로 서정시의 극치를 보여 준다.

김영랑이 그의 시에서 지향하고자 했던 정감과 율조의 언어는 서정시가 도달해야 하는 궁극적인 경지에 해당한다. 그는 이러한 시적 지향을 견지함으로써 시인으로서의 자신의 존재 의미를 확인한다. 그러나 이러한 자기 내면의 시적 욕망을 더 이상 지속해 나아갈 수 없는 현실 상황에 대면하면서 그의 시는 더욱 분명하게 자기 지향성을 드러낸다. 김영랑의 시가 서정시의 궁극적인 영역인 마음의 세계에서 벗어나 현실과 삶의 문제로 확대되면서 보다 의지적인 면모를 보여 주기 시작한 것은 1930년대 후반의 일이다. 이 같은 변화는 물론 시대적인 상황의 변화와 관련된다고 할 수 있지만, 무엇보다도 시인 자신이 지켜 온 섬세한 감각의 언어와 순수한 시정신이 더 이상 의미를 가지기 어렵게 되었음을 보여 주는 것이라고 하겠다.

(가)

검은 벽에 기대선 채로

해가 스무 번 박귀였는듸

내 麒麟은 영영 울지를 못한다

그 가슴을 퉁 흔들고 간 老人의 손
지금 어느 끝없는 饗宴에 높이 앉았으려니
땅 우의 외론 기린이야 하마 이저졌을라

바같은 거친 들 이리 떼만 몰려다니고
사람인 양 꾸민 잔나비 떼들 쏘다다니어
내 기린은 맘 둘 곳 몸 둘 곳 없어지다

문 아조 굳이 닫고 벽에 기대선 채
해가 또 한 번 박귀거늘
이 밤도 내 기린은 맘 놓고 울들 못한다

—「거문고」[30]

(나)
내 가슴에 毒을 찬 지 오래로다
아직 아무도 害한 일 없는 새로 뽑은 毒
벗은 그 무서운 毒 그만 흘어 버리라 한다
난 그 毒이 선뜻 벗도 害할지 모른다 위협하고,

毒 안 차고 살어도 머지 않어 너 나 마주 가 버리면
屢億萬 世代가 그 뒤로 잠자코 흘러가고
나중에 땅덩이 모지라져 모래알이 될 것임을
'虛無한듸!' 毒은 차서 무엇 하느냐고?

30 김영랑, 「거문고」, 《조광》(1939. 1), 235쪽.

아! 내 세상에 태어났음을 원망 않고 보낸

어느 하루가 있었던가, '虛無한디!' 허나

앞뒤로 덤비는 이리 승냥이 바야흐로 내 마음을 노리매

내 산 채 짐승의 밥이 되어 찢기우고 할퀴우라 내맡긴 신세임을

나는 毒을 품고 선선히 가리라

마금날 내 깨끗한 마음 건지기 위하야.

—「독(毒)을 차고」[31]

앞의 인용 작품 (가)의 경우, 시의 대상이 되고 있는 거문고는 시적 주체의 내면 세계를 그대로 드러낸다. 노래를 잃은 기린의 모습으로 비유된 거문고가 그 아름다운 가락을 잃은 것은 실상 "바같은 거친 들 이리 떼만 몰려다니고/ 사람인 양 꾸민 잔나비 떼들 쏘다다니어/ 내 기린은 맘 둘 곳 몸 둘 곳 없어지다"라는 구절에 잘 묘사되어 있다. "문 아조 굳이 닫고 벽에 기대선" 모습으로 노래를 거절하고 있는 거문고의 모습에서 시적 주체의 의연한 자태를 암시한다.

시인의 시적 의지는 작품 (나)의 경우 더욱 강하게 표출되고 있다. 이 작품의 시적 화자가 "내 가슴에 독(毒)을 찬 지 오래로다"라고 진술하고 있는 '독'의 의미는 상징적이다. "앞뒤로 덤비는 이리 승냥이 바야흐로 내 마음을 노리매/ 내 산 채 짐승의 밥이 되어 찢기우고 할퀴우라 내맡긴 신세임을"에서 구체화되고 있는 간고한 현실 상황에 대면하여 자신을 지키기 위해 '독'을 차고 있기 때문이다. 이 무서운 각오는 결국 죽음이라는 자기희생의 고통을 전제로 이루어진 것이다. "나는 독을 품고 선선

---

31 김영랑, 「毒을 차고」,《문장》(1939. 11), 123~124쪽.

히 가리라/ 마금날 내 깨끗한 마음을 건지기 위하야."라고 한 마지막 연에서 깨끗한 내 마음을 지키기 위해서임을 분명하게 제시하고 있다. 자신의 희생을 각오하면서도 지켜야 하는 '내 깨끗한 마음'이란 현실을 넘어선 절대적인 가치의 영역에 속한다.

김영랑의 초기 시에서 볼 수 있었던 것처럼 곱고 아름다운 것에 대한 지향은 후기의 시에 이르러 큰 변화를 보여 준다. 그가 정감과 율조의 언어보다 더욱 중요시한 것은 시의 정신을 제대로 지켜 나가고자 하는 의지이다. 이러한 시적 지향은 물론 식민지 상황이라는 현실적 조건을 전제할 경우, 보다 구체적인 역사적 의미를 부여할 수 있다. 김영랑에게 있어서 시인으로서 사는 길은 곧 민족의 삶을 위한 길과 통하는 것이었기 때문이다.

이병기와 시조의 격조

1920년대 중반 최남선이 주창했던 시조 부흥은 이병기[32]를 통해 비로소 현대시조의 새로운 탄생이라는 실천적 의미를 갖게 된다. 그 이유는 이병기에 의해 시조의 시적 혁신과 창작이 가능해졌고 시조에 대한 이론적 탐구와 그 시학의 원리가 정립되었기 때문이다. 이병기는 「시조는 혁신하자」(1932)와 같은 글에서 시조를 하나의 시 형식으로 새롭게 인식하

---

32 이병기(李秉岐, 1891~1968). 시조시인, 국문학자 호는 가람(嘉藍). 1891년 3월 5일 전북 익산 출생. 1913년 한성사범학교 졸업. 1921년 권덕규, 임경재 등과 조선어연구회를 조직. 1925년 《조선문단》 10월호에 「한강을 지나며」를 발표하면서 시조 창작. 1926년 《동아일보》에 「시조란 무엇인가」 발표. 1938년 연희전문 강사. 1942년 10월 22일 조선어학회 사건으로 피검. 1945년 광복 직후 상경. 1946년 군정청 편찬과장, 서울대학교 문리대 교수를 역임. 『가람 시조집』(1939), 『가람 문선』(1966) 등과 함께 『국문학전사』(1952), 『표준국문학사』(1956) 등 발간. 참고 문헌: 김윤식, 「이병기론」, 《현대시학》(1970. 4~6); 김제현, 『이병기: 그 난초 같은 삶과 문학』(건국대 출판부, 1995); 한국어문교육연구회, 『가람 이병기의 국문학 연구와 시조문학』(2001); 최승범, 『스승 가람 이병기』(범우사, 2001).

면서 이념적인 도그마에서 벗어나 시조 창작의 새로운 시야를 제공했다. 특히 그의 창작 시조집 『가람 시조집』(1939)은 현대시조의 가장 주목받는 성과로 손꼽힌다.

이병기의 시조론에서 핵심을 이루는 것은 시조의 시적 형식 문제에 대한 새로운 인식이다. 시조의 시적 형식 문제는 오늘의 현대시조가 왜 시조로 존재하고 있는가를 이해하는 데 결정적인 단서를 제공한다. 전통적으로 시조는 그것이 창곡으로 가창되던 시대에도 3장의 음악적 형식에 묶여 있었고, 시로서 읽혀지면서도 시적 형식으로서의 3장 분장의 형식을 고수하고 있다. 시조가 지니고 있는 시적 특성은 이 불변의 3장 형식에서 비롯된다고 할 수 있다. 시조에 대한 시학적 해명 또한 이러한 시적 형식에 대한 새로운 해석에 기초해야 한다는 것은 당연한 일이다.

시조의 형식은 정형인 것과 고전적인 것이다. 하나 고전도 고전 나름이요 정형도 정형 나름이지 반듯이 정형이라고 하여 고전을 덮어놓고 다 버려야 할 것은 아니다. 시조는 정형이며 고전적이면서도 꼭 있어야 할 까닭은, 도리어 그 정형과 그 고전적에 있다. 한문이나 영어와 같은 외국의 문학을 맛보는 우리로서, 그래도 조선어문학의 맛을 보자면 무엇이 있나. 한시(漢詩)나 영시(英詩)처럼 발달은 못되었다 하드라도, 적어도 조선말로써 조선말답게 적은 것이며 조선말로서의 목숨과 넋이 있는 것 아닌가. 그리하여 조선말에 쓰인 전형과 궤범(軌範)을 보여 주는 것이 아닌가. 우리는 이것을 보고 일일이 그대로 모방을 하거나 인용을 하거나 할 건 아니라도 거기에서 무슨 전통이나 암시를 얻을 것 아닌가. 이것이 과연 우리들과는 남다른 깊은 관계가 있는 바이다.[33]

33　이병기, 「시조는 혁신하자」, 《동아일보》(1932. 1. 23~2. 4).

앞의 글에서 이병기는 시조의 시적 형식을 정형적인 것과 고전적인 것에서 찾고 있다. 시조라는 시 형식의 본질적인 특성은 3장의 구성 원리에 있다. 초장, 중상, 종장으로 구분되던 고시조의 형식은 엄격하게 음악적 형식의 지배를 받고 있었던 것이다. 그러나 현대시조는 이와 다르다. 현대시조는 음악적인 형식과는 아무런 관련 없이 시적 구성 원리로서의 3장을 고수하고 있다. 이미 고정적으로 존재하고 있는 형식에 따라 3장이 만들어진 것이라기보다 시적 형식으로서 3장을 지향하고 있다. 그러므로 시조의 3장 분장 형식은 시인이 표현하고자 하는 내용에 어떤 제약을 가하기 위한 외형적인 틀이 아니다. 그것이 만일 말하려는 것에 대해 한계를 정하고 제약을 가하는 일종의 형식적 규제 장치라면, 그것은 단조로운 행의 반복에 지나지 않을 것이다. 그럴 경우 고도의 미의식을 구현하는 시적 형식이 될 수도 없을 것이다.

이병기가 시조의 시적 속성을 규정해 주는 요소를 정형적인 것과 고전적인 것에서 찾았다는 것은 무엇을 의미하는 것인가? 시조는 고정적 형식의 균제성을 특징으로 한다. 그리고 이 형식적 특징은 시조가 추구하고 있는 시정신과 밀접한 관련을 지닌다. 시조가 추구하는 시적 기품과 격조가 거기에서 비롯되기 때문이다. 하지만 시조가 하나의 문학적 형식으로 다시 창조되기 위해서는 그것이 지녀 온 외형의 균제라는 형식적 특성만을 고집하면서 시인의 개인적인 시 의식이라든지 새로운 시대감각을 외면할 수가 없다. 그렇다고 해서 시조가 지녀 왔던 특유의 기품이나 형태적 전아성을 포기한다면 시조는 결국 파괴되고 만다. 시조는 이러한 두 가지의 조건이 조화를 이루는 곳에서 시적 가능성을 확고히 할 수 있는 것이다. 이병기가 주목하고 있는 점도 바로 여기 있다.

이병기의 시조는 연작 형식의 시적 정착이라는 양식사적 의미를 갖고 있다. 이병기의 연작시조는 단형의 평시조를 중첩시켜 시적 의미를 확대시키자 하는 형식적 실험의 소산이다. 이것은 시조의 단형적 형태가 지니는 한계를 극복하고자 하는 시도와 상통한다. 이미 연시조의 형태는 조선 시대 이황의 「도산십이곡(陶山十二曲)」이나 윤선도의 「오우가(五友歌)」와 같은 작품을 통해 시적 가능성을 입증받았던 형식이다. 최남선이 개화계몽 시대에 새로운 시작의 실험을 행하면서 연시조에 관심을 가지게 된 것도 시적 형식에 대한 배려보다는 그 형식에 담아내고자 하는 내용의 풍부성을 감당할 수 있는 시적 형식의 추구에 더 큰 관심이 있었던 때문으로 이해된다.

다시 옮겨 심어 분에 두고 보는 파초(芭蕉)
설레는 눈보라는 창문을 치건마는
제 먼저 봄인 양하고 새움 돋아 나온다

청동(靑銅) 화로 하나 앞에다 놓아두고
파초(芭蕉)를 돌아보다 가만히 누웠더니
꿈에도 따듯한 내 고향을 헤매이고 말았다

—「파초(芭蕉)」[34]

이병기 시조의 연작성은 현대시조의 형식적인 특성으로 자리 잡은 가장 중요한 형태적인 요소이다. 이것은 시조의 형식적인 확대를 의미하는 것으로서 시조가 담아야 하는 시적 의미와 내용이 그만큼 다양하고 포괄적인 것이 되었음을 말하는 것이다. 앞에 인용한 「파초」는 시조의 형식

---

34 본문의 인용 작품은 『가람 문선』(신구문화사, 1966)에 따름.

에서 느낄 수 있는 특유의 균제미를 자랑한다. 그러나 작품의 전체적인 짜임새를 연작의 기법이라는 차원에서 좀 더 세밀하게 분석해 보면, 시적 주제의 형상화 과정이 예사롭지 않은 긴장을 내포하고 있음을 확인할 수 있다. 이 작품은 외형적으로 독립된 두 편의 평시조를 병렬적으로 연결하고 있는 것처럼 보이지만, 텍스트의 구조 자체가 통합된 하나의 작품을 위해 견고하게 짜여 있음을 알 수 있다. 그러므로 이 시조에서 연작을 통한 형식적인 확장에 전체적인 균형을 부여하며 시적 긴장을 이끌어 가는 것은 형식적 고안에 의해서만 이루어진 것이 아니다. 시적 주제의 응축과 확산의 과정을 전체적으로 통제하고 있는 내적인 질서에 의해 가능해지고 있는 것이다. 그리고 이 같은 혁신적인 실험을 통해 개방적이면서도 유기적인 연시조 형식의 창조에 이르고 있는 것이다.

이병기의 시조에서 발견되는 또 하나의 중요한 특징은 시조의 형태적 고정성에서 파격을 추구했던 엇시조나 사설시조에 대한 실험이다. 시조의 장르 변화 과정에서 볼 때, 평시조의 극복 양식으로 이해되고 있는 사설시조의 형태적 특성이 가람 시조에 와서 발전적으로 계승되고 있음은 주목되는 현상이다. 모든 예술의 형태는 그 독자적인 생명력을 아무리 강조한다 하더라도 언제나 그것이 존재할 수 있는 시대적 위상에 조응하기 마련이다. 사설시조의 등장은 조선 후기 서민 의식의 성장과 새로운 미의식을 기반으로 한다. 사설시조에서 볼 수 있는 고정적인 율격 파괴와 산문화 경향은 조선 후기 사회 서민층의 미의식을 대변하는 것으로 이해되는 게 보통이다.

(가)

해만 설핏하면 우는 풀벌레 그 밤을 다하도록 울고 운다

가까이 멀리 예서제서 쌍겨 울다 외로 울다 연달아 울다 뚝 그쳤다 다시 운다 그 소리 단조하고 같은 양 해도 자세 들으면 이놈의 소리 저놈의 소리 다 다르구나

남몰래 겨우는 시름 누워도 잠 아니 올 때 이런 소리도 없었은들 내 또한 어이하리

—「풀벌레」

(나)

날마다 날마다 해만 어슬어슬 지면 종로판에서 싸구려 싸구려 소리 나누나

사람들이 쏟아져 나온다 이 골목 저 골목으로 갓 쓴 이 벙거지 쓴 이 쪽진 이 깎은 이 어중이떠중이 앞서거니 뒤서거니 엉기정기 홍성스럽게 오락가락한다 높드란 간판 달은 납작한 기와집 퀘퀘히 쌓인 먼지 속에 묵은 갓망건 족두리 청홍실붙이 어렷가게 여중가리 양화 왜화붙이 썩은 비웃 쩌른 굴비 무른 굴비 무른 과일 시든 푸성귀붙이 십전 이십전 싸구려 싸구려 부르나니 밤이 깊도록 목이 메이도록 저 남산 골목에 우뚝우뚝 솟은 새집들을 보라 몇 해 전 조고마한 가게들 아니더냐 어찌하여 밤마다 싸구려 소리만 외치느냐

그나마 찬바람만 나면 군밤 장사로 옮기려 하느냐

—「야시(夜市)」

이병기가 사설시조의 형태적 특성을 실험하면서 주목한 것은 사설시조라는 문학 장르의 본질적인 속성과 관련된다. 사설시조는 비교적 고정적인 율격을 지켜 나가려고 하는 부분(초장과 종장의 첫머리)과 고정적인 율

격을 파괴하고자 하는 부분(중장과 종장의 첫머리를 제외한 부분)이 서로 결합되면서 형식상의 긴장 상태를 유지하고 있다. 앞의 인용에서도 확인할 수 있는 것처럼 사설시조의 시적 형식에 담아내기 위한 숱한 풀벌레 소리, 장사치들의 '싸구려' 소리를 사설조로 그려 낸다. 이 파격의 사설이 하나의 시적 풍경을 만들어 내고 실감의 정서를 자아낸다. 이병기가 아니고서는 흉내 내기 어려운 시적 실험을 여기에서 확인할 수 있다.

이병기는 현대시조의 시적 형식에 감각성이라는 고도의 미의식을 부여함으로써 현대시조가 추구하는 시적 모더니티를 온전하게 구현하고 있다. 이병기의 시조는 전아한 기품을 자랑하지만, 사실은 단조로움에 빠져들기 쉬운 시적 진술에 특유의 감각성을 부여하는 것이 두드러진 특징이다. 이병기는 시조를 통해 우리말의 음절량과 그 이음새에서 나타나는 말의 마디를 자연스럽게 변형시키면서 율격을 지켜 나간다. 이것은 시조의 시적 형식이 어떤 틀로 고정되어 있는 것이 아니라, 그렇게 형성되는 것임을 말해 주는 요건이 된다. 「난초」와 같은 작품에서 확인할 수 있는 절제된 감정과 언어의 감각을 이병기 시조의 미학이라고 규정하는 것은 당연하다.

(가)
한 손에 책(冊)을 들고 조오다 선뜻 깨니
드는 별 비껴 가고 서늘 바람 일어 오고
난초는 두어 봉오리 바야흐로 벌어라

— 「난초 1」

(나)
새로 난 난초잎을 바람이 휘젓는다
깊이 잠이나 들어 모르면 모르려니와

눈뜨고 꺾이는 양을 차마 어찌 보리아

산듯한 아침 볕이 발틈에 비쳐 들고
난초 향기는 물밀듯 밀어오다
잠신들 이 곁에 두고 차마 어찌 뜨리아

――「난초 2」

앞의 인용 작품을 보면, 이병기가 내세운 현대시조의 '격조' 문제가 떠오른다. 시조에서의 격조는 그 작자의 감정에서 흘러나오는 리듬에서 생기며, 동시에 그 작품의 내용과 의미와 조화되는 것이라야 한다. 그렇지 않으면 딴것이 되어 버린다. 공교롭다 하여도 죽은 기교일 뿐이다. 가람은 격조를 내세움으로서 시조의 문학적 의미를 구현하고자 노력했으며, 그 결과로 가람 시조는 시조로서의 기품을 잃지 않고 현대적 감각을 공유하고 있다.

이병기는 현대시조가 연작성에만 안주함으로써 시적 형식의 압축미를 얻지 못한 채 기교와 수사에 얽매인 산문으로 기울고 있는 점에 착안하여 '격조'를 강조했다. 여기에서 말하는 격조는 추상적인 관념이 아니라 시적 상상력의 감각성을 의미한다. 시조라는 단형의 시 형식에 동원되는 모든 단어에 생기를 넣어 주며 사고와 감정의 기저까지 침투하는 감각을 말한다. 이러한 상상력은 물론 언어와 그 의미를 통해서 작용하지만 시조의 경우 전통적 의식과 가장 현대화된 정신이 결합하는 것이다. 그러므로 이병기의 시조는 시조의 부흥이 아니라 새로운 시적 형식과 감각의 발견에 해당한다. 이것은 시조라는 형식을 기반으로 하고 있지만 하나의 주제를 발견하고 그 주제에 적합한 새로운 시적 형식과 언어와 감각을 구축했다는 점에서 그렇다. 그래서 발견이라는 말이 이 모든 과정 또는 수사적 방법을 지칭하는 데에 가장 적절한 단어라고 생각한다. 발견으로서의 형식과 감각은 고정된 틀의 확립을 의미하는 것이 아니다. 그것은 시적 형식을 끊임없이 추구하고 시적 대상을 새로운 언어로 사고하는 방법이며 과정이다. 이병기 시조의 시적 형식과 그 감각은 일상어의 시적 활용이라는 점에서 현대시조의 새로운 탄생과 직결된다는 점을 주목할 필요가 있다. 일체의 관념어를 배제하고 감각적인 일상어만으로 이루어진 이병기의 시조는 시적 언어의 감각적 구현에 있어서 현대시조가 도달할 수 있는 어떤 궁극의 지점에 도달해 있다.

신석정, 순수의 세계와 이상의 현실

신석정[35]의 시작 활동은 김영랑, 박용철, 정지용, 이하윤 등의 시 동인지 《시문학》(3호(1931))에 참여하면서부터 이루어진다. 그러나 그의 시적 경향은 《시문학》 동인들이 보여 준 언어적 감각이나 이미지보다는 천진하고도 순수한 시적인 세계를 추구하는 시적 태도를 지켜 나가고 있었다는 점을 주목할 필요가 있다. 그의 초기 시 세계를 구성하는 중요한 모티프는 '하늘'과 '어머니'이다. 이러한 시적 모티프는 대개 시적 화자로 등장하는 어린이에게 하나의 동경의 세계로 갈망되는 것이어서 초월적 속성이 강하다. 실제로 그의 첫 시집 『촛불』(1939)에서는 하늘, 어머니로 표상되는 동경의 세계가 어린이의 천진스러운 시선으로 그려지고 있다. 신

---

35 신석정(辛錫正, 1907~1974). 아호 및 필명은 석정(夕汀, 石汀, 釋靜). 전북 부안 출생. 중앙불교전문강원에서 불전 연구. 1931년 《시문학》 3호에 동인으로 참가. 시집 『촛불』(인문사, 1939); 『슬픈 목가』(양주문화사, 1947); 『빙하』(정음사, 1956); 『산의 서곡』(가림출판사, 1967); 『대바람 소리』(문원사, 1970) 발간. 참고 문헌: 류태수, 「신석정에 있어서의 자연의 의미」, 『한국 현대시사 연구』(일지사, 1983); 강은교, 「신석정론」, 《동아논총》(1984. 12); 국효문, 『신석정 연구』(국학자료원, 2006); 윤여탁, 『신석정』(건국대출판부, 2007); 송하선, 『신석정 평전 — 그 먼 나라를 알으십니까』(푸른사상, 2013).

석정의 시에서 주목해야 할 또 다른 특징은 시적 진술의 간절함을 느끼게 하는 시적 어조이다. 시적 대상을 향한 독백조의 구어체는 경어법을 그대로 살려 내어 그 속에서 느낄 수 있는 친밀성과 같은 심정적인 요소를 가미한다. 시적 화자는 '어머니'와 더불어 전원적이면서 자연 친화적인 이상향에 대한 시적 열망을 강하게 드러낸다. 이것은 비참한 현실 상황 자체에 대한 거부의 표현으로 볼 수 있다. 첫 시집 『촛불』에 수록되어 있는 「임께서 부르시면」, 「그 먼 나라를 알으십니까」, 「아직 촛불을 켤 때가 아닙니다」 등과 같은 작품들을 지배하고 있는 것은 세속적 욕망이나 고통으로부터 벗어난 전원적 세계 또는 반문명적인 이상적 공간에 대한 갈망이다. 암담한 현실을 인식하면서 시인은 현실에서 이루어질 수 없는 공간에 대한 순수한 집착을 내세운 것이다. 이 공간은 대체로 현실과는 거리가 먼 순수성을 지닌, 평화와 조화와 정결의 공간이다. 지고한 사랑을 바탕으로 하는 모성이 실현되는 공간, 인간의 영혼이 자연과 친화할 수 있는 공간이다. 이러한 시적 공간의 설정을 통해 시인은 어둡고 고통스러운 현실을 낯설게 함으로써 현실의 억압을 통찰할 수 있게 한다.

(가)
어머니
당신은 그 먼 나라를 알으십니까?

깊은 森林帶를 끼고 돌면
고요한 湖水에 흰물새 날고
좁은 들길에 野薔薇 열매 붉어
멀리 노루 새끼 마음 놓고 뛰어 다니는

아무도 살지 않는 그 먼 나라를 알으십니까?

그 나라에 가실 때에는 부디 잊지 마서요
나와 가치 그 나라에 가서 비둘기를 키웁시다

어머니
당신은 그 먼 나라를 알으십니까?

山비탈 넌즈시 타고 나려오면
양지밭에 힌 염소 한가히 풀 뜯고
길솟는 옥수수밭에 해는 저물어 저물어
먼 바다 물소리 구슬피 들려오는
아무도 살지 않는 그 먼 나라를 알으십니까?

어머니 부디 잊지 마서요
그때 우리는 어린 羊을 몰고 돌아옵니다

어머니
당신은 그 먼 나라를 알으십니까?

五月 하늘에 비둘기 멀리 날고
오늘처럼 촐촐히 비가 나리면
꿩소리도 유난히 한가롭게 들리리다
서리가마귀 높이 날어 산국화 더욱 곱고
노란 은행잎이 한들한들 푸른 하늘에 날리는

가을이면 어머니! 그 나라에서

양지밭 果樹園에 꿀벌이 잉잉거릴 때
나와 함께 고 새빩안 林檎을 또옥똑 따지 않으렵니까?

—「그 먼 나라를 알으십니까」³⁶

(나)
저 재를 넘어가는 저녁해의 엷은 光線들이 섭섭해합니다
어머니 아직 촛불을 켜지 말으서요
그리고 나의 작은 冥想의 새 새끼들이
지금도 저 푸른 하늘에서 날고 있지 않습니까?
이윽고 하늘이 林檎처럼 붉어질 때
그 새 새끼들은 어둠과 함께 돌아온다 합니다

언덕에서는 우리의 어린 羊들이 낡은 綠色寢臺에 누어서
남은 해볕을 즐기느라고 돌아오지 않고
조용한 湖水 우에는 인제야 저녁 안개가 자욱이 나려오기 시작하였읍니다
그러나 어머니 아직 촛불을 켤 때가 아닙니다
늙은 山의 고요히 冥想하는 얼굴이 멀어가지 않고
머언 숲에서는 밤이 끌고 오는 그 검은 치맛자락이
발길에 스치는 발자욱 소리도 들려오지 않습니다

멀리 있는 기인 뚝을 거쳐서 들려오든 물결 소리도 차츰차츰 멀어갑니다

---

36 신석정, 『촛불』(인문사, 1939), 22~25쪽.

600

그것은 늦은 가을부터 우리 田園을 訪問하는 가마귀들이

바람을 데리고 멀리 가 버린 까닭이겠읍니다.

시방 어머니의 등에서는 어머니의 콧노래 석긴

자장가를 듣고 싶어하는 애기의 잠덧이 있읍니다

어머니 아직 촛불을 켜지 말으서요

인제야 저 숲 넘어 하늘에 작은 별이 하나 나오지 않았읍니까?

—「아직 촛불을 켤 때가 아닙니다」[37]

앞에 인용한 두 작품은 공통적으로 어머니를 향한 시적 화자의 목소리를 통해 깊은 정서적 공감을 불러일으키고 있다. 여기에서 시적 화자의 목소리는 어머니에게 의탁한 서정적 주체의 유아적 심리를 표출한다고 할 수 있다. 이 같은 특징은 신석정의 초기 시들이 보여 주는 자연 친화적 세계와 이상향에 대한 갈망이 어머니라는 원형적인 상징을 통해 더욱 절실하게 형상화되고 있음을 말해 준다.

이 작품들에서 그리는 시적 공간은 현실과는 전혀 다른 세계이다. 이 세계는 평화와 순결과 풍요를 상징하는 숲, 비둘기, 흰 염소, 어린 양, 산국화, 은행잎, 새빨간 능금 등의 시적 심상을 통해 그려지고 있다. 그런데 이같이 현실에서 일탈한 공간 자체가 의미하는 것은 시대의 암울함으로부터 벗어나고자 하는 내적 욕망이다. 시적 주체가 그토록 갈망하는 공간이 결국 일체의 문명을 거부하는, 실존하지 않는 가상의 공간으로 그려지는 이유가 여기 있다.

그런데 이 같은 공간 의식을 구체화하고 있는 시간 묘사를 보면, 낮이라는 활동적인 생활에 기반을 둔 것이 아니라 소멸하는 어둠의 시간이나

---

37 위의 책, 46~49쪽.

환상적 노을 등이 주조를 이루는 퇴영적인 것이다. 이것은 시의 지향점이 꿈과 어머니에 있기 때문에 나타나는 현상이 아닌가 생각된다. 시적 주체가 스스로 유아적 환상 속에 자신을 투영하면서 어머니에게 의탁하고 있는 것이다. 시 「아직 촛불을 켤 때가 아닙니다」의 경우를 보면 이 같은 현상을 보다 구체적으로 확인할 수 있다. 이 작품에서 배경을 이루고 있는 시간은 밝음과 어두움이 애매하게 엉켜 있는 황혼의 시간이다. 그러나 「아직 촛불을 켤 때가 아닙니다」에서 인식할 수 있는 것처럼, 하루의 고단한 삶을 마치고 존재의 근원으로 돌아갈 수 있는 시간은 아직 도래하지 않고 있다. '촛불을 켤 때' 모든 사물들은 존재의 깊은 방 안으로 들어와 몸을 뉠 수 있지만, 아직도 불모와 피로와 이탈의 시간이 지속되고 있음을 반어적으로 표현하고 있는 것이다.

신석정의 시적 세계가 새로운 면모를 보여 주는 것은 두 번째 시집 『슬픈 목가(牧歌)』(1947)를 통해 확인된다. 이 시집은 원래 식민지 시대에 출간할 계획이었으나 검열을 통과하지 못해 해방 후 간행된 것이다. 이 시집의 작품들을 보면, 시적 어조 자체가 첫 시집의 경우와 전혀 다르게 변화한 것이 보인다. 시적 화자가 순수한 동심의 소년이 아니라 현실 속에서 자신을 응시하고 있는 한 인간으로 설정되고 있다. 그러므로 '어머니'라는 상징도 대부분의 작품에서 제거되고 '어머니'를 향한 경어체 문장도 없어진다. 오히려 자기 존재를 확인하고자 하는 굳고 결연한 시인의 자의식을 보여 준다. 이상의 세계에 대한 순수한 갈망이 사라진 대신에 냉엄한 현실에 대한 발견이 자리하고 있는 것이다.

　　나와

　　하늘과

　　하늘 아래 푸른 산뿐이로다

꽃 한 송이 피어 낼 지구도 없고

새 한 마리 울어 줄 지구도 없고

노루 새끼 한 마리 뛰어다닐 지구도 없다

나와

밤과

무수한 별뿐이로다

밀리고 흐르는 게 밤뿐이요

흘러도 흘러도 검은 밤뿐이로다

내 마음 둘 곳은 어느 밤하늘 별이드뇨

———「슬픈 구도」[38]

신석정의 대표작 가운데 하나로 손꼽히는 이 작품에서 현실 공간은 "꽃 한 송이 피워 낼 지구도 없고/ 새 한 마리 울어 줄 지구도 없고/ 노루 새끼 한 마리 뛰어다닐 지구도 없"는 불모의 공간으로 그려지고 있다. 평화와 순수의 공간을 꿈꾸던 시적 화자의 동경은 어둠 속에 깨어져 버리고 남은 것은 혼돈과 암울을 상징하는 밤뿐이다. 이제 시인은 자신의 마음을 의탁할 별빛마저 찾기 어려운 "흘러도 흘러도 검은 밤"에 자리하고 있는 것이다.

결국 신석정의 시는 순수와 평화의 세계를 지향하고자 했던 이상의 세계에서 벗어나 암울한 현실에 대면하여 자신을 응시하는 '슬픈 목가' 가 된다. 그는 미지의 공간을 넘나들던 환상의 날개를 접고 현실의 자리로 돌아온 것이다. 이 현실의 공간에서 절망과 좌절, 인고와 예지가 생겨

---

38 신석정, 「슬픈 목가」(남주문화사, 1947), 30~31쪽.

난다. 그리고 그는 별, 새벽, 하늘과 같은 새로운 공간 속에서 '대나무'와 같은 자신의 의지를 표상하는 시적 심상을 통해 현실 극복의 의지를 다지면서 새로운 시적 가능성을 모색한다.

백석, 향토적 서정의 세계

백석[39]이 시를 통해 추구하고 있는 향토적인 서정의 세계는 시집 『사슴』(1936)에 수록된 작품들을 통해 잘 드러나고 있다. 그의 시는 일본 식민지 지배 아래 고통스럽게 살고 있던 민중들의 삶의 모습과 애환을 소박한 토속적인 사투리를 통해 사실적으로 묘사해 낸다. 일상어의 시적 활용을 통해 실감의 정서를 놓치지 않고 표현하고 있는 이 같은 시적 방법은 백석의 시가 형상화하고 있는 토속적인 세계와 잘 어울린다.

백석의 시에서 발견하게 되는 실감의 정서는 모두 시적 대상에 대한 간명한 묘사와 소박한 진술을 통해 형성된다. 그의 시선에 닿는 모든 사물들은 결코 서정적 주체와 거리를 둔 채 묘사되는 법이 없다. 모든 시적 대상은 곧바로 서정적 주체의 체험 속에서 재구성되는데, 이것은 어떤 사실적인 원리에 의해서도 아니며, 시간적인 질서에 의해서도 아니다. 백석의 시에서 그려 내는 시적 대상들은 모두가 특이한 시적 심상을 만들어 내면서, 그것들이 서로 중첩되어 하나의 공간을 형성한다. 이 시적 공간이 바로 백석 시의 깊은 내면세계에 해당된다. 백석은 이 시적 공간에 자신의 내면에 깊

---

39 백석(白石, 1912~1996). 본명은 기행(夔行). 평북 정주 출생. 오산중학 졸업. 일본 아오야마 학원(靑山學院)에서 영문학 수학. 1935년 시 「정주성」을 《조선일보》에 발표. 광복 후 북한에서 활동. 시집 『사슴』(자가본, 1936)이 있으며, 근래 『백석 시 전집』(창작사, 1987) 발간. 참고 문헌: 오장환, 「백석론」, 《풍림》(1937. 4); 이동순, 「민족시인 백석의 주체적 시정신」, 『백석 시 전집』(창작사, 1987); 고형진, 『백석 시 바로 읽기』(현대문학, 2006); 이숭원, 『백석을 만나다 — 백석 시 전편 해설』(태학사, 2008); 안도현, 『백석 평전』(다산책방, 2014).

숙이 자리한 고향의 풍물과 인정을 담아 놓은 것이다.

(가)

짝새가 발부리에서 날은 논두렁에서 아이들은 개구리의 뒷다리를 구어 먹었다

게구멍을 쑤시다 물쿤하고 배암을 잡은 늪의 피 같은 물이끼에 해볓이 따그웠다

돌다리에 앉어 날버들치를 먹고 몸을 말리는 아이들은 물총새가 되었다

―「하답(夏畓)」[40]

(나)

山턱 원두막은 뷔었나 불빛이 외롭다
헌겊 심지에 아즈까리 기름의 쪼는 소리가 들리는 듯하다
잠자리 조을든 문허진 城터
반딧불이 난다 파란 魂들 같다
어데서 말 있는 듯이 크다란 山새 한 마리 어두운 곬작이로 난다
헐리다 남은 城門이
하눌빛같이 훤하다
날이 밝으면 또 메기수염의 늙은이가 청배를 팔러 올 것이다

―「정주성(定州城)」[41]

---

40 백석, 『사슴』(1936), 26~27쪽.
41 위의 책, 60~61쪽.

(다)

첨아 끝에 明太를 말린다

明太는 꽁꽁 얼었다

明太는 길다랗고 파리한 물고긴데

꼬리에 길다란 고드름이 달렸다

해는 저물고 날은 다 가고 볓은 서러웁게 차갑다

나도 길다랗고 파리한 明太다

門턱에 꽁꽁 얼어서

가슴에 길다란 고드름이 달렸다

——「멧새 소리」[42]

  백석의 시에서 볼 수 있는 시적 감각은 소박하면서도 섬세하다. 그의 시는 평안도의 사투리를 그대로 시어(詩語)로 활용하여 시인 자신이 고향에서 체험했던 토속적인 풍물의 세계를 시적으로 형상화한 점이 특징이다. 여기에서 까다롭게 읽히는 평안도 사투리는 체험의 구체성과 그 진실미를 구현하기 위해 동원한 도구에 해당한다. 이 토속어를 제외할 경우 각각의 시에서 형상화하고 있는 시적 공간은 실감의 정서와 멀어진다. 백석의 시의 언어 표현은 가장 단순한 수사적 장치인 열거와 나열, 반복과 중첩의 방식을 시적 공간의 구성을 위해 활용하고 있다. 그러므로 토속적 풍물을 그려 내는 경우 압축된 언어와 표현의 간결성 대신에 구체적인 대상의 열거와 다채로운 나열 방법을 택한다. 이러한 표현 방식을 통해 감각적으로 구성되고 있는 시의 공간은 시인 자신의 체험의 영역과 깊이 연결되어 있다. 이것은 백석의 시가 이미 모더니즘적 경향

---

42 백석, 「멧새 소리」, 《여성》(1938. 10), 23쪽.

의 넓은 범위에서 벗어나지 않음을 의미한다. 그러나 백석의 시들은 모더니즘 시들이 흔히 보여 주던 도시적 감각과 정서를 거부한다. 그는 오히려 문명적인 것들에서 벗어나 토속적인 자연에 집착하면서 인간 내면의 정서를 깊이 있게 천착하고 있다.

앞의 인용에서 확인할 수 있듯이 (가)의 「하답」 같은 작품에서 그리는 것은 작고 아름다운 하나의 풍경이다. 이 풍경 속에 동화 같은 소년 시절이 자리 잡고 있다. "몸을 말리는 아이들은 물총새가 되었다"와 같은 구절에서 선명하게 각인되는 시적 심상은 백석만이 그려 낼 수 있는 하나의 세계이다. (나)의 「정주성」에서도 허물어져 가는 성터의 밤 풍경이 오롯하게 자리한다. 특히 "산턱 원두막은 뷔었나 불빛이 외롭다/ 헌 겊 심지에 아즈까리 기름의 쪼는 소리가 들리는 듯하다/ 잠자리 조을든 문허진 성터/반딧불이 난다 파란 혼들 같다"와 같은 묘사는 시적 공간을 더욱 감각적이면서도 환상적인 장면으로 조밀하게 풍경화하고 있다. (다)의 「멧새 소리」에서는 시적 주체와 대상이 완벽하게 합일화되는 과정을 보여 준다. "해는 저물고 날은 다 가고 볓은 서러웁게 차갑다"라는 구절은 감각과 정서를 일치시키면서 주체와 대상의 합일을 매개한다. '명태'라는 시적 대상을 통해 구체적으로 형상화되고 있는 외적인 세계가 시적 주체의 내면의 풍경으로 자리하면서 그 합일의 경지에 이르게 되는 것이다.

백석의 시에서 볼 수 있는 시적 공간은 대체로 고향의 토속적인 풍물로 채워져 있다. 이것은 고향에서의 갖가지 풍물에 대한 체험이 그만큼 시인의 의식 속에 강렬하게 작용하고 있음을 뜻하는 것이다. 동시에 도시라든지 문명이라든지 하는 근대화의 과정에 대해 가지는 시인의 반근대적인 정서가 크게 작용하고 있음을 의미한다. 백석이 그려 내는 고향이라는 시적 공간은 어린 시절의 체험을 바탕으로 재구성되어 있다는 점에서 과거 지향적이다. 그러나 이것이 단순한 회고 취향에 머물러 있지 않은 이유는 그 자체가 현실 속에서 절실하게 추구되는 삶의 의미를 담고 있기 때문이다. 물론 시 속에서 그려지는 고향의 풍물은 이미 근대화의 과정에 밀려 훼손되어 가고 있다. 백석은 이러한 고향의 풍물에 깊은 애정을 표함으로써, 그것들과 함께 훼손된 인간적인 것의 가치와 그 회복에 대한 의지를 드러낸다. 이것은 민중의 삶에 깃든 인정에 대한 폭넓은 이해를 바탕으로 한다. 그러므로 이것은 낡은 고향과 지나간 날에 대한 그리움이라는 차원을 넘어서 그 속에 담긴 인간적인 것의 회복을 간절히 소망하는 시인의 자세를 말해 주는 것이다.

五代나 나린다는 크나큰 집 다 찌글어진 들지고방 어둑시근한 구석에서 쌀독과 말쿠지와 숫돌과 신뚝과 그리고 넷적과 또 열두 데석님과 친하니 살으면서

한 해에 멫 번 매연지난 먼 조상들의 최방등 제사에는 컴컴한 고방 구석을 나와서 대멀머리에 외얏맹건을 질으터 맨 늙은 제관의 손에 정갈히 몸을 씻고 교우 옷에 모신 신주 앞에 환한 촛불 밑에 피나무 소담한 제상 위에 떡 보탕 시케 산적 나물지짐 반봉 과일들을 공손하니 받들고 먼 후손들의 공경스러운 절과 잔을 굽어보고 또 애끊는 통곡과 축을 귀에하고 그리고 합문 뒤에는 흠향오는 구신들과 호호히 접하는 것

구신과 사람과 넋과 목숨과 있는 것과 없는 것과 한 줌 흙과 한 점 살과 먼 넷조상과 먼 홋자손의 거룩한 아득한 슬픔을 담는 것

내 손자의 손자와 손자와 나와 할아버지와 할아버지의 할아버지와 할아버

지의 할아버지의 할아버지와······ 水原白氏 定州白村의 힘세고 꿋꿋하나 어질고 정많은 호랑이 같은 곰 같은 소 같은 피의 비 같은 밤 같은 달 같은 슬픔을 담는 것 아 슬픔을 담는 것

—「목구(木具)」[43]

　위의 시 「목구」에서 시인이 그리는 것은 고향의 제사 풍속이다. 이 작품은 시적 대상이 되는 사물들을 열거해 놓는 단순한 서술 방식을 통해 오히려 가난 속에서 차리는 제수가 풍성하게 느껴지도록 유도한다. 정성으로 제수를 장만하여 담아 놓는 목구(제기)를 놓고, 시인이 주목한 것은 제사라는 의식이 아니라 그 의식 속에 담겨진 인정과 풍습이다. 시인은 그것을 세월을 뛰어넘으며 이어지는 '슬픔을 담는 것'이라고 말한다. 옛 조상의 뜻과 먼 후손의 슬픔을 함께 모으는 것, 오롯하게 슬픔을 담아 놓는 것, 이것이 바로 제사에 쓰이는 목구들에 붙여 준 시적 의미이다. 이와 유사한 시법은 「고방」, 「가즈랑집」, 「여우난곬족」 등에서도 그대로 나타난다. 전통적인 예절이나 세시 풍속, 그리고 일상생활에 등장하는 여러 가지 음식이나 생활 도구 등을 시적 공간에 배치하여 민족의 생활상과 그 속에 서린 깊은 정서를 노래하는 것이다.

　　마을에서는 세 벌 김을 다 매고 들에서
　　개장취념을 서너 번 하고 나면
　　백중 좋은 날이 슬그머니 오는데
　　백중날에는 새악시들이
　　생모시치마 천진퇴치마의 물팩치기 껑추렁한 치마에

43　백석, 「목구」, 《문장》(1940. 2), 148~149쪽.

쇠주푀적삼 항라적삼의 자지고름이 기드렁한 적삼에

한끝나게 상나들이옷을 있는 대로 다 내입고

머리는 다리를 서너 켜레씩 들어서

시뻘건 꼬둘채댕기를 삐뚜룩하니 해 꽂고

네 날백이 따배기신을 맨발에 바꿔 신고

고개를 몇이라도 넘어서 약물터로 가는데

무썩무썩 더운 날에도 벌 길에는

건들건들 시원한 바람이 불어오고

허리에 찬 남갑사 주머니에는 오랜만에 돈푼이 들어 즈벅이고

광지보에서 나온 은장도에 바늘집에 원앙에 바둑에

번들번들하는 노리개는 스르럭스르럭 소리가 나고

고개를 몇이라도 넘어서 약물터로 오면

약물터엔 사람들이 백재일치듯 하였는데

봉가집에서 온 사람들도 만나 반가워하고

깨죽이며 문주며 섶가락 앞에 송구떡을 사서 권하거니 먹거니 하고

그러다는 백중 물을 내는 소내기를 함뿍 맞고

호주를 하니 젖어서 달아나는데

이번에는 꿈에도 못 잊는 봉가집에 가는 것이다

봉가집을 가면서도 칠월 그믐 초가을을 할 때까지

평안하니 집살이를 할 것을 생각하고

애끼는 옷을 다 적시어도 비는 시원만 하다고 생각한다

—「칠월 백중」[44]

44 백석, 「7월 백중」, 《문장》 속간호, 1948. 10.

백석의 시 가운데「칠월 백중」은 민중들의 소박하면서도 생명력이 넘쳐흐르는 삶의 모습을 감각적 묘사를 통해 사실적으로 형상화하고 있는 작품이다. 이 작품의 가장 두드러진 특징은 시적 대상에 대한 묘사의 감각성과 사실성이다. 이 같은 기법은 다양하게 선택된 제재 속에서 민중의 진솔한 생활 모습을 보여 주는 데 기능적이라고 할 수 있다. 특히 이 작품은 각각의 시행들이 하나의 이야기를 하는 듯한 서술적 효과를 내도록 잇달아 있다. 백중날 약물터에 놀이를 나가는 새악시들의 모습을 그 옷차례부터 수선스럽게 묘사한다. 그리고 고개를 넘고 넘어 약물터에 모여든 사람들의 흥겨운 모습이 함께 어우러진다. 작품 속에 묘사되는 대상들이 백중날 약물터라는 하나의 구체적인 시적 공간 속으로 집약되면서 시적 감흥도 고조된다. 이 정서적 고양 상태에서 "백중 물을 내는 소내기를 함뿍 맞고" 모두가 후줄근하게 젖지만, 오히려 마음은 차분하게 다가올 살림살이를 생각하면서 "붕가집"으로 향한다. 이러한 시적 진술을 통해 시인은 감각적인 시적 심상들을 공간적으로 병치시키면서 동시에 그 공간 자체를 한 폭의 이야기로 꾸며 낸다. 백석의 시가 이야기조의 서술적 특징을 지니고 있는 것처럼 느껴지는 까닭이 바로 여기에 있다.

백석의 시는 1930년대 후반의 한국 현대시가 지향하고자 했던 시적 성과를 통합적으로 제시하고 있다. 그는 다채로운 시적 심상을 활용하여 시적 공간을 감각적으로 확장하였으며, 그 속에 고향이라는 원초적인 체험의 공간을 담고 있다. 이러한 시의 방법은 한국의 근대시가 감각적으로 섬세해지고 정서적으로 깊이를 갖게 하는 데에 크게 기여한 것으로 볼 수 있다. 그의 시는 시적 형식과 시의 정신을 합일화함으로써 자신이 추구하고자 했던 토속적 서정의 세계를 시적 공간 속에 사실적으로 창조해 낸 것이다.

노천명과 시적 자기 관조

노천명[45]의 본격적인 문단 활동은 1935년 《시원(詩苑)》 동인으로 참여하여 시 「내 청춘의 배는」을 발표하면서부터라고 할 수 있다. 노천명의 시에 대해서는 고독과 향수, 섬세한 감각과 자의식 등의 투어를 붙이는 것이 보통이다. 그러나 첫 시집 『산호림』(1938)에서부터 두 번째 시집 『창변(窓邊)』(1945)에 이르기까지 대체로 토속적인 삶과 그 속에 담긴 인정과 풍물에 대한 깊은 관심을 보여 주는 작품들이 많다. 물론 노천명의 작품들은 고독이라든지 그리움과 같은 개인적 정서를 바탕으로 인간 존재의 내밀한 세계를 형상화하고 있는 것들이 주류를 이루고 있다.

(가)
나는 얼굴에 粉을 하고
삼짠가티 머리를 짜 네리는 사나이

초립에 쾌자를 걸친 조라치들이
날나리를 부는 저녁이면
다홍치마를 둘르고 나는 香丹이가 된다

45 노천명(盧天命, 1912~1957). 아명은 노기선(盧基善). 황해 장연 출생. 진명여고보, 이화여전 영문과 졸업. 1935년 《시원》에 시 「내 청춘의 배는」을 발표. 시집 『산호림』(자가본, 1938), 『창변』(매일신보출판사, 1945) 등 발간. 광복 후 이화여대 교수 역임. 시집으로 『노천명 — 현대시인 전집 2』(동지사, 1949), 『별을 쳐다보며』(희망출판사, 1953) 등 발간. 참고 문헌: 정태용, 「노천명론」, 《현대문학》(1967. 10); 김재홍, 「노천명 — 수정과 장미 또는 모순의 시」, 《현대문학》(1986. 9); 김지향, 「여류시에 나타난 고아의식 연구 — 노천명 시전집을 중심으로」, 《한양여전 논문집》(1989. 2); 김삼주 편, 『노천명 — 한국 현대시인 연구 16』(문학세계사, 1997); 이숭원, 『노천명』(건국대 출판부, 2000); 임명숙, 『노천명 시와 페미니즘』(한국학술정보, 2005).

이리하야 장터 어늬 넓운 마당을 빌려
람프불을 도둔 布帳 속에선
내 男聲이 十分 屈辱된다

山 넘어 지나온 저 村엔
銀반지를 사 주고 십흔
고흔 處女도 잇섯건만

다음 날이면 써남을 짓는
處女야
나는 집시의 피엿다
내일은 쏘 어늬 洞里로 들어간다냐

우리들의 道具를 실은
노새의 뒤를 짜라
山짤기와 이슬을 털며
길에 오르는 새벽은

구경군을 모흐는 날라리 소리처럼
슬픔과 기쌤이 석겨 핀다

—「男사당」[46]

---

46 노천명, 『창변』(매일신보사, 1945), 8~10쪽.

(나)

목아지가 길어서 슬픈 짐승이여

언제나 점잖은 편 말이 없구나

冠이 훌그러운 너는

무척 높은 族屬이였나 부다

물속의 제 그림자를 듸려다보고

일헛든 傳說을 생각해 내곤

어찌할 수 없는 鄕愁에

슬픈 목아지를 하고 먼 데 山을 처다본다

— 「사슴」[47]

   앞의 시는 노천명의 시적 경향을 잘 보여 주는 작품이라고 할 수 있다. (가)의 「남사당」은 전통적인 민속 공연에 해당하는 '남사당'의 흥취와 유랑 공연의 비애감을 동시에 그려낸다. 원래 '남사당'은 말 그대로 남성으로만 구성된 유랑 광대패이다. 수십 명의 광대패가 한데 어울려 농악, 탈춤, 줄타기, 꼭두각시놀음, 사발돌리기 등을 공연하며 각지를 떠돈다. 이 시가 보여 주는 토속적인 풍물에 대한 묘사의 사실성은 1930년대 시단에서 하나의 유행처럼 자리 잡은 이른바 '풍물시'의 특성과 일맥상통한다. 이 시에서 시적 화자인 '나'는 '삐리'라고 불렸던 초입이다. 원래 남사당패 안에서는 초입자들이 각자의 특기에 따라 연기를 익히면서 잔심부름까지 도맡는다. 그런데 이들은 특기를 연마하여 연행자로 나설 때까지 대개 여장(女裝)을 한다. 여기에서 주목해야 할 것은 남자로만 이루어

---

47 노천명, 『산호림』(자가본, 1938), 79쪽.

진 남사당패가 내부적으로 일종의 남색 조직(男色組織)을 이루고 있었다는 점인데, 나이 어린 삐리들이 이른바 '암동모'라고 하는 여성 구실을 감당해야 했던 것이다. 실제로 시 「남사당」의 화자인 '나'는 향단이 복색으로 여장을 하고 있다. 남사당패 안에서는 상급자의 '암동모'가 되어 그들의 욕정을 채워 줘야 하고, 바깥으로 구경꾼들의 흥취를 돋우어 주어야만 한다.

이 시의 전반부에 해당하는 1연에서 3연까지를 보면, 시적 화자가 수행해야 하는 이 같은 역할의 이중성을 보여 주고 있다. 분을 바른 얼굴, 길게 땋아 내린 삼단 같은 머리, 다홍치마 등을 통해 '여장'한 자신의 겉모습이 그대로 묘사되고 있다. 이 겉모습은 구경꾼들을 위한 분장처럼 보이지만, 사실은 패거리 내부에서의 자신의 성 역할을 암시한다. "램프 불을 돋운 포장(布帳) 속에선/ 내 남성(男聲)이 십분 굴욕된다"라는 구절은 스스로 자신의 처지에 대한 비애감을 감추지 못하고 있는 시적 화자의 자의식을 드러내 주고 있다. 물론 '나'는 자신만의 특기로 어떤 기예를 연마할 때까지 이 굴욕의 세월을 견뎌야 한다. 이 시의 후반부는 남사당패의 유랑의 삶을 그대로 보여 준다. 마을에서 마을로 떠돌아다니며 공연을 펼쳐야 하는 이들의 고달픈 삶과 거기 스며들어 있는 비애의 정서를 엿볼 수 있다. 시적 화자는 "산 너머 지나온 저 촌엔/ 은반지를 사주고 싶은/ 고운 처녀도 있었건만" 그 처녀에게 자신의 정분을 표시할 수 없다. 누구든 남사당패에 들어오면 평생을 이 패거리들과 함께 떠돌며 지내야 하기 때문이다. 여기에서 시적 화자인 '나'를 통해 남사당패의 일원으로서의 성 역할과 실제의 성 정체성이 분리, 도치되는 현상을 간취하고 있는 점은 흥미로운 사실이다. '나'는 남사당패 안에서 여성으로 분장하고 '암동모'의 역할도 해야 하지만, 실제로는 처녀에 대한 그리움을 지닌 남성임을 솔직하게 보여 주고 있기 때문이다. 이 시가 단순한 풍물시의 경지를 넘어서고 있는 이유가 여기 있다.

(나)의 「사슴」에서 시적 대상이 되고 있는 것은 '사슴'이다. 이 시에서 그려지는 '사슴'은 산속에서 살아가는 짐승에 불과하지만 자연 그대로의 동물은 아니다. '사슴'이라는 대상을 놓고 거기에 시적 자아를 그대로 투영하고 있기 때문이다. 제1연에 그려지는 '사슴'의 외양은 목이 길고 머리에 화려한 뿔을 달고 있는 모습이다. 이러한 사슴의 모양을 놓고 슬픈 짐승이라고 한다든지 점잖은 모습으로 말이 없다고 묘사하는 것은 모두 시적 화자의 주관적 정서를 이입시킨 결과이다. 사슴의 머리에 달린 뿔을 두고 '관이 향기로운 너'라고 지칭하고 있는 것도 마찬가지다. 그 결과 '사슴'의 모습은 곧 시적 자아의 형상과 일치되고 있다. 특히 비유적 심상에 함축된 슬픔과 쓸쓸함, 자기 절제와 고고함, 세속과 타협하지 못하는 고결함 등은 그대로 시적 자아의 표상에 해당한다. 이 특이한 동일시 현상은 대상에 대한 감각적 인식을 주체의 내면적 정서로 변용시키는 과정을 통해 성립된다. 제2연의 경우 시적 대상으로서의 '사슴'은 객관적으로 보이는 대상이면서 동시에 스스로 자기 존재를 보는("물속의 제 그림자를 들여다보고") 주체가 되기도 한다. 다시 말하면 자기를 들여다보는 모습을 내보인다. 시적 자아의 자기 인식의 과정을 '사슴'이라는 대상을 통해 객관화하고 있는 셈이다. 이러한 시각의 변환과 대상의 인식 방법은 주관적 감정의 절제를 가능하게 함으로써, 시적 자아를 객관적으로 형상화하기 위한 일종의 미적 거리 두기에 성공하고 있다.

노천명의 시는 「남사당」을 비롯한 「장날」, 「연자간」, 「잔치」, 「돌잡이」 등으로 이어지면서 토속적 풍속에 녹아들어 있는 삶의 애환을 풍부하게 형상화하고 있다. 이러한 작품에서 확인할 수 있는 시적 진술의 경험적 진실성은 노천명의 시 세계가 그만큼 일상의 현실에 밀착되어 있음을 말해 준다. 물론 노천명의 「사슴」과 동궤에 있는 「자화상」, 「창변」, 「길」 등의 시에서 확인되는 시적 자기 인식과 그 절제의 미학을 놓칠 수는 없다. 특히 「푸른 오월」, 「사월의 노래」, 「보리」 등에서 드러나는 대상에 대한 감각적 묘사와 관능미는 자연을 통해 본원적인 생명력을 추구하려는 시인의 자세를 잘 보여 준다. 이러한 노천명의 시 세계는 1920년대의 김명순, 김원주 등의 여성 시인들이 보여 주었던 감상성과 퇴폐성을 극복하고 있으며, 동시대에 활동했던 모윤숙의 『빛나는 지역』(1933)에서 볼 수 있는 열정적인 감성이라든지 장정심의 『금선(琴線)』(1934)에 드러나 있는 낭만적 풍모와는 분명히 구분되는 자리에 놓여 있음을 알 수 있다.

1930년대 중반 이후 한국 시가 보여 주는 다양한 서정적 특징을 대변하는 시인 가운데 임학수, 윤곤강, 이용악, 이찬 등의 활동도 함께 검토할 필요가 있다.

임학수[48]는 경성제대 영문과 재학 시절인 1931년 《동아일보》에 「우울」, 「여름의 일순(一瞬)」 등의 창작시를 발표하였고, 1932년 《신생(新生)》에 「봄달」, 「피리 흘러오는 밤에」 등을 발표하면서 본격적인 창작 활동을 시작했다. 《학등》에도 「고요한 밤」, 「눈물」, 「초밤별」, 「밤그늘」 등이 실려 있다. 이러한 초기 시들은 1937년에 발간된 첫 시집 『석류』에 대부분 수록되어 있다. 이 시집에 실려 있는 서사시 「견우」는 전래 설화로 널리 알려진 '견우 직녀의 이야기'를 시적으로 형상화한 것인데, 사랑의 성취를 위해 인고의 세월을 보내는 견우의 삶이 감동적으로 그려져 있다.

---

48 임학수(林學洙, 1911~1982). 시인, 영문학자. 전남 순천 출생. 경성 제1고등보통학교를 거쳐 1936년 경성제대 영문과 졸업 후 배화여자고보에서 교원 생활. 대학 재학 중인 1931년 《동아일보》에 「우울」 「여름의 일순」을 발표하였고, 1932년 《신생》에 「봄달」 「피리 흘러오는 밤에」 등을 발표하면서 본격적인 창작 활동. 시집으로는 『석류』(1937), 『팔도풍물시집』(1938), 『후조(候鳥)』(1939) 등이 있으며, '황군위문작가단'의 일원으로 중국 전선 시찰 후 낸 시집 『전선시집』이 있다. 1945년 광복 직후 조선문학가동맹 가담. 서울대학교 사범대학 교수, 고려문화사 주간 역임. 시집 『필부의 노래』(1948) 발간. 1950년 한국전쟁 때 월북하여 김일성대학 교수 역임. 참고 문헌: 이명찬, 「아름다움에 이르려는 방황 ── 임학수론」, 《한국근대문학연구》 24호(2011. 10).

1938년 발간한 시집 『팔도풍물시집(八道風物詩集)』은 한국적 풍토와 자연에 대한 시적 재발견의 의미를 지닌다. 일제 강점기 말에는 이광수, 김동인, 박영희 등과 함께 '황군위문작가단'의 일원으로 만주 전선을 시찰했고 그 경험을 시로 쓴 시집 『전선시집(戰線詩集)』을 간행하였다. 이러한 친일 활동은 광복 후 간행된 시집 『필부(匹夫)의 노래』(1948)를 통해 스스로 비판하고 있다.

윤곤강[49]은 1933년 조선프롤레타리아예술동맹에 가담하면서 문단 활동을 시작하였다. 제2차 카프 검거 사건 때 체포되기도 했던 그는 《시학(詩學)》 동인의 한 사람으로 1934년을 전후하여 활발하게 시 창작 활동을 전개했다. 그의 초기 시는 시대의 고통과 어둠의 현실을 배경으로 지식인의 불안감과 삶에 대한 허무 의식을 절실하게 표현하고 있다. 그의 첫 시집 『대지(大地)』(1937)와 둘째 시집 『만가(輓歌)』(1938)의 작품들은 고달픈 삶의 현실에 대한 실의와 번민, 그리고 비탄의 정서가 주류를 이룬다. 이러한 그의 시적 경향은 자신을 위한 만가를 스스로 지어 부르는 자조(自嘲)의 상태로까지 진전되고 있음을 볼 수 있다. 윤곤강의 시는 제3시집 『동물시집』(1939)에서부터 시적 전환을 보여 준다. 시적 대상으로서의 나비, 올빼미, 원숭이, 낙타 등은 모두가 자연 속에서 살아가지만 인간의 현실과 밀접한 관계를 맺고 있다. 그러므로 자연물로서의 동물 자체보다는 인간의 현실에 빗댄 우의적 속성도 드러낸다. 윤곤강은 광복 이후 전통적인 정서를 기반으로 고유한 가락과 서정성을 되살리고자 하

---

49 윤곤강(尹崑崗, 1911~1950). 본명은 붕원. 충남 서산 출생. 보성고보, 혜화전문을 거쳐 일본 센슈 대학 졸업. 1934년 《시학》 동인 가담. 시집 『대지』(풍림사, 1937), 『만가』(동광당서점, 1938), 『동물시집』(한성도서, 1939), 『빙화(氷華)』(한성도서, 1940), 『살어리』(시문학사, 1948), 『피리』(정음사, 1948) 등과 평론집 『시와 진실』(정음사, 1948) 발간. 참고 문헌: 장만영, 「곤강을 생각한다」, 《현대문학》(1963. 1); 한영옥, 「윤곤강 시 연구」, 《성신여대 연구논문집》(1983. 8); 송기한 편, 『윤곤강 전집 1, 2』(다운샘, 2005); 유성호, 「윤곤강 시 연구」, 《한국근대문학연구》 24호(2011. 10).

는 노력을 보여 주기도 하였다.

이찬[50]은 일본 와세다 대학에서 러시아문학을 공부하면서 1931년 사회주의운동 단체인 동지사(同志社)에 관계하다가 이듬해 귀국하여 조선프롤레타리아예술동맹에 가담했다. 그의 습작기 시들은 1920년대 말기부터 신문과 잡지에서 볼 수 있지만 본격적인 작품 활동은 카프 해체를 전후하여 이루어지고 있다. 일제 식민지 지배 상황 속에서 궁핍한 삶을 살아가는 가난한 농민과 노동자들의 모습을 그려 낸 「기계 같은 사나이」는 이 시기의 대표작에 해당한다. 「잠 안 오는 밤」의 경우에는 암울한 민족의 현실을 놓고 고뇌하는 지식인의 내면을 그대로 보여 주고 있다. 1937년에 간행된 첫 시집 『대망(待望)』(1937)과 둘째 시집 『분향(焚香)』(1938)에 수록되어 있는 「눈 내리는 보성의 밤」, 「갈망」, 「이 사람을 보아라」 등을 보면 현실에 대응하여 자기 의지를 적극적으로 표현할 수 없는 지식인의 고뇌와 자신에 대한 부끄러움이 잘 표현되어 있다.

이용악[51]은 일본 조치 대학(上智大學)에 재학 중이던 1935년 창작시 「패배자의 소원」을 《신인문학》에 투고하면서 작품 활동을 시작하였으며 「애소유언(哀訴遺言)」, 「너는 왜 울고 있느냐」, 「북국의 가을」 등을 잇달아 발표하였다. 그의 시 세계는 첫 시집 『분수령(分水嶺)』(1937)과 두 번

50 이찬(李燦, 1910~1974). 시인. 함남 북청 출생. 경성제2고보를 거쳐 일본 와세다 대학 노문과에서 수학. 1931년 사회주의 단체 '동지사'에 가담 후 1932년 귀국하여 카프 중앙위원에 선출. 광복 직후 조선문학가동맹 가담. 해방 기념 시집 『햇불』 발간 후 월북. 1946년 북조선문학예술총동맹 서기장. 조소문화협회 서기장, 문화선전성 문화국 부국장 등 역임. 시집 『대망』(1937), 『분향』(1938) 등 발간. 참고 문헌: 김응교, 『이찬과 한국 근대문학』(소명출판, 2007).

51 이용악(李庸岳, 1914~1971). 함북 경성 출생. 일본 조치 대학 신문학과 수학. 1935년 시 「패배자의 소원」을 《신인문학》에 발표. 광복 직후 조선문학가동맹 가담. 한국전쟁 당시 월북하여 북한 문단에서 활동. 시집 『분수령』(동경삼문사, 1937), 『낡은 집』(동경삼문사, 1938), 『오랑캐꽃』(아문각, 1947), 『이용악』(동지사, 1949) 발간. 참고 문헌: 김동석, 「시와 정치」, 《예술과 생활》(1947); 김종철, 「용악 — 민중시의 내면적 진실」, 《창작과비평》(1988. 가을); 윤영천, 「민족문학의 시적 토대」, 《문학사상》(1988. 11); 감태준, 『이용악 시 연구』(문학세계사, 1991); 김재홍, 『이용악』(한길사, 2008).

째 시집『낡은 집』(1938)을 통해 확인할 수 있는데, 고향에서 보냈던 소년기의 가난과 고달픈 농촌 생활 등을 서정적 필치로 노래한 것들이 많다. 그는 토속적 공간의 풍물과 삶의 경험을 바탕으로 일본 식민지 지배 상황 속의 참담한 삶과 궁핍한 현실을 시적으로 형상화하고자 하였다. 거친 현실 체험을 육화된 언어로서 표현함으로써 독자적인 개성을 드러내고 있는 것이 그의 시의 특징이다.

(3) 모더니즘의 시와 시적 모더니티

정지용, 절제된 정서와 언어의 균제미

정지용[52]은 한국 현대시의 발전 과정에서 시적 언어에 대한 자각을 각별하게 드러낸 시인으로 평가된다. 그의 시들은 두 권의 시집『정지용 시집』(1935)과『백록담』(1941)으로 집약되는데, 자기 감정의 분출에 의하여 이루어지는 1920년대의 서정시와는 달리, 시적 대상에 대한 다양한 감각적 경험을 선명한 심상과 절제된 언어로 포착해 내고 있다. 이 같은 시 창작의 방법은 시적 언어에 대한 그의 남다른 관심과 자각에 의해 가능했다.

---

52 정지용(鄭芝溶, 1902~1950). 충북 옥천 출생. 휘문고보, 일본 도시샤 대학(同志社大學) 영문과 졸업. 1930년 《시문학》 창간 동인. 광복 후 이화여전 교수 역임, 조선문학가동맹 가담. 1950년 한국전쟁 당시 납북. 시집 『정지용 시집』(시문학사, 1935), 『백록담』(문장사, 1941), 『지용 시선』(을유문화사, 1946)이 있으며, 산문집 『문학독본』(협문출판사, 1948), 『산문』(동지사, 1949) 발간. 참고 문헌: 김환태, 「정지용론」, 《삼천리문학》(1938. 4); 김학동, 『정지용 연구』(민음사, 1987); 양왕용, 「정지용 시 연구」(경북대 박사 논문, 1988); 김훈, 「정지용 시의 분석적 연구」(서울대 박사 논문, 1990); 이숭원, 『정지용 시의 심층적 탐구』(태학사, 1999); 권영민, 『정지용 시 126편 다시 읽기』(민음사, 2004); 김용희, 『정지용 시의 미학성』(소명출판, 2004); 김신정, 『정지용 문학의 현대성』(소명출판, 2006); 권영민, 『정지용 전집』 1, 2, 3(민음사, 2016).

정지용은 1930년대 중반에 그가 빠져 있던 종교적인 구도의 세계를 노래한 일련의 시들을 제외한다면 거의 일관되게 시적 대상으로서의 자연을 노래하고 있다. 어떤 연구자들은 종교적인 시들을 제외한 초기의 시와 후기의 시를 각각 감각적인 시와 동양적인 시라는 서로 다른 차원의 세계로 구분하기도 하지만, 그가 초기의 시에서부터 시집 『백록담』의 경우에 이르기까지 시를 통해 발견한 것은 자연 그 자체였다는 것을 부인할 수는 없다. 물론 정지용 이전에도 시를 통해 자연을 노래한 경우는 허다하게 많다. 여기서 시를 통한 자연의 발견이라는 명제를 유달리 정지용의 시에서만 문제 삼는 것은 시적 대상으로서의 자연을 노래하는 방법이 그 이전의 서정시와는 본질적으로 차이가 있기 때문이다. 그의 시는 자연을 통해 자신의 주관적인 정서와 감정의 세계를 토로하는 것이 아니라 오히려 자신의 감정을 억제하면서 자연에 대한 자신의 인식 그 자체를 감각적 언어를 통해 새롭게 질서화하고 있다. 이 새로운 시법은 모더니즘이라는 커다란 문학적 조류 안에서 설명되기도 하고 이미지즘이라는 이름으로 규정되기도 한다.

　　정지용이 보여 주는 새로운 시 작법에서 중요시되어야 하는 것은 예리하고도 섬세한 언어적 감각이라고 할 수 있다. 물론 시의 언어에 대한 자각은 그 이전의 김소월이나 동시대의 김영랑의 경우에도 그 중요성이 인정된다. 이들은 모두 시를 통해 전통적인 정서에 알맞은 율조의 언어를 재창조하였기 때문이다. 정지용의 경우 이들과는 달리 율조의 언어에 매달린 것이 아니라, 언어의 조형성(造型性)에 대한 탐구에 관심을 집중한다. 그는 시의 언어를 통해 음악적인 가락의 미를 창조한 것이 아니라 공간적인 조형의 미를 창조한다. 이 같은 특징은 언어의 감각성을 최대한 살려 내고자 하는 시인의 노력에 의해 가능해지는 것이다. 정지용은 생활 속에서 감각의 즉물성과 체험의 진실성에 가장 잘 부합될 수 있는

일상어를 그대로 시의 언어로 채용한다. 그러므로 정지용의 시에는 상태
와 동작을 동시에 드러내는 형용 동사들이 많이 쓰이며 이를 한정하는
고유어로 된 부사들을 자주 활용하여 사물의 상태와 움직임을 예리하게
포착한다. 이 같은 특징은 『정지용 시집』에 수록되어 있는 '바다'를 소재
로 한 연작시에서 잘 드러나고 있다.

바다는 뿔뿔이
달아날랴고 했다.
푸른 도마뱀 떼같이
재재발렀다.

꼬리가 이루
잡히지 않았다.

흰 발톱에 찢긴
珊瑚보다 붉고 슬픈 생치기!

가까스루 몰아다 부치고
변죽을 둘러 손질하여 물기를 시쳤다.

이 앨쓴 海圖에
손을 싯고 떼었다.

찰찰 넘치도록
돌돌 굴르도록

회동그라니 바쳐 들었다!

地球는 蓮잎인 양 옴으라들고…… 펴고……

―「바다 2」⁵³

앞의 시에서 정지용이 노래하는 바다는 시인 자신의 내면적인 감정의
세계와 일정한 거리를 두고 있다. 감각적인 인식의 대상으로 바다라는 대
상 자체를 섬세하게 묘사할 뿐이다. 여기에서의 묘사라는 말은 물론 언어
적인 압축과 긴장을 수반하는 시적인 묘사를 일컫는다. 이 묘사의 언어는
시적 대상으로서의 바다에 대한 지배적인 인상을 예리하게 포착하여 구
체적인 시적 이미지를 구축하기 위해 동원되고 있는 것이다. 실제로 앞의
시에서 전체적인 시적 텍스트를 구성하고 있는 각각의 연들은 모두가 이
미지 덩어리들이다. 시적 대상으로서의 '바다'가 시인의 재기발랄한 심
상을 통해 새롭게 아주 작은 공간 속에 섬세하게 구성되어 나타난다. 이
때 느끼게 되는 감각적 선명성은 모두 일상적인 언어의 시적 변용을 통해
가능해진 것이다. 이 같은 즉물적인 언어적 감각은 『백록담』에 실린 시들
에서 더욱 고조된 긴장을 수반한 채 정밀성(靜謐性)을 더하고 있다.

정지용이 그의 시에서 활용하는 또 하나의 시법은 주관적 감정의 절
제와 정서의 균제(均齊)라고 할 수 있다. 이 같은 방법은 정지용과 함께
시문학파라는 문단적인 유파로 분류되었던 다른 어떤 시인도 감당하지
못한 방법이다. 그는 개인적이고 감정적인 것들을 철저하게 배제하면서
사물과 현상을 순수 관념으로 포착하여 이것을 시를 통해 표현하고자 한
다. 이러한 시적 표현은 사물의 언어와 교신하는 그의 특이한 언어 감각
을 바탕으로 기왕의 고정된 감각과 인식을 모두 해체시켜 재구성하려는

---

53 정지용, 『정지용 시집』(시문학사, 1935), 5~6쪽.

시적 지향을 보여 주고 있는 것이다. 어린 딸을 잃은 슬픔을 노래한 것으로 알려진 「유리창」 같은 작품을 보면, 이 같은 감정의 절제된 표현을 쉽게 확인할 수 있다.

> 琉璃에 차고 슬픈것이 어린거린다.
> 열없이 붙어서서 입김을 흐리우니
> 길들은양 언 날개를 파다거린다.
> 지우고 보고 지우고 보아도
> 새까만 밤이 밀려나가고 밀려와 부디치고,
> 물 먹은 별이, 반짝, 寶石처럼 백힌다.
> 밤에 홀로 琉璃를 닥는것은
> 외로운 황홀한 심사이어니,
> 고흔 肺血管이 찢어진 채로
> 아아, 늬는 山ㅅ새처럼 날러 갔구나!
>
> ─「유리창(琉璃窓) 1」[54]

이 시에는 '새까만 밤'으로 표상되는 무한의 세계가 그려져 있다. 그리고 서정적 자아는 유리창을 경계로 하여 그 세계를 대면한다. 여기에서 유리창은 무한의 세계를 끌어와 보여 주는 하나의 신비로운 예술로 표상된다. 그러므로 유리창에 입을 대고 입김을 불어 보면서 서정 자아는 지금 이곳의 세계와 저기 밤의 세계를 상상력의 힘으로 서로 연결하게 된다. 창밖 어둠 속에 빛나는 별빛을 보는 순간 자신의 슬픔과 열망 같은 것은 모두 소멸되고, 밀려오는 밤 속으로 자신도 깊이 빠져들고 있

---

54 위의 책, 15쪽.

다. 그러나 이 시에서 딸을 잃은 슬픔이라든지 시인 자신의 감정의 동요 같은 것은 엄격하게 절제되어 있다. 다만 유리창이라는 경계를 통해 섬세하게 통어되었던 별빛과의 심정적 거리를 유리창 밖으로 날아가 버린 '새'라는 시적 표상을 통해 극적으로 제시하고 있는 것이다.

정지용의 시에서 절제된 감정과 언어의 균제미는 시집 『백록담』에 이르러 거의 절정에 이른다. 이 시집에 수록되어 있는 「장수산」이나 「백록담」과 같은 작품에서는 시적 심상 자체가 일체의 동적인 요소를 배제한다. 그리고 명징한 언어적 심상으로 하나의 고요한 새로운 시공의 세계를 창조해 낸다. 이러한 시적 방법에서 우리는 정지용이 체득하고 있는 은일(隱逸)의 정신을 보게 된다. 자연의 역동성을 거부하는 정지용의 태도가 지나치게 소극적인 세계 인식이라고 폄하할 사람도 있겠지만, 우리 시가 도달하고 있는 정신적인 성숙의 경지를 정지용이 보여 주고 있다는 사실을 부인하기는 어려울 것이다.

伐木丁丁 이랬거니 아람도리 큰 솔이 베혀짐즉도 하이 골이 울어 멩아리 소리 쩌르렁 돌아옴즉도 하이 다람쥐도 좃지 않고 뫼ㅅ새도 울지 않어 깊은 산 고요가 차라리 뼈를 저리우는데 눈과 밤이 조히보담 희고녀! 달도 보름을 기달려 흰 뜻은 한밤 이골을 걸음이란다? 웃절 중이 여섯판에 여섯 번 지고 웃고 올라 간뒤 조찰히 늙은 사나히의 남긴 내음새를 줏는다? 시름은 바람도 일지 않는 고요에 심히 흔들리우노니 오오 견듸랸다 차고 兀然히 슬픔도 꿈도 없이 長壽山속 겨울 한밤내 ——

—「장수산(長壽山) 1」[55]

55 정지용, 『백록담』(문장사, 1941), 12쪽.

시 「장수산」은 산중의 고요를 시각적 심상을 통해 정밀하게 형상화하고 있다. 이 작품의 시적 대상이 되고 있는 것은 겨울 달밤의 산중이다. "조히보담 희고녀"와 같은 감각적 심상을 빌려 구체화한 밤의 정밀과 고요는 눈 덮인 산중의 달밤을 하나의 깊은 정신적 공간으로 새롭게 형상화하고 있다. 그러므로 이 작품은 고요한 자연의 정경과 깊은 내면 의식을 교묘하게 조화시켜 놓음으로써 시적 표현이 도달할 수 있는 하나의 성취를 보여 준다.

　　이 시에서 가장 중요한 의미를 담고 있는 시어는 '고요'라는 말이다. 장수산이라는 시적 대상을 하나의 정밀한 세계로 형상화하는 데 '고요'라는 시어의 기능은 매우 중요하다. 이 말은 시적 대상과 대응하는 서정 자아의 내면 의식을 함께 제시하고 있다. 장수산의 고요 속에서 오히려 서정 자아의 내면 의식은 깊은 시름으로 빠져든다. 그러나 그 시름을 견인의 정신으로 극복하고자 한다. 이 같은 의식은 인간과 자연이 일체화되는 과정이라고 할 수 있다. 이 시의 구성에서 의도적으로 시행의 종결을 거부하며 호흡을 지속시키고자 한 점이라든지, 내면 의식의 추이를 보여 주는 일종의 독백적인 어투 등을 시적 진술의 방법으로 활용하고 있는 것은 모두 이 같은 과정을 형상화하기 위한 기법적인 배려라고 할 수 있다. 물론 이것이 견고한 하나의 형식적 고안에서 이루어진 것은 아니다. 「백록담」과 같은 작품의 경우에도 더욱 파격적인 형태 고안을 통해 시적 성과를 보여 준다. 백록담이라는 산의 정상에서 서정 자아는 땅 위의 꽃과 하늘의 별이 하나로 어우러지는 황홀한 정경을 시적 심상을 통해 포착한다. 그리고 이 과정에서 시정신의 고양을 스스로 드러내는 것이다.

　　정지용의 시가 보여 주는 절제된 감정의 세계는 섬세한 언어 감각을 통해 가능해진다. 이 언어 감각은 물론 시적 대상에 대한 깊은 통찰을 바탕으로 성립되는 것이다. 정지용은 대상에 대한 언어적 소묘를 통해 하나의 독특한 시적 공간을 형상화한다. 이 시적 공간이 바로 일제 말기에 정지용이 만들어 낸 이른바 '산수시'의 새로운 경지[56]라고 할 수 있다. 정지용이 일체의 주관적 감정을 억제한 채 시적 대상을 관조하면서 만들어 낸 이 새로운 시의 세계는 자연의 세계와 동화하거나 합일하기를 소망하였던 전통적인 자연관을 벗어나고 있다. 정지용은 오히려 자연과 거리를 둠으로써 거기에 그렇게 존재하는 자연을 새롭게 발견한다. 자연이라는 것을 철저하게 대상화하면서 그것을 언어를 통해 소묘적으로 재구성한 것이다.

(가)
老主人의 腸壁에
無時로 忍冬 삼긴물이 나린다.

자작나무 덩그럭 불이
도로 피여 붉고,

구석에 그늘 지여
무가 순 돋아 파릇 하고,

흙 냄새 훈훈히 김도 사리다가
바깥 風雪소리에 잠착 하다.

山中에 冊歷도 없이

---

56 정지용의 후기 시를 '산수시'라는 용어로 일컫게 된 것은 최동호, 「산수시의 세계와 은일의 정신 — 지용 시가 나아간 길」, 『1930년대 민족문학의 인식』(한길사, 1990)에서 빌려 온 것임.

三冬이 하이얗다.

──「인동차(忍冬茶)」⁵⁷

(나)
돌에
그늘이 차고,

따로 몰리는
소소리 바람.

앞섰거니 하야
꼬리 치날리여 세우고,

종종 다리 깟칠한
山새 걸음거리.

여울 지여
수척한 흰 물살,

갈갈히
손가락 펴고.

멎은듯

---

57 위의 책, 30~31쪽.

새삼 돋는 비ㅅ낯

붉은 닢 닢

소란히 밟고 간다.

—「비」[58]

앞의 인용 작품들은 비교적 단순한 구성을 보이는 것들이지만 그 시적 심상이 예사롭지 않다. (가)의 「인동차」는 겨울 깊은 산골에 묻혀 있는 은자(隱者)의 자태를 떠올리게 한다. 첫 구절의 '노주인'이라는 말에서 이미 그러한 시적 분위기를 느낄 수 있다. 이 작품이 그려 내는 시적 공간은 현실 세계와는 거리를 두고 있으며, 역동적인 요소를 전혀 발견할 수 없는 정적인 세계라고 할 수 있다. 그러나 이 같은 정적인 세계의 내면을 시인은 매우 강렬한 감각적 언어로 묘사한다. 붉게 불이 지펴져 피어오르는 "자작나무 덩그럭 불", 구석에 놓인 "무가 순 돋아 파릇 하고"와 같은 구절에서 볼 수 있는 선명한 언어 감각은 이 시가 만들어 내는 고요의 세계가 결코 침묵의 세계가 아님을 말해 준다. 작품의 마지막 구절에서 '삼동(三冬)이 하이얗다'는 것은 겨우내 눈 덮인 산야를 말하지만, 독자는 그 눈 속에서도 생명의 싹이 소리 없이 돋아남을 보게 된다.

　(나)의 「비」는 정지용의 언어 감각과 시적 상상력이 얼마나 뛰어난 형상성을 드러내고 있는가를 잘 보여 준다. 이 작품은 가을비가 떨어지기 시작하는 순간을 공간적으로 형상화한다. 이 과정에서 동적(動的)인 심상을 특이하게 공간적으로 배치함으로써 늦가을 산골짜기에 떨어지기 시작하는 빗방울과 그 수선스러운 분위기를 섬세하게 포착한다. 구름, 소소리바람, 산새, 물살, 비ㅅ낯으로 이어지는 시적 심상의 결합은 시각과

58　위의 책, 28~29쪽.

청각의 조화를 충분히 느낄 수 있게 한다. 특히 "붉은 닢 닢/ 소란히 밟고 간다."라는 마지막 구절은 붉게 물든 나뭇잎 위로 소란스럽게 떨어지는 빗방울을 감각적이면서도 사실적으로 묘사하고 있다.

정지용은 자신의 주관적 정서를 철저히 배제하고 감각적인 언어로 시적 대상을 소묘적으로 그려 냄으로써, 자연 그 자체를 공간적으로 재구한다. 여기에서 말하는 자연은 인간이 그 속에 의존하거나 동화하는 세계가 아니다. 인간이 범접하지 못하는 자연 그대로의 모습이다. 정지용의 시가 구축하고 있는 세계가 바로 그것이다. 정지용은 자연 그대로의 질서와 자연 그대로의 미를 추구한다. 정지용이 그의 시를 통해 발견한 이러한 자연은 어떤 의미에서 존재 그 자체를 의미한다고 할 수 있다.

김기림과 김광균, 문명 비판과 시적 기교의 한계

김기림[59]의 문학적 활동은 모더니즘 운동의 이론적 탐구와 그 창작적 실천이라는 두 가지 축으로 구분된다. 그의 모더니즘론이 근대시의 감상주의에 대한 비판과 새로운 시정신의 추구로 요약된다는 것은 널리 알려진 일이다. 그는 감상주의에 사로잡혀 있는 근대시의 고질적 병폐를 지적하면서 허무주의로 흐르는 시정신을 바로잡기 위해, 건강하고 명랑한

---

59 김기림(金起林, 1908~?). 호는 편석촌(片石村). 함북 성진 출생. 보성고보 수학, 일본 니혼 대학 문학예술과 졸업. 1939년 토호쿠 제대(東北帝大) 영문과 졸업. 1931년 《조선일보》에 시 「고대(苦待)」(1931), 「날개만 도치면」(1931)을 발표. 1933년 '구인회' 동인으로 활동. 광복 후에는 조선문학가동맹 가담. 한국전쟁 당시 납북. 시집으로 『기상도』(1936), 『태양의 풍속』(1939), 『바다와 나비』(1946), 『새노래』(1948), 수필집 『바다와 육체』(1948), 평론집 『문학개론』(1946), 『시론』(1947), 『시의 이해』(1949) 등 발간. 참고 문헌: 김광균, 「김기림론」, 《풍림》(1937. 4); 송욱, 「시학평전」(일조각, 1970); 김용직, 「새로운 시어의 혁신성과 그 한계」, 《문학사상》(1975. 1); 문덕수, 『한국모더니즘 시 연구』(시문학사, 1981); 김학동, 『김기림 연구』(새문사, 1988), 강은교, 「1930년대 김기림의 모더니즘 연구」(연세대 박사 논문, 1988); 김유중, 『김기림(한국현대시인연구 17)』(문학세계사, 1996); 이미순, 『김기림의 시론과 수사학』(푸른사상, 2007).

'오전의 시론'을 가져야 한다고 주장한다. 이러한 관점과 태도는 김기림이 근대화와 그에 따른 물질문명의 발전을 긍정적으로 평가하는 데서 비롯된 것으로 평가할 수 있다. 한국 사회의 근대적인 변화와 모더니티에 대한 김기림의 비판적인 인식은 그의 장시 「기상도(氣象圖)」(1936)를 통해 형상화되고 있다.

김기림의 장시 「기상도」는 새로운 시 형태의 실험은 아니다. 이미 1920년대 중반 김동환에 의해 서사적 장시가 여러 편 창작된 적이 있다. 그러나 이 작품은 기존의 장시 구성에서 핵심적인 요소가 되었던 서사성을 제거하고 있는 점이 특징이다. 이 작품은 그 내용이 서구의 근대화의 과정과 근대적인 문물의 확대에 대한 비판적 인식에 근거하고 있다는 점에서 이른바 근대성의 담론을 포함하고 있다. 여기에서 거대한 서구 근대화의 물결을 시적 상징으로 표현하고 있는 것이 「태풍」이다. 이 작품 구조는 근대적인 변화의 태풍이 일어나 세상을 휩쓸고 지나 버리는 상황을 전체 7부로 구분하여 묘사하고 있다. 「세계의 아침」, 「시민행렬」, 「태풍의 기침시간」, 「자취」, 「병든 풍경」, 「올배미의 주문」, 「쇠바퀴의 노래」 등으로 구분된 420여 행의 텍스트를 시적 상황과 관련지어 놓고 보면, 1~3부는 태풍이 내습하기 이전의 상황, 4~6부는 태풍이 내습한 이후의 상황, 7부 태풍이 휩쓸고 지나간 이후의 상황으로 나뉜다. 시적 주체는 촌각을 다투어 변모하는 기상을 예보하는 관측자처럼 전지적인 입장에서 이러한 시적 상황의 변화를 전체적으로 묘사한다.

비늘
돛인
海峽은
배암의 잔등

처럼 살아낫고

아롱진 '아라비아'의 의상을 둘른 젊은 山脈들.

바람은 바닷가에 '사라센'의 비단幅처럼 미끄러웁고

傲慢한 風景은 바로 午前七時의 絶頂에 가로누었다.

헐덕이는 들 우에

늙은 香水를 뿌리는

教堂의 녹쓰른 鐘소리.

송아지들은 들로 돌아가렴으나.

아가씨는 바다에 밀려가는 輪船을 오늘도 바래보냇다.

國境 가까운 停車場.

車掌의 信號를 재촉하며

발을 굴르는 國際列車.

車窓마다

'잘있거라'를 삼키고 느껴서 우는

마님들의 이즈러진 얼골들.

旅客機들은 大戮의 空中에서 티끌처럼 흐터젓다.

　　　　　　　—「기상도(氣象圖)—세계(世界)의 아침」부분[60]

이 작품의 1부에서는 육지와 하늘과 바다를 모두 연결하여 시적 공
간을 확대하고, 근대적 물질문명의 상징이 되고 있는 열차와 비행기와

60　김기림, 『기상도』(1936), 1~2쪽.

기선을 등장시킨다. 이 같은 시상의 발단은 근대적인 것의 출발을 의미한다고 할 수 있다. 열차를 타고 여행을 떠나는 장면, 여객기가 공항을 떠날 준비를 하는 모습, 배가 항구를 출발하는 모습 등을 통해 인간의 삶의 새로운 출발 장면을 보여 주기 때문에, 모든 장면들이 경쾌함과 희망으로 가득 차 있다. 해협에 일고 있는 물결을 시각적으로 묘사한 "비늘/ 돛인/ 海峽은/ 배암의 잔등/ 처럼 살아났고"와 같은 구절에서 볼 수 있는 것처럼 밝고 가볍고 동적인 느낌을 주는 심상으로 가득 차 있다. 2부는 근대화의 과정과 함께 등장한 서구의 제국주의적 확대 현상을 희화적으로 묘사한다. 백인종을 유색인종을 요리하는 식인종으로 그려 놓고 있기 때문이다. 서구 제국주의의 확대 과정을 유색인종에 대한 백인종의 지배와 착취로 규정하는 반제국주의적 관점은 중국, 미국, 파리 등의 전 세계를 불안한 눈길로 돌아보는 내용에서 쉽게 감지된다. 특히 한국 사회의 내면을 관망하는 이 같은 시각은 일본 군국주의의 등장과 함께 불길한 사회 정세를 암시하고 있다. 3부는 태풍의 내습을 알리는 게시판의 공고와 함께 전쟁의 암운이 깃드는 현실의 혼란을 대화체로 표현하고 있다.

장시 「기상도」의 중심에 해당하는 4~6부는 서구 세력의 동양 진출과 함께 사회적 혼란과 가치의 붕괴 현상을 폭넓게 조망한다. 여기에서 주목되는 것은 "탐욕한 삐프 스테익의 꿈/ 건방진 햄 샐러드의 꿈/ 비겁한 강냉죽의 꿈"이라는 구절이 암시하는 서구적인 것들의 탐욕이다. 종교적인 질서와 율법이 무너져 버린 예배당을 보여 주는가 하면, 진리와 가치가 혼동되는 도서관을 그려 보이기도 한다. 거짓과 탐욕이 넘치는 도회의 뒷골목과 화류가를 보여 주면서 타락한 삶으로 넘쳐 나는 거리를 질주하게 한다. 이 같은 황폐한 공간을 통해 드러나는 절망과 좌절은 "먼 등대 부근에는/ 등불도 별들도 피지 않았다."라는 구절에서 암시하고 있다.

그러나 장시「기상도」는 태풍이 지나간 후의 절망과 탄식만을 묘사하고 있는 것이 아니다. 이 작품의 결말 부분에 해당하는 7부에서는 태풍이 통과한 뒤의 재생의 희망을 노래한다. 암울한 현실과 닫힌 공간을 벗어나 다시 떠오르는 태양을 소재로 건강한 생명에의 의지를 노래하고 있다. "벗아/ 태양처럼 우리는 사나웁고/ 태양처럼 제빛 속에 그늘을 감추고/ 태양처럼 슬픔을 삼켜 버리자/ 태양처럼 어둠을 살워 버리자"라고 새로운 희망의 세계를 갈망하고 있다. 이 같은 시상의 극적인 전환은 물론 시적 주체의 주관적 의지에 따라 이루어진 것이다. 작품의 전반부에서 제시했던 현실 세계에 대한 비관적 전망을 벗어나기 위해 '태양'이라는 시적 상징을 활용하여 어두운 분위기에서 극적으로 벗어난다. 이처럼 장시「기상도」는 1930년대의 불안한 국제 정세를 급변하는 기상도에 비유하고 있다. 이 같은 시적 인식에 의거하여 이루어지는 문명과 현실에 대한 비판은 그것이 어느 정도 관념의 유희를 벗어나고 있느냐에 따라 그 성패를 판가름하게 된다. 시상의 전개와 변주를 균형 있게 이끌어 가기에는 이 작품의 주제의 폭이 너무 넓다는 것을 부인할 수는 없다. 그러나 이 작품에서 주목해야 할 것은 시정신의 지향 그 자체이다. 이 작품에서 볼 수 있는 비판 의식은 반제국주의적 담론의 공간 속에 자리하는 것이다. 일본의 식민지 지배라는 한국적 현실의 특수성을 문명사적인 차원으로 끌어올려 보편적 시각에서 그 문제성을 규명하고자 하는 시도를 다른 어떤 시인의 경우에도 찾아보기 어렵기 때문이다.

김기림의 시 세계는 장시「기상도」에서 보여 준 관심을 점차 심화시키고 그 범위를 확대하려는 방향으로 전개되고 있다. 그의 시집『태양의 풍속』(1939)에 수록되어 있는 작품들은 세계적인 불안 사조의 유행과 근대적인 문명의 허실에 대한 비판적 자각을 담고 있는 것들이 많다.

山봉오리들의 나즉한 틈과 틈을 새여 藍빛잔으로 흘러 들어오는 어둠의 湖
水. 사람들은 마치 지난밤 끝나지 아니한 約束의 계속인 것처럼 그 漆黑의 술잔
을 드리켠다. 그러면 해는 할일없이 그의 希望을 던져 버리고 그만 山모록으로
돌아선다.

고양이는 山기슭에서 어둠을 입고 쪼그리고 앉아서 密會를 기다리나 보
다. 우리들이 버리고 온 幸福처럼…… 夕刊新聞의 大英帝國의 地圖 우를 도
마배암이처럼 기여가는 별들의 그림자의 발자국들. 미스터 볼드윈의 演說
은 암만 해도 빛나지않는 全혀 가엾은 黃昏이다.

집 이층집 江 웃는 얼굴 交通巡査의 모자 그대와의 約束……무엇이고 差
別할 줄 모르는 無知한 검은 液體의 汎濫 속에 녹여 버리려는 이 目的이 없는
實驗室 속에서 나의 작은 探險船인 地球가 갑자기 그 航海를 잊어버린다면
나는 대체 어느 구석에서 나의 海圖를 편단 말이냐?

──「해도(海圖)에 대하야」[61]

앞의 시에 등장하는 특유의 시각적 심상 또는 언어의 회화성은 시적
공간의 형상을 위해 동원되고 있다. 김기림은 이러한 시의 방법이 단순
한 기교주의를 넘어서서 시대정신을 담기 위한 기법으로 자리 잡아야 한
다고 주장한 바 있다. 이 시에서 '어둠의 호수', '칠흑의 술잔', '가엾은 황
혼', '검은 액체' 등이 드러내는 정서의 암울함은 시대적 분위기를 반영
하고 있는 것으로 보인다. 이것은 물론 객관적 현실에 대한 인식 자체가
불안의 정서를 벗어나지 못하고 있음을 의미한다. 그러나 시적 모더니티

---

61 김기림, 『태양의 풍속』(학예사, 1939), 32~33쪽.

의 인식 자체만을 놓고 볼 때 이 같은 시적 정조가 구체적 현실의 경험을 추상화하고 관념화하는 데에 일정한 성과를 거두고 있다는 점을 부인할 수는 없다.

김기림의 시가 문명 비판이라는 주제 의식의 과잉을 위태롭게 드러내는 것과 비슷하게 김광균은 시적 기교의 과잉을 잘 보여 준다. 김광균[62]이 문단의 주목을 받기 시작한 것은 1930년대 중반부터이다. 그는 1936년에 서정주, 오장환 등과 더불어《시인부락》동인으로 참여하기도 하였고, 1937년에는 동인지《자오선(子午線)》에도 관여하였다. 이 시기의 작품들은 첫 시집 『와사등(瓦斯燈)』(1939)에 실려 있다. 그는 1930년대 후반 모더니즘 운동의 넓은 범주 안에서 이미지스트의 특징적인 면모를 잘 보여 준다. 그의 시는 대체로 서정적인 정조를 바탕으로 하면서도 섬세한 언어 기교와 감각적 이미지로 시적 대상을 형상화하고 있다. 시의 내면 공간을 확대하여 감상적 분위기를 완전히 벗어날 수 있게 된 경우는 별로 많지 않지만, 그의 시에서 볼 수 있는 시적 정서와 언어 감각의 통합은 「외인촌」, 「와사등」과 같은 작품의 공간적 심상을 통해 확인할 수 있다.

(가)

하이얀 暮色 속에 피여 잇는

山峽村의 고독한 그림 속으로

---

62 김광균(金光均, 1914~1993). 호는 우두(雨杜). 경기 개성 출생. 송도상고 졸업. 1935년《조선중앙일보》에 「황혼보」, 「사향도」, 「외인촌」 등을 발표. 1936년 서정주, 오장환 등과《시인부락》동인 가담. 1937년 동인지《자오선》발간. 1938년《조선일보》신춘문예 시 「설야」 당선. 시집 『와사등』(남만서방, 1939), 『와사등』(정음사, 1946), 『기항지』(정음사, 1947), 『황혼가』(산호장, 1957), 『추풍귀우』(범양사, 1986), 『임진화』(범양사 출판부, 1989) 발간. 참고 문헌: 정태용, 「김광균론」,《현대문학》(1970. 10); 원명수, 「김광균의 시에 나타난 소외의식과 불안의식 연구」,《계명대학 논문집》(1985. 12); 김재홍, 『한국 현대시인 연구』(일지사, 1986); 김용직, 「식물성 도시 감각의 세계 — 김광균론」,《현대시》(1992); 이숭원, 「모더니즘과 김광균 시의 위상」,《현대시학》(1994. 1); 김유중, 『김광균』(건국대 출판부, 2000).

파 — 란 驛燈을 다른 馬車가 한 대 잠기여 가고

바다를 향한 산마루 길에

우두커니 서 잇는 電信柱 우엔

지나가든 구름이 하나 새빨간 노을에 저저 있었다

바람에 불니우는 적은 집들이 창을 나리고

갈대밭에 무치인 돌다리 아래선

적은 시내가 물방울을 굴니고

안개 자욱 — 한 花園地의 벤취 우엔

한낮에 少女들이 남기고 간

가벼운 우슴과 시들은 꽃다발이 흩어저 있다

外人墓地의 어두은 수풀 뒤엔

밤새도록 가느단 별빛이 나리고

空白한 하늘에 걸녀 있는 村落의 時計가

여윈 손길을 저어 열시를 가르치면

날카로운 古塔 같이 언덕 우에 소사 있는

褪色한 聖敎堂의 집웅 우에선

噴水처럼 흩어지는 푸른 종소리

—「외인촌(外人村)」[63]

---

63 김광균, 『와사등』(낭만서방, 1939).

(나)

차단 — 한 등불이 하나 비인 하늘에 걸녀 있다

내 호올노 어델 가라는 슬픈 信號냐

긴 — 여름해 황망히 날애를 접고

느러선 高層 창백한 墓石같이 황혼에 저저

찰난한 夜景 무성한 雜草인 양 헝크러진 채

思念 벙어리되여 입을 담을다

皮膚의 바까테 숨이는 어둠

낫서른 거리의 아우성 소래

까닭도 없이 눈물겹고나

空虛한 群象의 행렬에 석기여

내 어듸서 그리 무거운 悲哀를 지니고 왓기에

길 — 게 느린 그림자 이다지 어두어

내 어듸로 어떠케 가라는 슬픈 信號기

차단 — 한 등불이 하나 비인 하늘에 걸니여 잇다

—「와사등(瓦斯燈)」[64]

앞의 두 작품에서 주목되는 것은 시적 대상을 구성하고 있는 선명한
시각적 이미지들이다. 그리고 이국적인 분위기를 자아내는 풍경 그 자체

---

64 위의 책.

가 한 폭의 그림처럼 제시된다. 「외인촌」의 풍경은 산협촌의 산마루 길, 그리고 마차 등으로 구성된다. 그리고 이 낯선 풍경은 '고독한 그림'으로 인상지어진다. 창을 닫는 집, 소녀들이 남기고 간 가벼운 웃음과 시든 꽃다발 등에는 공허와 쓸쓸함이 스며든다. 이 같은 시적 소재들은 밤을 향해 흘러가는 시간을 따라 아래쪽 땅바닥에서 위쪽 하늘로 공간적인 질서를 유지하며 나열되고 있다. 이 시의 마지막 행에서 '분수처럼 흩어지는 푸른 종소리'는 이러한 모든 시적 대상들을 절묘하게 감각적으로 통합하고 있다. 그런데 이 같은 표현의 감각성에도 불구하고 이 작품의 지배적인 분위기가 경험적 진실과는 일정한 거리를 두고 있다는 것을 부인하기 어렵다. 이국적인 애상의 정조를 과장하고 있는 이 작품은 서정 자아가 깊이 빠져들어 있는 감상성으로 인하여 감각적인 이미지들이 구체적인 형상성을 획득하는 데 실패하고 있는 것이다. 이 때문에 시적 정조 자체가 작위적인 것으로 느껴지기도 한다.

「와사등」의 경우에도 비슷한 특징이 나타난다. 이 작품은 밤거리에 내걸려 있는 가로등을 중심으로 도회의 밤 풍경을 보여 준다. 여기에서 그려지는 도회의 밤 풍경은 단순한 감각적 이미지로 구현되는 것이 아니라 쓸쓸함과 공허한 분위기로 착색된다. 실제로 "내 호올로 어델 가라는 슬픈 신호냐"와 같은 시구에서 이미 드러나고 있는 것처럼 서정적 자아의 정조는 이미 도회의 밤 풍경을 보고 슬픔이라는 주관적 감정 상태를 노출하고 있다. 물론 시적 대상으로서의 도회의 풍경은 '묘석과 같은 고층 빌딩', '잡초와 같이 헝클어진 도시의 야경'에서처럼 회화적인 공간성을 얻고 있다. 이 도회는 공허한 군중의 행렬로 채워져 있으며, 서정적 자아는 군중의 행렬에서 벗어나 도시의 거리에서 낯섦을 발견하고 까닭도 없이 눈물을 흘려야 하는 감상에 떨어지고 있는 것이다. 이 시에서 볼 수 있는 도시 문명으로부터의 소외는 물론 그 현대성에 대한 적극적인 거부와 비판으로 적극화되지 못한다. 슬픔과 비애와 눈물 등의 시어를 통해 일방적으로 노출하고 있는 감정의 분출이 작품의 전체적인 정조를 관류하고 있기 때문이다. 그리고 이 같은 정조가 과연 도회의 밤 풍경과 연결되어 시적 형상성과 설득력을 가지고 있는가를 검토하지 않으면 안 된다. 경험적 진실과 결부되지 않은 채 추상적 관념이나 주관적 정서의 과잉 상태에 빠질 경우 감상성을 극복하고자 했던 모더니즘시운동의 방향으로부터 벗어나게 되기 때문이다.

이상, 근대적인 것으로부터의 탈출

이상의 시에 대해서는 그가 남겨 놓은 작품의 양보다 훨씬 많은 여러 가지 주석이 붙어 있다. 그의 생애에 대해서도 그가 살았던 짧은 생애보다 훨씬 이채로운 해설이 따라붙는다. 그는 희대의 천재가 되기도 하고, 전위적인 실험주의자가 되기도 한다. 이상의 시가 1930년대 문단에서 하나의 충격으로 받아들여진 것은 이미 익숙해져 있는 기법과 양식에 대한 반동을 강하게 드러냈기 때문이다.

이상의 「오감도」는 시인으로서 이상의 존재를 드러내고 그 문학적 천재성을 유감없이 발휘한 독특한 시적 실험에 해당한다. 1934년 《조선중앙일보》에 연재한 이 작품은 모두 15편의 시로 구성되어 있다. 이 작품은 특이한 시적 상상력과 사물을 보는 새로운 시각으로 인하여 시인으로서의 이상의 존재를 문단에 새롭게 각인시켜 놓았다. 연작시 「오감도」는 인간의 삶의 세계와 사물을 보는 시각의 문제에 대한 새로운 도전을 의미한다. 인간은 언제나 땅 위에 발을 디디고 살아간다. 땅 위에 서서 하늘을 쳐다보고 높은 산과 키 큰 나무의 꼭대기를 올려다본다. 자신의 눈높이에 맞는 시선과 각도에 들어오는 사물만을 감지하기 때문에 자신의 눈에 들어오는 것들만을 사물의 실재적 양상인 것처럼 생각한다. 그러므로 하늘을 나는 새의 눈을 가장하여 세상을 내려다본 풍경을 가상해 본다는 것은 매우 특이한 발상이다. 이러한 인식의 방법은 사물을 보는 새로운 시각을 예비하고 있음을 의미한다. 그러므로 「오감도」의 시선과 각도를 가진다는 것은 사물에 대한 감각적 인지를 전체적으로 가능하게 하는 시선과 각도를 가진다는 것을 말한다. 그리고 이것은 사물의 세계를 보다 높은 시각에서 장악할 수 있게 됨을 암시하는 것이다.

「오감도」에 포함되어 있는 15편의 작품들은 시적 지향 자체가 두 가지 계열로 크게 구분된다. 하나는 시적 자아에 대한 발견 자체가 인간과 현대 문명에 관한 비판적 인식으로 확대되는 경향을 보여 준다. 다른 하나는 병으로 인하여 불안정한 시적 자아의 형상에 대한 나르시시즘적인 자기 관조의 경향을 드러내고 있다. 그러나 이러한 주제 의식보다 더 중요한 것은 파격적인 기법과 진술 방식을 통해 새로운 시의 세계를 열고자 했던 특유의 실험 의식이다. 이 작품은 다채로운 언어적 진술과 기호의 공간적 배치를 통해 사물을 보는 새로운 시각의 가능성을 보여 주고 있다.

「오감도」는 '오감도'라는 표제 아래 「오감도 시 제1호」부터 「오감도 시 제15호」까지 모두 열다섯 편이 이어지는 연작 형식을 유지하고 있다. 각각의 작품은 그 형태와 주제 내용이 독자성을 지니고 있지만 '오감도'라는 커다란 틀 안에서 연작으로서의 성격을 유지하면서 서로 묶여 있는 것이다. 더구나 각 작품의 텍스트에서 모든 어구들을 띄어쓰기 없이 붙여 쓰고 있다. 이 특이한 연작 형식은 한국 현대시에서 이상 이전에는 누구도 시도한 적이 없다. 「오감도」의 시적 형식으로서의 연작성은 주제의 유기적 통일성이나 형식의 구조적 일관성을 전제한 것은 아니다. 「오감

도」에 포함되어 있는 열다섯 편의 시는 각각의 작품이 지니는 시적 주제
와 그 형식의 독자성을 유지하면서 내적으로 연결되어 있다. 이 작품에
서 시도하고 있는 연작 형식은 새로운 주제의 중첩과 병렬이라는 특이한
구조를 드러내고 있다.

(가)

十三人의兒孩가道路로疾走하오.

(길은막달은골목이適當하오.)

第一의兒孩가무섭다고그리오.

第二의兒孩도무섭다고그리오.

第三의兒孩도무섭다고그리오.

第四의兒孩도무섭다고그리오.

第五의兒孩도무섭다고그리오.

第六의兒孩도무섭다고그리오.

第七의兒孩도무섭다고그리오.

第八의兒孩도무섭다고그리오.

第九의兒孩도무섭다고그리오.

第十의兒孩도무섭다고그리오.

第十一의兒孩가무섭다고그리오.

第十二의兒孩도무섭다고그리오.

第十三의兒孩도무섭다고그리오.

十三人의兒孩는무서운兒孩와무서워하는兒孩와그러케뿐이모혓소.(다른事情
은업는것이차라리나앗소.)

그中에一人의兒孩가무서운兒孩라도좃소.

그中에二人의兒孩가무서운兒孩라도좃소.

그中에二人의兒孩가무서워하는兒孩라도좃소.

그中에一人의兒孩가무서워하는兒孩라도좃소.

(길은뚫닌골목이라도適當하오.)

十三人의兒孩가道路로疾走하지아니하야도좃소.

— 「오감도 시 제1호」

(나)

患者의容態에關한問題.

```
· 1 2 3 4 5 6 7 8 9 0 ·
  1 2 3 4 5 6 7 8 9 · 0
  1 2 3 4 5 6 7 8 · 9 0
  1 2 3 4 5 6 7 · 8 9 0
  1 2 3 4 5 6 · 7 8 9 0
  1 2 3 4 5 · 6 7 8 9 0
  1 2 3 4 · 5 6 7 8 9 0
  1 2 3 · 4 5 6 7 8 9 0
  1 2 · 3 4 5 6 7 8 9 0
  1 · 2 3 4 5 6 7 8 9 0
  · 1 2 3 4 5 6 7 8 9 0
```

診斷 0 · 1

26 · 10 · 1931

以上　責任醫師　李　箱

— 「오감도 시 제4호」

(다)

1

나는거울업는室內에잇다. 거울속의나는역시外出中이다. 나는至今거울속

의나를무서워하며떨고잇다. 거울속의나는어디가서나를어떠케하랴는陰謀
를하는中일가.

2

罪를품고식은寢床에서잣다. 確實한내꿈에나는缺席하얏고義足을담은 軍用
長靴가내꿈의白紙를더럽혀노앗다.

3

나는거울잇는室內로몰래들어간다. 나를거울에서解放하려고. 그러나거울
속의나는沈鬱한얼골로同時에꼭들어온다. 거울속의나는내게未安한뜻을傳
한다. 내가그때문에囹圄되어잇듯키그도나때문에囹圄되여떨고잇다.

4

내가缺席한나의꿈. 내僞造가登場하지안는내거울. 無能이라도조흔나의孤獨
의渴望者다. 나는드듸어거울속의나에게自殺을勸誘하기로決心하얏다. 나는
그에게視野도업는들窓을가르치엇다. 그들窓은自殺만을爲한들窓이다. 그러
나내가自殺하지아니하면그가自殺할수업슴을그는내게가르친다. 거울속의
나는不死鳥에갓갑다.

5

내왼편가슴心臟의位置를防彈金屬으로掩蔽하고나는거울속의내왼편가슴을
견우어拳銃을發射하얏다. 彈丸은그의왼편가슴을貫通하얏스나그의心臟은
바른편에잇다.

6

模型心臟에서붉은잉크가업즐러젓다. 내가遲刻한내꿈에서나는極刑을바닷다. 내꿈을支配하는者는내가아니다. 握手할수조차업는두사람을封鎖한巨大한罪가잇다.

──「오감도 시 제15호」

　(가)의「오감도 시 제1호」의 텍스트 구조는 매우 단순하다. 시 텍스트의 첫 행에서는 '도로'에서 '13인의 아해'가 '질주'하고 있는 상황을 제시하고 있다. 그리고 "제1의아해가무섭다고그리오."라는 문장과 동일한 내용을 '제1의아해'부터 '제13의아해'에 이르기까지 열세 번이나 반복한다. 여기에서 수사적 장치로서 활용되는 열거와 반복은 진술되는 내용자체의 의미 공간을 내적으로 확장하고 그것을 강조하는 기능을 수행한다. 이 단순한 반복과 열거의 수사적 표현을 통해 '아해'가 표명하고 있는 '무섭다'는 진술 자체의 긴박감을 고조시키게 된다. 그런데 이러한 시적 진술에서 도로를 질주하며 '아해'들이 느끼는 공포의 대상과 그 실체는 저절로 드러난다. '아해'들이 무서워하는 것은 어떤 대상이 따로 있는 것이 아니라, 서로가 상대를 무서워하고 있기 때문이다. '13인의 아해'는 서로가 서로를 공포의 대상으로 여기고 있으며 '아해'들 사이의 상호 대립과 갈등과 불신이 '아해'의 공포를 조장하고 있는 것이다. 이 시에서 강조하고 있는 '아해'들의 '무서움'은 현실을 살아가는 인간의 대립, 갈등, 분열, 질시와 거기서 비롯되는 상호 불신, 공포, 불안의 상태를 '단순화'한 것에 불과하다. 결국「오감도 시 제1호」는 공중에 떠 있는 까마귀의 시각을 빌려 인간이 인간을 공포의 대상으로 여길 수밖에 없게 된 현대 사회의 병리를 지적하고자 한다. 속도와 경쟁을 부추겨 온 물질문명

이 인간의 상호 불신과 대립, 적대감과 경쟁의식, 공포와 저주 등의 문제를 초래하고 있기 때문이다.

(나)의 「오감도 시 제4호」는 시적 텍스트 자체가 특이한 형태를 드러낸다. 일반적으로 시적 텍스트는 언어의 통사적 배열로 그 구조가 결정되지만, 이 작품은 언어적 진술로만 시의 텍스트가 구성되어 있지 않다. 아주 간단한 언어적 진술 사이에 '1 2 3 4 5 6 7 8 9 0'이 뒤집힌 채 열한 줄로 반복 배열된 특이한 숫자의 도판을 하나 끼워 놓고 있다. 다시 말하면 언어적 진술 사이에 도판 하나가 삽입되어 시적 텍스트를 이루고 있는 것이다. 그러므로 이 작품은 언어적 진술과 시각적 도판의 결합에 의해 구조화된 시적 텍스트의 혼성적 특징을 이해하지 않으면 안 된다. 여기서 주목해야 할 것이 이상이 새로이 고안하고 있는 '보는 시' 또는 '시각시(visual poetry)'라는 새로운 시적 양식 개념이다. '보는 시'는 시적 텍스트를 시각적 형태로 구현하고자 하는 시도의 산물이다. 간단히 말하자면 시적 텍스트 자체가 무엇인가를 드러내 보이도록 고안된다. 여기에서 시적 텍스트 자체의 물질성을 드러내는 문자, 문장 부호, 띄어쓰기, 행의 구분, 행의 배열, 여백 등의 시각적 요소들을 해체하기도 한다. 그리고 텍스트 자체가 무엇인가를 보여 줄 수 있도록 문자 텍스트에 삽화, 사진, 도형 등과 같은 회화적 요소를 첨부하여 새로운 변형을 시도한다.

「오감도 시 제4호」는 시적 진술의 주체인 시인이 자신을 '환자'로 대상화하여 놓고 스스로 의사가 되어 이를 진단하는 과정을 보여 준다. 시인 이상은 자신의 건강 상태와 병환의 진전 상황을 수없이 스스로 진단하며 병든 육체에 대한 스스로 몰입하고 있었던 것이다. 이 과정을 시각적인 기호로 대체하여 보여 주는 것이 뒤집힌 십진법의 기수법으로 배열된 숫자의 도판이다. 물론 여기에서 숫자의 도판이 뒤집혀 있는 것은 거울을 통해 자기 모습을 들여다보고 있음을 말해 준다. 그런데 수없이 되풀이하여 자기 진단을 해 보지만 그 결과는 '0'과 '1'이라는 이진법의 숫자로 간단명료하게 논리화된다. '있음'을 의미하는 '1'은 정상적으로 작동하고 있는 한쪽의 폐를 말하고, 병으로 훼손된 다른 한쪽의 폐는 '없음'을 의미하는 '0'으로 표시하고 있는 것이다. 자신의 감정을 절제하면서도 자신에 대한 집착을 드러내 보이는 이 시에서 이상이 빠져들었던 병적 나르시시즘의 징후를 밝혀내는 것은 이 시를 보고 그 숫자 도판의 이미지를 '읽는' 독자의 몫이다. 그리고 그것이 바로 '보는 시'로서의 「오감도 시 제4호」의 가능성을 말해 주는 것이다.

(다)의 「오감도 시 제15호」는 이상의 연작시 『오감도』의 마지막 작품이다. 이 작품에서 연재가 중단되었기 때문이다. 이 작품은 병든 육체의 고통을 견디며 살아야 하는 '나'라는 시적 화자가 거울을 통해 자신의 모습을 확인하고 거기에 집착하는 일종의 '병적 나르시시즘'을 드러내고 있다. 이 시에서 핵심적인 의미를 함축하고 있는 '거울'은 이상 문학에서 가장 중요한 상징의 하나로 자주 등장하고 있다. '나'의 모습을 반사하여 보여 주는 '거울 속의 나'는 하나의 허상에 불과하지만 '나'는 자신의 존재를 이 거울 속의 허상을 통해서만 확인할 수 있다. 여기에서 '거울'은 시적 화자인 '나' 자신을 응시하고 그 존재를 확인할 수 있는 자기 투시와 자기 인식의 존재론적 공간이 된다.

이 시의 의미 구조를 형성하는 시적 공간은 크게 둘로 나뉜다. 하나는 제1연과 제2연에서 펼쳐지는 '거울 없는 실내'이다. 이 공간에서는 '거울 속의 나'와 만날 수 없다. '나'는 '거울 속의 나'의 존재를 확인할 수 없는 상태에서 '부재에 대한 두려움'을 느끼게 된다. 그리고 침상에서 잠을 청하지만 '의족을 담은 군용 장화'로 표상되는 더 큰 공포에 질려 잠을 이루지 못한다. 결국 '거울 없는 실내'라는 시적 공간에는 자기 자신의 참모습을 발견할 수 없음에 대한 두려움의 정서가 자리 잡는다. 제3연부터

제6연까지는 '거울 있는 실내'로 시적 공간이 바뀐다. '나'는 거울을 들여다보면서 '거울 속의 나'를 발견한다. 그러나 거울에 비치는 '나'는 하나의 영상에 불과하다. 이것은 실체로서의 '나'가 아니며 거울이라는 도구에 의해 위조된 것일 뿐이다. 시적 화자는 이러한 위조된 '나'가 아닌 진정한 '나'의 모습을 찾길 원한다. 결국 '거울 있는 실내'라는 시적 공간은 진정한 '나'의 모습이 아니라 위조된 '나'를 거울을 통해 보여 준 셈이다. 그러므로 진정한 '나'의 모습을 찾기 위해 '위조'된 '나'를 거부하고 그 존재를 부인할 수밖에 없다.

「오감도 시 제15호」에서 시적 화자인 '나'는 현실 속에 실제로 살아 움직이고 있는 경험적 자아로서의 '나'이며, 모든 사고와 행동의 주체로서의 '나'이다. '나'와 상대를 이루고 있는 '거울 속의 나'는 '거울'이라는 반사면에 나타나는 '나'의 '허상'에 불과하다. 현실 속의 '나'는 '거울'이 없이는 자신의 모습을 대상화하여 볼 수 없다. '거울'을 통해서만 '나'의 모습을 확인할 수 있는 것이다. 그러므로 '나'는 '거울' 속에 나타나는 '나'의 허상을 보고 그것이 바로 '나' 자신의 참모습이라고 생각하게 된다. 현실 속의 실재하는 '나'는 '거울' 속에 맺어지는 '허상'으로서의 '나'의 모습을 보고 그것을 자신의 참모습과 동일시하게 되는 것이다. 바로 여기에서 시적 화자인 '나'와 '거울 속의 나' 사이에 야기되는 실재와 허상 사이의 본질적인 불일치가 드러난다. 이 시에서는 이러한 불일치가 일종의 자기 분열적 현상처럼 묘사되면서 더욱 증폭되고 내적인 갈등 상태로 발전하고 있는 것이다.

이상의 「오감도」 연작은 시인 자신의 개인적인 삶을 텍스트 속에 직접적으로 투영하는 방식을 통해 시적 주체의 대상화를 가능하게 한다. 자신이 창작하는 작품 속에 시적 대상으로 자기 주체를 등장시키는 것이다. 물론 이러한 형식 자체는 전통적인 의미의 서정적 진술과는 전혀 다르기 때문에 존재론적인 차원에서 별도의 논의를 가능하게 한다. 그런데 시적 텍스트에 시적 대상으로 등장하는 경험적 주체로서의 시인 자신은 텍스트 속에 등장하는 순간 그 실재성의 의미를 상실한다. 그것은 텍스트의 언어에 의해 조작되는 것이기 때문이다. 이러한 현상은 시인 자신과 창작으로서의 텍스트 사이에 저자로서의 주체와 대상으로서의 작품이라는 입장이 서로 뒤바뀌면서 서로가 서로를 창조하고, 서로가 서로의 입장을 파괴한다는 점을 통해 확인된다. 이것은 단지 텍스트의 인위성과 현실의 삶의 인위성을 강조하기 위해 활용하는 하나의 기법에 불과한 것이다. 실제로 「오감도」의 작품들은 주체의 정서를 표현하기보다는 서정적 주체를 시적 대상으로 삼아 이를 여러 각도에서 보여 준다. 그러므로 시적 주체는 대상화되어 마치 객관적 사물처럼 분석되기도 하고 해체되기도 한다. 이러한 접근 방법은 예술의 세계에서 중요한 것은 언제나 개별적 주체로서의 자아의 구성 문제라는 사실에 대한 새로운 인식에 근거한 것이다.

이상의 시작 활동은 한국적 모더니즘운동의 중심축에 해당한다. 그의 시에서 확인할 수 있는 가장 중요한 특징은 모더니티의 시적 추구 작업이다. 언어적 감각과 기법의 파격성을 바탕으로 자의식의 시적 탐구, 이미지의 공간적인 구성에 의한 일상적 경험의 동시적 구현, 도시적 문명과 모더니티의 추구 등을 드러내는 모더니즘적 시의 경향이 바로 그것이다. 하지만 이상은 여기에 머무르지 않고 자신의 시적 창작을 통해 그가 추구했던 모더니티의 초극에까지 나아가고자 한다. 그는 현대 과학 문명의 비인간화의 경향에 반발하면서 인간 존재와 그 가치에 대한 시적 추구 작업에 몰두하기도 하였고, 개인적 주체의 붕괴에 도전하여 인간의 생명 의지를 시적으로 구현하고자 하였다. 그러므로 「오감도」를 비롯한 그의 시는 그 텍스트의 표층에 그려진 경험적 자아의 병과 고통,

가족과의 갈등 문제를 놓고 인간의 존재와 삶, 생명과 죽음의 문제, 고독과 의지 같은 본질적인 주제로 심화시킴으로써 그 시적 형상성을 획득하고 있다.

(4) 모더니티의 시적 지양

서정주와 관능의 미학

서정주[65]의 시작 활동은 오장환, 김동리, 함형수, 김달진 등과 함께 동인지 《시인부락》(1936)을 주재하면서 본격적으로 전개되고 있다. 그의 초기 시들이 보여 주는 시적 상상력의 다채로운 변주는 첫 시집 『화사집(花蛇集)』(1941)을 통해 잘 드러난다. 인간의 원초적인 관능미와 생명력에 대한 강렬한 찬사가 돋보이는 이 시집의 작품들은 시적 상상력의 지향 자체가 지니는 이중성을 하나의 시적 주제로 형상화하고 있다.

서정주가 초기 시작 활동을 통해 형상화하고 있는 것은 현대 문명의 구성물과 그 가치에 자극을 받으면서도 현대 문명이 주는 혼란과 덧없음을 벗어나고자 하는 욕망이다. 그는 자신의 시 속에서 대안적인 신화의

---

65 서정주(徐廷柱, 1915~2000). 호는 미당(未堂). 전북 고창 부안 출생. 중앙고보 수학. 중앙불교전문학교 수학. 1936년 《동아일보》 신춘문예에 시 「벽」 당선. 동인지 《시인부락》(1936) 창간. 광복 후 동국대학교 교수, 한국문인협회 이사장 역임. 시집 『화사집』(1941) 이후, 『귀촉도』(1948), 『신라초』(1961), 『동천』(1969), 『질마재 신화』(1975), 『서으로 가는 달처럼』(1980), 『학이 울고 간 날들의 시』(1982), 『떠돌이의 시』(1987), 『산시』(1991) 등과 『미당 시 전집』(민음사, 1994) 발간. 참고 문헌: 송욱, 「서정주론」, 《문예》(1953. 11); 김우창, 「한국 시의 형이상」, 《세대》(1968. 6); 김용직, 「'시인부락' 연구」, 《국문학논집》(1969. 11); 조연현 외, 『서정주 연구』(동화출판공사, 1975); 김화영, 「미당 서정주의 시에 대하여』(민음사, 1984); 문정희, 「서정주 시 연구」(서울여대 박사 논문, 1993. 8); 최현식, 「서정주 시의 근대와 반근대」(소명출판, 2003); 김학동 외, 『서정주 연구』(새문사, 2005); 김학동, 『서정주 평전』(새문사, 2011).

세계로 물러서 있다. 그의 시에서 볼 수 있는 사회 현실로부터 벗어나고자 하는 욕망의 그림자는 허무주의와 퇴영의 늪으로 빠지는 법이 없다. 그는 도시적인 삶과 문명의 발전에 능동적으로 참여하기를 거부한다. 그리고 그가 그려 내는 운명적인 신화적 세계의 심연은 일상의 권태와 오욕으로부터 벗어나 새롭게 되살아나기 위한 고뇌와 의지로 표상된다. 그러므로 서정주의 시에서 드러나는 운명론적인 퇴영 그 자체를 비난할 필요는 없다. 그것은 때로 이미 관습화되어 버린 문명의 언어와 그 담론을 전복할 수 있는 힘을 지니기도 하며 타락한 문명에 대한 도전이 되기도 한다. 서정주의 시에서 자주 발견되는 죽음의 미학은 문명에 대한 무력감을 드러내는 일종의 시적 방법이기도 하다.

麝香 薄荷의 뒤안길이다.
아름다운 배암……
을마나 크다란 슬픔으로 태어났기에, 저리도 징그라운 몸둥아리냐

꽃다님 같다.

너의 하라버지가 이브를 꼬여내든 達辯의 혓바닥이
소리 잃은 채 낼룽그리는 붉은 아가리로
푸른 하눌이다.…… 물어뜯어라. 원통히 무러뜯어,

다라나거라, 저놈의 대가리!

돌팔매를 쏘면서, 쏘면서, 麝香 芳草ㅅ길
저놈의 뒤를 따르는 것은

우리 할아버지의 안해가 이브라서 그러는 게 아니라

石油 먹은 듯…… 石油 먹은 듯…… 가쁜 숨결이야.

바눌에 꼬여 두를까 부다. 꽃다님보단도 아름다운 빛……

코레오파투라의 피 먹은 양 붉게 타오르는

고흔 입설이다…… 슴여라, 배암!

우리 순네는 스물난 색시, 고양이같이 고흔 입설…… 슴여라 배암!

—「화사(花蛇)」[66]

　서정주의 초기작을 대표하는 시 「화사」는 관능적 표현을 통해 악마적
인 아름다움을 추구하고 있다. 이 작품에서는 뱀과 여자를 등장시켜 도
덕적인 계율과 관습에 억눌려 있는 인간의 본능적인 욕구를 표현한다.
인간으로 하여금 죄를 짓게 한 형벌로 땅을 기어 다니면서 살아야 하는
뱀은 원죄와 관능의 상징이다. '꽃다님보다 아름다운 빛'을 지닌 뱀 자체
가 아름다움과 혐오감을 동시에 드러내는 이중적 의미의 시적 심상으로
작용하고 있다. 그러므로 그 뱀에게 돌팔매를 쏘면서 따라가는 것은 뱀
에 대한 혐오와 관능적인 아름다움에 대한 경사를 동시에 상징한다고 할
수 있다. '석유 먹은 듯 가쁜 숨결'이 인간의 이면에 숨어 있는 육체적인
욕망을 상징하는 것이라면, 이러한 욕망을 억제하는 사회적 기제가 작용
하고 있는 셈이다. 이 작품에서 뱀의 관능미는 "스물난 색시" 순네로 환
치되면서 더욱 고양된다. "고양이 같은 고운 입설"로 묘사되고 있는 순네

66　서정주, 『화사집』(남만서고, 1941). 이하 인용 작품도 이 책에 따름.

의 아름다움이 요염의 뜻으로 읽히는 이유가 바로 여기에 있다.

이 작품은 뱀과 이브를 등장시키면서 인간의 원초적인 욕망을 표현했다는 점에서 서구적인 신화와 상상력을 바탕으로 하고 있음을 알 수 있다. 시인 자신은 보들레르의 악마적 탐미주의의 영향을 스스로 밝힌 적도 있지만, 과거의 신화와 현대적인 삶의 거리를 메우기 위해 상상적 초월을 감행한 것으로 생각된다. 일상의 자아를 벌거벗기고 그 위에 미학적 고안에 의한 관능적인 심상의 옷을 입힌 결과가 바로 이 같은 작품을 낳게 된 것이다. 그러므로 서정주의 초기 시에서 볼 수 있는 세계는 더이상 그 자체로서 존재하는 독자적 실재로서의 경험이 되지 못한다. 그것은 하나의 정신적 고안물에 해당하는 것이다.

애비는 종이었다. 밤이 기퍼도 오지 않았다.
파뿌리같이 늙은 할머니와 대추꽃이 한 주 서 있을 뿐이었다.
어매는 달을 두고 풋살구가 꼭 하나만 먹고 싶다 하였으나…… 흙으로 바람벽한 호롱불 밑에
손톱이 깜한 에미의 아들.
甲午年이라든가 바다에 나가서는 도라오지 않는다 하는 外할아버지의 숯많은 머리털과
그 크다란 눈이 나는 닮었다 한다.

스물세 햇 동안 나를 키운 건 八割이 바람이다.
세상은 가도가도 부끄럽기만 하드라
어떤 이는 내 눈에서 罪人을 읽고 가고
어떤 이는 내 입에서 天痴를 읽고 가나
나는 아무것도 뉘우치지 않을란다.

찰란히 티워 오는 어느 아침에도

이마 우에 언친 詩의 이슬에는

멫 방울의 피가 언제나 서껴 있어

벛이거나 그늘이거나 헛바닥 느러트린

병든 숫개만양 헐덕거리며 나는 왔다.

──「자화상(自畫像)」

앞의「자화상」에서는 시적 화자가 자신의 성장 내력을 피력하는 고백적인 진술이 중심이 되고 있다. 가난한 살림살이의 내력이나 아버지의 부재라는 비극적 조건 등이 시적 의미의 서두를 장식한다. 그러나 이러한 내력은 시적 세계에 국한되어 있는 것이며 경험적인 자아와는 일정한 거리를 두고 있는 것으로 볼 수 있다. 그러므로 시인으로서 서정주 자신의 초상이라기보다는 보편적 인간이 가지고 있는 본연의 삶의 비극성을 의미하는 것으로 보아야 할 것이다. "꽃처럼 붉은 울음"을 토하는 문둥이의 처지가 천형인 것처럼, 인간에게 있어 삶의 서러움은 본래적으로 타고난 것이다. 따라서 이 서러움은 어떤 원인에서 비롯된 슬픔이나 분노와는 다른 성질의 것이다. 그것은 시인에게 시를 쓰게 하고 인간이 인간되게 하는 생명력과 같다. 이 생명력은 이후의 시에서도 여러 가지로 변모를 거치면서 나타나게 된다.

서정주의 시는 낭만적인 자기 표현이라는 전통적인 시적 태도를 거부한다. 앞에 인용한「자화상」의 경우에서도 확인할 수 있는 것처럼, 그는 오히려 자기 자신 또는 서정적 자아의 모습을 하나의 타자(他者)로 형상화하여 제시한다. 이것은 스스로 인간의 존재와 삶의 의미에 대한 깊이 있는 천착을 꾀하면서 관찰자의 입장에서 일정한 간격을 두고자 하는 시도라고 할 수 있다. 서정주의 시가 식민지 시대 문명의 타락과 무관하다든지 역사적인 현실로부터 벗어나 있다든지 하는 것은 일면적인 해석에 불과하다. 그는 전체주의의 횡포에 압도되어 개인적인 불안과 절망감을 느끼기도 했고, 거대한 지배 세력에 의해 비판적인 자아와 개인적 주체가 여지없이 붕괴되는 것을 보고 분노하기도 했다. 그는 시인으로서 자신이 다루는 언어의 상징적인 힘에 의해 창조되는 실재의 세계를 경험함으로써 그 같은 현실적인 고뇌를 승화시킬 수 있었던 것이다. 서정주의 시에서 볼 수 있는 신화적 상상력이 토속적인 세계와 만나 조화롭게 안착하게 되는 것은 해방 직후 두 번째 시집 『귀촉도(歸蜀途)』(1948)를 펴내면서부터이다. 그의 시는 이 시기부터 인간의 본능과 생명에 대한 강렬한 시적 지향보다는 토속적인 서정의 세계를 깊이 있게 천착하게 되는 것이다.

오장환과 존재의 근원 문제

오장환[67]의 시의 세계는 시적 주체의 존재를 가능하게 했던 고향으로부터 출발한다. 고향은 그의 시의 가장 근원적인 공간이다. 그러나 고향은 현실 속에 존재하는 것이 아니다. 이미 상실된 공간이기 때문에 그리움의 대상으로 남아 있을 뿐이다. 오장환에게 있어 고향은 단순한 회고 취향의 산물이 아니며, 감상적인 동경의 대상도 아니다. 그것은 삶의 근

---

67 오장환(吳章煥, 1918~1951). 충북 보은 태생. 휘문고보 중퇴. 1933년 《조선문학》에 시 「목욕간」을 발표. 1936년 《시인부락》 동인으로 참가, 이듬해 《자오선》 동인지 발간. 광복 후 조선문학가동맹 가담하다가 월북. 시집 『성벽』(풍림사, 1937), 『헌사』(남만서방, 1939), 『병든 서울』(정음사, 1946), 『나 사는 곳』(헌문사, 1947) 발간. 참고 문헌: 김동석, 「탁류의 음악 — 오장환론」, 《민성》(1946. 5·6); 최두석, 「개인적 진실과 문학적 진실」, 《현대시학》(1988. 9); 오세영, 「오장환론」, 《문학사상》(1989. 1); 구중서, 「오장환론」, 《시문학》(1989. 6); 김학동, 『오장환 평전』(새문사, 2004); 도종환, 『오장환 시 깊이 읽기』(실천문학사, 2012).

원을 다스리는 영역에 속한다. 이러한 특징은 창작 연대순으로 작품을 묶어 낸 세 권의 시집 『성벽(城壁)』(1937), 『헌사(獻詞)』(1939), 『나 사는 곳』(1947)에 잘 드러나 있다. 그리고 해방 이후의 『병(病)든 서울』(1946)에서 그의 문학 세계의 정신적 지표가 전환되는 과정을 확인할 수 있다.

오장환의 시의 세계를 통해 일관되게 나타나는 것은 존재의 근원에 대한 집착이다. 그의 시에서 가장 자주 드러나고 있는 시적 대상으로서의 고향이 바로 이 같은 정서의 지향을 형상화한 것으로 볼 수 있다. 오장환은 지나치게 완고한 유교적 전통과 관습을 고향을 걸고 부정하기도 하며, 부박한 도시의 인정과 항구의 문물을 비판적으로 바라보며 고향을 통해 그릴 수 있는 공동체의 세계를 꿈꾸기도 한다. 물론 고향에 대한 동경과 부모에 대한 사랑이 간절한 그리움 그 자체로 표현하기도 한다.

(가)
흙이 풀리는 내음새
江 바람은
산김승의 우는 소릴 불러
다 녹지 않은 얼음짱 울멍울멍 떠나려간다.

진종일
나룻가에 서성거리다
行人의 손을 쥐면 따듯하리라.

고향 가차운 주막에 들러
누구와 함께 지난날의 꿈을 이야기하랴.

양구비 끓여다 놓고
주인집 늙은이는 공연히 눈물지운다.

간간히 잿내비 우는 산기슭에는
아직도 무덤 속에 조상이 잠자고
설레는바람이 가랑잎을 휩쓸어간다.

예제로 떠도는 장꾼들이여!
商賈하며 오가는 길에
혹여나 보섯나이까.

전나무 욱어진 마을
집집마다 누룩을 디디는 소리, 누룩이 뜨는
내음새……

—「고향 앞에서」[68]

(나)
밤 늦게 들려오넌 汽笛 소리가
산김승의 우름 소리로 들릴제,
고향에도 가지 않고
거리에 떠도는 몸은 얼마나 외로울 건가.

68 오장환, 『나 사는 곳』(헌문사, 1947), 78~80쪽.

려관ㅅ방의 심지를 돗구고

생각 없이 쉬고 있으면

단간방 구차한 살림의 벗은

찬 술을 들고 와 미안한 얼골로 잔을 권한다.

가벼운 술기운을 누르고

떠들고 싶은 마음조차 억제하며

조용조용 잔을 논을 새

어느덧 눈물방울은 옷깃에 구르지 아니하는가.

'내일을 또 떠나겟는가'

벗은 말없이 손을 잡을 때

아 내 발길 대일 곳 아무데도 없으나

아 내 장담할 아무런 힘은 없으나

언제나 서로 슴하는 젊은 보람에

홀로서는 나의 길은 믿어웁고 든든하여라.

―「나 사는 곳」[69]

앞의 (가)와 (나)에서 노래하고 있는 것은 고향이다. 시적 주체가 되는 '나'는 고향을 벗어나 먼 타관을 떠돌고 있다. 고향과의 거리만큼 고향에 대한 그리움의 감정이 늘어나고, 그리움의 정서가 언어에 대한 절제 없이 시를 통해 표현되고 있다. 이 같은 시적 정황의 설정을 텍스트의 외부로 확장하면 쉽게 당대의 현실 문제와 직결되어 그 특징을 설명할

---

69 위의 책, 56~58쪽.

수 있다. 일본의 식민지 지배로 인한 근원적인 삶의 공간의 붕괴라든지 고향의 상실이 자연스럽게 문제시될 수 있기 때문이다.

오장환의 첫 시집 『성벽』을 보면, 그의 시가 지향하고 있던 고향 의식과 방랑자적인 삶이 어떻게 시적 주제로 형상화될 수 있었는가를 확인해 볼 수 있는 여러 단서들이 자리 잡고 있다. 오장환은 낡은 인습과 전통에 대한 부정으로부터 시적 출발을 이루고 있다. 이 같은 그의 태도에서 볼 수 있는 진보적 성향은 이 시기의 문학에서 볼 수 있었던 모더니티의 담론적 구조와 상통한다. 실제로 그는 모더니즘의 감각과 기법을 시 속에 끌어들이면서도 깊이 있는 현실 인식을 놓치지 않고 있다. "누덕이 기워진 때묻은 추억/ 신뢰할 만한 현실은 어디에 있느냐!/ 나는 시정배와 같이 현실을 모르며 아는 것처럼 믿고 있었다"(「여수」)와 같은 현실 인식은 오장환의 시적 감각의 균형과 높이를 말해 주는 것이라고 하겠다.

(가)

世世傳代萬年盛하리라는 城壁은 偏狹한 野心처럼 검고 빽빽하거니 그러나 保守는 進步를 許諾치않어 뜨거운물 끼언ㅅ고 고추가루 뿌리든 城壁은 오래인 休息에 인제는 이끼와 등넝쿨이 서로 엉키어 面刀않은 턱어리처럼 지저분하도다.

———「성벽(城壁)」[70]

(나)

내 姓은 吳氏. 어째서 吳哥인지 나는 모른다. 可及的으로 알리워주는것은 海

---

70 오장환, 『성벽』(풍림사, 1937), 34쪽.

州로 移舍온 一淸人이 祖上이라는 家系譜의 검은 먹글씨. 옛날은 大國崇拜를 유 ─ 심히는 하고 싶어서, 우리 할아버지는 진실 李哥였는지 常놈이었는지 알 수도없다. 똑똑한 사람들은 恒常 家系譜를 創作하였고 賣買하였다. 나는 歷史를, 내 姓을 믿지않어도좋다. 海邊가으로 밀려온 소라속처럼 나도 껍데기가 무척은 무거웁고나. 수통 하고나. 利己的인, 너무나 利己的인 愛慾을 잊을랴면은 나는 姓氏譜가 必要치않다. 姓氏譜와같은 慣習이 必要치않다.

　　　　　　　　─「성씨보(姓氏譜) ─ 오래된 관습, 그것은 전통을 말함이다」[71]

　앞의 인용에서처럼 오장환은 "편협한 야심처럼" 낡은 성벽이 그대로 지저분하게 서 있는 현실을 개탄한다. 그는 "나는 성씨보가 필요치 않다. 성씨보와 같은 관습이 필요치 않다."라고 선언함으로써 스스로 자신을 억누르고 있는 유교적 관습과 전통을 부정한다. 이런 부정은 자기 존재에 대한 근원적인 회의를 바탕으로 하는 것이지만, 그는 결코 절망적이거나 퇴폐적인 감정에 빠져들지 않는다. 오히려 그는 이 같은 인습을 벗어던지고 고향을 벗어나 「해항도」, 「선부의 노래」, 「온천지」과 같은 시에서 새로운 문물이 휩쓸고 지나간 퇴폐적인 항구나 도시의 모습을 바라보며 비애의 현실을 새롭게 발견하는 것이다.

　그의 두 번째 시집 『헌사』는 『성벽』 시절보다 미래에 대한 전망이 더욱 불투명해진 1930년대 후반기 현실의 상황을 그렸다. 그가 부정하고자 했던 낡은 세계와 벗어나고자 했던 부박한 현실은 결코 낙관적인 전망을 보여 주지 못한다. 그는 근대적인 모습으로 자리 잡은 새로운 도시와 항구의 뒷골목에서 병든 현실을 발견한다. 그리고 자기 스스로 그러한 현실에 물들어 가는 "병든 시인"(「불길한 노래」)임을 자각한다. 그러므로

────────

71　위의 책, 63~64쪽.

"어디를 가도 사람보다 일 잘하는 기계는 나날이 늘어 나가고, 나는 병든 사나이. 야윈 손을 들어 오랫동안 나태와, 무기력을 극진히 어루만졌다. 어두워지는 황혼 속에서, 아무도 보는 이 없는, 보이지 않는 황혼 속에서, 나는 힘없이 분노와 절망을 묻어버린다."(「황혼」)라고 노래하기도 한다. 이러한 시들은 다소 감상적이고 영탄적인 정서가 주조를 이루고 있음에도 "일 잘하는 기계"로 상징되는 근대적인 것들에 대한 비판적인 인식을 명확하게 제시하고 있다.

돌아온 蕩兒라 할까
여기에 比하긴
늙으신 홀어머니 너무나 가난하시어

돌아온 子息의 상머리에는
지나치게 큰 냄비에
닭이 한 마리

아즉도 어머니 가슴에
또 내 가슴에
남은 것은 무엇이냐.

서슴없이 고기쩜을 베어 물다가
여기에 다만 헛되이 울렁이는 내 가슴
여기 그냥 뉘우침에 앞을 서는 내 눈물

조용한 슬품은 아련만

아 내게 있는 모든 것은
당신에게 받히었음을……

크나큰 사랑이여
어머니 같으신
받히옴이여!

그러나 당신은
언제든 괴로움에 못이기는 내 말을 막고
이냥 넓이 없는 눈물로 싸 주시어라.

——「다시 미당리(美堂里)」[72]

오장환의 시가 보여 주는 모더니티에 대한 지양과 그 시적 극복 방법은 '고향'이라는 존재의 근원으로의 회귀를 통해 정서적으로 심화된다. 이것은 시적 주체의 재발견이라는 적극적인 의미로 평가할 만하다. 그의 시에서 '고향'과 '어머니'는 단순한 그리움의 대상이 아니라 시적 존재의 근원에 해당하기 때문이다. 그는 「향수」, 「나 사는 곳」 등에서 강가의 산골 고향 마을과 고향에 살고 있는 어머니에 대한 간절한 그리움을 노래함으로써 주체와 대상의 거리를 정서적으로 극복할 수 있는 방법을 제시한다. 그는 자신이 바라는 고향에 가지 못하고 있으면서도 그 존재의 근원으로의 귀환이 얼마나 절실한 것인지를 잘 보여 준다. 앞의 시에서 그려 내는 어머니는 감동적으로 묘사되고 있는 시적 정황을 통해 그 존재의 의미가 더욱 크고 분명하게 드러나고 있다.

---

72 위의 책, 36~38쪽.

그러므로 오장환이 그의 시에서 노래하고자 한 것은 현실적 공간으로서의 고향으로의 귀환 자체를 의미하는 것이 아님을 알 수 있다. 그는 시적 주체가 오롯이 설 수 있는 존재의 근원이 조화롭게 회복될 수 있기를 소망하고 있다. 이것은 시인으로서의 자기 위치와 현실적 조건을 민족의 처지와 동일한 차원에서 인식하고 있음을 말해 주는 것이다. 낡은 인습을 벗어던지면서도 근대적 병폐가 범람하고 있는 도시의 뒷골목을 부정하지 않으면 안 되었던 오장환의 입장을 진보적이라고 명명할 수도 있고, 모더니티에 대한 비판적 인식이라고 말할 수도 있을 것이다. 그가 시도했던 새로운 산문적 율조와 파격적인 시 형식도 이 같은 현실 인식에 근거하여 고안된 것이라는 점에서 그 시적 성취를 높이 평가할 만하다.

유치환, 시적 상상력과 시적 의지

유치환[73]의 초기 시작 활동은 첫 시집 『청마 시초』(1939)와 해방 직후에 펴낸 『생명(生命)의 서(書)』(1947)를 통해 정리되고 있다. 『청마시초』에 수록되어 있는 초기의 작품들 가운데 「박쥐」, 「깃발」, 「가마귀의 노래」 등을 보면, 시적 상상력의 역동적 지향과 그 공간적 속성이 뚜렷하게 나타난다. 그의 시에서 쉽게 확인해 볼 수 있는 상상력의 동적 특성은 '바람'과 '날개'의 심상을 통해 구체화되고 있다. 그리고 '깃발'과 '새'라는

---

73 유치환(柳致環, 1908~1967). 호는 청마(靑馬). 경남 충무 출생. 일본 도요야마 중학(豊山中學)을 거쳐 동래고보 졸업. 연희전문 문과 중퇴. 1931년 《문예월간》에 시 「정적」을 발표. 1937년 동인지 《생리》 주재. 시집 『청마 시초』, 『생명의 서』, 『울릉도』(1948), 『청령 일기』(1949), 『보병과 더부러』(1951), 『예루살렘의 닭』(1953), 『청마 시집』(1954), 『유치환 시선』(1958), 『뜨거운 노래는 땅에 묻는다』(1960), 『파도야 어쩌란 말이냐』(1965) 등과 수필집 『동방의 느티』(1959), 『나는 고독하지 않다』(1963) 등을 간행. 참고 문헌: 이형기, 「유치환론」, 《문학춘추》(1965. 2); 김종길, 「청마 유치환론」, 《창작과비평》(1974. 여름); 오탁번, 「청마 유치환론」, 《어문논집》(1980. 4); 박철석 편, 『유치환』(서강대 출판부, 1999), 이어령, 『공간의 기호학』(민음사, 2000); 문덕수, 『유치환 평전』(시문학사, 2004).

대상을 통해 시적 긴장을 감각적으로 형상화하고 있다. 그의 초기 시에서 시적 심상의 역동적 특성을 잘 보여 주고 있는 작품은 대표작으로 손꼽히는 「깃발」이다. 이 작품은 시적 상상력 자체가 동적 이미지의 공간적 구성에 치중하면서 그 지향점을 구체적으로 보여 주고 있다. 여기에서 말하는 시적 상상력이란 이미지의 산출 능력을 말하는 것인데, 물론 사물에 대한 어떤 개념화의 범주를 훨씬 넘어서는 것이다. 상상력은 그것이 산출해 내는 이미지의 속성이 동적인 것이든지 형태적인 것이든지 간에 그 개인의 정서와 함께 융화된 이미지를 창출하게 되는 것이므로 추상적 가치를 중시한다.

이것은 소리없는 아우성

저 푸른 海原을 向하야 흔드는

永遠한 노스탈쟈의 손수건

純情은 물결같이 바람에 나부끼고

오로지 맑고 곧은 理念의 標ㅅ대 끝에

哀愁는 白鷺처럼 날개를 펴다.

아아 누구던가

이렇게 슬프고도 애닯은 마음을

맨 처음 공중에 달 줄을 안 그는.

—「旗빨」[74]

앞의 작품에서 '깃발'의 의미는 유치환의 시 세계에서 구현하고자 하는 이념이나 지표와 관련된다. 이 시에서는 '흔드는', '나부끼고', '날개를

---

74 유치환, 「청마 시초」(청색지사, 1939), 18~19쪽.

펴다' 등에서 구체화되고 있는 동적 심상을 통해 시 정신의 방향을 암시하고 있다. '깃발'의 움직임을 통하여 구현되고 있는 상상의 세계는 '바람'의 이미지와 결합됨으로써 상황의 구체성을 획득한다. '바람'의 의미를 이 시인의 삶의 자세와 생의 과정에 빗대어 동류적인 관계로 이해하는 견해도 없는 것은 아니지만, 그러한 직접적인 연결보다는 움직임에 대한 촉발의 의미를 상정할 수 있을 것이다. '바람'은 '이념의 標ㅅ대 끝'에 매달린 '깃발'을 나부끼도록 해 주는 움직임의 원동력이 되고 있기 때문이다. 떠나고자 하는 것과 매어 놓고자 하는 것 사이의 팽팽한 긴장 관계는 "이념의 표(標)ㅅ대 끝"에 매달린 '깃발'의 나부낌을 통해 감각적으로 형상화된다. 이 같은 시적 심상의 특징을 놓고 볼 때, 이 작품에서 '깃발'은 이상향에 대한 동경을 뜻한다. 이것은 맑고 곧은 이념의 푯대 끝에 매달려 더 높은 이상과 신념을 실현하고자 하는 안타까운 심정과도 통한다. 현실 속에서 실현되기 어려운 이상에 대해 갖는 존재의 고뇌와 비원을 애수의 정서로 제시하고 있는 것이 이 시의 특징이라 할 수 있다.

유치환의 시적 상상력은 역동적인 것에만 집중되어 있지 않다. 그는 끊임없는 움직임과 떠돌아다님의 상태를 구하면서도 움직이지 않고 의연하게 자리 잡는 힘의 균형도 겨냥한다. 유치환의 시에서 상상력이 형태적인 이미지를 통해 작용하는 경우는 시정신의 귀착점이 확연하게 드러난다. 시적 진술 자체도 시인의 목소리를 분명하게 느낄 수 있는 어조로 조정되고 있다. 이 경우 시적 자아는 언제나 스스로 자기의식을 진술하는 입장에 있는 것이 보통이다.

(가)
오오래 내게

오르고 싶은 높으고도 슬픈 山 있노니

내 오늘도 마음속 이를 念한 채로
부질없이 거리에 나와 헤매이며
벗을 맞나 이야기하는 자리에도
香그론 푸른 담배 연기 넘어 아득히
그의 峨峨한 슬픈 容姿를 보노라.

해 지고
燈불 켜인 으스름 길을 돌아오노라면
어디메 또 이 한밤을
그 漠漠한 어둠속에 尨然히 막아섰을
오오 나의 山이여.
山이여.

——「산(山)·4」[75]

(나)
내 죽으면 한 개 바위가 되리라
아예 愛憐에 물들지 않고
喜怒에 움직이지 않고
비와 바람에 깎이는 대로
億年 非情의 緘默에
안으로 안으로만 채찍질 하여

75 위의 책, 92~93쪽.

드디어 生命도 忘却하고

흐르는 구름

머언 遠雷

꿈 꾸어도 노래하지 않고

두쪽으로 깨뜨려 져도

소리 하지 않는 바위가 되리라

—「바위」[76]

앞의 (가)「산」과 (나)「바위」는 형태적 이미지를 중심으로 하고 있
다. 이 작품들에는 시인의 개인적 생활 체험이 시의 주제 의식과 밀착되
어 있음을 확인할 수 있다. 앞서 살펴본 「旗빨」의 경우처럼, 동적인 이미
지를 주축으로 경험적 현실을 넘어서는 곳에서 상상력이 작용하고 있던
점과는 상당한 차이가 있다. (가)의 '산'은 시적 대상이 되기도 하고 시적
주체의 의식적 지향을 암시하기도 한다. 언제나 그 자리에 서 있는 것이
므로 움직임을 보이지 않으며, 구체적인 모습과 높이를 드러낸다. 그리
고 그러한 모습과 높이는 바로 시적 주체의 모습으로 바뀌기도 하며 그
정신의 고고함으로 대치되기도 한다. (나)의 '바위'는 자기 구현의 목표
를 상징한다. 생활의 현실에서 자신을 다스리는 고통과 인내가 그 속에
담겨 있다. 형태적 상상력의 극점에 해당되는 이 시는 (가)의 어조보다
도 더욱 의지적인 면을 담고 있다. '바위'가 보여 주는 침묵과 부동의 상
태는 '깃발'의 나부낌과 아우성과는 매우 거리가 멀다. 이 시에서 형태적
인 이미지로 고정되어 있는 '바위'는 자주 시인의 의지로 풀이된다.

유치환의 상상력이 형태적인 것을 통해 작용하고 있는 작품들은 모두

---

76 유치환, 『생명의 서』(행문사, 1947), 26~27쪽.

현실적 상황에 대한 인식을 전제하고 있다. 그러므로 '산'이나 '바위' 등은 하나의 시적 상징으로서 삶에 대한 시적 주체의 개인적인 윤리 의식이나 가치 문제를 암시한다. 이 시기에 유치환이 체험했던 만주 생활은 허무와 비애와 그리움 등의 정서를 더욱 충동하는 요인이 되기도 하였지만 '산'과 '바위'는 일체의 감정과 외부에 변화에 미동도 하지 않고 진실한 자신의 길을 선택하고자 하는 '비정의 함묵'을 지닌 냉철한 의지를 표상하고 있다. 특히 유치환의 「바위」, 「생명의 서」 등과 같은 작품들은 시인의 시적 의미를 남성적 어조로 극명히 보여 주고 있다는 점에 주목할 필요가 있다. 한국 근대시의 서정적 전통 속에서 자연을 대상으로 하는 시들이 대체로 여성적 어조를 통해 자연 친화의 정서를 형상화하고 있지만, 유치환의 경우는 진실된 자아 내지 생명의 실상에 도달하려는 준열한 정신적 자세를 남성적 어조로 표현하고 있는 점이 특징이다. 유치환의 시들이 시적 정서를 직설적으로 토로하거나 격렬한 어조로 표현하고 있다고 평가되는 이유가 여기에 있다.

1930년대 시단에서 인간의 존재 의미를 보다 깊이 있게 천착한 김광섭, 신석초, 김상용 등의 시작 활동을 함께 검토할 필요가 있다. 이들은 모두 각각의 시적 개성으로 인하여 동일한 위치에서 논의하기 어렵지만, 한국 시의 서정성을 심화시키는 여러 가지 특징을 나누어 지니고 있다. 김광섭의 첫 시집 『동경(憧憬)』(1938)에 수록된 「고독」, 「동경」, 「밤」 등은 식민지 사회의 지성이 겪는 고뇌를 바탕으로 고독과 우수, 비애 등 자신의 내면 의식을 잘 표현하고 있는 작품들이다. 이 작품들에서 식민지 현실은 '한 간 무덤', '신경도 없는 밤' 등으로 파악되고, 시인은 무덤이나 바위 밑, 고요한 숲속, 캄캄한 바다 등 밀폐되고 적막한 공간에 갇혀 있는 고독한 존재로 표현하고 있다. 신석초는 1937년 이육사와 함께 동인지 《자오선》을 발간하면서 본격적인 시작 활동을 펼쳐 「파초」, 「검무랑

(劍舞郎)」,「바라춤」 등을 발표했다. 그의 시들은 현실 세계의 모든 물질적인 것들을 극복하기 위한 순수한 이상주의적 세계관으로부터 출발하여 현실에 대한 초극의 경지까지 이르고 있다. 작품 「바라춤」은 승무를 소재로 하여 불교의 무상무념의 세계를 보여 준다. 이 작품은 고시가의 율격을 작품 구성에 적용하면서도 정신과 육체, 빛과 어둠, 감각과 관념, 지성과 감성 등의 이중적 요소들을 갈등과 충돌 속에서 미학적으로 결합하고 있다. 김상용은 시집 『망향(望鄉)』에서 우수와 동양적 체념이 깃든 관조적 시 세계를 보여 주고 있다. 그는 현실의 삶의 허무를 노래하면서도 절망에 빠지지 않고 이를 긍정하는 소탈한 면모를 드러낸다. 그의 대표작으로 손꼽히는 「남으로 창을 내겠오」는 시인이 희구하는 이상적인 삶의 공간을 관조적인 자세로 노래하고 있다. 시인이 소망하고 있는 절대적인 공간으로의 회귀, 즉 고향에 대한 절실한 그리움 속에는 상실감과 허무의 정서가 자리하고 있기도 하지만, 시적 의지를 통해 고향을 만듦으로써 그것을 극복하고, 고향으로 회귀하고자 하는 욕구를 채울 수 있게 하고 있다. 이 시의 소박한 언어와 회화조의 어조가 이 같은 정서를 더욱 친밀하게 드러내고 있다.

(5) 시적 의지와 자기희생

이육사, 주체의 정립과 저항 의식

이육사[77]의 시작 활동은 시적 주체의 확립과 식민지 현실의 비판적 인

---

77 이육사(李陸史, 1904~1944). 본명은 원록(源祿). 경북 안동 출생. 대구 교남학교 수학. 중국 북경사

식이라는 하나의 커다란 주제에 얽혀 있다. 1930년대에 일본 식민지 지배 세력은 군국주의의 확대 과정을 거치면서 더욱 횡포해졌고, 만주 사변 이후 민족의 현실은 이루 말할 수 없이 참혹해졌다. 그러나 암흑의 현실 속에서도 이육사는 시작 활동을 통해 주체의 재정립과 자기 확인을 철저하게 수행하고 있다.

이육사에게 있어서 주체의 확립과 그 인식은 역사와 현실에 대한 비판적 인식에 연관되어 있기 때문에, 주체로서의 자아와 대상으로서의 현실이 함께 포괄되고 있다. 그의 시의 세계가 정신적인 자기 확립의 단계에 들어설 무렵에 이루어진 다음의 작품은 이러한 사실을 분명하게 입증해 준다.

목숨이란 마치 깨여진 배 쪼각
여기저기 흩어져 마을이 구죽죽한 漁村보담 어설프고
삶의 틔끌만 오래묵은 布帆처럼 달아매였다

남들은 기뻤다는 젊은 날이었것만
밤마다 내 꿈은 西海를 密航하는 짱크와 같애
소금에 절고 潮水에 부푸러 올랐다

항상 흐렸한 밤 暗礁를 벗어나면 颱風과 싸워 가고
傳說에 읽어 본 珊瑚島는 구경도 못하는

관학교, 북경대학 수학. 독립운동에 가담하여 수차례 투옥. 1933년 《신조선》에 시 「황혼」 발표. 북경 감옥에서 옥사. 광복 후 시집 『육사 시집』(1946) 발간. 참고 문헌: 정한모, 「육사시의 특질과 시사적 의의」, 《나라사랑》(1974); 김종길, 「육사의 시」, 《나라사랑》(1974); 김종철, 「육사 시, 그 의의와 한계」, 《문학사상》(1976. 1); 김재홍, 「이육사, 투사의 길, 예술의 길」, 《소설문학》(1986. 1); 김학동, 『이육사 평전: 천고 뒤의 초인이 부를 노래의 씨』(새문사, 2012).

그곳은 南十字星이 비쳐 주도 않았다

쫓기는 마음 지친 몸이길래

그리운 地平線을 한숨에 기오르면

시궁치는 熱帶植物처럼 발목을 오여쌌다

새벽 밀물에 밀려온 거미이냐

다 삭아빠즌 소라 껍질에 나는 붙어 왔다

머 ─ ㄴ 港口의 路程에 흘러간 生活을 드려다보며

─「노정기(路程記)」[78]

시인 자신의 삶의 과정에 대한 고통스러운 회고를 담고 있는 「노정기」의 경우를 보면 시적 주체와 대상으로서의 현실은 "깨여진 배 쪼각"을 통해 암시되고 있는 표랑의 바다로 형상화되어 있다. 그러기에 제2연에서의 "서해로 밀항하는 쨩크"는 바로 그러한 상황에 대한 상징적 제시에 해당된다. 이 시에서 그려지는 삶의 현실은 "항상 흐렸한 밤"의 어두움이 그 전부를 이룬다. "암초를 벗어나고 나서 다시 태풍과 싸워" 나아가야 하는 고통스러운 노정에는 "지평선"도 결코 행복한 목표가 되지 못한다. "쫓기는 마음 지친 몸"으로 표상되고 있는 '나'의 삶이 끝내 어둠과 고난을 함께하는 것은 이 같은 현실 인식과 동일한 맥락으로 파악될 수밖에 없다.

이육사의 시에서 시적 주체로서의 '나'는 자신의 개인적인 삶을 시대정신과 일치시켜 나가고자 하는 의지를 보여 주고 있는 점이 특징이다. 물론 이러한 시적 자아의 확립을 위해 이육사는 현실이 강요하는 모든

---

78 이육사, 『육사 시집』(서울출판사, 1946), 17~19쪽.

고통을 정신적 의지로 극복하고 또한 적극적인 행동으로 이에 저항하고 있다. 이육사가 보여 주는 자기 인식의 방법은 그의 행동에의 의지로 인하여 삶의 현실 속에 더욱 절실하게 구체화되어 나타난다. 그는 식민지 현실에 대한 적극적인 투쟁 의지를 끝내 버리지 않았으며 북경의 감옥에서 목숨을 잃을 때까지 그것을 행동으로 실천하고자 노력한다. 하지만 안타깝게도 이육사에 있어서 그 저항적 행동은 개인적 의지의 투철함에도 불구하고 비극적 현실을 구제할 수 있을 정도로 민족의 역량을 집중하는 데까지는 미치지 못하고 있다. 이미 식민지 시대의 모든 현실적 조건이 그것을 용납하지 않고 있었기 때문이다.

매운 季節의 채쭉에 갈겨
마츰내 北方으로 휩쓸려오다

하늘도 그만 지쳐 끝난 高原
서리빨 칼날진 그 우에 서다

어데다 무릎을 꿇어야 하나
한 발 재겨 디딜 곳조차 없다.

이러매 눈 감아 생각해 볼 밖에
겨울은 강철로 된 무지갠가 보다

————「절정(絕頂)」[79]

---

[79] 위의 책, 25~26쪽.

시 「절정」이 보여 주는 시상의 전개 과정에서 우리는 대상으로서의 현실과 주체로서의 자아의 날카로운 대응을 확인할 수 있다. 시적 주체가 자리 잡고 있는 현실은 상황의 극한에 도달하여 있기 때문에 "한 발 재겨 디딜" 여유조차 용납하지 않는다. "매운 계절의 채쭉"에 쫓겨온 시의 화자는 그 생존의 가능성조차도 가늠하기 어려운 상태에 직면하여 일체의 행위가 거부된다. 그러므로 "눈 감아 생각해 볼 밖에" 없는 자기 존재의 확인만이 유일한 방법으로 제시된다. 여기에서의 자기 확인이란 절박한 상황을 위기 인식으로만 받아들이는 좌절의 상태가 아니라 자신의 의지로 모든 상황적 고통을 극복하고자 하는 초극의 의미까지도 포함하고 있다. 그러므로 이 비극적인 절정의 순간에 과연 "눈 감아 생각"한 것이 무엇이었을까를 질문한다는 것은 부질없는 일일 수밖에 없다. 이 시에서 시인은 역사와 현실의 극한 상황에 대한 그 정신적 초극을 통해 이미 모든 것을 넘어서고 있기 때문이다.

　이육사의 시에서 확인할 수 있는 자기 인식과 그 정신적 초연성은 그가 보여 준 현실에서의 실천적 의지와 저항적 태도와 함께 좋은 대조를 이루고 있다. 신념에 가까운 고결한 정신을 바탕으로 이루어지는 그의 시는 절제와 균형의 세계를 구축하고 있기 때문에 일상적인 현실 체험의 공간을 넘어서고 있는 것이 대부분이다. 그의 대표작으로 손꼽히고 있는 「광야」에서도 시적 자아가 자리 잡고 있는 그 정신의 의연함을 고절의식(孤絶意識)이란 말로 흔히 지적하고 있다. 특히 「광야」에서뿐 아니라 「청포도」, 「꽃」 등의 시에서도 시적 자아는 현실에의 의지보다 먼 미래를 향한 기대를 노래함으로써 정신적 초월의 의미가 강조되고 있는 것이다. 절명의 시인인 이육사가 식민지 현실에서 시를 통해 도달할 수 있었던 자기 확인의 과정은 결국 고통의 현실에 대한 정신적 초월의 의지로 구현되고 있는 셈이다.

윤동주, 저항 또는 주체 정립의 가능성

윤동주[80]의 시는 식민지 현실에 대한 철저한 인식과 함께 민족적 자기 정체의 시적인 형상화에 성공하고 있다는 점에서 흔히 저항시의 부류로 이해된다. 그러나 그의 시는 시적 정서와 상상력이 언제나 개인적인 내면 의식을 기반으로 이루어지고 있다. 물론 시적 주체로서의 서정적 자아는 시적 대상으로서의 식민지 현실과의 관계 양상에 따라서 그 존재 의미가 규정될 수 있다. 현실에서의 자아 인식의 문제는 문학 속에서의 주체 정립이라는 과제와 직결된다. 그런데 일제 강점기 시대에 제기된 개인의 자각과 인식 문제는 한국의 역사적인 상황과 현실에 근거했다기보다는 서구적인 문화의 충격에 의해 이루어진 반성적 자의식에서 비롯된 경우가 많다. 한국의 근대적 선각자로 내세워지는 상당수 문인들이 식민지 현실 속에서 보여 준 패배주의적인 현실 인식은 바로 이러한 문제와도 연관 있다. 그러나 식민지 시대의 문학과 그 역사적 조건에 대한 반성을 전제할 경우 시인 윤동주의 위상은 매우 특이한 의미를 지니게 된다.

윤동주 시에서 삶의 현실은 대개 시적 주체의 존재 자체가 부정될 수밖에 없는 비극적인 상황으로 그려지고 있다. 민족과 국가라는 절대 개념이 부정되는 식민지 현실은 왜곡된 역사이며 불모의 땅이다. 그의 시

80　윤동주(尹東柱, 1917~1945). 아명(兒名)은 해환(海煥). 중국 북간도(北間島) 명동촌(明東村) 출생. 용정 은진중학을 거쳐 평양 숭실중학 수학. 연희전문 졸업, 일본 릿쿄 대학 입학, 도시샤 대학 영문과 전학. 독립운동 혐의로 일본 경찰에 체포되어 후쿠오카 형무소에서 옥사. 유고 시집 『하늘과 바람과 별과 시』(1948) 발간. 참고 문헌: 정병욱, 「고 윤동주 형의 추억」,《연희춘추》(1953. 7. 15); 김열규, 「윤동주론」,《국어국문학》(1964. 8); 오세영, 「윤동주의 문학사적 위치」,《현대문학》(1975. 4); 김재홍, 「운명애와 부활 정신」,《현대문학》(1984. 5·6); 이어령, 「윤동주 시의 기호론적 연구」,《국어국문학》(1987. 12); 이건청, 『윤동주』(건국대 출판부, 1994); 오오무라 마스오, 『윤동주와 한국문학』(소명 출판, 2006); 권오만, 『윤동주 시 깊이 읽기』(소명출판, 2009); 송우혜, 『윤동주 평전』(서정시학, 2014); 이남호, 『윤동주 시의 이해』(고려대 출판부, 2014).

는 바로 이 같은 현실에 대한 도전이며 비판적 저항이라고 할 수 있다. 이 시인의 시의 세계가 정신적인 자기 확립의 단계에 들어설 무렵에 이루어진 다음의 시는 이러한 사실을 분명하게 입증해 준다.

窓밖에 밤비가 속살거려
六疊房은 남의 나라,

詩人이란 슬픔 天命인줄 알면서도
한줄 詩를 적어 볼까,

땀내와 사랑내 포그니 품긴
보내 주신 學費封套를 받아

大學노 ─ 트를 끼고
늙은 敎授의 講義 들으려 간다.

생각해 보면 어린 때 동무를
하나, 둘, 죄다 잃어 버리고

나는 무얼 바라
나는 다만, 홀로 沈澱하는 것일가?

人生은 살기 어렵다는데
詩가 이렇게 쉽게 씨워지는 것은
부끄러운 일이다.

六疊房은 남의 나라

窓밖에 밤비가 속살거리는데,

등불을 밝혀 어둠을 조곰 내몰고,

時代처럼 올 아츰을 기다리는 最後의 나,

나는 나에게 적은 손을 내밀어

눈물의 慰安으로 잡는 最初의 握手.

———「쉽게 씨워진 시(詩)」[81]

앞의 「쉽게 씨워진 시」에서 우선적으로 관심의 대상이 되는 것은 "육첩방은 남의 나라"로 요약되고 있는 현실의 인식 문제이다. 이러한 상황적 인식이 선행되고 있기 때문에 서정적 자아는 "시인이란 슬픈 천명"을 감수할 수밖에 없다. 하지만 이 시에서 주체의 존재가 가장 아프게 부딪치고 있는 명제는 "육첩방은 남의 나라"도 아니요 "시인이란 슬픈 천명"도 아니다. 오히려 이 두 개의 명제를 전제하면서 "시가 이렇게 쉽게 씨워지는 것은/ 부끄러운 일"임을 깨닫는 순간이다. 시를 쓰는 일을 통해서만 자신의 존재를 확인할 수 있는 시인이 시를 쓰는 것 자체를 '부끄러운 일'로 인식하게 되는 것은 결국 외적인 상황과 자기 존재가 함께 요구하는 삶의 총체적인 인식이 불가능하다는 것을 알았기 때문이다. 그러므로 "등불을 밝혀 어둠을 조곰 내몰고,/ 시대처럼 올 아츰을 기다리는 최후의 나"에서 우리가 느낄 수 있는 것은 그 고고한 정신만이 아니다. 오히려 시대의 고통을 자기 내면에 끌어들여 그것을 고뇌하는 자기 인식의

81 윤동주, 『하늘과 바람과 별과 詩』(정음사, 1955), 50~51쪽.

비극성이 더욱 절실한 느낌으로 다가오는 것이다.

윤동주의 시에서 주체의 자기 인식은 언제나 '부끄러움'으로 표출된다. 그가 보여 주고 있는 자기 성찰은 그것이 실천적인 행동 의지로 외현화하지는 않았지만 자신의 삶을 끊임없이 뒤돌아보는 비판적 반성을 통해 현실의 문제에 접근할 수 있는 가능성을 보여 준다.

파란 녹이 낀 구리 거울 속에
내 얼골이 남어 있는 것은
어느 王朝의 유물이기에
이다지도 욕될가
나는 나의 懺悔의 글을 한 줄에 주리다
── 滿 二十四年 一個月을 무슨 깁븜을 바라 살아왔든가

내일이나 모레나 그 어느 즐거운 날에
나는 또 한 줄의 懺悔錄을 써야 한다.
── 그때 그 젊은 나이에 왜 그런 부끄런 고백을 했든가

밤이면 밤마다 나의 거울을
손바닥으로 발바닥으로 닦어 보자

그러면 어느 隕石 밑으로 홀로 걸어가는
슬픈 사람의 뒷모양이
거울 속에 나타나온다

── 「참회록(懺悔錄)」[82]

이 시에서 민족의 역사와 그 역사에 연관되어 있는 자아의 의미는 내면을 향한 질문의 형식으로 제기된다. 그리고 자신의 삶에 대한 비판과 함께 민족의 역사를 돌아보는 시인에게 있어서 앞으로 다가올 미래는 "내일이나 모레나 그 어느 즐거운 날"로 상정되고 있다. 이러한 전제는 물론 자기 의지와 신념에 근거한 것이므로 시적 주체와 민족의 역사가 함께할 수 있기 위해서는 끊임없는 자기 존재의 확인이 필요하다. 하지만 거울을 닦는 행위로 구체화되고 있는 자기 성찰의 과정에서 확인할 수 있는 것은 "슬픈 사람의 뒷모습"일 뿐이다.

이와 같이 윤동주의 시에 있어서 시적 주체로서의 서정적 자아가 보여 주는 자기 성찰은 자기 내면에의 몰입, 순수한 자기 내면화로 귀착되고 있다. 고통의 현실이 그 아픔만큼 더욱 깊이 의식의 내면에 자리 잡으며, 괴로운 역사가 그 무게만큼 의식의 내면을 억누른다. 이처럼 철저한 자기화의 논리 때문에 그는 자신이 내세우고 있는 신념과 그 실천적 의지 사이에 조그마한 간격도 인정하지 않는다. 자신에게 부여한 도덕적 준엄성을 고수하기 위해 그가 고통스러운 삶에 대처할 수 있는 하나의 방법으로 내세우고 있는 것이 순수 의지이다.

죽는 날까지 하늘을 우르러
한점 부끄럼이 없기를,
잎새에 이는 바람에도
나는 괴로워했다.
별을 노래하는 마음으로
모든 죽어가는것을 사랑해야지

---

82 위의 책, 56~57쪽.

그리고 나안테 주어진 길을

걸어가야겠다.

오늘밤에도 별이 바람에 스치운다.

─「서시(序詩)」[83]

　"한점 부끄럼"도 자신에게 용납하지 않겠다는 의지는 그 고함과 순수함 때문에 더욱 비극적인 의미로 부각된다. 고통스러운 현실 속에서 자기 의지의 순수함을 지켜 나가기 위해서는 준엄한 자기 심판이 있어야 하며 어떠한 상황 속에서도 "주어진 길"을 걸어가야 한다. 삶의 괴로움을 외면하지 않고 정신적 의지로 이겨 나가기 위해서는 겸허하게 자기 삶에 임해야 하는 것이다.

　윤동주의 시 세계는 그의 불행한 죽음으로 인하여 자기 의지의 확인 과정에서 더 이상의 진전을 보이지는 못한다. 그러나 그의 시들은 시대적인 고뇌를 시적으로 형상화하는 데 성공하고 있으며 현실의 괴로움과 삶의 어려움을 철저하게 내면화하여 그 시적 긴장을 지탱하고 있다. 그리고 바로 이 점이 시인 윤동주의 시인다움을 말해 주는 특징이라고 할 수 있다.

83　위의 책, 1쪽.

4 극문학의 사실주의와 대중성

(1) 극예술연구회의 활동

1930년대 희곡문학과 극예술의 전개 과정에서 극예술연구회가 중요한 위치를 점하고 있다. 이 단체는 1931년 서항석, 유치진, 홍해성, 윤백남, 김진섭, 조희순, 최정우 등이 함께 설립하였으며, 극예술에 대한 일반의 이해의 확대, 극예술의 올바른 방향 정립, 진정한 의미의 한국의 신극 수립 등을 목적으로 내세우고 있다. 이러한 목적을 보면 이 단체가 단순한 연극 동호회라기보다는 극예술의 이론과 실제를 포괄해 보려는 의욕을 가지고 있었을 확인할 수 있다. 실제로 이 단체의 구성원들은 기관지 《극예술(劇藝術)》을 통해 희곡문학과 연극에 관한 다양한 이론과 방법을 논의하였으며, 희곡 창작은 물론 전문 극단으로서 본격적으로 공연 활동을 전개하기도 하였다.

극예술연구회는 창작극 계발을 위해 번역극의 공연이 필요하다는 입장에 따라 유치진의 「토막(土幕)」, 「버드나무 선 동리 풍경」을 제외하고는 번역극을 중심으로 공연 무대에 올렸다. 1930년대 중반을 넘어서면 서부터는 창작극을 중심으로 공연을 기획하면서 전문 극단으로 발전하 게 되었다. 그러나 일본 총독부가 국민 연극 수립을 목표로 연극계를 재 편하면서 1939년 5월의 제24회 공연을 마지막으로 해산되고 말았다. 극 예술연구회가 추구했던 연극운동은 상업적인 신파극이나 이념적인 프 로연극과는 달리 서양의 근대적인 연극운동을 실천하고자 하였다는 점 에서 그 의의를 인정할 수 있다. 특히 창작극 공연에 관심을 기울여 새로 운 극작가를 발굴하였다는 점도 주목된다.

(2) 사실주의 극의 확립과 연극의 대중성

1930년대의 극문학과 연극 운동에서 유치진[84]은 가장 중요한 위치를 점하고 있다. 그는 한국 연극의 기반을 확립하고 본격적인 의미의 사실 주의 희곡을 창작한 작가라고 할 수 있다. 1932년 「토막」으로부터 시작 하여 「버드나무 선 동리 풍경」(1933), 「소」(1935) 등 일련의 농촌 소재 희 곡을 써서 희곡문학의 이정표를 세워 놓았다. 식민지 치하 농민의 수탈 과 좌절을 통해 그는 탄압을 피해서 역사극으로 도피하기도 하고, 사실

---

84 유치진(柳致眞, 1905~1974). 호는 동랑(東郎). 경남 거제 출생. 일본 도요야마 중학(豊山中學)을 거쳐 릿쿄 대학 영문학과 졸업. 1931년 서항석, 이헌구, 이하윤, 정인섭, 김진섭, 함대훈 등과 함께 극예술연 구회(劇藝術研究會) 창립. 희곡 「토막」, 「버드나무 선 동리 풍경」, 「빈민가」(1935), 「소」, 「춘향전」, 「마의 태자」 등을 발표. 1941년 극단 현대극장 창립 후 친일 희곡 발표. 광복 후 희곡 「조국」(1946), 「자명고」 (1946), 「별」(1948), 「흔들리는 지축」(1949), 「조국은 부른다」(1951), 「나도 인간이 되련다」(1953), 「한 강은 흐른다」(1958) 등을 발표. 참고 문헌: 유민영, 『한국현대희곡사』(홍성사, 1985); 양승국, 「해방 이 후의 유치진 희곡을 통해 본 분단 현실과 전쟁 체험의 한 양상」, 『한국의 전후 문학』(태학사, 1991); 양승 국, 「1930년대 유치진의 연극비평 연구」, 《한국극예술연구》 3호(1993); 이상우, 『유치진 연구』(태학사, 1997); 한국극예술학회 편, 『유치진』, 《연극과인간》(2010).

과 낭만의 조화라는 묘한 논리의 작품도 썼다. 「춘향전」(1935), 「마의태자」(1937)와 같은 작품이 이러한 계열에 속한다. 그러나 일제 강점기 말에는 이른바 국민연극운동에 가담하여 친일 흔적을 남기기도 하였다.

　유치진의 대표작으로 평가되는 「토막」과 「소」는 일본 식민지 시대에 빈궁한 농민들이 겪는 처참한 몰락 과정을 사실적으로 그린 작품이다. 「토막」에 등장하는 경선네는 소작농으로 근근이 지내던 중 땅을 빼앗기고 장리쌀 몇 가마 얻어먹은 것을 갚지 못하자 토막마저 차압당한다. 온 가족이 문전걸식으로 끼니를 잇다가 견디지 못하고 결국은 어느 추운 겨울밤 식구들이 모두 정처 없이 고향을 떠난다. 이웃인 명서네의 삶 역시 경선네보다 별로 나은 것이 없다. 명서네는 장남이 일본으로 돈벌이를 간 것에 큰 기대를 하고 있다. 그러나 아들의 죽음으로 그들의 모든 꿈이 무산된다. 아들이 일본에서 옥사하여 유골만 돌아오자 어머니는 결국 미쳐 버리고 만다. 「소」의 주인공 국서는 농사를 천직으로 여기고 살아가는 선량한 농민으로 소를 가진 것을 긍지로 삼고 아들들보다 소를 더 아낀다. 맏아들 말똥이는 우직스러운 청년으로 장차 아버지의 뒤를 이어 고향 땅을 지키려 한다. 반면에 작은아들 개똥이는 만주로 가서 일확천금을 모으는 것이 꿈이다. 아버지는 소를 팔지 않으려 하고, 큰아들은 소를 팔아 농사빚을 갚고 결혼까지 하고 싶어 한다. 작은아들은 소를 팔아 만주로 갈 여비를 마련할 궁리다. 이 같은 집안 식구들 간의 갈등이 이 작품의 기본 축을 형성한다. 그러나 마름이 밀린 도지 대신에 소를 끌고 가 버리고, 말똥이가 결혼하고 싶어 했던 색시는 끝내 일본으로 팔려 간다. 결국 말똥이가 지주네 곳간에 불을 지르고 주재소로 잡혀 가는 것으로 막이 내린다. 이 작품에서 등장인물들의 갈등은 한 마리의 소를 중심으로 빚어지는데, 여기에서 소는 농부가 아끼는 가축만이 아니라 일제에 대한 민족적인 상징으로도 활용된다. 지주에게 소를 빼앗긴 국서, 사랑하는 약혼녀를 잃은 말똥이, 만주로 가는 여비를 구할 길이 없는 개똥이 등은 모두가 꿈을 상실한 당대 농민들의 실상에 해당한다.

이처럼 「토막」이나 「소」와 같은 작품은 식민지 시대 농민들이 겪어야 했던 착취와 패배의 삶을 사실적으로 형상화하고 있다. 이 작품들에 등장하는 인물들은 삶의 터전인 농토를 빼앗기고, 삶의 희망을 빼앗기고, 사랑도 잃고 생존의 가능성마저 잃게 된다. 그러므로 결국은 고향마저 버려야 한다. 이처럼 작품의 서두에서부터 결말에 이르는 전개의 과정 자체를 착취와 궁핍으로 이어지는 참담한 삶의 모습으로 연결시키고 있다. 이 작품들은 식민지 수탈 정책의 잔혹성을 고발하고 있지만, 현실의 고통을 단순히 폭로하는 데 그치지 않고 서민들의 암울한 페이소스를 조명하여 절박한 비극으로까지 이끌어 가고 있다.

함세덕[85]은 유치진의 영향을 받으면서 창작극에 관심을 두었고, 단막극 「산허구리」(1936), 「동승」(1939), 「해연(海燕)」(1940), 「낙화암(洛花巖)」(1940), 「서글픈 재능」(1940), 「심원의 삽화」(1941) 등을 발표하였다. 그는 일제 강점기 말의 암울한 상황 속에서 낭만적 정서에 기반을 둔 사실주의 극의 집필에 몰두하였다.

「동승」은 심산유곡의 작은 산사를 무대로 하여 이루어지는 한 동승의 환속 과정을 담고 있다. 주인공인 동승 도념은 한 비구니와 사냥꾼 사이에서 사생아로 태어나 당초 삼밭에 버려진 아이였다. 주지 스님이 주워

---

85 함세덕(咸世德, 1915~1950). 경기 인천 출생. 인천상업학교 수학. 1936년 단막극 「산허구리」를 《조선문학》에 발표. 1939년 단막극 「동승」 《동아일보》 주최 연극 콩쿠르 참가. 1940년 「해연」이 《조선일보》 신춘문예 당선. 희곡 「낙화암」, 「서글픈 재능」, 「무의도 기행」(1941), 「심원의 삽화」, 「남풍」(1943), 「청춘」(1944), 「봉선화」(1944), 「백야」(1945) 등을 발표. 광복 후 '조선연극동맹'에서 활동. 「기미년 삼월 일일」(1946), 「고목」(1947), 「태백산맥」(1947) 등을 발표. 월북 후 북한에서 활동. 희곡집 「동승」(1947) 발간. 참고 문헌: 유민영, 『한국 현대 희곡사』(홍성사, 1985); 김만수, 「소년의 성장과 새로운 세계와의 연대 ─ 함세덕론」, 《외국문학》(1991. 여름); 양승국, 「희곡 '동승'의 공연 텍스트적 분석」《울산대 울산어문논집》 9호(1994); 서연호, 『한국 근대 희곡사』(고려대 출판부, 1994).

다 동승으로 키웠지만, 소년은 늘 부모가 살아 있을지도 모르는 세속을 동경한다. 어느 날 이 절에 서울의 한 젊은 미망인이 불공을 드리러 오게 된다. 하나뿐인 아들을 잃은 그 미망인은 동승에게 특별한 연민과 애정을 느끼고, 동승도 그녀에게서 모성을 느끼며 그녀를 따라가고 싶어 한다. 그러던 중 절간에서 동승이 여인의 목도리감으로 토끼를 살생하는 바람에 주지 스님으로부터 엄벌을 받는 일이 벌어진다. 미망인은 동승을 서울로 데려가려 한다. 동승과 미망인의 애원에도 불구하고, 주지는 동승이 부모의 죄업까지 보속해야 하므로 속세로 내보낼 수 없다며 강력하게 반대한다. 결국 동승은 눈 오는 어느 날 몰래 절을 떠나기로 한다. 산문을 향해 정중히 고별의 절을 올린 후 소년은 방랑의 비탈길을 내려선다. 이 작품은 단막극의 형식을 취하고 있지만, 토끼 덫 발각 사건을 삽입하여 극적 위기의 효과를 최대화하고 있다. 이 위기 부분을 중심으로 「동승」의 구성을 살펴보면, 관객의 관심을 집중시키기 위한 극의 시작 장면과 급전 장치, 그리고 파국부의 효과적인 장면 처리 등이 특징으로 드러난다. 희곡 구성의 기본적 원리를 잘 지키고 있는 이 작품은 인간적 욕망과 사랑, 이별, 꿈과 동경을 그린 낭만주의적 성향을 나타내고 있다.

함세덕이 발표한 역사극 「낙화암」은 백제 멸망 애사(哀史)에 해당되며 정사와 거의 같은 내용에 기초를 두고 있다. 백제 멸망이 임박하였을 당시 의자왕은 승전에 교만하여 향락에 젖어 있었다. 조정에서는 간신들이 사리를 도모하는데 성충, 홍수 등의 충신은 축출당한 상태였다. 이 작품에서는 의자왕이 항복하지 않고, 난리통에 집권을 노리던 둘째 아들이 나라를 팔아 버리듯 나당 연합군에 넘겨준다. 궁녀들이 통곡한 후 모두 사비수로 두세 명씩 뛰어내려 자살하는 데서 막이 내린다. 이 작품에는 1막 시작 전에 "젊은 나그네 하나 수양버드나무에 기대서서 회고에 잠겨 금강과 반월성의 폐허를 바라보고 있는" 현대 시점의 한 장면을 두고 있다.

이로써 나라 패망의 비극을 백제 역사에 국한시키지 않고 일제의 현실과 더불어 되돌아보려는 의도가 드러난다. 작품의 앞뒤에는 사비수를 배경으로 한 이광수의 시를 막후 합창으로 처리하였으며, 삼천궁녀의 추락 장면은 무대에 삼사십 명만 등장시키고 뒤따라 올라오는 궁녀 떼가 막후에 연결돼 있는 것처럼 하도록 무대 지시를 명기함으로써, 무대 공간의 활용에 대하여 세심하게 배려하고 있음을 확인할 수 있다.

오영진은 극작 과정에서 민속적 소재를 자주 차용하면서 전통적인 희극 정신을 살리는 데 힘써, 한국인의 해학과 풍자를 잘 표현한 것으로 평가받는다. 그의 작품 세계는 현세의 물욕과 어리석음을 비웃고 꾸짖는 강렬한 주제 의식을 담고 있는데, 초기의 시나리오「맹 진사댁 경사(孟進士宅 慶事)」(1943)가 가장 대표적이다. 이 작품은 전통에 대한 반성과 확대 작업으로 쓰인 시나리오「배뱅이굿」(1942), 그리고 광복 후의「한네의 승천(昇天)」(1972)과 함께 3부작을 이루며, 전래의 관혼상제인 혼례, 상례, 제례 중에서 혼례를 다룬 작품에 해당한다. 이 작품은 구습 결혼 제도의 모순과 우매한 양반들의 허욕을 희화화한 것이다. 돈으로 진사를 얻은 맹 진사는 가문이 좋은 김 판서댁과 사돈을 맺게 되나 김 판서댁 신랑이 병신이라는 소문을 듣고 계획을 바꿔 딸 갑분 대신 하녀 입분이를 시집보내기로 한다. 그러나 초례청에 나온 신랑 미언은 훤칠한 미남이다. 진실한 마음을 점쳐 보려 하였던 신랑 쪽의 계획에 맹 진사가 말려든 것이다. 일이 이렇게 꼬이지만 신랑 미언과 몸종 입분이는 백년가약을 맺는다. 맹 진사 입장에선 경사 아닌 낭패가 되고 만다. 맹 진사는 전형적인 희극적 풍자의 대상이 되는 인간형으로, 계략을 써서 위기를 해결하려는 기만적 인물이다. 그러므로 관객으로 하여금 맹 진사의 허욕과 명예욕을 조소하고 야유하게 함으로써, 인간의 보편성에 호소하는 희극적 포용력도 불러일으킨다. 이 작품은 인간에게 내재된 위선을 해학과 풍자로 매도하면서 소박한 인간의 진실을 강조하고 있는 것이다.

　채만식은 소설이 아닌 다른 장르로의 창작 세계의 확대라는 각도에서 희곡을 쓰고 있다. 개화기 지식인의 삶을 풍속화처럼 그려 낸「제향날」은 역사극의 발상법을 취하면서도 회상 기법을 동원함으로써 무대의 현재화를 가능하게 하고 있다. 할머니와 외손자 영오가 함께 음식을 마련하는 제삿날에 최씨의 남편으로 동학당 접주였던 김성배의 얘기가 회상됨으로써 제1막이 구성된다. 제2막에서는 최씨의 아들인 영수가 '만세' 시위를 주동하다 거사에 실패, 중국으로 피신하게 되기까지의 과정을 보여 준다. 제3막에서는 사회주의자인 최씨의 손자가 영오에게 프로메테우스 신화를 들려줌으로써 우의적이나마 역사 속에서의 실천이 갖는 의미를 전달한다는 형식을 취하고 있다. 이 같은 조건으로 인하여 당시 상황에서 무대 상연에는 여러 가지 무리가 따를 수밖에 없었을 것으로 생각된다. 일종의 레제 희곡적인 특징을 드러내는 이 작품은 현대극으로서의 전위 기법을 수용하고 있는 점 때문에 형식상으로는 오히려 주목될 만한 요소를 가진다. 장편소설「탁류」와 유사한 의미 구조를 가진 희곡「당랑(螳螂)의 전설(傳說)」(1940)도 비슷한 관점에서 주목할 만하다.

698

작품명

권영민

충남 보령에서 태어났다. 서울대학교 국문학과를 졸업하고 동 대학원에서 박사 학위를 받았다. 서울대학교 국문학과 교수로 재직했고, 하버드 대학교 객원교수, 캘리포니아 버클리 한국문학 초빙교수, 도쿄 대학교 한국문학 객원교수 등을 역임했으며, 현재 서울대학교 명예교수, 버클리 대학교 겸임교수로 활동 중이다. 주요 저서로『우리 문장 강의』,『서사 양식과 담론의 근대성』,『한국 계급문학 운동 연구』,『한국 민족문학론 연구』,『한국 현대문학의 이해』,『이상 문학의 비밀 12』,『오감도의 탄생』,『정지용 전집』1, 2, 3,『정지용 시 126편 다시 읽기』,『문학사와 문학 비평』등이 있다. 현대문학상, 김환태평론문학상, 만해대상 학술상, 세종문화상 등을 수상했다.

한국 현대문학사 1
-1896~1945

1판 1쇄 펴냄 1993년 7월 20일
2판 1쇄 펴냄 2002년 8월 30일
3판 1쇄 펴냄 2020년 2월 28일
3판 3쇄 펴냄 2022년 8월 25일

지은이   권영민
발행인   박근섭·박상준
펴낸곳   (주)민음사

출판등록   1966. 5. 19. 제16-490호
주소   서울특별시 강남구 도산대로1길 62 (신사동)
           강남출판문화센터 5층 (06027)
대표전화   02-515-2000 | 팩시밀리 02-515-2007
홈페이지   www.minumsa.com

ISBN 978-89-374-2038-2 04810
ISBN 978-89-374-2040-5 (세트)